토끼는 부자다

RABBIT IS RICH
by John UPDIKE

Copyright ⓒ John Updike, 1981
All rights reserved.

Korean translation copyright ⓒ Munhakdongne Publishing Corp., 2025
This Korean edition was published by arrangement through The Wylie Agency.

세계문학전집
266

John Updike : Rabbit Is Rich

토끼는 부자다

존 업다이크 장편소설

김승욱 옮김

문학동네

일러두기

1. 번역 대본으로는 *Rabbit Is Rich*(John Updike, Ballantine Books, 1981)를 사용했다.
2. 주석은 모두 옮긴이주다.
3. 본문 중 고딕체는 원서에서 이탤릭체로, 볼드체는 대문자로 강조한 부분이다.

차례 ▎

"밤이면 그는 질 좋은 시가에 불을 붙여 물고, 작고 낡은 버스에 올라, 어쩌면 카뷰레터에 욕을 퍼붓기도 하면서 쌩하니 집으로 간다. 그러고는 잔디를 깎거나, 아니면 살금살금 퍼팅 연습을 하다보면 저녁을 먹을 때가 된다."

—조지 배빗, 이상적인 시민에 대해서

하루의 끝에는 생각을 하기가 힘들다,
형체 없는 그림자가 해를 가리면
털을 비추는 빛 외에는 아무것도 남지 않아서……

—월리스 스티븐스, 「유령들의 왕인 토끼」

I

기름이 떨어져가는군, 래빗 앵스트롬은 여름의 먼지가 쌓인 스프링 어 모터스의 전시장 창문 뒤에 서서 111번 도로를 지나가는 차들을 바라보며 생각한다. 차량 행렬이 왠지 조금 한산해 보이지만 옛날에는 어땠는지 비교하기가 무섭다. 이 망할 놈의 세상에서 기름이 떨어져가고 있다. 하지만 저들이 그를 따라잡지는 못할 것이다, 아직은. 도로를 달리는 저 쓰레기들 중에 그의 도요타 자동차들만큼 연비가 좋고 서비스비용이 낮은 물건은 없기 때문이다. 〈컨슈머 리포트〉 4월호를 읽어보라. 손님들에게는 그 말만으로도 충분하다. 손님들은 계속 찾아온다. 다들 점점 필사적으로 변해가고 있는 탓이다. 미국의 위대한 자동차 시대가 끝나가고 있다는 걸 알기 때문에. 기름은 3.7리터에 99.9센트이고 주유소의 90퍼센트가 주말에 문을 닫는다. 펜실베이니아 주지 사는 미친듯이 기름을 채우려고 드는 사람들을 막기 위해 판매 최저선을 5달러로 정하자고 주장한다. 경유를 구하지 못한 트럭 운전수들은 자기 트럭에 총질을 해댄다. 포츠빌 파이크 근처의 다이아몬드 카운티에서도 바로 그런 일이 있었다. 사람들은 점점 미쳐가고, 돈은 썩어가고, 사람들은 마치 내일이 존재하지 않는 것처럼 돈을 써댄다. 그는 사람들에게 말한다. 도요타를 사는 건 달러를 엔화로 바꾸는 일이라고. 사람들은 그 말을 믿는다. 1979년 1월부터 5월까지 신차와 중고차를 합해서 112대가 움직였다. 코롤라 여덟 대, 럭셔리 에디션 왜건을 포함해 코로나 다섯 대. 그리고 찰리가 포주들이 좋아하는 화려한 대형차처럼 생겼다고 말한 셀리카는 6월의 첫 삼 주 동안에 벌써 다 팔려나갔다. 대당 평균 800달러의 총 마진. 래빗은 부자다.

그는 브루어 일대의 도요타 대리점 두 곳 중 하나인 스프링어 모터스를 소유하고 있다. 아니, 아내 재니스와 함께 지분의 절반을 공동으로 소유하고 있다고 해야 할 것이다. 나머지 절반은 재니스의 어머니인 베시가 오 년 전 남편이 세상을 떠날 때 물려받아 깔고 앉아 있다. 하지만 래빗은 마치 이곳을 전부 소유하고 있기라도 한 기분으로 매일 전시장에 나와 서류작업과 종업원들을 감시하고, 깨끗한 양복 차림으로 기세 좋게 정비부를 드나든다. 일종의 지하세계 같은 그곳에서 기름을 뒤집어쓴 채 일하는 남자들은 알전구로 불을 밝힌 엔진에서 흰자위를 들어 바라본다. 반면 그는 대중들, 지역사회와 접촉하며 스무 명 남짓한 종업원들과 10만 제곱피트의 작업장의 스타 겸 대표로 행세한다. 맨 앞에 서 있는 그의 뒤로 작업장이 널찍한 그림자처럼 보인다. 실제로는 불규칙하게 홈을 판 메소나이트*로 만든 모조 패널 벽, 그의 사무실 문 주위의 그 벽에는 옛날 신문에서 오려낸 기사들과 팀 사진들이 걸려 있다. 이십 년 전, 아니 이제는 이십오 년이 넘은 옛날에 그가 농구 스타로 활약하던 시절 카운티 최고 선수 열 명에 두 번 뽑혔던 사진도 포함해서. 유리 액자에 끼워두었는데도 신문기사들은 계속 누렇게 변해간다. 공기 때문이 아니라 종이의 화학성분 때문인 것 같다. 옛날에 사람들이 겁을 주려고 들먹이던 죄의 얼룩이 점점 짙어지는 느낌. **앵스트롬 42득점.** '래빗'이 마운트저지를 준결승으로 이끌다. 세상을 떠난 그의 부모가 오랫동안 다락방에 보관해두었던 기사들을 되살린 것이다. 스크랩북의 풀이 이미 다 말라버려서 뱀의 허물처럼 떨어져나온 이 기사들이 여기에 걸리게 된 것은 애당초 프레드 스프링어의 아이디어였다. 대리점 대표에게 대리점의 명성은 그림자 같은 존재라는 구절도 함께였다. 세상을 떠나기 훨씬 전부터 자기가 곧 죽을 것을 알고 있던 프레드는 해리를 대표로 내세울 준비를 했다. 죽은 사람을 생각할 때는 반드시 고마워해야 한다.

십 년 전 라이노타이프 식자공으로 일하던 래빗이 일자리를 잃고 재니스와 화해했을 때, 재니스의 아버지가 그를 판매원으로 받아들였다. 그리고 오 년 뒤 때가 무르익었을 때 딱 맞게 세상을 떠났다. 항상 긴장한 모습으로 바삐 움직이는 작은 새 같던 남자가 관상동맥으로 쓰러질 줄이야. 그는 수년 동안 최저혈압이 120 언저리까지 올라갈 만큼 고혈압이었다. 짠 것을 좋아한 탓이었다. 공화당 이야기를 하는 것도 좋아했다. 닉슨 때문에 아무 말도 할 수 없게 되었을 때는 거의 폭발하

---

* 단열용 섬유판의 상표명.

다시피 했다. 사실 그는 포드가 들어선 뒤 일 년을 버텼지만, 얼굴 피부가 점점 굳기 시작했고 광대뼈와 턱뼈가 안에서 밀어대는 부위의 빨간 점들은 점점 더 붉게 변했다. 붉은 연지를 바르고 관 속에 누운 그를 바라보면서 해리는 이미 예전부터 죽음이 다가오고 있었음을 깨달았다. 죽은 프레드의 모습은 평소와 그다지 다르지 않았다. 재니스 모녀의 태도를 보면 용감한 왕자와 모세를 섞어놓은 인물이 죽은 것 같은 분위기였다. 어쩌면 이미 부모 두 분을 모두 땅에 묻은 경험이 해리를 강하게 만든 건지도 모른다. 그는 프레드의 머리 가르마가 잘못 되어 있다는 걸 알아차리고도 아무런 느낌이 들지 않았다. 죽은 자들의 좋은 점은 공간을 비워준다는 것이다.

스프링어가 아직 의기양양하게 돌아다니고 있을 때는 대리점 생활이 힘들었다. 스프링어는 직원들을 늦게까지 붙들어두었고, 겨울에도 111번 도로에 제설기가 돌아다니지 않는 날에는 밤까지 전시장을 열어두었다. 그러면서 그 높고 새된 그라인더 같은 목소리로 항상 업무 지침이나 고객 서비스가 어떻다느니 수익률이 엉망이라느니 정비사가 어떤 고물 자동차의 운전대에 지문을 남기거나 재떨이에 담배꽁초를 버렸다느니 하는 이야기들을 떠들어댔다. 그가 대리점에 나와 있을 때는 다들 그가 혼신의 힘을 다해 상상하고 있는 이상적인 스프링어 모터스의 모습을 실현하려고 애썼다. 커다란 껍데기를 가득 채우려고 애쓸 때처럼. 그가 죽자 그 껍데기는 해리의 것이 되어 그의 주위를 헐렁하게 감쌌다. 이제는 자신이 이 대리점의 왕이므로, 해리는 이곳에 있는 것이 좋다. 아스팔트가 깔린 넓은 주차장, 도요타가 캘리포니아에서 보내주는 팸플릿과 격려의 글에서도 맡을 수 있는 새 차 냄새, 바닥을 완전히 덮은 깨끗한 카펫, 누렇게 변한 농구 기사들과 함께 벽에 걸려 있는 키와니스클럽*과 로터리클럽과 상공회의소의 명판들, 회사가 후원하는 리틀그 팀들이 타운 트로피를 진열한 높은 선반, 늙은 밀드레드 크루스트의 감독을 받으며 회계부와 접수대에서 일하다가 또 금방 새로운 사람으로 바뀌곤 하는 여직원들이 양념처럼 끼어 있는 이 남성적인 직장에 넘쳐흐르는 정돈된 평화, 해럴드 C. 앵스트롬이라는 이름과 **수석 판매원**이라는 직함이 찍혀 있는 작은 명함. 맨 앞에서 회사를 대표하는 사람. 포워드로 뛰던 곳에서 이제는 센터와 비슷한 존재가 되었다. 꾸밈없는 자신의 모습으로 그곳에 서서 그림자를 던지고 있는 해리에게 이곳은 환상 같은 느낌을 준다. 차는 저절로 팔린다는 것이 그의 철학이다. 텔레비전에서 항상 방영되는 도요타 광고들은 사람의 마음을 공격한다. 그는 자신이 그 모든 것의 일부라는 게 마음에 든다. 동네 사람들이 그에게 묵례를 하는 것도 좋다. 고등학교 때 이후로 그를 티끌처럼 무시하던 사람들이었으니까. 로터리클럽과 상공회의소의 다른 회원들은 알고 보니 그가 옛날에 함께 경기를 했던 사람들이거나 그들의 못생긴 남동생들이다. 그는 그런 곳에 한들한들 들어갈 수 있는 돈이 있다는 게 좋다. 덩치 크고 온화한 좋은 남자가 그가 스스로 생각하는 자신의 모습이다. 190센티미터의 키에 몸무게는 이제 97킬로그램이고, 크롤스의 양복 판매원이 그에게 말해주려고 애썼던 것처럼 허리는 42인치다. 결국 그는 숨을 들이쉬며 배를 집어넣었고, 판매원은 마지못해 줄자를 더 단단히 조였다. 그는 거울을 피해 다

---

* 미국과 캐나다의 실업가들이 만든 사교단체.

닌다. 옛날에는 거울을 좋아했는데. 먼 과거 속의 얼굴, 짧게 자른 머리와 날씬한 턱과 졸린 듯하면서도 육식동물 같은 십대의 눈을 지닌 번쩍이는 팀 사진 속의 그 얼굴이 지금의 얼굴 속에도 존재하기는 한다. 자동차 전면부와 펜더 속에 크롬으로 만든 뼈 같은 그릴이 존재하는 것처럼. 그의 코는 여전히 곧고 작지만, 눈은 조금 덜 졸려 보이는 것 같기도 하다. 기업가답게 드라이어로 잘 만져 풍성하게 다듬은 것 같은 머리 모양은 그의 귀 끝을 가려주고 머리카락이 점점 뒤로 물러나고 있는 관자놀이 부위를 채워준다. 그는 마약과 징병기피로 가득찬 저항문화를 그다지 좋아하지 않았지만 옛날 해병들 머리보다는 좀더 길게 머리를 길러 자연스럽게 부풀릴 수 있게 된 것은 마음에 든다. 면도 거울에 비친 그의 턱밑에는 혼란스럽게 늘어진 목살이 꽃을 피우고 있어서 자세히 들여다보고 싶지 않다. 그래도 인생은 달콤하다. 옛날에 나이 많은 사람들이 바로 그런 말을 하곤 했는데 젊은 시절의 그는 그들이 어떻게 진심으로 그런 말을 할 수 있는지 의아했다.

　어젯밤 브루어와 그 근교에 우박이 떨어졌다. 구슬 크기만한 돌덩이들이 비탈진 앞마당에서 튀어오르고 시내의 깜박이는 네온사인을 떠받치는 양철 판들을 두드려댔다. 그러다 폭우가 내리기 시작하더니 빗물 웅덩이에 돌 같은 회색의 새벽이 비쳤다. 하지만 낮이 되자 산들바람이 부는 찬란한 날씨로 변해서, 여기저기를 때우고 하얀 줄을 그어놓은 주차장 아스팔트의 물기도 다 말랐다. 6월 중에서도 가장 길었던 토요일이자 달력상 여름의 첫 토요일이었던 날의 오후가 저물어갈 무렵의 일이다. 대개 토요일이면 111번 도로는 예전에 옥수수, 호밀, 토마토, 양배추, 딸기 등을 기르던 밭을 난도질해서 만든 쇼핑몰을 뒤지고 다니는 쇼핑객들로 분주하다. 이미 기억 속에서 사라진 수많은 사고로 만신창이가 된 알루미늄 중앙분리대와 네 개의 차선이 있는 콘크리트 고속도로 건너편에는 앞쪽이 진한 색의 클링커 벽돌로 장식된 나지막한 건물이 하나 서 있다. 지난 수년간 해리는 그 건물 껍데기에 합판으로 만든 장식들이 날림으로 붙었다가 사라지는 것을 지켜보았다. 그렇게 그곳에 차례로 들어선 식당들은 모두 망해버렸고 이제 그 건물에는 포장 바비큐 전문점 처크 왜건이 들어서 있다. 오늘은 처크 왜건도 조용해 보인다. 그쪽 주차장에는 마분지로 만든 포장용기들이 납작하게 구겨진 채 흩어져 있고, 그 너머에서 먼지를 뒤집어쓴 채 외롭게 서 있는 단풍나무 한 그루는 이제 그저 도랑으로 변해버린 개울에서 물을 마시고 있다. 나뭇가지 밑에서는 소풍 테이블이 버려진 채 썩어간다. 식당 주방 문 옆에 놓여 있는, 쓰레기가 흘러넘치는 커다란 쓰레기통과 너무 가까운 위치다. 도랑은 이미 팔려나갔지만 아직 개발되지 않은 농경지와의 경계선 역할을 한다. 멀리서 보는 나이 많은 단풍나무의 맵시 있는 모습은 항상 해리에게 뭔가를 호소하고 있는 듯하지만, 그는 그 호소를 반드시 무시해야 할 것 같은 기분이다.

그는 먼지 낀 창문에서 돌아서서 찰리 스태브로스에게 말한다. "다들 무서워서 도망치고 있어."

찰리는 서류작업을 하던 책상에서 고개를 들어 쳐다본다. 어제 마침내 2천 800달러에 파는 데 성공한 74년식 바라쿠다 8에 관한 NV-1과 판매증서를 작성하는 중이다. 기름을 꿀꺽꿀꺽 마셔대는 이런 낡은 차들을 원하는 사람은 아무도 없지만, 대리점에서는 보상판매 때문에 어쩔 수 없이 그런 차를 받아들여야 한다. 찰리는 중고차를 담당하고 있다. 그가 스프링어 모터스에서 일한 기간은 해리의 두 배나 되지만 그의 책상은 전시장 구석의 휑한 곳에 있고, 명함에 새겨진 직함은 **선임 판매원**이다. 그래도 그는 불만이 없다. 그는 종이 가장자리에 펜을 가지런히 내려놓고, 상사의 말에 반응을 보이기 위해 묻는다. "일전에 신문에 실린 기사 봤어? 우리 주 어딘가의 주유소 주인이 부인이랑 같이 차에 기름을 넣고 있었는데, 줄 서 있던 차들 중 한 대에서 운전자가 클러치를 놓치는 바람에 주유소 주인 아내를 다른 차에다가 박아버렸대. 그 여자의 엉덩이뼈가 부러졌다고 한 것 같은데, 남편이 아내를 안고 도와달라고 애원했지만 차 속의 사람들은 전혀 도와주지 않고 주유 펌프에 달려들어 공짜로 자기들 차에 기름을 넣었다지?"

"그래." 해리가 말한다. "라디오에서 들은 것 같아. 정말 믿을 수 없는 일이지. 피츠버그에 사는 어떤 녀석이 각목을 두어 개 갖고 가서 자기 차 뒷바퀴 밑에 깔아놓았다는 얘기도 들었어. 기름을 몇 센트어치라도 더 넣으려고 말이야. 제정신이 아냐."

찰리는 짧게 냉소적인 웃음소리를 내더니 설명하듯 말한다. "힘없는 사람들이 이제는 정유회사들처럼 굴고 있어. 너 죽고 나 살자는 거지."

"난 정유회사들이 나쁘다고 생각 안 해." 해리가 차분하게 말했다. "이건 그 회사들도 감당할 수 없을 만큼 큰 문제거든. 어머니 지구가 말라가고 있는 거니까. 그뿐이야."

"젠장, 누구든 나쁘다고 생각하는 법이 없어, 챔프." 스태브로스가 자기보다 키가 큰 해리에게 말한다. "스카이랩*이 지금 당장 머리 위에 떨어진다 해도 챔프는 정부가 최선을 다했다고 말하면서 쓰러질 사람이야."

해리는 스태브로스가 말한 일이 일어나는 걸 상상해보려고 애쓰면서 그의 말에 수긍한다. "그럴지도 모르지. 정부도 요즘은 다른 사람들과 마찬가지로 손발이 묶여 있거든. 요즘 연방기관이 할 수 있는 일이라고는 직원들 월급을 제때 주는 게 고작일걸."

"그거야 당연히 그렇겠지, 욕심 많은 자식들이니까. 이봐, 해리, 카터와 석유회사들이 이런 난장판을 만들어놓은 걸 잘 알잖아. 대형 석유회사가 뭘 원하겠어? 이윤을 더 많이 올리는 거지. 카터는 뭘 원할까? 석유 수입량을 줄이고, 달러 가치 하락을 막는 거지. 카터는 겁쟁이라 배급제를 실시하지 못하니까, 대신 석유값을 올려서 그게 효과가 있기를 바라고 있는 거야. 올해가 다 가기 전에 무연 휘발유 가격이 1달러 50센트까지 오를걸."

"그래도 사람들은 기름을 살 거야." 해리가 말한다. 중년이 되면서 차분해진 모습이다. 두 남자는 침묵에 빠진다. 마치 휴전에 동의한 것처럼. 그동안 직장인들의 도로인 111번 도로에서는 겁에 질린 차들이 먼지를 피워올리고, 전시장의 아직 팔리지 않은 도요타 자동차들은 새 차 냄새를 풍긴다. 십 년 전 스태브로스는 해리의 아내 재니스와 관계를 맺었다. 찰리의 물건이 재니스의 몸안에 들어가 있는 모습을 생각하면 해리의 감정은 적대적인 동시에 아늑해진다. 두 감정의 비율이 거의 같지만, 아늑함이 조금 우세하다. 장인 스프링어는 사위를 자기 밑으로 받아들이면서 찰리와 함께 일하는 것을 참을 수 있겠느냐고 물

---

* 미국의 유인 우주 실험실.

었다. 래빗은 참지 못할 이유가 없다고 생각했다. 하지만 자신에게 흥정의 여지가 제시되었음을 감지한 그는 찰리와 함께 일하는 건 괜찮지만, 찰리 밑에서 일하는 건 싫다고 말했다. 그건 생각할 필요도 없지. 자네 위에는 나뿐일세. 내가 살아 있는 한은. 스프링어는 이렇게 약속했다. 자네들 둘은 나란히 일하게 될 거야. 그래서 두 사람은 비가 오나 눈이 오나 항상 나란히 손님을 기다렸고, 사장의 성격이 까다롭다고 한탄했으며, 매달 판매목록에 올라 있는 중고차 중 절대 팔리지 않을 물건을 선별해서 보관비를 줄이기 위해 도매가로 팔아넘기는 작업을 했다. 닷선* 대리점이 브루어 일대에 들어왔을 때도, 그리고 그뒤에 사람들이 온통 폴크스바겐이나 볼보만 사들이던 시기에도 그들은 나란히 앉아서 스프링어 모터스와 고난을 함께했다. 귀엽고 경제적인 신차로 혼다와 르카**가 소개되고 있는 지금도 마찬가지다. 지난 구 년 동안 해리는 몸에 14킬로그램의 살이 붙은 반면 찰리는 선글라스와 체크무늬 양복을 입으면 동네 불법 도박장의 주먹처럼 보이는 땅딸막한 그리스인에서 작게 쪼그라든 정보원 같은 모습으로 변했다. 스태브로스는 어렸을 때 류머티즘열을 앓은 것을 시작으로 항상 심장이 말썽을 일으켰다. 재니스의 마음을 움직인 것이 바로 이거였다. 그의 안에, 그의 네모난 가슴 안에 숨겨진 이 연약한 부분. 이제는 크리스털의 표면에 난 잔금 같은 약점으로 변해버린 그 병 때문에 그는 개심한 주정뱅이처럼 수분이 죄다 빠져버린 좀스러운 모습이 되었다. 하루하루 걱정 속에서 조심조심 살아가고 있는 것 같은 모습. 쇠막대기처럼 똑바로 뻗어 얼굴을 가로

---

* 닛산의 소형 승용차.
** 르노의 소형차인 르노5의 북미 시장 상품명.

지르던 눈썹은 이제 사이가 끊어져 두 개의 검은 수풀처럼 변했다. 광대들이 얼굴에 그리는 숯덩이 눈썹과 거의 흡사하다. 짧은 구레나룻은 하얗게 세어서 잔물결 같은 곱슬머리가 마치 굵은 줄무늬로 염색한 것처럼 보인다. 아침에 출근해서 대리점 안으로 들어서자마자 찰리는 항상 라벤더 색깔이 살짝 섞인 검은 뿔테 안경을 호박색 렌즈를 끼운 안경으로 바꿔 끼고, 울퉁불퉁한 바위산에서 미끄러져 쓰러질까봐 조심하는, 반백의 늙고 섬세한 숫양처럼 하루의 일을 해나간다. 나란히 일하는 거야. 내 약속하지. 장인 스프링어가 이런 약속을 할 때, 무슨 일에든 진심을 다하던 그때, 그의 얼굴에서 분홍색으로 얼룩덜룩한 부분들이 빨갛게 빛나고 입술에 힘이 들어가서 자꾸만 그의 두개골을 생각하게 되었다. 잇몸 선에 충전재를 채워넣은 누렇고 더러운 치아와 모래 빛깔의 콧수염은 언제나 고르게 보이지도, 깨끗해 보이지도 않았다.

죽은 자들이라니, 세상에. 점점 수를 불리고 있는 그들은 괜찮다고, 이 아래도 아주 부드럽다고 약속하며 사람들에게 자기들 쪽으로 오라고 간청하고 있다. 아버지, 어머니, 장인 스프링어, 질, 아주 짧은 기간 동안이지만 베키라고 불렸던 아기, 토세로. 심지어 일전에는 존 웨인까지도 그렇게 되었다. 신문의 부고란은 매일 또 누군가의 생명이 수확되었음을 보여준다. 수확은 언제나 풍요롭다. 옛날 선생님들, 대리점의 고객들, 해리 자신 같은 동네 유지들의 얼굴이 잠시 반짝하고 나타났다가 아래로 꺼져간다. 어렸을 때 이후 처음으로 래빗은 행복하다. 단지 살아 있다는 것만으로. 그가 찰리에게 말한다. "기름이 떨어지는 건 내 기운이 다할 때와 얼추 비슷할 것 같은데. 2000년쯤에 말이야. 웃기는 소리 같지만, 난 이 시대에 살게 돼서 다행이다 싶어. 지금 자라나는 아이들은 식탁 위에 남은 부스러기만으로 살게 될 테니까 말이지. 우리가 이미 식사를 한 뒤니까."

"챔프는 가짜 물건을 속아서 산 거야." 찰리가 말한다. "챔프뿐만 아니라 수많은 사람들이 마찬가지지. 거대 석유회사들은 지금도 오백 년은 너끈히 버틸 만큼 석유를 비축해두고 있으면서도 그걸 찔끔찔끔 팔려고 해. 지금 이 순간에도 델라웨어만에는 유조선이 열일곱 대나 있다고 하던데. 열일곱 대나. 거기에 닻을 내리고 기다리다가 석유가격이 충분히 올라가면 필라델피아 남쪽의 정유공장으로 가서 짐을 부리겠지. 그동안에 우리는 주유소에 줄을 서 있다가 살해당할 테고."

"그럼 운전은 그만두고 뛰어다녀." 래빗이 말한다. "내가 조깅을 시작했는데 기분이 아주 좋아. 14킬로그램을 빼고 싶어." 사실 매일 아침식사 전에 아침 이슬이 아직 남아 있을 때 달리기를 하겠다는 결심은 일주일도 채 가지 못했다. 이제는 서로를 할퀴어대는 아내와 장모에게서 도망치려고 저녁을 먹은 뒤에 가끔 동네를 속보로 한 바퀴 도는 것에 만족하고 있는 형편이다.

래빗이 아픈 곳을 건드린 모양이다. 찰리가 마치 NV-1 서류를 향해 고백이라도 하는 것처럼 말한다. "의사가 나더러 운동을 할 생각이라면 자기는 나한테서 손을 떼겠다고 했어."

래빗은 당황한다. 조금. "그래? 이름은 잘 모르겠지만 하여튼 어떤 의사가 하던 말이랑은 다른데. 화이트. 그래 폴 더들리 화이트라는 의사였어."

"그 사람은 죽었어. 운동광들이 공원에서 푹푹 쓰러져서 파리처럼 죽어나가고 있다고. 그런 이야기가 신문에 실리지 않는 건, 헬스 업계가 큰돈을 쥐고 있기 때문이야. 옛날에 히피들이 건강식품 전문점을 운영하던 거 기억나? 지금 그런 가게들을 누가 운영하는지 알아? 제너럴 밀스야."

해리는 찰리의 말을 얼마나 진지하게 받아들여야 할지 잘 모를 때가 가끔 있다. 이 과거의 연적에 비하면 자신이 튼튼하고 덩치가 크다는 건 알고 있다. 운으로 결정되는 동물적 건강이라는 측면에서 그가 하느님의 사랑을 더 많이 받았음은 의심의 여지가 없다. 만약 재니스가 소원대로 찰리와 함께 도망쳤다면 지금쯤 간병인 신세를 면하지 못했을 것이다. 하지만 지금 재니스는 일주일에 서너 번씩 테니스를 치며 그 어느 때보다 멋진 모습을 유지하고 있다. 찰리와 함께 있을 때 해리는 항상 자신을 낮춰서 자신의 행운이 이 약한 남자를 무겁게 짓누르지 않게 하려고 한다. 찰리가 의사에게서 손을 떼겠다는 말을 들었을 때의 수치심과 우울에서 벗어나 기억 속에 남아 있는 활기를 되찾는 동안 해리는 침묵을 지킨다. "휘발유 말인데……" 찰리가 갑자기 말한다. 그리스식의 거슬리는 소리, 천식환자의 씨근거리는 숨소리와 거의 비슷한 그 소리가 그의 말에 섞인다. "옛날에는 우리가 기름을 마음껏 썼잖아. 옛날에 카뷰레터가 두 개 달린 임피리얼을 본 적이 있는데, 공회전을 시켜놓고 필터를 떼어낸 뒤에 나비 모양의 밸브 속을 들여다보면 꼭 화장실 변기에서 물이 내려가는 모습 같았어."

해리는 맞장구를 쳐주고 싶어서 웃음을 터뜨린다. "일없이 돌아다닌 적도 많았지." 그가 말한다. "고등학교 때 수업이 끝난 뒤에는 차를 몰고 일없이 돌아다니는 것 말고는 할 일이 없었으니까. 센트럴 거리를 계속 오락가락하는 거지. 그 옛날 V-8*을 몰고. 그 차 연비가 얼마였을 것 같아? 리터당 6킬로미터? 8킬로미터? 그때는 아무도 그런 걸 확인할 생각을 못했어."

"우리 삼촌들은 지금도 작은 차는 몰 생각을 안 해. 트럭이랑 충돌했을 때 구겨지고 싶지 않다면서."

"치킨 게임 기억나? 애들이 더 죽지 않은 게 이상하지."

"캐딜락은 또 어떻고. 우리 아버지는 형제 중에 누가 멋진 장식이 달린 뷰익을 사면, 그보다 더 큰 장식이 달린 캐딜락을 샀어. 꼬리등이 몇 개인지는 셀 수도 없었지. 빨간 달걀 한 줄 같았으니까."

"마운트저지고등학교에 돈 에버하트라는 녀석이 있었어. 제 아버지가 닷지 자동차를 몰고 상자 공장 뒤에 있는 언덕을 내려가고 있을 때 차 밖으로 나가 발판 위에 서서 방향타 역할을 했지. 언덕을 다 내려갈 때까지 말이야."

"내가 처음으로 산 차는 48년식 스튜드베이커였어. 코 부분이 비행기처럼 생긴 차 말이야. 이미 10만 킬로미터 이상 달린 차였지. 53년 여름의 일이야. 그 녀석의 힘이라니! 빨간 신호등을 지나고 나면 앞바퀴가 들리기 시작하는 게 느껴졌어. 비행기랑 똑같이."

"내가 얘기 하나 해줄까? 신혼 때 내가 무슨 일 때문에 재니스한테 울화가 치민 적이 있어. 아마 재니스가 재니스답게 굴었기 때문이겠지. 나는 밤에 차를 몰고 웨스트버지니아까지 갔다가 그대로 돌아왔어. 미친 짓이었지. 이제는 그런 짓을 하려면 먼저 은행에 가서 돈을 찾을 생각부터 할걸."

＊ 실린더를 V자 모양으로 배치한 8기통 자동차.

"맞아." 찰리가 천천히 말한다. 슬픈 표정이다. 래빗은 찰리를 슬프게 만들 생각이 아니었다. 이 남자가 재니스를 얼마나 사랑했는지, 해리는 결코 정확히 알 수 없었다. "재니스한테서 그 이야기를 들었어. 그때는 챔프가 여기저기 많이 돌아다녔다고."

"조금이야. 하지만 나는 차를 가지고 돌아왔다고. 재니스는 집을 나갈 때 차를 가져가서 쭉 갖고 있었지만. 자네도 기억하다시피."

"내가?"

찰리는 결혼한 적이 없다. 그것이 어떤 면에서는 좋게 보인다. 재니스에게, 따라서 해리에게도. 결과적으로는 그렇다. 다른 남자가 자기 아내와 그 짓을 하면, 아내에게 새로운 가치가 생긴다. 적당한 선 안에서. 해리는 에너지 부족이라는 즐거운 주제로 대화를 되돌리고 싶다. 그가 스태브로스에게 말한다. "일전에 신문에서 재미있는 우스갯소리를 봤어. 연비로는 크리스토퍼 콜럼버스를 이길 수 없다. 콜럼버스가 3갈레온*으로 어디까지 갔는지 한번 봐라." 해리는 이 우스갯소리의 핵심 단어를 또박또박 조심스레 발음한다. 하지만 찰리는 이해하지 못했는지 그냥 입술 한쪽만 살짝 비트는 미소를 짓는다. 아파서 짓는 표정 같기도 하다.

"석유회사들이 우리를 그렇게 만든 거야." 찰리가 말한다. "그놈들이 우리한테 그랬지. 어서 써. 미친듯이 기름을 태워. 고속도로며 쇼핑몰들이며 전부. 백 년 뒤의 사람들은 우리가 그렇게 되는대로 살았던 걸 믿지 못할 거야."

---

* 15~18세기 초 스페인의 대형 돛단배. 영어 발음으로는 '갤리언'이라서 갤런과 발음이 비슷하다는 점을 이용해 말장난을 한 것.

"숲과 같아." 해리가 역사를 더듬으며 말한다. 그에게 역사는 엷게 색을 입힌 안개와 같다. 미식축구 경기장처럼 1세기마다 1066년이니 1776년이니 하는 연도가 표시되어 있고, 조지 워싱턴이나 히틀러 같은 사람들의 얼굴이 사이드라인 옆에 걸려 있다. 하지만 응원을 하는 표정은 아니다. "석탄도 그렇고. 어렸을 때 무연탄이 석탄 수송로를 덜컹거리며 내려가던 게 기억나. 빨간 점들이 그려진 채로. 거기에 어떻게 빨간 점들이 생겨난 건지 난 도저히 알 수 없었지. 그래서 땅속에서 뭔가가 이루어지는 게 아닌가 했어. 작은 요정들이 빨간 붓으로 점을 그려넣는 건가…… 했지. 어쨌든 지금은 무연탄이 없어. 사람들이 죄다 캐버렸기 때문에 이제는 광산에 부스러기밖에 없다고." 세상 사람들의 낭비 습관을 생각하고, 지구 또한 유한한 존재임을 깨닫는 것이 래빗에게 기쁨을 준다. 자신이 부자가 된 것 같다.

"그러게." 찰리가 한숨을 내쉰다. "적어도 중국 놈들이 산업혁명을 시작하는 걸 막아주는 역할은 하겠지."

이걸로 대화가 마무리된 것 같다. 하지만 해리는 에너지라는 주제 속에 생생히 살아 있는 뭔가 중요한 것을 놓쳐버린 느낌이 든다. 최근에 깨달은 일이지만, 개인적인 대화는 물론이고 사람들이 돈을 받고 나와서 이야기를 늘어놓는 텔레비전에서도 많은 주제들이 고갈되고 말라버렸다. 마치 사람들이 할 수 있는 이야기를 죄다 해버린 것처럼. 래빗의 머릿속에도 빈 공간들이 전보다 늘어났다. 과거에는 욕망과 강렬한 꿈과 눈이 휘둥그레지는 두려움을 품고 있던 뇌세포들이 여기저기서 다 타버린 것이다. 해리는 모자를 벗자마자 곧장 잠에 빠져든다. 전에는 사람들이 이런 말을 해도 이해하지 못했다. 하지만 그때는 모자를 쓰는 법이 없었고, 지금은 날씨가 조금만 차가워져도 모자를 쓴다. 머리 지붕이 갈수록 얇아져서 달빛이 그대로 비쳐들기 때문이다.

말씀만 하십시오. 저희는 뭐든지 갖고 있습니다. 전시장 창문에 걸어둔 커다란 종이 전단이 이렇게 외친다. 현재 텔레비전에서 방영되는 도요타 광고와 같은 내용이다. 전단지가 오후의 태양을 쏙 잘라내는 바람에 전시장 안이 조용한 수족관 같기도 하고 바다에 가라앉은 커다란 난파선 같기도 한 분위기를 풍긴다. 거기서 코로나 두 대와 선명한 초록색의 코롤라 SR-5 해치백이 손님에게 선택되어 유리 반대편의 공기 속으로 감아올려지기를, 그래서 주차장과 111번 도로와 그 너머의 아스팔트 세상에 무사히 내려앉게 되기를 기다리고 있다.

그 세상에서 자동차 한 대가 기운차게 들어온다. 두툼한 타이어를 단, 71년식이나 72년식 컨트리 스콰이어 왜건이 완충기 덕분에 부드럽게 움직인다. 움푹 들어간 펜더를 망치로 두드려 펴기는 했지만, 녹을 방지해주는 붉은 언더페인트가 그대로 드러나 있다. 젊은 커플이 차에서 내린다. 피부가 우유처럼 하얗고 다리를 드러낸 여자는 햇빛 때문에 눈을 깜박거리지만 남자는 햇볕에 많이 단련이 됐는지 붉게 탄 모습이다. 그의 청바지는 붉은 진흙 속에서 일하며 묻은 흙 때문에 뻣뻣하다. 스콰이어의 크롬 지붕에 거친 초록색 널빤지로 만든 상자 같은 것이 고정되어 있다. 래빗이 서 있는 곳에서 보니, 차를 농장 트럭으로 사용한 탓에 차 안의 좌석 커버와 패딩이 엉망이 되어버린 것이 보인다. "촌뜨기들이군." 찰리가 자기 자리에서 말한다. 두 남녀는 길게 늘어난 동물들처럼 수줍은 모습으로 에어컨이 돌아가는 실내 공기를 향해 콩콩거리며 안으로 들어선다.

이유는 잘 모르겠지만, 찰리의 말이 귓가에 울리는 탓인지 보호 본능이 발동한 해리가 두 사람을 향해 걸어가며 여자의 손가락에 결혼반지가 있는지 흘깃 본다. 반지는 없지만 요즘은 그런 것이 예전만큼 의미 있는 일이 아니다. 젊은이들이 동거를 하는 경우가 많으니까. 여자의 나이는 열아홉이나 스물쯤 되는 것 같고, 남자는 그보다 좀 많은 것 같다. 해리의 아들과 같은 또래다. "뭘 도와드릴까요?"

청년이 머리카락을 쓸어넘기자 좁고 하얀 이마가 드러난다. 햇볕에 탄 널찍한 얼굴이 웃지 않을 때도 마치 웃는 것처럼 보인다. "기냥 뭘 좀 물어보려고 들어왔어요." 카운티 남부의 말씨. 북부보다는 덜 공격적인 네덜란드식 말씨. 북부에서는 벽돌로 지은 교회들도 뾰족뾰족한 모습이고 주택들과 헛간들은 사암이 아니라 석회암으로 지어져 있다. 해리는 이 두 사람이 어떤 농장에서 일하다가 시내로 옮기려는 참인 것 같다고 짐작한다. 울타리 기둥이나 건초 꾸러미나 호박 같은 것들을 끙끙 옮기며 일했겠지만 이젠 그럴 필요가 없어진 거겠지. 둘이 살림을 합치고, 시내에서 일자리를 구한 뒤 코롤라를 타고 펑펑 돌아다니는 거다. 그래, 좋았어. 하지만 사내녀석이 아버지를 대신해서 그냥 가격을 알아보러 나선 길일 수도 있다. 여자친구는 남자를 따라왔을 뿐이고. 아니 아예 여자친구가 아니라 여동생이나 중간에서 차를 얻어 탄 사람일 수도 있다. 여자에게서 매춘부의 분위기가 살짝 풍긴다. 그 부드러운 몸이 색바랜 청 반바지와 페이즐리 무늬가 있는 자주색 홀터탑 밖으로 쏟아져나오고 싶어하는 분위기. 연한 주근깨가 박힌 그 반짝이는 어깨와 윗팔. 갈색이 도는 붉은빛을 바탕으로 여러 색깔이 모여 있는 풍성하고 음탕한 머리카락을 아무렇게나 묶어놓은 모습.

깊이 묻혀 있던 종이 울린다. 여자는 깊고 파란 눈을 갖고 있다. 달콤새콤한 비밀을 입속에 물고 사탕처럼 빨면서 남자가 말을 하게 내버려 두는 데 익숙한 시골 여자 특유의 침묵. 높은 코르크힐과 발목을 묶는 끈이 있어서 살짝 디스코풍이 가미된 신발은 잘 어울리지 않는다. 발톱은 분홍색이고, 손톱에도 색칠이 되어 있다. 이 여자는 이 남자 옆에 오래 있지 않을 것이다. 래빗은 그렇게 되기를 바란다. 그는 이 여자의 마음이 자기도 모르게 자신을 향해 둥둥 떠오고 있다고 상상한다. 여자는 꼼짝도 하지 않고 있는데도. 여자가 래빗에게서 숨고 싶어하지만 몸이 너무 크고 희어서, 너무나 갑작스레 여자의 분위기를 풍기게 되어서, 거의 벌거벗은 거나 다름없는 차림이라서 그렇게 하지 못하는 것 같다는 생각도 든다. 여자의 신발은 긴 다리를 더욱 강조해준다. 여자는 평범한 여자들보다 키가 크고, 그다지 뚱뚱하지 않다. 그냥 통통할 뿐이다. 특히 가슴 언저리가. 여자의 윗입술은 멍들어서 부푼 것 같은 모습으로 아랫입술과 맞닿아 있다. 여자가 쉽게 멍이 들 것 같아서 래빗은 이 여자를 보호해주고 싶다. 너무 오랫동안 여자를 바라보는 자신의 시선이 부담스러울 것 같아서 그는 청년에게 고개를 돌려 그 부담을 덜어준다.

"이것이 코롤라입니다." 해리가 오렌지색 양철 외피를 철썩 치며 말한다. "문이 두 개인 모델은 3천 900달러부터 시작하는데, 고속도로에서는 연비가 리터당 최대 17킬로미터까지 나오고 시내에서는 5에서 6.5킬로미터쯤 되죠. 다른 회사들은 자기네 연비가 더 높다고 광고하지만, 현재 미국에서 이 녀석보다 더 좋은 차를 구할 수는 없습니다. 절 믿으세요. 〈컨슈머 리포트〉 4월호를 한번 읽어보시죠. 처음 사 년 동안 유지비용이 평균보다 훨씬 좋습니다. 이런 시대에 차를 사 년 이상 타는 사람이 어디 있습니까? 세상 돌아가는 꼴을 보아하니 사 년 뒤면 우리 모두 자전거를 밀고 다니게 될 겁니다. 이 차는 4단 변속장치가 달려 있고, 점화 시스템은 완전히 트랜지스터로 작동되고, 전기로도 보조제어가 되는 전면 디스크 브레이크가 장착되어 있고, 인조가죽 의자는 개별적으로 젖힐 수 있고, 주유구 마개에는 잠금장치가 있습니다. 특히 이 잠금장치가 중요합니다. 요즘 자동차용품점에서 사이펀이 죄다 품절인 것 아시죠? 이제 브루어에서는 돈을 주고도 사이펀을 구할 수가 없습니다. 이유가 뭘까요? 얼마 전 우리 장모님의 낡은 크라이슬러가 마운트저지의 미용실 앞에서 기름이 다 떨어져버렸습니다. 교회에 갈 때 외에는 그 차를 몰고 나간 적이 없는데도 말이죠. 사람들이 점점 거칠어지고 있습니다. 오늘 조간신문에서 혹시 그 기사 보셨습니까? 카터가 농부들에게서 기름을 빼앗아 트럭 운전수들한테 주기로 했다죠? 그게 다 총의 힘이지 뭡니까, 안 그래요?"

"전 신문을 못 봤어요." 청년이 말한다.

청년이 둔하게 서 있기만 해서 해리는 할 수 없이 재빨리 걸음을 떼며 청년 옆을 돌아서 움직인다. 쇼핑 꾸러미들을 들고 행복한 표정으로 강아지와 함께 서 있는 여자의 모습을 실물 크기로 만든 종이 모델 옆을 지나 그는 초록색 차를 철썩 친다. "혹시 저 크고 낡은 왜건을 다른 차로 바꿀 생각이라면, 그나저나 저건 진짜 골동품이군요, 어쨌든 절반밖에 안 되는 유지비로 저것만큼 널찍한 공간을 제공해주는 왜건을 원하신다면, 이 SR-5가 아주 훌륭한 장점들을 갖고 있습니다. 5단 변속장치에 오버드라이브도 달려 있어서 장거리 여행 때 진짜로 연료를 절약해줍니다. 뒷좌석을 하나씩 따로 접을 수 있기 때문에 뒤에 사람을 한 명 태우더라도 그 옆에 골프채든 울타리 기둥이든 전부 실을 수 있는 긴 공간이 남습니다. 디트로이트의 업체들이 왜 이런 생각을 못했는지 모르겠어요. 좌석을 따로따로 접는 것 말입니다. 이 나라가 자동차 천국이라는데, 정작 그런 아이디어를 생각해낸 건 외국 사람들이라니요. 디트로이트의 회사들한테는 정말 실망했습니다. 2억이나 되는 국민들을 실망시켰어요. 나도 미국산 자동차를 팔고 싶지만, 우리끼리 하는 얘긴데 미국 차는 쓰레기입니다. 말만 자동차지 겉만 번드르르해요."

"저쪽의 저건 뭐죠?" 청년이 묻는다.

"그건 코로나입니다. 최고 중의 최고죠. 엔진도 2200cc로 더 큽니다. 1600cc가 아니에요. 겉모양은 유럽식에 가깝죠. 저도 저 차를 모는데 정말 마음에 듭니다. 고속도로에서는 연비가 리터당 13킬로미터쯤 나오고 브루어에서는 8킬로미터쯤 돼요. 물론 각자 운전습관에 따라 달라질 수도 있지만요. 페달을 밟을 때의 힘 같은 것 말입니다. 〈컨슈머 리포트〉의 시승자들은 진짜로 쌩쌩 달린 모양이에요. 거기서 나온 연비는 내 입장에서는 이해할 수 없습니다. 여기 이 해치백은 6천 850달러인데, 사실은 달러로 엔화를 사는 거나 마찬가지라는 점을 아셔야 합니다. 나중에 차를 바꿀 때가 되면 엔화를 돌려받는 거예요."

여자가 '엔화'라는 말에 빙긋 웃는다. 점점 자신감 있는 표정으로 바뀐 청년이 말한다. "그럼 이건요?" 젊은 농부 청년이 건드린 것은 셀리카의 멋진 검은색 엔진덮개다. 해리는 점점 의욕이 사라져간다. 청년은 애당초 이 차에 관심이 있었을 뿐, 차를 살 생각은 별로 없었다.

"손님이 방금 만지신 건 슈퍼 자동차입니다." 해리가 말한다. "셀리카 GT 스포츠 쿠페죠. 조만간 포르쉐나 MG와 나란히 달리게 될 차입니다. 래디얼 타이어에는 강철 피대가 달렸고, 시계는 쿼츠 크리스털이고, AM/FM 스테레오 라디오도 있습니다. 이게 모두 기본사양이에요. 기본. 그러니 옵션이 어떨지는 상상할 수 있을 겁니다. 이 차는 파워핸들과 선루프를 갖추고 있습니다. 솔직히 값은 좀 비쌉니다. 천 단위가 아니라 만 단위니까요. 하지만 이미 말씀드렸듯이, 이건 투자입니다. 요즘 사람들은 차를 그렇게 사요. 그런 사람들이 점점 늘어나고 있습니다. 차가 무슨 화장지도 아닌데 이 년마다 한 번씩 차를 바꾸는 사고방식은 바람과 함께 사라져버렸죠. 지금 튼튼한 고급차를 사면 오랫동안 몰 수 있습니다. 그동안 달러는 지옥으로 직행하겠죠. 물건은 좋은 걸로 사세요. 지금 인생의 출발점에 선 젊은이들에게 저는 항상 그렇게 충고합니다."

해리가 너무 열변을 토했는지 청년이 말한다. "우린 기냥 둘러보기만 하는 거예요."

"네, 압니다." 래빗은 재빨리 이렇게 말하며, 몸을 돌려 조용히 입을 다물고 있는 여자를 바라본다. "저한테 부담을 느끼실 필요는 전혀 없어요. 차를 고르는 건 짝을 고르는 것과 같습니다. 서두르지 말고 천천히 해야죠." 여자가 얼굴을 붉히며 시선을 피한다. 마음씨 좋은 아버지 같은 수다가 해리의 입에서 계속 흘러나온다. "여긴 아직 자유로운 나라입니다. 공산주의자들은 캄보디아 이후로는 더이상 나아가지 못했어요. 손님들이 결심도 안 했는데 제가 억지로 차를 팔 수 있는 방법은 없습니다. 저도 마찬가지예요. 이 차는 저절로 팔리는 물건입니다.

사실 지금 전시장에 이런 차들이 다 있는 게 두 분에게는 행운이에요. 2주 전에 배가 들어왔거든요. 다음 배는 8월이나 돼야 옵니다. 세상이 원하는 것만큼 일본이 차를 충분히 만들어내질 못해요. 도요타는 세계 어디서나 최고의 수입품목입니다." 해리는 여자에게서 눈을 뗄 수가 없다. 통통해 보이는 눈이 누군가와 닮은 것 같다. 주근깨가 있는 우윳빛 어깨에는 홀터넥 끈이 닿은 자리의 살이 살짝 패어 있다. 여자를 꼭 끌어안으면 피부에 지문이 남을 것 같다. 그만큼 여자가 싱싱하다. "어느 정도 크기를 생각하고 계시죠?" 해리가 말한다. "식구들을 모두 태우실 건가요, 아니면 두 분만 타실 건가요?"

여자의 얼굴이 더욱 더 붉어진다. 이 멍청이랑 결혼하지 마, 해리는 속으로 생각한다. 이 선머슴 같은 놈이 널 아래로 끌어내릴 거야. 청년이 말한다. "왜건을 새로 살 필요는 없어요. 아버지가 쉐비 픽업트럭을 갖고 계시고, 제가 고등학교를 졸업했을 때 스카이어를 저한테 주셨거든요."

"아주 좋은 차죠." 래빗이 인정한다. "상처를 입어도 결코 죽지 않는 차. 71년도에도 그 차에는 지금 차들보다 더 많은 금속이 들어갔습니다. 디트로이트의 업체들은 이제 그 유령 같은 차를 포기하고 있지만요." 자신이 둥둥 떠 있는 느낌이 든다. 이 두 사람의 젊음과 자신의 돈과 6월 오후의 화창한 날씨와 거기서 짐작할 수 있는 사실, 즉 내일 일요일도 날이 화창해서 예정대로 골프를 칠 수 있을 거라는 사실 위에 둥둥 떠 있는 느낌. "하지만 결혼을 앞두고 진지한 삶을 생각하는 사람이라면 향수를 불러일으키는 물건만으로는 부족합니다. 이런 차가 더 적합하죠." 해리는 오렌지색 차를 다시 철썩 친다. 눈을 들어 그를 바라보는 여자의 냉정하고 하얀 얼굴에 짜증스러운 표정이 드러난다. 미안해, 아가씨, 이 안에 가만히 서 있다보면 죽을 만큼 지루해져서 기회가 오면 아무렇게나 마구 지껄이게 되거든.

까맣게 잊고 있던 스태브로스가 지평선을 향해 천천히 기울어지고 있는 태양빛에 흠뻑 젖은 전시장 저편의 자기 자리에서 소리친다. "시승을 한번 해보시는 게 어떨까요?" 그는 서류작업을 하기 위해 조용하고 평화로운 분위기를 원하고 있다.

"시험 삼아 운전해보실래요?" 해리가 두 사람에게 묻는다.

"시간이 많이 늦었는데요." 청년이 지적한다.

"일 분이면 됩니다. 이 길만 한 번 지나가면 돼요. 해보세요. 제가 가서 열쇠와 번호판을 가져오겠습니다. 찰리, 저 파란색 코롤라 열쇠가 열쇠판에 걸려 있나 아니면 자네 자리에 있나?"

"내가 가져올게." 찰리가 툴툴거리듯이 말한다. 그는 자리에서 일어나 여전히 구부정하게 몸을 구부린 채로 허리 높이의 불투명 유리 칸막이를 지나 복도로 나간다. 그 칸막이는 프레드 스프링어가 말년에 지시해서 세운 시대에 뒤떨어진 장식이다. 그 뒤로 모조 호두나무 판지를 붙인 벽에는 허울만 좋은 화려한 문 세 개가 있다. 양옆의 문은 밀드레드 크루스트와 이 달에도 또 바뀌었는지 잘 모르겠지만 하여튼 경리를 담당하는 여직원의 방이고, 그 사이의 문은 수석 판매원의 방이다. 그 문들은 살짝 열려 있을 때가 대부분이고, 밀드레드와 경리 여직원이 계속 방들을 드나들며 업무를 의논하곤 한다. 해리는 자기 사무실보다 전시장에 나와 있는 편을 더 좋아한다. 옛날에는 전시장에 철제 책상 세 개와 좁은 카펫밖에 없었다. 하나밖에 없던 문은 화장실로 통하는 것이었는데, 가루비누 용기가 비치되어 있었지만 비누를 쓰려면 용기를 거꾸로 뒤집어야 했다. 접수대는 이제 별도의 칸막이 공간에 마련되어 있다. 바로 그 옆에는 대기실이 있지만 손님들이 거기서 기다리는 경우는 거의 없다. 찰리가 가져와야 하는 열쇠는 열쇠들, 개중에는 이제 세상의 그 어떤 물건도 열 수 없게 된 것들이 섞여 있지만, 하여튼 많은 열쇠들과 함께 부품창고로 통하는 문 옆의, 기름때 묻은 손가락 자국으로 더러워진 열쇠판에 걸려 있다. 물건을 잔뜩 얹어둔 철제 선반들이 터널처럼 늘어선 부품창고의 미닫이 창문은 쩽그렁쩽그렁 소리가 울려대는 동굴 같은 정비부를 내려다보고 있다. 찰리가물건들의 위치를 안다는 점을 제외하면 굳이 그가 물건을 가지러 갈이유는 없다. 잠시라도 손님을 혼자 놔두면 손님이 스스로 바보가 된것 같은 기분에 슬그머니 사라져버리곤 하기 때문에 자리를 비울 수없다는 점도 있기는 하다. 손님들은 사슴보다도 수줍음이 많다. 청년과 여자와 해리는 서로 할말이 없어서 찰리가 전시용 코롤라의 열쇠와녹슨 스프링 클립이 달린 대리점용 번호판을 들고 돌아오면서 힘겹게쌕쌕 숨을 쉬는 희미한 소리까지도 들릴 만큼 침묵을 지킨다. "내가 이젊은 손님들을 모시고 나갈까?" 찰리가 묻는다.

"아니, 자네는 앉아서 쉬어." 해리는 이렇게 말하고 나서, 말을 덧붙인다. "저 뒤의 문들을 미리 잠가둬도 좋고." 간판에는 토요일에 여섯시까지 문을 연다고 적혀 있지만, 기름 가뭄에 시달리는 이 불길한 6월에는 15분 일찍 문을 닫아도 상관없을 것이다. "금방 돌아올게."

청년이 여자에게 묻는다. "같이 갈래, 아니면 여기 있을래?"

"세상에, 무슨 소리야?" 여자가 말한다. 고개를 돌려 청년의 이름을 부르는 여자의 온화한 얼굴에 짜증이 피어난다. "제이미, 어머니가 날 기다리고 있어."

해리가 여자를 달랜다. "일 분이면 돼요." 어머니라. 여자에게 어머니가 어떤 분인지 설명해보라고 할 수 있으면 좋을 텐데.

주차장으로 나가니 반짝반짝 빛나는 바람이 여름을 몰고 온다. 아스팔트 주위에 여기저기 자라고 있는 풀들 속에 민들레가 버터를 바른 것처럼 피어 있다. 해리는 번호판을 코롤라 뒤쪽에 끼우고 청년에게 열쇠를 건넨다. 그리고 여자가 뒷좌석으로 들어갈 수 있게 조수석을 앞으로 기울여 붙든다. 여자가 안으로 들어가는 동안 짧은 청 반바지 속의 엉덩이가 살짝 보인다. 래빗은 조수석에 끼어 앉아 제이미에게 테이프덱을 포함한 대시보드의 자질구레한 장치들을 설명한다. 세 사람 모두 키가 큰 편이라 작은 차가 꽉 찬 느낌이다. 하지만 힘센 수입품인 도요타 자동차는 세 사람을 싣고 재빨리 움직여 111번 도로의 추월차선으로 들어간다. 커다란 호박벌의 등에 타고 있는 것처럼, 붕붕거리는 엔진이 느껴진다. "기운이 넘치네요." 제이미가 인정한다.

"게다가 매끄럽게 움직이죠. 여러 조건을 생각하면." 해리는 아무것도 없는 바닥에서 브레이크 밟는 시늉을 하지 않으려고 애쓰며 말한다. 그리고 뒷좌석의 여자에게 소리친다. "괜찮아요? 자리가 좁으면 내가 좌석을 앞으로 더 당길까요?" 반바지가 어찌나 짧은지 이제는 사타구니가 아프지나 않은지 걱정스럽다. 솔기가 사타구니를 꽉 조이고 있다.

"아뇨, 괜찮아요. 옆으로 앉으면 돼요."

해리는 고개를 돌려 여자를 보고 싶지만 이 나이에는 고개를 돌리는 것이 쉽지 않다. 실제로 어떤 날은 다른 것도 아니고 자신의 몸무게를 밤새 지탱하느라 목과 어깨가 모두 욱신거리는 채로 잠에서 깨기도 한다. 그가 제이미에게 말한다. "이건 1600cc입니다. 1200cc짜리 기본 모델이 있기는 하지만, 저희는 그걸 취급하지 않아요. 힘이 부족해서 미국 도로에서 트럭 같은 자동차를 피해가지 못하는 자동차 때문에 누가 죽었다는 소리를 듣고 양심의 가책을 느끼는 게 아주 싫거든요. 저희는 또한 풀옵션을 권장합니다. 그러지 않으면 나중에 차를 팔고 새 차로 바꿀 때 무시를 당할 테니까요." 해리는 간신히 고개를 돌려 여자를 바라본다. "일본인은 장점이 많은 사람들이지만, 다리가 짧은 게 흠이에요." 그가 여자에게 말한다. 여자는 엉덩이가 거의 바닥에 닿고 무릎은 허공에 쳐든 자세로 앉아 있다. 반짝반짝 빛나는 젊은 무릎이 해리의 얼굴에서 겨우 몇 센티미터 떨어져 있을 뿐이다.

여자는 바람에 날려 입술에 걸린 머리카락 몇 가닥을 무심하게 빼내며 창문을 통해 브루어 번화가의 상업지구를 바라보고 있다. 눈길을 사로잡는 모양의 패스트푸드점들과 신부용품에서부터 석고로 만든 새의 물쟁반에 이르기까지 없는 게 없는 아울렛들이 저마다 주차장을 갖추고 들어서면서 이 오래된 와이저타운 파이크를 더욱더 번화한 곳으로 만들어놓았기 때문에 기묘하게 아직 살아남은 주택 한 채와 뭉툭 잘린 앞마당 잔디밭이 불쑥 튀어나와 있는 모습이 고통스럽게 보인다. 파이크 포르쉐, 르노, 디펜도르퍼 폴크스바겐, 올드 레드 반 마쓰다, BMW, 다이아몬드 카운티 수입자동차 등 해리의 경쟁업체들 앞에서 **높은 연료 경제성**이라는 문구가 깜박이고, 그 유혹과 뒤섞여 있는 주유소들은 주유 펌프에 덮개를 씌워두었고, 한때 차들이 미끄러지듯 들어와 기름을 채우고 미끄러지듯 나가던 도로 건너편에는 견인 트럭들이 주차되어 있다. 날이 저물어가는 무렵에 적대적인 바리케이드를 세워놓은 것 같은 느낌이 난다. 저 덮개들은 어디서 난 걸까? 개중에는 진홍빛의 네모난 캔버스 천을 아주 세련되게 재단해서 만든 것도 있다. 주유 펌프의 덮개를 만드는 일이 새로운 산업이 된 모양이다. 텅 빈 호수처럼 보이는 아스팔트 위에는 딸기와 철 이른 완두콩을 파는 작은 노점이 몇 개 있다. 길에서 한참 떨어진 시멘트 건물을 가리키는 표지판도 있다. 래빗은 이곳에서 거대한 미스터 땅콩이 나지막한 상점을 가리키고 서 있던 것을 기억한다. 그 가게의 유리 진열장 안에는 소금을 가미한 견과류들이 놓여 있었다. 브라질 너트와 헤이즐너트와 깨지지 않은 캐슈너트 등이었다. 깨진 캐슈너트는 값이 좀더 쌌다. 다이아몬드 카운티에서는 견과류가 잘 나가지만 그래도 아주 많이 팔리지는 않았는지 그 가게는 망했다. 사람들은 건물 외피를 헐어서 두 배로 늘린 뒤 나이트클럽을 만들고는 표지판도 새로 색칠했다. 모자는 그대로 남았지만 미스터 땅콩은 하얀 넥타이를 매고 옷자락을 길게 늘어뜨린 모습으로 흥청망청 노는 사람이 되었다. 그뒤로도 몇 번이나 변형을 거친 끝에 이 표지판은 어색한 여자 모습이 되었다. 옷을 입었음을 의미하는 울퉁불퉁한 흔적이 전혀 없는 검은 실루엣의 여자는 머리를 뒤로 젖히고 있고, D I S C O라는 말의 커다란 글자들이 마치 여자의 잘린 목에서 하나씩 뽑혀나오는 것처럼 튀어나와 아래로 떨어지며 거품이 되어 터진다. 이 광고판 뒤의 닳아빠진 초록색 언덕들에는 수증기가 안개처럼 걸려 있고, 햇볕에 구워지고 있는 창백한 들판에서는 줄줄이 늘어선 옥수수 알들이 굵어지고 있다. 코롤라 내부가 뒤섞인 인간의 체취와 함께 점점 더워진다. 해리는 여자가 몸을 쭉 늘여서 뒷좌석으로 들어갈 때 보였던 긴 허벅지를 생각하며 여자에게서 바닐라 냄새가 난다고 상상한다. 여자의 그곳에서는 아이스크림처럼 좋은 냄새 날 것이다. 실터스트*가 그걸로 제품을 만들어야 하는 건데.

젊은이들의 침묵이 마음에 걸린다. 해리는 침묵을 쿡쿡 찔러댄다. "어젯밤 폭풍이 굉장했죠. 오늘 아침에 라디오에서 들었는데, 아이젠하워 스트리트와 7번가가 만나는 지점의 지하도가 한 시간 넘게 침수되었답니다."

해리는 또 말을 잇는다. "내가 보기에는 정말이지 섬뜩해요. 누가 죽기라도 한 것처럼 주유소들이 죄다 문을 닫은 모습이 말입니다."

해리는 또 말을 잇는다. "허쉬 회사가 트럭 운전수들의 파업 때문에 900명을 해고할 수밖에 없었다는 신문기사 봤어요? 이제 조금 있으면 허쉬 초코바를 살 때도 줄을 서야 할 겁니다."

청년은 프라이호퍼 베이커리의 트럭을 추월하느라 여념이 없고, 해리는 청년 대신 스스로 자기 말에 대답한다. "시내의 가게들이 모두 물러나고 있어요. 이제 도시 중심부에는 은행과 우체국 말고는 아무것도 남은 게 없습니다. 쇼핑몰을 짓겠다고 나무들을 잔뜩 들여놓았지만 그래 봤자 소용이 없을 거예요. 다들 시내에 가는 걸 아직도 무서워하고 있으니 말입니다."

청년은 계속 추월차선을 달리면서도 기어를 3단에 고정시켜 놓는다. 차가 힘을 더 내게 만들려고 그러는 게 아니라면, 4단이 있다는 걸

---

* 낙농제품 브랜드.

잊어버린 모양이다. 해리가 청년에게 묻는다. "이제 느낌이 옵니까, 제이미? 차를 돌리고 싶다면, 저 앞에 금방 교차로가 나옵니다."

여자는 해리의 말을 이해한 것 같다. "제이미, 이제 그만 돌아가자. 이분도 집에 돌아가서 저녁을 드셔야지."

제이미가 교차로에서 천천히 속도를 늦추는 순간, 페이서(도로를 달리는 차들 중에 가장 웃기는 차다. 마치 유리 욕조를 뒤집어놓은 것 같은 모양이다) 한 대가 이쪽은 보지도 않고 왼쪽으로 획 들어선다. 운전자는 하와이언 셔츠를 입은 뚱뚱한 라틴 놈이다. 청년은 경적을 찾으려고 핸들을 철썩 내리치지만 경적을 찾지 못한다. 도요타는 정말이지 웃기는 곳에 경적을 달아두었다. 핸들 안쪽 엄지손가락이 닿을 만한 자리에 있는 두 개의 작은 원호 위에 경적이 있다. 해리가 재빨리 손을 뻗어 대신 경적을 울려준다. 페이서가 차를 획 돌려서 원래 차선으로 돌아가고, 하와이언 셔츠의 운전자가 음산한 눈으로 뒤를 돌아본다. 해리가 지시한다. "제이미, 다음 신호등에서 좌회전해서 고속도로를 가로지른 다음 다시 좌회전을 하면 대리점으로 돌아갈 수 있습니다." 그러고는 여자에게 설명한다. "이쪽이 더 나아요." 해리는 머릿속의 생각을 말로 떠들듯이 말한다. "제가 가져보지 못한 차에 대해 두 분에게 무슨 말을 할 수 있겠습니까? 이 차에는 잠금장치가 아주 많아요. 일본인들은 서로 경쟁이 치열하기 때문에 잠금장치에 목숨을 걸죠. 우리도 그걸 보며 웃을 입장은 아닙니다. 그런 시대가 오고 있으니까요. 저는 이미 죽은 뒤겠지만, 두 분은 그런 시대를 볼 겁니다. 제가 어렸을 때는 아무도 집을 잠글 생각을 안 했지만 지금은 다들 문을 잠그고 다닙니다. 정신 나간 우리 마누라만 빼고요. 우리 마누라가 웬일로 문을 잠갔나 하면, 이번에는 열쇠를 잃어버리죠. 제가 언젠가 일본에 가고 싶어하는 이유 중 하나는, 도요타에서 딜러들한테 기회를 주거든요. 물론 나보다 더 실적이 좋아야 하지만요, 어쨌든 일본에 가서 종이로 만든 집을 어떻게 잠그는지 보고 싶습니다. 여기 아래쪽의 걸쇠를 풀지 않으면 시동장치에서 열쇠를 뺄 수 없어요. 뒤 트렁크는 이 레버로 엽니다. 주유구 뚜껑에 잠금장치가 있다는 건 이미 아시죠? 이번주에 아드모어 어디선가 어떤 여자가 주유소 앞에서 새치기를 했다가 벌어진 일 들으셨습니까? 뒤에 서 있던 남자가 어찌나 화가 났는지 잠금장치가 있는 자기 주유구 뚜껑을 여자의 차에 몰래 옮겨놓았답니다. 그래서 여자가 기름을 넣을 차례가 됐을 때, 주유소 직원이 뚜껑을 열 수 없었대요. 결국 여자의 차를 견인해서 옮기는 수밖에 없었죠. 제가 보기에 그 여자는 그런 꼴을 당해도 쌉니다."

해리가 지시한 대로 두 번 좌회전을 한 차는 이제 들판이 가장자리까지 뻗어 있는 구불구불한 도로를 달리고 있다. 쟁기가 지나간 자리에서 아직도 반짝이고 있는 붉은 흙덩이들이 보인다. **론모워스 샤폰드, PA. 더치 퀼츠** 등 몇 개 안 되는 업체들은 이 도로와 나란히 뻗어 있는 111번 도로변의 업체들보다 십 년은 더 된 것 같다. 길가의 둑 위에는 간간이 하트 모양이나 마법 문양이 그려진 우편함들 사이로 황금싸리가 보라색 꽃을 피우고 있다. 오르막길 꼭대기에서 코끼리 색깔을 한 브루어의 기름 탱크들이 시야에 들어오고, 줄지어 늘어선 붉은 벽돌색 건물들이 마운트저지를 기어오르며 산허리를 더럽히고 있다. 래빗은 용기를 내서 여자에게 묻는다. "이 근처 출신이에요?"

"갈릴리에 더 가까워요. 어머니가 농장을 하세요."

혹시 어머니 이름이 루스인가요? 해리는 이렇게 물어보고 싶지만 묻지 않는다. 여자가 경계심을 품으면, 아직 확인되지 않은 가능성 때문에 들떠서 떨리는 기분이 망가질까봐. 해리는 한번 더 몰래 여자를 보려고 애쓴다. 하얀 피부가 거울 같은지, 저 순진한 파란색 눈이 자신을 닮았는지 보고 싶어서. 하지만 그의 커다란 덩치가 움직임을 제약하고, 차도 너무 비좁다. 해리는 청년에게 묻는다. "필리스 게임을 봐요, 제이미? 어젯밤 7 대 0으로 패하는 건 봤습니까? 보와가 그렇게 실책을 하는 건 자주 있는 일이 아닌데."

"보와라면 연봉이 높은 그 친구를 말하는 건가요?"

이 멍청이의 손에서 도요타 자동차를 빼앗고 나면 기분이 좀 나아질 것 같다. 차가 방향을 돌릴 때마다 타이어가 끌리는 것이 느껴지고, 갑작스레 생겨난 비밀이 가슴속에서 동그라미 위에 동그라미를 또 겹쳐 그리며 자꾸만 넓어진다. 마치 씨앗 같다. 땅에 묻힐 때는 눈에 보이지도 않지만, 일단 뿌리를 내리고 나면 씨앗이 미리 정해진 대로, 우리의 죽음처럼 확실한 운명을 멋지게 이뤄내는 것을 아무도 막을 수 없다. "아마 로즈를 말하시는 것 같네요." 해리가 대답한다. "그 친구도 요즘엔 그다지 도움이 안 돼요. 올해는 아무것도 안 될 겁니다. 피츠버그가 최고예요. 파이리츠든 스틸러스든, 하여튼 피츠버그가 항상 이기죠. 여기서 좌회전해요, 노란불이 깜박일 때. 그러면 111번 도로를 그대로 가로질러서 우리 주차장 뒤쪽으로 들어갈 수 있습니다. 그래, 타보시니 어떤가요?"

옆에서 보니 청년의 얼굴이 동양적이다. 빨간 귀와 빨간 코 사이에 넓적한 뺨이 있고, 통통한 눈에는 아무런 표정도 드러나 있지 않다. 흙에서 살아 있는 것을 파내는 사람들은 선천적으로 비열하다고 해리는 옛날부터 항상 생각했다. 제이미가 말한다. "아까도 말했지만, 우린 그냥 둘러보는 중이에요. 이 차는 아주 작은 것 같지만, 그거야 그냥 익숙하지 않아서 그런 건지도 모르죠."

"그럼 코로나로 한 바퀴 돌아보시겠습니까? 이 차를 탄 다음에 그 차를 타면 내부가 궁전같이 느껴진답니다. 믿지 못하시겠지만, 폭이 겨우 2센티미터 넓고, 길이도 겨우 5센티미터 길 뿐인데도요." 해리는 자신에게 감탄한다. 센티미터라는 말이 자신의 입에서 나오다니. 이 차들을 앞으로 오 년만 더 다루면 일본어를 술술 하게 될지도 모른다. "어쨌든 조금 작은 차에 익숙해지는 게 좋을 겁니다." 해리가 제이미에게 말한다. "옛날식의 큰 차들은 이미 한물갔어요. 사람들이 그런 차를 몰고 와서 새 차로 바꿔가고 나면, 우리는 그 낡은 차를 못 팔아서 애를 먹습니다. 그래서 절반은 도매로 넘기죠. 그러면 도매상은 그 차들을 창가 화분으로 만들어버립니다. 손님이 저희한테서 새 차를 사신다면, 손님의 낡은 차를 500에 쳐드리겠지만, 그건 그냥 예의상 드리는 겁니다. 젊은 분들을 돕는 게 좋으니까요. 세상이 정말 어찌돼가는지 모르겠습니다. 손님들 같은 젊은 커플이 차를 사거나 집을 살 여유가 없는 세상이라니요. 이런 세상에서 사다리의 맨 아래 칸에조차 발을 올려놓지 못하는 사람이 늘어나면, 사람들은 체제에 대한 믿음을 잃어버릴 겁니다. 문제들을 해결하지 못한 채로 세상이 이대로 변해가면, 지난 60년대는 공원의 한가로운 종달새처럼 보일 겁니다."

주차장 뒤편에 흩어져 있던 돌멩이들이 버석거린다. 청년은 코롤라를 원래 있던 자리에 세웠지만, 열쇠를 빼기 위해 눌러야 하는 버튼을 찾지 못해서 해리가 다시 알려준다. 여자는 빨리 나가고 싶어 안달이 났는지 앞으로 몸을 기울인다. 여자의 숨결이 해리의 손목에 난 무색의 털들을 흐트러뜨린다. 그의 셔츠가 어깨뼈에 달라붙고, 그는 밖으로 나와 자기도 모르게 허리를 쭉 펴고 선다. 세 사람 모두 천천히 몸을 편다. 해는 아직 밝지만, 하늘 높이 떠 있는 말 꼬리 모양 구름들은 내일 골프를 치기에 어떨지 날씨 걱정을 또 하게 만든다. "운전을 잘하시네요." 해리가 제이미에게 말한다. 차를 파는 건 이미 포기했다. "잠시 안에 같이 들어가시죠. 자료를 좀 챙겨드리겠습니다." 전시장 안으로 들어가니 햇빛이 종이 전단을 때려서 '갖고 있습니다'라는 글자가 거꾸로 비쳐 보인다. 스태브로스는 보이지 않는다. 해리는 청년에게 자신의 **수석** 판매원 명함을 주고, 고객 명부에 서명을 부탁한다.

"아까도 말했지만……" 청년이 입을 연다.

해리는 청년이 이렇게 자꾸 빼는 것을 더이상 참을 수 없다. "여기에 서명한다고 뭐가 어떻게 되는 건 아닙니다. 도요타가 손님에게 크리스마스카드를 보내주는 것뿐이에요. 제가 대신 써드리겠습니다. 이름이 제임스……?"

"넌매처." 청년이 조심스러운 표정으로 철자를 불러준다. "갈릴리, R. D. 2번지."

해리의 필체는 시간이 지날수록 점점 나빠져서, 그의 긴 팔 끝에서 움찔거린다. 하지만 팔이 길다 해도 그가 자신의 글씨를 선명히 볼 수 있을 만큼 긴 것은 아니다. 독서용 안경이 있지만, 허영심 때문에 남 앞에서는 절대로 쓰지 않는다. "됐습니다." 해리는 이렇게 말하고 나서 아주 아무렇지도 않게 여자에게 시선을 돌린다. "그럼 아가씨는요?

이름이 같습니까?"

"그럴 리가요." 여자가 키득거리며 말한다. "내 이름은 써봤자 소용 없어요."

서늘하고 단조로운 눈에 대담한 불꽃이 인다. 여자들이 언제나 그러듯이 이 여자도 멍청한 척하며 말을 피한다. 여자의 시선이 똑바로 앞을 향하자 아래 눈꺼풀에 조금 섹시한 기운이 비치고, 그 밑에는 수면부족으로 생긴 그림자가 있다. 코가 살짝 들려 있다. "제이미랑은 이웃이에요. 난 그냥 차를 얻어 타고 온 것뿐이에요. 시간이 나면 크롤스에서 여름 원피스나 둘러볼까 하고요."

저멀리 뒤쪽에 묻혀 있는 뭔가가 빛을 향해 반짝인다. 오늘은 기울어진 햇빛이 선반에 닿는다. 스프링어 모터스가 후원하는 대회의 트로피들, 아주 가벼운 하얀 금속 표면을 달걀형으로 올록볼록하게 새겨놓은 트로피들이 선반에서 반짝인다. 그래, 네 이름을 지켜라, 이 계집애야, 여긴 아직 자유로운 나라니까. 하지만 그는 여자에게 자신의 이름을 알려주었다. 여자는 제이미의 넓적하고 붉은 손에서 해리의 명함을 집어들더니 아이처럼 생기 있는 눈으로 명함 위의 글자와 해리의 얼굴과 그의 옛날 활약상을 담은 기사들이 시간의 힘으로 구워져서 누렇게 걸려 있는 저 뒤편 벽을 차례로 바라본다. 그리고 해리에게 묻는다. "혹시 유명한 농구선수였어요?"

정말 대답하기 쉽지 않은 질문이다. 아주 오래전 일이니까. 해리는 여자에게 말한다. "암흑시대 때 얘기예요. 그런데 왜 묻는 겁니까? 내 이름을 들어본 적이 있어요?"

"에이, 아뇨." 사라져버린 시대에서 온 방문객이 쾌활하게 거짓말을 한다. "그냥 그렇게 생기셨어요."

꿀렁꿀렁 흔들거리는 컨트리 스콰이어를 타고 두 사람이 떠난 뒤, 해리는 불투명 유리로 가려진 복도를 따라 밀드레드 크루스트의 문을 지나쳐 화장실에서 볼일을 본다. 그리고 문을 잠그고 돌아온 찰리와 마주친다. 여전히 누군가가 좀도둑질을 하는지 이유를 알 수 없는 빈 틈들이 전체를 먹어치우고 있다. 물이 새는 양동이 속의 물처럼 돈이 새어나간다. 그러더니 곧 뚝뚝 떨어지기 시작한다. "아까 그 여자애 어때?" 전시장으로 돌아온 뒤 해리가 찰리에게 묻는다.

"눈이 이 모양이라 이젠 여자들을 아예 안 봐. 이런 몸으로는 여자들을 보더라도 뭘 어찌해볼 도리가 없잖아. 아까 그 여자애는 크고 둔해 보이던데. 몸에 다리만 있는 것 같기도 하고."

"그래도 같이 있던 그 시골뜨기만큼 명청하지는 않아." 해리가 말한다. "세상에, 가끔 여자들이 왜 저런 남자랑 같이 다니나 싶어서 울고 싶을 정도야."

스태브로스의 검은 얼룩 같은 눈썹이 위로 올라간다. "그래? 반대로 이야기하는 사람들도 있을걸." 그는 일을 하려고 자기 책상에 앉는다. "챔프가 보상판매로 받아들인 토리노에 대해서 매니한테 들었어?"

매니는 정비부장으로, 키가 작고 몸이 구부정하며 코에는 검은 땀 구멍이 있는 남자다. 마치 손 대신 그 코로 매일 더러운 일을 하고 있는 것 같다. 그는 당연히 해리에게 분개하고 있다. 해리는 스프링어의 딸과 결혼한 덕분에 햇빛이 잘 드는 전시장 안을 돌아다니다가 보상판매로 무겁기만 하고 볼품없는 토리노를 받아들이기나 하니까 말이다.

"앞부분이 어긋나 있다고 하더군."

"솔직히 그것 말고 밸브도 반드시 손봐야 한대. 차 주인이 주행거리계도 건드린 것 같다고 하던데."

"그렇더라도 내가 어쩌겠어? 그놈이 손에 떡하니 장부를 들고 있으니 장부가격으로 차를 줄 수밖에. 내가 안 그랬으면, 디펜도르퍼나 파이크 포르쉐가 틀림없이 그렇게 했을걸."

"그전에 매니한테 한번 보라고 했어야지. 매니라면 한번 흘깃 보기만 해도 그 차가 충돌사고를 겪은 적이 있다고 말해줬을 텐데. 게다가 만약 주행거리계에 장난을 친 것까지 찾아냈다면, 그놈을 몰아붙일 수 있었을 거야."

"그거 앞바퀴를 무겁게 만들어서 진동을 가리면 안 되나?"

스태브로스는 답답한 마음을 참으려는 듯이 올리브그린색인 자기 책상 위에 양손을 똑바로 펼친다. "그건 양심의 문제지. 챔프가 그 토리노를 누구든 손님에게 떠넘기면, 그 손님은 절대로 다시는 우리 가게를 찾지 않을걸. 내가 장담해."

"그럼 어떻게 하면 좋겠어?"

찰리가 말한다. "포츠빌에 있는 포드 대리점에 할인가격으로 넘겨. 그 차 주인한테 차를 팔면서 900을 남겼으니까, 매니가 다시 올라오게 하느니 200쯤 손해를 봐도 되잖아. 매니는 정비부를 보호해야 하니까 자기가 가진 부품에 비싼 값을 매길 수밖에 없어. 게다가 포드 부품이라면 이미 다른 부품보다 비싸잖아. 포츠빌의 대리점에서는 그 차에 대충 왁스를 칠해서 어린애한테 팔아넘길 거고, 그러면 그애는 여름 한철을 행복하게 보내겠지."

"좋은 생각인 것 같군." 래빗은 밖으로 나가서 자기 딸에 대한 몽상을 하며 저녁 공기 속을 돌아다니고 싶다. "내 맘대로 할 수만 있다면……" 그가 찰리에게 말한다. "미국산 자동차들은 죄다 들어오는 즉시 도매가로 팔아버릴 거야. 흑인이나 라틴 놈들 말고는 그런 차를 원하는 놈이 없잖아. 게다가 흑인이나 라틴 놈들도 언젠가는 정신을 차리겠지."

찰리는 생각이 다르다. "잘만 하면 중고차로도 장사를 잘할 수 있어. 옛날에 프레드 사장님은 어떤 차든 반드시 살 사람이 나서기 마련이라고 했지만, 보상판매로 받은 자동차에 자기가 기꺼이 현찰로 지불할 수 있는 수준 이상의 값을 매기면 안 돼. 현찰이 중요해. 숫자가 바로 현찰이라고. 실제로 지폐를 다루지는 않더라도." 찰리가 의자를 살짝 뒤로 기울이자 그의 손바닥이 책상 상판 위에서 끽 하고 긁히는 소리를 낸다. "내가 63년에 처음 프레드 스프링어 사장님 밑에서 일하기 시작했을 때, 우리는 중고 미국차만 팔았어. 이런 내륙지방에서 외국차는 절대 구경할 수 없었지. 조금 전까지만 해도 도로를 달리던 차가 들어오면 우리는 페인트를 새로 칠하고 엔진을 조정했어. 제조사들이 우리한테 값을 어떻게 붙여놓으라고 간섭하지도 않았으니까, 우리는 면도크림으로 앞유리창에 값을 써붙였지. 그러다 일주일 안에 차가 팔리지 않으면 그걸 지우고 새로 값을 써넣는 거야. 수입관세도 없고, 돈이 평가절하되는 일도 없었지. 그저 치열한 경쟁이 있었을 뿐이야."

과거의 추억. 이것 때문에 찰리의 뇌가 썩어가고 있는 것이 슬프다. 해리는 찰리의 아련한 기분이 가라앉기를 예의바르게 기다린 뒤, 마치 느닷없이 생각난 것처럼 질문을 던진다. "찰리, 만약 나한테 딸이 있다면 어떻게 생겼을 것 같아?"

"못생겼겠지." 스태브로스가 말한다. "벅스버니처럼 생겼을 거야."

"딸이 있으면 재미있을 거야, 그렇지?"

"글쎄." 찰리가 책상에서 손바닥을 떼자 그의 의자 다리가 철썩 하고 바닥으로 떨어진다. "넬슨한테서는 무슨 소식 있어?"

해리는 갑자기 열을 낸다. "별 소식 없어. 천만다행이지. 그 녀석은 도대체 편지라는 걸 쓰는 법이 없어. 중간에 만난 여자애랑 콜로라도에서 여름을 보내고 있다는 소식이 마지막이야." 넬슨은 오하이오주 켄트주립대학을 다니고 있다. 학교를 다니다 말다 해서 졸업하려면 아직도 일 년 치 학점을 더 따야 한다. 지난 10월에 이미 스물두 살이 되었는데도.

"어떤 여자앤데?"

"그걸 누가 아나. 나야 일일이 확인할 방법이 없지. 만나는 여자애마다 점점 더 괴상해지는 것 같아. 십대 알코올중독자도 있었고, 카드로 점을 치는 애도 있었지. 그애가 아마 채식주의자였을걸. 아냐, 다른 애였나. 내가 보기에는 넬슨 녀석이 날 약올리려고 그런 애들을 만나는 것 같아."

"그애를 포기하지 마. 그애밖에 없잖아."

"아이고, 생각만 해도 끔찍하네."

"먼저 들어가. 난 일을 마저 해야겠어. 문은 내가 잠글게."

"그래, 재니스가 오늘 저녁에는 무슨 요리를 태워먹었는지 보러 가야지. 자네도 요리를 좀 들고 오겠어? 자네를 보면 재니스가 좋아할 텐데."

"고맙지만 마나 무가 날 기다리고 계셔." 이제는 노쇠한 어머니가 아이젠하워 애비뉴에 있는 찰리의 집에서 찰리와 함께 살고 있다. 이것이 해리와 찰리 사이를 또다른 동지의식으로 묶어준다. 해리도 장모와 함께 살고 있기 때문이다.

"그래, 잘 지내, 찰리. 월요일에 보자고."

"그래, 잘 들어가, 챔프."

햇빛은 아직도 황금색이다. 점점 길어지고 있는 해리의 삶 속에서 이제는 광택이 나지 않는 황금색으로 변했지만. 해리는 지금까지 여름이 오고 가는 것을 몇 번이나 보았다. 이제는 여름이 저물어가는 것과 여름이 오는 것이 모두 같아 보인다. 여름 내내 순서대로 꽃을 피우는 잡초들의 이름이나 역시 미리 정해진 순서대로 나타나 먹이를 잡아먹다가 사라지는 벌레들의 이름은 여전히 알 수 없는데도. 6월이면 학기가 끝나고 운동장들이 문을 여는 것은 알고 있다. 남자라면 몇 번씩이나 풀을 깎아야 하고, 아이라면 부모님의 감미로운 부엌에서 저녁식사에 쓸 접시들이 서로 쨍쨍 부딪히는 소리를 내는 동안 밖에서 놀 수 있고, 아직도 파란 하늘에서 달이 사람들의 어깨 너머를 내려다보는 것이 보이고, 무릎에는 언제 묻었는지 우유 같은 풀즙이 묻어 은색 얼룩이 져 있다. 다행한 일이다. 6월이면 자동차 판매량이 절정에 이른다. 해리처럼 일 년에 삼백 대를 파는 딜러라면, 스물다섯 대 이상의 차를 판다는 뜻이다. 이번달에 해리는 이미 스물한 대를 팔았고 6월의 영업일은 아직 육 일이 남았다. 대당 평균 800달러인 총이윤에 25를 곱하면 2만이 되고 거기서 영업사원의 월급과 장려금을 합한 보수로 대략

25퍼센트를 빼면 1만 5천이 되고 거기서 회계부를 자꾸만 들락날락하며 바뀌는 귀여운 계집들, 몇 년 전만 해도 폴란드 계집이라고 불리며 복도에서 엉덩이를 비벼대던 계집들의 월급으로 8 내지 10퍼센트를 빼고 거기에 스프링어 모터스가 스스로에게 지불하는 집세, 스프링어 노인은 은행이 가져가버릴 수도 있는 것을 소유하려 하지 않았지만 대출금은 하는 수없이 갚아야 했는데 세상에 그 이자율이 지금은 누구든 새로 시작하는 사람이라면 죽을 만큼 힘들 정도이고 게다가 브루어 트러스트가 오래전부터 자금을 대줄 때 두 자릿수 이자를 물리고 있는데다가 이 12퍼센트 외에 아무도 리베이트로 부르고 싶어하지 않지만 국세청은 세금을 부과할 수 있는 소득으로 보고 있는 손실 예비비 2, 3퍼센트를 계산에 넣고 매니가 원하고 있지만 엄청난 전력을 사용하게 될 Sun 2001 진단용 컴퓨터와 이제는 차바퀴의 나사 하나도 제대로 돌리지 못해서 부르르르 하고 공기 빠지는 소리가 나게 만드는 전동공구들에 게다가 그 더위라니 몇 달 동안 더위를 피할 수 있었던 것이 얼마나 다행인지 저 망할 놈의 아랍인들은 우리를 죽일 작정이고 사람들은 작업복 안에 옷을 입지 않으려 하는데 젊은 정비공들이 특히 문제라 손가락 끝의 감각이 없어진다나 어쩐다나 하고 건강보험 또한 사람을 죽이려 드는 물건인데 병원들은 메디케이드*로 무슨 게임이라도 하는 것처럼 사실 이미 죽은 사람들을 계속 살려두려고 애쓰고 게다가 그 광고라니 해리는 그것이 도대체 얼마나 쓸모가 있는지 궁금할 때가 한두 번이 아닌데 어디선가 읽은 바에 따르면 총매출의 1.5퍼센트 정도

---

* 65세 미만의 저소득층과 장애인들을 위한 미국의 의료보조제도.

가 일반적이라지만 일요일자 신문의 자동차 페이지에 그런 요지경은 없고 그저 조용하게 자리잡은 가격 목록이 있을 뿐이고 스프링어 노인 같은 딜러의 그림자 그는 로터리클럽과 시내 식당과 컨트리클럽에서 시간을 보내는 걸로 유명하고 그 모든 걸 영업비용으로 처리할 수 있어야 한다고 말하지만 일주일에 475를 스스로 지불하면서 손님들 앞에 괜찮은 모습으로 나서기 위해 일 년에 서너 벌씩 사야 하는 양복 값도 계산에 넣지 않는데 이제는 판매원이 뚱뚱해진 허리 치수를 재는 게 싫어서 더이상 크롤스에 가지 않고 맞춤양복만큼이나 좋은 옷을 만드는 파인 스트리트의 작은 양복점을 웹 머킷이 알고 있어서 거기에 재산세도 있고 아이들이 계속 바깥의 유리 간판에 돌을 던지거나 비비탄을 쏘아대는 통에 들어가는 돈도 있고 우리는 유리 간판 대신 회반죽을 바른 나무로 돌아가야 하건만 전국의 도요타에는 자기만의 사양이 있어서, 어디까지 얘기했지, 그러니까 9개월간 고정비용과 변동비용을 합한 총지출이라고 치면 순수익은 4가 되고 거기서 인플레이션과 횡령 등으로 나가는 1천을 또 빼고 언제나 있을 수밖에 없는 뜻밖의 지출을 빼면 3이 남는데, 장모님한테 1500, 재니스한테 1500, 그리고 자신의 보수로 2000, 이제는 돌아가신 가엾은 아버지는 매일 아침 7시 15분에 인쇄소로 출근해서 일주일에 40달러를 받았는데 그때는 그것도 월급으로 나쁜 편이 아니었다. 해리는 지금 이렇게 부자가 된 자신을 보면 아버지가 무슨 생각을 하실지 궁금하다.

그의 1978년식 5도어 럭셔리 에디션 해치백 코로나가 제자리에 주차돼 있다. 레드 메탈릭이라고 불리는 이 차의 색깔은 갈색에 더 가까워서 마치 오래된 토마토 수프 같다. 일본인들에게 약점이 있다면, 색감이 바로 그것이다. 그들의 코퍼 메탈릭은 해리의 눈에 방부제 갈색으로 보이고, 민트크린 메탈릭은 아무래도 청산칼리 색깔이 저러지 싶고, 그들이 베이지라고 부르는 색은 평범한 레몬 노란색이다. 전쟁 때 두꺼운 안경을 쓴 일본인들이 나오는 만화가 있었는데, 그게 정말인지, 그래서 일본인들의 시력이 좋지 않아서 그들의 색깔이 무지개의 색깔별 줄무늬들 사이로 그냥 빠져버리는 건지 궁금하다. 그래도 그의 코로나는 깔끔한 기계다. 튼튼한 대형차 느낌에 패딩을 씌운 틸트 핸들, 운전자가 좌석 허리 부분을 자기에게 맞게 조종할 수 있게 해주는 레버, 스피커 네 개짜리 정품 AM/FM/MPX 라디오가 달려 있다. 라디오는 그가 창문을 닫고 문을 잠근 채 브루어를 미끄러지듯 달리면서 즐겨 듣는 물건이다. 동력을 이용해 기능을 높인 환기시스템이 차 안을 훑는 가운데 마치 마음속 무도장의 네 귀퉁이에서 흘러나오는 것처럼 자동차 네 귀퉁이에서 디스코 음악이 둥둥 울려댄다. 기운이 넘치고 부드러운 그 음악을 들으며 래빗은 고등학교 때 라디오로 들었던 음악을 떠올린다. 클라리넷이 떨어져나가던 〈하우 하이 더 문〉, 사람들은 클라리넷을 막대사탕이라고 부르곤 했다. 〈풋팅 온더 리츠〉는 우리를 과거로 데려가 지금보다 더 나은 사람으로 만들려고 했던 60년대의 컨트리음악과는 다른 도시 음악이었다. 양철이 챙챙 울리는 것 같은 목소리의 흑인 여자들이 통통거리는 전자음악 속에서 뜻 모를 말들을 읊어대는 것이 해리는 마음에 든다. 십중팔구 디트로이트에서 왔을 그 흑인 여자들, 공장의 조립라인에서 빈둥거리는 녀석들을 애인으로 둔 그 여자들이 은은하게 반짝이며 디스코 조명이 빙글빙글 돌 때마다 박동하듯 색이 변하는 번쩍번쩍한 드레스를 입은 모습을 생각하면서. 오늘로 벌써 백번째 눈에 들어왔지만 한 번도 감히 들어가지 못한 111번 도로 아래쪽의 ＤＩＳＣＯ라는 곳만이라도 재니스와 함께 가봐야겠다. 머릿속으로 재니스와 그 유색인종 여자들과 빙글빙글 도는 조명등을 모두 한데 모아보지만 모두들 각자 흩어져 날아가버린다. 해리는 스키터를 생각한다. 십 년 전 그 자그마한 흑인 남자가 그와 넬슨이 살던 집으로 찾아와 함께 살면서 정신없고 파괴적인 시간을 보냈다. 이제 스키터는 죽었다. 해리도 지난 4월에야 알게 된 사실이다. 이름을 밝히지 않은 누군가가 누구나 우체국에서 살 수 있는, 우표가 붙은 긴 봉투에 회계사나 학교 선생처럼 깔끔한 인쇄체로 주소를 써서 브루어 〈배트〉의 익숙한 글자체로 된 신문기사를 오려 보내주었다. 〈배트〉는 라이노타이프가 시대에 뒤떨어진 물건이 될 때까지 해리가 라이노타이프를 맡았던 신문이다.

동향인 필리에서 피살

브루어의 주민이었던 휴버트 존슨이 필라델피아에서 경찰관들과 총격전을 벌이다가 입은 부상으로 시립종합병원에서 숨을 거둔 것으로 전해졌다.

존슨은 자신이 이끄는 것으로 되어 있던 종교적인 공동체의 위생규정과 주택법 위반 혐의를 조사하던 경찰관들에게 이유 없이 먼저 총을 발사했다고 한다. 존슨이 이끌던 메시아 나우 프리덤 패밀리에는 많은 흑인 가족들과 젊은이들이 참여하고 있었다.

그동안 이 단체의 이웃들은 이 단체 회원들이 밤늦게까지 노래를 부르고 거슬리는 행동을 한다는 이유로 여러 차례 민원을 제기했다. 메시아 나우 프리덤 패밀리는 컬럼비아 애비뉴에 자리잡고 있다.

존슨 수배중

플럼 스트리트에서 거주한 것을 마지막으로 이 도시를 떠난 존슨은 주변 사람들에게 '스키터'라고 불렸으며, 판즈워스라는 이름도 동시에 사용했다. 존슨은 여러 가지 혐의로 이곳에서 수배중이었던 것으로 확인되었다.

필라델피아 경찰국의 로먼 서피츠키 반장은 기자들에게 경찰이 존슨의 사격에 응사하는 것 외에 달리 방법이 없었다고 밝혔다. 다행히 경찰관이나 다른 '공동체' 회원들 중에는 총격으로 부상을 입은 사람이 없다.

퇴임을 앞둔 프랭크 리조 시장 측은 이번 사건에 대해 논평을 거부했다. 서피츠키 반장은 "우리가 이런 정신병자들에게 지금보다 더 많이 맞서야 한다"고 나서서 말했다.

봉투 안에는 이 신문기사 외에 아무것도 없었다. 하지만 해리에 대해서 알고, 그의 과거에 대해서도 조금 알고, 그를 줄곧 지켜보던 사람이 그 기사를 보내왔음이 분명했다. 죽은 사람들이 그렇게 우리를 지켜본다고 하던데. 소름이 끼쳤다. 스키터가 죽으면서 세상에서 불빛 하나가 사라졌다. 세상 모든 것이 뒤집힐 거라고 약속하던 대담한 불빛. 스키터는 이미 이런 미래를 예언했었다. 자기가 일찍 죽을 거라고. 해리가 마지막으로 본 것은 밑동만 남은 옥수수밭에서 이삭을 쪼아먹는 까마귀들 사이로 들판을 가로지르던 스키터의 모습이었다. 하지만 그것이 워낙 오래전의 일이라 지난 4월에 신문기사를 손에 들고도 다른 뉴스나 아니면 액자에 끼워서 전시장에 걸어둔 스포츠 기사들과 다른 느낌을 거의 받지 못했다. 자신의 활약을 다룬 스포츠 기사들. 사람들의 자아 역시 언젠가는 죽는다. 그의 마음속에서 스키터의 주문에 걸려 있던 부분은 이미 쪼그라들어서 다른 것으로 뒤덮여버렸다. 그때까지 살아오면서 해리가 스키터만큼 가까이 접했던 흑인은 한 명도 없었다. 솔직히 온갖 두려움과 불편함을 넘어, 천사처럼 내려온 이 적대적인 이방인의 관심에 우쭐하기도 했다. 해리는 이 분노에 찬 남자가 X선으로 투시하듯이 자신을 새로운 눈으로 봐주었다는 느낌이 들었다. 하지만 스키터는 확실히 제정신이 아니었고, 그의 요구들은 터무니없고 끝도 없었으므로 그가 죽은 지금 래빗은 전보다 더 안전해진 느낌이다.

그는 잘 조립되고 단단히 봉인된 자신의 차 안에 아늑하게 앉아 있다. 훌륭한 도시 브루어가 여흥으로 상영되는 무성영화처럼 닫힌 차창 밖을 스쳐지나간다. 해리는 강을 따라 웨스트브루어 방향으로 111번 도로를 달린다. 예전에 스키터와 함께 살던 곳이다. 도중에 그는 아무도 이름을 입에 올리지 않는 죽은 시장의 이름을 따서 개명한 와이저 스트리트 다리를 건넌 뒤, 도시계획가들이 시내를 새로운 모습으로 가꾸기 위해 와이저에서 가장 도로 폭이 넓은 두 블록에 심었다는 자작나무들(웃기는 건 그들이 나무 중 절반이 죽을 거라고 생각해서 원래 필요한 양보다 두 배나 심었다는 점이다. 하지만 거의 모든 나무가 울창하게 자라났기 때문에 도시 한복판에 숲 같은 것이 생겨났고, 거기서 강도사건이 많이 발생할 뿐만 아니라 주정뱅이와 마약중독자 등이 그곳을 잠자리로 이용하고 있다)과 분수가 있는 보행자용 쇼핑몰을 피하기 위해 3번가에서 좌회전해서 주로 안과 병원들이 자리잡고 있는 반半주택가를 통과하고 낡은 공장들과 철도 기지창을 통과해 대각선 방향으로 자리잡은 아이젠하워라는 대로로 나간다. 철도와 석탄이 브루어를 만들었다. 한때 펜실베이니아에서 다섯번째로 큰 도시였지만 지금은 일곱번째로 내려앉은 이곳에는 지금까지 소비된 에너지의 양이 얼마인지를 보여주는 건물들이 사방에 흩어져 있다. 크고 멋진 굴뚝들은 반세기 동안 연기를 내뿜은 적이 없다. 소용돌이무늬가 새겨진 무쇠 가로등들은 제2차세계대전 이후로 불이 켜진 적이 없다. 와이저의 아래쪽 구역은 할인판매점과 성인영화관에 점령당했고, 새로 들어선 백화점이라고는 숀봄 장의사의 하얀 벽돌건물을 증축한, 크고 창문 하나 없는 건물뿐이다. 낡은 섬유 공장들은 **공장도가 축제**라는 허울 좋은 플래카드나 이곳에서는 1달러가 아직도 제값을 한다는 슬로건들로 뒤덮인 의류 할인매장이 되었다. 이미 죽어버린 철도와 자동차 정비공장과 잔뜩 쌓여 있는 바퀴들과 텅 빈 자동차 껍데기들이 늘어선 이 넓은 땅은 녹슬어가는 커다란 단검처럼 이 도시의 심장에 박혀 있다. 이 모든 것들은 지난 세기에 지금도 고스란히 남아 있는 철과 벽돌건물들이 폭발적으로 증가하면서 지금 보기에는 거인이라고 할 만한 사람들이 쌓아올린 것이다. 지금은 이 도시에 새로 들어서는 건물이라고 해봤자 장의사와 정부기관뿐이다. 실업문제를 담당하거나 군입대를 권유하는 기관들.

기지창을 지나 어젯밤 물이 넘쳤던 7번가의 지하도를 통과하면 아이젠하워 애비뉴는 독일 노동자들이 저금과 대출금으로 튼튼하게 지은 집들이 줄지어 다닥다닥 붙어 있는 동네를 가로지르는 가파른 길을 올라간다. 나중에 알루미늄 차양과 석재를 흉내낸 벽널이 덧붙여지는 바람에 스테인드글라스로 된 채광창만 간신히 살아남은 이 동네에 원래 살던 폴란드인들과 이탈리아인들은 해리가 어렸을 때만 해도 강가의 저지대에 묶여 있던 흑인들과 히스패닉들에게 밀려났다. 자기들만의 언어로 생각하는 검은 젊은이들이 오래된 길모퉁이 식품점의 삼각형 석조 포치에서 앞을 빤히 바라본다.

브루어를 바둑판 모양으로 만들었지만 지금은 사라져버린 백인 거인들은 아이젠하워와 교차하는 이 고지대 거리들에 과일이나 계절 이름을 붙였다. 윈터, 스프링, 서머. 하지만 폴 스트리트는 없다. 이십 년 전 래빗은 삼 개월 동안 서머 스트리트에서 루스 레너드라는 여자와 함께 살았다. 그리고 거기서 오늘 만난 여자아이를 잉태시켰다. 그 아이가 정말로 그의 딸인지는 아직 모르지만. 도망칠 길은 없다. 우리의 죄, 우리의 씨앗이 꿈틀꿈틀 똬리를 틀며 돌아온다. 디스코 음악이 비지스의 노래로 바뀐다. 백인 남자면서 흑인 여자 같은 목소리를 내는 놀라운 일을 해낸 사람들. 〈스테잉 얼라이브〉가 앰프로 증폭한 쿵쿵거리는 소리와 콧소리로 징징거리는 것 같은 이상한 소리를 바탕에 깔고 흘러나온다. 존 트라볼타의 테마곡. 래빗은 아직도 그를 코터 선생님의 수업을 받던 스웻호그 중 한 명*으로 생각하지만, 지난여름 한동안 미국은 완전히 그의 것이었다. 열다섯 살 미만의 모든 계집애들이 브루클린에 차를 세워놓고 뒷좌석에서 한때 스웻호그였던 그에게 그 짓을 당하고 싶어할 정도였다. 해리는 자신의 딸이 코롤라 뒷좌석으로

---

* 미국에서 1975~79년에 방영된 시트콤 〈웰컴백, 코터〉에서 존 트라볼타는 코터 선생님에게 보충수업을 받는 문제아 집단 스웻호그의 '비공식적인' 리더 역할을 맡았다.

들어가 벌거벗은 다리를 엉덩이까지 접어올리는 모습을 생각한다. 아이의 그곳 털도 제 엄마처럼 적갈색인지 궁금하다. 부드러운 여성이 일종의 모서리 같은 곳에서 2.5센티미터쯤 돌아나와 있는 것처럼 보이는 그 곡선, 파란 핏줄이 솟은 못생긴 음경이 진열대 위의 소시지처럼 걸려 있지 않은 곳. 그 아이의 눈은 그와 같은 파란색이다. 자신이 계집으로 변했다고 생각하니 굉장하다. 지난 세월 동안의 그 모든 사연들, 아이가 자라고 살아가는 핏줄의 터널, 그리고 계속 삶을 이어가는 핏줄의 터널을 뚫고 유전자가 전달해준 비밀 메시지. 이런 생각은 이제 그만해야겠다. 무의미한 흥분만 잔뜩 일으킬 뿐이다. 가끔 음악 때문에 이렇게 될 때가 있다.

이중 헤드라이트가 달린 노란색 르망, 그릴 한가운데에 커다란 수직 막대기가 달린 그 차가 그의 뒤에 너무 바짝 붙어 달리고 있기 때문에 그는 주차된 차 뒤로 차를 빼서 그 나쁜 자식이 먼저 지나가게 한다. 얼굴이 작고 턱을 치켜든 금발 여자가 차를 몰고 있다. 요즘은 이런 일이 얼마나 많은지. 남의 차를 방해하며 밀어붙이는 녀석을 욕했는데 알고 보면 어린 여자애가 핸들을 잡고 있다. 틀림없이 누군가의 딸일 그 아이들은 그 늘쩍지근한 표정을 보건대 자신이 지금 무례한 행동을 하고 있는 줄은 꿈에도 모르고 그저 목적지로 달려갈 생각뿐이다. 래빗이 처음 운전을 시작했을 때 도로는 너무 느리게 달리는 구식 노인들로 득시글거렸는데 지금은 죽도록 서둘러대며 마구 밀어붙이는 아이들뿐인 것 같다. 녀석들이 그냥 앞질러가게 해주자는 것이 해리의 모토다. 어쩌면 녀석들은 1킬로미터쯤 앞에서 전신주를 들이받고 세상을 하직할지도 모른다. 그렇게 됐으면 좋겠다.

해리는 당당하게 서 있는 브루어고등학교 근처로 차를 몬다. 성이라고 불리는 이 건물은 1933년에 지어졌다. 해리 자신이 태어난 해라서 잘 기억하고 있다. 지금이라면 이런 건물을 짓지 않을 것이다. 교육에 믿음이 없으니. 사실 사람들은 인구성장률이 0에 접근하고 있으므로 이제 학교를 채울 학생들이 충분하지 않다면서 많은 초등학교를 닫아버리고 있다. 이렇게 높은 곳까지 올라왔을 즈음, 이 도시의 건설자들은 계절 이름을 다 써버려서 나무 이름을 거리에 붙이기 시작했다. 성의 동편에 있는 로커스트* 대로에는 사방이 잔디밭으로 둘러싸인 집들이 늘어서 있다. 하지만 집들 사이의 틈새는 좁고 어두워서 햇빛을 보지 못한 로도덴드런**이 죽어버린다. 유복한 사람들이 이곳에 산다. 정형외과 의사들과 변호사들과 공장의 중간관리자들. 남쪽으로 내려갈 생각을 한 번도 하지 못했거나, 그뒤에 이곳으로 들어온 사람들이다. 로커스트가 시립공원을 통과해 꺾어지기 시작하면 이름이 시티뷰 드라이브로 바뀐다. 하지만 세월과 함께 자라난 나무들 때문에 전망이라는 것이 별로 남아 있지 않다. 브루어의 전경을 볼 수 있는 곳은 피너클호텔뿐이지만, 한때 사람들이 춤을 추고 키스하던 그곳이 지금은 파괴와 두려움의 온상이 되었다. 라틴 놈들은 백인 아이들이 놀아나는 걸 보기 싫은지 자동차를 포위하고 돌멩이로 앞유리창을 박살내고 남자아이를 두들겨패면서 여자아이의 옷을 칼로 찢는다. 이런 세상에서 아이들이 자라야 한다니. 특히 여자아이들은…… 그와 루스는 예전에 피너클까지 한두 번 걸어간 적이 있다. 철도의 침목으로 만든 계

---

* 아카시아의 일종.

** 진달래 속의 식물.

단이 지금은 썩어버렸을 것이다. 루스는 침목들 사이의 자갈에 하이힐 굽이 자꾸 박혔기 때문에 신발을 벗어버렸다. 그는 도시 여자답게 창백한 그녀의 발이 자기 앞에서, 자기 눈 밑에서 들어올려지던 것을 기억한다. 오로지 그만을 위해 그 발이 벌거벗고 있는 것 같았다. 그때 사람들은 그보다 덜한 것으로도 만족했다. 공원에는 기념물로 변모한 제2차세계대전 때의 탱크가 테니스코트를 향해 총구를 겨누고 있다. 테니스코트에서는 네트가, 심지어 운동장 울타리용 자재로 만든 네트조차, 자꾸만 찢어진다. 이 아이들이 오로지 파괴를 위해 쓰는 힘이라니. 그도 그 나이 때 그랬던가? 사람은 흔적을 남기고 싶어한다. 세상은 난공불락이라 우리를 내보내주지 않을 것 같다. 녀석들이 그냥 앞질러가게 해주자.

정지신호가 들어온다. 해리는 차를 왼쪽으로 꺾어서 남자들이 밀짚모자를 쓰고 손으로 아이스크림을 만들며 자전거를 타고 다니던 20세기 초의 집들처럼 박공지붕과 작은 탑이 있는 주택들 사이를 지나간다. 쇼핑센터가 나온다. 스크린이 네 개인 복합상영관이 파괴를 일삼는 아이들이 손댈 수 없는 높은 곳에 세운 간판으로 **에일리언 문레이커 메인이벤트 앨커트래즈 탈출**을 광고하고 있다. 해리는 그중 어느 영화도 보고 싶지 않지만 스트라이샌드의 머리카락이 꼬불꼬불하게 올라간 모습이나 유대인다운 코는 좋아한다. 코뿐만 아니라 그녀의 날카로운 목소리 속의 유대인다움이 짜릿하다. 틀림없이 선택된 민족이라는 생각 때문일 것이다. 그들은 이곳 지상에서 더 편안해 보인다. 해리가 아는 유대인은 몇 명 안 되지만, 남들보다 더 활기로 가득하다. 생각하면 우습다. 스트라이샌드가 샤리프 같은 이집트인이나 초절정

와스프*처럼 생긴 라이언 오닐과 짝을 이뤘다는 것이. 우디 앨런도 마찬가지다. 다이앤 키튼에게는 유대인다움이 전혀 없다. 이제 생각해보니 키튼의 머리카락도 꼬불꼬불하기는 하지만.

음악이 멈추고 뉴스가 시작된다. 젊은 여자의 목소리가 뉴스를 읽는다. 그 여자도 자기가 사람들의 시간을 낭비시키고 있다는 걸 아는지 콧소리가 섞여 있다. 연료와 트럭운전수들. 스리마일섬**에 대한 조사가 계속되고 있다. 스카이랩의 추락 날짜가 다시 정해졌다. 소모사***도 문제를 겪고 있다. 플로리다에서 유죄판결을 받은 살인자에 대한 사형 연기 요청이 거절당했다. 영국 자유당의 전 당수가 예전에 사귀었던 동성 애인을 살해하려고 음모를 꾸민 혐의에 대해 무죄판결을 받았다. 이 소식이 마음에 걸리지만, 이 건방진 동성연애자가 처벌을 모면한 것에 대한 래빗의 분노는 그다음 뉴스에 등장한 범죄에 대한 호기심 속에서 녹아버린다. 볼티모어의 의사가 골프클럽으로 캐나다 거위를 죽인 혐의로 기소되었다는 소식이다. 피고는 자신이 친 골프공이 우연히 거위를 맞혔고, 그래서 그 짐승의 고통을 끝내주려고 골프클럽을 휘둘렀다고 주장한다고 콧소리가 섞인 무심한 여자 목소리가 읽어 내려간다. 그 목소리가 기사를 끝맺는다. "자비로운 살생일까요, 음험하기 짝이 없는 살해일까요?" 해리는 큰 소리로 웃는다. 차 안에서. 혼자. 이 이야기를 기억해두어야 할 것 같다. 내일 클럽에서 함께 골프를 치는 무리에게 들려주고 싶으니까. 내일은 화창할 것이라고 라디오 속

---

* 앵글로색슨계 백인 신교도.
** 펜실베이니아주에 있는 섬. 1979년에 대형 원전사고가 발생했다.
*** 니카라과의 독재자.

여자가 다시 확인해준다. "이제 전국에서 1위를 기록한 히트송, 〈핫 스터프〉입니다. 디스코의 여왕, 도나 서머!"

여기 앉아 가슴을 졸이며 기다려요
연인에게서 전화가 오기를……

래빗은 뒤에서 여자들이 화음을 넣는 코러스 부분이 좋다. 그 여자들이 껌을 씹으며 김이 모락모락 피어오르는 도시의 길모퉁이에 서 있는 모습이 눈앞에 그려진다. 과연 껌만 씹을지는 아무도 모를 일이지만.

핫 스터프
난 핫 스터프가 필요해
핫 스터프를 원해
핫 스터어어어프가 필요해!

도나 서머가 절정을 맞이하는 여자처럼 숨을 몰아쉬고 헐떡거리고 한숨을 내쉬는 소리들이 들어간 노래들을 할 때 해리는 도나 서머를 가장 좋아했다. 어쩌면 그런 노래를 한 여자가 도나 서머가 아닐 수도 있다. 그냥 다른 날씬한 흑인 계집애일 수도. 하지만 해리는 그것이 도나 서머였다고 생각한다.

길에 번호가 붙는다. 422. 그 길이 마운트저지의 산마루 아래쪽을 둥글게 돌아간다. 오른편은 가파른 낭떠러지고, 옛날에 카운티 북쪽에서 검고 넓은 러닝호스강을 건너 시내로 물을 가져다주던 구름다리가 보인다. 주유소 두 곳이 마운트저지구가 시작되는 지점을 알린다. 해리는 필라델피아를 향해 뻗은 422번 도로에 계속 머무르지 않고, 코로나의 방향을 꺾어 고속도로를 벗어나서 센트럴 스트리트로 들어가 화강암으로 지은 침례교회 옆을 지난 뒤 비스듬하게 잭슨 스트리트를 올라가며 세 블록을 달려 곧바로 조지프 스트리트로 접어든다. 만약 잭슨을 따라 두 블록을 더 달린다면 예전에 살던 집 앞을 지나게 될 것이다. 메이플 스트리트 모퉁이에서 두번째 집. 하지만 어머니가 돌아가신 뒤로 혼자 마당을 관리하고 청소를 하고 식사를 직접 만들어 드시며 이 년쯤 더 버티던 아버지가 폐기종이 악화되어 어느 날 바람 앞에서 흔들리는 촛불을 지키려고 손을 오므렸을 때처럼 몸을 잔뜩 웅크리고서 의자에 앉은 채로 돌아가신 뒤, 래빗은 그 앞을 거의 지나가지 않는다. 그와 밈에게서 그 집을 산 사람들은 목조 부분을 끔찍한 포도색으로 칠하고, 집 앞쪽의 커다란 창문에 식물들을 위한 자외선 등을 걸어놓았다. 똑같은 모양으로 늘어선 주택단지 안의 주택들에는 무엇을 해도 잘 어울리고, 자기들이 그 집에 사는 것이 세상을 위해 호의를 베푸는 거라고 생각하는 브루어의 젊은 부부들과 같다. 해리는 그 남편의 말씨, 머리 모양, 레저 슈트*가 마음에 들지 않았다. 하지만 그가 집에 쳐준 값은 마음에 들었다. 어머니와 아버지가 1935년에 4200에 산 집에 5만 8천을 줬으니까. 밈이 그중 절반을 가지고 네바다로 돌아갔고, 부동산 중개인과 변호사 비용을 지불했는데도 꽤 큰돈이 남았다. 변호사들은 돈이 오가는 곳이면 어디든 끼어든다. 해리는 그때 재니

---

* 셔츠, 재킷, 바지로 이루어진 레저용 옷.

스에게 그 거래로 생긴 돈 2만 달러로 새집을 사자고 애걸했다. 오로지 두 사람만을 위한 집. 자동차 전시장에서 오 분 거리인 웨스트브루어의 펜파크 같은 곳이 어떻겠느냐고. 하지만 재니스는 어머니를 버릴 수 없다면서 거절했다. 두 사람이 살던 집이 불에 타서 없어져버리고 결혼생활도 바닥까지 떨어져 있을 때 스프링어 부부는 두 사람을 받아들여주었다. 아버지가 막 돌아가시던 무렵 해리에게 새로운 자동차 판매 책임자 일을 맡기겠다는 약속도 해주었고, 어린 나이에 이미 많은 충격을 겪은 넬슨은 브루어의 옛집에서 여전히 연기를 피워올리고 있는 후유증에 시달리고 있었다. 질의 검시와 경찰 수사, 그리고 코네티컷에서 달려오는 내내 소송을 생각하고 있던 질의 부모와 정황이 의심스럽다며 보험금 지급을 질질 끌던 보험사와 해리가 자신과 함께 있었기 때문에 자기 집에 방화할 수 있는 형편이 아니었다고 진술해야 했던 가엾은 페기 포스나트. 이 모든 일들 때문에 조용히 엎드려서 스프링어라는 이름 뒤에 숨어 커다란 치장벽토 집에 사는 편이 나을 것 같았다. 그렇게 몇 주만 있으려던 것이 몇 달이 되고, 다시 몇 년이 되는 동안 젊은 앵스트롬 부부는 자기들만의 집을 장만해서 나가지 않았다. 그러다가 프레드가 갑자기 세상을 떠나고 넬슨이 대학으로 떠나버리자 방은 남아돌고 다른 곳으로 이사할 이유는 더 줄어든 것 같았다. 조지프 스트리트 89번지의 그 집, 실처럼 가느다란 잔디밭에 에워싸인 채 자꾸만 넓게 퍼져나가는 나무들의 그림자 밑에 서 있는 그 집을 보면 해리는 사탕으로 만든 마녀의 집이 생각난다. 벽은 퍼지로 만들고 두꺼운 슬레이트 지붕은 감초를 넣은 네코 웨하스로 만든 집. 밖에서 보면 커 보이지만, 일층에는 장모가 친정인 커너 집안에서 물려받은 가구들이 비좁게 들어차 있고 항상 커튼이 절반쯤 드리워져 있다. 막으로 가려진 뒤쪽 포치와 재니스가 어렸을 때 쓰던 방이자 넬슨이 켄트대학으로 떠나기 전에 오 년 동안 쓰던 방인 이층 작은 방만 예외다. 스프링어의 집에는 해리가 순전히 자기만의 공기를 들이마실 수 있는 곳이 전혀 없다.

해리는 한 바퀴를 빙 돌아서 청회색 사암으로 된 골목으로 들어가 코로나를 차고에 넣는다. 프레드가 죽기 전 해에 마나님의 생일 선물로 사준 짙푸른 색의 74년식 크라이슬러 뉴포트와 나란히. 장모는 엔진덮개 밑에서 금방이라도 폭탄이 터질까봐 걱정하는 사람 같은 표정으로 양손으로 핸들을 꼭 쥔 채 그 차를 몰고 돌아다닌다. 재니스는 자신의 머스탱 컨버터블을 항상 집 앞 길가에 세워놓는다. 단풍나무에서 떨어지는 수액 때문에 차 지붕이 빨리 상할 수도 있는데. 날이 따뜻해지면 재니스가 며칠 동안이나 줄곧 밤새 지붕을 열어놓기 때문에 자동차 좌석들이 항상 끈적끈적하다. 래빗은 머리 위의 차고 문을 아래로 내리고 이제 아이가 하나가 아니라 둘이 됐다는 생각에 이상한 기분을 느끼며 자동차의 쌍둥이 헤드라이트가 터널로 들어가듯이 뒷마당을 통해 시멘트로 포장한 통로를 걸어간다.

재니스가 부엌에서 그를 맞이한다. 뭔가가 이상하다. 재니스는 박하 같은 줄무늬가 들어간 산뜻한 원피스를 입고 있지만, 클럽 수영장에서 오후 수영을 즐긴 탓에 아직 머리카락이 젖어서 제멋대로 삐죽삐죽 뻗어 있다. 거의 매일 재니스는 자신이 회원으로 있는 플라잉이글 티 앤 드 라켓 클럽에서 여자 친구들과 테니스 데이트를 한다. 이 클럽은 마운트저지의 숲이 울창한 형제 산으로 인디언식 이름을 지닌 페마쿼드 산의 나지막한 능선에 들어선 지 얼마 안 된 곳이다. 테니스 데이트가 끝나면 재니스는 수영장가에 누워 수다를 떨거나 카드놀이를 하면서 스프리처나 보드카토닉을 천천히 마시며 오후를 보낸다. 해리는 아내가 클럽에서 그토록 많은 시간을 보낼 수 있다는 것이 마음에 든다. 마흔세 살의 재니스는 허리 부분이 점점 굵어지고 있지만 다리는 지금도 단단하고 말쑥하다. 그리고 갈색이다. 재니스는 옛날부터 항상 얼굴이 가무잡잡한 편이라서 아직 7월이 오지도 않았는데 벌써 야만인처럼 그을린 모습이다. 다리와 팔은 옛날 존 홀의 영화에 나온 자그마한 폴리네시아인처럼 거의 검은색이다. 아랫입술에는 산화아연*의 흔적이 남아 있는데, 그것이 섹시하다. 재니스의 입술이 길쭉한 홈처럼 고집스레 다물어지는 모습을 한 번도 사랑한 적이 없는데도 그렇다. 아직 축축한 머리카락을 뒤로 쓸어넘긴 탓에 조금 얼룩덜룩하고 널찍한 이마가 드러나 있다. 갈색 종이에 물을 떨어뜨린 뒤 그대로 말린 것 같다. 재니스가 열기를 내뿜고 있는 것을 보니 어머니와 싸웠음이 틀림없다.

"이번엔 또 뭐야?" 그가 묻는다.

"말도 마." 재니스가 말한다. "방에 틀어박히시더니 우리끼리 그냥 식사하래."

"그래, 뭐, 그래도 내려오실 거야. 그나저나 오늘 메뉴는 뭐지? 요리

같은 건 하나도 안 보이는데." 스토브에 내장된 디지털시계에는 6:32 라는 숫자가 떠 있다.

"해리. 하느님께 맹세코 난 돌아와서 테니스복을 갈아입자마자 장을 볼 생각이었는데 그놈의 엽서가 있어서 그것 때문에 어머니랑 계속 싸우고 있어. 어쨌든 여름이니까 너무 많이 먹는 건 안 좋아. 도리스 코프먼이 와서 저녁을 해준다면 내가 뭐든지 내놓을 텐데. 그 여자는 한겨울에도 점심 때 아이스티 한 잔 외에는 아무것도 안 먹는데. 난 수프랑, 당신이랑 어머니가 손도 대기 싫어했던 그 차가운 고기를 먹을까 했는데. 언젠가는 먹어치워야 하잖아. 게다가 요새 텃밭에서 양상추가 워낙 빨리 자라고 있으니까 걔들이 너무 자라기 전에 샐러드를 만들어 먹어야 할 것 같아." 재니스는 예전에 넬슨의 그네가 있던 뒷마당 한편에 작은 텃밭을 만들었다. 저 아래쪽에 사는 남자에게 부탁해서 경운기로 흙을 갈아엎었는데, 겨울 동안 단단하게 굳어 있던 표면 밑의 흙이 기적처럼 부드럽고 비옥해서 재니스는 막 싹을 틔우는 나무들의 연한 그림자 속에서 덩굴과 갈퀴를 들고 좋아 어쩔 줄 몰랐다. 하지만 여름이 되면서 잎이 무성해진 나무들이 텃밭에 항상 그늘을 드리우고, 재니스 자신도 클럽에 드나들기 시작하면서 텃밭은 잡초가 무성해지도록 내버려두었다.

그래도 해리는 지난 3월로 꼬박 이십삼 년 동안 자신의 무심한 아내였던 이 갈색 눈의 여자를 싫어할 수 없다. 그가 부자가 된 것은 그녀가 물려받은 유산 덕분이고, 이 사실을 서로 알고 있다는 점이 두 사람 사이에 일종의 섹스처럼 편안하고 은밀하게 자리를 잡고서 두 사람을 이어주고 있다. "샐러드와 볼로냐소시지라. 내가 제일 좋아하는 메뉴

네." 해리가 체념한 목소리로 말한다. "하지만 식사 전에 먼저 한잔해야겠어. 오늘 막 나오려는데 그냥 둘러보러 다니는 사람들이 전시장에 들어왔거든. 엽서라는 건 무슨 얘기야?"

그는 냉장고 옆에 서서 진과 비터레몬*을 섞는다. 설탕이 들어간 이 음료수 때문에 알코올에 들어 있는 칼로리에 또 칼로리가 덧붙어서 계속 비만이 될 수밖에 없다는 걸 알지만 오늘 토요일 저녁식사가 빈약하기 때문에 거기서 보충이 될 것 같고 어쩌면 나중에 조금 조깅을 할 수도 있다고 생각한다. 그동안 재니스는 어두운 식당을 지나 커튼이 드리워지고 장모의 부루퉁한 분위기에 잠겨 있는 낡은 거실로 가서 엽서를 가져온다. 선명한 푸른색 하늘 밑에 하얗게 눈이 덮인 산이 있다. 그리고 몸을 웅크린 두 사람이 작고 검은 점 같은 모습으로 능선 위의 눈밭에 서로 연결되게 그려진 S자들을 따라 스키를 타고 있다. 파란색 페인트를 칠해놓은 것 같은 하늘에는 만화에서 볼 수 있는 글자체로 **콜로라도에서 드리는 인사**라는 말이 빨갛게 써 있다. 그 반대편에는 익숙하게 휘갈겨쓴 글씨가 보인다. 마치 녀석의 필체가 태어나는 동안 녀석의 몸안에서 뭔가가 너무 단단하게 쥐어짜인 것처럼 잔뜩 눌린 필체다.

안녕하세요 엄마, 아빠, 할머니
여기 산들을 보면 마운트저지는
환자 같아요! 하지만 눈은 없고

---

* 약간 쓴 맛이 나는 탄산 레몬주스.

그냥 풀만 많아요(농담이에요).

행글라이딩을 배우고 있어요.

일자리는 잘 안 됐어요. 여기 자식이

형편없는 놈이라. 페나가. 불러요.

멜러니를 집으로

데려가도 돼요? 걔는 직장을 잡을 테니

문제될 것 없어요. 사랑해요.

넬슨

"멜러니?" 해리가 묻는다.

"어머니랑 내가 그것 때문에 싸운 거야. 어머니는 그애가 여기 오는 게 싫대."

"녀석이 이 주 전에 만나던 그 여자앤가?"

"나도 그게 궁금했어." 재니스가 말한다. "그애 이름은 수나 조 같은 거였던 것 같은데."

"걔가 오면 어디서 재워?"

"글쎄, 저 앞쪽의 재봉실이나 넬슨의 방이겠지."

"그 녀석이랑 같이?"

"그게 말이지, 해리, 그렇게 되더라도 난 별로 안 놀랄 것 같아. 그애도 이제 스물두 살이야. 당신 언제부터 그렇게 청교도가 됐어?"

"청교도가 아니라 현실을 생각하는 거야. 이애들이 파란 하늘 밑에서 행글라이딩을 하건 뭘 하건 그렇다 치고, 녀석들이 그 얼토당토않은 짓거리들을 집까지 끌고 오는 건 다른 문제야. 이 집 이층은 민망해. 당신도 알잖아. 복도가 별로 넓지 않아서 재채기를 하든 방귀를 뀌든 그 짓을 하든 다들 그 소리를 듣게 돼 있다고. 솔직히 우리랑 장모님만 살 때는 그게 오히려 다행이었지. 녀석이 고등학교 시절 내내 새벽 두시까지 라디오를 틀어놓고 잠들던 거 기억나? 녀석 침대는 싱글이야. 그 녀석이랑 멜로디를 위해 더블 침대라도 사야 하나?"

"멜러니야. 나도 잘 모르겠어. 여자애를 바닥에 재울 수도 있겠지. 요즘 애들은 다 침낭을 갖고 있으니까. 당신이 개한테 재봉실에서 자라고 말해보든지. 하지만 거기서 자려고 안 할걸. 우리도 그 입장이라면 그랬을 테니까." 재니스는 흐릿해진 검은 눈동자로 해리를 뛰어넘어 과거를 응시한다. "우리도 몰래 복도를 걸어가서 자동차 뒷좌석으로 꿈틀거리며 들어가는 데 온 힘을 다 바쳤잖아. 우리 애들은 그런 짓을 안 해도 될 줄 알았는데."

"우리 애는 하나뿐이야, 애들이 아니라고." 해리가 차갑게 말한다. 진이 그의 내면 공간을 점점 넓히고 있다. 전에는 애들이 있었지만, 갓 태어난 딸 베키가 세상을 떠났다. 아내의 잘못으로. 꾹꾹 쥐어짜이고 잘려버린 듯한 그의 인생 전체가 아내의 탓이다. 매번 모퉁이를 돌 때마다 아내는 그의 자유를 가로막는 벽이었다. "이봐." 그가 아내에게 말한다. "나는 벌써 몇 년째 이 갑갑해서 미칠 것 같은 집에서 나가려고 애쓰고 있어. 그런데 우리가 기른 이 변변치 못하고 거만한 게으름뱅이가 돌아와서 내 발목을 붙드는 건 사양이야. 이 녀석들은 세상이 자기들을 위해 존재하는 줄 아는 것 같은데, 나는 가만히 서서 남한테 봉사하려고 대기하는 일에는 이제 완전히 물려버렸어."

재니스가 컨트리클럽에서 잘 태운 살갗을 갑옷 삼아 눈 하나 깜짝하지 않고 그에게 맞선다. "걔는 우리 아들이야, 해리. 그러니까 걔가 데려오는 손님이 여자라고 해서 그 손님을 외면할 수는 없어. 만약 넬슨이 남자 친구를 데려온다고 했다면 당신도 이렇게까지 흥분하지는 않았을걸. 넬슨이 여자친구를 데려온다고 했기 때문에 당신이 이렇게 난리를 치는 거라고. 넬슨의 여자친구라서. 만약 그애가 당신 여자친구라면, 이층이 비좁아서 방귀도 뀌기 힘들 정도라는 말 같은 건 안 했겠지. 이애는 우리 아들이야. 걔가 여기 오고 싶다면 오는 거야."

"난 여자친구 같은 거 없어." 해리가 항변한다. 왠지 한심하게 들리는 말이다. 재니스의 말은 그에게 여자친구가 있어야 한다는 뜻인가? 여자들은 일단 섹스 문제에 대해 거리낌이 없어지면 괴물로 변한다. 남자는 여자들과 섹스를 해도 나쁜 놈이고 안 해도 나쁜 놈이다. 해리가 쿵쿵거리며 식당으로 들어가자 가운데 부분이 불쑥 나온 모양의 골동품 장식장에 끼워진 유리들이 부르르 몸을 떤다. 그는 장식장 반대편에 있는, 어두운 얼룩이 진 계단 위를 향해 소리친다. "베시, 얼른 내려오세요! 저는 장모님 편이에요!"

저 위의 하느님이 그런 것처럼 이층에서도 침묵이 이어지더니 침대가 지고 있던 무게를 내려놓으며 삐걱거리는 소리, 마지못해 천장을 미끄러져 계단으로 향하는 발소리가 들린다. 스프링어 부인이 고통스럽게 퉁퉁 부은 다리로 계단을 내려오며 떠들어댄다. "이 집은 법적으로 내 집이야. 우리가 한뎃잠을 자지 않게 하려고 재니스의 아버지가 평생 노예처럼 일해서 지킨 이 집 지붕 밑에서 그 여자애가 하룻밤이라도 머무르는 건 용납할 수 없어."

장식장이 다시 부르르 떤다. 재니스가 식당 안으로 들어와 있다. 그녀가 어머니의 목소리와 똑같이 팽팽하게 날이 선 목소리로 말한다. "어머니, 해리랑 내가 유지비를 함께 부담해주지 않았다면 이 엄청나게 큰 지붕 밑에서 계속 살 수 없었을걸요. 해리 입장에서 보면 이건 엄청난 희생이에요. 그만한 수입을 올리는 남자가 자기 것이라고 부를 수 있는 집을 갖지 못하는 거니까요. 어머니는 넬슨이 집에 오겠다는데 그걸 막을 권리가 없어요. 권리가 없다고요, 어머니."

뚱뚱하고 나이 많은 스프링어 부인은 신음소리를 내며 식당 바닥에서 겨우 세 계단 떨어진 층계참까지 내려와 머뭇거리며 말한다. 눈물이 밴 목소리다. "넬리라면야 언제든 제가 오고 싶을 때 와도 반갑지. 걔가 나랑 걔 할아버지가 바라던 모습으로 자라지는 않았지만 그래도 난 걔를 내 영혼을 다 바쳐서 사랑해."

재니스가 대꾸한다. 늙은 어머니가 자신을 불쌍한 모습으로 포장하는 것에 비례해서 점점 더 화가 난 기색이다. "어머니는 항상 이젠 아무 말도 할 수 없는 아빠를 끌어들이죠. 아빠는 살아 계신 동안 넬슨이랑 걔 친구들한테 아주, 아주 친절하고 너그러우셨어요. 아빠가 이미 한 번 뇌졸중 발작을 겪으신 뒤에 넬슨이 고등학교 졸업을 기념해서 뒷마당에서 파티를 열었던 적이 있어요. 내가 이층으로 올라가서 아빠한테 혹시 너무 시끄럽지 않은지 물었더니, 아빠는 특유의 미소를 지으면서 말씀하셨어요." 재니스의 목소리에도 이제 눈물이 배어 있다. "젊은 애들 목소리는 내 늙은 심장에 오히려 이로워."

번드르르하고 재빠른 영업사원 특유의 그 미소. 래빗은 지금도 그 미소가 눈에 선하다. 찰칵 소리만 나지 않을 뿐, 잭나이프 같은 미소였다.

"뒷마당에서 파티를 하는 거야 괜찮지." 스프링어 부인이 말하면서 더러운 옥색 운동화를 신은 발로 마지막 세 개의 계단을 쿵쿵 내려와 딸의 눈을 똑바로 들여다본다. "그애 침대에 헤픈 년을 재우는 건 얘기가 달라."

해리는 노인네 입에서 나온 말치고는 상당히 멋들어지다는 생각이 들어서 큰 소리로 웃음을 터뜨린다. 재니스와 장모는 모두 키가 작다. 그들이 똑같이 생긴 레버들 위에 얹혀 있는 두 개의 인형 머리처럼 똑같이 생긴 초콜릿 색깔 눈동자를 그에게 돌려 입술을 꾹 다문 표정으로 웃고 있는 그를 노려본다. "그 여자애가 헤픈 년인지는 아직 모르잖아요." 해리가 사과하듯 말한다. "우리가 아는 거라고는 그애 이름이 수가 아니라 멜러니라는 것뿐이에요."

"자네는 내 편이라며." 스프링어 부인이 말한다.

"장모님 편이에요, 틀림없이. 그 녀석이 왜 갑자기 집에 쳐들어오겠다는 건지 저도 모르겠어요. 거기서 새로 시작할 수 있을 만큼 돈을 충분히 보내줬는데. 저는 녀석이 어떻게든 자리를 잡는 모습을 보고 싶어요. 그런데 여름 내내 여기서 빈둥거린다면 그렇게 될 수가 없겠죠."

"아, 돈." 재니스가 말한다. "당신이 생각하는 건 항상 돈뿐이지. 그러는 당신은 여기서 빈둥거리는 것 말고 뭘 했는데? 처음에는 당신 아버지가 직장을 마련해줬고, 그다음에는 우리 아버지가 직장을 마련해줬잖아. 그런 걸 무슨 위대한 모험이라고 하지는 않는 것 같은데."

"내가 항상 돈 생각만 하는 건 아냐." 해리가 어설프게 입을 열지만, 장모가 끼어든다.

"해리는 자기 집을 원하지 않아." 스프링어 부인이 딸에게 말한다. 부인이 흥분해서 남들이 자기 말을 잘 이해하지 못할까봐 걱정할 때는 얼굴이 부풀어오르고 얼룩덜룩 반점이 생긴다. "전에 너희끼리 나가 살았을 때 해리가 불쾌하기 짝이 없는 인간들이랑 어울렸잖아."

재니스는 단호하고, 젊고, 이성적이다. "어머니, 아무것도 모르면 가만히 계세요. 어머니는 인생에 대해 아무것도 몰라요. 그저 이 집에 앉아서 바보 같은 게임 프로그램이나 보고 이제 몇 명 살아 있지도 않은 친구들하고 전화로 수다나 떨다가 또 가만히 앉아서 해리랑 나한테 이러쿵저러쿵 잔소리만 해대잖아요. 어머니는 요즘 사람들의 삶에 대해서는 아무것도 몰라요. 전혀 모른다고요."

"컨트리클럽에서 싸구려 졸부들하고 테니스를 치다가 매일 밤 술에 취해서 집에 돌아오는 주제에 제가 현명해진 줄 아나보지." 스프링어 부인은 발목의 통증을 줄여보려는 듯이 계단 난간의 엄지기둥 손잡이를 한 손으로 꼭 쥔 채 반격한다. "네 남편한테 저녁식사도 제대로 만들어주지 못할 정도로 헤롱헤롱해져서 돌아오는 주제에 그 창녀 같은 년을 집에 들이겠다고? 이 집의 살림은 내가 다 하는데? 제대로 서 있지도 못하는 내가 살림을 다 해. 그러니 그 녀석들이 오면 집에 같이 있어야 하는 사람은 나야. 넌 저 컨버터블을 타고 나가버릴 테니까. 이웃 사람들이 우릴 보고 무슨 생각을 하겠니? 교회 사람들은 또 어떻고?"

"그 사람들이 뭐라든 무슨 상관이에요. 아마 그 사람들도 우리한테는 관심 없을걸요." 재니스가 말한다. "게다가 이런 일에 교회를 끌어들이다니 웃기지도 않아요. 세인트존스 교회의 지난번 목사는 에킨로스 부인이랑 도망쳤고, 새로 온 목사는 척 봐도 게이 티가 너무 나서 내 아들을 주일학교에 보내고 싶지도 않을 정도예요. 그 또래의 아들이 있다면 말이에요."

"어차피 넬리는 교회에 그리 자주 가지도 않았잖아." 해리가 기억을 되살린다. "교회에 가면 머리가 아프다면서." 해리는 두 여자 사이의 열기가 끓어올라 슬픔으로 변하기 전에 열기를 좀 식히고 싶다. 아무리 생각해도 이런 생활을 그만두고 자기 집을 구해야 할 것 같다. 자신의 힘이 다 떨어지기 전에. 외벽은 석조로 돼 있고, 실내에는 들보가 드러나 있고, 거실은 아늑한 집. 이것이 그의 꿈이다.

"멜러니라니." 장모가 말하고 있다. "무슨 이름이 그래? 유색인종이름 같잖아."

"세상에, 어머니, 이제 온갖 편견을 다 꺼내시게요? 어머니는 텔레비전에서 〈제퍼슨스〉*를 보면서 마치 자기가 그 가족이기라도 한 것처럼 웃어대고, 해리와 찰리는 기름만 먹어대는 고물 차들을 흑인들한테 전부 떠넘기고 있는데, 흑인들이 내미는 돈은 받으면서 그 사람들이 갖고 있는 다른 것들은 못 받아들일 이유가 없잖아요."

멜러니가 정말로 흑인일까? 해리는 짜릿한 흥분을 느끼며 속으로 생각한다. 코코아색 작은 아기들. 스키터가 보면 정말 기뻐할 것이다.

"어쨌든," 재니스가 계속 말을 잇고 있다. 갑자기 기진맥진한 표정이다. "그 여자애가 흑인이라는 말은 아무도 안 했어요. 우리가 아는 거라고는 걔가 행글라이딩을 한다는 것뿐이에요."

"걔가 아니라 지난번 여자애 아냐?" 해리가 묻는다.

"걔가 오면 난 나갈 거야." 베시 스프링어가 말한다. "그레이스 스털의 집에 빈방이 얼마나 많은데. 랠프가 세상을 떠났으니까 말이야. 그레

---

* 흑인 가족이 주인공으로 등장하는 시트콤. 1975~1985년에 CBS에서 방송했다.

이스가 나더러 우리가 한 팀이 돼야 한다고 몇 번이나 말했는지 몰라."

"어머니, 그런 창피한 말 좀 하지 마세요. 그레이스 스틸한테 좀 재워달라고 애걸하고 계셨단 말이에요?"

"애걸한 게 아냐. 그냥 우리 둘 다 자연스레 그런 생각을 한 것뿐이지. 하지만 난 너희가 이 집을 사줄 줄 알았다. 트럭이 이 동네를 통과하는 게 금지된 뒤로 이 동네 집값이 계속 올랐잖아."

"어머니. 해리는 이 집을 싫어해요."

해리가 입을 연다. 분위기를 가라앉혀보려는 마음이 아직 남아 있다. "딱히 싫어하지는 않아. 그냥 이층 공간이……"

"해리." 재니스가 말한다. "아까 말한 대로 밖에 나가서 텃밭에 있는 양상추나 좀 따오지 그래? 그러고 나서 저녁 먹자."

기꺼이. 해리는 집에서 탈출하게 된 것이 기쁘다. 두 여자의 압박과 열기에서 벗어나게 된 것이. 두 사람이 남자들의 유령을 가지고 서로를 후려치는 걸 보면 미친 짓 같다. 돌아가신 아버지와 집을 떠난 넬슨. 심지어 해리 자신조차 그 자리에 있지 않은 것처럼 두 사람이 이야기하는 걸 보면 유령이 된 것 같다. 매일매일, 어머니와 딸이 한집에 사는 것, 그건 자연스럽지 않다. 물처럼 피도 흐르지 않으면 썩는다. 스프링어 노부인은 옛날부터 항상 팔목과 발목이 소시지처럼 굵은 뚱뚱한 사람이었지만 이제는 얼굴마저 부풀어올라서 영화에서 나이든 사람처럼 보이려고 볼에 솜뭉치를 집어넣은 배우들처럼 보인다. 스프링어 부인의 얼굴은 그냥 통통해지기만 한 것이 아니라 더 넓어지기도 했다. 안쪽에서 누군가가 나사를 돌려 두개골 양편을 점점 벌리고 있는 것 같다. 눈은 점점 작아진다. 재니스는 군살 없는 몸매를 유지하려고 애쓰지만 같은 길로 향하는 중이다. 유전을 막을 길은 없다. 래빗은 요즘 피곤할 때 자기 머릿속에서 아버지의 목소리가 들려온다는 것을 깨닫는다.

비터레몬의 맛이 입안에서 사라져가고, 손에 쥔 알루미늄 여과기가 가볍고 기분좋다. 해리는 뒤쪽의 벽돌 계단을 내려가 쾌적한 공간에 발을 디딘다. 여과지를 통과하듯 동네 분위기가 전해지고 머릿속 목소리들은 차츰 잠잠해진다. 주위를 에워싼 검푸른 잎사귀들은 점점 저녁이 다가오는 시간이라 축축하지만, 길었던 오늘 하루의 끝에서 머뭇거리고 있는 빛이 어스름에 잠긴 나무들 위에서 그의 눈을 놀라게 한다. 푸르스름한 갈색으로 변하기 시작한 파란 하늘에 지붕들과 천창들이 금처럼 새겨져 있다. 전선과 텔레비전 안테나도 그 너머의 부드러운 하늘을 긁어 흠집을 내고, 제비 몇 마리가 어스름 무렵에 항상 그렇듯이 한 덩어리로 뭉뚱그려진 뒷마당들 위의 하늘 중간쯤에서 살짝 아래로 내려왔다가 다시 올라간다. 집집마다 뒷마당에서 소유의 경계선을 표시하는 것은 철사로 만든 울타리나 한 줄로 심어놓은 접시꽃 정도에 불과하다. 귀를 기울이면 그릇을 달그락거리며 요리를 하는 소리나 늦게까지 노는 아이들 소리가 들린다. 개 짖는 소리, 새가 짹짹 우는 소리, 저멀리서 박자에 맞춰 망치를 두드리는 소리와 함께 이 공동의 영역을 활기로 채운다. 부치butch 여자들 한 부대가 아래쪽으로 몇 집 떨어진 곳에 이사를 왔다. 그들은 언제나 앞코에 강철을 댄 부츠와 가슴이 높이 올라오는 멜빵바지 차림에 사다리와 망치를 든 모습으로 나온다. 그들은 빗물 홈통에서부터 지하실 문에 이르기까지 못 고치는 것이 없다. 끝내준다. 해리는 황혼 속에서 조깅을 하며 지나가다가 가끔 그들에게 손을 흔들지만 그들은 그에게 별로 말을 걸지 않는다. 종種이 다른 생물이라고 생각하는 것 같다.

래빗은 두 해 전 봄에 자신이 직접 만든 불완전한 사립문을 열고 직사각형으로 울타리를 둘러친 조용한 텃밭에 들어선다. 질경이, 별꽃, 쇠비름, 하얗고 노란 꽃이 달리고 매일 밤 몇 센티미터씩 자라는 흐늘흐늘한 잡초 등의 침략에 이미 패배한 거나 다름없이 깃털 같은 꼭대기 부분만 남아 있는 당근들과, 이파리는 벌레한테 잔뜩 물어뜯기고 줄기는 손만 대도 무너져내리는 콩들 사이에서 양상추가 잘 자라고 있다. 잡초를 뽑기는 쉽다. 뿌리가 얌전히 뽑혀나온다. 하지만 잡초가 너무 많아서 해리는 잡초를 뽑아 뿌리에 붙은 축축한 흙을 털어내고 다발을 지어 철조망 울타리를 따라 풀의 침략을 막기 위한 방벽 겸 뿌리 덮개로 늘어놓는 작업을 시작한 지 몇 분 만에 지쳐버린다. 잔디밭에 심어놓으면 잘 자라지 않는 잔디가 여기서는 제멋대로 무성하게 자란다. 씨앗은 지겨울 정도로 많고, 자연은 정말이지 잔인하게 숨통을 막아버린다. 해리는 자신의 주변 사람들 중에서 이미 죽은 사람들, 점점 수가 많아지고 있는 그 사람들과 지금 살아 있는 아이를 생각한다. 그의 아이가 아니라 다른 아버지의 아이일 수도 있지만, 어쨌든 오늘 길고 하얀 다리를 코르크 힐로 떠받치고 그를 찾아왔던 아이. 틀림없이 그의 아이인 또다른 아이도 생각한다. 사람을 바라볼 때의 그 재빠르고 겁에 질린 표정만 보아도 유전자가 드러나는 그 아이는 집으로 돌아오겠다고 위협하고 있다. 래빗은 커다란 양상추 이파리들을 뜯으면서(너무 커서 질기고 쓴맛이 나는 뿌리 근처의 이파리는 건드리지 않는다) 아들을 반기는 마음이 있는지, 반기고 사랑하는 마음이 있는지 자신의 마음속을 들여다본다. 하지만 그가 찾아낸 것은 빨래 건조기에서 너무 빨리 굴러나온 수건과 똑같은 질감과 형태로 잔뜩 구겨진 근심뿐이다. 수많은 기억들이 떠오른다. 사진처럼 생생한 것도 있고, 마음이 제멋대로 찍어둔 무의미한 것도 있고, 그냥 사실들만 나열된 것도 있다. 사실이라는 건 확실히 알고 있지만 마음속에 스냅사진이 보관되어 있지는 않은 것들. 우리의 삶은 우리가 죽기 전에 이미 우리 등 뒤로 희미하게 사라져간다. 해리는 윌버 스트리트 높은 곳에 있던 그 슬픈 아파트에서 아들의 기저귀를 갈아주었다. 펜빌라스의 비스타 크레센트 26번지라고 불리던 파란 사과색 랜치하우스*에서는 아들과 함께 제멋대로의 몇 달을 보냈다. 그리고 여기 조지프 89번지에서는 아들이 밝은 빛 속에 서면 솜털 같은 콧수염이 드러나는 고등학생이 되는 것을 지켜보았다. 머리를 자르지 않고 대신 인디언처럼 머리띠를 하고, 지금 해리의 머리 위로 커튼을 드리우고 있는 이 햇빛 밝은 방에 보관된 록 음반에 거액을 쏟아부었던 아이. 해리는 삼목 기둥이 썩을 만큼 오랜 세월을 넬슨과 함께 보냈지만 아들은 지금 그가 손으로 잡아뜯고 있는 이 주름진 양상추 이파리들보다도 더 현실감이 없다. 슬픈 일이다. 아니, 말도 안 되는 소리. 오늘 전시장에 나타났던 여자아이의 차분한 눈빛이 점점 길어지는 그림자들 속에 어른거린다. 멍하고 무감각하던 그의 삶에, 지금 이 순간에 나타난 수수께끼. 옆집에서 들려오는, 눈에 보이지 않는 망치질 소리로 죽음이 상대를 가늠한다. 하루하루 날이 갈수록 그는 죽는 것이 덜 두렵다. 콩 이파리에서 알풍뎅

---

* 지붕의 경사가 완만한 단층주택.

이를 본 그는 손톱을(반달 모양이 선명한 커다란 손톱이다) 튕겨 그 무지갯빛 생명을 튕겨낸다. 죽어라.

집안으로 돌아오자 재니스가 외친다. "그 정도면 여섯 명이 먹어도 충분하겠네!"

"장모님은 어디 가셨어?"

"앞쪽 거실에 계셔. 그레이스 스털 아줌마랑 통화중. 정말이지 어머니는 구제불능이야. 아무리 봐도 노망이 난 것 같아. 해리, 어쩌면 좋지?"

"요령 좋게 피해봐?"

"그거 끝내주는 생각이네."

"이봐, 이 집은 장모님 거야. 우리 것도, 넬슨 것도 아니라고."

"아, 시끄러. 당신은 도무지 도움이 되는 법이 없어." 진의 술기운에 흐릿해진 재니스의 검은 눈 안에서 불빛이 천천히 일어난다. "당신은 날 도와줄 생각이 없는 거야." 재니스가 선언하듯 말한다. "우리가 싸우는 걸 보는 게 좋으니까."

저녁 시간은 텔레비전의 김빠진 소음과 억눌린 분노 속에 흘러간다. '연인에게서 전화가 오기를……' 장모는 재니스가 데운, 무슨 덩어리 같은 버섯이 들어간 수프와 냉장고에 너무 오래 둔 탓에 물기가 좀 생긴 고기와 해리가 뽑아온 채소로 만든 샐러드를 마치 선심이라도 베풀듯이 식탁에서 함께 먹은 뒤 이층의 자기 방으로 척척 올라가서 부치 여자들이 사는 집까지 온 동네에 울릴 만큼 단호한 소리를 내며 문을 닫아버린다. 도나 서머의 노래처럼 화끈한 것을 찾아 헤매는 자동차 몇 대가 조지프 스트리트를 배회한다. 그 젖은 타이어 소리에 해리와 재니스는 마치 섬에 자기들만 외로이 있는 것 같은 기분이 든다. 저녁식사를 위해 두 사람은 갤로 샤블리* 1.8리터짜리를 열었는데 재니스는 계속 한들한들 부엌을 드나들며 그 술을 몸에 가득 채운 탓에 열시가 되자 그가 싫어하는 모습으로 비틀거리고 있다. 해리는 사람들의 죄를 비난하는 편이 아니지만, 몸을 제대로 가누지 못하는 것만은 정말 싫어한다. 그가 보기에 몸을 제대로 가누지 못하는 것은 모든 악의 근원이다. 질서도, 유대관계도 생길 수 없기 때문이다. 재니스가 그런 상태로 문틀에 쿵쿵 부딪혀가며 문을 지나와서 소파 팔걸이에 잔을 놓자 그 안에 크고 반투명한 입술처럼 담겨 있던 내용물이 출렁거리며 솜털이 있는 회색 천 위로 쏟아진다. 두 사람은 함께 앉아서 〈배틀스타 갤럭티카〉를 다 보고 〈러브 보트〉도 그 배가 좋은 유람선이 아니라는 사실을 알 수는 있을 만큼 본다. 재니스가 또 잔을 채우려고 일어서자 해리는 필리스 경기 중계로 채널을 바꾼다. 필리스는 엑스포스에 안타 한 개로 눌리고 있다. 믿을 수가 없다. 그 엄청난 힘이라니. 뉴스에서는 레빗타운에서 휘발유 때문에 폭동이 일어나서 사람들이 휘발유를 가득 채운 맥주병들을 던지는 모습이 나온다. 병이 폭발하자 마치 베트남이나 부다페스트를 촬영한 옛날 필름처럼 보이지만 그곳은 길을 조금만 내려가면 나오는, 필라델피아 북쪽의 레빗타운이다. 파업

---

* 포도주 상표.

중인 트럭운전수가 **쉘은 지옥으로 가버려라**라고 적힌 판을 들고 있는 장면이 나온다. 다른 방향으로 역시 길을 조금 내려간 곳에 있는 스리 마일섬에서는 방사성 중성자가 새어나오고 있다. 내일 날씨는 좋을 것 같다. 로키산맥 쪽에서 동쪽으로 메인주까지 계속 강력한 고기압의 지배를 받고 있다니까. 이제 잠자리에 들 시간이다.

해리는 재니스가 어머니와 싸우고 많이 취한 날에는 사랑을 나누고 싶어하리라는 것을, 지난 세월 동안 뱃속에 새겨진 경험으로 알고 있다. 결혼하고 처음 십 년 동안은 재니스를 달래 섹스에 응하게 만들기가 힘들었다. 재니스는 하기 싫어하는 것, 남들이 하고 있다는 사실조차 모르는 것이 많았지만 래빗의 마음을 가장 차지하고 있는 것은 바로 그런 일들인 것 같았다. 하지만 달 로켓이 발사되던 무렵에 찰리 스태브로스와 바람을 피우면서 재니스의 마음이 열렸다. 아무것도 참거나 주저하지 말라는 것이 그 시대의 스타일이었을 뿐만 아니라, 그때는 죽음이 재니스의 몸을 충분히 먹어치운 상태였기 때문에 재니스도 몸이 그다지 귀한 그릇이 아니며 그 몸을 굳이 아껴가며 보존해주어야 할 만한 슈퍼맨은 세상에 존재하지 않는다는 것을 깨달았다. 해리는 그것에 대해 아무 불만이 없다. 사실 그 방면에 불만이 있다면 오히려 재니스가 해리에게 품고 있을 것이다. 카터 집권 시절 초창기 언저리에 결혼생활에 상당히 충실했던 그의 관심사가 흔들리기 시작했고, 지금은 진정한 자신감의 위기를 겪고 있다. 해리는 돈 탓이라고 생각한다. 마침내 충분한 돈을 갖게 되면서 모든 면에서 만족하게 되었기 때문이라고. 또한 은행에서 편안히 쉬고 있는 돈의 실질가치가 계속 줄어들고 있다는 점이 항상 그의 머릿속에 있다. 이걸 어떻게 해야 하나 하는 생각. 그 밖에 다른 생각들도 있다. 필리스, 죽은 사람들, 그리고 골프. 그는 플라잉이글에 들어갔을 때부터 열정적으로 게임에 참여했지만 실력이 그다지 좋아지지도 않았고, 예전에 그랬던 것처럼 마음 편히 임했던 처음 몇 게임에서 운좋은 샷을 몇 번 날린 것 외에는 똬리를 튼 자신의 근육 속에 절대적인 순수함과 힘이 숨겨져 있다는 행복한 인상을 주지도 못했다. 억지로 성적을 올릴 수도 없고 저변에 깔린 원칙이 영구적으로 이름이 붙는 것을 피하려고 꽁무니를 뺀다는 점에서 인생과 비슷하다. '팔은 밧줄처럼.' 그는 가끔 혼자 이렇게 중얼거리며 상당한 성공을 거두기도 하지만, 그것도 소용이 없으면 '무게중심을 옮겨'라고 중얼거린다. 아니면 '닭 날개처럼 팔꿈치를 붙이지 마'라거나 '각도를 유지해'라고 중얼거리기도 한다. 손목을 뒤로 돌릴 때 골프채와 양팔 사이의 각도를 지키라는 뜻이다. 가끔은 모든 것이 손에 달렸다고, 그다음에는 어깨에 달렸다고, 심지어는 무릎에 달렸다고 생각한다. 무릎에 달렸다는 생각이 들 때는 마음대로 몸이 움직이지 않는다. 농구는 이보다 조금 더 본능적이었다. 단순히 거리를 걸으면서도 골프를 생각할 때처럼 복잡한 고민을 한다면 결국 차도로 넘어져버릴 것이다. 하지만 쭉 뻗어나가는 드라이브샷이나 깃대에 공을 딱 붙이는 부드러운 칩샷을 치고 나면 예전에 여자를 생각하며 자신이 그 여자와 단둘이서 따뜻한 섬에 있다고 상상할 때 느꼈던 행복을 느낄 수 있다.

재니스가 알몸으로 문틀에 쿵쿵 부딪히며 욕실에서 나와 침실로 들어온다. 그리고 그가 〈컨슈머 리포트〉 7월호를 읽으려고 애쓰고 있는 침대에 역시 알몸으로 비틀비틀 올라와 그의 입안에 혀를 쑥 집어넣는다. 갤로, 볼로냐소시지, 치약 맛이 느껴지는 와중에 그의 머리는 여전히 잡지의 마지막 다섯 페이지에 걸쳐 시험 결과가 나와 있는 다목적 깡통따개들의 장점과 단점을 정리하려고 애쓰고 있다. 선빔 제품들은 직사각형의 찌그러진 깡통을 따는 데는 성능이 가장 좋았지만 커피 깡통을 딸 때는 힘이 너무 세서 깡통에 구멍을 뚫어버리는 바람에 커피 가루가 조리대로 뿜어져나왔다. 다른 제품들에 대한 시험에서는 날카롭고 위험하게 잘린 금속조각들이 만들어지거나, 자석 힘이 너무 세서 깡통의 내용물이 사방에 흩어지는 경향이 있거나, 칼날이 깊숙한 곳까지 닿지 않았다. 작은 플라스틱 삽입물이 너무 빨리 닳아버리는 바람에 '불가' 판정을 받은 모델(Ekco C865K)도 있었다. 이처럼 섬세한 판정을 내리는 와중에도 재니스의 혀는 눈이 없는 열정적인 뱀장어처럼 침입해 들어와서 그를 화나게 한다. 삼십대 후반에 재니스는 피임약의 부작용을 더이상 겪기 싫다며 나팔관을 막아버렸다. 그 상실감의 악마(다시는 결코 절대로 아이를 낳을 수 없다는 것)가 재니스의 성에 거짓 활기를 주었는데, 그것이 조금 뒤틀려버렸다. 그가 몸부림치며 키스에 저항하자 그에게서 얼굴을 떼는 재니스의 눈에는 그가 누구인지 알아본 기색이 전혀 없다. 술기운의 흐릿함과 다정함이라고는 전혀 없는 텅 빈 욕망이 있을 뿐이다. 잡지를 읽으려고 켜놓은 불빛에 흉하게 늘어버린 그녀의 목 아랫부분 살이 보인다. 마치 화상자국처럼 불그스름하고 번들거린다. 독서용 안경을 쓰고 있지 않았다면 이것이 이토록 선명히 보이지 않았을 것이다. "세상에." 그가 말한다. "최소한 불을 끌 때까지만이라도 좀 기다려."

"난 불을 켜고 하는 게 좋아." 재니스가 혀가 꼬인 발음으로 고집을 부린다. "당신 가슴의 흰 털들을 보는 게 좋다고."

이 말이 그의 흥미를 돋운다. "흰 털이 많아?" 그는 턱 아래의 가슴을 보려고 애쓴다. "하얗게 센 게 아니라 금색이야, 안 그래?"

재니스는 이불을 그의 허리까지 내린 뒤 쪼그리고 앉아 그의 털 하나하나를 조사한다. 재니스의 가슴이 늘어져서 햄버거처럼 덩어리가 진 것 같은 젖꼭지가 그의 배에서 2.5센티미터쯤 떨어진 곳에서 흔들리고 있다. "여기 있어, 여기도." 재니스가 흰 털을 뽑는다.

"아야. 젠장. 재니스. 그만해." 해리가 배를 밀어올리자 재니스의 젖꼭지가 사라지고 가슴이 재니스의 연약한 갈비뼈를 향해 짜부라진다. 멋대로 침범당한 분노에 차서 한 손으로는 재니스의 머리카락을 움켜쥐고, 다른 손으로는 자석의 흡착력에 대해 읽고 있던 잡지를 여전히 든 채로 그는 척추를 아치 모양으로 구부려 재니스의 몸을 침대 옆자리로 던져버린다. 재니스는 술에 취해 흐릿한 머리로 이것을 애정어린 장난으로 착각하고는 해리의 몸을 덮은 이불을 더욱더 아래로 내리고 들떠서 더듬거리는 손으로 그의 물건을 잡는다. 욕실에서 방금 손을 씻고 나왔기 때문에 감촉이 차갑다. 〈컨슈머 리포트〉의 다음 페이지에는 파란색으로 인쇄된 질문이 있다. '서늘한 여름, 1979년: 에어컨인가 선풍기인가?' 해리는 두 기계 각각의 장점과 단점 목록('덩치가 크고 무겁다' 대 '가볍고 휴대성이 좋다', '전기요금이 많이 든다' 대 '전기요금이 적게 든다', 모든 면에서 선풍기가 점수를 얻고 있는 것 같다)을 대충 훑어보려고 하지만 허리 아래쪽의 소란에서 초연하기가 힘들다. 재니스의 불안한 손가락들이 같은 질문을 자꾸만 던지고 있는 듯한데 원하는 답변은 영 나오지 않는 것 같다. 분노한 그는 벽을 향해 잡지를 던진다. 그 벽 뒤에서는 장모가 자고 있다. 이번에는 좀더 조심스레 독서용 안경을 벗어 협탁 서랍에 넣고 침대 옆의 램프를 끈다.

끈질기게 졸라대는 아내의 육체가 지금쯤이면 어둠이 불러오는 갑작스러운 졸음과 경쟁하고 있을 것이다. 오늘은 긴 하루였다. 해리는 여섯시 삼십분에 눈을 떠서 일곱시에 일어났다. 이제 눈꺼풀이 너무 얇아져서 이른아침의 햇빛을 견딜 수 없다. 자정이 가까운 지금도 내일 새벽이 빙글빙글 돌며 다가오는 것이 벌써 느껴진다. 그는 자신과 루스의 유전자가 혼합된 것처럼 보였던 그 파란 눈의 존재를 다시 떠올린다. 그러다 보니 아주 오래전 그가 처음으로 침대에 누운 채 자기 위에 올라탄 루스와 섹스를 하면서 그녀의 아름다움에 놀라 '헤이' 하고 말하던 것이 생각난다. 그녀의 몸은 바깥의 서머 스트리트에 세워진 가로등 불빛 속에 하복부를 드러낸 채 길고 꼿꼿하게 서 있었고, 그의 물건은 자기 위에 있는 그녀의 성숙하고 성숙한 사랑스러움 속에 우뚝 서 있었다. 헤이. 그토록 찬란했던 행위가 하나는 잠에 취하고, 다른 하나는 술에 취한 이 두 늙은 육체의 흐릿한 꿈틀거림으로 시들어버렸다는 사실에 우울함이 내려앉는 것 같다. 그의 물건을 샅샅이 뒤적거리는 재니스의 손길이 그것을 일으켜세우는 데 실패하고 적대적으로 변했다. 비단조각에 돋보기로 태양빛을 모을 때처럼 재니스의 시선이 그의 그것을 태운다. 아이들이 개미를 죽일 때 사용하던 방법. 해리는 지켜보기만 하고 동참하지는 않았다. 우리는 굳이 잔인하게 굴려고 마음먹지 않아도 이미 충분히 잔인한 존재다. 그는 재니스가 버림받은 느낌, 어머니와 싸운 것, 어쩌면 아들의 귀환을 두려워하는 마음까지도 조금 희석해보려고 열심히 애를 쓰느라 9학년 수학 시간에 로티 빙거먼의 뒷자리에 앉아서 그랬던 것처럼 바지 지퍼 뒤에 피가 모여들 수 있는 비밀스러운 공간을 마련해주지 않은 것이 화가 난다. 로티 빙거먼이 질문에 답하려고 팔을 들면 겨드랑이의 솜털이 그의 눈에 들어오고, 얇은 면으로 된 블라우스가 탄력 있는 브래지어 끈에 밀착되어 연어 색깔 브래지어가 도드라졌다. 그때는 수업을 끝내는 종이 울려서 그것이 단단히 일어선 채로 자리에서 일어나게 되면 어쩌나 하는 것이 걱정이었다.

그는 자신의 모습을 어떻게든 회복해보려고 재니스의 젖꼭지를 빨기로 한다. 이건 정말이지 난감하고 창피하다. 정상에서 잠시 멈추기. 스스로 움직이는 힘을 얻으려면 정상에서 잠시 멈출 필요가 있다. 그의 침이 그의 위에 앉은 그녀의 검은 형체 안에서 희미하게 반짝거린다. 침대의 머리판은 적갈색의 커다란 너도밤나무가 햇빛과 달빛을 모두 가려주는 두 창문 사이에 있다. 하지만 너도밤나무 이파리들이 가로등 불빛을 조금 통과시켜주기는 한다.

"느낌 좋은데." 재니스가 이런 말을 하지 않았으면 싶다. 좋은 걸로는 충분하지 않다. 분노의 그림자가 없으면 이것은 또하나의 임무, 또하나의 의무가 된다. 로티가 빨리 섹스를 하고 싶어 안달이 난 모습으로 거기 앉아 있던 모습을 내내 생각해야 한다. 해리만 그랬던 것이 아니었다. 로티도 화장실 벽에 써 있는 낙서처럼, 돋보기로 개미를 죽인 바로 그 아이들이 화장실 벽에 그려놓은 그림들과 써놓은 말들처럼 다리 사이에 더러운 욕망을 품고 있었다. 아이들이 돋보기로 개미를 죽일 때, 개미들은 끈적끈적하고 작게 펑 하는 소리를 내며 죽었다. 누구나 들을 수 있는 소리였다. 여자들도 몸을 열 때 그렇게 끈적끈적하고 작은 소리를 낼까? 로티가 손을 들면 한결같이 젖꼭지를 향하고 있는 주름들 사이에 블라우스가 끼고, 짧고 꼬불꼬불한 처녀의 솜털이 난 겨드랑이의 면 블라우스를 통해 브래지어 가장자리가 삐죽 밖을 내다 본다는 걸 알고 있었다는 생각, 그가 그 모든 걸 지켜보고 있다는 것도 알고 있었다는 생각에 정말로 피가 몰린다. 회벽 너머에서 장모가 부루퉁한 기분을 잠으로 털어버리고 있는 동안 해리는 어둠 속에서 가슴을 졸이고 주위를 더듬으며 딱딱해진 자신의 물건을 마치 아무렇지도 않은 것처럼 재니스의 손 앞에 내놓는다. 핫 스터어어어프.

하지만 재니스도 자기 머릿속을 배회하는 생각들 때문에 열정이 무 뎌졌는지 손길로 그것이 전해진다. 손이 너무 무겁다. 그래서 해리는 자신을 구원하려는 다급한 마음에 재니스의 귓가에 "빨아"라고 숨죽인 소리로 속삭인다. "빨아." 재니스는 그렇게 한다. 등을 돌려서 머리를 그의 배에 무겁게 얹고. 그는 침대 위에서 마치 날아오를 준비라도 하는 것처럼 대각선으로 한 팔을 쭉 뻗어 재니스의 엉덩이를 어루만진 다. 그녀의 하반신에 자리한 이 둥근 구들은 예전만큼 둥글지 않고, 그 사이의 털을 손가락으로 찾아내기도 더 쉬워졌다. 재니스는 스태브로 스와 바람이 났을 때 입으로 하는 법을 배웠지만 완전히 몰두하지는 않고 맨 위의 2~5센티미터 정도에서 입질만 하는 편에 더 가깝다. 그 는 흥분을 유지하기 위해 루스를 기억하려고 한다. 들떠서 외쳤던 "헤 이"라는 말과 예전에 한 번 루스가 그것을 삼키던 모습. 하지만 이런 생각을 하다보니 함께 지낸 몇 달 동안의 죄책감과 자신이 배신에 배 신을 더해서 그녀를 버렸던 것과 맨 마지막에 느꼈던 시큼한 슬픔이 너무나 상세하게 떠오른다.

재니스가 그의 것에서 스르르 입을 떼고 묻는다. "무슨 생각 해?"

"일." 해리는 거짓말을 한다. "찰리가 걱정이야. 자기 몸을 워낙 잘 돌보고 있어서 일을 시키기가 싫을 정도야. 요새는 내가 손님들을 대부분 상대하는 것 같아."

"그래도 상관없지 뭐. 당신 연봉이 찰리의 두 배잖아. 게다가 찰리가 거기서 일한 지가 얼마나 오래됐는데."

"그렇기야 하지만, 난 사장의 사위잖아. 찰리는 그렇게 될 수 있었지만 안 했고."

"우린 처음부터 결혼 생각이 없었어." 재니스가 말한다.

"그럼 뭘 생각했는데?"

"신경쓰지 마."

해리는 멍하니 재니스의 긴 머리를 쓰다듬는다. 수영을 많이 한 덕분에 부드러운 그 머리카락이 그의 배 위로 흐르고 있다. "오늘 늦게 젊은 애들 한 쌍이 전시장으로 들어왔어." 해리는 재니스에게 입을 열었다가 생각을 고쳐먹는다. 이제 재니스의 성적인 밀어붙이기는 지나갔고, 그의 물건은 단단해졌고, 불안할 때 경쟁하듯 앞다퉈 나서는 근육들도 마침내 긴장을 풀었다. 하지만 재니스는, 재니스는 완전히 긴장이 풀려서 그의 물건이 얼굴에 닿은 채로 잠들어버렸다. "내가 안에 들어가면 좋겠어?" 그가 부드럽게 묻지만 아무 대답이 없다. 그는 재니스를 자신의 가슴에서 내려 자신과 나란히 눕게 그 축 늘어진 몸을 돌려놓는다. 자기가 뒤에서 섹스를 할 수 있게. 그가 자신의 것을 찔러 넣자 재니스는 잠깐 깨어나서 "오" 하고 외친다. 미끄럽게 쑥 들어간 그는 천천히 펌프처럼 움직이며 자기들 두 사람 위로 이불을 끌어당긴다. 아직은 선풍기인지 에어컨인지 고민할 만큼 날이 덥지 않아서 두 기계 모두 다락방 어딘가에서 먼지 낀 처마밑에 처박혀 있다. 그것을 들어서 꺼내려면 등이 고생할 것이다. 해리는 영화에서만 에어컨을 볼 수 있을 때도, 에어컨이 뜨거운 거리에서 사람들을 곧장 끌어들이는 끝내주는 물건으로 여겨질 때도 에어컨의 차가움을 좋아했던 적이 없다. 극장 출입구의 차양에 고드름 그림과 함께 파란색과 초록색이 섞인 색으로 **시원해요**라고 써 있는 모습을 보면 항상 아무리 형편없더라도 하느님이 주신 공기 속에 살면서 몸이 거기에 적응하게 하는 편이 더 건강한 것 같았다. 자연은 무엇에나 적응할 수 있다. 그래도 끈적끈적한 밤이면, 그리고 막 잠이 들려는 무렵에 창 아래에서 차들이 젖은 타이어 소리를 내며 지나가고 아이들이 차창이나 지붕을 연 채로 라디오를 쾅쾅 틀어놓은 소리가 들려오면 이불에 닿은 살갗이 따끔거리고 방안에는 모기 한 마리가 살아서 돌아다닌다. 잠든 여자의 몸속에 들어간 그의 물건은 돌처럼 딱딱하다. 그는 재니스의 엉덩이를 어루만진다. 그의 배에 아늑하게 닿아 있는 틈새 부분. 다시 조깅을 시작해야겠다. 엉덩이 두 짝 사이의 그 틈새와 그 틈새 안의 그곳. 지난 세월 동안 그는 젖꼭지와는 반대로 재니스가 그 부위에 손이 닿는 것에 전혀 반감이 없으며, 그녀가 밑에 있을 때 그가 그녀의 엉덩이 밑으로 손을 넣는 것을 좋아하는 듯하다는 사실을 서서히 깨달았다. 그는 자신의 것도 간간이 만져보며 아직도 단단한지 확인한다. 단단하다. 풀밭 위로 솟아오른 나무처럼 굵다. 울퉁불퉁하게 솟아오른 뿌리들. 두 개의 검은 달 같은 재니스의 엉덩이가 그것을 삼켰다가 내뱉자 끈적끈적하고 작은 소리가 난다. 기름을 바른 듯 길고 매끄러운 재니스의 옆구리, 갈비뼈에서 엉덩이뼈까지 이어진 그 곡선이 그의 손끝에서 한가로이 활강하는 갈매기처럼 떠오른다. 사랑은 재니스를 달랬고, 술은 재니스를 흥분시켰다. 술에게 축복 있으라. "잰?" 그가 속삭인다. "자?" 이렇게 묶여 있는 것이 기분 나쁘지 않다. 침대에서 그가 느끼는 또하나의 의식은 책임감이다. 그의 생각의 흐름 앞에 나타난 암초. 잡지 뒤편에는 그가 직업상 반드시 보아야 하는 〈자동차 대출 쇼핑하는 법〉이라는 기사가 있지만 그가 흥미를 느끼는 주제는 아니다. 커피 깡통에 구멍이 뚫렸을 때 커피 가루가 터져나온 것을 사람들이 어떻게 알아차렸는지 궁금하다는 생각이 머리를 떠나지 않는다. 재니스가 코를 곤다. 물밑에서 거칠게 한 번 숨을 들이쉬는 것 같은 소리. 어느 정도 깊이에 들어서면 재니스의 코는 하프가 된다. 밤처럼 커다란 그녀의 엉덩이가 너도밤나무 이파리의 체질을 통과한 연한 가로등 불빛이 천장에서 이리저리 움직이는 이 방에서 무의식중에 그를 온통 감싼다. 그는 섹스를 계속하기로 한다. 그것이 너무 단단해서 죽을 것 같다. 그가 이렇게 단단해진 것은 애당초 재니스의 뜻이었다. 그가 튕겨버렸던 알풍뎅이가 섬세함의 모델처럼 그의 머릿속에 떠오른다. 꼭 붙잡아, 꿈속의 아가씨. 그는 그녀의 옆구리에 손가락 세 개를 댄다. 숫자세기 게임을 할 때처럼 새끼손가락은 들어올린 채로. 그는 재니스가 깨지 않게 은밀히 움직이지만 목적은 하나다. 빠르고 순수하다. 절정에 그의 두피가 얼어붙고 심장이 멈춘다. 모든 것이 은밀하다. 이렇게 쿵 하고 절정에 이른 것은 몇 달 만이다. 그가 기름이 다 떨어져가고 있다고 말한 사람이 누군가?

"공은 괜찮게 쳤어." 다음날 오후에 래빗이 말한다. "하지만 점수를 내는 건 말도 안 되는 일이지." 그는 플라잉이글 티 앤드 라켓 클럽에서 오늘 게임의 파트너 부부들과 함께 하얀 야외 테이블에 초록색 수영복 차림으로 앉아 있다. 버디 잉글핑거는 아내가 아니라 애인을 데려왔다. 버디도 예전에는 아내가 있었지만, 그녀는 그를 버리고 웨스트체스터 근처에 사는 전화 가설공에게 가버렸다. 그럴 수도 있었겠다는 생각이 든다. 버디의 애인들이 한심한 건 사실이니까.

"자네가 언제 점수를 낸 적이 있기는 해?" 로니 해리슨이 어찌나 큰 소리로 말했는지 수영장에 있는 사람들이 고개를 돌려 바라본다. 래빗은 로니와 삼십 년 동안 알고 지냈지만 그를 좋아한 적이 한 번도 없다. 로니는 라커룸에서 일부러 다들 보라고 과시하듯 몸에 비누칠을 하고 고등학교 선수들에게 버드와이저 맥주를 주며 으쓱거리던 놈들 중 하나였다. 농구 코트에서는 멋이 부족한 것을 근육으로 보충하려고 온통 땀투성이가 돼서 팔꿈치를 휘둘러대며 난폭하게 돌진했다. 그런데 해리와 재니스가 플라잉이글에 가입했더니 그 옛날의 로니가 거기 있었다. 스쿨킬 뮤추얼이라는 괜찮은 직장과 오랫동안 초등학교 3학년생들을 가르치고 있을 뿐만 아니라 침대에서도 틀림없이 끝내줄 것 같은 훌륭한 아내까지 얻은 모습으로. 로니가 옛날에 라커룸에서 항상 얘기하던 것이 온통 침대 기술 얘기뿐이었으니 틀림없었다. 그런 이야기를 할 때 그는 광신도 같았다. 그의 황동 색깔 곱슬머리, 고등학교를 졸업한 직후부터 가늘어지기 시작한 그 머리카락이 지금은 아주 공들여 머리를 덮고 있다. 그동안의 세월과 점잖은 체면 때문에 분홍빛 안색도 조금 사라졌다. 관자놀이에서 눈가까지의 피부는 푸르스름한 종이 같다. 래빗은 예전에도 그의 속눈썹이 흰색이었는지 기억이 나지 않는다. 그는 로니를 이기는 게 좋아서 로니와 골프 치는 걸 즐긴다. 로니를 이기기는 그다지 어렵지 않다. 그는 땅딸막한 작자들이 으레 그렇듯이 움찔움찔 펀치를 날리듯 스윙을 한다. 신이 났을 때는 커다란 바나나처럼 스윙을 크게 휘둘러서 공을 숲속으로 곧장 보내버리곤 한다.

"해리 씨가 옛날에는 점수를 많이 냈다고 들었는데요." 로니의 아내 셀마가 부드럽게 말한다. 그녀의 얼굴은 폭이 좁고, 기억에 잘 남지 않을 만큼 평범하다. 몸에는 작은 주름치마가 달린 괴상한 구식 원피스 수영복을 입고 있다. 햇빛에서 피부를 보호하려는 것처럼 어깨나 발목에 수건을 두르고 있을 때도 많다. 햇볕에 탄 코를 제외하면, 그녀는 온몸이 창백하다. 구불구불한 쥐색 머리카락은 한 올씩 차례로 하얗게 세어가고 있다. 그녀를 볼 때마다 래빗은 그녀가 무슨 수로 해리슨을 행복하게 해주는지 궁금하다는 생각이 든다. 그녀가 똑똑하다는 것은 알겠지만, 그는 여자의 똑똑한 머리에 그다지 흥미를 느껴본 적이 없다.

"1951년에 B리그 카운티 득점기록을 세웠죠." 해리가 자신을 변호하려고 말한다. 그리고 자신을 더 변호하려고 덧붙인다. "뭐, 그 정도였어요."

"그 기록은 이미 옛날에 깨졌어." 로니는 설명을 덧붙여야 할 것 같은 모양이다. "흑인들 손에."

"기록이란 깨지기 마련이야." 웹 머킷이 재치 있게 끼어든다. "잘은 모르겠지만, 요즘 애들은 예전만큼 달리지 않는 것 같아. 수영에서는 기록을 고쳐 쓰기가 무섭게 새 기록이 세워지는데 말이야." 웹은 항상 같이 게임을 하는 네 명 중에 가장 나이가 많아서 쉰이 넘었다. 날씬하고 생각이 깊은 신사인 그는 지붕과 벽널 공사를 하는 하청업체를 운영하고 있으며, 거칠지만 마음을 차분하게 가라앉혀주는 목소리를 갖고 있다. 긴 얼굴에는 세로줄무늬처럼 주름이 나 있고, 개암 색깔의 눈동자는 마치 호박색 덤불 같은 눈썹 밑에서 거의 보이지 않는다. 그는 네 명 중에 가장 꾸준히 골프를 치는 사람이기도 하다. 그에게 꾸준하지 않은 게 하나 있다면, 벌써 세번째 아내와 살고 있다는 점이다. 이름이 신디인 그의 아내는 통통한 몸매에 등이 갈색인 사랑스러운 여자로 지금도 여고생 같은 분위기를 풍긴다. 다섯 살, 세 살의 아들과 딸을 두고 있는데도. 짧게 깎은 신디의 머리카락이 물에 젖어 한 방향으로 누워 있다. 마치 다이빙을 한 뒤 수면으로 막 올라온 사람 같다. 그녀가 미소를 지으면 갈색으로 그을린 얼굴에 드러나는 치아가 부자연스러울 정도로 고르고 하얗게 보인다. 둥근 뺨에서도 가장 둥근 부분에는 분홍색으로 살갗이 벗겨진 자국들이 있고, 성적으로 무심한 것 같은 표정이 짜릿하다. 하지만 젖가슴은 작은 삼각형 해먹 같은 브래지어 안에서 철벅거리며 부르르 떤다. 그녀의 까만 수영복은 목덜미에서 끈 한두 개만으로 연결된, 가장 손바닥만한 옷이다. 엉덩이 골이 시작되는 부위에서는 검은 기저귀 같은 팬티가 어느 쪽으로 기울어지는가에 따라 골이 더 보이기도 하고 덜 보이기도 한다. 해리는 웹에게 찬탄한다. 웹은 항상 자기 안에서 스윙을 휘둘러 공을 잘 굴린다.

"영양이 좋은 거죠. 그런 것 같지 않아요?" 버디 잉글핑거의 애인이 푹 꺼진 얼굴과 어울리지 않게 소녀처럼 높은 목소리로 끼어든다. 무슨 물리치료사 일을 한다는데, 그녀 자신의 몸매는 그다지 훌륭하지 않다. 버디가 데려오는 여자들은 해리에게 혼자 사는 사람의 한계를 가르쳐주는 좋은 교훈이 된다. 딱딱하고 자그마한 비서들, 레스토랑 여급들, 반백의 머리를 하나로 묶고 납작한 가슴에는 나바호족의 장신구를 잔뜩 매단 마녀 같은 모습의 전직 히피들, 와이저에서 한 블록 들어간 곳에 새로 생긴 창문 하나 없는 우울한 사무실 빌딩들에서 컴퓨터 출력물을 쓰레기통에 넣는 일을 하며 하루를 보내는 뚱뚱한 인사부 차장들. 천국도 지옥도 아닌 곳에서 푹 절여져 다리가 분필처럼 푸석푸석하고 얼굴이 살짝 뒤틀린 여자들. 마치 옆에서 날아온 주먹을 맞고 삼십대로 떨어져버린 것 같다. 그들을 보면 해리는 왠지 해적이 생각난다. 한쪽 눈을 가리지는 않았지만, 불구가 됐으면서도 의기양양한 해적들 같다. 그나저나 이 여자 이름이 뭐였지? 이 여자를 소개받은 지 30분도 채 안 됐는데, 그때는 다들 골프에 아직 취해 있을 때였다.

버디가 이 여자를 데려왔으니, 침묵이 점점 고통스러워지는 이 상황에서 그녀의 시시한 말을 어떻게든 처리해야 한다. 그가 끼어든다. "내 생각에는 훈련이 제일 큰 것 같아. 요즘은 중학교 코치들도 옛날 같으면 아주 뛰어난 운동선수들만, 그러니까, 경험을 통해 알아냈을 테크닉들을 죄다 알고 있다고. 요즘은 뛰어난 선수들도 그렇게 뛰어나지 않아. 바로 뒤를 쫓아오는 애들이 십여 명은 되거든." 그는 마치 의무적으로 한 번씩 봐줘야 한다는 듯이 여자들을 한 명씩 바라본다. 그가 여성주의에 당황하는 일은 없을 것이다. 독신자들이 모이는 술집에서 공격을 주고받은 적이 아주 많으니까. "게다가 동독이나 중국 같은 나라에서는 선수들한테 스테로이드를 잔뜩 밀어넣고 있어. 소한테 하듯이 말이야. 걔들은 사람이 아냐." 버디는 깎은 쇳조각이 눈에 들어가는 것을 막으려고 선반공들이나 쓰던 스타일의 철테 안경을 쓰고 있다. 버디가 전자제품 쪽 일을 하는 것은 사실이라서 생각하는 방식도 비슷하다. 지나치게 정확하다는 것. 그가 말을 계속 이으며 아주 확실하게 못을 박는다. "골프도 그래. 파머도 지금의 니클라우스도 이름 한 번 들어본 적 없는 젊은 애들한테 짓밟혀서 사라져버렸어. 저 남쪽의 대학들이 그런 녀석들을 복제인간처럼 만들어내는 통에 대회 때마다 녀석들 이름조차 제대로 알 수가 없어."

해리는 항상 전체적인 그림을 보려고 애쓰는 사람이다. "그 녀석들 때문에 기록이 떨어지고 있지." 그가 말한다. "에런은 게임에 나서지 말았어야 했어. 사람들이 에런을 게임에 끼워준 것은 그가 루스의 기록을 깰 수 있게 하려는 의도였지. 고등학교 때는 오 분 만에 1.5킬로미터를 주파하는 게 기적이었지만, 지금은 여자애들도 그렇게 뛰어."

"정말 놀라워요." 버디의 여자가 끼어든다. 이 대화가 그녀의 것이기 때문이다. "인간의 육체가 과연 어디까지 해낼 수 있을지 모르겠어요. 이 자리의 우리 여자들 중 누구라도 그럴 의욕만 생긴다면, 당장 나가서 앞쪽 범퍼만 잡고 자동차를 들어올릴 수도 있어요. 만약 타이어 밑에 우리 애가 깔려 있다거나 뭐 그렇다면 말이에요. 그런 일들이 자주 보도되잖아요. 제가 수련했던 병원의 의사들은 그런 통계를 당장 종이에 적어 보일 수도 있었어요. 우린 우리가 갖고 있는 근육의 힘을 절반도 쓰지 못하고 있어요."

웹 머컷이 농담을 한다. "들었어, 신디? 주유소들이 전부 문을 닫아도 당신이 아우디를 집까지 들고 갈 수 있을 거야. 진짜야. 난 외국어를 열 개쯤 하는 사람들이 항상 감탄스러워. 만약 뇌가 컴퓨터라면, 그런 일을 해내는 데 뇌세포가 얼마나 들지 생각해보라고. 그런데도 뇌 속에는 그보다 훨씬 많은 공간이 있는 것 같잖아."

그의 젊은 아내가 조용히 손을 들어 머리카락을 쥐어짜 물기를 빼낸다. 머리카락이 워낙 짧아서 손에 제대로 잡히지도 않는다. 그 움직임 때문에 흠뻑 젖은 검은색 끈 안에서 그녀의 젖꼭지가 덩달아 올라가 꼿꼿하게 선 젖꼭지 모양이 드러난다. 그녀의 무릎을 덮은 흰 수건은 마치 해리에게서 그녀의 사타구니에 대해 생각해야 한다는 부담을 덜어주려는 것 같다. 그는 자신이 버디의 여자에게 전혀 호감을 느끼지 못하는 게 뺨과 이마뿐만 아니라 허벅지에까지, 무슨 성병이라도 되는 것처럼 저 위 안쪽에까지 난 여드름 때문임을 깨닫는다. 이름이 조진이었나? 제럴딘? 여자는 지나치게 열성적이고 날카로운 목소리로 계속 말하고 있다. "요가를 하는 사람들이 공중부양을 하거나 수천 년 전으로 거슬러올라갈 수 있는 것도 놀랍죠. 에드거 케이시*는 그런 사례를 수없이 갖고 있어요. 그런 건 결코 초자연적인 게 아니에요. 난 하느님을 믿을 수 없어요. 세상에 고통이 너무 많으니까. 그런데 그 사람들은 우리 모두 갖고 있으면서도 제대로 개발하는 법이 없는 인간의 힘을 사용하고 있을 뿐이에요. 다들 티베트 사자의 서를 한번 읽어보셔야 해요."

"그래요?" 셀마 해리슨이 건조한 목소리로 말한다. "저자가 누구죠?"

이제 침묵이 이 자리의 사람들을 공격한다. 수영장 물에 반사된, 살

---

* 1877~1945. 미래를 예언하는 능력이 있었다고 알려진 미국의 초능력자.

짝 초록빛이 도는 그림자가 흔들리며 유령처럼 불안하게 그들의 얼굴을 훑는다. 어떤 아이가 수영을 하며 숨을 몰아쉬는 소리가 들린다. 그때 다행히도 웹이 입을 연다. "그러고 보니 더 마음에 걸리는 게 있는데, 우리가 얼마 전에 으스스한 일을 겪었거든. 내가 신기한 마음에 폴라로이드 SX-70 랜드 카메라를 샀어. 애들한테 주려고 말이야. 그런데 우리 모두 그 물건에 홀려서 어쩔 줄 모르고 있어. 정말이지 초자연적이라니까. 바로 눈앞에서 사진이 금방 현상되어 나오다니 말이야."

"이렇게 사진을 뱉어내요." 신디가 눈동자를 가운데로 모으고 척 하는 소리를 내며 혀를 쑥 내민다. 남자들은 모두 웃고 또 웃는다.

"〈컨슈머 리포트〉에도 그것에 대해 기사가 실렸어요." 해리가 말한다.

"마술 같아요." 신디가 모두에게 말한다. "웹은 완전히 흥분했다니까요." 신디가 활짝 웃자 뭉툭해 보이는 이가 드러난다. 건강한 잇몸은 마치 아기처럼 아주 낮다.

"왜 내 잔이 비어 있는 거죠?" 재니스가 묻는다.

"진 사람들이 사는 거야." 해리는 거의 고함을 지르다시피 한다. 옛날 같으면 이렇게 큰 소리를 내는 것이 남자들 집단에게 특별한 일이었겠지만, 지금은 남자도 여자도 모두 텔레비전에서 맥주 광고를 많이 보았기 때문에 주말에 술집이나 바비큐 파티나 바닷가나 일광욕이나 산에 갔을 때는 이렇게 큰 소리를 지르면서 즐겁게 놀아야 한다는 것을 잘 알고 있다. "이긴 사람들이 첫 잔을 샀거든." 그는 굳이 하지 않아도 되는 말을 큰 소리로 외친다. 마치 낯선 사람들이나 기억력이 전혀 없는 사람들에게 하는 것처럼. 그동안에 여러 사람이 팔을 마구 휘둘러 웨이트리스를 부른다.

해리의 팀은 나소*에서 졌지만, 해리가 보기에는 파트너의 잘못 때문이었던 것 같다. 버디는 실수를 하는 데 도사라서 두 번 좋은 샷을 날린 뒤에도 칩샷을 엉뚱하게 쳐서 결국 세 번이나 퍼팅을 하고서야 공을 홀컵에 넣곤 한다. 반면 해리는 스스로 말한 것처럼 공을 잘 친다. 비록 항상 공이 똑바로 가는 것은 아니지만. 그는 팔을 밧줄처럼 펴고 천천히 아래로 내리며 공을 계속 바라본다. 나중에는 공이 부풀어오르는 것처럼 보일 지경이다. 해리는 클럽하우스의 잔디밭과 거의 맞먹을 정도로 낮은 오렌지색 모래 구덩이와 양갓냉이가 자라는 개울 사이로 길게 구불구불 휘어진 파 5홀에서 버디로 게임을 끝냈다. 그 승리(긴 퍼팅이 성공해서 홀컵이 공을 꿀꺽 집어삼킬 때 나는 그 소리라니! 나무 컵이 공을 꿀꺽 삼켜버리는 것 같다) 덕분에 수많은 더블보기가 가려지고, 염소鹽素를 풀어넣은 물이 반짝이는 광경이나 햇빛을 받고 있는 동료들의 얼굴과 몸, 숲이 물결치며 그림자를 드리우고 있는 페마퀴드산 산허리에 모두 해리 자신의 전능함과 불멸성에 대한 분명한 확신이 가득한 것처럼 보인다. 숲은 잔디를 깎아서 밝은 줄무늬를 새겨놓은 것처럼 보이는 페어웨이 위에서부터 시작된다. 해리는 저물어가는 햇빛 속에서 이 산에 형제의 감정을 느낀다. 페마퀴드산은 아주 최근에야 사람들에게 길들여졌다. 브루어가 대도시로 싹을 틔우는 모습을 마운트저지가 굽어보던 지난 2세기 동안 그 근처에 있던 이 산은 비록 야생의 모습 그대로는 아닐망정 섣불리 출입을 허락하지 않

---

* 골프로 하는 도박의 일종.

는 낯선 곳으로 여전히 남아 있었다. 이 산에 들어섰던 리조트 호텔들도 모두 망해서 불에 타버렸고, 등산가나 연인들이나 도망중인 범죄자만이 감히 이 산에 발을 들여놓았다. 플라잉이글(새에서 딴 이름이다. 치음 이 땅을 측정하러 왔던 측량사가 새매를 발견하고 그것을 일종의 징조처럼 받아들여 이런 이름을 지었을 가능성이 높다)의 개발자들은 아래쪽 능선의 땅 300에이커를 싸게 사들였다. 불도저들이 화재 후에 다시 자라난 물푸레나무, 포플러, 히코리, 말채나무를 갈아서 진흙 구덩이를 채웠고, 그 자리에 페어웨이와 계단식 테니스코트들이 들어섰다. 사람들은 이 클럽도 망할 거라고들 했다. 도시 남쪽에 의사들과 유대인들이 드나드는 브루어 컨트리클럽이 이미 있었고, 북쪽에는 옛날부터 공장을 소유하고 있던 가문들과 그들의 변호사들과 농부들을 위해 자연석으로 쌓은 담장과 높은 철세공 울타리 뒤의 농경지 주위로 9홀짜리 시민 코스를 갖춘 털피호큰 클럽이 있었기 때문이다. 하지만 소매업과 서비스업, 그리고 신기술 중에서도 소프트웨어 산업으로 부상한 젊은 중년층이 있었다. 그들은 유니폼을 입은 바텐더나 출입이 제한된 카드놀이 방을 바라지 않았고, 플라잉이글의 조립식 클럽하우스와 직접 비질을 해야 하는 테니스코트에도 불만이 없었다. 그들에게는 라커룸 바닥을 빈틈없이 덮은 폴리에스테르 카펫도 호화로워 보였다. 시멘트 복도의 코카콜라 자동판매기는 안성맞춤이었다. 그들은 아직 잔디가 다 자라지 않아서 누덕누덕 기운 것 같은 모양의 페어웨이에서 여름 내내 동계규칙*에 따라 게임을 하면서도 행복해했고, 지금은

---

* winter rule. 골프에서 겨울에 코스의 상태가 나쁘거나 눈, 얼음 등이 있을 경우 적용되는 특별 규칙.

650으로 올랐지만 하여튼 연회비 500달러와 기타 사용료로 적잖은 돈을 내는 것에도 만족했다. 프레드 스프링어는 오래전부터 브루어 컨트리클럽에 들어가려고 애썼지만 실패했다. 털피호큰은, 그 자신도 알다시피, 신성불가침의 영역이었다. 그런데 이제 그의 딸인 재니스는 선플라워 맥주나 프랭크하우저 강철의 상속자들과 똑같이 하얀 옷을 입고 클럽하우스 계산서에 서명한다. 듀폰 가문 사람들과 똑같이. 플라잉이글에서 해리는 운동을 열심히 해서 몸이 깨끗해진 느낌, 소중하게 다뤄지고 있는 느낌을 받는다. 이 자리의 사람들 중 가장 몸집이 큰 그가 한 손을 들어올리자 짙은 초록색 블라우스에 흰색과 초록색 체크무늬 치마로 된 식당 유니폼을 입은 여자가 와서 휘발유 부족 사태가 널리 퍼진 이 일요일에 술을 더 가져다달라는 그의 주문을 받는다. 그녀는 그의 이름을 묻지 않는다. 이곳 사람들은 이미 그의 이름을 알고 있다. 그녀의 이름은 블라우스 주머니에 '산드라'라고 수놓아져 있다. 그녀의 피부는 그의 딸처럼 우윳빛이지만 키가 더 작다. 그리고 앞으로 피로에 지친 여자가 될 것임을 보여주는 징조가 벌써 얼굴에 나타나고 있다.

"점성술을 믿으세요?" 버디의 여자가 갑자기 신디 머킷에게 묻는다. 어쩌면 저 여자는 레즈비언인지도 모른다. 그래서 해리가 여자의 이름을 기억하지 못하는 것이다. 가장자리가 부드럽게 느껴지는 이름이었다. 거트루드 같은 건 아니었다.

"글쎄요." 신디가 말한다. 놀라서 눈을 휘둥그렇게 떴기 때문에 햇볕에 그을린 얼굴에 흰자위가 유난히 도드라진다. "가끔 신문에 실린 별자리 운세를 읽기는 해요. 정말 공감이 가는 말도 있지만, 그런 것도 다 요령이 있는 것 아닌가요?"

"요령이 아니에요, 고대 과학이에요. 모든 과학 중에 가장 오래된 거라고요."

신디의 편안한 휴식을 공격하는 이 말에 동요한 해리가 웹을 바라보며 어젯밤 필리스 경기를 봤느냐고 묻는다.

"필리스는 이제 죽었어." 로니 해리슨이 말참견을 하고 나선다.

버디는 필리스가 지난 34경기 중 23번을 졌다는 통계를 들고 나온다.

"저는 가톨릭 집안에서 자랐어요." 신디가 버디의 여자에게 말하고 있다. 목소리가 어찌나 나직한지 해리는 열심히 귀를 기울여야만 간신히 들을 수 있다. "그런데 신부님들이 그런 건 악마의 소행이라고 하셨어요." 신디는 이 말을 털어놓으며 목 근처에 걸고 있는 작은 십자가를 손가락으로 만지작거린다. 목걸이 줄이 어찌나 가느다란지 그을린 피부에 줄자국이 전혀 남지 않았다.

"보와가 빠진 게 팀에 꽤 큰 타격이었지." 웹이 현명한 표정으로 말하면서 주름진 얼굴에 또 담배를 하나 찔러넣으며 고무 같은 윗입술을 낙타처럼 자동으로 들어올린다. 오늘 오후에 그는 84타를 기록했다. 그린에서 퍼팅을 세 번이나 한 적도 많았다.

재니스는 셀마에게 이렇게 예쁜 수영복을 어디서 샀느냐고 묻고 있다. 술에 취했음이 틀림없다. "이제 크롤스에서는 이런 걸 전혀 찾아볼 수 없어요." 재니스의 말이 래빗의 귀에 들려온다. 재니스는 구식 옵아트* 무늬가 있는 파란색 투피스 수영복을 입고 하얀 테니스복에 맞춰

---

* Op art. 기하학적 형태나 색채를 이용해서 시각적 착각을 유도하는 추상미술. 팝아트의 상업주의와 지나친 상징성에 대한 반발로 생겨났으며, 옵아트라는 용어는 1965년에 처음 쓰이기 시작했다.

산 하얀 카디건을 걸치고 있다. 카디건이 어깨에 케이프처럼 걸려 있다. 손에는 담배를 한 개비 들고 있다. 웹 머킷이 몸을 기울여 청록색 프로판 라이터로 불을 붙여준다. 재니스도 그렇게 매력이 없는 건 아냐, 해리는 속으로 생각한다. 자고 있는 그녀와 섹스를 한 기억이 떠오른다. 아니, 정말 그랬던 건가. 얼마쯤 지난 뒤 재니스의 코고는 소리가 멈추고 신음소리가 났던 것 같다. 셀마의 활기 없고 창백한 몸에·비하면 재니스의 몸에는 에너지와 격렬함이 있다. 그녀가 라이터 불을 향해 몸을 앞으로 기울이자 무릎뼈들이 피부를 밀어대며 선명하게 모습을 드러낸다. 재니스는 아주 익숙한 듯 우아하게 이 동작을 해낸다. 웹은 재니스를 존중해준다. 프레드 스프링어의 딸이니까.

해리는 이 오후에 자기 딸은 어디 있을지 궁금해진다. 시골에 있을 것이다. 저녁식사 준비를 위해 허드렛일을 하고 있을 것이다. 닭에게 모이를 주는 일 같은 것을 하고 돌아온 참일 것이고. 시골에서는 일요일이라고 해서 그다지 달라지는 것이 없다. 짐승들은 휴일이 뭔지 모르니까. 그 아이가 오늘 아침에 교회에 다녀왔을까? 루스는 교회가 쓸모없다고 생각했다. 루스가 시골에서 사는 모습을 도무지 그려볼 수가 없다. 그에게 그녀는 도시였다. 무엇이든 다 받아들이는 브루어의 단단한 빨간 벽돌집들 같은 여자. 주문한 술이 온다. 반가움의 탄성. 맥주 광고와 똑같다. 신디 머킷은 수영을 한번 더 하고 와서 당당하게 술을 마시기로 한다. 그녀가 일어서자 허벅지 뒤편에 사각형 무늬들이 새겨져 있는 것이 보이고, 손바닥만한 검은 수영복 팬티는 두 개의 보조개가 양편 살 속에 작은 소용돌이처럼 새겨져 있는 허리보다 한참 아래에서 여전히 물에 흠뻑 젖은 채 가느다란 호선을 그리며 달라붙어 있다. 그 광경에 해리는 머리가 어질어질하다. 그가 루스를 데리고 웨스트브루어의 공립 수영장에 가지 않았던가? 메모리얼데이였다. 타일을 깐 풀장에서 조금 떨어진 나무 그늘 밑에서 젖은 수건에 눌린 풀냄새가 났다. 이제 사람들은 에나멜을 칠한 철사로 만든 의자에 앉아 있다. 그래서 쿠션을 깔지 않으면 허벅지 뒤편에 와플 같은 무늬가 생긴다. 산이 점점 가까이 다가오고 있다. 해는 도시의 먼지들 너머에서 점점 더 붉게 변해가고, 황금빛으로 물든 나무 꼭대기들은 페마퀴드산 정상 위 높은 곳에 갈기처럼 서 있다. 산꼭대기와 골프 코스 사이의 땅을 두꺼운 카펫처럼 덮고서 물결치는 숲속의 나무들 사이로 어둠이 점점 짙어진다. 저멀리 열한번째 페어웨이에서 남자들이 여전히 움직이고 있다. 벌레처럼 작게 보인다. 그가 그렇게 먼 곳을 바라보고 있을 때, 신디가 포물선을 그리며 다이빙을 하자 물 몇 방울이 해리의 맨가슴을 찌른다. 그 가슴이 햇볕에 물든 산만큼이나 넓게 느껴진다. 그는 머릿속으로 말을 정리한다. '어제 차를 몰고 집에 가는 길에 라디오에서 재미있는 이야기를 들었는데……'

"……나도 댁처럼 다리가 예쁘다면 말이죠." 로니의 평범한 아내가 재니스를 향해 말을 맺는다.

"어머, 그래도 허리가 예쁘잖아요. 나는 그냥 두루뭉술해요. 해리는 나더러 피클 같대요." 키득거리는 소리. 처음에는 키득거리더니, 나중에는 몸을 비틀거리기 시작한다.

"남편분은 주무시는 것 같은데요."

해리는 눈을 뜨고 허공을 향해 외친다. "어제 차를 몰고 집에 가는 길에 라디오에서 재미있는 이야기를 들었는데……"

"오자크를 해고해야 돼." 로니가 큰 소리로 고집스레 말한다. "그놈은 이미 신뢰를 잃었어. 사기를 저하시키고 있다고. 오자크를 해고하고 로즈를 트레이드로 내보내지 않는 한 필리스는 끝이야, 끝."

"얘기해보세요." 버디의 끔찍한 애인이 해리에게 말한다. 그래서 해리는 어쩔 수 없이 말을 잇는다.

"아, 볼티모어의 어떤 의사 얘긴데요. 라디오 아나운서 말로는 그 의사가 골프 코스에서 골프클럽으로 거위를 죽인 혐의로 법정에 끌려왔대요."

"거위클럽으로 골프 코스를 돌아야지." 재니스가 키득거린다. 언젠가 커다랗고 둥근 돌을 가져다가 재니스의 두개골을 부숴버리면 속이 시원할 것 같다는 생각이 든다.

"그 얘기 어디서 들었어, 해리?" 웹 머킷이 묻는다. 반응이 조금 늦었지만 긴 머리를 점잖게 한쪽으로 살짝 기울이고, 자기가 내뿜은 담배연기 때문에 한쪽 눈을 꾹 감고 있다.

"어제 라디오에서, 차를 몰고 집에 가는 길에." 해리가 대답한다. 괜한 얘기를 꺼냈다는 생각이 든다.

"어제라니까 말인데……" 버디가 끼어든다. "주유소 앞에 차들이 다섯 블록이나 줄을 서 있는 걸 봤어. 애시 스트리트랑 4번가 모퉁이에 있는 수노코 주유소 말이야. 줄이 4번가를 따라서 버튼우드까지, 거기서 또 5번가까지, 거기서 다시 애시 스트리트까지 이어지더니, 애시 스트리트 반대편에서 새 줄이 또 만들어지고 있더라고. 주유소 사람들이 나와서 차들을 정리하고 있던데. 정말 굉장했어. 그런 상황에서도 차들이 계속 들어오고 있더라니까. 세상에, 다섯 블록이라니."

"우리 손님 중에 난방유 판매점을 크게 하는 사람이 있는데……"
로니가 말한다. "원유는 아주 많대. 그저 휘발유 쪽을 확 줄이고 대신
난방유를 더 많이 만들기로 한 게 문제라는 거야. 원유에서 말이야. 그
쪽 장부에서는 겨울이 이미 시작된 거지. 내가 평범한 운전자들이 앞
으로 어떻게 될 것 같으냐고 물었더니, 그 사람은 이상한 표정으로 날
보면서 이렇게 말했어. '주말마다 차를 몰고 저지쇼어로 가는 대신 그
냥 혼자 놀면 되겠죠.'"

"로니, 해리 씨가 이야기를 하는 중이잖아." 셀마가 말한다.

"별로 재미있지도 않아요." 그가 말한다. 이제 자신에게 오랫동안
시선이 집중되고 있는 것이 즐겁다. 이야기가 지연되면서 빚어진 희
극. 산이 햇빛을 받고 있다. 두 잔째의 진이 그의 몸으로 스며들면서
기분을 들뜨게 만든다. 그는 이 사람들을 사랑한다. 자신의 군중들. 다
른 탁자에 앉아 있는 사람들도 마찬가지다. 마음만 먹으면 이쪽으로
사람을 보내 서로 어울릴 수 있다. 다들 서로 아는 사이니까. 풀장의
아이들도 그렇다. 풍선껌을 터뜨리고 있는, 캐러멜색 피부의 구조원
아가씨가 자리를 비우더라도, 아이들이 풀장에 빠지면 누군가가 구해
줄 것이다. 이 모든 것이 외상으로 이루어진다는 사실도 아주 좋다. 이
클럽은 매달 10일이 되어야 비로소 자기 몫을 챙길 수 있다.

이제 일행이 그를 꼬드긴다. "어서 이야기해봐요, 해리 씨. 비싸게
굴지 말고요." 버디의 여자가 말한다. 이제 여자가 그의 이름을 부르고
있으니, 그도 여자의 이름을 알아내야 한다. 그레천. 진저. 여자의 허
벅지에 있는 것들은 어쩌면 여드름이 아닌지도 모른다. 초콜릿이나 옻
나무 때문에 발진이 올라온 것일 수도 있다. 여자는 알레르기가 있을

것처럼 생겼다. 그 푹 꺼진 얼굴을 보면 숨쉬기가 힘들 것 같다. 원래 결점은 한꺼번에 나타나는 법이다.

"그래서 그 의사가……" 그는 일행의 요구에 한 발 물러난다. "골프 코스에서 골프클럽으로 거위를 죽인 혐의로 법정에 끌려갔어요."

"어떤 클럽인데?" 로니가 묻는다.

"어째 안 물어보나 했지." 해리가 말한다. "자네가 아니라도 다른 놈이 꼭 물어볼 것 같았어."

"내 생각엔 샌드웨지였을 것 같아." 버디가 말한다. "그걸로 바로 목을 치는 거지. 그럼 머리가 날아가버릴걸."

"핸들이 너무 짧아서 가까이 다가가기 힘들어." 로니가 반박한다. 그리고 거리를 가늠하려는 듯이 눈을 가늘게 뜬다. "내 생각에는 5번이 나을 것 같아. 4번도 괜찮지. 어이, 해리, 내가 15번 홀에서 모래 구덩이에서 빠져나올 때 김미* 거리 안에서 쓴 5번 아이언은 어때? 그거 아주 깊은 러프였는데."

"자네 그거 살짝 밀었잖아." 해리가 말한다.

"허?"

"자네가 잘 빠져나온 척하려고 볼을 미는 걸 내가 봤어."

"말은 똑바로 하자고. 내가 속임수를 썼다는 거야?"

"그런 셈이지."

"그냥 하던 얘기나 해, 해리." 웹 머킷이 자신이 많이 참고 있음을 극적으로 과장하기 위해 새 담배에 또 불을 붙이며 말한다.

---

* gimme. 아주 짧은 거리의 퍼팅에 대해 홀인한 것으로 인정을 구하는 행위.

진저는 괜찮았다. 셀마 해리슨은 커다란 갈색 선글라스를 끼고 그를 빤히 바라보고 있는데, 그것도 정신을 산란하게 만든다. "그런데 그 의사는 자기가 골프공으로 거위를 맞춰서 심한 부상을 입혔기 때문에 녀석의 고통을 빨리 끝내주는 수밖에 없었다고 주장했어. 아나운서 말로는, 그때는 그 주장이 귀엽게 보였다는 거야. 아나운서는 여자였는데⋯⋯"

"잠깐만, 여보, 무슨 말인지 잘 모르겠어." 재니스가 말한다. "그 의사가 거위한테 골프공을 던졌다는 거야?"

"아이고, 세상에." 래빗이 말한다. "내가 괜한 얘기를 꺼냈네. 그냥 집에나 가자."

"싫어, 말해봐." 재니스가 말한다. 당황한 표정이다.

"공을 던진 게 아냐. 아마 거위가 페어웨이에 있는 연못 근처에 있었겠지. 그 의사가 마침 그 근처에서 드라이브샷이든 뭐든 날린 거고."

"두번째 샷인데 빗나간 건지도 몰라." 버디가 의견을 내놓는다.

이름을 알 수 없는 그의 애인이 주위를 둘러보고는 어린 여학생을 흉내낸 그 가짜 목소리로 묻는다. "골프 코스에 거위가 들어와도 돼요? 그거 좀 멍청한 짓 아니에요? 내가 골퍼랑 데이트한 건 버디가 처음인데⋯⋯"

"저런 놈도 골퍼라고 해요?" 로니가 끼어든다.

버디가 일행에게 말한다. "어디선가 읽었는데, 알래스카의 어떤 골프장에서는 순록이 어슬렁거린대. 알래스카가 아니라 스웨덴인가?"

"메인주의 골프장에는 큰사슴이 나타난다고 들었어." 웹 머킷이 말한다. 태양의 불꽃 같은 눈썹을 비틀어 아래로 내리면서. 슬퍼 보인다.

그도 술기운이 도는 건지 두서없이 말을 잇는다. "그러고 보니 스웨덴에서는 왜 골프 선수가 안 나오는지 궁금하네. 비외른 보리*나 스키 선수 스텐마르크 이름은 들어봤는데 말이야."

래빗은 끝까지 이야기를 하기로 결정한다. "그래서 아나운서 말이, '자비로운 살생일까요, 아니면 음험하기 짝이 없는 살해일까요?'라는 거야."

"이런." 누군가가 말한다.

로니는 곰곰이 생각하는 척한다. "어쩌면 4번 우드가 더 나을지도 몰라. 거위를 왼발 방향으로 날려버리는 거지."

"요점이 뭐야?" 해리가 반박한다.

"난 알겠는데요." 셀마 해리슨이 말한다.

"다들 알아." 버디가 말한다. "다만 정말 괴로운 건……" 그가 계속 말을 잇는다. 철테 안경을 쓴 모습이 대단히 엄격하게 보여서 처음에는 여자들이 그를 아주 진지한 사람으로 본다. "이 자리에 있는 사람 누구도, 누구도 거위를 동정하지 않는다는 점이야."

"누군가가 동정했으니까 그 의사를 법정으로 끌고 간 거잖아." 웹 머킷이 지적한다.

"다들 관대한 자유주의자인 척하면서 사실은 반反거위 세력이었어." 버디가 엄숙한 표정으로 투덜거린다.

"누가? 내가?" 로니가 엉덩이를 찔린 거위처럼 목소리를 높인다. 래빗은 이런 식의 유머를 몹시 싫어하지만, 다른 사람들은 즐기는 것 같

---

* 테니스 선수.

다. 여자들도.

신디가 수영을 마치고 물에 젖어 번들거리는 모습으로 돌아온다. 수영복이 살짝 뒤틀린 채로 서 있던 신디는 옷을 바로잡고는 사람들의 웃음소리에 얼굴을 붉힌다. "내 얘기를 하고 있었어요?" 목 아래쪽의 움푹 팬 곳 밑에서 작은 십자가가 반짝인다. 풀장 옆의 판석을 밟고 있는 그녀의 발이 창백해 보인다. 발등이 저렇게 창백함을 유지할 수 있다니 우습다.

웹이 아내의 널찍한 엉덩이를 옆에서 끌어안는다. "아냐, 여보. 해리가 털북숭이 거위 이야기를 하고 있었어."

"무슨 얘긴데요, 해리 씨?"

"나중에요. 아무도 그 얘기를 안 좋아해서요. 웹이 나중에 얘기해줄 거예요."

초록색과 하얀색이 섞인 유니폼 차림의 산드라가 다가온다. "앵스트롬 부인."

이 말에 해리는 충격을 받는다. 마치 돌아가신 어머니가 살아오신 것 같다.

"네." 재니스가 무미건조한 목소리로 대답한다.

"어머님께서 전화를 하셨어요."

"아유, 세상에, 이번엔 또 뭐야?" 재니스는 일어서서 살짝 비틀거리다가 몸을 바로 세운다. 그리고 수영복만 입고 수십 명의 사람들 앞을 지나 클럽하우스까지 걸어가기는 싫은지 의자 등받이에서 비치타월을 들어 엉덩이에 두른다. "무슨 일일 것 같아?" 그녀가 해리에게 묻는다.

해리는 어깨를 으쓱한다. "오늘밤에 무슨 볼로냐소시지를 먹을 건지 궁금하신가보지."

빈정거림이 깃든 말. 그걸 남들 앞에서 했다. 버디의 끔찍한 애인이 소리를 죽여 킥킥거린다. 해리는 자신이 부끄럽다. 신디의 엉덩이를 옆에서 안아주던 웹과 자신은 정말 대조적이라는 생각이 든다. 이 사람들은 조심하지 않으면 남의 결혼생활도 망쳐버릴 사람들이다. 그는 엉성한 사람이 되고 싶지 않다.

재니스가 도전하듯 묻는다. "여보, 내가 다녀올 동안 보드카토닉 한잔만 더 주문해줄래?"

"아니." 해리는 곧 목소리를 누그러뜨려서 말을 잇는다. "생각해볼게." 하지만 이미 분위기는 싸늘해졌다.

머킷 부부는 서로 상의한 끝에 그만 일어설 때가 된 것 같다는 결론을 내린다. 이웃에 사는 열세 살짜리 아이에게 아기를 맡기고 왔다는 것이다. 웹의 눈썹에 불을 붙였던 햇빛이 소름이 돋은 신디의 허벅지에 서 있는 섬세한 털을 비춰 마치 후광이 생긴 것처럼 보인다. 신디는 수건을 두를 생각도 하지 않고 옷을 갈아입으려고 여자 탈의실로 천천히 걸어간다. 창백한 발이 회색 판석 위에 젖은 발자국을 남긴다. 잠깐, 잠깐, 일요일이, 주말이 이렇게 끝날 수는 없어. 황금빛 술 한모금이 아직 잔에 남아 있다고. 철사로 만든 의자들 사이의 투명한 탁자 위에는 술잔들이 남긴 유령 같은 고리들이 저무는 햇빛을 받아 드러나 있다. 재니스의 어머니는 왜 전화를 건 것일까? 장모는 그가 기억은 하고 있지만 다시 파내고 싶지 않은 어둡고 오래된 세계에서 그들에게 전화를 걸어왔다. 끊임없는 옷들과 바람 한 점 통하지 않는 거실들로 이루어진 세계. 악의를 품고 있는 것처럼 커튼을 드리운 좁은 집들과 석탄통으로 이루어진 세계. 농부와 공장 노동자들의 고된 노동이 땅과 도시를 지배했던 세계. 지금 여기서는 물보다 가벼운 공기 속으로 갑자기 나오는 바람에 벌벌 떨고 있는 깨끗한 아이들에게 엄마들이 수건을 건네준다. 신디의 수건은 그녀가 앉아 있던 빈 의자에 걸려 있다. 신디의 수건이 되어 신디의 엉덩이 밑에 깔린다면. 이 생각을 하니 래빗의 입안이 마른다. 그녀의 그곳이 코를 간질이는 가운데 혀를 한껏 뻗어서 찔러넣는다면. 그 사타구니에는 여드름이 없다. 천국이다. 그가 고개를 들자 어깨로 해를 밀어대고 있는 텁수룩한 산이 보인다. 하지만 의자들은 긴 그림자를 드리우고 있다. 마름모꼴 체커판 같은 모습. 버디 잉글펑거가 웹 머킷에게 낮은 목소리로 뭐라고 말하고 있다. 그의 열성적인 표정은 결코 비꼬는 것이 아니다. "인플레이션으로 득을 보는 게 누군지 가끔 속으로 물어봐. 빚을 진 사람들이 이득을 보지. 사회의 낙오자들이 이득을 본다고. 정부도 이득을 보지. 세율을 올리지 않아도 세금을 더 거둘 수 있으니까. 그럼 이득을 못 보는 사람은? 주머니에 돈이 있는 사람, 내야 할 돈을 따박따박 내는 사람. 그래서……" 버디가 음모를 꾸미는 사람처럼 목소리를 확 낮춰서 속삭인다. "그런 사람들이 붉은 인디언처럼 점점 사라지고 있는 거야. 일을 안 하는 놈들을 위해서 내 주머니 속의 돈을 빼앗겨야 하는 판에 내가 왜 일을 해야 돼?" 그가 웹에게 묻는다.

해리는 산의 능선을 따라가며 생각을 하고 있다. 구름이 증기처럼 산 위로 떠오른다. 무엇에 떠밀리기라도 한 것처럼 페마퀴드산이 여름 하늘과 태양을 쪼갠다. 하지만 풀장 주변은 이제 그림자에 잠겨 있다. 셀마가 버디의 애인에게 명랑한 표정으로 말한다. "점성술, 손금, 정신의학…… 난 그런 걸 전부 좋아해요. 어려움을 이겨낼 수 있게 도와주는 거라면 뭐든지." 해리는 자기 부모를 생각하고 있다. 부모님도 클럽의 회원이 될 수 있었어야 했다. 어머니는 언제나 진을 치고 앉아서 이웃들과 싸움을 벌였고, 아버지와 노조원들은 평생 동안 일한 인쇄소의 소유주들을 증오했다. 부모님 모두 연락을 취하려 했던 소수의 친척들을 경멸했고, 어머니와 아버지와 해시와 밈으로 이루어진 네 식구가 세상에 맞섰다. 친구를 찾으려고 밖을 향해 손을 뻗으면 죄책감이 느껴졌다. 아무도 믿지 마라. 앤디 멜론도 그랬어. 나도 안 믿는다. 아, 아버지. 아버지는 그 속에서 한 번도 나온 적이 없다. 래빗은 기억 속의 그 세상에서 위로 올라와 부자가 돼서 편안히 쉬며 햇볕을 쬐고 있다.

버디의 목소리가 불만으로 가득차서 계속 투덜거린다. "한 사람의 주머니에서 빠져나간 돈은 누군가 다른 사람의 주머니로 들어가. 돈이 그냥 증발해버리는 게 아냐. 그래서 거물들이 점점 부자가 되는 거라고."

의자 긁히는 소리가 나고, 웹이 일어서는 것이 느껴진다. 굵고 거친 그의 목소리가 높은 곳에서 분위기를 누그러뜨리려는 듯이 장난스레 들려온다. "그럼 자네가 직접 거물이 되는 수밖에 없겠네."

"당연하지." 버디가 말한다. 웹이 자신의 말을 적당히 끊으려는 생각임을 그도 알고 있다.

작은 점 하나, 그러니까 새 한 마리, 어쩌면 전설 속의 독수리일지도 모르는, 아니 날개가 움직이지 않는 것을 보니 독수리가 아니라 말똥가리 한 마리가 하늘을 날며 황금색과 초록색이 어우러진 뾰족뾰족한 산에 장난을 걸고 있다. 코닥 슬라이드 위의 작은 점처럼 산 위에 떠 있다가, 금세 시야를 벗어나 산 아래로 들어가버린다. 그동안 파란 배를 드러낸 구름 한 조각이 한없이, 강력하게 펼쳐진다. 또 판석에 의자 긁히는 소리가 난다. 그리고 그의 이름 "해리"가 날카롭게 불린다. 재니스의 목소리로.

그는 마침내 찬란한 풍경에서 시선을 아래로 내린다. 눈이 적응하는 동안 이마가 순간적으로 찌릿한다. 동맥이 조금 아픈 것 같다. 어쩌면 이렇게 무시해도 될 만큼 미약하지만 이유를 알 수 없는 통증이 사람들에게 죽음을 불러오는 건지도 모른다. 어떤 사람은 고양이의 발에 맞아 쓰러지듯이 천천히, 또 어떤 사람은 매에게 공격을 당한 것처럼 순식간에. 암, 관상동맥질환. "장모님이 뭐라셔?"

재니스가 숨가쁜 목소리로 말한다. 살짝 충격을 받은 것 같다. "넬슨이 왔대. 그 여자애랑 같이."

"멜러니." 해리가 말한다. 그 이름을 기억하고 있다는 것이 기쁘다. 그리고 그 이름과 함께 버디의 애인 이름도 떠오른다. 조앤. "만나서 반가웠습니다, 조앤." 그는 그녀와 악수를 하며 작별인사를 한다. 좋은 인상을 남길 수 있을 것이다. 그의 그림자가 바닥에 뻗어 있다.

해리는 재니스의 머스탱 컨버터블을 지붕을 연 채 운전해서 집으로 가고 있다. 바람이 머리 위로 쏟아져 마치 위험할 만큼 빠른 속도로 급박하게 달려가고 있는 것 같은 환상을 일으킨다. 말을 하면 바람이 단어들을 입에서 채가버린다. "그 녀석을 도대체 어떻게 하지?" 그가 재니스에게 묻는다.

"그게 무슨 소리야?" 검은 머리카락이 뒤로 휘날리고 있어서 재니스가 다른 사람처럼 보인다. 재니스는 바람 때문에 눈을 비스듬히 돌리고 있다. 윗입술은 살짝 들렸고, 한 손은 펄럭이는 실크 스카프가 날아가지 않게 귀 근처를 붙들고 있다. 〈젊은이의 양지〉*에 나온 리즈 테일러 같다. 눈가의 잔주름조차 멋있게 보인다. 재니스는 테니스복 위에 하얀 캐시미어 카디건을 걸치고 있다.

"내 말은, 녀석이 직장을 구할 것 같냐는 거야."

"글쎄, 해리. 걘 아직 대학생이야."

"하는 짓은 대학생 같지 않잖아." 왠지 고함을 질러야 할 것 같은 기분이다. "나는 대학에 갈 수 있을 만큼 운이 좋지도 않았지만, 그때 대학에 간 녀석들은 콜로라도에서 제 아버지가 보내준 돈이 다 떨어질 때까지 행글라이딩이니 뭐니 놀기나 하면서 빈둥거리지 않았어."

"걔들이 뭘 했는지는 정확히 모르잖아. 게다가 지금은 시대가 달라. 넬슨한테 못되게 굴지 마. 당신 때문에 걔가 겪은 일들을 생각하면……"

"나만 그런 건 아냐."

"……그걸 생각하면 걔가 그래도 집에 오고 싶어한다는 사실을 고맙게 생각해야 돼."

"글쎄."

"뭐가 글쎄야?"

"느낌이 안 좋아. 요즘 내가 너무 잘나갔어."

---

* 드라이저의 소설 『아메리카의 비극』을 각색한 영화. 1952년작.

"웃기는 소리 하지 마." 재니스가 말한다.

자기는 분별 있는 소리를 하고 있다고 말하는 것 같다. 하지만 두 사람을 지금까지 묶어준 요소 하나는 그들의 혼란이 서로 보조를 맞추고 있다는 점이었다. 쏟아지는 바람을 맞으면서 그는 이름을 붙일 수 없는 뭔가에 대해 순간적으로 두려움과 공존하는 사랑을 느낀다. 재니스에 대한 사랑일까? 아니면 그의 인생? 이 세상? 페마퀴드산 방향에서 오고 있기 때문에 마운트저지 능선의 시가지가 넓게 펼쳐져 있는 듯한 모습을 볼 수 있다. 브루어 쪽에서 집으로 올 때 보이는 것과는 다른 모습이다. 오래된 상자 공장은 전기를 만들기 위해 물을 지하로 끌어들이는 바람에 말라버린 폭포 옆에, 길고 가느다란 창문이 있는 석판처럼 납작하게 붙어 있다. 그리고 422번 도로를 따라 끝이 점점 가늘어지는 알루미늄 기둥에 엄청난 높이로 새로 세워진 엑손과 모빌의 간판은 외계에서 온 안테나처럼 으스스하다. 차곡차곡 쌓인 도시의 창문들이 계곡을 타고 흐르는 햇빛 속에서 오렌지색으로 타오른다. 이 각도에서 보면 래빗이 옛날에 주일학교에 다녔던 루터파 교회의 사암 첨탑이 유난히 도드라져 보인다. 주일학교 선생님이었던, 무뚝뚝하고 나이 많은 프리츠 크루펜바크는 믿음이 있는 사람에게 인생은 전혀 무섭지 않지만 믿음이 없는 사람에게는 구원도 평화도 있을 수 없다는 교훈을 주입시켰다. 평화가 없다고. **인구가 많다**고 적힌 광고판이 보인다. 해리는 머스탱의 속도를 늦추며 저절로 마음이 움직여 재니스에게 고백한다. "어젯밤에 말하려고 했는데, 어제 전시장에 왔던 젊은 남녀 말이야. 여자애를 보니까 루스가 생각났어. 나이도 얼추 비슷한 것 같고. 루스보다 날씬하고, 말투도 별로 닮지 않았지만, 글쎄, 뭐랄까, 뭔가 느낌이 왔어."

"느낌은 무슨, 상상이겠지. 걔한테 이름은 물어봤어?"

"물어봤는데, 말을 안 해주더라고. 그게 귀여워 보이기는 했어. 은 근히 추파를 던지는 것 같기도 했고. 딱히 뭐라고 꼭 집어서 말할 수는 없지만."

"그래서 그애가 당신 딸 같다?"

재니스의 말투를 듣고 그는 이 말을 하지 말았어야 했음을 깨달았다. "정확히 그렇게 말하지는 않았어."

"그럼 무슨 말을 한 건데? 당신이 이십 년 전에 같이 잤던 그 헤픈 년을 지금도 생각하고 있고, 그년하고 당신 사이에 귀여운 아이가 있다는 거잖아." 재니스를 흘깃 바라보니, 엘리자베스 테일러 같은 모습은 더이상 보이지 않는다. 분노로 타버린 것처럼 입술이 딱딱하고 쭈글쭈글하다. 아이다 루피노.* 그런 여자들은 다 어디로 갔을까? 할리우드의 위대한 악녀들. 잭슨 스트리트가 내리막길로 센트럴 스트리트와 이어지는 모퉁이에는 오래전부터 그냥 '정지'라고 적힌 표지판밖에 없었지만, 몇 년 전에 시의원의 아들이 차를 몰고 가다가 그 표지판을 들이받은 뒤로 구에서 신호등을 설치했다. 보통 노란색과 빨간색으로 깜박거리기만 하는 신호등이다. 그는 브레이크를 살짝 밟으며 좌회전을 한다. 재니스가 회전하는 차와 함께 몸을 기울이며 그의 귓가에 입을 가까이 댄다. "당신은 미쳤어." 재니스가 고함을 지른다. "당신은 항상 자기가 갖지 않은 걸 원해. 귀여운 얼굴로 생글생글 웃으면서 존재하

---

* 1918~1995. 영국 출신의 여배우 겸 선구적인 여성 감독.

지도 않는 딸 생각을 하다니. 진짜 아내한테서 낳은 진짜 아들은 지금 집에서 기다리고 있는데도 그냥 콜로라도에 있었으면 좋았을 거라는 말이나 하면서."

"그래, 정말 그랬으면 좋겠어." 해리가 말한다. 조금이라도 화제를 바꿀 수 있는 거라면 뭐든지 좋다. "하지만 내가 갖지 않은 것만 바란다는 말은 틀렸어. 난 내가 갖고 있는 것도 아주 좋아해. 문제는, 그렇게 좋아하다보면 누가 그걸 빼앗아갈까봐 걱정이 되기 시작한다는 거지."

"넬슨이 빼앗아가지는 않을 테니 걱정 마. 걔는 당신한테 아무것도 바라지 않아. 그저 사랑만 조금 바랄 뿐인데, 당신은 그걸 안 주지. 당신이 왜 이렇게 몰인정한 아버지처럼 구는지 모르겠어."

장모의 집에 도착하기 전에 말다툼을 끝낼 수 있게 해리는 잭슨 스트리트에서부터 속도를 늦췄다. 단풍나무와 마로니에의 이파리들이 서로 얽혀 있어서 시간이 실제보다 더 늦은 것처럼 느껴진다. "녀석은 날 미워해." 그는 부드럽게 말한다. 이 말이 어떤 효과를 낼지 보려고.

재니스가 다시 흥분한다. "당신은 항상 그렇게 말하는데, 그렇지 않아. 넬슨은 당신을 사랑해. 적어도 옛날에는 그랬어." 뒤얽힌 나뭇잎들 사이로 보이는 하늘에는 아직 변화하는 빛이 남아 있다. 그 빛이 나방처럼 펄럭이며 얼굴과 손을 때린다. 반쯤 기분이 누그러진 듯 그냥 샐쭉한 목소리로 재니스가 말한다. "한 가지 확실한 건, 당신의 귀여운 사생아 딸에 대해서는 더이상 아무 소리도 듣기 싫다는 거야. 생각만 해도 역겨워."

"알아. 내가 왜 그 얘기를 꺼냈는지 나도 모르겠어." 그는 자기들 두 사람을 하나로 착각했기 때문에 자기만의 유령인 이 이야기를 재니스에게 털어놓았다. 결혼한 사람들이 잘 저지르는 실수다.

"역겹다고!" 재니스가 소리친다.

"다시는 그 얘기 안 할게." 그가 약속한다.

차가 조지프 스트리트로 천천히 들어선다. 길모퉁이에 서 있는 소화전은 삼 년 전 6월에 아이들이 독립 이백 주년을 기념해서 그려놓은, 빨강, 하양, 파랑이 섞인 색바랜 광대옷을 아직도 입고 있다. 재니스를 새삼 또 싫어하게 된 그가 정중한 목소리로 묻는다. "차를 차고에 넣을까?"

"집 앞에 그냥 둬. 넬슨이 쓰겠다고 할지도 모르니까."

집 앞 계단을 올라가는 그의 발이 무겁게 느껴진다. 세상에 중력이 새로 생긴 것 같다. 그와 넬슨은 오래전에 모종의 일을 겪었다. 래빗은 그 일과 관련해서 자신을 용서했지만, 아이는 결코 그러지 않았음을 그는 알고 있다. 해리의 집에 화재가 났을 때 질이라는 아가씨가 죽었다. 넬슨이 누나처럼 사랑하게 된 아가씨였다. 적어도 남매 같은 애정으로. 하지만 그 위로 세월이 계속 쌓이면서, 살아남은 사람들은 그 일을 마음속으로 정리했고, 수많은 사람이 새로이 망자의 대열에 합류했다. 오로지 하느님에게만 탓을 돌릴 수 있는 질병 때문에. 그래서 이제는 질의 죽음이 그렇게 심각한 일로 보이지 않는다. 마치 질이 점점 인구가 늘고 있는 새로운 도시로 이사를 간 것처럼 보일 뿐이다. 살아 있다면 지금 질은 스물여덟 살이 됐을 것이다. 넬슨은 스물두 살이다. 하느님이 감당해야 하는 비난이 얼마나 큰지.

장모의 집 앞문이 빡빡해서 세게 밀어야만 열린다. 거실은 어둡고 어지럽게 흩어져 있는 푹신푹신한 가구 외에 더플백이 새로 놓여 있다. 허름한 체크무늬 여행가방. 넬슨의 것이 아닌 그 가방이 계단 층계참에 놓여 있다. 일광욕실에서 사람들의 목소리가 들려온다. 그 목소리에 해리가 느끼던 중력이 줄어든다. 그 목소리들은 중력처럼 죽음 또한 누구에게나 찾아온다는 세상의 소문을 반박하는 듯하다. 그는 그 목소리들을 향해 움직인다. 먼저 식당을 지나고 그다음에는 부엌을 지나 일광욕실 근처로 다가가면서 자신이 살짝 취한 상태라 신중을 기하기 힘들고, 뚱뚱하고 나약해서 쉬운 과녁임을 의식한다.

너도밤나무 이파리들이 일광욕실 망사문 앞에서 바글거린다. 알루미늄과 나일론으로 만든 의자들에서 사람들의 얼굴과 몸이 일어선다. 의자에서 폭발로 인한 먼지구름처럼 사람들의 얼굴과 몸이 일어선다. 텔레비전의 소리는 줄여놓은 상태다. 중년이 되자 뭔가가 잘못된 세트장 속 이미지들처럼 세상이 그를 덮칠 때가 점점 많아진다. 우리가 잠들기 전에 우리 머리가 만들어내는 이미지들과 비슷하다. 언뜻 보면 말이 되는 것 같은데, 자세히 보면 그게 아니라서 갑자기 충격을 받고 화들짝 깨어나게 만드는 이미지들. 가장 빨리 벌떡 일어난 사람은 그 여자애다. 곱슬머리에 다소 튼튼해 보이는 여자애는 반짝이는 갈색 눈이 머리에서 반쯤 튀어나온 것 같고, 보조개와 루비처럼 새빨간 입술로 짓는 미소는 20세기 초의 밸런타인데이 카드에서 뽑아온 것 같다. 산전수전을 다 겪은 것 같은 청바지와 스팽글이 몇 개 떨어졌지만 하여튼 힌두교 분위기의 자수가 놓여 있는 셔츠를 입고 있다. 그는 여자애와 악수를 하면서 그 손이 불안감으로 축축하게 젖어 있는 것을 깨닫고 깜짝 놀란다.

넬슨이 구부정하게 일어선다. 항상 고민에 빠져 있는 것 같은 얼굴은 산악인처럼 햇볕에 그을렸다. 몸은 더 가늘어지고, 어깨는 더 넓어진 것 같다. 이제는 강아지라기보다 못된 개에 더 가까운 모습이다. 콜로라도에서 그런 건지 켄트에서 그런 건지는 잘 모르겠지만, 고등학교 때는 어깨까지 내려오던 머리를 짧게 잘라서 펑크족 분위기가 난다. "아빠, 얘는 내 친구 멜러니예요. 이쪽은 우리 아버지, 어머니야. 엄마, 멜러니예요."

"두 분 모두 뵙게 돼서 반갑습니다." 여자애가 말한다. 이 평범한 말이 무슨 농담이나 서커스의 전주곡이라도 되는 것처럼 빨간 입술로 계속 즐거운 미소를 짓고 있다. 그걸 보니 해리의 머리에 떠오르는 것이 있다. 왠지 현실 같지 않지만 확실히 용감해서 이로 온몸을 지탱하며 매달리거나 한 발로 벨벳 밧줄을 타고 올라가 번쩍이는 허공을 나는 서커스의 여자들. 여자애가 요즘 여자들이 몸을 감추는 너덜너덜한 옷을 입고 있는데도 그런 생각이 든다. 그와 여자애 사이에 묘한 벽 또는 섬광 같은 것이 순식간에 생겨난다. 여자애가 자신에게 무심한 태도를 취하는 것은 넬슨을 향한 제스처라고 그는 받아들인다.

넬슨과 재니스가 포옹하고 있다. 스프링어 집안의 그 작은 손이라니. 해리는 어머니의 말을 떠올린다. 넬슨의 손이 재니스가 입은 테니스복의 등을 누르는 것이 보인다. 다루기 힘든 작은 앞발. 뭉툭하고 둥근 손가락이 왠지 은밀한 힘을 암시하는 것 같다. 손톱에는 반달 모양이 전혀 보이지 않고, 손끝은 누가 씹어놓은 것 같다. 뚱하고 불만스러운 표정과 무표정하고 고집스러운 표정을 습관처럼 짓는 것 역시 넬슨이 재니스에게서 물려받은 것이다. 마음이 가난한 사람들.

하지만 재니스가 멜러니와 인사를 나누려고 옆으로 물러서서 아버지와 얼굴을 마주 대하게 되자 넬슨이 말한다. "안녕하세요, 아빠." 그 아들에 그 아버지답게 해리는 아들과 악수를 해야 할지, 끌어안아야 할지, 아니면 다른 방식으로 몸에 손을 대야 할지 고민하는 와중에도, 그 머뭇거리는 공간 속으로 사랑이 서투르게 쏟아져들어오는 것을 느낀다.

"몸이 좋아진 것 같구나." 해리가 말한다.

"난 기운이 하나도 없는데요."

"어떻게 이렇게 빨리 왔니?"

"차를 얻어 탔죠. 캔자스시티를 지난 다음부터는 인디애나폴리스까지 버스를 탔지만요." 래빗이 한 번도 가보지 않은 곳들이다. 그의 피가 얌전한 편은 아닌데도. 아들이 그에게 말한다. "그저께 밤에는 오하이오 서쪽의 어떤 밭에서 밤을 보냈어요. 거기가 털리도 지나서였나. 이상한 기분이었어요. 승합차에다가 온갖 무늬를 그려놓은 남자가 우리를 태워줬는데, 그 남자랑 같이 잔뜩 취했거든요. 그 차에서 내린 다음에는 멜러니도 저도 완전히 방향감각을 잃어서 당황하지 않으려고 계속 이야기를 주고받았어요. 땅바닥도 얼마나 차가웠는지 몰라요. 몸이 꽁꽁 언 채로 잠에서 깼는데, 다행히 그때는 나무가 문어처럼 보이지 않더라고요."

"넬슨." 재니스가 소리친다. "그러다 무슨 일이라도 생기면 어쩌려고 그래! 너희 둘 다."

"무슨 상관이에요?" 아이가 묻는다. 그리고 포치의 가장 어두운 구석에서 자기만의 구름에 둘러싸여 앉아 있는 할머니 베시에게 말한다. "엄마엄마는 상관 안 할 거죠? 내가 여기서 사라진다 해도."

"아니, 상관할 거야." 베시가 단호하게 대답한다. "넌 네 할아버지가 눈에 넣어도 안 아플 만큼 사랑하던 아이였으니까."

멜러니가 재니스를 안심시킨다. "사람들은 기본적으로 다 착해요." 목소리가 이상하다. 마치 조금 전까지 걷잡을 수 없이 웃어대다가 간신히 목소리를 회복한 사람처럼 목구멍이 울리고, 노래를 부르는 것 같은 느낌이 억눌린 채로 바탕에 깔려 있다. 지금 이곳과는 전혀 상관없는 즐거운 일에 생각이 가 있는 것 같다. "대하기 까다로운 사람을 만나는 건 가끔 있는 일일 뿐이에요. 게다가 그런 사람들도 이쪽에서 무서워하는 기색만 보이지 않으면 대체로 괜찮은 편이고요."

"네가 히치하이킹을 하며 돌아다니는 걸 보고 네 어머니는 뭐라고 하시니?" 재니스가 묻는다.

"엄청 싫어하시죠." 멜러니는 이렇게 말하고 나서 거리낌없이 웃음을 터뜨린다. 곱슬머리가 흔들린다. "하지만 엄마는 캘리포니아에 사세요." 멜러니의 표정이 진지하게 변하고, 재니스를 바라보는 두 눈이 램프처럼 흔들림 없이 반짝인다. "그렇지만요 그건 정말 생태학적으로 건강한 방법이에요. 기름을 엄청 절약할 수 있잖아요. 그렇게 하는 사람이 더 많아져야 되는데, 다들 겁이 많아요."

아주 멋진 개구리. 해리의 눈에 멜러니는 그렇게 보인다. 엉성한 자루걸레 같은 옷차림 속에서도 멜러니의 몸매는 충분히 인간다운 모습을 유지하고 있다. 심지어 훌륭하다고까지 해도 될 것 같다. 해리가 넬슨에게 말한다. "네가 용돈을 더 규모 있게 썼으면 여기까지 줄곧 버스를 타고 올 수 있었을 거다."

"버스는 지루해요, 아빠. 이상한 녀석들도 잔뜩 있고요. 버스에서는 아무것도 배울 수 없어요."

"맞아요." 멜러니가 끼어든다. "제 여자 친구들이 버스에서 당한 끔찍한 일들을 많이 이야기해줬어요. 버스 기사들은 아무것도 못하고 그저 운전만 할 뿐이에요. 잘 보면요, 다들 히피를 뭘로 보는지 남자들을 일부러 부추기는 것 같아요."

"이제 세상은 안전한 곳이 아냐." 장모가 어두운 구석에서 선언한다.

해리는 아버지처럼 굴기로 마음을 정한다. "어쨌든 잘 왔다." 그가 넬슨에게 말한다. "이렇게 돌아다닐 수 있다니 대견해. 나도 네 나이 때 미국을 좀더 돌아다녔다면 지금쯤 더 훌륭한 국민이 됐을 거다. 내가 공짜로 차를 얻어 탄 건 삼촌이 날 텍사스로 보냈을 때뿐이다. 텍사스주 러벅이었지." 그는 멜러니를 향해 말을 잇는다. "거기서는 엄청나게 넓은 풀밭에서 소를 키웠는데, 우리는 토요일 밤에 그 벌판으로 나갈 수 있었다. 포트라슨이라는 곳이었지." 그는 지금 지나치게 수다를 떨면서 과하게 반응하고 있다.

"아빠." 넬슨이 짜증스러운 기색으로 말한다. "요즘 시골은 어딜 가든 다 똑같아요. 똑같은 슈퍼마켓에, 똑같은 플라스틱 잡동사니들이 세일중이라고요. 볼 게 없어요."

"넬슨은 콜로라도에서 실망했어요." 멜러니가 말한다. 여전히 즐거움이 바탕에 깔린 목소리다.

"콜로라도주는 마음에 들었어요. 거기 사는 자식들이 마음에 안 들었을 뿐이에요." 불만으로 가득한 그 특유의 표정. 해리는 콜로라도에서 무슨 일이 있었기에 이 아이가 집으로 돌아오게 된 건지 결코 알아내지 못하리라는 것을 알고 있다. 아이들이 학교에서 돌아와 늘어놓는 이야기들이 늘 그렇듯이, 싸움을 먼저 시작한 건 항상 다른 아이들이다.

"얘들 저녁은 먹었어요?" 재니스가 어머니에게서 뭔가 행동을 이끌어내려고 질문을 던진다. 무슨 일이든 안 하다보면 금방 서툴러지기 마련이다.

장모가 의외로 만족스러운 표정으로 말한다. "멜러니가 냉장고랑 저 밖에서 찾아낸 것들로 엄청 맛있는 샐러드를 만들어줬다."

"여기 텃밭이 마음에 들어요." 멜러니가 해리에게 말한다. "작은 사립문도요. 여기서는 식물들이 정말 아름답게 자라는 것 같아요." 그가 한마디라도 놓칠까봐 걱정스럽다는 듯 줄곧 뚫어지게 그를 바라보며 무슨 말이든 노래하듯 지저귀는 멜러니의 모습에서 벗어나기가 힘들다.

"그렇지." 그가 말한다. "우울해, 어떤 의미에서는. 볼로냐소시지는 좀 남아 있었니?"

넬슨이 말한다. "멜러니는 베지예요, 아빠."

"베지?"

"채식주의자라고요." 아이가 거짓으로 푸념하는 척하는 특유의 목소리로 말한다.

"아, 뭐, 그러지 말라는 법은 없으니까."

아이가 하품을 한다. "이제 그만 자야겠어요. 우리 둘 다 어젯밤에 한 시간 정도밖에 못 잤거든요."

재니스와 해리는 긴장해서 멜러니와 장모를 힐끔거린다.

재니스가 말한다. "내가 가서 넬리의 침대를 준비해야겠다."

"내가 벌써 해뒀다." 장모가 말한다. "옛날 재봉실 침대도 정리해뒀고. 오늘 혼자 있는 시간이 엄청 많아서 말이야. 너희 둘은 클럽에 가 있는 시간이 점점 늘어나는 것 같더라."

"교회는 어땠어요?" 해리가 장모에게 묻는다.

장모가 내키지 않는 표정으로 대답한다. "뭐, 그다지 마음에 와닿는 게 없었어. 헌금 시간에 노래를 부르라고 브루어의 세인트메리 교회에서 여자처럼 높은 목소리로 노래하는 남자 한 명을 데려왔더라."

멜러니가 싱긋 웃는다. "카운터테너예요. 제 오빠도 옛날에 카운터테너였어요."

"지금은 어떻게 됐는데?" 해리가 묻는다. 그도 넬슨처럼 하품이 난다. "목소리가 변했군."

멜러니의 눈빛은 진지하다. "어머, 아니에요. 오빠는 폴로를 시작했어요."

"진짜 운동가인 모양이지."

"사실은 이복오빠예요. 아버지가 전에 결혼하신 적이 있거든요."

넬슨이 해리에게 말한다. "엄마엄마랑 저는 볼로냐소시지 남은 걸 먹었어요, 아빠. 우린 베지가 아니니까."

해리는 재니스에게 묻는다. "그럼 나는 뭘 먹지? 매일 밤 나는 여기서 굶기만 하는 것 같네."

재니스는 여왕처럼 손을 흔들며 그의 불만을 가볍게 무시해버린다.

십 년 전만 해도 저런 건 없었는데. "글쎄, 클럽에서 뭘 좀 먹고 올까 했는데 어머니가 전화를 하는 바람에."

"난 안 졸려." 멜러니가 넬슨에게 말한다.

"그럼 나가서 근처를 좀 구경하면 어떨까?" 해리가 제안한다. "그리고 나간 김에 피자를 하나 사와도 될 것 같은데."

"서부에는 피자를 먹는 사람이 거의 없어요." 넬슨이 말한다. "다들 끔찍한 멕시코 음식을 먹어요. 타코니 칠리니. 윽."

"내가 조르다노에 전화를 해보마. 그 피자집 어딘지 기억하지? 법원에서 한 블록 내려가서 7번가에 있잖아."

"아빠, 나도 이 한심한 동네에서 평생 동안 살았어요."

"너랑 나랑 둘 다 그렇지. 다들 페퍼로니 어때? 두 판으로 하자. 틀림없이 멜러니도 아직 배가 고플 테니. 페퍼로니 하나, 콤비네이션 하나."

"미치겠네, 아빠. 아까부터 말했잖아요. 멜러니는 채식주의자라고."

"아차. 그럼 하나는 토핑 없는 걸로 시키지, 뭐. 설마 치즈에 대해서도 기분이 나쁜 건 아니겠지, 멜러니? 아니면 버섯은? 버섯은 어때?"

"전 배불러요." 멜러니가 환하게 웃는다. 목소리가 느려진 것이 마치 너무 기쁜 나머지 기쁨의 무게 때문인 듯하다. "하지만 넬슨이랑 같이 드라이브를 나가는 건 좋아요. 이 동네가 정말로 마음에 들거든요. 식물이 무성하게 잘 자라고, 집들도 아주 깔끔해요."

재니스는 이 기회를 놓치지 않고 멜러니의 팔을 살짝 잡는다. 이것 역시 옛날 같으면 재니스가 감히 하지 못했을 행동이다. "이층은 구경했니?" 재니스가 묻는다. "보통 손님방으로 쓰는 방은 우리 어머니 방 맞은편에 있어. 화장실은 어머니랑 같이 쓰면 될 거다."

"어머, 전 방을 따로 쓸 수 있을 거라고는 생각조차 못했어요. 그냥 소파에서 침낭을 펴고 자야지 했거든요. 우리가 처음 들어왔던 방에 크고 좋은 소파가 있지 않았나요?"

해리가 걱정 말라는 듯이 말한다. "그 소파에서 자는 건 좀 그래. 먼지가 어찌나 많은지 죽도록 재채기를 하게 될걸. 이층 방이 좋아, 진짜로. 의상실 마네킹이랑 방을 같이 써도 상관없다면 말이지."

"어머, 괜찮아요." 멜러니가 대답한다. "전 그저 식구들한테 방해가 안 되게 구석자리만 조금 있으면 돼요. 그리고 곧 웨이트리스로 일자리를 구할 생각이에요."

장모가 몸을 들썩거리며 무릎에 있던 커피잔을 의자 옆 접이탁자로 옮겨놓는다. "난 원래 내 옷을 다 만들어 입었는데, 이중 초점 안경을 쓰고부터는 프레드의 단추도 달 수 없게 돼버렸어." 장모가 말한다.

"하지만 그때는 이미 장모님이 부자가 된 다음이었잖아요." 해리가 말한다. 잠자리 문제가 아주 매끄럽게 해결된 것 같아서 안도감에 우스갯소리를 하고 싶은 기분이다. 장모는 한번 기분이 상하면 끝이 없다. 기분이 나빴던 일을 결코 잊는 법이 없다. 결혼 초에 해리가 재니스에게 다소 못되게 군 적이 있는데, 장모의 입매를 보면 장모가 지금도 분개하고 있음을 알 수 있다. 해리는 일광욕실을 빠져나와 부엌의 전화기 쪽으로 간다. 조르다노의 전화벨이 울리는 동안 넬슨이 뒤로 다가와 그의 주머니를 뒤진다. "이 녀석." 해리가 말한다. "이게 무슨 짓이야?"

"자동차 열쇠요. 엄마가 차를 앞으로 끌고 오래요."

해리는 어깨와 귀 사이에 수화기를 끼우고 왼쪽 주머니에서 열쇠를 꺼내 건네준다. 그러면서 처음으로 넬슨의 얼굴을 정면으로 바라본다. 한쪽 눈썹에서 작은 부채 모양을 이루고 있는 털들이 엉뚱한 방향으로 일어서서 의심스럽다는 듯한 표정을 짓고 있는 것과 작고 곧은 코를 제외하면 자신을 닮은 구석이 전혀 없다. 그저 놀라울 뿐이다. 유전자는. 배배 꼬여 있는 그 암호들이 어쩌나 정확한지 눈썹의 털 몇 가닥이 일어선 것까지도 정확히 잡아낼 정도. 그 여자아이도 루스를 닮은 구석이 있었다. 아주 정확하게. 윗입술이 약간 앞으로 밀려나온 것과 부드러우면서도 강하고 편안한 허벅지.

"고마워요, 아빠."

"꾸물거리지 말고 곧장 와. 식은 피자만큼 맛없는 게 없으니까."

"뭐라고요?" 수화기 속에서 거친 목소리가 묻는다. 이제야 전화를 받은 모양이다.

"아무것도 아니에요, 미안합니다." 해리는 이렇게 말하고서 피자 세 판을 주문한다. 페퍼로니 하나, 콤비네이션 하나, 그리고 혹시 멜러니가 생각을 바꿀지도 모르니까 토핑 없는 피자 하나. 그는 넬슨에게 10달러 지폐를 한 장 준다. "나중에 이야기 좀 하자, 넬리. 네가 좀 쉬고 난 다음에." 이 말이 왠지 돈과 잘 어울린다. 넬슨은 아무 대답 없이 돈을 받는다.

젊은 아이들이 나간 뒤 해리는 일광욕실로 돌아와 두 여자에게 말한다. "그리 나쁘지는 않았어요, 그렇죠? 재봉실에서 자는 걸 좋아하는 것 같던데요."

"그렇게 보이는 게 그렇다는 뜻은 아냐." 장모가 음울하게 말한다.

"그거야 그렇죠." 해리가 말한다. "어쨌든 멜러니라는 아이가 어떤 것 같아요? 넬슨의 여자친구 말이에요."

"당신이 보기에는 여자친구 같아?" 재니스가 묻는다. 재니스는 이 제야 자리에 앉아 손에 작은 잔을 들고 있다. 잔 안에 든 액체의 정체 가 뭔지 색깔만으로는 판단할 수 없다. 옛날식 크림소다나 온도계 속 액체처럼 왠지 병든 것 같지만 그래도 강렬한 빨간색 액체다.

"무슨 뜻이야? 어젯밤에 들판에서 둘이 같이 잤다고 했잖아. 콜로라 도에서는 또 뭔 짓을 했는지 누가 알아? 어쩌면 동굴 같은 데서 같이 살았는지도 모르지."

"요즘은 세상이 다른 것 같은데. 저애들은 친구가 되려고 애쓰고 있 어. 우리가 젊었을 때는 도저히 할 수 없었던 방식으로. 그냥 남자애와 여자애일 뿐이야."

"넬슨은 뭔가 불만이 있는 것처럼 보이더라." 장모가 무거운 표정으 로 단언한다.

"걔가 언제는 만족한 적이 있나요?" 해리가 묻는다.

"어렸을 때는 희망이 있어 보였는데." 장모가 말한다.

"장모님, 저애가 무엇 때문에 이리로 돌아온 것 같으세요?"

늙은 장모가 한숨을 내쉰다. "뭔가 실망한 일이 있었겠지. 제가 감 당하기 힘든 일. 하지만 이것만은 내 분명히 말하지. 만약 저 여자애가 우리 지붕 밑에서 행여나 처신을 잘못한다면 내가 이 집을 나갈 거야. 예배가 끝난 뒤에 그레이스 스틸한테 사정 얘기를 했더니, 나더러 빨 리 이사를 오라고 난리가 났더라. 가엾은 여자 같으니. 내가 그리 들어 가면 자기 수명이 길어질지도 모른다고 생각하는 모양이야."

"어머니." 재니스가 묻는다. "〈올 인 더 패밀리〉* 할 시간 아니에요?"

"전에 이미 본 거야. 아치의 옛날 애인이 돌아와서 돈을 요구하는 내용 말이야. 하지만 지금은 여름이라 재방송밖에 안 해. 하지만 〈제퍼슨스〉는 정말 보고 싶었는데. 아홉시 삼십분에 하거든. 그 모세 이야기 전에. 그때까지 내가 깨어 있으면 좋겠는데. 이층으로 올라가서 다리를 좀 쉬어야겠다. 아까 넬리의 작은 침대를 정리할 때 모퉁이에 혈관을 부딪혔는데, 여태 욱신거려." 장모는 움찔거리며 일어선다.

"어머니." 재니스가 짜증스럽게 말한다. "내가 침대를 정돈하려고 했는데, 그냥 가만히 계시지 그랬어요. 내가 같이 올라가서 손님방을 좀 살펴볼게요."

해리는 두 사람을 따라 일광욕실을 나와서(이 안이 점점 너무 비극적으로 변해간다. 너도밤나무는 잉크처럼 시커멓고, 망사문에 사로잡힌 나방들은 날개가 너덜너덜해지도록 날갯짓을 해댄다) 식당으로 들어선다. 재니스는 테니스복을 입은 채로 어머니가 이것저것 제대로 정리할 수 있게 도와주려고 함께 이층으로 올라간다. 그녀의 다리를 아래에서 슬쩍 올려다보는 것이 좋다. 언젠가 둘 다 잠이 안 오는 밤에 재니스와 씹을 해봐야겠다. 지금 이층으로 올라가서 재니스를 도와줄 수도 있겠지만, 〈컨슈머 리포트〉 7월호 표지에 실린 여자의 이국적인 하얀 얼굴에 더 마음이 끌린다. 오늘 아침에 장모는 교회에 가고, 자신과 재니스는 클럽으로 떠나기 전의 기분좋은 시간에 읽으려고 아래층으로 가지고 내려온 잡지다. 예전에 장인이 저녁마다 옥좌처럼 앉아 있던 바칼라운저**의 팔걸이에 잡지가 아직도 놓여 있다. 장인은 일단

* 1968~1979년에 방영된 미국 코미디 드라마.
** 등받이를 뒤로 젖힐 수 있게 되어 있는 푹신한 의자.

그 의자에 앉으면 자리를 비워주려 하지 않았다. 장인이 화장실에 가거나 다이어트펩시를 가지러 부엌에 갔을 때도 아무도 그 의자에 앉지 않았다. 해리는 그 의자에 편안히 자리를 잡는다. 표지에 실린 여자는 하얗게 칠한 얼굴에 하얀 중산모를 썼고, 옷도 완전히 하얀 턱시도를 입었다. 여자의 화장은 광대처럼 빨간색, 하얀색, 파란색으로 이루어져 있으며, 위로 치켜든 손에는 끈적끈적한 하얀색 세안제가 조금 묻어 있다. 정액. 모델들은 매춘부다. 도색영화에 나오는 여자들은 정액으로 얼굴을 문지른다. 브로드웨이가 세안제를 시험하다. 여자의 밑에는 이렇게 써 있다. 이번달에 이 잡지가 시험한 상품 중 하나가 바로 세안제이기 때문이다. 그 밖에 코티지치즈(얼마나 안 깨끗하냐고? 꽤 안 깨끗하다), 에어컨, 소형 스테레오, 깡통따개(그런데 사람들은 왜 직사각형 깡통을 만드는 걸까?)도 시험대상이다. 해리는 에어컨 부분을 끝내버리기로 하고 기사를 읽는다. 습도가 높은 지역(자신이 사는 지역도 그런 것 같다. 적어도 애리조나와 비교하면 그렇다)에서는 거의 모든 모델에서 물방울이 뚝뚝 떨어진다. 안뜰이나 현관 앞 통로에 설치해도 될까 싶을 만큼 심한 모델들도 있다. 안뜰이 있으면 좋을 것이다. 웹 머킷의 집처럼 아늑한 거실도 함께 있다면. 웹과 그 귀여운 계집 신디는 항상 호스로 깨끗이 씻고 나온 것 같은 모습이다. 그래도 래빗은 만족스럽다. 그는 이런 것을 좋아한다. 평화로운 집. 이층에서 여자들이 얌전히 돌아다니는 소리가 들리고, 여름밤은 창가에서 철썩이는 호수 같다. 에어컨을 끝내고 소형 스테레오에 대해서도 읽을 시간이 있다. 넬슨과 멜러니가 얼룩진 피자 상자 세 개를 들고 이 밤풍경 속에서 집으로 돌아오기 전에 심지어 자동차 대출에 관한 기사까지도 조금 건드려본다. 아이들이 돌아오자 해리는 재빨리 독서용 안경을 벗는다. 그걸 쓰고 있으면 묘하게 벌거벗은 느낌이 들기 때문이다.

넬슨의 얼굴이 밝아져 있다. 명랑하다고까지 말해도 될 것 같다. "세상에." 그가 아버지에게 말한다. "엄마의 머스탱은 잘만 운전하면 정말 끝내주네요. 69년식쯤으로 보이는 캐딜락을 탄 흑인 놈이 계속 엑셀을 밟아댔는데도 나한테는 꼼짝도 못했어요. 그랬더니 녀석이 러닝호스 다리까지 계속 내 꽁무니를 쫓아오더라고요. 무서웠어요."

"그쪽으로 돌아온 거야? 그러니 이렇게 오래 걸렸지."

"넬슨이 저한테 시내를 구경시켜주느라고 그런 거예요." 멜러니가 그 노래하는 듯한 미소를 지으며 설명한다. 멜러니가 납작한 마분지 상자들을 들고 부엌으로 가는 동안 허공에 콧노래의 흔적이 남는 것 같다. 멜러니는 벌써부터 웨이트리스처럼 허리를 꼿꼿이 펴고 멋지게 걷는다.

그가 뒤에서 멜러니에게 소리친다. "옛날에는 시내가 더 근사했어."

"지금도 아름다워-요." 멜러니의 대답이 허공을 둥둥 떠온다. "집집마다 다른 색이 칠해져 있잖아요. 지중해 풍경 같아요."

"라틴 놈들이 그런 거야." 해리가 말한다. "라틴 놈들이랑 이탈리아 놈들."

"아빠, 왜 그렇게 편견이 많으세요? 여행을 좀 하셔야겠어요."

"싫다, 다 재미로 그러는 거야. 난 모든 사람을 사랑해. 특히 내 자동차 창문을 잠가뒀을 때는 더." 그가 말을 덧붙인다. "도요타에서 나랑 네 엄마가 애틀랜타로 가는 비용을 대주겠다고 했지만, 해리스버그 쪽에 있는 어떤 대리점이 총 매출액에서 우리를 이겨버리는 바람에 그놈

들이 그 기회를 잡았지. 지역적인 문제였다. 남부가 어떤지 항상 궁금
했기 때문에 좀 기분이 상했어. 더운 날씨도 좋아하는데."

"싸구려처럼 굴지 좀 마세요, 아빠. 아빠 돈으로 휴가를 가면 되잖
아요."

"휴가라. 우리는 포코노스에 있는 그 오두막만 왔다갔다하고 있지."
그 오두막집은 장인의 자랑이자 기쁨이었다.

"학교에서 사회학 강의를 들었는데요, 아빠가 돈을 그렇게 꽉 쥐고
안 놓는 건 어렸을 때 가난했던 버릇 때문이에요. 대공황 말이에요. 그
때 정신적 외상을 입은 거라고요."

"우린 그렇게까지 힘들지 않았어. 아버지가 그럭저럭 돈을 버셨으
니까. 인쇄공은 다른 직업과 달리 결코 해고당하는 법이 없었거든. 어
쨌든, 내가 돈을 꽉 쥐고 안 놓는다고 누가 그래?"

"멜러니한테 벌써 3달러 빚지셨어요. 내가 어쩔 수 없이 돈을 빌렸
거든요."

"저 피자 세 판이 13달러라고?"

"같이 먹으려고 여섯 개들이 맥주도 두 개 샀어요."

"맥주 값은 너랑 멜러니가 내. 우리는 절대 술 안 마신다. 너무 살이
찌거든."

"엄마는 어디 계세요?"

"이층에. 아, 한 가지 더 있다. 네 엄마 차의 지붕을 내린 채로 집 앞
에 세워두지 마라. 비가 안 오더라도 단풍나무에서 끈적끈적한 것이
의자로 떨어지니까."

"어쩌면 우리 다시 나갈지도 몰라요."

"농담이겠지. 어젯밤에 한 시간밖에 못 잤다면서."

"아빠, 말도 안 되는 소리 마세요. 전 조금 있으면 스물세 살이 된다고요."

"스물세 살인데 아직도 철이 안 났지. 열쇠 내놔라. 내가 머스탱을 다시 차고에 넣어야겠다."

"엄-마." 아들이 이층을 향해 소리친다. "아빠가 나더러 엄마 차를 몰지 말래요!"

재니스가 내려오고 있다. 페퍼민트 원피스로 갈아입었는데, 피곤해 보인다. 해리가 말한다. "난 녀석한테 차를 차고에 넣어두라고 했을 뿐이야. 단풍나무 수액 때문에 의자가 끈적끈적해지잖아. 그런데 녀석이 다시 나가겠다는 거야. 세상에, 지금 열시가 다 됐어."

"단풍나무에서 수액이 떨어지는 시기는 다 지났어." 재니스가 말한다. 그리고 넬슨을 향해 이렇게 간단히 말할 뿐이다. "다시 나갈 생각이 아니라면 지붕을 덮어두는 게 좋아. 이틀 전 밤에 번개가 엄청나게 쳤거든. 우박도 떨어졌고."

"자동차 지붕이 왜 전부 까만색에 얼룩투성이인 것 같아?" 래빗이 재니스에게 묻는다. "수액인지 뭔지 하여튼 캔버스 천에 한번 떨어지면 절대 안 지워져."

"해리, 당신 차도 아니잖아." 재니스가 해리에게 말한다.

"피자 드세요." 멜러니가 부엌에서 외친다. 밝고 진주 같은 목소리다. "만지아모, 프레고!*"

---

* 먹어요, 기도해요.

"아빠는 차를 정말 좋아하나봐요." 넬슨이 제 엄마에게 말한다. "차가 무슨 마법이라도 되나. 차를 파시니까 그런가."

해리가 재니스에게 묻는다. "장모님은 어떠셔? 뭘 좀 더 드시고 싶대?"

"몸이 안 좋대."

"어련하시겠어. 또 시작이시네."

"오늘은 흥분할 일이 많았잖아."

"그건 나도 마찬가지야. 구두쇠라는 소리를 듣지 않나. 자동차를 마법처럼 생각한다는 소릴 듣지 않나." 이렇게 앙심을 품은 사람처럼 굴면 안 된다. "게다가 18번 홀에서 버디도 기록했지. 넬슨, 너 개 뒷다리같이 길게 구부러진 코스 알지? 드라이브샷으로 개울을 간신히 벗어났는데 공이 계속 오른쪽으로 휘는 거야. 5번 아이언이랑 웨지를 차례로 써서 4미터쯤 올렸지. 그랬더니 공이 그냥 쏙! 너 아직도 골프채 갖고 있니? 우리 언제 한번 같이 치자." 해리는 아들의 등에 아버지답게 한 손을 올려놓는다.

"켄트에서 어떤 녀석한테 팔아버렸어요." 넬슨은 아버지의 손에서 벗어나려고 아주 잽싸게 움직인다. "골프만큼 멍청한 스포츠는 없는 것 같아요."

"행글라이딩 얘기나 좀 해봐." 아이 엄마가 말한다.

"멋져요. 아주 조용하고요. 바람을 타고 나는데 아무것도 안 느껴져요. 어떤 사람들은 행글라이더를 타기 전에 잔뜩 취하기도 하지만, 그랬다가는 자기가 진짜로 날 수 있다고 생각하게 될 위험이 있어요."

멜러니는 착하게도 접시를 식탁에 놓고 상자에 있던 피자들을 쿠키

깔개 위로 옮겨두었다. 재니스가 묻는다. "멜러니, 너도 행글라이딩을 하니?"

"어머, 아뇨." 멜러니가 말한다. "무서워서 못해요." 멜러니가 키득거리며 웃는 소리도 캐러멜 색깔의 반짝이는 그 눈빛에는 방해가 되지 않는다. "프루는 넬슨이랑 같이 탔지만, 저는 한 번도 안 했어요."

"프루가 누군데?" 해리가 묻는다.

"아빠는 모르는 애예요." 넬슨이 말한다.

"그건 나도 알아. 내가 걔를 모른다는 건 나도 안다고. 걔를 알면 묻지도 않았겠지."

"우리 전부 신경이 곤두선 것 같아." 재니스가 페퍼로니 피자 한 조각을 들어 접시에 놓으며 말한다.

넬슨은 그 접시가 자기 것이라고 생각해버린다. "나한테 그만 기대라고 아빠한테 말 좀 해주세요." 넬슨은 이렇게 투덜거리면서, 마치 오토바이를 타다 굴러떨어져서 온몸이 아픈 사람처럼 탁자에 앉는다.

침대에서 해리가 재니스에게 묻는다. "애가 왜 저러는 것 같아?"

"내가 아나."

"뭔가가 있어."

"맞아."

두 사람이 곰곰이 생각에 잠겨 있는데 장모의 텔레비전 소리가 들린다. 고함을 지르고 싸움을 벌이는 사람들의 목소리가 성경 같은 분위기로 모세를 씹어대고, 중간에 쾅쾅거리는 음악소리도 들려온다. 장모가 텔레비전을 켜둔 채로 잠이 들면 밤새 텔레비전이 지직거리곤 한다. 그래서 재니스가 까치발로 그 방에 들어가 텔레비전을 꺼야 한다. 멜러니는 의상제작용 마네킹이 있는 방에서 잠자리에 들었다. 넬슨은 할머니랑 같이 〈제퍼슨스〉를 보려고 이층으로 올라왔지만, 해리와 재니스가 이층에 올라왔을 때는 이미 옛날에 쓰던 제 방으로 가서 잠자리에 든 뒤였다. 안녕히 주무시라는 인사도 한마디 없었다. 온몸이 아픈 사람처럼. 래빗은 시골에서 온 그 젊은 남녀가 내일도 전시장에 들를지 궁금해진다. 여자의 창백하고 둥근 얼굴과 장모의 방에서 아무도 보는 사람 없이 둥둥 떠 있는 텔레비전 화면이 점점 커지는 거창한 음악소리와 함께 그의 머릿속에서 뒤섞인다. 재니스가 묻고 있다. "당신이 보기에는 여자애가 어떤 것 같아?"

"멜러니는 아기 같아. 겁도 많고. 요즘 애들은 다 그런가? 방금 자기 머리 위에 바위가 떨어졌는데, 그게 세상에서 제일 좋은 일처럼 굴잖아."

"우리 비위를 맞추려고 애쓰는 것 같던데, 뭐. 힘든 일일 거야. 남자 친구 집에 가서 자기 자리를 찾는 건. 나라면 당신 어머니 앞에서 십 분도 못 버텼을걸."

재니스는 잘 모른다. 어머니가 재니스에 대해 어떤 독설을 퍼부었는지. "어머니는 나랑 비슷했어." 해리가 말한다. "북적거리는 걸 싫어하셨지." 집 양편 끝에 새로운 사람들이 들어와 있고, 장인의 유령이 아래층 바칼라우저에 앉아 있다. "두 애들 모두 하는 짓이 별로 예쁘지는 않아." 해리가 말한다. "요즘 사람들은 다 그런가? 손 치워."

"우리한테 충격을 안 주려고 그랬을 거야. 어머니한테 잘 보여야 한다는 걸 걔들도 아니까."

"대세를 따르겠다는 거군."

재니스는 이 말을 곰곰이 생각한다. 침대가 삐걱거리더니 벽 뒤편에서 무거운 발소리가 미끄러지듯 들려온다. 그리고 들뜬 목소리로 외쳐대던 텔레비전이 딸깍 소리와 함께 조용해진다. 버트 랭커스터가 막 달아오르던 참이었는데. 그 치아 모양이라니. 그게 정말 그의 치아일까? 연예인들은 전부 치아를 덧씌웠다. 심지어 해리 자신도 어금니 때문에 엄청 속을 썩였지만, 지금은 각각 450달러나 주고 씌운 금 합금 보철물 속에 아무런 통증 없이 안전하고 안락하게 들어 있다.

"어머니가 아직 안 주무시나봐." 재니스가 말한다. "오늘 못 주무실 거야. 속이 부글부글 끓고 있으니까." 재니스가 s를 단호하게 발음하는 것이 점점 더 자기 어머니를 닮아간다. 사람들이 유전적으로 물려받은 특징들은 한동안 감춰져 있다가 언젠가부터 고개를 내민다. 가늘게 꼬여 있는 그 DNA 속에서.

곧 소나기가 내릴 것처럼 불어오는 바람에 너도밤나무 이파리들의 그림자가 불쑥 솟아올라 누더기처럼 얼룩덜룩한 가로등 불빛을 저편 벽과 천장이 만나는 곳으로 내던진다. 자동차 세 대가 차례로 지나간다. 자신이 여기에 안전하게 누워 있는 동안 활발하게 살아 움직이는 바깥세상이 스쳐지나가고 있다는 느낌이 해리의 마음속에서 차올라 침대의 애매한 편안함과 융합된다. 그는 자기 침대에 누워 있고, 그의 어금니들은 금니 속에 들어 있다. "장모님은 그 나이치고 대단하셔." 해리가 말한다. "힘든 상황이 닥쳐도 잘 적응하시잖아."

"가만히 기다리면서 지켜보시는 거야." 재니스가 불길한 목소리로 말한다. 해리보다 그녀가 더 말똥말똥 깨어 있다는 증거다. 재니스가 묻는다. "내 차례는 언제 오는 거야?"

"차례?" 분위기가 변하고 있다. 먼지가 둥둥 뜬 아침 햇빛이 찰랑거리는 커다란 전시장 창가에서 스태브로스가 그를 기다린다. 네가 자초한 거야.

"당신 어젯밤에 절정에 이르렀잖아. 오늘 아침에 내 상태를 보니까 알겠던데. 침대보도 그렇고."

바람이 또 수선거린다. 젠장. 컨버터블 자동차는 여전히 지붕이 내려진 상태로 밖에 세워져 있다. "여보, 오늘은 힘든 일이 많았어." 기름이 다 떨어져간다. "미안해."

"용서해줄게." 재니스가 말한다. "다만……" 말을 덧붙이지 않고는 배길 수가 없는 모양이다. "이제 나로는 당신이 흥분하지 않는 건가 싶어."

"아냐, 솔직히, 아까 클럽에서 당신이 다른 여자들보다 훨씬 더 생기가 넘친다는 생각을 했어. 짧은 치마를 입은 늙은 셀마나 버디의 그 끔찍한 애인을 봐."

"그럼 신디는?"

"내 타입이 아냐. 너무 땅딸막해."

"거짓말."

맞아. 죽을 만큼 피곤하지만 캄캄한 잠 속으로 빠져들지 못하게 뭔가가 그를 붙잡는다. 잠에 빠져들기 직전 또는 직후의 그 비몽사몽 속에서 가볍고 젊은 발소리가 저 밖의 복도를 미끄러져 어딘가로 서둘러

가는 소리가 들리는 것 같다고 상상한다.

　멜러니는 자기가 말한 대로 시내의 와이저 스트리트에 새로 생긴 식당에 웨이트리스로 취직한다. 사실은 옛날부터 있던 곳이지만 이름만 크레페하우스로 바꾼 곳이다. 전에는 카페 바르셀로나였다. 색이 칠해진 타일과 파에야*, 쇠로 만든 그릴과 가스파초**가 있는 곳. 해리는 가끔 그곳에서 점심을 먹었지만, 저녁에는 영 마음에 안 드는 인간들이 몰려들었다. 웨스트브루어나 로커스트 대로변의 고지대에 사는 화이트칼라들이 아니라 남쪽에서 온 라틴계 가족들과 히피들. 이 도시에서 식당을 잘 운영하려면 화이트칼라 손님이 필요한데, 브루어에는 라틴계의 손길이 미친 적이 한 번도 없다. 카르멘 미란다***와 월트 디즈니가 만든 영화 〈라틴아메리카의 밤〉이 마지막이었다. 래빗은 워런 애비뉴에 클럽 캐스터네츠가 있었던 것을 기억하고 있지만, 스페인 냄새를 풍긴 것은 그 이름과 웨이트리스들의 유니폼에 달린 프릴뿐이었다. 오렌지색 유니폼이었다. 지금은 크레페하우스가 된 바르셀로나는 그전에는 오랫동안 조니 프라이스 촙하우스였다. 덩치 큰 구식 독일인들에게 밤이나 낮이나 맛있고 실속 있는 음식을 제공해주던 곳. 그 독일인

---

* 쌀, 고기, 어패류, 채소 등을 넣고 끓인 스페인 요리.
** 스페인의 차가운 수프.
*** 1909~1955. 포르투갈 출신의 브라질 가수로 1930년대 말 뉴욕에 진출해 뮤지컬 배우로도 인기를 얻었다.

들은 몇 톤이나 되는 포크촙과 사우어크라우트를 먹고 선플라워 맥주를 강물처럼 들이켠 끝에 지금은 모두 무덤에 들어가 있다. 이제 새로운 이름을 단 조니 프라이스는 성공을 거두고 있다. 날씬한 새 인종처럼 보이는 시내의 회사원들이 정오가 되면 은행과 연방청사와 인적 드문 백화점에서 나와 도시계획가들이 와이저광장에 멋대로 강요한 숲을 지나서 카페 바르셀로나 시절에 쓰던 작은 타일 식탁에 앉아 뭔지는 잘 모르겠지만 하여튼 잘게 다진 음식으로 둘러싸인 화려한 팬케이크를 집적거린다. 근처 쇼핑몰에서 영화를 본 뒤 차를 몰고 지나갈 때도 그들이 촛불을 놓아둔 식탁에 둘씩 앉아 크레페를 사이에 둔 채 죽을 만큼 진지한 표정으로 서로를 향해 몸을 기울이고 있는 모습을 볼 수 있다. 그렇게 한창 열을 내고 있는 남자들은 깃이 활짝 벌어진 레저수트 차림이고, 여자들은 정전기라도 생긴 것처럼 몸에 찰싹 달라붙는 섹시한 드레스 차림이다. 그리고 그들과 똑같이 차려입은 십여 명의 사람들이 자리가 나기를 기다리며 로비에 서 있다. 아무래도 다이어트 때문인 것 같다는 생각이 든다. 요즘 사람들은 자신이 음식을 조금 먹는다는 느낌을 받고 싶어한다. 그리고 크레페라는 이름에서는 전혀 간식이라는 느낌이 들지 않는다. 만약 크레페 대신 팬케이크라는 이름을 붙였다면 아이들과 몸무게가 2톤이나 나가는 뚱보들 외에는 모두 도망쳐버렸을 것이다. 해리는 이렇게 새로운 종족의 소비자들이 존재하며, 지금도 한창 새로 만들어지고 있을 뿐만 아니라 돈도 갖고 있다는 사실에 감탄한다. 세상은 계속 종말을 맞고 있지만 멍청해서 그걸 알아차리지 못하는 새로운 사람들이 이제야 비로소 재미있는 일을 만났다는 듯이 계속 나타난다. 크레페하우스가 어찌나 히트를 쳤는지, 주인은 바로 옆의 낡아빠진 벽돌 건물을 사들여 그곳에 있던 창고들까지도 식당으로 개조했다. 옛날부터 있던 시가 가게는 그대로 두었는데, 금전등록기 옆의 가스히터도 여전히 제대로 작동한다. 크레페하우스는 공간이 넓어지면서 더 많은 웨이트리스가 필요해졌다. 멜러니는 어떤 날은 열시부터 여섯시까지 일하고, 어떤 날은 다섯시부터 거의 새벽 한시까지 일한다. 어느 날 해리는 앵스트롬 집안의 생활 속에 새로 나타난 이 여자를 보여주려고 점심 때 찰리를 그리로 데려갔지만 결과가 그리 좋지 않았다. 넬슨의 아버지가 낯선 남자와 함께 손님으로 온 것을 본 멜러니는 당황해서 뺨을 장밋빛으로 물들인 채 점심시간의 혼잡한 군중 속에서 두 사람에게 음식을 내왔다.

"인물이 나쁘지는 않네." 그 어색한 만남에서 찰리가 말했다. 종종걸음으로 멀어져가는 멜러니의 뒷모습을 응시하면서. 크레페하우스는 웨이트리스들에게 식민지시대 스타일의 자주색 미니원피스를 입히는데, 뒤에 달린 커다란 리본이 걸을 때마다 흔들린다.

"그런 걸 알 수 있단 말이야?" 해리가 말했다. "난 모르겠는데. 사실 좀 마음에 걸려. 내가 전혀 흥분하지 않는다는 게. 저애가 우리집에서 살기 시작한 지 2주가 됐는데, 원래대로라면 난 지금쯤 안절부절못해야 돼."

"그러기에는 좀 나이가 많지 않아? 어쨌든 세상에는 남자를 그렇게 만들지 못하는 여자들이 있어. 그래서 쫓겨나는 모델들이 그렇게 많은 거라고."

"자네 말대로 저애는 모든 걸 갖고 있어. 가슴도 크잖아, 잘 봐."

"봤어."

"웃기는 건, 넬슨도 저애한테 마음이 동하지 않는 것 같다는 거야. 그건 내 눈에도 보여. 쟤들은 그냥 친구야. 멜러니가 집에 있을 때는 넬슨의 방에서 몇 시간씩이나 같이 옛날 레코드를 틀어놓고 수다를 떨어. 무슨 얘기를 하는지는 나야 모르지. 그러다 밖으로 나올 때도 있는데, 그럴 때 보면 넬슨 녀석이 울고 있었던 것 같은 얼굴이야. 재니스랑 내가 아는 한 저애는 앞방에서 자. 저애가 처음 오던 날 장모의 비위를 맞추려고 쟤한테 그 방에서 자라고 했는데, 그뒤로도 저애가 줄곧 그 방에서 잘 줄은 몰랐지. 사실 장모는 이제 저애가 마음에 드는 모양이야. 재니스보다 집안일을 더 많이 도와주는 게 제일 크지. 그래서 이제는 멜러니가 어느 방에서 자든 장모는 모른 척할 거야."

"두 녀석이 틀림없이 같이 자고 있을 거야." 스태브로스가 고집스레 말했다. 단호하고, 살짝 위협적이기까지 한 그 특유의 태도로 식탁 위에 양손을 놓으면서. 손바닥을 위로 하고, 엄지를 세운 자세다.

"다들 그렇게 생각하겠지." 래빗이 수긍했다. "그런데 이제는 저애들이 좀 무서워. 콜로라도에서 길고 하얀 봉투에 든 편지들이 계속 날아오는데, 두 녀석이 그 답장을 쓰느라 한참을 매달려 있거든. 소인은 콜로라도지만, 봉투에 써 있는 반송주소는 켄트대학의 어떤 학장 사무실이야. 어쩌면 넬슨이 낙제를 한 건지도 몰라."

찰리는 이 말에는 주의를 기울이지 않았다. "넬슨이 저애의 마음을 움직이지 못하고 있다면, 내가 한번 벨을 울려볼까?"

"이봐, 찰리, 넬슨이 못한다고 하지는 않았어. 그냥 우리집 분위기가 이해가 안 간다고 했지. 두 녀석이 머스탱 뒷좌석에서 그걸 하는 것 같지도 않아. 좌석 커버가 비닐인데, 요즘 애들은 워낙 풍족하게 자라서 그런 걸 싫어하거든." 그는 마르가리타를 한 모금 마시고 입술에 묻은 소금을 닦았다. 여기서 일하는 바텐더는 바르셀로나 시절부터 있던 사람인데, 지하실에 테킬라가 한가득 있는 모양이었다. "솔직히 말해서 난 넬슨이 누구랑 같이 자는 게 상상이 안 가. 녀석이 워낙 비뚤어진 성격이라서."

"몸이 할아버지를 닮았잖아. 프레드 사장님은 섹시한 사람이었어. 자신을 속이려 들지 마. 프레드 사장님은 여직원들한테 손을 안 대고는 배기질 못했지. 그래서 여직원들이 그렇게 자주 그만둔 거야. 저애가 어디 출신이라고 했지?"

"캘리포니아. 쟤 아버지는 형편없는 놈 같아. 변호사로 일하다가 지금은 오리건에 산다는데, 부모가 헤어진 지도 좀 됐다더군."

"고향에서 아주 멀리 온 거네. 어쩌면 친구가 필요한 건지도 몰라. 좀더 성숙한 친구."

"내가 저애랑 복도 하나를 사이에 둔 곳에 있는걸."

"챔프는 가족이잖아. 그러니까 열외지. 게다가 챔프는 저애한테 매력을 느끼지도 못하니까, 저애도 틀림없이 그걸 눈치채고 있을 거야. 여자들은 다 그래."

"찰리, 자네는 저애 아버지라고 해도 되는 나이야."

"아. 저런 지중해 타입들은 가슴에 하얗게 센 털이 조금 있는 사람을 좋아해. 나이가 좀 있는 주인님 타입 말이야."

"자네의 그 한심한 심장은 어쩔 건데?"

찰리는 빙긋 웃으며 멜러니가 가져온 차가운 시금치 수프에 숟가락을 집어넣었다. "다른 사람들만큼은 돼."

"찰리, 말도 안 돼." 래빗은 감탄 섞인 목소리로 말했다. 찰리와는 오랫동안 알고 지내는 사이지만, 그가 삶의 기본적인 요소들을 훨씬 잘 이해하고 있는 것이 여전히 감탄스러웠다. 해리는 그 요소들에 대한 생각을 영 정리할 수가 없는데.

"말도 안 되는 짓들이 생활에 활기를 주는 거야." 찰리는 이렇게 말하고 나서 수프를 한 모금 마시며 연하게 색을 입힌 안경 속에서 눈을 감고 수프의 맛을 음미했다. "육두구가 너무 많이 들어갔어. 어쩌면 재니스가 나를 집으로 부를지도 모르겠네. 오랜만이니까. 나더러 분위기를 느껴보라고 할 거야."

"이봐, 자네가 내 집에 와서 내 아들의 여자친구를 꼬시는 걸 가만히 두고 볼 수는 없어."

"아까는 여자친구가 아니라면서."

"둘이 애인처럼 굴지 않는다고 했지. 하지만 내가 사정을 정확히 알 수는 없잖아."

"챔프는 냄새를 아주 잘 맡아. 그러니까 난 챔프 말을 믿어." 찰리는 화제를 살짝 바꿨다. "그런데 넬슨이 왜 전시장에 자주 오는 거지?"

"나도 모르지. 멜러니가 일하러 가고 나면 녀석은 할일이 없으니까 집에서 제 할머니랑 놀거나, 재니스랑 같이 클럽에 가서 수영을 해. 염소 때문에 눈이 벌겋게 될 때까지. 일자리를 찾아보겠다고 시내를 좀 돌아다녀보긴 했는데, 찾은 게 없어. 아무래도 열심히 애쓰지 않은 것 같아."

"전시장에 녀석의 일자리를 만들어주면 어때?"

"그건 내가 싫어. 지금도 녀석은 너무 편안하게 살고 있다고."

"학교로 돌아갈 건가?"

"몰라. 묻기가 무서워."

스태브로스는 수프를 떠먹던 숟가락을 조심스레 내려놓았다. "묻기가 무섭다." 그가 해리의 말을 되풀이했다. "그러면서 녀석이 쓰는 돈을 대주고 있잖아. 만약 우리 아버지가 무서워서 나한테 뭔가를 못하겠다는 말을 누군가에게 했다면, 그날로 우리집에서 지붕이 날아갔을걸."

"그래, 무섭다는 말은 정확한 표현이 아닌지도 모르지."

"그래도 무섭다고 말했잖아." 그는 멜러니를 더 선명하게 보려고 두꺼운 안경 뒤에서 고통스러운 사람처럼 눈을 가늘게 떴다. 멜러니가 식민지시대 스타일의 자주색 프릴을 펄럭이며 해리 앞에는 '크레페 콘 주키니*'를, 찰리 앞에는 '크레페 오 샹피뇽 에 우아뇽**'을 내려놓았다. 음식에서 피어오르는 김에 섞인 채소의 향기가 멜러니가 날듯이 가버리기 전에 프릴에서 흘러나온 향수처럼 허공에 남았다. "좋은데." 찰리가 말했다. 음식 얘기가 아니었다. "아주 좋아." 래빗은 여전히 판단을 내리기가 힘들었다. 그는 프릴을 벗어버린 멜러니의 몸을 생각했지만 아무 느낌이 들지 않았다. 마치 덮개를 벗긴 무기를 볼 때처럼, 또는 자신의 부드러운 몸으로는 결코 가까이 가지 말아야 할 딱딱한 기계를 응시하는 것처럼 두려운 마음만 들 뿐이었다.

하지만 어느 날 밤 그는 재니스에게 반드시 말해야 할 것 같은 느낌이 든다. "찰리를 초대한 지가 한참 됐지?"

---

* 주키니는 애호박과 비슷한 서양호박.

** 샹피뇽은 버섯의 일종. 우아뇽은 양파. 둘 다 프랑스어.

재니스가 이상한 표정으로 그를 바라본다. "초대하고 싶어? 전시장에서 보는 걸로는 부족해?"

"나야 그렇지만 당신은 찰리를 못 보잖아."

"찰리랑 나는 이미 많이 만났어."

"그 친구는 지금 점점 더 짐이 되고 있는 어머니랑 같이 살고 있어. 결혼한 적도 없어서 항상 조카들 얘기만 하고. 하지만 조카들이 찰리한테 눈곱만큼이라도 신경을 쓰는 것 같지는……"

"알았어, 굳이 그렇게 설득하지 않아도 돼. 나도 찰리를 만나는 게 좋으니까. 하지만 당신이 그러자고 부추기는 게 좀 소름 끼친다는 말은 꼭 해야겠어."

"내가 그러면 왜 안 되는데? 옛날 일 때문에? 난 다 잊었어. 그 일 덕분에 당신이 더 나은 사람이 됐으니까."

"고마워." 재니스가 건조한 목소리로 말한다. 죄책감 때문에 그는 자신이 재니스에게 오르가슴을 안겨준 지가 얼마나 됐는지 날짜를 세어보려고 애쓴다. 7월의 밤에는 필리스가 열심히 경기를 하는 동안 꼭 갈증이 나서 맥주를 하나 더 마시고 싶어진다. 그리고 침대에 들면 몸이 무섭도록 피곤하다. 가만히 있는 것이 어찌나 행복한지, 사람들이 남에게 실력을 보여주고 인정받아야 하는 지옥에서 영원히 풀려나기 위해 기꺼이 기쁘게 죽을 수도 있다는 사실을 이해하게 된다. 재니스는 한동안 씹을 해주지 않으면 몸짓이 빨라진다. 게다가 찰리가 온다는 생각이 재니스의 흥분을 한층 더 강렬하게 만든다. "언제 부를 거야?" 재니스가 묻는다.

"언제든. 이번주 멜러니 스케줄이 어떻게 되지?"

"그게 이거랑 무슨 상관이야?"

"찰리가 멜러니를 제대로 소개받고 싶어할 것 같아서. 내가 그 친구를 데리고 그 크레페 식당에 가서 점심을 먹긴 했어. 멜러니도 우리한테 잘해주려고 했지만 워낙 바빠서 생각대로 풀리지 않았거든."

"'생각대로 풀린다'니 그게 무슨 뜻이야?"

"괜히 까칠하게 굴지 마. 날은 또 왜 이렇게 습한 거야. 장모님한테 우리가 반반씩 부담해서 새로 에어컨을 사는 게 어떻겠느냐고 말해볼까 해. 어디서 읽었는데, 프리드리히라는 회사 제품이 제일 좋대. '생각대로 풀린다'는 건 그냥 평범한 인간관계를 말한 거야. 그런데 그날 찰리가 넬슨에 대해 계속 난처한 질문만 해댔어."

"난처한 질문이라니? 넬슨 일로 난처할 게 뭐 있어?"

"넬슨이 대학으로 돌아갈 거냐, 왜 자꾸 전시장에 오느냐 같은 질문이지."

"걔가 전시장에 가면 안 되는 이유는 또 뭔데? 거긴 걔 할아버지가 세운 데야. 게다가 넬슨은 옛날부터 차를 좋아했다고."

"적어도 차를 몰고 쿵쿵 부딪히며 돌아다니는 건 좋아하지. 머스탱이 아주 덜덜거리던데. 당신도 알아차렸어?"

"아니, 몰랐어." 재니스가 캄파리*를 잔에 더 따르며 새침하게 말한다. 재니스는 알코올 섭취량을 줄이고 슬금슬금 허리가 굵어지는 속도를 늦추려고 소다수를 탄 캄파리를 여름 술로 정했다. 하지만 소다수 넣는 것을 계속 잊어버린다. 재니스가 말을 덧붙인다. "걔가 오하이오

---

* 이탈리아의 전통 술.

의 평평한 도로에 익숙해서 그래."

켄트에 다닐 때 넬슨은 졸업생의 낡은 선더버드를 샀는데 콜로라도로 떠나기로 하면서 자기가 산 값의 절반만 받고 팔아버렸다. 이걸 생각하니 래빗은 무거운 짐에 눌려 질식할 것 같은 느낌이 더욱 강해진다. 그가 재니스에게 말한다. "거기도 시속 88킬로미터라는 속도제한이 있어. 이 가엾은 나라는 아랍인들이 우리 달러를 푼돈으로 바꿔버릴까봐서 기름을 아끼려고 애쓰고 있는데, 당신이 애지중지하는 아들은 2단 기어를 놓고 88킬로미터로 달린다고."

재니스는 해리가 자신을 약올리려 하고 있다는 걸 알기 때문에 영화를 빨리감기로 돌렸을 때처럼, 전기가 통한 사람처럼 홱 등을 돌려 식당의 전화기로 향한다. "내가 다음주에 오라고 찰리한테 말할게." 재니스가 말한다. "그걸로 당신이 이런 고약한 짓을 그만둔다면."

찰리는 항상 꽃을 가져온다. 그는 스테이플러로 찍어 원뿔형으로 고정한 초록색 종이에 담긴 꽃을 장모에게 건넨다. 오랜 세월 스프링어 집안 사람들에게 아부를 떨며 지냈기 때문에 그는 장모를 어떻게 대해야 하는지 안다. 베시는 가벼운 미소조차 없이 꽃을 받는다. 장모의 처녀적 성은 커너인데, 장모는 프레드가 그리스인을 채용한 것을 결코 완전히 받아들인 적이 없다. 그러다 우주인들이 달에 착륙할 무렵에 찰리가 재니스와 불륜관계가 되고, 그것이 재앙과도 같은 결과를 낳자 장모의 불길한 예감이 현실로 나타난 셈이 되었다. 뭐, 요새는 달에 가려는 사람이 없다.

포장지를 푼 꽃은 팔로미노* 색깔의 장미다. 재니스가 비둘기처럼 좋아하면서 꽃을 꽃병에 꽂는다. 재니스는 데이지 꽃무늬가 있는 경쾌한 여름 원피스로 한껏 차려입었다. 갈색 어깨를 돋보이게 해주는 옷이다. 더위 때문에 긴 머리를 위로 올려서 날씬한 목이 드러나 있고, 자그마한 물고기 비늘 모양의 금조각들이 겹쳐 있는 목걸이도 과시하듯 걸고 있다. 해리가 삼 년 전 결혼 이십 주년 기념으로 준 선물이다. 그때 900달러를 주었는데, 지금은 틀림없이 1500달러는 나갈 것이다. 금값이 워낙 미친듯이 오르고 있으니까. 재니스가 몸을 앞으로 기울여 찰리에게 입을 맞춘다. 뺨이 아니라 입술에. 그렇게 해서 그 광경을 지켜보는 사람들에게 그 두 육체가 서로의 몸속으로 여행을 떠난 적이 있음을 손쉽게 되새겨준다. "찰리, 너무 말랐어." 재니스가 말한다. "제대로 찾아 먹지도 않는 거야?"

"먹기는 하는데 이젠 갈비뼈에 살이 붙지 않아, 잰. 당신은 아주 근사한데, 나랑 다르게."

"멜러니 덕분에 우리 모두 건강해졌어. 그렇죠, 어머니? 맥아니 알팔파 싹이니…… 그 밖에도 내가 모르는 게 많아. 요구르트도 있고."

"나도 몸이 좋아졌어. 하느님 앞에서 정직하게 하는 말이야." 장모가 단언한다. "그게 음식 때문인지 아니면 집에서 내 시간이 좀더 생긴 덕분인지는 잘 모르겠지만."

찰리의 각진 손끝이 아직도 재니스의 갈색 팔에 얹혀 있다. 래빗은

---

* 갈기와 꼬리는 흰색이고 몸통은 크림색이나 연한 갈색인 말.

자연현상을 관찰하듯이 그 광경을 본다. 이파리에 앉은 알풍뎅이나 나뭇가지 두 개가 바람 때문에 서로 몸을 비벼대는 모습을 보는 것처럼. 그러다 문득 생각이 난다. 분자 수준으로 생각이 나아가던 중에, 사랑의 느낌이 어떤 건지. 거대한 느낌, 맞닿은 살갗, 행성들이 충돌하는 것 같은 느낌.

"다들 설탕과 나트륨을 너무 많이 먹고 있어요." 멜러니가 그 특유의 행복하고 들뜬 목소리로 말한다. 낮은 것들과는 전혀 연관되어 있지 않은 것처럼 들리는 그 목소리는 아무도 요구하지 않은 축복을 내리는 듯하다. 찰리의 손이 재니스의 살갗에서 휙 떨어진다. 그는 지금 전사처럼 잔뜩 주의를 집중하고 있다. 이 집을 찾아오는 손님들이 반드시 지나가야 하는 이 앞쪽 거실의 어둑한 빛 속에서 그의 옆모습이 빛난다. 이마가 좁고, 턱은 불쑥 튀어나오고, 턱 한가운데의 움푹 파인 부위 주변 근육들이 움찔거린다. 전시장에 있을 때보다 더 젊어 보인다. 어쩌면 조명이 어둡기 때문인지도 모르겠다.

"멜러니." 해리가 말한다. "지난번에 나랑 점심을 같이 먹으러 갔던 찰리 기억하지?"

"그럼요. 그때 버섯이랑 케이퍼를 드셨잖아요."

"양파야." 찰리가 말한다. 여전히 멜러니의 손을 잡으려고 손을 내민 채다.

"찰리는 전시장에서 내 오른팔이야. 찰리한테 물어보면 아마 내가 자기 오른팔이라고 하겠지만. 찰리가 스프링어 모터스에서 일한 지가 벌써……" 해리는 여기에 덧붙일 우스갯소리가 생각나지 않는다.

"사람들이 자동차를 말 없는 마차라고 부르던 시절부터야." 찰리는 이렇게 말하고서 멜러니의 손을 잡는다. 그 광경을 지켜보며 해리는 멜러니의 젊은 손이 그토록 가늘다는 사실에 감탄한다. 사람들은 몸이 사방으로 넓어진다. 노부인들의 발은 작은 혈관들이 있고, 점점 부풀어오르는 빵 덩어리 같다. 반면 그 기묘한 시선을 제외하면 멜러니는 새 양말처럼 짱짱하게 짜여 있다. 찰리가 멜러니에게 다가간다. "잘 있었어, 멜러니? 여기서 사는 건 어때?"

"모두 좋은 분들이에요." 멜러니가 싱긋 웃는다. "예스럽다는 생각이 들 때도 있어요."

"해리한테서 들었는데, 서부 출신이라며?"

멜러니가 눈을 치켜뜨는 바람에 홍채 아래쪽의 흰자위가 드러난다. 멜러니는 먼 고향 쪽을 바라보는 듯하다. "아, 네. 저는 마린 카운티에서 태어났어요. 어머니는 지금 카멀이라는 곳에 살고 계시고요. 그건 남쪽에 있어요."

"나도 들어본 적이 있어." 찰리가 말한다. "거기 록스타들이 좀 산다면서?"

"그렇지는 않아요. 제 생각에는…… 존 바에즈가 있지만, 그 여자는 전통적인 가수에 더 가깝죠. 우리는 옛날에 여름 별장으로 쓰던 곳에서 살고 있어요."

"왜?"

멜러니는 깜짝 놀란 표정으로 찰리에게 말한다. "아버지는 옛날에 샌프란시스코에서 기업 고문변호사로 일하셨어요. 그런데 부모님이 헤어지면서 퍼시픽 애비뉴에 있던 집을 팔게 됐어요. 지금 아버지는 오리건에서 숲에 대해 공부하고 계세요."

"거 슬픈 이야기네." 해리가 말한다.

"아버지는 그렇게 생각 안 하세요." 멜러니가 말한다. "야키마 인디언의 피가 섞인 예쁜 여자랑 살고 계시거든요."

"자연으로 돌아가라." 찰리가 말한다.

"갈 길은 그곳뿐이지." 래빗이 말한다. "콩을 좀 가져가야 돼."

이건 우스갯소리다. 그가 지금 플랜터스의 구운 캐슈너트를 그릇에 담아 사람들에게 돌리고 있기 때문이다. 그는 오늘밤의 손님을 위해 덜덜거리는 머스탱을 타고 달려나가 음식을 사들이다가 십오 분 전 주류 가게 옆의 식품점에서 충동적으로 이 캐슈너트를 샀다. 병에 2.89달러라는 가격이 적혀 있는 것을 봤을 때는 기겁을 해서 그냥 도망칠 뻔했다. 지난번에 보았을 때보다 30센트나 오른 가격이었다. 그래서 대신 구운 땅콩을 사려고 했지만, 그것조차 1.09달러로 1달러가 넘었다. 어렸을 때는 껍질을 까지 않은 땅콩 한 자루를 25센트에 살 수 있었는데. 그래서 젠장, 부자가 된다는 게 뭐냐, 하는 생각을 하며 캐슈너트를 사버렸다.

그런데 찰리가 그릇을 흘깃 내려다보더니 먹지 않겠다는 듯이 괴팍하게 손바닥을 들어올리는 모습에 해리는 기분이 나쁘다. "소금을 안 친 거야." 해리가 찰리에게 권한다. "단백질이 가득하다고."

"난 정크푸드에는 절대 손 안 대." 찰리가 말한다. "의사가 절대 안된다고 했거든."

"정크푸드라니!" 해리는 반발한다.

하지만 찰리는 계속 멜러니를 밀어붙이고 있다. "난 겨울마다 플로리다에서 한 달을 보내. 만﹖ 쪽에 있는 새러소타에서."

"그게 캘리포니아랑 무슨 상관이야?" 재니스가 끼어든다.

"둘 다 똑같은 타입의 낙원이거든." 찰리가 계속 멜러니에게 직접 말하는 모양이 되도록 한쪽 어깨를 돌리며 말한다. "그게 내 낙이야. 신발 속에 모래가 들어오는 기분이라니. 허구한 날 끝을 자른 낡은 바지를 입고 돌아다니지. 만 쪽에 있는 곳이야. 난 마이애미 쪽은 싫어. 날 마이애미 쪽으로 가게 하려면, 먼저 악어가 날 잡아먹게 해서 그 악어를 마이애미 쪽으로 불러야 할걸. 거기에도 악어가 있어. 운하에서 사람들 집 앞의 잔디밭으로 곧장 올라와서 애완견을 먹는다고. 그런 일이 자주 있어."

"전 플로리다에 가본 적이 없어요." 멜러니가 말한다. 평소보다도 더 멍한 표정이다.

"한번 가봐." 찰리가 말한다. "거긴 진짜 사람들이 사는 곳이야."

"그럼 우리는 진짜 사람들이 아닌가?" 래빗이 재니스를 도우면서 찰리를 충동질한다. 이것이 그녀에게는 틀림없이 아플 것이다. 해리는 캐슈너트 한 개를 어금니 사이에 끼우고 조심스레 깨물면서 그 행복감을 오랫동안 맛본다. 캐슈너트에 금이 가자 그 안으로 혀와 침과 이를 집어넣는다. 그는 견과류를 좋아한다. 먹기가 깨끗하다. 고기랑은 다르다. 에덴동산에서도 다들 견과류와 과일을 먹었다. 구운 캐슈너트가 조금 지나치게 건조하다. 그는 소금에 푹 담근 것 같은 캐슈너트를 좋아하지만 멜러니를 생각해서 이것을 샀다. 지금 그는 화학물질에 대해 세뇌를 당하고 있다. 하지만 아무리 구운 캐슈너트라 해도 화학물질이 조금은 섞여 있을 것이다. 우리가 먹을 수 있는 것들 중에 속에 상처를 내지 않는 음식은 지구상에 하나도 없다. 재니스는 이 캐슈너트를 틀림없이 아주 싫어할 것이다.

"노인들만 있는 것도 아냐." 찰리가 멜러니에게 계속 말하고 있다. "젊은 사람들도 많다고, 다들 알몸으로 돌아다니지. 끝내줘."

"재니스." 장모가 말한다. 그런데 '채니스'로 들린다. "포치로 나가야겠다. 사람들한테 술을 좀 내와야 하지 않겠니?" 그리고 찰리에게 말한다. "멜러니가 아주 맛있는 과일펀치를 만들었어."

"그게 진을 얼마나 흡수할 수 있죠?" 찰리가 묻는다.

해리는 이 남자를 좋아한다. 비록 그가 재니스 앞에서 멜러니를 유혹하고 있다 해도. 다들 포치로 나가서 술잔을 손에 들고 알루미늄 의자에 앉는다. 재니스는 부엌에서 저녁에 먹을 요리를 젓고 있다. 해리는 그를 돋보이게 만들 요량으로 묻는다. "카터의 에너지 연설을 어떻게 생각해?"

찰리는 장밋빛 뺨의 아가씨를 향해 고개를 갸웃하게 기울이고 말한다. "한심했지. 그 사람 말이 옳아. 난 신뢰의 위기를 겪고 있어. 그 사람에 대한 신뢰 말이야."

아무도 웃지 않는다. 해리만 빼고. 찰리가 공을 넘긴다. "스프링어 부인은 어떻게 생각하세요?"

무대로 불려 올라온 노부인은 무릎의 옷자락을 매끈하게 펴고, 빵부스러기라도 있는지 찾아보려는 것처럼 내려다본다. "선한 의도를 지닌 기독교인 같아. 하지만 프레드는 항상 민주당은 노조의 도구에 지나지 않는다고 말했지. 지금도 다 그래. 그중에서도 사업을 하는 사람이라면 인플레이션을 어떻게 해야 할지 더 좋은 생각이 있을지도 모르지."

"그 사람도 사업가예요, 장모님." 해리가 말한다. "땅콩을 기른다고요. 저 아래쪽에 있는 그 사람의 땅콩 농장이 벌어들이는 총수입이 우리보다 많아요."

"저는 슬펐어요." 뜻밖에도 멜러니가 입을 연다. 몸을 앞으로 기울이는 바람에 집시풍의 헐렁한 블라우스 속으로 가슴골이 드러난다. 브래지어를 하지 않은 양가슴 사이에 공기 튜브가 있는 것 같다. "사람들이 사상 처음으로 상황이 더 나아지는 게 아니라 더 나빠질 거라고 생각하고 있다고 말했을 때 말이에요."

"너 같은 아가씨는 슬프겠지." 찰리가 말한다. "우리 같은 늙은이들한테는 어떻게 하든 상황이 점점 나빠지게 돼 있어."

"정말로 그렇게 생각해?" 해리가 묻는다. 진심으로 놀랍다. 그는 자신의 삶이 이제 막 시작됐다고 생각한다. 이제 잉여소득을 올리게 됐으니 마침내 밝은 땅에서 인생이 시작됐다고. 항상 그를 안절부절못하게 만들었던 그 숨막힐 듯한 두려움이 누그러졌다고. 그는 많은 것을 원하지 않는다. 자유는 항상 밖을 향한 움직임이라고 생각했는데, 알고 보니 내면에서 점점 시들어가는 거였다.

"정말로 그렇게 생각하지, 그럼." 찰리가 말한다. "그럼 이 착한 아가씨는 무슨 생각을 하고 있을까? 쇼가 끝났다고? 어떻게 그럴 수 있지?"

"제 생각은……" 멜러니가 입을 연다. "아, 모르겠어요. 베시 할머니, 저 좀 도와주세요."

해리는 멜러니가 장모를 이름으로 부른다는 사실을 모르고 있었다. 그는 장모와 산 지 몇 년이 지나서야 비로소 편안해졌는데, 어느 날 장모가 화장실에 있는 것을 모르고 실수로 들어간 것이 계기였다. 원래 재니스와 함께 다른 화장실을 쓰지만, 그날은 재니스가 그곳을 독차지하고 있었다.

"네 생각을 말해봐." 노부인이 젊은이에게 조언한다. "다들 그러고 있으니까."

반짝이는 구슬 같은 멜러니의 두 눈이 사람들의 얼굴을 한번 훑어본 뒤 위로 올라간다. 그림 속 성자들처럼. "우리가 지금 거의 다 떨어져가고 있는 물건들 없이도 살아가는 법을 배울 수 있다고 생각해요. 저는 전동 식칼 같은 건 필요 없어요. 저는 철광석이나 석유보다는 스네일다터*나 고래 때문에 더 속이 상해요." 멜러니는 석유라는 단어를 길게 발음하며 해리를 빤히 바라본다. 마치 그가 특히 석유에 관심이 많기라도 한 것처럼. 그는 멜러니가 항상 자신에게 최면을 걸려고 하는 것처럼 보이기 때문에 자신이 멜러니에게 화를 내고 있다는 결론을 내린다. "제 말은……" 멜러니가 말을 잇는다. "생물들이 존재하는 한, 세상에는 한없는 가능성이 있다는 거예요."

마치 콧노래가 배어 있는 듯한 멜러니의 목소리가 점점 어두워지는 포치 위에 매달려 있다. 외계인. 숙맥.

"이거야, 원, 무슨 소리인지." 해리가 말한다. "그건 그렇고, 넬슨은 도대체 어디 있는 거야?" 넌더리가 난다. 그런 것 같다. 이 여자애는 이 세상을 벗어나 있고, 그것 때문에 자신의 세상이 작게 느껴지는 탓이다. 심지어 늙고 뚱뚱한 장모가 더 섹시해 보인다. 적어도 장모의 목소리에는 이 카운티의 삶과 해리 자신의 삶이 많이 들어 있다. 그가 실수로 화장실에 들어갔던 날 본 것은 많지 않았다. 장모는 치마를 무릎

---

* 담수어의 일종.

근처로 끌어올린 채 변기 위에 앉아 고함을 질러댔다. 해리는 그 고함 소리를 들었을 뿐 거의 아무것도 보지 못했다. 정육점의 대리석 카운 터처럼 하얀 옆구리 살이 조금 보였을 뿐이다.

베시가 쓸쓸한 목소리로 대답한다. "넬슨은 아마 그럴 만한 일이 있어서 나갔을걸. 재니스가 알 거야."

재니스가 포치 문간으로 다가온다. 데이지 무늬 원피스와 오렌지색 앞치마를 걸친 모습이 활기차게 보인다. "여섯시쯤에 빌리 포스나트랑 같이 나갔어. 곧 돌아올 거야."

"어떤 차를 갖고 나갔어?"

"코로나밖에 없었잖아. 당신이 머스탱을 끌고 주류 가게에 가 있었으니까."

"아이고, 미치겠네. 빌리 포스나트는 도대체 왜 온 거야? 의용군에 있어야 하잖아." 찰리와 멜러니에게 자신의 권위를 보여주어야 할 것 같다.

재니스가 나무 주걱을 들고 있는 모습도 권위가 있어 보인다. 재니스가 그 자리에 있는 모든 사람들을 향해 말한다. "빌리는 잘하고 있대. 뉴잉글랜드 어딘가에 있는 치과대학 1학년이야. 걔는 장래희망이, 그걸 뭐라고 하더라……?"

"안과의사." 래빗이 말한다.

"신경치료 전문의야."

"아이고." 해리는 이 말만 할 뿐이다. 십 년 전, 그의 집이 불타던 날 빌리는 제 엄마를 보고 나쁜 년이라고 했다. 그뒤로 해리는 빌리를 자주 보았다. 넬슨이 마운트저지고등학교에 다니는 동안 내내. 하지만 나쁜 년이라는 말을 들은 페기가 아들의 뺨을 후려친 일은 결코 잊어버리지 않았다. 그때 열세 살이었던 아이의 섬세한 뺨에는 페기의 손가락 자국이 분홍색으로 선명하게 나타났다. 뺨을 맞은 아이는 엄마더러 창녀라고 했다. 해리의 정액이 아직 페기의 몸안에 따뜻하게 들어 있을 때였다. 그날 밤 늦게 넬슨은 아버지를 죽여버리겠다고 맹세했다. 이 나쁜 자식, 아빠 때문에 질이 죽었어. 죽여버릴 거야. 아빠를 죽여버릴 거야. 해리는 아들에게 맞서 싸우려고 양손을 들어올렸다. 삶의 비참함이라니. 이런 생각을 하느라 그는 포치에 있는 사람들의 얼굴을 잊었다. 침묵 속에서 이웃집 여자의 망치 소리가 멀리 들려온다. "올리랑 페기는 잘 지내?" 그가 묻는다. 헛기침을 했는데도 목소리가 거칠다. 빌리의 부모는 그의 시야에서 사라졌다. 도요타 대리점 덕분에 그의 사회적 계급이 상승했기 때문에.

"그냥 그렇지, 뭐." 재니스가 말한다. "올리는 아직도 음반가게를 해. 페기는 운동가가 됐다고 하던데." 재니스는 다시 음식을 저으려고 돌아선다.

찰리가 멜러니에게 말한다. "여기서 사는 게 싫증나면 플로리다행 비행기를 예약하는 게 좋을 거야."

"플로리다에 뭐가 있기에 그래?" 해리가 큰 소리로 찰리에게 묻는다. "저애는 캘리포니아에서 왔다는데, 자네는 계속 플로리다를 강요하고 있잖아. 그 둘은 전혀 상관이 없다고."

찰리는 술이 섞여 있는 분홍색 펀치를 끌어당긴다. 피부가 두개골에 단단히 들러붙어 있는 것 같은 모습이 한심한 늙은이처럼 보인다. "우리가 상관 있게 만들면 돼."

멜러니가 부엌 쪽을 향해 소리친다. "재니스 아줌마, 제가 좀 도와드 릴까요?"

"아냐, 고맙지만 됐어. 거의 다 됐는데, 뭐. 다들 배고파요? 술 더 먹 고 싶은 사람 있어요?"

"안 될 것도 없지." 해리가 말한다. 까짓것 에라 모르겠다는 기분이 다. 이 사람들과 함께 있어봤자 재미있을 것 같지 않으니까, 혼자 속으 로 즐겨야 할 것 같다. "자네는 어때, 찰리?"

"난 됐어, 챔프. 한 잔이 내 한계야. 의사가 나더러 이 상태로는 한 잔도 절대 안 된다고 했어." 그리고 그는 멜러니에 대해 묻는다. "그 쿨에이드는 어때?"

"이걸 쿨에이드라고 부르지 마, 무례하잖아." 해리가 맞서 싸우는 척하면서 말한다. "이 세대 아이들 중에 약과 술로 자기 몸을 오염시키 지 않는 놈들은 전부 존경스러워. 넬슨이 돌아온 뒤로 냉장고에 맥주 캔이 드나드는 속도가, 뭐랄까, 석탄이 활차를 타고 떨어지는 속도 같 아." 전에도 이런 말을 한 적이 있는 것 같다. 그것도 최근에.

"제가 좀더 가져다드릴게요." 멜러니가 노래하듯 말하고는 찰리의 잔을 잡는다. 해리의 것도. 그는 멜러니가 자신의 이름을 부르지 않는 다는 것을 깨닫는다. 넬슨의 아버지일 뿐이다. 한물간 남자. 이 세상을 벗어난 인간.

"내 건 약하게 만들어줘." 그가 멜러니에게 말한다. "g와 t*로."

장모는 자리에 앉은 채 자기만의 생각에 잠겨 있다가 스태브로스에

---

* 진과 토닉.

게 말한다. "넬슨이 대리점에 대해 나한테 이것저것 많이 물었어. 전시장이 어떻게 돌아가느냐, 판매원이 몇 명이나 되냐, 판매원의 봉급은 얼마나 되냐 같은 것."

찰리는 의자에 앉은 채로 몸의 중심을 바꾼다. "요즘의 휘발유 부족 사태가 자동차 판매에도 영향을 미칠 겁니다. 먹일 수도 없는 소를 살 사람은 없으니까요. 비록 지금까지는 도요타가 꽤 근사한 냄새를 풍기고 있지만 모르죠."

해리가 끼어든다. "베시, 넬슨한테 자리를 만들어주려면 제이크와 루디가 골탕을 먹을 수밖에 없어요. 둘 다 가족이 있으니까 수당으로 애들을 먹여살리고 있는데 말이죠. 장모님이 원하신다면 제가 매니한테 말해서 세차 쪽에 아이를 하나 더 쓸 수 있는지……"

"넬슨은 세차 일을 원하는 게 아냐." 재니스가 부엌에서 날카롭게 외친다.

장모도 맞장구를 친다. "그래, 판매 쪽을 일을 한번 해보고 싶다고 했어. 걔가 제 할아버지를 항상 존경했던 건 자네도 알 거야. 거의 우상화했다고나……"

"아, 왜 이러세요." 해리가 말한다. "넬슨은 10학년 무렵부터 외할아버지든 친할아버지든 신경도 안 썼어요. 여자애들이랑 록음악에 빠진 뒤로는 스무 살이 넘은 사람은 죄다 얼간이라고 봤고요. 넬슨은 오로지 브루어에서 벗어날 생각뿐이었어요. 그래서 제가 어디 마음대로 가보라고 했죠. 그런데 이제 와서 왜 제 엄마랑 할머니한테 속살거리면서 돌아다닌답니까?"

멜러니가 두 남자의 술잔을 가져온다. 웨이트리스답게 허리를 꼿꼿이 세운 멜러니는 물기가 맺힌 잔 아랫부분을 삼각형으로 접은 종이냅킨으로 감싸서 들고 있다. 래빗은 술을 한 모금 마셔보고는 술이 너무 진하다고 생각한다. 약하게 해달라고 부탁했는데. 이건 사랑의 메시지 같은 건가?

장모가 양 허벅지를 각각 한 손으로 짚고 팔꿈치를 밖으로 내민다. 온통 주름투성이인 팔꿈치가 어린 퍼그*의 얼굴 같다. "이보게, 해리……"

"무슨 말씀을 하실 건지 알아요. 대리점의 절반이 장모님 소유라는 거겠죠. 훌륭하십니다, 베시. 아주 기뻐요. 장인어른이 아니라 저였다면, 대리점을 통째로 장모님께 드렸을 텐데요." 그는 재빨리 멜러니에게 시선을 돌려 말한다. "이 휘발유 위기에 제대로 대처하려면 시내 전차를 되살려야 돼. 넌 너무 어려서 기억을 못하겠지만. 전차는 궤도를 따라 달리는데, 머리 위의 전선에서 동력을 공급받지. 아주 깨끗하다고. 내가 어렸을 때는 전차가 안 가는 데가 없었어."

"어머, 저도 알아요. 샌프란시스코에는 아직 전차가 있어요."

"해리, 내가 하고 싶은 말은……"

"하지만 대리점을 경영하는 사람은 장모님이 아니에요." 해리는 장모를 향해 말을 잇는다. "그런 적이 한 번도 없죠. 제가 그곳을 경영하는 한, 넬슨이 만약 거기서 일을 시작하고 싶다면 매니 밑에서 세차부터 해야 합니다. 저는 녀석이 전시장에 들어오는 게 싫어요. 판매원의 자세가 전혀 없다고요. 하다못해 허리를 똑바로 펴고 미소를 지을 줄

---

* 불도그와 비슷한 생김새의 강아지 품종.

도 모르잖아요."

"난 그게 케이블카인 줄 알았는데." 찰리가 멜러니에게 말한다.

"아, 언덕에는 케이블카도 있어요. 다들 케이블카가 위험하다고 난리예요. 케이블이 뚝 끊어질 거라고요. 하지만 관광객들은 케이블카를 타고 싶어해요."

"해리. 저녁식사." 재니스가 말한다. 엄한 목소리다. "더이상 넬슨을 기다릴 수 없어. 여덟시가 넘었다고."

"내가 무정하게 들렸다면 미안해." 해리는 식당으로 향하는 사람들을 향해 말한다. "하지만 말이야, 지금도 이 녀석은 무례하게 저녁식사 시간에 맞춰 집에 오지도 않잖아."

"당신 아들이야." 재니스가 말한다.

"멜러니, 네 생각은 어때? 넬슨이 무슨 생각을 하는 것 같아? 대학을 마칠 생각이 없다니?"

멜러니는 여전히 미소를 짓고 있지만, 조각조각 잔금이 간 페인트로 그려놓은 표정 같다. "넬슨은 아마……" 멜러니가 조심스레 말한다. "대학에서 이미 충분한 시간을 보냈다고 생각하는 것 같아요."

"그럼 학위는 어쩌고?" 머릿속에서 울리는 자신의 목소리가 날카로운 비명 같다. 함정에 갇힌 것 같은 목소리. "학위는 어쩌고?" 해리가 같은 말을 되풀이하지만 아무도 대답이 없다.

재니스가 식탁 위에 촛불을 켜놓았다. 7월이라 아직 어둡지 않기 때문에 촛불 빛이 희미하게 보인다. 재니스는 찰리를 위해 이 자리를 훌륭하게 꾸미고 싶었던 것 같다. 얼마나 그 옛날의 잰다운지. 해리는 재니스 뒤쪽의 식탁으로 걸어가면서 평소에 거의 보는 일이 없는 곳에 눈길을 준다. 창백하게 드러난 재니스의 목덜미. 다들 자리를 잡고 앉느라 약간 소란이 이는 가운데 해리는 멜러니의 팔을 살짝 스친다. 역시 맨살이 드러나 있다. 그러면서 그는 쏜살같이 눈을 움직여 집시 블라우스로 헐렁하게 가려져 있는 성숙한 곡선을 내려다본다. 탱탱하다. 그는 멜러니에게 중얼거린다. "미안하다. 널 곤란하게 만들 생각은 없었는데, 도대체 넬슨이 무슨 꿍꿍이인지 알 수가 없어서 말이야."

"어머, 곤란하지 않았어요." 멜러니가 노래를 읊조리듯이 대답한다. 곱슬머리가 아래로 흘러내려 가볍게 흔들린다. 뺨은 안쪽에서 불꽃이 타오르는 듯하다. 장모가 식탁 상석을 향해 터벅터벅 걸어가는 동안 멜러니는 왠지 은밀한 느낌이 드는 표정으로 눈을 반짝이며 해리를 올려다본다. "제 생각에는요, 그러니까, 넬슨이 보안에 점점 더 신경을 쓰는 게 중요한 것 같아요."

무슨 소리인지 알 수가 없다. 애가 대통령 경호실에 들어가겠다는 소리 같다.

의자들이 긁히는 소리를 낸다. 다 같이 공유하고 있는 흐릿한 은총의 기억이 머리 위를 스치고 지나가는 동안 다들 조용하다. 재니스가 스푼을 자기 앞의 수프 그릇에 집어넣는다. 해리의 코로나와 같은 색의 토마토 수프다. 그 차는 어디 있을까? 밤거리 어딘가에 있다. 운전대를 잡은 녀석은 차 안의 이음매란 이음매는 죄다 덜덜거리게 만들겠지. 그들이 이 방에 자리를 잡고 앉는 건 드문 일이다. 지금은 다섯 식구가 됐는데도 부엌 식탁에 둘러앉아 식사를 한다. 해리는 가문의 은식기가 보관되어 있던 찬장 위에 어깨 길이의 머리를 안으로 둥글게 말아넣은 고등학교 졸업반 시절의 재니스 사진과 바로 이 집의 창가에서 연극의 한 장면처럼 햇빛을 듬뿍 받으며 가장 좋아하던 테디베어(눈이 하나뿐이었다)에 몸을 기댄 아기 시절의 넬슨과 고등학교 졸업반 시절에 재니스와 거의 맞먹을 만큼 머리를 길게 길렀지만 빗질도 제대로 하지 않고 기름기가 낀 채 내버려둔 또다른 넬슨의 사진이 놓여 있는 것을 새로이 알게 된다. 카메라를 향해 활짝 웃고 있는 넬슨의 표정은 반쯤은 반항적으로 일그러져 있다. 딸과 손자의 사진이 들어 있는 액자보다 더 넓은 금색 액자 속에서는 프레드 스프링어가 인물사진 전문 사진관이 암실에서 부려준 마법 덕분에 주름 하나 없는 얼굴에 아련한 눈빛을 하고서, 사진이 잘 나오라고 일부러 얼굴의 4분의 3만 드러나도록 옆으로 살짝 방향을 돌린 채 뭔지는 잘 모르겠지만 하여튼 죽은 사람들이 바라보는 뭔가를 바라보고 있다.

찰리가 자리에 앉은 사람들에게 묻는다. "닉슨이 달 착륙 기념일에 샌클레멘테에서 파티를 열었을 때 파티 장소가 어딘지 봤어요? 그 인간이 영원히 죽지 않게 만들기라도 해야겠어요. 뻔뻔하기 그지없는 철면피가 어떤 인간인지 본보기 삼아서."

"닉슨도 좋은 일을 몇 가지 하기는 했어." 장모가 말한다. 마음이 다쳤을 때 내는, 팽팽하고 바싹 마른 그 특유의 목소리로. 해리는 오랫동안 장모와 함께 살았기 때문에 그 목소리에 민감하다.

그는 장모를 도우려고 한다. 아까 대리점의 경영자가 어쩌고 하는 말이 장모에게 너무 거칠었던 것 같아서 보상하고 싶은 기분이다. "닉슨은 중국을 개방시켰죠." 해리가 말한다.

"그런데 그건 결국 벌레가 가득한 통조림을 딴 것 같은 꼴이 돼버렸잖아." 스태브로스가 말한다. "적어도 놈들이 우리를 증오할 때는 우리가 놈들 때문에 단 한푼도 쓴 적이 없어. 게다가 닉슨이 열었던 그 파티도 적잖이 돈이 들었다고. 다들 그 자리에 있었어. 레드 스켈턴*이며 버즈 올드린**이며."

"내 생각에는 그 사건 때문에 프레드가 가슴 아파했던 것 같아." 장모가 단언하듯 말한다. "워터게이트 말이야. 프레드는 마지막까지 그 사건에 관심을 보였어. 나중에는 베개에서 머리도 들 수 없는 지경이었는데. 그러면서 나한테 이렇게 말하곤 했지. '베시, 다른 대통령들도 나쁜 짓은 했어. 하지만 닉슨은 화려한 매력을 흘리는 인간이 아니라서 미움을 산 거야. 만약 루스벨트나 케네디 집안 사람이었다면, 워터게이트사건이 터졌어도 야유 같은 건 전혀 없었을걸.' 프레드는 정말로 그렇게 믿었어."

해리는 황금색 액자에 들어 있는 사진을 흘깃 바라본다. 사진 속 프레드가 고개를 끄덕인 것 같다는 생각이 든다. "저도 그렇게 생각해요." 그가 말한다. "장인어른의 말씀이 저를 잘못된 길로 이끈 적은 한 번도 없어요." 베시가 혹시 비꼬는 말이 아닌가 싶어서 그를 흘깃 바라본다. 그는 사진처럼 얼굴을 꿈쩍도 하지 않는다.

"케네디 얘기가 나왔으니 말인데……" 찰리가 끼어든다. 그러고 보니 쿨에이드 한 잔에 말이 너무 많다. "신문들이 채퍼퀴딕사건***을 신

---

* 미국 코미디언(1913~1997).

** 1969년의 달 착륙 때 닐 암스트롱에 이어 두번째로 달에 발을 디딘 우주비행사.

*** 1969년 7월에 에드워드 케네디의 자동차가 채퍼퀴딕섬의 수로에서 뒤집힌 채 발견된 사건. 차 안에는 젊은 여성의 시신이 있었고, 케네디는 여자가 부상당한 것을 알면서도 현장을 떠난 혐의가 인정되어 징역 2개월을 선고받았지만 집행정지로 복역하지는 않았다.

나게 파고 있잖아. 좀 즐겨보려고 여자를 차에 태우고 가다가 다리에서 떨어진 사람에 대해 언론이 앞으로 무슨 말을 얼마나 더 할지 궁금하지 않아?"

베시도 셰리주에 조금 취했는지 눈물을 끌어올린다. "프레드라면 절대 그렇게 간단하게 결론을 내리지 않았을 거야. 프레드가 나한테 몇 번이나 한 말이 있어. 결과를 보라고. '결과를 보고 거기서부터 거꾸로 생각해봐' 이렇게 말했다고." 나무딸기처럼 검은 장모의 눈이 다른 사람들에게 어디 한번 그렇게 해보라고 도전하는 듯하다. 신비로운 일이다. "그래, 결과가 뭐였지?" 이건 장모가 자신의 목소리로 하는 말 같다. "탄광 마을에서 올라온 가엾은 아가씨가 목숨을 잃은 게 결과였잖아."

"세상에, 어머니." 재니스가 말한다. "아버지는 그냥 민주당이 미워서 그런 것뿐이에요. 난 아버지를 깊이 사랑했지만, 그런 부분에서는 아버지가 정말로 비틀려 있었어요."

찰리가 말한다. "글쎄, 그럴까, 잰? 당신 아버지가 루스벨트에 대해 하신 말씀 중에 가장 나쁜 말은, 루스벨트가 우리를 속여서 전쟁에 참전하게 했고 죽을 때 애인이랑 같이 있었다는 거였어. 그런데 나중에 그 두 가지 모두 진실로 드러났지." 말을 마친 찰리는 촛불 빛 속에서 자신 있게 에이스를 내놓은 카드 사기꾼처럼 보인다. "그리고 이제는 존 F. 케네디가 백악관에서 무슨 짓을 했는지 드러나고 있어. 프레드 스프링어라면 꿈에서도 상상하지 못했을 거리의 여자들과 협박꾼들의 애인들이 드나들었다잖아." 또 에이스다. 해리가 보기에 그는 어떤 의미에서 장인과 닮은 것 같다. 관자놀이가 움푹 꺼진 모습하며 머리를 깨끗하게 빗질한 모습이. 장난감 대포처럼 튀어나온 눈썹을 살짝 두드리는 모습까지도 비슷하다.

해리가 말한다. "난 채퍼퀴딕사건이 왜 그렇게 나쁜 건지 도저히 모르겠어. 케네디는 여자를 꺼내려고 했잖아." 물, 불꽃, 하느님의 혀. 그 앞에서 사람은 무기력하다.

"그 사건의 나쁜 점은……" 베시가 말한다. "그 사람이 여자를 거기 집어넣었다는 거야."

"네 생각은 어때, 멜러니?" 해리가 묻는다. 찰리를 약올리려고 다정하게 굴면서. "네가 지지하는 당은 어디야?"

"아, 정당들이요?" 멜러니가 무아지경에 빠진 사람처럼 외친다. "제가 보기엔 둘 다 사악해요." '사―악'이라는 말이 허공에 떠 있다. "하지만 채퍼퀴딕사건에 대해서는, 제 친구 중에 매년 여름을 그 섬에서 보내는 애가 있는데, 그애 말이 차로 그 다리를 건너다가 떨어지는 사고가 더 많이 나지 않는 게 이상할 정도래요. 가드레일도 없고 아무것도 없다면서. 이 수프 정말 맛있네요." 멜러니가 재니스에게 말한다.

"일전의 그 시금치 수프도 굉장했어." 찰리가 멜러니에게 말한다. "육두구가 좀 많이 들어간 것 같기는 했지만."

재니스는 담배를 피우며 자동차 문이 닫히는 소리가 나는지 귀를 기울이고 있다. "해리, 나 좀 도와줄래? 부엌에서 고기 좀 잘라주면 좋겠는데."

부엌에는 양고기구이의 강렬하고 불쾌한 냄새가 가득하다. 해리는 우리가 먹는 것들이 눈과 심장이 있는 생물이라는 사실을 되새기고 싶지 않다. 그는 소금을 친 견과류, 햄버거, 중국음식, 민스파이가 좋다.

"난 양고기 못 잘라." 해리가 말한다. "아무도 못해. 그리스인들이 먹는 음식 같으니까 그걸 만든 거지? 옛날 애인한테 보여주려고."

재니스가 뼈로 만든 울퉁불퉁한 손잡이가 달린 식칼 세트를 그에게 건넨다. "이미 수백 번이나 해봤잖아. 그냥 뼈와 직각이 되게 고기를 저미면 돼."

"말이야 쉽지. 그렇게 쉬우면 당신이 해." 그는 생각하고 있다. 사람을 찌르는 일이 영화에서 보는 것보다는 십중팔구 더 어려울 것이고, 덜 익힌 고기를 자를 때도 저항이 아주 심해서 질긴 고무 같다고. 꼭 그래야 한다면 차라리 돌멩이로 재니스의 머리를 한 대 치고 싶다. 아니면 장모가 거실에 장식품으로 놓아둔 초록색 유리 달걀로 때리든지.

"들어봐." 재니스가 숨죽인 소리로 말한다. 길에서 자동차 문이 쾅 하고 닫히는 소리가 방금 들렸다. 발소리가 포치에서 쿵쿵거린다. 이 집 현관이다. 그러고는 뻑뻑한 앞문이 커다란 소리를 내며 열린다. 식탁에 둘러앉은 사람들이 입을 모아 넬슨에게 인사를 건넨다. 하지만 넬슨은 부모를 찾아 계속 움직이다가 마침내 부엌에서 두 사람을 찾아낸다. "넬슨," 재니스가 말한다. "걱정했잖아."

아이는 숨을 몰아쉬고 있다. 몸이 힘들어서가 아니라 두려움 때문에 밭은 숨을 내쉬고 있다. 몸집이 작아 보이지만, 포도 색깔로 홀치기염색을 한 티셔츠 속의 몸은 근육질이다. 창문 안으로 기어들어오려고 옷을 차려입은 강도 같다. 하지만 여기 밝은 부엌 불빛 속에서 그만 들켜버렸다. 넬슨은 해리의 눈을 피한다. "아빠. 안 좋은 일이 좀 있었어요."

"차구나. 내 그럴 줄 알았다."

"네. 도요타에 흠집이 났어요."

"내 코로나 말이지? 흠집이 났다니, 그게 무슨 뜻이야?"

"다친 사람은 없어요. 너무 흥분하지 마세요."

"다른 차를 박기라도 한 거야?"

"아뇨, 그러니까 걱정 마세요. 소송을 당할 일은 없어요." 이렇게 확언하는 태도가 제 아버지를 경멸하는 듯하다.

"내 앞에서 건방지게 굴지 마."

"알았어요, 알았어요, 에이."

"네가 집까지 몰고 왔어?"

아이가 고개를 끄덕인다.

해리는 재니스에게 칼을 돌려주고 부엌을 나와 촛불을 켠 식탁에 남아 있는 사람들에게 간다. 장모가 상석에 앉아 있고, 멜러니는 그 옆에서 눈을 반짝이고 있고, 찰리는 멜러니 옆자리에 있다. 그의 사각형 커프스단추에 촛불 빛이 조금 반사된다. "다들 걱정 마세요. 그냥 좀 안 좋은 일이라고 넬슨이 말했으니까. 찰리, 내 대신 가서 양고기 좀 잘라주겠어? 난 가서 어떻게 된 건지 봐야겠어."

아이에게 손을 대고 싶다. 아이를 밀치고 싶은 건지 위로해주고 싶은 건지는 잘 모르겠다. 직접 손을 대면 어느 쪽인지 알 수 있을지도 모르지만, 넬슨은 제 아버지의 손끝에서 아슬아슬하게 벗어날 수 있는 거리를 유지하며 여름밤의 풍경 속으로 먼저 도망치듯 나간다. 가로등에 불이 들어와서 그 독을 품은 듯한 나트륨등의 불빛에 코로나의 토마토색이 악마처럼 보인다. 금속의 광채가 피를 빨리듯이 사라져버리고 속이 텅 빈 것 같은 검은색만 남았다. 넬슨이 서두르느라 불법으로 주차를 하는 바람에 운전석이 도로 턱 쪽으로 와 있다. 해리가 말한다.

"이쪽은 괜찮은 것 같은데."

"반대편이에요, 아빠." 넬슨이 설명한다. "빌리랑 같이 앨런빌에서 돌아오고 있었는데, 거기 바람 부는 뒷길에 빌리의 여자친구가 살거든요. 그런데 저녁식사에 늦을 것 같아서 내가 좀 빨리 달렸던 것 같아요. 잘 모르겠어요. 어차피 그런 뒷길에서는 빨리 달려봤자잖아요, 길이 너무 구불구불하니까요. 그런데 마멋인지 뭔지가 앞으로 불쑥 튀어나와서 그걸 피하려다가 길을 조금 벗어나는 바람에 뒤쪽이 전신주에 스쳤어요. 워낙 순식간의 일이라서 나도 믿을 수가 없더라고요."

래빗은 반대편으로 가서 무서운 가로등 불빛에 의지해 피해를 살피고 있다. 긁힌 자국은 뒷문 중간쯤에서 시작돼 점점 깊어지면서 기름 주입구 위를 지나간다. 전신주가 꼬리등과 작은 직사각형 모양의 차폭등에 닿을 무렵에는 차를 찢어발기는 데 거칠 것이 없었다. 투명한 플라스틱 커버가 크리스마스 선물포장처럼 갈기갈기 찢어졌고, 여러 색으로 표시된 예쁜 전선들이 몇 센티미터나 드러나 있다. 우레탄 범퍼, 아주 까맣고 단단하고 말쑥해서 해리가 차를 몰고 전시장으로 가서 **앵스트롬**이라고 새겨진 자리에 세우면서 차가 주차구획을 표시하는 콘크리트 경계석에 가볍게 닿을 때마다 살짝 관능적인 감각을 느끼게 해주었던 그 범퍼는 틀에서 빠져나와 있다. 우그러진 자국은 심지어 위로 들어올리게 돼 있는 뒷문까지 이어져, 다시는 그 문을 제대로 달 수 없을 것 같다.

넬슨은 계속 떠들어대고 있다. "빌리가 저기 웨스트브루어로 가는 다리 근처의 정비소에서 일하는 녀석을 아는데요, 그 녀석 말이 진짜 비싸게 바가지를 씌우는 곳에 가서 견적을 받은 다음 그걸로 보험처리를 해서 자기한테 돈을 주면 자기가 그보다 싼값으로 해주겠대요. 그러면 다들 이익을 나눠가질 수 있잖아요."

"이익이라." 해리는 멍하니 말을 되풀이한다.

차가 전신주와 부딪히며 움푹 파인 곳에 전신주의 못들이 긴 평행선처럼 찢어진 상처들을 만들어놓았다. 크롬과 고무로 된 옆줄은 뜯겨나와서 꺾여 있고, 눈썹처럼 살짝 튀어나온 후드에 덮여 있어서 일본인들의 깔끔함과 세심함에 감탄하게 만들었던 바퀴 소켓 뒤편에서는 옆줄 일부가 통째로 사라져서 작은 구멍들만 남아 있다. 살대가 많이 있는 휠캡조차 우그러지고 변색돼 있다. 마치 그의 옆구리에 상처가 난 듯하다. 이 사악한 불빛 속에서 자신도 공범이 된 범죄를 목격하고 있는 것 같은 기분이다.

"에이, 아빠." 넬슨이 말하고 있다. "이게 뭐 그리 큰일이라고 그러세요. 수리비를 내는 건 보험사지 아빠가 아니잖아요. 게다가 어차피 아빠는 거의 공짜나 다름없이 새 차를 살 수 있으면서 뭘 그래요? 회사에서 아빠한테는 엄청 할인해주지 않아요?"

"엄청나구나." 래빗이 말한다. "차를 끌고 나가서 엉망을 만들어버렸어. 내 코로나를."

"그러려고 그런 게 아니에요. 사고였다고요, 젠장. 그럼 내가 어떻게 할까요? 피오줌이라도 쌀까요? 무릎 꿇고 울어요?"

"그럴 필요 없다."

"아빠, 이건 그냥 물건이에요. 그런데 무슨 절친한 친구를 잃은 것처럼 구세요?"

산들바람이 두 사람에게 닿기에는 너무 높은 곳에서 나무 꼭대기의 이파리들을 헝클어뜨리고, 그 바람에 일그러진 금속 차체 위에 닿는 가로등 불빛이 부르르 몸을 떤다. 해리는 한숨을 내쉰다. "그래, 그 마멋은 어떻게 됐니?"

II

　폭동과 소문의 첫 주말이 지나고 나자 여름은 그다지 나쁘지 않게 흘러간다. 주유소 앞의 줄도 다시는 그렇게까지 길어지지 않는다. 스태브로스는 석유회사들이 원하던 대로 기름 가격이 정점에 올라섰기 때문에 정부가 그들에게 이제 그만 진정하지 않으면 추가 이윤에 대해 세금을 물리겠다고 했다고 말한다. 멜러니는 세상 사람들이 자전거를 타게 될 거라고 말한다. 붉은 중국이 이미 그렇게 하고 있는 것처럼. 멜러니 자신은 이미 웨이트리스 월급으로 12단 기어의 후지 자전거를 사서 화창한 날이면 밤색 곱슬머리를 휘날리며 페달을 밟아 산을 한 바퀴 돌고 내려온다. 시티뷰공원을 지나 브루어로. 7월 말이 다가올 무렵 일주일 동안 기록적인 더위가 몰려온다. 신문들은 온통 기온 통계와 20세기 초에 날씨가 너무 더워서 와이저광장의 전차 궤도가 휘어져버렸을 때의 흐릿한 사진들로 가득하다. 몸안에서도 옷을 향해 엄청난 열기가 비어져나온다. 다들 거기서 도망쳐 바닷가나 산속에서 또다른 자아를 찾고 싶어한다. 하지만 해리와 재니스는 8월이나 되어야 포코노스로 갈 것이다. 그곳에 스프링어 집안의 오두막이 있는데, 7월에는 다른 사람들에게 빌려주고 있다. 브루어 전역에서 에어컨들이 안뜰과 골목길에 물방울을 뚝뚝 떨어뜨린다.

그렇게 더운 날 오후에 코로나가 아직도 수리중이기 때문에 해리는 전시장에 보상판매로 들어온 카프리스 한 대를 빌려와서 남서쪽의 갈릴리로 차를 몬다. 둥글게 휘어진 도로를 따라 그는 사암 주택들, 옥수수밭, 시멘트 공장, 자연동굴의 위치를 알려주는 광고판(자연동굴 유행은 이미 한물간 것 아니었나?), 그리고 턱수염을 기른 아미시* 남자가 "진짜 네덜란드식 스뫼르고스브르드**"를 광고하는 모습을 크게 세워놓은 또다른 광고판을 지나간다. 갈릴리는 이른바 끈 마을이다. 산등성이에 집들이 끈처럼 길게 늘어서 있고, 한쪽 끝에는 사료 가게, 반대편 끝에는 트랙터 대리점이 있다. 중앙에는 나무로 지은 낡은 여관이 서 있는데, 이층은 깊숙한 포치에 완전히 둘러싸여 있고 일층에는 새로 개조한 식당이 있다. 식당 창문에는 볼티모어에서 버스를 타고 몰려오는 관광객들을 잡으려고 신용카드 스티커를 잔뜩 붙여두었는데, 대부분 흑인인 그 관광객들이 이 오지까지 와서 과연 무엇을 보려고 하는 것인지는 하느님만이 아실 것이다. 동네 젊은이들 한 무리

---

* 보수적인 개신교 교파. 문명의 이기를 거부하고 18세기나 19세기의 생활을 고집한다.
** 여러 가지 음식을 한꺼번에 차려놓고 원하는 만큼 덜어 먹는 스웨덴의 전통적인 식사 방법.

가 렉솔스 앞에서 빈둥거린다. 옛날에는 농촌에서 결코 볼 수 없었던 광경이다. 젊은이들은 이런저런 일을 하느라고 아주 바빴으니까. 돌을 깎아 만든 낡은 물통, 검은 래커를 칠한 노새 말뚝이 줄지어 늘어서 있는 모습, 번쩍이는 새 은행 건물, 해리가 도저히 의미를 알 수 없는 기념물이 서 있는 중앙분리대, 한 블록만 더 가면 들판과 맞닿아 길이 끝나버리는 골목길 쪽에 밝은 은색 글자로 **갈릴리**라고 써 붙인 작은 벽돌 건물 안의 우체국이 보인다. 우체국의 여직원은 해리에게 넌매처 농장이 R. D. 2에 있다고 말해준다. 그는 여직원이 이정표 삼아 알려준 것들, 즉 채소 노점상, 버드나무에 둘러싸인 연못, 길에 가까이 붙어 있는 이중 사일로 등을 통해 은은히 빛나는 초록색 식물이 빽빽하게 자라고 있는 붉은 흙의 풀밭 속에서 길을 찾아간다. 무자비한 풀들은 딱딱하게 굳고 침식된 길가의 흙조차도 가만히 내버려두지 않고 돗자리처럼 바닥에 깔린 살갈퀴와 인동덩굴, 그리고 덤불을 이룬 풀들을 감당하게 만들어, 거기서 증발한 수증기의 안개가 바람 한 점 없는 더운 공기를 가득 채운다. 카프리스의 창문은 활짝 열려 있고, 브루어의 디스코 방송국에서 틀어주는 음악은 지형과 전선 사정에 따라 지직거리며 흐릿해졌다가 다시 돌아오곤 한다. **넌매처**라는 이름이 낡아빠진 양철 우편함에 적힌 채 바래가고 있다. 집과 헛간이 긴 흙길을 따라 도로에서 한참 들어간 곳에 있다. 분홍빛 흙 속에는 갈색 돌들이 박혀 있다.

래빗의 심장이 뛰어오른다. 그는 도로를 천천히 달리며 이웃의 우편함들을 조사한다. 하지만 루스는 십여 년 전 브루어 시내에서 우연히 딱 한 번 만났을 때 자신의 남편 이름에 대해 아무런 힌트도 주지 않았고, 한 달 전 대리점에 왔던 그 아가씨는 대리점 장부에 이름을 쓰려

하지 않았다. 해리가 아는 것이라고는, 넌매처가 있는 동네가 자기 딸이 사는 곳이라는 것, 사실 그 아이가 정말 그의 딸인지 모르지만, 어쨌든 그 점 외에는 루스가 예전에 자기 남편이 농사를 지으면서 스쿨버스 업체도 운영하고 있다고 말했다는 점밖에 없다. 루스의 남편은 루스보다 나이가 많았으니 지금쯤은 죽었을 것 같다는 생각이 든다. 스쿨버스 업체는 없어졌을 것이다. 이쪽 길에 늘어선 우편함들에는 **블랭큰빌러, 무스, 바이어**라는 이름이 적혀 있다. 이 이름들을 나무 사이로 풀이 자라는 흙길 끝에 쑥 들어가 있는 건물들과 짝을 맞추기가 쉽지 않다. 빨간색 카프리스를 타고 이렇게 천천히 달리고 있는 자신의 모습이 너무 눈에 띄는 것 같다. 하지만 드넓은 풍경 속에 그를 지켜보는 사람의 모습은 전혀 보이지 않는다. 두터운 담으로 둘러싸인 집들이 주민들을 품고 있다. 아지랑이가 피어오르는 오후 날씨가 일하기에는 너무 덥기 때문이다. 해리는 아무 길이나 하나 골라서 차를 몰다가, 하도 차들이 많이 다녀서 바퀴자국이 난 건물들 사이의 공간을 돌아 나온다. 조금 아까 지나쳤던 우리 속의 돼지들이 코를 킁킁거리며 소란을 피워대고 앞치마를 걸친 뚱뚱한 여자가 집안에서 나온다. 루스보다 키가 작고, 지금의 루스보다 젊다. 검은 머리칼은 메노파* 신도들이 쓰는 모자 속으로 단단히 밀어넣었다. 해리는 손을 흔들어주고 계속 차를 몬다. 여기는 블랭큰빌러의 집이었다. 다시 도로로 나가면서 우편함을 확인하고 알게 된 사실이다.

나머지 두 집은 도로에 비교적 가까이 붙어 있어서 걸어가면 더 가

---

* 신교의 교파 중 하나. 아미시도 여기에 속한다.

까이 다가갈 수 있을 것 같다. 그는 다른 곳보다 갓길이 넓은 곳에 차를 세운다. 단단하게 다져진 땅에 트랙터의 타이어 자국이 헤링본 무늬처럼 나 있다. 차에서 내리자 블랭큰빌러의 돼지우리에서 나는 달짝지근하고 강렬한 악취가 멀리서 그를 맞이한다. 그리고 풍경 속에 밑칠처럼 깔려 있는 벌레들의 꾸준하고 단조로운 붕붕 소리가 마치 침묵처럼 그의 귓가에 자리를 잡는다. 한여름에 꽃을 피우는 잡초들, 데이지와 야생당근과 치커리가 길가에서 무성하게 자라며 길가로 펄쩍 뛰어 자리를 옮기는 그의 바짓자락을 두드린다. 베이지색 여름용 판매원 복장을 입은 그는 슈막,* 검은 고무나무, 야생 벚나무로 이루어진 산울타리 뒤를 기웃거린다. 울타리 위로 웃자란 옻나무 덩굴의 반짝이는 이파리들은 밸런타인데이 카드만하고 덩굴은 나무들의 목을 조르며 꼭대기까지 올라가 있다. 무너진 옛 돌담의 거친 사암조각들이 산울타리 안에 놓여 있지만 서로 겹쳐 있지는 않다. 바퀴 달린 탈것들이 지나다니는 틈새에 서서 그는 아래쪽에 모여 있는 건물들을 살핀다. 헛간과 집, 벽에 석면을 댄 닭장과 슬레이트로 벽을 지은 옥수수 창고는 둘 다 사용되지 않는 것 같고, 새것처럼 보이는 시멘트 블록 건물은 골판지 모양의 지붕 위에 파이버글라스가 덮여 있다. 일종의 차고 같다. 집의 지붕 위에는 초록색으로 녹이 슨 구리 피뢰침과 H자 모양의 텔레비전 안테나가 서 있다. 안테나는 여기까지 날아오는 전파를 잡기 위해 아주 높게 뻗어 있다. 해리는 그냥 주위를 살피면서 바로 옆의 풀이 무성한 언덕 위에 펼쳐진 넌매처와의 연관성을 알아볼 생각이었지만, 건

---

* 옻나무류.

178

물들 사이의 어디선가 부드럽게 짤랑거리는 소리가 들려오고 작은 수로의 잔물결이 아마도 예전에는 오리들이 살았을 것 같은 작은 연못으로 쏟아져나오고, 낡은 트랙터의 좌석과 차축이 무해하게 흩어져 있고, 장작더미와 깨끗한 잔디밭 사이 버려진 땅에 녹슨 쇠 여물통이 있는 모습이 음악처럼 그를 유혹한다. 그는 누가 다가와서 따져 물으면 뭐라고 할지 머릿속으로 열심히 변명을 짜낸다. 이 부드럽고 흐트러진 농장은 도움의 손길이 필요한 여자의 농장 같다. 터무니없는 기대감에 그의 심장이 뛰어올라 주위를 둘러싼 벌레들의 붕붕 소리와 보조를 맞춘다.

그때 그것이 보인다. 헛간 뒤에서. 한때는 공터였던 곳에 슈막과 삼나무를 필두로 숲이 야금야금 들어오고 있다. 거기에 노란색 껍데기만 남은 스쿨버스 한 대가 기울어져 있다. 바퀴와 창문은 사라져버렸고, 엔진덮개도 뜯겨나가 엔진이 있던 텅 빈 공간이 드러나 있다. 하지만 가라앉은 갈레온처럼 그것은 한때 제국이 존재했음을 보여준다. 버스 군단을 보유하고 있던 주인은 세상을 떠났고, 그의 미망인은 혼자서 사생아 딸을 키워야 했다. 래빗의 발아래에서 땅이 움직이는 것 같다. 죽은 자들의 지하세계에 또 한 명의 시민이 덧붙여졌기 때문에.

해리는 예전에 과수원이었던 곳에 서 있다. 지금도 뒤집힌 사과나무와 배나무가 텅 비어버린 몸통에서 새로운 싹들을 피워내고 있다. 햇빛이 이글거리지만, 과수원 풀밭의 물기가 그의 스웨이드 신발을 흠뻑 적신다. 몇 걸음만 더 나아가면 사방이 탁 트인 곳에 이르러 집안의 창가에서 그의 모습이 보일 것이다. 이제 집안에서 사람들의 목소리가 들려온다. 하지만 흐릿하고 꾸준하게 웅웅거리는 소리라 라디오나 텔레비전에서 나는 것 같다. 몇 걸음만 더 나아가면 그 목소리들을 알아들을 수 있을 것이다. 그리고 거기서 몇 걸음만 더 나아가면, 잔디밭에 서게 될 것이다. 그 옆에는 연한 파란색 홈이 길게 파인 기둥 위에 기우뚱하게 얹혀 있는 새의 목욕 쟁반이 있다. 일단 그곳에 서면 그는 용감하게 척척 걸어가 나지막한 시멘트 계단에 올라서서 문을 두드려야 할 것이다. 돌로 된 틀 속에 깊숙이 자리잡은 문은 초록색으로 칠해져 있는데, 색이 바래서 페인트를 새로 칠해야 할 것 같다. 누덕누덕한 조립식 지붕널에서부터 창에 드리워진 처량한 블라인드에 이르기까지 이 집은 빈곤의 피곤한 숨결을 내뿜고 있다.

만약 루스가 문을 열어준다면 뭐라고 해야 할까?

안녕, 당신은 날 기억하지 못할지도 모르지만……

세상에. 정말로 기억을 못했으면 좋겠네.

저기, 잠깐. 문 닫지 마. 내가 당신을 도와줄 수 있을지도 몰라.

당신이 날 어떻게 돕겠다는 거야? 꺼져. 하느님 앞에서 솔직히 말하는데, 래빗, 당신을 보기만 해도 속이 뒤집혀.

이젠 나도 돈이 있어.

필요 없어. 당신의 악취가 밴 물건이라면 뭐든 다 싫어. 나한테 당신이 필요할 때 당신은 도망쳤어.

알았어, 알았어. 하지만 지금 상황을 봐. 우리 딸도 있는데……

걔도 이제 다 자란 여자야. 예쁘지? 얼마나 대견한지 몰라.

나도 그래. 우리가 애들을 많이 낳았어야 하는 건데. 유전자가 아주 좋아.

웃기지 마. 난 여기서 이십 년 동안 살았어. 그동안 당신은 어디 있었어?

사실이다. 루스를 찾아보려면 찾을 수도 있었다. 그는 심지어 루스가 갈릴리 주위에 살고 있다는 것도 알고 있었다. 하지만 그는 찾아보지 않았다. 루스를 마주하고 싶지 않았다. 그녀와의 과거가 복잡하고 자신을 비난하는 것 같아서. 그는 자신이 해주던 썹에 만족하는 모습으로만, 하얀 알몸으로 팔꿈치를 괴고 그의 위에서 일어서던 모습으로만 그녀를 마음에 담고 싶었다. 스르르 잠들기 전에 루스는 그에게 물을 한 잔 가져다주었다. 그는 자신이 그녀를 사랑했는지 아닌지 알지 못하지만, 그녀와 함께 있을 때 사랑을 알았고, 지금 그의 무릎 근처에서 어른거리는 풀들이 훌륭한 씨앗을 품고 있는 것처럼 모든 순간에 솔직하고 들뜬 목적을 부여해주고 우리를 다시 아기로 만들어주는, 구름에 둘러싸인 것처럼 몽롱하게 자아가 부풀어오르는 느낌을 경험했다.

저 아래에서 문이 쾅 닫히는 소리가 난다. 그의 눈에는 보이지 않는 집 뒤편이다. 누군가가 애완동물에게 말을 걸 때처럼 높은 목소리로 말한다. 래빗은 너무 작아서 몸을 제대로 숨겨주지도 못하는 사과나무 묘목 뒤로 물러난다. 그가 없어도 꽃을 피웠고 사라진 에너지와 사라진 의미가 아직도 흐르고 있는 과거의 그 신비로운 가지에 더 가까이 다가가 보고 싶은 욕심에 그는 자신의 커다란 몸을 드러내 과녁이 되게 했다. 작은 묘목에 어찌나 바싹 붙었는지 그의 입술이 갈라진 가지 사이의 껍질에 닿는다. 일정한 간격을 두고 회색 가지를 어두운색으로 둥글게 감싼 거친 부분을 제외하면, 나무껍질은 유리처럼 매끄럽다. 기적 같은 일이다. 식물들이 항상 제 모습을 기억하고 그대로 자라난다는 것은. 뜻하지 않은 키스에 그의 입술이 움찔하며 물러난다. 깨알보다도 작은 빨간색 생물들(이제 보니 진딧물이다)이 그의 몸속으로 들어가 수를 불려갈 것이다.

"이봐요!" 누군가가 외친다. 여자의 목소리다. 젊고 겁에 질린 목소리가 공기 속에 가볍게 울린다. 이렇게 많은 세월이 흘렀는데 루스의 목소리가 아직도 저렇게 젊을까?

상대가 누군지 대면하는 대신 그는 도망친다. 과수원의 무성한 풀밭을 지나 늙은 과일나무들을 요리조리 피하면서 마치 저 들쭉날쭉한 산울타리 뒤편에 확실한 휴식이 기다리고 있는 것처럼 냅다 달린다. 빨간 트랙터 길에 올라서서 카프리스로 돌아온 그는 자기 나이를 실감하며, 달리는 중에 옷이 찢어지지는 않았는지 확인한다. 숨이 가쁘고, 손등은 나무딸기나 들장미 덤불에 긁힌 것 같다. 심장이 어찌나 요동치는지 열쇠를 구멍에 꽂을 수가 없다. 마침내 열쇠를 넣고 찰칵 돌리자 모터가 몇 번 붕붕거리더니 시동이 걸린다. 햇빛 속에서 기다리다가 과열된 상태다. "이봐요"라고 외치던 여자의 목소리가 그의 속귀에 아주 가볍게 걸려 있는 가운데 엔진이 규칙적인 리듬을 찾고, 그는 뒤를 쫓는 고함소리가 들리지 않는지, 심지어 총소리가 들리지 않는지 귀를 기울인다. 농부들은 모두 총을 갖고 있고, 총을 사용하는 것을 아무렇지도 않게 생각한다. 해리가 신문 〈배트〉의 식자를 담당했던 오랜 세월 동안 시골에서 섹스며 술이며 근친상간과 범벅이 된 살인사건이 신문에 실리지 않고 일주일이 그냥 지나는 경우는 거의 없었다.

하지만 갈릴리 일대의 시골풍경을 감싼 아지랑이는 그의 자동차 엔진소리 위에서 침묵을 지키고 있을 뿐이다. 그는 자기 모습을 금방 알아볼 수 있었던 건지 궁금해진다. 그동안 살이 많이 쪘는데도 루스가 알아보기에 무리가 없었든지, 아니면 한 달 전 딱 한 번 그를 본 딸이 알아본 건지도 모른다. 그들이 경찰에 이 사건을 신고하면서 그의 이름을 알려준다면 재니스의 귀에도 소식이 들어갈 것이고, 재니스는 해리가 그 여자아이를 찾으려고 기웃거리며 돌아다녔다는 사실에 난리를 피울 것이다. 로터리클럽에서도 그다지 좋게 받아들여지지 않을 것이다. 돌아가자. 돌아가야 한다. 다른 길로 갔다가는 길을 잃을까봐서 그는 그대로 차를 되돌려 온 길을 돌아간다. 우편함들이 지나간다. 그는 오리 연못이 있는 작고 헝클어진 계곡 아래쪽에서 자신이 엿보던 농장의 우편함이 **바이어**라는 이름이 적힌 파란색 우편함일 거라는 결론을 내린다. 올여름에 새로 칠한 하늘색 바탕에 꽃 한 송이가 판박이로 찍혀 있다. 젊은 여자가 할 만한 장식이다.

바이어. 루스 바이어. 제이미 넌매처는 그의 딸의 이름을 한 번도 부르지 않았다. 그건 래빗이 분명히 기억하고 있다.

어느 날 밤 그가 넬슨에게 묻는다. "멜러니는 어디 있니? 이번주에는 낮근무인 줄 알았는데."

"맞아요. 누구랑 나갔어요."

"그래? 데이트를 한다는 거야?"

필리스의 경기는 우천으로 취소되었고, 재니스와 장모는 이층에서 〈월튼네 사람들〉 재방송을 보고 있어서 그와 넬슨은 거실에 있다. 해리는 방금 도착한 〈컨슈머 리포트〉 8월호를 뒤적거리고 있고('머리 염색제는 안전한가?' '주행 테스트: 픽업트럭 6대' '2천 달러 장례식의 대안'), 아이는 대리점에 있는 프레드 스프링어의 옛 사무실, 그러니까 이제 해리의 것이 된 사무실에서 훔쳐온 책을 들여다보고 있다. 넬슨은 고개를 들지 않은 채 대답한다. "데이트라고 해도 될걸요. 그냥 나갔다 오겠다고 했어요."

"누구랑 같이 갔다며."

"네."

"넌 괜찮니? 멜러니가 다른 사람을 만나는 게?"

"그럼요. 아빠, 나 책 좀 읽을게요."

스리리버스 스타디움에서 열릴 예정이던 필리스와 파이리츠의 경기를 취소시킨 바로 그 비가 코먼웰스*를 가로질러 동쪽을 휩쓸며 여기 조지프 스트리트 89번지의 창문들을 두드린다. 이 집의 자랑인 너도밤나무의 낮게 퍼진 가지들 속으로도 후두두 떨어지고, 가끔은 지붕 위에서 천둥 같은 소리를 내기도 하고, 집 앞 포치 지붕에서 쏟아져내리기도 한다. "그 책 좀 보자." 해리가 간청하듯 말하며 바칼라운저에 푹 파묻힌 채로 긴 팔을 내민다. 넬슨은 짜증스러운 표정으로 책을 던져준다. 파올리에서 대리점을 경영하던 장인의 친구가 쓴, 작은 초록색의 자동차 판매 핸드북이다. 해리도 한두 번 이 책을 들여다본 적이 있다. 대개 필라델피아 지역에서 흔히 볼 수 있는, 화려하고 과장된 자기자랑이 대부분인 책이다. "이런 책은 너한테 별로 쓸모가 없어." 그가 넬슨에게 말한다.

"금융관계에 관해 좀 알고 싶어서 그래요." 넬슨이 말한다.

"그건 간단해. 새 차의 소유주는 은행이고, 중고차의 소유주는 대리

---

* 매사추세츠, 펜실베이니아, 버지니아, 켄터키주의 공식명칭에 들어가는 말.

점이야. 은행은 차가 메릴랜드를 떠날 때 중부 애틀랜틱 도요타에 돈을 지불하지. 제조사는 대리점이 부품값을 제때 지불하지 않을 경우에 대비해서 지불을 보류하는 제도가 있어. 그 돈은 일 년에 한 번씩 정산되는데, 솔직히 말해서 그 제도는 대리점의 이윤을 감소시키는 효과를 내. 대리점이 숫자를 따져가며 값을 깎아대는 재수 없는 손님을 만나는 경우에는 말이야. 도요타는 우리더러 모든 물건을 정가로 판매해야 한다고 강요하기 때문에 그쪽을 속여넘길 수 있는 여지는 별로 없어. 하지만 내 생각에는 대리점이 그 덕분에 골치 아픈 일들을 많이 줄일 수 있는 것 같아. 손님이 값이 마음에 안 든다면서 그냥 돌아갔다가 한 달 뒤에 다시 와보면 값이 300달러나 더 높아져 있거든. 요즘 엔화 가치가 그러니까 말이야. 하지만 은행과 관련해서 또하나 골치 아픈 일은, 손님이 우리가 주선한 은행, 대개는 브루어 트러스트로 손님들을 보내는데, 거기서 대출을 받을 경우야. 여기 이 잡지도 바로 지난 달에 대리점이 추천하는 은행으로 곧장 가지 말고 여러 곳에서 대출조건을 알아봐야 한다는 기사를 실었으니까. 하지만 시스템에 반항하는 건 사실 엄청 귀찮은 일이지. 그래 봤자 0.5퍼센트나 절약할까 말까 한데 말이야. 은행은 우리 몫에서 1퍼센트를 가져가. 손님이 대출금을 갚지 못하는 경우 차를 압류해 다시 팔 때 손실을 보전하기 위해서라지만, 사실은 리베이트야. 무슨 말인지 알겠어? 그런데 그건 왜 알고 싶다는 거야?"

"그냥 관심이 있어서요."

"할아버지가 살아 계실 때 관심을 보였어야 이런저런 얘기를 들었을 텐데. 네 할아버지는 이 헛소리를 전적으로 믿으셨어. 그래서 할아버지가 손님한테 차를 팔 때의 모습을 보면, 멍청한 손님이라면 자기가 프레드 할아버지한테서 대놓고 날강도 짓을 하는 것 같은 기분을 느낄 만했지. 사실은 거미줄처럼 복잡하게 얽힌 거래였는데 말이야. 네 할아버지는 도요타에서 프랜차이즈를 얻어내려고 그냥 잡초밭에 불과한 땅 6만 제곱피트를 무단으로 차지하고, 그곳에 추가로 정비 공간을 만들겠다면서 자기한테 은혜를 입은 적이 있는 건축업자를 시켜서 바닥을 깔고 단열도 안 된 벽을 세우게 했어. 그 정비소에서는 지금도 겨울에 불을 못 피워. 매니가 얼마나 투덜거리는지 몰라."

넬슨이 묻는다. "거기서 주행거리 장난도 쳤어요?"

"그런 말은 어디서 배웠니?"

"그 책에서요."

"글쎄……" 이건 생각만큼 나쁘지 않다는 생각이 들었다. 빗줄기가 지붕을 두드리는 가운데 아이와 차분하게 이야기를 하는 것. 아이가 책을 읽는 모습을 보고 자기가 왜 불안해지는지는 알 수 없다. 마치 아이가 뭔가 음모를 꾸미고 있기라도 한 것 같다. 사람들은 독서를 장려해야 한다고 말하지만, 왜 그래야 하는지 이유를 말하는 경우는 한 번도 없다. "주행거리를 속이는 게 중죄라는 건 너도 알 거다. 하지만 옛날에는 가끔 기술자가 어차피 일 때문에 대시보드 위에 올라가 있다가 주행거리계에 드라이버를 슬쩍 집어넣기도 했겠지. 중고차를 사는 사람들은 어차피 그게 도박이라는 걸 알고 있어. 아무 문제 없이 3만 킬로미터를 달린 차라 해도 더 달릴 수도 있고, 차를 산 다음날 실린더가 펑 하고 터져버릴 수도 있지. 그걸 누가 알겠니? 나도 낡아빠진 자동차가 새 차처럼 씽씽 달리는 놀라운 일을 직접 본 적이 있다. 폭스바겐

비틀은 절대 죽일 수 없는 차야. 차체가 완전히 녹슬어서 운전자 발밑으로 도로가 보일 만큼 헐어빠졌어도 엔진은 여전히 움직이니까." 그는 두툼한 초록색 책을 다시 던져준다. 넬슨은 단번에 책을 잡지 못하고 더듬거린다. 해리가 그에게 묻는다. "기분이 어떠냐? 여자친구가 다른 사람이랑 데이트를 하고 있는데."

"전에도 말했잖아요, 아빠, 걔는 내 여자친구가 아니라 그냥 친구예요. 이성은 친구가 될 수 없는 거예요?"

"시도해볼 수는 있겠지. 그럼 멜러니가 왜 널 따라서 여기까지 온 거냐?"

넬슨은 점점 참을성이 바닥나고 있지만, 해리는 계속 밀어붙여야 할 것 같다. 입을 다물고 있다가는 아무것도 알아내지 못할 것이다. 넬슨이 말한다. "멜러니는 콜로라도에서 내뺄 필요가 있었고, 나는 동부로 오는 길이었어요. 그래서 내가 할머니 집으로 갈 건데 거기 빈방이 아주 많다고 말한 거예요. 멜러니 때문에 곤란한 적은 없죠?"

"아냐, 멜러니 덕분에 네 할머니가 달라지셨는걸. 그런데 콜로라도에서 무슨 일이 있었기에 내뺄 필요가 있었다는 거야?"

"아, 뭐, 그런 거죠. 이상한 놈이 집적거리는 거요. 멜러니는 제정신을 잃고 싶지 않았고요."

빗소리가 얄팍한 창문에서 다시 강렬하게 주제음악을 연주한다. 래빗은 옛날부터 항상 이런 느낌이 좋았다. 비가 내릴 때 실내에 있는 느낌. 다락방의 지붕널과, 겨우 마분지 두께만한 유리창이 그를 비에 젖지 않게 지켜주는 느낌. 서로 닿을 듯하면서도 닿지 않는 것들.

해리가 조심스레 묻는다. "멜러니가 지금 만나러 간 남자가 누군지 아니?"

"그럼요, 아빠. 아빠도 아는 사람이에요."

"빌리 포스나트?"

"틀렸어요. 좀더 나이든 쪽으로 생각해보세요. 그리스 쪽으로."

"세상에. 설마. 그 늙은이 말이야?"

넬슨은 잔뜩 긴장한 표정으로 그를 바라본다. 적의로 온몸이 굳어 있다. 그는 웃지 않는다. 웃음거리가 생겼는데도. 그가 설명한다. "아저씨가 크레페하우스에 전화해서 멜러니한테 만나자고 했어요. 멜러니는 안 될 것도 없다고 생각했고요. 사실 이 동네는 진짜 지루하잖아요. 그냥 식사만 한 끼 하는 거예요. 아저씨랑 잠까지 같이 자겠다고 약속한 건 아니라고요. 아빠 세대의 문제는요, 생각이 항상 고정돼 있다는 거예요."

"찰리 스태브로스." 해리는 상황을 이해하려고 애쓰며 말한다. 넬슨은 생각이 상당히 열려 있는 것 같다. 래빗은 용기를 내서 말을 잇는다. "찰리가 한동안 네 엄마랑 만났던 건 너도 기억하잖아."

"기억하죠. 하지만 다른 식구들은 전부 잊어버린 모양이에요. 다들 이제는 아주 안락하게 사시는 것 같으니까."

"시대가 변했어. 우리가 그러면 안 된다는 거냐? 안락하게 살면 안 돼?"

넬슨은 이죽거리며 낡은 소파 속으로 더욱 깊숙이 몸을 파묻는다. "그러든 말든 난 상관없어요. 내 인생도 아닌데요, 뭐."

"옛날엔 네 인생이었어." 해리가 말한다. "너도 여기서 살았잖아. 너한테는 미안했다, 넬슨. 하지만 달리 어떻게 해야 할지 몰라서 그랬어.

그 가엾은 아이 질은……"

"아빠……"

"스키터가 죽었다, 그거 아니? 필라델피아에서 총에 맞아 죽었어. 누가 나한테 기사를 오려서 보냈더라."

"엄마가 편지로 알려줬어요. 놀랄 일도 아니죠. 스키터는 제정신이 아니었으니까."

"그래, 하지만 아니기도 했어. 스키터가 십 년 뒤에 죽을 거라고 말했던 거 기억나니? 스키터는 정말이지……"

"아빠, 그 얘기는 그만해요."

"그래. 괜찮지. 그러자."

빗소리. 몹시 달콤하고, 몹시 견고하다. 텃밭에서는 알풍뎅이가 구멍을 숭숭 뚫어놓은 콩 이파리와 양상추 밑의 흙에 아주 작은 딱지가 앉듯이 빗방울이 떨어져, 흙이 점점 검게 변하며 흠뻑 젖는다. 그 위의 이파리들은 이 빗방울의 비밀을 공유하면서 넓게 퍼져 있는 채소밭에서 번들거리며 빗방울을 뚝뚝 떨어뜨린다. 래빗은 넬슨의 그늘지고 고집스러운 얼굴을 살피다가 다시 잡지로 눈을 돌린다. 빵 네 쪽이 들어가는 토스터 중 최고는 빵을 넣는 구멍을 두 개씩 별도로 조작할 수 있는 버튼이라고 기사에 적혀 있다. 스태브로스와 멜러니라니, 믿을 수가 없다. 찰리는 멜러니의 스타일이 마음에 든다고 계속 말했었다.

빗소리에 추억을 떠올린 아버지의 말을 끊어버린 것이 미안한지 넬슨이 침묵을 깬다. "그건 그렇고, 거기서 찰리 아저씨의 직함은 뭐예요?"

"선임 판매원. 중고차 담당이야. 나는 새 차 담당이고. 뭐, 그런 셈이지. 사실 그렇게 명확히 구분해서 일을 하지는 않는다. 물론 제이크랑 루디도 같이 일을 하고." 그는 넬슨에게 제이크와 루디를 계속 상기시켜주고 싶다. 부잣집 아들이 아닌 그들은 열심히 일해서 돈을 번다.

"찰리 아저씨가 일을 잘하세요? 마음에 들어요?"

"당연하지. 찰리는 나보다 더 요령이 좋은걸. 이 카운티 사람들 절반은 찰리랑 아는 사이니까."

"그렇죠, 하지만 건강 말이에요. 찰리 아저씨가 에너지는 좀 있는 것 같아요?"

학생 같은 느낌이 조금 배어 있는 질문이다. 그는 넬슨에게 대학에 대해 많이 물어보지 않았다. 어쩌면 그런 얘기를 꺼내는 것이 넬슨과 통하는 길인지도 모른다. 주위에 여자들이 이렇게 많으니, 넬슨이 그를 피해 숨어버리는 건 너무나 쉬운 일이다. "에너지? 몸을 조심해야 하지만, 일은 반드시 해내. 요즘 사람들은 상대가 거칠게 나오는 걸 싫어하니까 말이지. 옛날에는 그런 일이 너무 많았다. 자동차 업계가 그랬어. 내가 보기에는 조금, 그걸 뭐라고 해야 하나, 느긋한 판매원을 사람들이 더 믿는 것 같더라. 난 찰리의 스타일도 괜찮아." 멜러니도 같은 생각인지 궁금하다. 지금 둘은 어디 있을까? 어디 식당 같은 데? 그는 멜러니의 얼굴을 그려본다. 마치 갑상선에 병이 난 환자처럼 튀어나온 밝은 눈, 항상 발갛게 연지를 칠한 것 같은 뺨. 후지 자전거를 사기 전에도 그 뺨은 힘들게 운동한 사람처럼 장밋빛이었다. 미소를 지을 때 멜러니의 젊은 얼굴은 탄탄하고 매끄럽다. 전형적인 사기꾼 같은 옆모습을 지닌 늙은 찰리 앞에서 멜러니가 계속 미소를 짓고, 찰리는 멜러니에게 수작을 건다. 그리고 나중에는 하반신의 그것, 지중해 타입답게 푸르스름한 갈색을 띤 그의 굵은 물건. 멜러니의 그곳 털도 머리카락처럼 곱슬거리는지 궁금하다. 거기에 그것이 들락거리는, 그런 일이 일어날 거라니 믿을 수가 없다. 다른 사람들은 여기 앉아서 빗소리를 듣고 있는데.

넬슨이 말하고 있다. "컨버터블로 어떻게 해볼 수 있지 않을까 생각 중이에요." 부끄러워서 자신 없이 망설이는 느낌이 무겁게 배어 있어서 단어들이 그의 얼굴에서 하나씩 차례로 뚝뚝 떨어져내려 그가 앉아 있는 낡은 회색 소파로 내려앉은 것 같다. 머리를 자른 모양이 꼭 사향쥐 같다.

"컨버터블? 어떻게 하다니?"

"아시잖아요, 아빠. 제가 꼭 말로 해야 돼요? 컨버터블을 사서 파는 거죠. 이제 디트로이트에서는 그런 차를 안 만드니까, 옛날 차들이 점점 가치가 높아지고 있다고요. 그러니까 엄마의 머스탱을 살 때 치른 값보다 더 벌 수 있어요."

"그전에 네가 먼저 차를 걸레처럼 만들지만 않는다면야."

이 말은 래빗이 원하는 효과를 낸다. "젠장." 아이가 아무 변명도 못하고 외치며 탈출구라도 찾는 것처럼 천장 구석구석으로 눈동자를 굴린다. "아빠의 그 소중한 코로나가 무슨 걸레가 됐다고 그래요? 그냥 좀 우그러졌을 뿐이지."

"아직도 정비소에 있잖아. 거참 거창하게도 우그러졌네."

"일부러 그런 게 아니잖아요, 젠장. 아빠, 그게 무슨 신의 전차라도 돼요? 늙으면서 사람이 너무 딱딱해졌어요."

"그래?" 해리는 진심으로 묻는다. 이것이 새로운 정보가 될지도 모른다는 생각이 든다.

"네. 아빠가 생각하는 거라고는 돈이랑 이런저런 물건들뿐이잖아요."

"그건 안 좋은 일이지?"

"그럼요."

"그래, 맞는 말이다. 자동차 얘기는 그만두자. 대학 얘기나 해봐."

"구역질나요." 이것이 곧장 튀어나온 대답이다. "지루해 죽겠어요. 십 년 전에 있었던 총격사건* 때문에 그 학교가 아주 급진적인 곳인 줄 아는데, 사실은 오하이오 애들이 대부분이라 걔들이 생각하는 근사한 일이라는 건 토할 때까지 맥주를 마시는 거랑 기숙사에서 면도크림으로 싸움을 벌이는 것밖에 없어요. 어차피 자기 아버지 사업을 물려받을 애들이 대부분이니 신경쓸 것도 없죠."

해리는 이 말을 무시하고 질문을 던진다. "너 혹시 파이어스톤** 공장에 가본 적 있니? 강철벨트 래디얼 500 타이어가 여기저기서 계속 터졌는데도 거기서는 그걸 계속 만들었다는 얘기가 신문에 자꾸 실리던데."

"당연하죠." 아이가 말한다. "모든 물건이 그런 식이에요. 미국 물건은 전부 다요."

"옛날에는 우리가 최고였는데." 해리가 자신과 넬슨의 의견이 완벽히 일치하는 땅을 찾으려는 듯이 먼 곳을 바라보며 말한다.

---

* 1970년 5월 4일에 오하이오주 켄트주립대학에서 오하이오 주방위군이 미국의 캄보디아 침공에 반대하는 시위를 벌이던 학생들에게 총을 발포해 학생 네 명이 죽고 아홉 명이 부상한 사건.
** 미국 타이어 제조 회사.

"그랬다고 하데요." 아이는 시선을 내려 책을 들여다본다.

"넬슨, 일자리 말인데, 세차랑 정비 쪽에 여름 동안 네 일자리를 마련해주겠다고 네 엄마한테 말했다. 매니랑 그 밑의 아이들이 일하는 걸 지켜보기만 해도 많은 걸 배울 수 있을 거야."

"아빠, 난 세차를 하기에는 나이가 너무 많아요. 그리고 그냥 여름 아르바이트를 구하는 게 아니라고요."

"이제 겨우 일 년만 더 다니면 되는데 대학을 그만두겠다는 거야?"

해리의 목소리가 커져서 아이는 놀란 표정이다. 아이는 입을 헤벌리고 아버지를 빤히 바라본다. 그 살짝 열린 검은 구멍과 두 눈을 합해 도합 세 개의 구멍이 멍한 얼굴에 뚫려 있다. 포치 지붕을 두드리는 빗소리가 도도하게 이어진다. 〈월튼네 사람들〉이 다 끝났는지 재니스와 장모가 울면서 내려온다. 재니스는 손가락으로 눈가를 훔치며 웃음을 터뜨린다. "정말 바보 같아, 이렇게 푹 빠져버리다니. 거기 나오는 배우들이 죄다 서로를 견딜 수 없을 만큼 싫어해서 결국 드라마가 종영됐다고 〈피플〉지에서 읽었으면서도."

"뭐, 재방송을 워낙 많이 하잖니." 장모는 이렇게 말하며 회색 소파에 넬슨과 나란히 털썩 주저앉는다. 마치 아래층까지 짧은 거리를 내려오는 것만으로도 다리가 지쳐버린 것처럼. "옛날에 본 건데도 여전히 사람을 푹 빠지게 만드는구나."

해리가 선언하듯 말한다. "얘 말이, 대학으로 돌아가지 않을지도 모른대요."

재니스는 캄파리를 조금 마시려고 부엌으로 막 걸어들어가려다가 그대로 얼어붙는다. 더위 때문에 재니스는 속옷 위에 속이 훤히 비치는 짧은 나이트가운만 입고 있다. "그거야 이미 알고 있었잖아, 해리."
재니스가 말한다.

빨간 비키니 같은 속옷. 그것이 해리의 눈에 들어온다. 나이트가운
에 가려져서 먼지가 낀 것처럼 흐릿한 분홍색으로 보인다. 지난주 더
위가 절정에 이르렀을 때, 재니스는 도리스 카우프만이 단골로 다니는
브루어의 남자 미용사에게 가서 머리를 잘랐다. 미용사는 목덜미가 드
러날 정도로 머리를 짧게 자르고, 앞머리는 뱅 스타일로 잘랐다. 해리
는 이 머리 모양에 아직 익숙하지 않다. 마치 낯선 여자가 거의 알몸이
나 다름없는 차림새로 집안을 어정거리며 돌아다니는 것 같다. 그는
거의 고함을 지르듯이 외친다. "그걸 내가 어떻게 알아? 지금까지 우
리가 교육비로 쏟아부은 돈은 어쩌고?"

"뭐……" 재니스가 몸을 흔들자 그녀의 몸이 나이트가운을 톡톡 두
드려댄다. "애가 이미 그 돈만큼 뭔가를 배웠을 수도 있잖아."

"정말 이해를 못하겠네. 틀림없이 뭔가 구린 냄새가 나. 애는 아무
설명도 없이 갑자기 집으로 돌아오질 않나, 애 여자친구는 찰리 스태
브로스랑 데이트를 하질 않나, 애는 여기 앉아서 나더러 찰리를 쫓아
내고 대신 자기를 그 자리에 앉혀달라고 슬쩍 속을 떠보질 않나."

"글쎄," 장모가 평화로운 표정으로 말한다. "넬슨도 이젠 성인이 됐
지. 프레드도 자네한테 자리를 마련해줬잖아, 해리. 만약 프레드가 아
직 살아 있었으면 틀림없이 넬슨의 자리도 마련해줬을 거야."

식당 찬장 위에서 죽은 프레드 스프링어가 아련한 눈빛으로 빗소리
에 귀를 기울이고 있다.

"그렇다고 애를 꼭대기 자리에 앉히지는 않았을 거예요." 해리가 말

한다. "몇 학점만 더 따면 졸업할 수 있는데도 대학을 그만둔 녀석한테 그렇게 해주지는 않았을 거라고요."

"해리." 장모가 말한다. 텔레비전 드라마가 마리화나 같은 효과라도 낸 건지 차분하고 달콤한 목소리다. "프레드가 자네를 받아들였을 때도 자네를 보면서 가망이 없다고 생각한 사람들이 있었어. 그때 프레드를 말린 사람이 한두 명이 아냐."

저멀리 시골의 땅 밑에서 늙은 농부 바이어가 빗속에 썩어가는 자신의 스쿨버스들 때문에 슬퍼하고 있다.

"저는 그때 아무 잘못도 없이 일자리를 잃은 마흔 살의 남자였어요. 저는 라이노타이프의 시대가 끝날 때까지 줄곧 앉아서 그 일을 했다고요."

"당신 아버지 직장에서 일한 거잖아." 재니스가 말한다. "넬슨도 지금 그렇게 하게 해달라는 거고."

"알았어, 알았다고." 해리는 고함을 지른다. "대학을 졸업한 뒤에 그렇게 하고 싶다면 해주지. 하지만 솔직히 난 이 녀석이 더 많은 걸 원하기를 바랐어. 게다가 왜 이렇게 서두르는데? 도대체 집에는 왜 돌아온 거야? 내가 저 녀석 나이에 콜로라도주 같은 데 갈 수 있을 만큼 운이 좋았다면, 하다못해 여름이 끝날 때까지만이라도 줄곧 거기 있었을 거야."

재니스가 담배를 한 모금 빤다. 그 모습이 얼마나 섹시한지 재니스 본인은 모를 것이다. "당신은 왜 아들이 집에 오는 걸 그렇게 싫어해?"

"집에 있기에는 너무 커버렸잖아! 뭘 피해서 집으로 도망친 거야?" 사람들의 표정을 보니 그가 정곡을 찌른 것 같지만, 그게 무엇인지 그는 알 수 없다. 굳이 알아내야 하는 건지도 확신할 수 없다. 대답 대신 이어진 침묵 속에서 그는 다시 빗소리에 귀를 기울인다. 램프로 불을 밝힌 그들의 영역 가장자리에서 부드럽고 고집스럽게 계속 이어지는 소리. 누구도 막을 수 없는 수백만 개의 작은 미사일들이 그들의 집을 두드리고 사물의 표면에 개울을 이루며 흘러내린다. 스키터, 질, 그리고 켄트주립대학의 총격사건에서 죽은 네 명이 저 바깥의 어딘가에 바싹 말라 있다.

"됐어요." 넬슨이 일어나면서 말한다. "이 인간하고 같이 일할 생각 없어요."

"쟤는 또 왜 저렇게 못되게 구는 거야?" 해리가 두 여자에게 가련하게 말한다. "우리가 찰리를 해고하고 저애한테 컨버터블 행상을 맡겨야 할 이유를 모르겠다고 했을 뿐이야. 나중에 때가 되면 당연히 그렇게 해야겠지. 잘하면 1980년쯤에. 지휘봉을 잡아라, 젊은 아메리카여. 날 먹어치워라. 하지만 뭐든 한 번에 하나씩 찬찬히 해야 하는 법이야. 시간은 차고 넘칠 만큼 많다고."

"그래?" 재니스의 목소리가 이상하다. 뭔가를 알고 있음이 분명하다. 계집들은 항상 뭔가를 알고 있다.

그는 고개를 돌려 재니스를 똑바로 바라본다. "당신 말이야. 최소한 당신만은 찰리한테 의리를 지킬 줄 알았어."

"내 아들보다 찰리한테 더 의리를 지키라고?"

"잘 들어. 내 말 잘 들으라고. 찰리가 떠나면, 나도 그만둘 거야." 그는 일어나려고 애쓰지만, 바칼라운저가 끈적거리는 손으로 그를 붙들고 있는 것 같다.

"와, 와, 만세." 넬슨이 출입문 안쪽의 나뭇가지 모양 옷걸이에서 제 데님 재킷을 홱 벗겨내 어깻짓으로 입으며 말한다. 곱사등이처럼 등이 구부정하고 비열해 보인다. 물에 빠져 죽으려고 나가는 쥐새끼 같다.

"이제 머스탱을 걸레로 만들려고 나가는 모양이네." 해리는 몸부림을 친 끝에 간신히 일어선다. 방안의 모든 사람보다 그의 키가 크다.

장모가 양손 손바닥으로 자기 무릎을 찰싹 친다. "아이고 기분 망쳤네. 난 물을 끓여서 차나 한 잔 마셔야겠다. 습기 때문에 내 관절에 악마가 들어온 것 같아."

재니스가 말한다. "해리, 넬슨한테 상냥하게 잘 자라고 인사해."

해리는 반박한다. "저 녀석도 나한테 상냥하게 안녕히 주무시라는 말 안 했어. 저 녀석한테 좋은 말로 대학 이야기를 하려고 했는데, 꼭 생니를 뽑는 것 같았다고. 도대체 왜들 그렇게 비밀이 많아? 이젠 저 녀석 전공이 뭔지도 모르겠어. 처음에는 의예과라더니 화학이 너무 어렵다고 인류학과로 바꿨고, 거기는 또 암기할 게 너무 많다고 했잖아. 지난번에 듣기로는 사회과학 쪽으로 전공을 바꿨다고 했는데, 이젠 그쪽에는 죄다 헛소리뿐이라니."

"내 전공은 지리학이에요." 넬슨이 문 옆에서 불안한 표정으로 말한다. 언제든 도망칠 수 있게 긴장하고 있다.

"지리! 그건 초등학교 3학년 때 배우는 거잖아! 어른이 지리를 공부한다는 말은 들어본 적도 없어."

"그쪽에서는 그게 아주 전문 분야인 것 같던데." 재니스가 말한다.

"그 사람들이 하루종일 하는 일이 뭔데? 지도에 색칠이라도 하나?"

"엄마, 난 그만 나가봐야 돼요. 자동차 열쇠 어디 있어요?"

"내 비옷 주머니를 봐."

해리는 넬슨을 공격하는 것을 멈출 수 없다. "이 동네 도로들은 젖으면 미끄럽다는 걸 명심해. 길을 잃으면, 네 지리 교수한테 전화하면 되겠다."

"찰리 아저씨가 멜러니랑 데이트를 하는 게 기분 나쁜 거죠?" 넬슨이 말한다.

"그럴 리가 있나. 내가 기분 나쁜 건, 네가 기분 나빠하지 않는다는 거야."

"난 동성애자예요." 넬슨이 말한다.

"재니스, 내가 뭘 잘못했기에 애한테 이런 말을 들어야 돼?"

재니스는 한숨을 내쉰다. "에휴, 난 당신이 아는 줄 알았는데."

과거의 잘못을 이런 식으로 암시하는 말에는 이제 싫증이 난다. "내가 저애를 키웠어. 안 그래? 당신이 남자들이랑 노닥거리며 돌아다니는 동안에 아침마다 저애한테 시리얼을 챙겨 먹이고 학교에 보낸 사람이 누구야?"

"우리 아빠시죠." 넬슨이 점잔을 빼는 것 같지만 사실은 앙심을 품은 목소리로 말한다.

재니스가 끼어든다. "넬리, 나갈 거라면서 얼른 나가지 그러니? 열쇠는 찾았어?"

아이가 열쇠를 공중에서 흔들어 보인다.

"당신은 지금 자동차를 자살시키고 있는 거야." 래빗이 재니스에게 말한다. "저애는 자동차 살해범이라고."

"그냥 좀 우그러졌을 뿐이잖아요." 넬슨이 천장을 향해 소리친다.

"그런데 그걸 갖고 날 아주 잡으려고 들어요." 비의 향기가 선뜩한 바람처럼 들어오더니 문이 쾅 닫힌다.

"누구 차 마실 사람?" 장모가 부엌에서 소리친다. 두 사람은 장모에게 간다. 지나치게 많은 가구가 꽉꽉 들어찬 거실에서 깨끗하게 에나멜이 칠해진 부엌으로 들어가니 세상을 보는 눈이 밝아진 것 같다. "해리, 애한테 너무 그렇게 엄하게 굴지 마." 장모가 충고한다. "걔도 머리가 복잡할 거야."

"왜요?" 해리가 날카롭게 묻는다.

"아," 장모는 여전히 달콤한 목소리로 월튼네 사람들처럼 위로를 늘어놓는다. "젊은 애들이 다 그렇지 뭐."

재니스는 속옷을 입기는 했지만, 브래지어는 하지 않아서 밝은 불빛 속에서 나이트가운 속의 젖꼭지가 드러난다. 원래 분홍색이지만 지금은 포도주색에 가까운 짙은 색이다. 재니스가 말하고 있다. "힘든 나이야. 선택의 여지가 아주 많은 것 같지만 사실은 그렇지도 않아. 어렸을 때부터 텔레비전을 보면서 원하는 건 많아졌는데, 정작 스무 살이 되면 돈을 구하는 게 그리 쉽지 않다는 걸 깨닫게 되니까. 요즘 애들은 옛날 우리만큼도 기회가 없어."

이건 재니스답지 않은 말이다. "누구한테서 들은 소리야?" 해리는 경멸이 섞인 목소리로 묻는다.

재니스는 이제 옛날만큼 쉽게 물러서지 않는다. 그녀는 손가락을 갈퀴처럼 만들어 뱅 스타일의 앞머리를 깔끔하게 빗어내리고는 대답한다. "클럽의 여자들한테서. 그 여자들 애들도 집으로 돌아왔는데 뭘 어떻게 해야 할지 모르고 있대. 이젠 그런 현상에 이름도 붙었어. 둥지회

귀 뭐라던데."

"신드롬." 그가 말한다. 문득 다른 생각이 떠오른다. 그와 아버지와 어머니는 가끔 밈을 재운 뒤에 지금처럼 부엌 식탁에 둘러앉곤 했다. 차를 마시지는 않더라도 시리얼이나 코코아를 앞에 두고서. 그는 이제 애처로운 표정으로 아내에게 호소를 해봐도 될 것 같다. "그 녀석이 나한테 도와달라고 말하기만 했으면 내가 도와줬을 거야. 그런데 그 녀석이 부탁을 안 하잖아. 부탁도 안 하고 가져가려고만 해."

"그런 게 바로 인간 본성이지." 장모가 말한다. 멋지게 꾸민 목소리로. 차 맛이 만족스러운 모양이다. 장모는 마치 결론을 내리듯이 말을 덧붙인다. "넬슨은 다정한 구석이 많은 애야. 지금은 그냥 조금 당황했을 뿐이야."

"누구는 안 그래요?" 해리가 묻는다.

빗소리가 그의 성욕을 자극했는지 침대에 든 뒤 그는 사랑을 나누자고 고집을 부린다. 하지만 처음에 재니스는 달갑지 않은 기색이다. "목욕도 안 했어." 재니스가 말한다. 하지만 재니스에게서는 훌륭한 냄새가 난다. 뿌리를 보호하려고 덮어놓은 귀한 지푸라기가 썩어가면서 바닥에 깔린 양치류 식물들 밑으로 깊이, 깊이 가라앉을 때 나는, 깊은 정글의 냄새. 그 향긋한 냄새 속에 얼굴을 박고 싶어서 안달이 난 그가 도무지 포기하려 하질 않자 차갑고 황량한 분노에 사로잡힌 그녀가 전투를 하듯이 다가와 자신의 엉덩이를 위로 밀어붙이며 그의 얼굴에 클리토리스를 비벼대더니 그의 몸 아래에서 그가 자신의 몸안에 들어와 끝을 볼 수 있게 해준다. 지쳐서 멍하니 누운 채 그는 다시 빗소리에 귀를 기울인다. 유리창에 부딪히는 빗소리의 리듬이 가끔 빨라져서 금속성으로 변하곤 한다. 물줄기들이 비틀린 모습으로 흘러내리는 철제 홈통 속의 욱신거리는 소리보다 더 빠르다.

"난 넬슨이 집에 와 있는 게 좋아." 해리가 아내에게 말한다. "적이 옆에 있는 건 정말 좋은 일이야. 감각을 날카롭게 다듬어주거든."

창문 너머에서 마치 속삭이듯이, 하지만 한편으로는 또 두 사람이 나무 그늘 밑에 들어가 있는 게 아닌가 싶을 만큼 아주 가까이에서 너도밤나무가 이파리에서 이파리로, 선반이나 계단 모양으로 끊임없이 뚝뚝 떨어지는 비를 받아들인다.

"넬슨은 당신의 적이 아니야. 당신 아들이고, 비록 말로 표현은 못 하지만 그 어느 때보다 당신을 필요로 하고 있어."

그에게 비는 하느님이 존재한다는 마지막 증거다. "내가 모르는 뭔가가 있다는 느낌이 들어." 그가 말한다.

재니스가 인정한다. "맞아."

"그게 뭔데?" 하지만 재니스가 아무 대답을 안 하자 해리가 묻는다. "당신이 그걸 어떻게 알아?"

"어머니와 멜러니가 그런 얘기를 한 적이 있어."

"얼마나 안 좋은 거야? 마약이야?"

"세상에, 해리, 아냐." 재니스는 어쩔 수 없다는 듯 그를 끌어안는다. 그의 무지 때문에 그가 아주 약하게 보인 모양이다. "그런 거 아냐. 넬슨은 당신이랑 비슷해. 속을 들여다보면 그래. 넬슨은 자신을 순수하게 지키고 싶어해."

"그럼 도대체 뭐가 문제야? 왜 나한테 말을 못해?"

재니스는 다시 그를 끌어안고는 가볍게 웃음을 터뜨린다. "그거야 당신은 스프링어 집안 사람이 아니니까."

재니스가 살짝 거친 숨소리를 고르게 내쉬며 잠에 빠져든 지 한참이 지났는데도 그는 여전히 깨어서 빗소리를 듣고 있다. 이걸 놓아버리고 싶지 않다. 이 생명의 소리. 꼭 스프링어 집안 사람들만 비밀을 가질 수 있는 건 아니다. 그 코롤라의 뒷좌석으로 들어오는 빛에 아주 연하게 보이던 파란 눈. 재니스의 맛이 아직도 그의 입술에 남아 있어서 우유를 먹는 게 별로 좋을 것 같지 않다. 그가 그렇게 말똥말똥 누워 있는 동안 밖에서 차가 멈추는 소리, 출입문이 열리는 소리가 두 번 들린다. 첫번째에는 엔진소리가 조용하고 포치를 밟는 발소리가 가벼운 것으로 보아 스태브로스가 멜러니를 바래다준 것 같다. 두번째는 첫번째로부터 몇 분 지나지 않은 때였는데, 엔진이 야만스럽게 붕붕거리다가 꺼지고 발소리가 크고 도전적인 것으로 보아 넬슨이 틀림없다. 제가 감당할 수도 없을 만큼 맥주를 많이 마셨을 것이다. 이 두번째 자동차 소리를 둘러싼 주변의 소리들을 통해 래빗은 비가 점점 가늘어지고 있는 것 같다고 추측한다. 그는 젊은 발소리들이 이층으로 올라오기를 기다리지만, 한 사람이 다른 사람을 부엌에서 붙잡은 것 같다. 멜러니가 부엌에서 밤참을 먹고 있었을 것이다. 채식주의자들은 항상 배가 고파 보인다. 아무리 먹고 또 먹어도 원하는 음식을 찾을 수 없다. 이런 말을 전에 어디서 들었더라? 토세로. 말년에 그는 아주 늙어 보였지만, 지금의 해리와 비교하면 나이 차이가 얼마나 됐을까? 넬슨과 멜러니는 계속 부엌에서 이야기를 나눈다. 결국은 엿듣는 사람이 지쳐서 항복해버린다. 꿈속에서 해리는 대리점에서 전화기를 붙들고 아들에게 악을 써대고 있다. 입을 아주 크게 벌리고 있어서 치과의사의 차트에 마치 고함을 지를 때처럼 활짝 벌린 모습으로 그려진 치아 모양같이 자신의 이가 전부 보이는데도 소리는 전혀 나오지 않는다. 턱과 눈은 벌어진 채로 얼어붙어버린 것 같다. 잠에서 깨고 보니 아무래도 그는 비가 그친 뒤 굶주린 듯이 쏟아져들어오고 있는 아침해를 흉내내고 있었던 것 같다.

스프링어 모터스의 진열창을 청소한 지 얼마 되지 않았다. 해리는 가만히 서서 여기가 에어컨이 켜진 실외인가 싶을 만큼 먼지 한 톨 없는 진열창을 통해 밖을 내다보고 있다. 간밤의 비로 깨끗하게 씻긴 세상에는 비 웅덩이가 여기저기 남아 있고, 처크 왜건 뒤쪽, 111번 도로 건너편의 초록색 나무들은 왠지 지쳐 보인다. 죽어가는 가지들이 북적북적 모여 있는 나무 꼭대기에는 죽은 이파리나 노랗게 변한 이파리가 여기저기 보인다. 오늘은 평일이라 차들이 신나게 지나간다. 카터는 엄청난 이윤을 거둬들이고 있는 석유회사들에 초과이득세를 물리겠다고 계속 말하고 있지만, 그런 일이 실제로 벌어지지는 않을 것 같은 느낌이 든다. 카터는 아주 영리한 사람이고 기도도 엄청 많이 하지만 그의 재능은 많은 일들이 실제로 벌어지는 것을 막는, 그 옛날 아이젠하워식 재능인 것 같다. 그래서 매일 조금씩 스미듯이 일이 진행될 뿐이다.

찰리는 젊은 흑인 커플과 함께 보상판매로 받은 자동차의 판매계약을 마무리하고 있다. 극심한 경쟁 사회의 흐름에 워낙 뒤처진 나머지 이제는 세월이 변해서 석유가 점점 부족해지고 있으며 재봉틀 모터를 단 외국 수입차에 돈을 쓰는 것이 현명하다는 사실을 모르는 착한 사람들에게 8기통짜리 73년식 뷰익을 3천에 넘길 것이다. 그 부부는 심지어 여기 나오려고 일부러 옷을 차려입기까지 했다. 아내는 치마가 짧아서 구식으로 보이는 라벤더색 정장을 입었는데, 앙상한 안짱다리의 종아리가 높고 단단하게 자리잡고 있다. 그들의 모습은 정말로 우리와 다르다. 옛날에 스키터는 그들이 최신 디자인이라고 말하곤 했다. 아직 물에 젖어 반짝이는 아스팔트 위에서 햇빛을 듬뿍 받아 번쩍거리는 낡은 뷰익 주위를 돌아다니며 좋아 어쩔 줄 모르는 여자의 엉덩이도 종아리처럼 높고 단단하다. 아름다운 모습. 과거 속에서 튀어나온 모습이다. 그런데도 어젯밤 잠을 제대로 자지 못해 시큼하고 불편한 해리의 위장은 나아지지 않는다. 찰리가 뭐라고 말하자 두 사람 모두 허리를 꺾으며 웃음을 터뜨리더니 그 구식 기계를 몰고 떠난다. 찰리가 시원한 전시장 구석에 있는 자기 자리로 돌아오자 해리가 그에게 다가간다.

"어젯밤에 멜러니를 잘 찔러봤어?" 그는 이죽거리는 것처럼 보이지 않으려고 애쓴다.

"좋은 애야." 찰리는 계속 펜을 놀린다. "아주 솔직해."

해리의 목소리가 분노로 높아진다. "솔직하다니 뭐가? 내 눈에는 머리가 이상한 애 같구먼."

"아냐, 챔프. 생각이 멀쩡해. 사람들이 걱정하는 여자들 있지? 모든 걸 너무 분명하게 보기 때문에 결코 마음 편히 있을 수 없는 여자들. 걔가 그래."

"걔가 자네랑 편하게 터놓지 않았다는 말이네."

"나도 그런 걸 기대하지는 않았어. 이 나이에…… 그런 걸 누가 원해?"

"나보다 젊잖아."

"마음은 안 그래. 챔프는 지금도 새로운 걸 배우고 있잖아."

초등학교 때와 같다. 사방에 비밀이 있어서 그것이 복도 여기저기서 깜박거리며 쉬는 시간에 운동장을 구르는 공처럼 여기저기 부딪혀 튕겨나오는 것 같다. 그는 그 공을 잡을 수 없다. 여자애들이 그를 막는데, 동작이 너무 빠르다. "그애가 넬슨 얘기를 해?"

"상당히 많이."

"그 둘이 어떤 사이 같아?"

"그냥 친구 같아."

"이젠 둘이 같이 잔다는 생각이 안 들어?"

찰리는 일을 포기하고 책상을 양손으로 찰싹 치며 몸을 뒤로 빼서 서류에서 멀어진다. "젠장, 그애들이 어떤 식으로 사귀고 있는지는 나도 몰라. 우리 시대에는 상대와 같이 잘 게 아니라면 다른 상대를 찾아 떠났어. 그런데 요즘 애들은 다른 모양이지. 우리처럼 해치우고 싶어하지 않아. 만약 둘이 같이 자고 있다 해도, 그애가 말하는 태도로 보면 그냥 잠들기 전에 테디베어를 껴안는 거랑 같은 수준이야."

"걔가 넬슨을 그렇게 보고 있다고? 유치하기는."

"멜러니라면 약하다고 표현했을걸."

해리가 말한다. "뭔가 아귀가 안 맞아. 어젯밤 재니스가 넌지시 암시한 게 있어."

스태브로스는 조심스레 어깨를 으쓱한다. "콜로라도에서 무슨 일이 있었나보지."

"걔가 뭔가 구체적인 얘기 안 했어?"

스태브로스는 집게손가락으로 호박색 안경을 밀어올리며 잠시 생각에 잠기더니 그 손가락을 콧잔등에 댄다. "아니."

해리는 노골적으로 투덜거리는 방법을 시도한다. "그 녀석이 원하는 게 뭔지 모르겠어."

"진짜 세상에서 인생을 시작하고 싶은 거지. 여기 들어오고 싶어하는 것 같아."

"그건 나도 알아. 내가 그걸 원치 않는 거지. 걔랑 같이 있으면 내가 불편해. 그 뚱한 얼굴로 차를 잘도 팔……"

"사하라에서 콜라를 파는 것도 불가능하겠지." 찰리가 대신 말을 맺는다. "그렇다 해도 그 녀석은 프레드 스프링어의 손자야. 엔고나키*라고."

"그래, 재니스랑 장모가 같이 날 밀어대고 있지. 일전에 우리집에 왔을 때 자네도 봤잖아. 아주 미치겠다고. 여기는 지금 훌륭하게 균형이 잡혀 있는데 말이야. 7월에 우리가 차를 몇 대나 팔았지?"

스태브로스는 팔꿈치 아래의 종이를 확인한다. "29대. 굉장하지. 중고차 13대, 새 차 16대야. 그 셀리카 GT 세 대를 각각 1만에 판 것까지 포함해서. 난 그 차는 안 팔릴 줄 알았어. 디트로이트에서 작은 스포츠카들을 반값에 내놓고 있으니 말이야. 일본 놈들은 진짜 시장조사를 잘해."

---

* 그리스어로 '귀여운 손주'라는 뜻.

"그러니까 넬슨 녀석은 안 돼. 어차피 여름은 이제 한 달밖에 안 남았다고. 정비 쪽 일은 못하겠다고 투정을 부리는 응석받이 녀석 때문에 제이크와 루디를 내보내서 일을 망칠 이유가 없잖아. 정비 쪽이라 해도 손을 더럽힐 필요조차 없을 텐데. 녀석을 부품 쪽으로 보내면 되니까."

스태브로스가 말한다. "여기 전시장에서 그냥 월급제로 쓰면 되잖아. 내가 녀석을 맡을게."

찰리는 자신이 밀려날 지경이라는 사실을 모르는 것 같다. 사람이 누군가를 옹호하고 지켜줘도, 결국 그러는 동안 그 누군가에게 밀려나고 만다. 그래도 찰리가 문제가 뭔지 전혀 모르는 건 아니다. "챔프는 사위니까 아무도 손을 못 대지. 하지만 나는 노부인하고 이어져 있을 뿐이야. 그것도 그냥 감상적인 수준이고. 노부인이 나를 좋아하는 건 나를 보면 프레드 사장님과 좋았던 옛 시절이 생각나기 때문이야. 감상은 피를 못 이겨. 난 지금 강하게 버틸 입장이 못 된다고. 그러니까 그 사람들한테 이길 자신이 없으면, 그냥 그쪽이랑 한편이 돼. 게다가 내가 그 녀석이랑 이야기를 해서 뭔가 해줄 수 있을 것 같아. 걱정 마, 그 녀석이 이 일을 오래 할 것 같지는 않으니까. 성격이 진득하지 못하잖아. 제 아버지랑 아주 많이 닮았어."

"난 어디가 닮은 건지 모르겠는데." 해리가 말한다. 하지만 기분은 좋다.

"챔프는 모르겠지. 잘은 모르겠지만, 요새는 쉽지 않은 것 같아. 아버지 노릇이라는 게. 내가 어렸을 때는 간단해 보였는데. 애한테 할일을 일러준 뒤에 애가 그 일을 하지 않으면 한 대 패주면 되니까. 내가 생각한 게 있는데, 챔프랑 잰이랑 노부인이 포코노스로 휴가를 갈 때 넬슨도 같이 갈 예정이야?"

"식구들이 물어봤는데, 녀석은 그다지 내키지 않는 표정이었어. 어렸을 때 거기 가면 녀석 혼자 항상 외로웠거든. 젠장, 그 좁은 데서 지옥 같을 거야. 집에서도 어느 방이든 들어갈 때마다 맥주를 들고 앉아 있는 녀석이랑 자꾸 마주치는데."

"그렇지. 그럼 녀석한테 양복이랑 넥타이를 사주고 이리 오라고 하는 게 어때? 최저임금만 주고, 판매수당 같은 건 주지 마. 걔가 챔프의 신경을 긁는 일도 없을 거고, 챔프가 걔의 신경을 긁는 일도 없을 거야."

"내가 왜 그 녀석 신경을 긁어? 그 녀석이 날 뭣같이 보는데. 노상 차를 끌고 나갈 뿐만 아니라, 나한테 죄책감까지 심어주려고 하는 녀석이야."

찰리는 이 말에 아무 대꾸도 하지 않는다. 그렇게 체면을 세워주기에는 그가 아는 것이 너무 많다.

해리도 인정한다. "뭐, 그것도 좋은 생각이긴 해. 그러고 나면 녀석이 대학으로 돌아갈까?"

찰리는 어깨를 으쓱한다. "그러길 바라야지. 챔프가 그걸로 녀석하고 협상을 하면 어때?"

곱슬머리에 덮여 있는 찰리의 연약한 두개골을 내려다보면서 래빗은 자기 배를 의식하지 않을 수 없다. 양복을 압박하며 넓게 능선을 이룬 배. 세월은 그를 1인분 하고도 절반의 몸무게로 만들었지만, 한때 튼튼했던 찰리에게서는 조금씩 살을 떼어갔다. 그가 그에게 묻는다. "정말로 넬슨을 위해 그렇게 해줄 생각이야?"

"난 녀석이 좋아. 내가 보기에 녀석은 그저 불안해하고 있을 뿐이야. 녀석 또래 아이들은 요즘 다 그래."

이글거리는 햇빛 속에서 어떤 커플이 차를 세우고 전시장으로 다가오고 있다. 옷을 잘 차려입은 펜파크 주민 같은 사람들로 십중팔구 팸플릿만 받아보고는 슬쩍 빠져나가서 투자 삼아 벤츠를 살 것이다. "뭐, 자네가 알아서 해." 해리가 찰리에게 말한다. 하지만 사실 이건 모두에게 다 좋은 일이 될지도 모른다. 멜러니도 그 큰 집에 혼자 있지 않아도 될 것이다. 문득 이 모든 것이 멜러니의 생각인지도 모른다는 생각이 든다. 찰리 나름대로 계속 멜러니에게 잘 보이려고 애쓰고 있는 건지도 모른다는 생각.

침대에서 멜러니가 넬슨에게 묻는다. "뭘 공부하고 있어?"

"뭐, 이것저것." 늙은이들이 포코노스에 몇 주 가 있는 동안 둘은 앞쪽 방에 있는 멜러니의 침대를 쓰기로 했다. 멜러니는 한 달이 넘게 이집에 사는 동안 머리가 없는 마네킹을 점차 구석으로 밀고 스프링어 집안의 기타 보기 싫은 물건들도 여기저기 숨겼다. 둘둘 말아둔 복도용 카펫은 침대 밑으로 밀어넣고, 트렁크를 가득 채운 낡은 커튼과 발로 페달을 밟게 돼 있는 고장난 싱거 재봉틀은 벽장 뒤로 집어넣었다. 벽장 안에는 폴리에틸렌으로 된 세탁소 가방들에 넣어둔, 작아지거나 유행이 지나서 못 입게 된 옷들이 이미 가득했다. 멜러니는 벽에 피터 맥스*의 포스터 몇 장을 스카치테이프로 붙여서 그 방을 자기 것으로 만들었다. 지금까지 두 사람은 넬슨의 방을 사용했지만, 그가 어려서부터 쓰던 침대는 싱글인데다가 솔직히 그 방에서 그는 멋대로 행동하면 안 될 것 같은 압박을 받는다. 두 사람은 이 집에서 함께 잘 생각은 전혀 없었지만, 꼭 필요한 대화를 오랫동안 나누다보니 그것이 불가피해져서 점점 빠져들게 되었다. 멜러니의 가슴은, 찰리가 한눈에 알아보았듯이, 정말로 크다. 그 묵직하고 따뜻한 것이 흔들리는 모습을 보면 가끔 넬슨은 속이 메스꺼워진다. 자신이 버렸던, 가슴이 얄팍한 다른 여자가 생각나기 때문에. 그가 좀더 자세히 말을 덧붙인다. "이것저것 많아. 겉으로 드러나지는 않지만 온갖 압력들이 많아. 대리점이랑 제조사 간의 압력 같은 것들 말이야. 그쪽의 특별한 도구 세트를 수천 달러에 사줘야 되고, 그쪽은 자기네 기본 모델에 옛날에는 추가 옵션이었던 것들을 자꾸 끼워넣고 있어. 옛날에는 대리점이 그런 걸로 이윤을 많이 올렸는데 말이야. 찰리 아저씨 말이, 옛날에 차에 라디오를 옵션으로 넣을 때 대리점이 감당해야 하는 비용이 35달러였는데 자동차 가격에는 대략 180달러를 더 얹어서 팔았다는 거야. 그러다가 제조사가 점점 욕심을 내서 그런 옵션을 대리점한테서 빼앗아가는 바람에 대리점은 다른 방법들을 고안해야 하는 처지가 됐지. 자동차 하부코팅 같은 것. 그리고 녹 방지 처리도. 심지어 좌석 커버가 닳지 않게 해주는 처리도 있어. 그런 것들을 배우는 거야. 무서울 정도로 치열한데도 한편으로는 즐겁기도 해. 사람들이 서로를 계속 격려해주는 걸 보면 말이야. 할아버지는 옛날에 실적 게시판을 설치해두었지만, 아빠는 그

---

* 독일 태생의 유대계 미국인 팝아트 화가.

걸 없애버렸어. 찰리 아저씨는 아빠가 정말로 게으르고 엉성하게 대리점을 운영한다고 생각하는 걸 한눈에 금방 알 수 있을 정도야."

멜러니는 침대에서 좀더 똑바로 몸을 세운다. 조지프 스트리트의 나트륨 가로등 불빛이 단풍나무 이파리를 거쳐 어둠침침하게 안으로 들어오는 가운데 멜러니의 가슴이 완만하게 빛난다. 그녀에게는 그가 도저히 도망칠 수 없는, 뭔가 무겁고 엄마 같고 신비로운 것이 있다. "찰리 아저씨가 나한테 또 데이트를 신청했어." 멜러니가 말한다.

"해." 넬슨은 침대의 느낌이 달라진 것을 즐기며 조언한다. 멜러니가 그보다 높게 몸을 세운 탓에 그가 누워 있는 자리가 더 깊게 움푹 들어갔다. 엄마, 아빠와 함께 윌버 스트리트의 고지대에 있던 그 아파트에 살던 어린 시절에 이 집에 놀러오면 바로 이 방에서 잠을 잤다. 그때는 할머니의 머리카락이 모두 검은색이었지만, 창틀이 천장에 만들어놓은 빛의 무늬는 그때나 지금이나 똑같다. 엄마엄마가 그에게 노래를 불러주던 것이 기억난다. 하지만 무슨 노래였는지는 기억나지 않는다. 개중에 몇 곡은 펜실베이니아 더치*로 돼 있었다. 라이데, 라이데, 가일레……

멜러니는 머리 뒤쪽에서 핀 하나를 뽑아 재떨이를 뒤지며 아직 한두 모금쯤 여유가 남아 있을 법한 마리화나 꽁초를 찾는다. 그렇게 찾아낸 것을 빨간 입술에 대고 불을 붙인다. 종이가 확 타오른다. 멜러니가 핀을 빼내려고 팔을 들었을 때, 깎지 않은 겨드랑이 털이 넬슨의 시야에 확 들어왔다. 자기도 모르게, 아무런 이유도 없이, 그의 물건이

---

* 독일계 펜실베이니아 주민들이 쓰는 독일 방언.

어린 시절의 따스한 침대 위에서 딱딱해지기 시작한다. "글쎄." 멜러니가 말한다. "어른들이 없으니까, 그 아저씨가 어떻게 해보려고 난리도 아냐."

"그래서 기분이 어때?"

"별로 안 좋아."

"아저씨는 꽤 좋은 사람이야." 넬슨이 멜러니의 멍한 몸 옆으로 더 깊이 파고 들어가며 말한다. 자신의 그것이 슬금슬금 일어서는 것이 즐겁다. "비록 엄마랑 그 짓을 하기는 했지만."

"그러다 아저씨가 죽으면, 내 기분이 어떻겠어? 내가 너랑 같이 이리로 온 이유 중 하나가 아버지 같은 인물 어쩌고 하는 감정으로 뒤죽박죽이 된 내 머리를 청소하려는 거였잖아."

"네가 같이 온 건 프루가 그러라고 했기 때문이지." 그 이름을 입에 담는 것이 달콤하다. 따스함을 차갑게 찌르는 느낌. "그래야 내가 도망치지 않을 테니까."

"뭐, 그야 그렇지만, 나도 나름대로 이유가 없었으면 여기 안 왔을 거야. 오길 잘했다 싶어. 여기가 마음에 들어. 옛날 미국 같은 모습이야. 탄탄하게 지어진 벽돌집들이 다닥다닥 붙어 있는 모습이며."

"난 싫어. 모든 게 너무 축축하고 꽉 막혀 있다고. 너무 갑갑해."

"정말로 그렇게 생각해 넬슨?" 그는 멜러니가 기분좋게 목을 울리는 소리로 자신의 이름을 불러주는 것이 좋다. "넌 겁을 먹고 있는 것 같던데, 콜로라도에서 말이야. 거긴 공간이 너무 많았잖아. 뭐, 상황이 그랬던 거지만."

넬슨은 발기한 그것을 의식하며 콜로라도를 잊어버린다. 저 아래에

끝을 둥글게 다듬고 중간에 턱을 만든 상아 조각이 있는 것 같다. 멜러니가 빨갛게 칠한 입술에 꽁초를 바싹 물고 마지막 한 모금을 빼는 동안 목에 여자답게 부풀어오른 두툼한 힘줄 같다. 멜러니는 항상 화장을 하고 있다. 립스틱을 바르고, 가무잡잡한 얼굴을 환하게 만들려고 뺨에도 살짝 붉은색을 칠한다. 하지만 프루는 결코 화장을 하는 법이 없어서 입술은 이마처럼 창백했고, 얼굴의 모든 것이 사진처럼 정확하고 무미건조했다. 프루. 그녀에 대한 생각이 그의 뱃속을 갉아댄다. 마치 누군가가 굵은 모래 위에서 구슬을 굴리는 것 같다. 그가 말한다. "여기서 내가 싫어하는 건 아빠인지도 몰라." 아빠를 생각하니 속을 갉아대는 것 같은 느낌이 더 강해진다. "아빠를 참을 수가 없어. 거실에서 욕심꾸러기처럼 바칼라운저를 차지하고 앉아 있는 꼴이라니." 적당한 표현을 찾을 수 없을 만큼 반감이 크다. "이 빌어먹을 놈의 세상 한가운데에 떡하니 버티고 앉아서 모든 걸 가져가기만 하잖아. 아빠는 찰리 아저씨랑 달리 아무것도 몰라. 그 대리점을 세우는 데 아빠가 한 일이 뭐 있어? 할아버지가 힘들게 대리점을 키우는 동안 아빠는 엄마한테 형편없는 남편 노릇을 한 것밖에 없어. 그런 짓밖에 안 했는데도 이렇게 부자가 됐다고. 엄마를 버리고 떠나고 싶었지만 워낙 게으르고 변변치 못해서 그러지 못했을 뿐인데. 내 생각에 아빠는 게이 같아. 내가 말한 그 흑인 남자랑 같이 있을 때 아빠 모습이 어땠는지 알아?"

"너 할아버지를 아주 좋아했구나, 그렇지 넬슨?" 마리화나에 취해 있을 때 멜러니는 목소리가 허스키하게 변하고 마치 무아지경에 빠진 것 같다. 켄트대학에서 인류학 시간에 교수가 얘기하던, 세발솥 위에 앉아 신탁을 받던 무녀들처럼. 대학이라. 또 모래가 그의 뱃속을 갉어

댄다.

"할아버지가 나를 좋아했지." 넬슨은 조금 몸을 꼼지락거리며 고집스레 말한다. 손으로 만져보니 이제 그의 그것이 조금 시들어 있다. 이제는 상아와 같은 순수성을 잃고, 더러운 피와 살의 느낌이 난다. "내가 운동을 엄청나게 잘하지도 못하고, 키도 3미터가 아니라는 이유로 항상 날 나무라지는 않으셨으니까."

"네 아버지가 널 나무라는 건 한 번도 못 봤어." 멜러니가 말한다. "네가 아버지 차를 박살냈을 때만 빼고."

"젠장, 박살낸 게 아니라니까 그러네. 그 망할 놈의 차가 살짝 우그러졌을 뿐인데, 아빠가 난리를 치는 거야. 몇 주 동안이나 차를 정비소에 맡겨놓았잖아. 그동안 나는 죄책감을 느끼든, 아니면 바보 같은 짓을 했다고 생각해야 하는 거고. 정말로 길에 짐승이 있었어. 뭔지는 모르지만 작은 게 있었다고. 마멋 같은 거겠지. 스컹크였다면 줄무늬가 보였을 텐데, 애당초 그 멍청한 동물들한테 긴 다리가 달리지 않은 게 문제야. 그놈이 어기적거렸다고. 그런 걸음으로 헤드라이트를 향해 곧장 들어왔어. 차라리 죽여버리는 건데. 아빠 차들을 아주 박살을 내버리는 건데. 그 망할 놈의 재고품을 전부."

"그건 진짜 정신 나간 소리야 넬슨." 멜러니가 기분좋은 무아지경 속에서 말한다. "너한테는 아버지가 필요해. 우리 모두 아버지가 필요해. 적어도 네 아버지는 네가 찾을 수 있는 곳에 계시잖아. 네 아버지는 나쁜 사람이 아냐."

"나빠, 진짜로 나빠. 아빠는 뭐가 어떻게 돌아가는지도 모르고, 신경도 안 써. 자기가 진짜 잘난 줄 안다고. 난 그게 싫어. 아빠가 행복한 게.

아빠는 너무 지랄맞게 행복해." 넬슨은 거의 흐느끼다시피 한다. "아빠가 얼마나 불행을 일으켰는지 생각해봐. 내 여동생이 죽은 것도 아빠 때문이고, 질도 아빠가 죽게 만들었어."

멜러니는 이 이야기를 알고 있다. 멜러니가 참을성 있게 노래하는 듯한 목소리로 말한다. "그 당시의 상황을 잊어버리면 안 돼. 네 아버지는 하느님이 아냐." 멜러니의 손이 이불 속으로 들어온다. 그의 손이 탐험하던 곳이다. 멜러니가 미소를 짓는다. 멜러니의 치아는 완벽하다. 치열교정을 받은 덕분이다. 가엾은 프루는 그런 적이 없다. 그 집 식구들이 너무 가난했기 때문에. 그래서 프루는 미소 짓는 걸 몹시 싫어한다. 불규칙한 치아가 그다지 눈에 띄지 않는데도. 송곳니 하나가 옆의 이와 살짝 겹쳐 있을 뿐이다. "넌 지금 갑갑해서 그래." 멜러니가 말한다. "지금 상황이 갑갑해서. 하지만 네가 이런 상황에 빠진 건 네 아버지 잘못이 아냐."

"아빠 잘못이야." 넬슨이 고집을 부린다. "전부 아빠 잘못이야. 내가 이렇게 엉망이 된 것도 아빠 잘못이야. 아빠는 그걸 즐기고 있어. 가끔 나를 볼 때 표정을 보면, 아빠는 진짜 열광하고 있어. 내가 엉망이 된 것에. 게다가 엄마가 아빠 시중을 드는 걸 보면, 아빠가 진짜로 엄마를 위해서 뭔가를 해준 것 같다니까. 실제로는 정반댄데."

"그만해 넬슨, 잊어버려." 멜러니가 읊조리듯 말한다. "지금은 전부 잊어버려. 내가 도와줄게." 멜러니는 이불을 획 내리고 등을 돌린다. "자, 내 엉덩이야. 난 취해 있을 때는 뒤에서 당하는 게 좋아. 마치 존재의 두 차원을 차지하고 있는 것 같거든."

멜러니는 사랑을 나눌 때 절정에 이르려고 애쓰는 법이 거의 없다.

자신이 아니라 아기 같은 남자에게 봉사하는 것을 당연하게 여긴다. 하지만 프루와 할 때는, 여자가 항상 절정을 느끼려고 애쓰는 쪽이어서, 그의 귓가에 "잠깐"이라고 거친 숨결로 속삭이고는 딱 맞는 자세를 찾아 골반을 이리저리 움직였다. 그가 기다리지 못하고 그녀의 뜻대로 해주지 못했을 때도 왠지 더 우쭐했다. 프루를 이런 식으로 떠올리자 위장 깊은 곳을 갉아대던 죄책감의 이빨이 더욱 날카로워진다. 〈조스〉에서 여자가 상어에게 끌려내려가던 순간처럼.

물. 래빗은 물을 믿지 않는다. 포코노스에 있는 스프링어 집안의 낡은 오두막 앞에서 굵은 모래투성이의 물가에 철썩거리는 작은 갈색 모래시계 모양의 호수가 다정하고 얌전하게 보이는데도, 그리고 그가 매일 아침식사 전 거기에 몸을 담그고 헤엄을 치는데도 그렇다. 그 시간이면 재니스는 깨어나기 전이고, 장모는 퀼트 목욕가운 차림으로 아침 커피를 끓인다고 낡은 기름 스토브 앞에서 소란을 피울 때다. 평일에는 주위에 사람이 많지 않아서 그는 비치타월로 몸을 감싼 채 거친 수입 모래가 깔린 물가를 걸어서 가로지른 다음, 저 뒤쪽의 소나무숲에서 스프링어 오두막의 양편을 차지하고 있는 오두막들을 흘깃 바라본 뒤 알몸으로 호수에 슬쩍 들어간다. 이 얼마나 끝내주는 호사인지! 서늘한 은빛 물살이 그의 몸을 감싸고 사타구니를 꿰뚫는다. 첨벙 소리를 내며 움직이는 그 때문에 수면 근처에서 빙빙 돌던 각다귀들이 흩어졌다가 다시 모인다. 그가 잔잔한 수면을 쪼개면, 오른쪽 왼쪽으로 잔물결이 퍼져나가 도시에서 몇 블록이나 떨어진, 진흙과 나무뿌리투성이의 둑으로 향한다. 시간이 아주 이를 때는 엷은 안개가 호수의 살갗 위에 앉아 있는 것이 눈에 보인다. 그는 결코 아침 일찍 일어나는 괴짜가 아니었지만 이제는 그것이 괜찮은 일임을 알 것 같다. 맨 처음 하루가 시작될 때, 하루가 굴러가기 시작하기 전에, 자신이 그 속으로 들어가 함께 구를 수 있으니까. 엷은 안개에서는 저녁의 서늘한 맛이 난다. 그와 함께 깨어나고 있는 세상의 오염되지 않은 신선한 맛. 어렸을 때 래빗은 여름캠프에 간 적이 없었다. 어쩌면 넬슨의 말이 맞는지도 모른다. 그들은 너무 가난해서 그런 생각을 떠올린 적이 없었다. 마운트저지의 먼지투성이 운동장과 더위에 갈라진 인도만으로도 충분히 여름을 느낄 수 있었고, 부모님이 마련한 몇 번의 저지쇼어 여행은 그의 기억 속에 거의 고문과 같은 것으로 남아 있다. 처음에는 구식 모델 A 자동차를 타고, 그다음에는 진흙 같은 갈색의 쉐보레를 타고 몇 시간 동안이나 변변찮은 도로를 달리는 와중에 그의 누이와 어머니는 여자의 분노가 뿜어내는 증기를 더위에 얹어놓곤 했다. 운전대에만 들러붙어 있던 아버지의 목덜미는 땀투성이고 앙상하고 주근깨가 나 있었다. 차가 지나치는 뉴저지의 나지막한 작은 마을들이 해리의 눈에는 자기가 사는 마을, 자신의 삶의 뒤틀린 메아리처럼 보였다. 그렇게 한 시간쯤 지나면 그는 자기 마을이 그리워졌다. 지나치는 마을마다 그의 삶이 하찮다는 것, 수많은 아이들이 자신과 대략 비슷한 삶을 살고 있다는 것을 하도 확실하게 보여주어서 나중에는 멍해질 지경이었다. 그 마을들의 집과 포치와 나무는 마운트저지 사람들을 조롱하며 다른 마을 아이들과 똑같은 환상, 즉 그들의 영혼이야말로 세상의 중심이고 중요한 것이며 눈에 보이지 않는 손에 의해 소중히 취급되고 있다는 환상을 불어넣어주고 있었다. 그는 차가 지나치는 길가의 어린 소녀들을 보며 자신이 그들 중 누구와 결혼하게 될지 생각했다. 마을을 떠나 다른 마을의 여자와 결혼하는 것이 자신의 운명이라고 생각했기 때문이다. 저지쇼어가 가까워지면 차가 늘어나서 도로가 야만적이고 대도시처럼 변했다. 자동차들, 언제나 자동차들이 보였다. 반짝반짝하면서 가스를 내뿜는 잔인한 것들. 그러다 마침내 목적지에 도착하면 온갖 불쾌한 일들이 폭발하듯 벌어졌다. 주차장에는 자리가 없고, 해수욕장 탈의실의 직원들은 무례했다. 그들은 마른 모래가 발을 태우고 가랑이를 간질이는 낯선 바닷가에서 몇 시간 동안 과시하듯이 놀았다. 바다가 들어왔다가 물러나 아직 젖어 있는 자리에서는 바닥을 알 수 없는 무서운 냄새, 광대한 죽음의 냄새가 났다. 주운 조개껍데기에서도 언제나 그 무서운 악취가 희미하게 났다. 수영복을 입은 부모의 모습은 그에게 경계심을 안겨주었다. 그의 어머니는 다른 집 엄마들처럼 불쾌할 정도로 뚱뚱해 보이지 않고 오히려 앙상하고 길고 단단해 보였다. 어머니가 수상쩍은 이방인들이나 물살이 위험하다는 소문에서 아이들을 떼어놓으려고 일어나 그와 어린 밈을 부를 때면 어머니의 팔이 깃털 없는 날개처럼 펄럭이는 것 같았다. 그때 그는 래빗이 아니라 "해시! 해시!"라고 불렸다. 작업복에 항상 덮여 있던 아버지의 피부는 아주 부드럽고 하얗게 보였다. 그는 그렇게 새하얀 아버지가 내심 너무 좋았다. 일종의 보물이었다. 탈의실에서 그와 아버지는 서로를 보지 않은 채 재빨리 옷을 갈아입었다. 하루의 놀이가 끝난 뒤에도 다시 그곳에서 옷을 갈아입었다. 다이아몬드 카운티로 차를 몰고 돌아오는 길은 항상 아주 멀어서 그동안에 벌써 햇볕에 탄 부위가 화끈거리기 시작했다. 그와 밈은 상대방이 고함을 지르는 소리를 들으며 헛되이 낭비해버린 하루의 지루함을 씻어보려고 일부러 서로를 때리기 시작했다. 마운트저지의 운동장에서 그동안 완벽하게 다듬어놓은 연락책들과 재미있는 음모를 꾸미며 놀 수도 있었는데.

이런 소풍의 기억 속에서 그들은 항상 거대한 푸른 산을 오르듯이 바다를 향해 올라가는 것처럼 등장한다. 어떤 때는 밤에 잠이 들기 전에 어머니가 숨죽인 소리로 나무라듯이 "해시"라고 부르는 소리가 들리기도 한다. 이제 부자가 되고 보니 과거의 소풍은 일광화상과 배탈로 끝나는 가난한 사람들의 소풍이었음을 알겠다. 아버지는 게살부침과 굴구이를 좋아했지만 그걸 먹을 때마다 게워냈다. 모델 A를 차고에 넣고 어린 밈을 침대에 재우고 나면, 아버지가 마당 저편 구석에서 음식을 게우는 소리가 들려왔다. 아버지는 음식을 토하는 것이나 인쇄소 일에 대해 한 번도 불평을 하지 않았다. 그것들은 그저 당연히 해야 하는 일이었다. 다만 직장 일이 좀더 꾸준히 이어진다는 점이 다를 뿐이었다.

그래서 사람들이 여름에 놀러가는 곳이 어떤 곳인지 잘 모르는 상태로, 래빗은 프레드 스프링어가 나이를 먹은 뒤에, 그러니까 그가 도요타 대리점 덕분에 단순한 중고차 판매인의 신분에서 벗어나 하나뿐인 딸이 다 자라서 결혼한 뒤에 구입한 이 오두막에 왔다. 예전에 해리와 재니스는 이곳에 와서 그냥 일주일만 머무르다 가곤 했다. 공간이 너무 좁아서 긴장감이 점점 신경을 긁어대기 시작하고, 처음 하루 정도가 지난 뒤에는 넬슨이 여기저기를 벌레에 물린 채로 지루해했기 때문이다. 부시킬폭포까지 계단을 오르면서 양치류를 보고 감탄하는 데도 한계가 있는 법이다.

장인이 죽고 그곳의 주인이 된 해리는 자연이 인도의 판석들 틈을 뚫고 풀이 자라게 하거나 농부들을 궁벽한 시골에 묶어두기만 하는 존재가 아니라 황홀한 음료수라는 것, 행운을 타고난 사람들이 이 불순한 시대에 돈으로 사서 남들 손이 닿지 않게 순수한 상태로 지킬 수 있는 사치품이라는 것을 마침내 깨달았다. 방이 다섯 개이고 지붕에는 어두운색의 지붕널이 덮여 있는 이 오두막, 장모가 8월의 삼 주만 빼고는 일 년 내내 남에게 빌려줘서 노동절에도 짭짤한 소득을 올리고, 할 수만 있다면 사냥철에도 역시 대여해주는 이 오두막은 물론 사방에서 개발업자들의 손에 부서지고 있는 커다란 별장과 산장과 리조트 호텔과는 동급이 아니었다. 하지만 집 뒤에는 2에이커의 숲이 있고 선착장과 배가 딸려 있어서, 해리에게 메뉴판에서 음식을 고르듯이, 또는 그릇에서 반짝반짝 광을 낸 과일을 고르듯이 인생을 살 수 있다는 가능성을 보여주고 있다. 여기 포코노스에서 식사, 운동, 수면은 더이상 시간을 쪼개가며 해야 하는 일이 아니라 아주 중요한 사치품으로 부풀어 오른다. 그가 수영을 마치고 아직 젖은 몸으로 걸어오면 방금 끓인 커피 냄새가 그를 맞이하려고 둥실둥실 떠온다. 창문의 녹슨 방충망을 통해서는 아침 안개가 키스를 한다. 재니스는 갈색 맨발을 드러낸 채 매일 똑같은 테니스복 반바지와 검은색 아동복 티셔츠를 입고 있고, 포치 난간에서는 어치가 자세를 바꾼다. 장미덩굴에 둘러싸인 매끈한 바위는 걸쇠가 사라진 이층 문이 열리지 않게 고정해주고, 뿌리가 잔뜩 얽혀 있는 진흙과 금방 베어낸 삼나무 기둥들이 박혀 있는 갈대밭의 느낌은 또 어떤지. 그는 이 모든 것에 사랑을 느끼며, 자신을 지탱해주는 뒤얽힌 소박함, 날 때부터 자신에게 배어 있던 그 소박함과 조화를 이루려고 벌써 몇 번째 시도한다. 훌륭하게 인생을 살아가는 방법이 틀림없이 있을 것이다.

그는 진과 안주로 긴장을 푼다. 수영을 하고, 장모가 아침 커피를 마시며 이야기하는 추억에 귀를 기울이고, 매일 재니스와 함께 마을로 내려가 장을 본다. 밤이면 다리에 설치된 가로등의 강렬한 불빛에 의지해 셋이서 피노클*을 한다. 가로등 불빛이 강렬하게 느껴지는 것은, 그가 처음 이곳에 왔을 때는 깨지기 쉬운 원뿔형 내부구조에서 빛이 나오는 등유 램프를 썼기 때문이다. 그때는 날이 어두워지자마자 귀뚜라미 소리를 들으며 잠자리에 들었다. 그는 낚시를 좋아하지 않는다. 이 호숫가의 공용 테니스코트를 이용할 수 있는 다른 부부들을 상대로 재니스와 함께 테니스를 치는 것도 별로 좋아하지 않는다. 직사각형의 낡은 진흙 코트는 소나무숲 속에 있기 때문에 갈색 바늘 모양의 소나무 이파리들이 가장자리를 에워싸고 있고, 철망 울타리는 젖은 빨래처럼 축 처져 있다. 재니스는 매일 플라잉이글에서 테니스를 치기 때문에 효율적이고 우아하게 움직이는 그녀 옆에서 해리는 성가시고 어울리지 않는 존재가 된 것 같은 기분이다. 공이 그의 라켓으로는 따라갈 수 없는 속도로 그를 향해 뛰어온다. 재니스의 검은 티셔츠 위에는 빛바랜 3D 글씨체로 '필리스'라는 말이 적혀 있다. 해리가 베터런스 스타디움에 갔을 때 넬슨에게 사준 것인데, 아이는 켄트로 떠나면서 이

---

* 카드놀이의 일종.

티셔츠를 집에 두고 갔다. 그런데 중년에 이르러 장난스러워진 재니스가 그것을 찾아내 자기 것으로 삼은 것이다. 모든 일이 전형적이다. 점점 자라나는 아이가 그에게는 위협이자 비극으로 보이고, 그녀에게는 티셔츠를 훔칠 구실로 보이는 것. 물론 이제는 그 옷이 넬슨에게 맞지 않을 것이다. 재니스에게 잘 맞는다. 해리는 나이를 먹어 허리가 굵어진 가무잡잡한 재니스가 자기 옆에서 자기보다 더 민첩하고 자유롭게 움직이는 것을 눈가로 느낀다. 짧게 자른 머리 중에서 뱅 스타일로 자른 앞머리가 통통 튀듯이 움직인다. 재니스가 라켓으로 친 공은 꾸준히 호를 그리며 날아가는 반면, 해리는 힘이 너무 강하다. 그러다 재니스의 말처럼 '스트로크'를 시도하면 힘이 너무 약해서 공이 네트에 퍽하고 부딪힌다. "해리, 방향을 조종하려고 하지 마." 재니스가 말한다. "무릎을 굽혀. 엉덩이를 네트 쪽으로 향해." 재니스는 레슨을 많이 받았다. 지난 십 년 동안 재니스는 해리보다 많은 것을 배웠다.

내가 그동안 뭘 했지? 서브를 받으려고 기다리면서 그는 생각한다. 인생이 절반 넘게 지나는 동안 뭘 했지? 그는 어머니에게 착한 아들이었고, 그다음에는 농구 경기장에 모인 군중들에게 좋은 선수였고, 옛날 코치인 토세로에게도 좋은 선수였다. 토세로는 래빗에게 뭔가 특별한 것이 있다고 생각했다. 루스도 그에게 특별한 것이 있다고 생각했지만, 그것이 빛을 잃고 사라지는 것을 보았다. 한동안 해리는 죽음을 상대로 발길질을 하다가 포기하고 일을 시작했다. 이제는 죽은 사람들이 워낙 많아서 주위의 살아 있는 사람들에게 생존자의 동지의식을 느낀다. 그는 테니스코트의 선들 속에 자신과 함께 갇혀 있는 이 사람들을 사랑한다. 에드와 로레타. 에드는 이스턴에서 온 전기기술자로 컴퓨터 설비의 전기공사가 전문이다. 해리는 머리 위로 솟아오른 나무 꼭대기들을 사랑한다. 그 위에 뻗어 있는 8월의 파란 하늘도. 그가 아는 것이 무엇일까? 그는 책을 읽는 법이 없다. 사람들과 대화를 나누기 위해 신문을 읽을 뿐이다. 그것도 인간적인 이야기를 다룬 기사들이 대부분이다. 샤*의 다음 목적지가 어디이며, 그가 지금 얼마나 아픈지에 관한 기사들. 볼티모어의 의사 이야기도 마찬가지다. 그는 자연을 사랑하지만, 동물이나 식물의 이름은 거의 모른다. 이건 소나무인가, 가문비나무인가, 전나무인가? 그는 돈을 사랑하지만, 돈이 어떻게 자신에게 흘러오는지, 자신에게서 어떻게 새어나가는지 알지 못한다. 그는 남자들을 사랑한다. 배가 불룩 나오고, 빨갛게 탄 목덜미에 그물 같은 잔주름이 있고, 무슨 경기가 됐든 경기가 끝나고 나면 무슨 이야기를 해야 할지 몰라서 당황하고, 불평을 하는 법이 없는 남자들. 우리가 인생을 이렇게 초라한 누더기로 만들어버리다니! 하지만 인간의 정신이란 또 얼마나 놀라운 것인지, 사람들은 아직 인간의 뇌와 같은 기계를 만들지 못한다. 에드가 얘기하는 컴퓨터들 중 일부는 방을 가득 채울 만큼 커다란데도. 인간의 몸 역시 수많은 일을 해낼 수 있기 때문에, 전 세계의 그 어떤 공장도 그것을 흉내내지 못한다. 그는 예전에 섹스를 좋아했지만, 이제는 점점 생각만 하는 편이다. 술집이나 자동차 안에서 만나서 뒤엉키는 건 젊은이들에게 맡기는 쪽으로 변해간다. 요즘은 젊은이들이 어찌나 많은지 놀라울 뿐이다. 거리를 걷거나 영화관 앞에 줄을 서 있다가 자기가 주위에서 가장 나이 많은 사람 같다는

---

* 이란의 왕을 부르는 말. 여기서는 팔레비 국왕을 뜻한다.

생각이 들 때가 많다. 밤에 재니스가 잠들기 위해서 그의 그것을 원할 때, 그는 자기를 흥분시킬 만한 상상을 해보려고 한다. 그런데 이제는 상상할 것이 다 떨어졌다. 가장 마지막으로 효과가 있었던 것은 여자가 네 발로 엎드려서 뒤로는 한 남자에게 씹을 당하고, 앞으로는 다른 남자에게 입으로 해주는 모습이었다. 그 상상 속에서 해리 자신이 뒤에서 씹을 하는 쪽이었는지, 앞에서 봉사를 받는 쪽이었는지는 확실치 않다. 그는 세 사람 모두를 외부에서 바라보고 있다. 마치 와이저 스트리트 위쪽의 그렇고 그런 영화관에서 〈하렘 걸스〉나 〈끝까지 전부〉 같은 제목이 달린 영화들을 볼 때처럼. 게다가 여자의 감각이 남자의 감각보다 더 가깝게 느껴졌다. 작고 축축한 호박처럼 입안에 들어와 있는 그것, 그리고 저 뒤의 다른 곳에 들어가 있는 또하나의 그것이 자신의 뿌리를 향해 속죄를 하듯 들락날락 들락날락 하는 느낌. 때로는 밤에 몇 마디 기도를 하지만 그와 하느님 사이에는 돌처럼 단단하게 굳은 휴전이 이어지고 있는 것 같다.

　그는 달리기를 시작한다. 숲속에서 낡은 벌목용 도로와 등산로를 따라 처음에는 붉은 진흙이 묻은 테니스화를 신고 무겁게 속도를 내다가 그다음에는 특별히 여기서 쓸 목적으로 스트라우즈버그의 스포츠용품점에서 산 황금색과 파란색의 나이키 운동화로 바꾼다. 발끝과 발꿈치쪽이 살짝 들려 있는 이 운동화 바닥에는 갈고리를 납작하게 눌러놓은 것 같은 작은 원들이 있어서 탄력 있게 그를 들어올려주기 때문에 달리면서 그의 몸이 점점 더 가볍고, 빠르고, 조용해지는 것 같다. 처음에는 자신의 몸무게가 심장과 허파를 죽어라 짓누르는 짐처럼 느껴지고, 아침이면 허벅지 근육이 아파서 침대에서 일어날 때 휘청거리다가 깜짝 놀라서 웃음을 터뜨린다. 하지만 매일 저녁식사를 마친 뒤 숲에서 아직 빛이 사라지기 전, 초저녁의 서늘한 기온 속에서 달리다보니 그의 몸이 이 새로운 요구에 익숙해져서 다리가 단단해지고, 몸무게가 줄어든 것처럼 느껴지고, 가슴은 더 많은 공기를 담는다. 잔가지들이 날개라도 달린 것처럼 그의 귓가를 날듯이 지나가고. 그는 점점 달리는 거리를 늘려서 결국은 모래시계의 허리처럼 잘록한 곳까지 2.4킬로미터를 달리게 된다. 그 앞은 오래된 별장의 철문이 길을 막고 있다. 동네 사람들은 그 별장을 카본 캐슬이라고 부른다. 스크랜턴 출신의 석탄 재벌이 지은 곳이기 때문이다. 하지만 지금은 점점 수가 줄어든데다가 여기저기 흩어져 살고 있는 그의 후손들이 이곳을 거의 이용하지 않기 때문에 수영장에는 물이 말랐고, 테니스장에는 잡초가 무성하고, 활기도 사라졌다. 사냥용 산장에 걸려 있는 박제한 사슴 머리의 유리 눈이 거미줄 사이로 허공을 빤히 바라본다. 가파른 슬레이트 지붕과 다이아몬드 모양의 창문이 있는 저택은 판자로 막혀 있다. 마을 사람들 말로는, 십 년 전 석탄 재벌의 손자 중 하나가 그곳에 공동체를 만들려고 했다고 한다. 사람들의 이야기에 따르면, 그곳에 모인 젊은이들은 그곳에 있던 물건들 중에 옮길 수 있는 것을 모조리 내다팔았다. 석탄 시대의 상징으로 중앙 입구를 지키고 있던 청동 뇌룡상 두 개도 거기 포함되어 있었다. 카본 캐슬의 무거운 철문은 두 줄의 사슬과 자물쇠로 잠겨 있다. 래빗은 접근을 거부하는 금속을 만져보고, 적막한 일 초 동안 숨을 들이쉰다. 적막한 세상이 몰려와 후들거리는 그의 다리 사이로 쏟아져들어왔다가 그의 마음을 넓게 주조한 뒤 다시 돌아서서 뛰어가는 것 같다. 그 덕분에 숨을 들썩이는 자신의 몸이 더이상 느껴지지 않는다. 길을 따라 넓게 탁 트인 공간이 있다. 예전에는 초원이었으나 지금은 삼나무와 머리에 술이 달린 것 같은 모양의 잡초들이 삐죽삐죽 서 있다. 거기서 제비들이 살짝 아래로 내려왔다가 몸을 한쪽으로 기울인 채 날아가며 저녁의 축축한 습기 속에서 되살아난 벌레들을 채간다. 이 제비들처럼 래빗도 파란색과 황금색 새 신발을 반짝이며 땅 위를, 죽은 자들 위를 스치듯 지나간다. 죽은 자들이 위를 빤히 바라본다. 어머니와 아버지가 울퉁불퉁한 침대 위에서 오랜 세월 동안 그랬던 것처럼 다시 함께 누워 있다. 어머니와 아버지는 대공황 기간 중에 중고품점에서 산 그 침대가 빗속에 내버려둔 세발자전거처럼 삐걱거리고 길이도 너무 짧아서 아버지의 발이 이불 밖으로 삐죽 나오는데도 새 침대를 사지 못했다. 종이처럼 하얀 아버지의 발은 나중에 혈관이 툭툭 튀어나와서 얼룩덜룩한 대리석 같은 무늬가 생겼다. 아버지가 조금이라도 운동을 했다면 조금 더 오래 살았을지 모른다. 저 아래 멀리 보이는 토세로는 온통 눈뿐이다. 접시만큼이나 커다란 눈이 기울어진 머리에서 허공을 빤히 바라보고 있고 부어오른 혀는 단어를 찾아 헤맨다. 해리를 지금의 자리에 놓아준 프레드 스프링어는 포커를 치다가 너무 좋은 패가 들어와서 오히려 몸이 아파진 사람처럼 몸을 웅크리고 인상을 찌푸린 채 그를 부추긴다. 누군가가 잘라서 보내준 신문 기사 속에서 마당과 복도에 스무 명이나 되는 필라델피아 경찰들이 있고 공동체 경내에는 임신한 여자들과 아이들 몇 명밖에 없는데도 경찰에게 먼저 총을 쏘았다고 돼 있던 스키터, 땅처럼 검은 스키터는 얼굴을 외면한다. 초원이 끝나고 해리는 터널로 들어간다. 이제 주위가 어두워지고, 바늘 같은 솔잎이 카펫처럼 깔려 있고, 그는 아무 소리도 내지 않는다. 인디언들은 소리를 내지 않은 채 나무들 사이로 한없이 움직였다. 잔가지 하나만 부러져도 곧 죽음을 의미했기 때문에. 지친 다리를 정확히 통제하기가 힘들지만, 낡아서 기어와 이음매가 비스듬히 기울어져 헐렁해진 기계의 팔처럼 그의 다리가 푹신한 길을 연달아 때려댄다. 꽃을 피워보지도 못한 채 땅에 묻힌 베키, 햇빛을 보지 못해 창백한 묘목 같았던 질이 흙 속에 매달려 있는 것 같다고 그는 상상한다. 별들처럼. 그 둘의 뒤에는 헤아릴 수 없이 많은 사람들이 있다. 캄보디아인처럼 온 민족이 통째로 죽음 속으로 한들한들 들어온 듯하다. 그는 그들 모두를 밟고 있다. 그들은 탄성이 좋다. 그들이 그에게 환성을 지르며 응원한다. 그는 허파가 타는 듯하고, 심장이 아프다. 그는 저 아래의 수많은 사람들에게서 떨어져나온 얇은 막이다. 가는 실 같은 그들의 손길이 그의 발목을 어루만진다. 그는 땅을 사랑한다. 그는 결코 그들과 같은 실수를 저질러 죽어버리지 않을 것이다.

마지막 30미터, 살짝 기울어진 전면 포치까지 올라가는 길에서 래빗은 전력질주를 한다. 망사문을 열자 빈약한 바닥널이 그의 발밑에서 튀어오르는 것이 느껴진다. 우유를 바른 것 같은 유리로 된 낡은 등유 램프, 점점 골동품으로서 가치가 높아지는 그 램프가 조지프 스트리트에 있는 집의, 가운데가 불룩한 장식장의 유리처럼 가볍게 떨린다. 재니스가 부엌에서 맨발로 나와서 말한다. "해리, 얼굴이 새빨개."

"나는. 괜. 찮아."

"앉아. 얼른. 왜 그렇게 운동에 열심인 거야?"

"크게 한바탕하고 나면," 그는 숨을 몰아쉰다. "기분이 끝내줘. 자신의 한계를. 밀어젖히는 게."

"내가 보기에는 너무 밀어붙이는 것 같은데. 엄마랑 나는 당신이 길을 잃은 줄 알았어. 우린 피노클을 하고 싶단 말이야."

"먼저. 샤워 좀 하고. 달리기의 문제는. 땀투성이가 된다는 거야."

"당신이 왜 이렇게까지 하는지 나는 여전히 모르겠어." 그 필리스 셔츠를 입은 재니스는 넬슨과 비슷해 보인다. 면도를 해야 하는 나이가 되기 전의 넬슨.

"지금 아니면 영영 못해." 그가 말한다. 피가 뇌로 몰려드는 것 같은 느낌이 든다. "날 잡으려고 벼르는 사람들이 있어. 그러니까 그냥 드러 눕든지, 아니면 싸워야 돼."

"누가 당신을 잡으려 든다는 거야?"

"당신도 잘 알 텐데. 당신이 그 녀석을 부화시켰으니까."

이곳에서는 전기 장치에서 흘러나온 뜨거운 물이 몇 분 동안 살이 델 만큼 뜨겁다가 번개처럼 순식간에 식어버린다. 해리는 생각한다. 누굴 죽이고 싶으면, 그 사람이 샤워를 하는 동안 찬물을 잠가버리는 게 아주 좋은 방법이 될 거야. 그는 뜨거운 물이 완전히 끊기기 전에 춤을 추듯 밖으로 나와, 다락방처럼 생긴 이층의 아무것도 깔지 않은 소나무 바닥에 찍힌 자신의 크고 젖은 발자국에 감탄하다가 딸을 생각한다. 밑창이 두꺼운 코르크로 된 신발을 신고 있던 그 아이의 발. 미끈하고 창백한 다리와 차분하고 둥근 얼굴을 지닌 그 아이가 유령처럼 희미하게 빛나지만 죽은 자들과는 달리 그와 함께 이 행성에 살면서 공기를 호흡하고, 물속에 몸을 담그기도 하고, 이리저리 움직이기도 하면서 점점 자라난다. 그는 여기서 재니스와 함께 사용하는 침실로 들어가 자키 팬티, 악어 셔츠, 부드러운 리바이스를 입는다. 모두 마을의 애크미 뒤에 있는 빨래방에서 세탁기와 건조기를 통과해 나온 옷들이다. 이 상쾌한 옷들은 모두 그가 지금 꿰맞추고 있는 안락한 생활의 또다른 조각 같다. 그가 새 양말을 신으려고 침대에 앉자 늦은 오후의 붉은 햇빛이 소나무숲 사이의 틈새를 가르며 들어와 그의 발가락 위에 칼처럼 떨어진다. 관절과 발톱 사이의 짧은 털과 티눈이 살짝 오렌지색으로 물들고, 발톱은 화덕의 창문에 끼워진 얇은 판처럼 투명해진다. 세상에는 그의 발보다 더 형편없는 발들도 있다. 여름에 샌들을 신고 다니는 많은 여자들의 발을 보면, 오랜 세월 뾰족한 하이힐을 신고 다닌 탓에 새끼발가락이 안쪽으로 구부러진 것이 보인다. 엄지발가락은 안쪽으로 쏠려서 관절이 부러진 뼈처럼 쑥 튀어나와 있다. 남자라서 그런 일을 겪을 필요가 없는 것이 얼마나 다행인지. 그러고 보니 신디 머킷도 그런 일을 겪지 않은 것 같다. 상자 안에 들어 있는 사탕처럼 발가락이 가지런하니까. 젠장. 웹이 뭐라고 그런 행운을 잡았담. 그래도 살아 있는 것이 다행이다. 해리는 아래층으로 내려가 자신의 행복에 네번째 요소를 덧붙인다. 불을 피운 것이다. 약삭빠르게 시대에 편승한 장모가 나무를 때는 난로를 새로 사왔다. 밝은 검은색 연통이 볼품없는 자연석에 때가 잔뜩 묻어 있는 낡은 벽난로에 맞춘 듯이 들어맞는다. 장인은 이 오두막에 전기가 연결됐을 때 바닥에 전기난방 설비를 설치했지만, 그의 미망인은 그걸 켤 때마다 돈이 많이 든다며 불만이 많다. 8월이면 벌써 밤에 호수에서 서늘한 기운이 들어오기 때문이다. 장작 난로는 타이완에서 온 것으로 프라이팬처럼 깨끗하며, 올여름에 처음으로 설치한 것이다. 해리는 오두막 근처에서 주워온 거친 나뭇가지 몇 개를 필라델피아 〈불러틴〉의 스포츠 면을 뜯어 구겨놓은 것 위에 놓고 거기에 불이 붙는 것을 지켜본다. '이글스 준비 끝'이라는 글자에 불이 붙어 검게 변하다가, 나중에는 하얗게 변해서 주름진 모양 그대로 재가 되는 모습을 지켜본다. 그러고는 근처 가구공장에서 무게 단위로 파는 초승달 모양의 대팻밥을 조금 넣는다. 불길이 어둠을 맞이하는 순간 재니스와 장모가 설거지를 마치고 들어와 피노클 카드를 꺼낸다.

장모가 카드를 섞으며 그 리듬에 맞춰서 말한다. "재니스랑 얘기를 했는데, 아무래도 이건 그다지 현명하지 않아. 자네가 이렇게 달리는 것 말이야. 나이를 생각해야지."

"지금이 그렇게 해야 하는 나이예요. 지금부터 몸 관리를 시작해야 한다고요. 지금까지는 너무 아무것도 안 했어요."

"어머니 말은 심장이 괜찮은지 확인부터 해야 한다는 뜻이야." 재니스가 말한다. 재니스는 스웨터와 청바지를 챙겨 입었지만 발은 여전히 맨발이다. 그는 카드 탁자 밑의 그 발을 흘깃 바라본다. 꽤 똑바로 뻗어 있다, 발가락들이. 비교적 별로 손상되지 않은 편이다. 뼈가 앙상하고, 갈색이고, 소년 같다. 마음에 든다. 여기 포코노스에서 재니스가 소년처럼 보일 때가 많다는 것이. 그의 놀이친구처럼. 어린 시절 친구네 집에서 하룻밤을 보낼 때와 같은 기분이다.

"자네도 알겠지만, 자네 아버지도 심장 때문에 가셨잖아." 장모가 말하고 있다.

"아버지는 오랫동안 이런저런 병으로 고생하셨어요." 해리가 말한다. "연세도 일흔 살이셨고요. 가실 때가 돼서 가신 거예요."

"자네도 세월이 흐르면 그런 생각을 못하게 될걸."

"제가 아는 사람 중에 죽은 사람들을 요즘 줄곧 생각하고 있었어요." 해리는 자신의 카드를 보며 말한다. 에이스, 10, 킹, 그리고 스페이드 잭. 하지만 퀸은 없다. 따라서 피노클*이 될 수 없다. 런**도 안 된다. 같은 종류의 카드 네 장을 모으지 못했으니까. 낮은 점수의 클로버 카드만 잔뜩이다. "난 패스야."

"나도." 재니스가 말한다.

"내가 21***로 받지." 장모가 한숨을 내쉬며 카드를 내려놓는다. 다이아몬드 런, 그리고 9, 그리고 스페이드 퀸과 잭이다.

"와." 해리가 말한다. "대단하신데요."

"죽은 사람이라니 누구 말이야, 해리?" 재니스가 묻는다.

그녀는 해리가 베키를 말한 게 아닌지 걱정하고 있다. 하지만 사실 해리는 태어나자마자 죽어버린 그 아이를 거의 생각하지 않는다. 그리고 생각을 하더라도 밤새 내린 눈 위로 떠오른 겨울의 짧은 태양처럼 기분좋은 이미지를 떠올린다. 아이의 이름은 준June이었는데도. "아, 주로 어머니와 아버지를 생각해. 두 분이 우리를 지켜보고 계실까 하고. 사람들은 살면서 부모의 관심을 끌려고 갖은 노력을 하잖아. 그래서 두 분이 돌아가신 뒤에도 계속 살아가는 게 이상한 것 같아. 이젠 누가 우리를 생각해주겠어?"

"생각해주는 사람이야 많지." 재니스가 말한다. 서투르지만 진지한

---

* 다이아몬드 잭과 스페이드 퀸이 함께 들어온 것으로 40점.

** 같은 무늬의 A, 10, K, Q, J를 모은 것으로 150점.

*** 피노클에서는 비드를 할 때 원하는 점수에서 끝자리 0을 떼고 말한다. 따라서 21은 210이라는 뜻.

듯하다.

"당신은 내 기분 몰라." 그가 말한다. "아직 어머니가 살아 계시잖아."

"그래 봤자 얼마 안 남았어." 베시가 클로버 에이스를 놓으며 말한다. 그리고 능숙한 솜씨로 손을 둥글게 움직여 패를 모으며 선언하듯 말한다. "자네 아버지는 쉴새없이 일하신 훌륭한 분이었어. 하지만 자네 어머니는, 솔직히 말해서 참을 수가 없었지. 평범한 생김새에 입이 독했어."

"어머니. 해리는 자기 어머니를 사랑해요."

베시는 하트 에이스를 휙 내려놓는다. "그거야 그렇겠지. 당연히 그래야 할 테고. 적어도 세상 사람들 말로는 그렇잖니. 아들이 어머니를 좋아해야 한다고. 하지만 네 시어머니가 살아 있을 때 나는 해리가 안쓰럽더라. 네 시어머니는 해리가 자신을 유난히 과대평가하게 만들어 놓고는 해리한테 지탱할 만한 걸 하나도 주지 못했어. 프레드랑 나는 너한테 그렇게 해줬는데 말이지."

장모는 마치 해리도 이미 죽은 사람인 것처럼 해리에 대해 말하고 있다. "전 아직 여기 있어요, 아시죠?" 그가 자신이 가진 패 중에서 가장 점수가 낮은 하트를 뒤집으며 말한다.

베시의 입술이 안으로 오므라들고, 얼굴은 살짝 부풀어오르고, 검은 눈은 자신의 카드를 뚫어지게 내려다본다. "자네가 여기 있는 건 나도 알아. 자네 면전에서 못할 말을 하는 것도 아니잖아. 자네 어머니는 많은 악행을 저지른 불행한 여자였어. 메리 앵스트롬만 아니었으면 자네랑 재니스가 신혼초에 그렇게 힘든 일을 겪지도 않았을 거야. 십 년 전 일도 마찬가지야. 자네 어머니는 자기가 아주 대단한 사람인 줄 알았다고." 장모는 서로를 미워하는 여자들이 짓는, 뺨이 단단하게 굳어진 광신적인 표정을 짓고 있다. 어머니도 베시 스프링어를 별로 좋아하지 않았다. 사기꾼이랑 결혼한 벼락부자 같으니. 조지프 스트리트의 그 큰 집에서 거만을 떨고는 있지만 소스팬에 기름을 둘러야 한다는 것도 모르는 멍청이야. 원래 그 여자 집안은 평범하게 농사를 지었는데, 땅도 변변히 없어서 산에서 농사를 지었다고.

"어머니, 해리의 어머니는 집에 불이 났을 때 병석에 계셨어요. 죽음을 앞두고 있었다고요."

"그래도 죽기 전에 수많은 장난질을 칠 정도는 됐어. 너희 둘이 거기 관련된 다른 사람들과 스스로 관계를 정리하게 그 여자가 내버려뒀으면, 너희가 별거하는 일도 없었을 거고 그런 일도 일어나지 않았을 거야. 그 여자는 우리 친정을 질투했어. 처음부터 그랬다고. 난 그 여자가 옛날에 메리 레닝거라는 이름으로 새드 스티븐스 학교에서 나보다 이 년 선배이던 시절을 알고 있었거든. 모리스 농장이 있던 자리에 새 고등학교 건물이 들어서기 전의 일이야. 그때도 그 여자는 자기가 엄청 잘난 줄 알았지. 레닝거 집안은 시골 출신이 아니야. 브루어 출신인데, 슬럼가의 사고방식을 갖고 있었다고. 건방지게 구는 것 말이야. 여자치고는 키가 너무 크고, 몸집도 너무 컸지. 해리, 자네 여동생은 아버지를 닮은 거야. 자네 친할아버지는 미장이였는데, 스웨덴 출신으로 아주 잘생긴 사람이었대." 장모는 엄지로 철썩 하는 소리를 내며 다이아몬드 에이스를 내려놓는다.

"세번째 패가 돌기 전에는 그럴 수 없어요." 해리가 규칙을 되새겨준다.

"이런, 바보 같으니." 장모는 에이스를 다시 가져가고는 최근에 산 안경 너머로 자신의 카드를 빤히 바라본다. 장모에게는 어울리지 않지만 세련된 그 안경은 묵직한 파란색 뿔테에 S자 모양의 다리가 나지막하게 달려 있고, 하나로 이어진 가짜 눈썹처럼 생긴 은색 무늬가 상감되어 있다. 안경이 편안하지도 않아서 장모는 작고 둥그런 콧잔등 위에서 계속 안경을 밀어올려야 한다.

카드를 바라보며 장모가 너무 깊은 고뇌에 빠진 것 같아서 해리가 다시 규칙을 일러준다. "장모님은 이제 1점만 더 얻으시면 비드를 할 수 있어요. 벌써 점수를 땄으니까요."

"그래, 그렇지…… 할 수 있을 때 최대한 끌어내라, 프레드가 하던 말이야." 장모는 자신의 카드들을 좀더 넓게 부채꼴로 펼친다. "아, 이게 하나 더 있는 줄 알았는데." 장모가 클로버 에이스를 하나 더 내려놓는다.

하지만 재니스가 그 패를 가져가며 말한다. "미안해요, 어머니. 난 클로버가 한 장밖에 없었는데, 어떻게 아셨어요?"

"그 에이스를 내려놓는 순간 느낌이 오더라니. 예감이 들었어."

해리는 웃음을 터뜨린다. 이 노부인을 사랑하지 않을 수 없다. 옹색한 곳에서 이 두 여자와 함께 지내다보니 그는 점점 부드럽고 상대를 잘 믿는 사람이 되었다. 엄마에게 여자들은 어디서 쉬를 하느냐고 묻던 어린 시절처럼. "옛날에는 가끔 궁금했어요." 그가 베시에게 이야기를 털어놓는다. "어머니가, 그러니까, 아버지에게 부정을 저지른 적이 한 번이라도 있을까 하고요."

"그런 적이 없다고 딱 잘라 말할 수는 없을걸." 장모가 말한다. 재니스가 자신에게서 에이스를 끌어냈기 때문에 입술이 무서운 표정을 짓고 있다. 장모가 번개처럼 해리를 쳐다본다. "내가 다이아몬드를 내려놨을 때 자네가 가만히 있었으면, 저애가 저걸 가져가지 못했을 거야."

"장모님," 그가 말한다. "모든 패를 가져갈 순 없어요. 욕심부리지 마세요. 제 어머니는 틀림없이 섹시한 여자였을 거예요, 밈을 보세요."

"자네 누이한테서 무슨 소식 있었나?" 장모가 다시 자신의 패를 뚫어지게 내려다보며 정중하게 묻는다. 장모의 화려한 안경테가 뺨에 던진 그림자 때문에 더 나이가 많고 얼굴이 처진 것처럼 보인다. 이제는 피부를 부풀려서 주름을 펴줄 분노가 없다.

"밈은 잘 지내요. 라스베이거스에서 미용실을 운영하고 있어요. 돈도 점점 많이 벌고 있고요."

"난 자네 동생에 대해 사람들이 하는 말을 절반도 믿은 적이 없어." 장모가 다른 곳에 생각이 가 있는 사람처럼 무심히 중얼거린다.

이번에는 재니스가 자신의 에이스들을 살펴보고는, 해리가 틀림없이 에이스를 갖고 있다고 생각했는지 스페이드의 킹을 내려놓는다. 플라잉이글에서 브리지게임과 테니스를 하는 그 마녀 집단에 들어간 뒤로 재니스는 카드놀이를 할 때 예전처럼 멍청하게 굴지 않는다. 해리는 예상대로 에이스를 내놓고는, 순간적으로 주도권을 쥔 틈을 타서 장모에게 묻는다. "넬슨이 제 어머니를 많이 닮은 것 같아요?"

"전혀 안 닮았어." 장모는 그의 스페이드 10을 후려치듯이 으뜸패를 내놓으며 만족스럽게 말한다. "눈곱만큼도."

"제가 그애한테 뭘 해주면 좋을까요?" 해리가 큰 소리로 묻는다. 마치 다른 사람이 그의 목소리를 통해 말한 것 같다. 방충망을 통해 안개가 바람에 밀려오는 것 같은 느낌.

"인내심을 가져." 장모가 의기양양하게 으뜸패들을 내놓기 시작하면서 대답한다.

"사랑도 보여주고." 재니스가 덧붙인다.

"녀석이 다음달에 대학으로 돌아가는 게 얼마나 다행인지."

침묵이 호수의 서늘한 바람처럼 오두막을 가득 채운다. 귀뚜라미 소리가 들린다.

해리가 비난하듯 말한다. "두 사람 모두 알면서도 말 안 하는 게 있죠?"

두 사람은 부인하지 않는다.

해리는 두 사람을 떠본다. "멜러니를 어떻게 생각해요? 진심으로. 내가 보기에는 걔가 넬슨을 우울하게 만드는 것 같던데."

"아무래도 나머지는 전부 내 것인 것 같군." 장모가 다이아몬드 카드들을 내려놓으며 선언한다.

"해리," 재니스가 말한다. "문제는 멜러니가 아냐."

"나보고 말해보라고 한다면……" 장모가 말한다. 말투가 어찌나 단호한지, 장모가 화제를 바꾸고 싶어한다는 걸 두 사람 모두 알아차린다. "멜러니가 집에서 하는 일이 점점 너무 많아지고 있어."

텔레비전에서는 미녀 삼총사가 여자 밀수꾼들을 뒤쫓고 있다. 값비싼 자동차들이 끼익 소리를 내며 이리저리 미끄러지고, 과일 노점과 커다란 유리창으로 뛰어들고, 마침내 서로 연쇄충돌을 일으켜 잔뜩 구겨진 채 상대의 펜더와 그릴에 처박히는 모습이 느린 화면과 정지화면으로 묘사되며 최종적으로 정의가 실현된다. 파라 포셋-메이저스 대신 투입된 미녀가 구겨진 말리부에서 내려 머리카락을 뒤로 젖히는 모습이 정지화면으로 바뀐다. 넬슨은 완전히 파괴된 할리우드 자동차들을 보고 공감한다는 듯이 의기양양하게 웃음을 터뜨린다. 좀더 급박한 템포와 아주 살짝 커진 볼륨으로 광고가 방안에 흘러넘친다. 거기서 반사된 빛이 새로운 팔레트처럼 얼굴에 색칠을 한다. 솜털이 있는 회색 천을 패턴에 따라 재단해서 만든 낡은 소파에 나란히 앉아 텔레비전을 바라보고 있는 멜러니와 넬슨의 통통하고 어릿광대 같은 얼굴에. 두 사람은 거실의 가구 배치를 바꾸면서 예전에 바칼라운저가 있던 자리에 텔레비전을 옮겨놓았다. 발을 올려놓은 받침대 밑의 바닥에서는 맥주병들이 반짝인다. 들척지근한 연기가 허공에서 색색으로 반짝이는 모습은 마치 미녀 삼총사의 유령들이 천장으로 올라가고 있는 것 같다. "끝내주게 박살이 났네." 넬슨이 단언하고는 힘들게 일어서서 더듬더듬 텔레비전을 끈다.

"바보 같아." 멜러니가 입을 가리고 노래를 부르는 것 같은 특유의 목소리로 말한다.

"아, 젠장, 넌 그 이름이 뭐냐, 그래, 커치프라는 놈 빼고는 죄다 바보 같다고 생각하잖아."

"G. I. 거지에프*야." 멜러니는 지금 그가 닿을 수 없는 정신적인 영

---

* 20세기 초중반에 영적인 가르침으로 커다란 명성을 얻었던 인물.

역 속으로 들어가 새침을 떠는 중이다. 켄트에서부터 다른 사람들에게는 진짜지만 그에게는 진짜처럼 느껴지지 않는 영역이 있다는 사실이 분명해졌다. 그가 모르는 언어나, 그가 이해할 수 없는 공리 같은 걸 말하는 게 아니라, 전혀 이득이 되지 않는데도 뭔가 이윤 같은 걸 만들어내고 있는 지식이 부유하는 영역을 말하는 것이다. 멜러니는 신비주의를 믿고, 고기를 전혀 먹지 않고, 두려움도 전혀 느끼지 않는다. 뒤엉킨 잡초 같은 아시아의 신들은 멜러니에게 조화를 의미한다. 넬슨이 키가 190센티미터가 넘는 아버지와 달리 자신은 180센티미터도 안 될 거라는 사실을 알았을 때부터, 아니 어쩌면 그전에 자신이 아버지와 어머니를 하나로 묶어줄 힘도 없고 파멸을 원했던 질을 구해줄 힘도 없다는 것을 알게 되었을 때부터, 아니 어쩌면 그전에 검은 정장을 입은 어른들이 은색 손잡이가 달리고 반짝이는 페인트가 칠해진 작은 하얀색 관 주위에 모이는 것을 지켜보았을 때부터 그의 일부가 되었던 한계에 대한 분노가 멜러니에게는 없었다. 하얀 관 주위의 어른들은 그에게 그 안에 무엇이 있는지 궁금하냐고 물어보지도 않은 채 갓난 여동생이 들어 있다고 말해주었다. 아무도 그에게 물어본 적이 없었다. 어른들의 세계는 항상 그랬다. 그냥 굴러갈 뿐이었다. 그리고 멜러니는 그 세계의 일부였다. 멜러니는 힘의 원천이 되는 수수께끼가 살고 있는 거품 안에서 그를 향해 새침한 미소를 짓고 있다. 기왕 일어선 김에 맥주병 하나를 들어 곱슬머리로 덮여 있는 멜러니의 두개골을 후려친 뒤, 자기 손에 남은 깨진 병조각을 멜러니의 웃고 있는 통통한 얼굴, 커다란 갈색 눈, 버찌 색깔 입술, 자기가 무슨 부처라도 되는 것처럼 조롱하듯이 무자비하게 차분함을 유지하고 있는 그 모습 속에 찔러넣고 빙글 돌린다면 기분이 좋을 것이다. "그 새끼 이름이 뭐든 무슨 상관이야, 죄다 개소리인걸." 하지만 넬슨은 그냥 이렇게 말한다.

"너도 그 사람 책을 읽어봐야 돼." 멜러니가 말한다. "정말 훌륭한 사람이야."

"그래? 뭐라고 써 있는데?"

멜러니는 웃음을 지우고 생각에 잠긴다. "요약하기가 쉽지 않아. 세상에는 제4의 길이 있대. 요기*의 길, 승려의 길, 행자의 길 외의 또다른 길."

"어이구, 훌륭하시네."

"그 길을 택하면 각성할 수 있댔어."

"잠이 안 든다고?"

"거지에프는 있는 그대로의 세상을 파악하는 데 흥미가 많아. 우리 모두 다중 정체성을 갖고 있대."

"난 나갈래." 그가 멜러니에게 말한다.

"넬슨, 지금 밤 열시야."

"레이드백으로 빌리 포스나트랑 다른 애들을 만나러 갈지도 모르겠다고 약속했어." 레이드백은 브루어의 와이저 스트리트와 파인 스트리트 모퉁이에 새로 생긴 술집으로 젊은이들이 드나드는 곳이었다. 예전 이름은 피닉스였다. 넬슨은 멜러니를 비난한다. "넌 아무 할 일도 없는 나를 남겨두고 만날 스태브로스랑 나가잖아."

"너도 거지에프를 읽어봐." 멜러니가 이렇게 말하고는 키득거린다.

---

* 요가 수행자.

"그거야 어쨌든 내가 찰리 아저씨를 만난 건 기껏해야 네댓 번이야."

"그래, 다른 날에는 항상 일을 하지."

"그렇다고 우리가 딱히 뭘 하는 건 아냐, 넬슨. 지난번에는 찰리 아저씨 어머니랑 같이 앉아서 텔레비전을 봤어. 너도 그 할머니를 만나 봐야 돼. 찰리 아저씨보다 더 젊어 보여. 머리카락도 새카맣고." 멜러니는 자신의 검고, 생기 있고, 탄력 있는 머리카락을 만진다. "정말 굉장한 분이었어."

넬슨은 데님 재킷을 입고 있다. 볼더에서 농장 일꾼들과 목동들의 낡은 옷을 전문으로 취급하는 가게에서 산 옷이다. 값이 새 옷의 두 배나 됐다. "난 빌리랑 거래를 꾸미는 중이야. 다른 녀석 한 명도 거기 올 거야. 그러니까 가야 돼."

"나도 가도 돼?"

"너 내일도 일하잖아."

"난 잠 같은 거 안 자도 된다는 거 알잖아. 잠을 자는 건 몸에 굴복하는 거야."

"일찍 올게. 넌 네 책이나 읽어." 넬슨은 멜러니의 키득거리는 소리를 흉내낸다.

멜러니가 묻는다. "프루한테 마지막으로 편지를 쓴 게 언제야? 요즘 프루가 보낸 편지에 답장 안 했지?"

그의 분노가 되돌아온다. 꼭 끼는 재킷과 이 방의 벽지가 그를 쥐어짜서 점점 더 작게 만드는 것 같다. "내가 어떻게 답장을 써? 걔가 하루에 두 번씩이나 편지를 써 보내는데, 젠장. 신문보다 더해. 걔는 편지에 자기 체온, 자기가 먹은 음식 같은 걸 죄다……"

편지는 켄트의 이름이 찍힌 종이를 훔쳐다가 타자기로 친 것이다. 몇 장이나, 오자 하나 없이.

"네가 그런 걸 알고 싶어한다고 생각하니까 그러는 거야." 멜러니가 나무란다. "걔는 지금 외롭고 무서워."

넬슨의 목소리가 더 커진다. "무서워! 뭐가 무서운 건데? 지금 날 봐. 아주 얌전하잖아. 네가 망할 놈의 감시견 역할을 워낙 잘하는 바람에 난 맥주를 마시러 시내에 나갈 수도 없다고."

"가."

넬슨은 죄책감에 가슴이 뜨끔하다. "솔직히 빌리랑 진짜로 약속을 했어. 빌리가 데려오는 녀석 누이가 76년식 TR 컨버터블을 갖고 있는데, 주행거리가 8만 8천밖에 안 된대."

"그래, 가." 멜러니가 조용히 말한다. "프루한테는 네가 워낙 바쁘다고 내가 편지로 알려줄 테니까."

"그게 무슨 뜻이야? 내가 지금 이러는 게 그 멍청이 프루 때문이 아니라면 도대체 누구 때문인데?"

"나야 모르지, 넬슨. 솔직히 난 네가 지금 뭘 하고 있는지, 누굴 위해 그러는지 모르겠어. 내가 아는 건, 나는 우리 계획대로 일자리를 찾았는데 넌 아무것도 안 하다가 결국 가엾은 아버지를 들볶아서 일자리를 만들어내게 했다는 것뿐이야."

"가엾은 아버지? 가엾은 아버지? 아버지를 지금 그 자리에 넣어준 게 누군데? 그 회사 주인이 누군데? 우리 엄마랑 할머니가 주인이야. 아버지는 그냥 얼굴 마담일 뿐이야. 그나마 그 일도 거지같이 못하고 있다고. 이제 찰리 아저씨도 기운이 다 빠졌으니 거긴 추진력이나 창의력이 있는 사람이 하나도 없어. 루디랑 제이크는 얼간이야. 아버지 때문에 지금 그 대리점은 망해가고 있다고. 그게 슬퍼."

"그런 말을 하고 싶으면 해, 넬슨. 찰리 아저씨가 기운이 다 빠졌다는 말도 마찬가지야. 비록 그런 문제는 너보다 내가 더 잘 알 수 있는 위치지만. 어쨌든 넌 나한테 책임을 질 수 있는 능력을 별로 보여준 적이 없어."

좌절감과 죄책감 때문에 눈물이 날 것 같지만 넬슨은 자신이 "창의력"이라는 말을 한 것에 대한 대답으로 멜러니가 "책임을 질 수 있는 능력"이라는 말을 해서 일부러 불을 붙이려 하는 것을 알아차린다. 멜러니 같은 사람들 앞에서 그는 언제나 말문이 막힐 것이다. 고작해야 "웃기는 소리"라고 한마디 할 수 있을 뿐이다.

"넌 여러 가지 감정을 갖고 있어, 넬슨." 멜러니가 말한다. "하지만 감정과 행동은 달라." 멜러니는 그에게 최면이라도 걸려는 것처럼 그를 뚫어지게 바라보며, 딱 한 번 눈을 깜박인다.

"아, 젠장. 난 지금 정확히 너랑 프루가 원한 대로 하고 있잖아."

"봐, 그게 네 사고방식이야. 모든 걸 남한테 미루는 거. 우린 너한테 구체적으로 뭘 어떻게 하라고 원한 적 없어. 네가 어른답게 헤쳐나가기를 바랐을 뿐이지. 그런데 거기서는 그게 안 되는 것 같아서 현실을 공감해보려고 이리로 돌아온 거잖아. 하지만 네가 그걸 해낸 것 같지 않아." 멜러니가 그런 식으로 눈을 깜박일 때면, 머리가 인형 머리처럼 보인다. 속이 텅 빈 인형 머리. 후려치면 재미있을 것이다. "찰리 아저씨 말이……" 멜러니가 말한다. "넌 손님을 대할 때 너무 안달하며 나선대. 사람들이 들어왔다가 질려서 나가버린다는 거야."

"그 사람들은 쬐끄맣고 형편없는 일본 차가 망할 놈의 엔화 때문에 엄청나게 비싼 걸 보고 질려서 나가는 거야. 나라도 그런 차는 안 산다. 다른 사람들도 그런 차를 왜 사는지 모르겠어. 문제는 디트로이트야. 디트로이트가 모든 사람들을 실망시켰다고. 디트로이트가 괜찮은 디자인의 차를 만들어내는 일에 수많은 사람들의 일자리가 달렸는데, 그 거지같은 새끼들이 그걸 안 하려고 해."

"자꾸 욕하지 마, 넬슨. 그래 봤자 나한테는 안 먹혀." 흔들림 없이 그를 올려다보는 멜러니의 눈에 흰자위가 많이 보인다. 그는 역시나 흰색이 풍부한 멜러니의 둥근 가슴을 그려본다. 이 싸움이 너무 심해져서 멜러니가 침대에서 그를 위로해주지 않게 되는 건 싫다. 멜러니는 그를 빨아준 적이 없지만, 틀림없이 찰리에게는 해주고 있을 것이다. 늙은이들이 그걸 일으켜세우는 방법은 그것뿐이니까. 머리가 텅 빈 부처 같은 미소를 지으며 멜러니가 말한다. "가서 다른 애들이랑 놀아. 난 여기서 프루한테 편지를 쓸 테니까. 네가 프루를 멍청하다고 욕했다는 말은 안 할게. 하지만 이제 네가 잘못한 부분을 덮어주는 일이 점점 지겨워지고 있어, 넬슨."

"누가 너더러 그렇게 해달랬어? 너도 거기서 얻는 게 있잖아." 콜로라도에서 멜러니는 유부남과 잠자리를 같이하는 사이였다. 그 남자는 넬슨이 여름에 밑에서 일하기로 되어 있던 같잖은 놈의 파트너로, 스키 휴양지에 콘도미니엄을 짓는 중이었다. 그 남자의 아내는 자기도 여기저기서 놀아난 주제에 시끄럽게 굴기 시작했고, 멜러니가 만나던 또다른 남자는 아스펜에서 아름다운 사람들에게 코카인을 공급해주는 일을 하겠다는 꿈을 꾸면서도 냉정함과 인맥이 부족해서 어느 쪽

발을 먼저 헛딛는가에 따라 감옥으로 직행하거나 일찌감치 무덤으로 들어가게 될 것 같았다. 넬슨은 로저라는 이름의 그 남자가 마음에 들었다. 곧 발길질을 당할 거라는 사실을 알고 있는, 홀쭉한 노란색 사냥개처럼 가만가만 옆걸음질로 다가드는 모습이 좋았다. 두 사람을 행글라이딩의 세계로 끌어들인 것도 로저였다. 멜러니는 조심하느라 몸을 뺐지만, 프루는 놀랍게도 기꺼이 해보겠다며 어쩌면 이걸로 모든 문제가 해결될지도 모른다고 우스갯소리를 늘어놓았다. 골든 혼 위에 있는 하이랜즈 기지에서 빌린 커다란 흰색 헬멧 속에서 아주 가늘게 보이는 얼굴로 프루는 그 놀랍고 적막한 공간 속으로 뛰어오르기 몇 초 전에 찌푸린 표정으로 날카롭게 평가하듯 그를 곁눈질하곤 했다. 그녀가 스토우의 공장 같은 고층 아파트에 있는 자신의 작은 스튜디오 아파트에서 그와 함께 자기로 했을 때 처음 보여준 바로 그 표정이었다. 그 방의 전망창은 주차장 위로 나 있었다. 그는 프루보다 멜러니를 먼저 만났다. 종교의 지리학이라는 강의를 함께 들은 것이 계기였다. 신도神道, 샤머니즘, 자이나교 등 고대의 모든 미신적인 종교들이 번성하는 지역들이, 지도에 따르면, 서로 여기저기서 겹쳤다. 마치 질병의 얼룩들처럼. 어떤 경우에는 심지어 그 얼룩들이 번지기까지 하고 있어서 세상은 정말이지 절망적인 상태였다. 프루는 학생이 아니라 로크웰 홀의 서무과에서 일하는 타이피스트였다. 멜러니는 대학의 직원들, 특히 비서들이 불평을 늘어놓게 만들려고 '민주적 켄트를 위한 학생연맹'이 주도한 캠페인중에 프루를 알게 되었다. 대개 그런 종류의 우정은 또다른 캠페인 주제가 나타나면 시들해지기 마련이지만, 프루는 그대로 남았다. 프루에게는 원하는 것이 있었다. 넬슨은 일그러진 표정으로 마지못해 미소를 짓는 것 같은 그녀에게 매력을 느꼈다. 프루도 남들에게 여봐란듯이 자신을 꾸미는 일에는 소질이 별로 없는 것 같았다. 세상의 비바람에 머뭇거린 적이라고는 한 번도 없이 텔레비전이나 보다가 강의실로 직행한 주제에 그럴듯한 말만 늘어놓는 다른 녀석들과는 달랐다. 타이피스트답게 강인하고 긴 손도 앵스트룀 할머니의 손 같아서 좋았다. 프루는 덴버에서 프리랜서 일자리를 찾을 수 있을까 하는 마음에 자신의 휴대용 레밍턴 타자기를 가져갔다. 따라서 자기가 언제 자서 언제 일어나고, 구역질이 날 때는 또 언제인지 등을 적은 편지를 타자기로 쳐서 보냈다. 하지만 넬슨은 일일이 손으로 써서 답장을 보내야 한다. 어린애가 쓴 것처럼 괴발개발 기어가는 자신의 필체가 못견디게 싫은데도. 급류처럼 쏟아지는 프루의 유창하고 완벽한 편지들이 그를 압도한다. 프루가 그런 물결을 쏟아낼 수 있을 줄은 정말 몰랐다. 왠지 여자들은 남자들보다 쉽게 글을 쓴다. 넬슨은 펜빌라스에 살 때 질이 집안 여기저기에 남겨두던 초록색 잉크의 메모들을 기억하고 있다. 옛날에 엄마엄마가 부르던 노래 가사도 갑자기 좀더 완전하게 떠오른다. "라이데, 라이데, 가일레/알레 슈툰 엔 마일리/게흐츠 이버 데어 슈툼베/팔츠 부블리 누네!" 아기가 떨어진다는 대목에서 나오는 마지막 단어, '누네'를 할머니는 노래가 아니라 그냥 말하듯이 했다. 그 목소리가 어찌나 엄숙한지 넬슨은 항상 웃음을 터뜨렸다.

"내가 거기서 얻는 게 뭔데, 넬슨?" 멜러니가 사람을 미치게 만드는, 그 고집스럽게 노래하는 듯한 목소리로 묻는다.

"스릴." 그가 말한다. "안전한 스릴이기도 하지. 네가 좋아하는 거잖아. 대체로 나를 조종하면서 느끼는 거. 늙은이들을 홀릴 때도 그렇고."

멜러니의 목소리에서 긴장이 풀리고 슬픈 느낌이 난다. "내 생각에 그건 점점 흐릿해지고 있는 것 같아. 어쩌면 내가 네 할머니랑 말을 너무 많이 한 건지도 모르지."

"그럴 수도 있겠지." 계속 서 있는 상태로 그는 자신이 다시 조금 유리해졌음을 느낀다. 여긴 그의 집, 그의 마을, 그의 유산이다. 멜러니는 여기서 외부인이다.

"뭐, 난 네 할머니가 좋았어." 멜러니가 말한다. 과거형을 쓰는 것이 이상하다. "난 항상 나이든 사람들한테 끌려."

"적어도 할머니는 엄마나 아빠보다는 분별이 있지."

"내가 프루한테 편지를 쓴다면, 뭐라고 했으면 좋겠어?"

"내가 어떻게 알아?" 재킷 속에서 그의 어깨가 부르르 떨린다. 팽팽하게 꼭 끼는 재킷에 전기가 닿기라도 한 것처럼. 숨결은 점점 뜨거워지는데도 얼굴에는 구름이 낀다. 하얀 편지봉투들, 그녀가 썼던 하얀 헬멧, 그녀의 하얀 배. 허공으로 뛰어오르면 발밑에 광대한 공간이 펼쳐지지만 왠지 그것이 위협적으로 느껴지지는 않았다. 안전띠들이 그를 단단히 붙들어주고, 풀밭으로 변한 스키 코스와 살짝 기울어진 초원을 따라 서 있는 나무들이 점점 작아지며 떨어져나가고, 커다란 나일론 날개는 조종막대를 잡아당길 때마다 반응을 보였다. "잘 버티라고 전해줘."

멜러니가 말한다. "프루는 계속 버티고 있었어, 넬슨. 하지만 영원히 그럴 수는 없어. 벌써 티가 나기 시작한다고. 나도 여기에 오래 머무를 수는 없어. 켄트로 돌아가기 전에 엄마를 만나러 가야 돼."

모든 것이 그의 입 앞에서 복잡하게 변해가는 것이 손에 잡힐 듯 생생해서, 그는 힘들게 몰아쉬는 자신의 숨소리를 의식한다. "난 애들이 전부 가버리기 전에 레이드백에 가야 돼."

"그래, 가. 가버려. 하지만 내일은 날 도와서 청소를 해야 돼. 식구들이 일요일에 돌아올 텐데, 넌 그동안 단 한 번도 텃밭의 잡초를 뽑거나 잔디를 깎은 적이 없잖아."

장모의 편안하고 낡은 뉴포트를 몰고 잭슨 스트리트를 달려 조지프 스트리트와 만나는 지점을 향하면서 해리가 가장 먼저 본 것은 토마토처럼 빨간 자신의 코로나가 집 앞에 세워져 있는 모습이다. 새로 뽑은 차처럼 보일 뿐만 아니라, 방금 세차까지 한 것 같다. 마침내 수리가 끝난 것이다. 녀석이 세차까지 해놓다니 귀엽다. 심지어 사랑스럽기까지 하다. 자신이 넬슨에게 온갖 못된 생각을 품었던 것에 대해 갑자기 후회가 밀려오면서 8월 말의 반짝이는 일요일 정오에 마운트저지로 돌아온 기쁨을 점점 세차게 막아선다. 공기 중에서는 미식축구 공처럼 마른풀 냄새가 나고, 단풍나무는 이제 슬슬 황금색으로 변하려는 생각을 품고 있는 것 같다. 집 앞의 잔디밭은, 진달래 덤불 옆의 그 어쭙잖은 부분과 뿌리들이 솟아 있어서 가위로 일일이 잘라주어야 하는 길가의 풀들까지 깔끔하게 깎여 있다. 해리는 가위로 풀을 자르다보면 손바닥이 벗겨진다는 걸 알고 있다. 넬슨이 현관으로 나와서 가방 내리는 걸 도우려고 길로 내려오자 해리는 그와 악수를 한다. 뽀뽀도 해줄까 했지만, 아이가 인상을 찌푸리기 시작하자 뒷걸음질을 친다. 평소보다 훨씬 더 상냥하게 아들을 대해야겠다는 충동적인 생각이 어수선하게 인사가 오가는 와중에 허우적거리다가 익사해버린다. 재니스는 넬슨을 안아준 뒤, 그보다는 가볍게 멜러니도 안아준다. 장모는 차를 타고 오면서 잔뜩 더위를 먹은 모습으로 두 젊은이가 뺨에 입을 맞추는 걸 허락한다. 두 아이 모두 정장을 차려입었다. 멜러니는 복숭아 색깔의 리넨 정장을 입었는데, 해리는 멜러니에게 그런 옷이 있는 줄도 몰랐다. 넬슨이 입은 회색 상어 가죽 모양 옷도 분명히 전에는 없던 것이다. 판매원이 되려고 새로 장만한 양복이다. 그렇게 차려입으니 감탄이 나올 만큼 깔끔해 보인다. 아이가 단정하게 빗질한 머리를 살짝 한쪽으로 기울이는 것을 보며 아버지는 죽은 프레드 스프링어의 일면, 그 사기꾼 같은 모습이 보이는 것 같아 화들짝 놀란다.

멜러니는 전보다 키가 더 커 보인다. 하이힐 덕분이다. 멜러니가 기쁨에 차서 읊조리는 듯한 특유의 목소리로 설명한다. "교회에 갔다 왔어요." 그리고 장모를 향해 시선을 돌리며 말을 잇는다. "전에 저랑 통화하실 때 어쩌면 예배시간에 맞춰서 오실지도 모른다고 했잖아요. 그래서 정말로 그렇게 되면 우리가 할머니를 놀래드리고 싶었어요."

"멜러니, 내가 저 녀석들을 제시간에 깨우질 못했어." 베시가 말한다. "거기서는 아주 잉꼬부부 행세를 해서 말이야."

"산속의 공기 때문이에요. 다른 건 없어요." 래빗이 더러운 이불보가 가득 든 더플백을 넬슨에게 건네며 말한다. "휴가를 간 건데, 장모님이 여기 와서 그 게이한테 측은한 눈길을 보내게 하려고 마지막날 새벽부터 일어나고 싶지는 않았다고요."

"별로 게이처럼 보이지 않던데요, 아빠. 원래 목사들 말투가 그래요."

"제가 보기에는 꽤 급진적인 것 같던데." 멜러니가 말한다. "부자가 낙타의 바늘구멍을 통과해야 한다는 얘기만 계속했잖아." 멜러니는 해리를 향해 말을 잇는다. "살이 좀 빠지신 것 같아요."

"달리기를 해서 그래. 정신 나간 사람처럼 달렸다고." 재니스가 말한다.

"게다가 매일 식당에서 점심을 먹을 필요도 없었거든." 그가 말한다. "식당에서는 음식이 너무 많이 나와. 아주 괴로워."

"어머니, 도로 턱을 조심하세요." 재니스가 날카롭게 말한다. "부축해드려요?"

"난 삼십 년 동안 아무 일 없이 이 길을 다녔다. 도로 턱이 여기 있다고 말 안 해줘도 알아."

"넬슨, 계단에서 할머니를 부축해드려." 그래도 재니스가 이렇게 말한다.

"코로나가 아주 근사해 보이는걸." 해리가 아들에게 말한다. "새것보다 더 좋아." 하지만 살짝 기울어져서 신경에 거슬리던 운전대는 여전히 그대로일 것 같다는 생각이 든다.

"내가 이 차 때문에 사람들을 얼마나 다그쳤는데요, 아빠. 매니 아저씨가 계속 이 차의 순서를 뒤로 돌리잖아요. 주인인 아빠가 여기 없다는 이유로요. 그래서 아빠가 돌아오시기 전에 반드시 수리가 끝나야 한다고 내가 분명하게 말했어요."

"돈을 내는 손님들을 먼저 생각해야지." 해리가 말한다. 왠지 자기 밑에서 일하는 정비부장을 옹호해줘야 할 것 같다.

"매니 아저씨는 순 엉터리예요." 아이가 더플백을 메고 할머니를 부축해 집안으로 들어가며 어깨 너머로 외친다. 문 위에 부채꼴로 난 채광창에는 스테인드글라스로 새긴 잎사귀 무늬들 사이로 89라는 숫자가 있다.

해리는 여행가방들을 들고 그 뒤를 따라 들어간다. 그동안 이 집의 모습이 머릿속에서 희미해져 있었다. "이런, 세상에." 그가 숨을 내쉬며 말한다. "그리운 집이로구나."

장모는 집안이 깔끔하다며 충실하게 칭찬을 늘어놓고 있다. 화단의 꽃들을 꽃병에 꽂아 찬장과 식탁 위에 둔 것, 진공청소기로 러그를 청소한 것, 솜털이 있는 회색 소파와 역시 같은 색인 안락의자의 등받이 덮개를 세탁한 것에 대해서. 장모는 술이 달린 등받이 덮개를 만져본다. "프레드가 세탁소의 늙은 엘지 로드랑 싸운 뒤로 이 덮개가 이렇게 깨끗했던 적이 없어. 그때부터 우리가 그 여자 세탁소에 안 갔거든."

멜러니가 설명한다. "브러시에 러그 세척제를 살짝 적셔서 사용하면……"

"멜러니, 넌 일을 잘해." 해리가 말한다. "너의 유일한 문제는, 남자가 아니라는 거야." 의도했던 것보다 더 거친 말투가 되어버렸지만, 집안에 발을 들여놓는 순간 갑자기 속이 상해서 그는 당황하고 있었다. 여긴 그의 집이면서 그의 집이 아니다. 저 계단, 자질구레한 장식품들. 그는 여기서 하숙생처럼 살고 있다. 속옷 차림으로 너무 취해서 움직이지도 못하는, 늙은 주정뱅이 하숙생. 심지어 루스도 자기만의 공간을 갖고 있는데. 그는 얼굴이 둥근 자신의 딸이 저멀리 잡초가 웃자란 땅에서, 우툴두툴한 초록색 문이 달린 사암 주택에서 잘 지내고 있는지 궁금하다.

장모가 허공에 대고 코를 킁킁거린다. "뭔가 달콤한 냄새가 나는데." 장모가 말한다. "네가 쓴 그 러그 세척제로구나."

넬슨은 해리의 옆에 있다. 평소보다 훨씬 더 가까이. "아빠, 일 얘기가 나와서 말인데요, 내가 아빠한테 보여드릴 게 있어요."

"일단 가방부터 이층에 올려놓고 보자. 포코노스에서 운동화를 신고 걸어다니기만 했는데도 필요한 게 얼마나 많은지 몰라."

재니스가 부엌문을 쾅하고 열어젖히며 밖에서 들어온다. "해리, 텃밭 좀 봐. 잡초를 다 뽑아서 얼마나 예쁜지 몰라! 양상추가 내 무릎까지 자랐고, 콜라비도 엄청나게 커!"

해리는 젊은이들에게 말한다. "너희가 좀 먹지 그랬어. 콜라비는 너무 자라면 흐물흐물해지는데."

"어차피 그건 처음부터 맛이 없는 음식인데요, 뭐, 아빠." 넬슨이 말한다.

"그래. 나 말고는 그걸 좋아하는 사람이 하나도 없는 것 같구나." 해리는 뭔가를 계속 오물오물 먹는 걸 좋아한다. 그것이 그가 살찐 이유 중 하나다. 어렸을 때부터 그는 이가 안 좋았지만 지금은 어금니에 크라운을 씌운 상태라 아무래도 먹는 것을 너무 즐기게 된 것 같다. 이제는 더이상 통증이 없고, 영원한 황금으로 씌운 이만 있으니까 말이다.

"콜라비라." 멜러니가 꿈을 꾸듯이 말한다. "그게 뭔지 궁금했는데, 넬슨은 계속 그게 무라고 했어요. 콜라비에는 비타민C가 많아요."

"요즘 그 크레페 집은 어때?" 해리가 멜러니에게 묻는다. 조금 전 멜러니에게 남자가 아니라서 아쉽다고 말했던 것을 보상하려고 애쓰는 중이다. 하지만 그의 말이 정곡을 찌른 것 같기는 하다. 만약 멜러니가 남자였다면, 보통 남자들처럼 으스대는 대신 지독히 달콤한 남자가 되었을 것이다.

"잘돼요. 그만두겠다고 얘기해뒀어요. 다른 웨이트리스들이 저한테 파티를 열어줄 거예요."

넬슨이 말한다. "멜러니는 이제 진짜 노는 걸 좋아하는 애로 바뀌었어요, 아빠. 나랑 여기 같이 있는 동안에도 얼굴을 보기가 힘들 정도였다니까요. 아빠 친구인 찰리 스태브로스 아저씨가 계속 멜러니랑 데이트를 했어요. 심지어 오늘 오후에도 멜러니를 데리러 올 예정이에요."

이 한심하고 불쌍한 얼간이 같으니. 래빗은 생각한다. 얘가 왜 이렇게 가까이 서 있는 걸까? 근심에 찬 아들의 숨소리가 들릴 정도다.

"아저씨가 포지 계곡에 같이 가자고 하셨어요." 멜러니가 눈을 빛내며 말한다. 저 밝은 눈빛 속에 어떤 짓궂음이 숨겨져 있는지 래빗은 아마 결코 모를 것이다. 멜러니는 몸을 빼내고 있다. "곧 펜실베이니아를 떠날 건데, 관광지를 거의 못 가봤거든요. 그런데 찰리 아저씨가 몇 군데를 구경시켜주시겠다고 해서 다행이에요. 지난 주말에는 아미시 마을에 가서 온갖 마차들을 봤어요."

"그런 걸 보고 있으면 정말 우울해지지, 안 그래?" 해리는 계속 말을 잇는다. "그 아미시 녀석들은 못된 놈들이야. 자기 자식한테도, 짐승한테도, 서로에게도 못되게 군다고."

"아빠……"

"포지 계곡까지 갈 거라면 간 김에 자유의 종도 한번 보는 게 좋을 거다. 거기 금간 부분이 아직 그대로인지 한번 봐."

"일요일에도 그걸 구경할 수 있는지 잘 몰라서요."

"8월의 필라델피아는 어차피 그 자체로도 볼만한 곳이야. 한심한 인간들이 모여 사는 거대한 늪 같지. 거기선 큰 소리로 웃기만 해도 목이 잘려."

"멜러니, 네가 떠난다니 섭섭하구나." 재니스가 사근사근하게 끼어든다. 가끔 해리는 깜짝깜짝 놀라곤 한다. 중년의 재니스가 이렇게 사근사근해질 수 있다니. 되돌아보면, 그와 잰은 꽤나 거친 인간들이었다. 불만이 가득한 젊은이들이었다고나 할까. 세련된 면은 별로 없었다. 아니, 사실 그런 면은 전혀 없었다. 약간의 돈은 놀라운 일을 해낸다.

"네." 여름 동안 손님으로 이곳에 머물렀던 멜러니가 말한다. "식구들도 만나봐야 하거든요. 어머니랑 자매들이요. 카멜에 살아요. 아버지를 만나러 가게 될지는 잘 모르겠어요. 아버지가 워낙 이상하게 변해서요. 그다음에는 학교로 돌아갈 거예요. 여기 있는 동안 정말 즐거웠어요. 다들 친절하게 대해주셨고요. 저를 잘 알지도 못하셨을 텐데 말이에요."

"그거야 당연하지." 해리가 말한다. 멜러니의 자매들이 어떻게 생겼는지 궁금하다. 그들도 모두 저런 눈과 루비 같은 입술을 갖고 있을까? "네가 잘했으니까 그런 거지. 네가 스스로 노력한 거야." 어설프고 어설프다. 멜러니에게는 결코 제대로 말을 할 수가 없다.

"우리 어머니가 널 많이 보고 싶어하실 거야." 재니스가 이렇게 말하고는 목소리를 높여 묻는다. "그렇죠, 어머니?"

하지만 장모는 장식장 안에 들어 있는 도자기를 열심히 살피는 중이다. 누가 훔쳐가지나 않았는지 확인하려고. 그래서 재니스의 말을 듣지 못한 것 같다.

해리가 넬슨에게 불쑥 묻는다. "아까 그렇게 급히 보여주겠다고 한 게 뭐냐?"

"저기 대리점에 있어요." 아이가 말한다. "아빠가 돌아오시면 같이 차를 몰고 가려고 했죠."

"먼저 점심부터 먹으면 안 될까? 아침도 제대로 못 먹어서 말이다. 시간에 맞춰서 교회에 간다느니 어쩌느니 하는 바람에. 아직 개미들이 먹어치우지 않은 피칸 샌디 두어 개만 먹으면 돼." 음식을 생각하니 배가 고프다못해 아파왔다.

"남은 게 별로 없어서 점심으로 먹을 정도는 아닌 것 같은데." 재니스가 말한다.

멜러니가 나선다. "냉장고에 맥아랑 요구르트가 있어요. 냉동실에 중국 채소도 조금 있고요."

"난 식욕이 없다." 장모가 선언하듯 말한다. "게다가 난 내 침대에 누워 보고 싶어. 과장이 아니라, 거기 있는 동안 한 번에 세 시간 이상 자본 적이 없는 것 같다. 계속 너구리 소리가 들려서 말이지."

"교회에 못 간 게 속이 상해서 저러시는 거야." 래빗이 다른 사람들에게 말한다. 집에 돌아와서 겪는 이 어수선한 분위기 때문에 덫에 붙들린 것 같은 느낌이 든다. 전에는 없던 긴장이 여기 존재하고 있다. 어느 곳이든 다시 돌아와보면 결코 똑같은 모습이 아니다. 심판의 날 죽은 자들이 소생하는 것을 생각해보라. 해리는 부엌을 지나 텃밭으로 나가서 손으로 콜라비 이파리를 뜯어내고, 맛이 순하고 아삭한 둥근 공에서 앞니로 껍질을 벗겨내 그대로 먹는다. 거리 위쪽에 사는 부치들은 여전히 망치질을 하고 있다. 도대체 뭘 만들고 있는 걸까? 그시 구절이 뭐더라? '그대에게 좀더 장중한 것을 지어주리라 오 나의 영혼.' 로티 빙거먼이라면 알았을 것이다. 허공에서 손을 흔들면서. 공기의 느낌이 좋다. 예전보다는 김이 빠진 느낌의 한낮이다. 여름이 먼지 속으로 가라앉고 있다. 6월에 맑은 초록색을 띠던 나무들의 색도 탁해졌고, 배경음악처럼 들려오는 벌레 소리는 잘 들어보면 끊임없이 건조하게 긁히는 소리처럼 변했다. 높이 자란 양상추에는 씨앗이 많이 맺혔고, 콩은 그 근처에 있고, 당근을 뽑아보니 뚱뚱한 남자의 거시기처럼 뭉툭하다. 위로 밀어올리는 힘이 모두 초록색 이파리 속으로 들어가버렸다. 부엌으로 돌아오니 재니스가 지나치게 마르지 않아서 아직 먹을 만한 살라미를 조금 찾아 그와 넬슨을 위한 샌드위치를 만들어놓았다. 결국 전시장에 잠시 다녀와야 하는 모양이다. 원래 해리는 오후에 클럽으로 나가서 거기 친구들이 자기를 반가워하는지 볼까 했는데. 그들이 염소를 뿌린 수영장의 밝게 흔들리는 물가에 모여서 웃어대는 모습이 보이는 듯하다. 버디와 그가 이번달에 키우고 있는 개, 해리슨 부부, 여우 같은 늙은이 웹과 그의 귀여운 신디. 검은 엉덩이와 아기 발가락의 신디. 정말 햇빛 같은 사람들이다. 장모의 음울한 집 구석에 처박힌 이 그림자 같은 인간들과는 다르다. 찰리가 밖에서 경적을 울리지만 안으로 들어오지는 않는다. 당황한 모양이다. 당연히 그래야지, 어린애 도둑놈 같으니. 앞문이 쾅하고 닫히는 순간 해리는 재니스의 반응을 보려고 고개를 돌린다. 눈 하나 깜박하지 않는다. 여자들은 강하다. 그가 재니스에게 묻는다. "당신은 오늘 오후에 뭐할 거야?"

"집을 좀 치우려고 했는데, 멜러니가 벌써 다 해놓은 것 같네. 그럼 클럽에 가서 할 수 있으면 게임이나 좀 하지, 뭐. 안 되면 하다못해 수영을 해도 되니까." 재니스는 아워글라스 호수에서도 수영을 했다. 솔직히 엉덩이에서 가슴까지 중간 부분이 더 유연하고 길어진 것처럼 보인다. 그다지 나쁜 색시는 아니라는 생각이 가끔 든다. 오랜 혈육과 음침한 타인들로 이루어진 이 우울한 세상에서 사람들이 그것을 몰라보는 것이 놀랍다.

"당신 생각은 어때? 찰리랑 멜러니 말이야." 그가 묻는다.

재니스는 찰리를 흉내내듯 어깨를 으쓱한다. "괜찮은 것 같은데. 안 될 것 뭐 있어? 찰리가 더 힘이 나는 것 같아. 한 번뿐인 인생이라고들 하잖아."

"당신 먼저 클럽으로 가지 그래? 난 넬리가 보여주겠다는 걸 보고 나서, 그게 뭔지는 모르겠지만 하여튼, 나중에 그 녀석이랑 같이 그쪽으로 갈게."

넬슨이 부엌으로 들어온다. 입을 살짝 벌리고, 눈빛에는 의심이 깃들어 있다.

재니스가 말한다. "아니면 나도 당신이랑 넬슨을 따라서 전시장으로 갔다가, 셋이 같이 클럽으로 가도 되지. 차를 한 대만 쓰면 되니까 기름도 절약되잖아."

"엄마, 이건 사업 얘기예요." 넬슨이 반발한다. 녀석의 얼굴에 구름이 끼는 걸 보고 두 사람 모두 녀석이 하자는 대로 하는 편이 낫다는 걸 깨닫는다. 회색 양복 때문에 넬슨은 더욱더 약해 보인다. 잘 알지도 못하는 행사 때문에 익숙하지 않은 옷을 억지로 입은 아이 같다.

그래서 넬슨과 해리는 일요일을 맞아 몰려나온 차들 사이를 달린다. 해리가 자신의 코로나 운전대를 잡은 것은 한 달 만에 처음이다. 그들은 자기 손바닥의 손금보다 더 훤히 알고 있는 길을 따라 조지프 스트리트에서 잭슨 스트리트로, 센트럴 스트리트로 달려가 산의 옆구리를 끼고 돈다. 해리가 말한다. "이 차 느낌이 좀 달라진 것 같은데, 안 그러냐?" 이런 말부터 꺼내면 안 되는데. 해리는 실수를 덮으려고 한다. "차를 한 번 세게 박고 나면 원래 느낌이 달라지는 모양이야."

넬슨이 화를 낸다. "그냥 좀 우그러진 거라니까요. 차 앞쪽 끝이랑은 아무 상관 없었어요. 만약 달라진 게 있다면, 거기가 다르게 느껴질 거예요."

해리는 숨을 참고 가만히 있다가 한발 물러선다. "그냥 내가 그렇게 생각해서 그런 모양이다."

두 사람은 전망이 좋은 고가도로를 지나고, 쇼핑센터를 지난다. 쇼핑센터 안에 있는, 극장 네 개짜리 복합상영관에는 **애거사 맨해튼 미트볼 애미티빌 호러**라는 광고문구가 붙어 있다. 넬슨이 묻는다. "저 책 읽어보셨어요, 아빠?"

"무슨 책?"

"〈애미티빌 호러〉요. 학교에서 애들이 그 책을 전부 돌려가며 보더라고요."

학교 애들. 행운아들. 해리도 교육만 받았다면 못할 일이 없었을 텐데. 어딘가의 대학에서 코치를 할 수도 있었을 텐데. "귀신 들린 집 얘기지?"

"아빠, 악마주의 얘기예요. 전에 그 집에 살던 사람이 악마를 불러냈는데, 그 악마가 사라지려 하질 않아요. 롱아일랜드에 있는 평범하게 생긴 집인데 말이에요."

"넌 그런 걸 믿니?"

"글쎄요…… 무시하기 힘든 증거들이 있기는 하죠."

래빗은 앓는 소리를 낸다. 줏대 없는 세대 같으니. 근성도 없고, 사실과 유령을 구분할 수 있는 탄탄한 의지도 없다. 악마주의, 마리화나, 마약, 채식주의. 한심하기는. 모든 걸 누군가가 떠먹여주는 것에 익숙한 녀석들. 인생이 유령들로 가득한 커다란 텔레비전인 줄 안다.

넬슨이 그의 생각을 알아채고 그를 비난한다. "아빠도 교회에서 하는 말을 다 믿잖아요. 그거야말로 진짜 역겨워요. 오늘 교회에서 어쨌는지 아세요? 성체를 나눠주는데, 진짜 기가 막혀서, 제단에서 돌아오는 사람들이 전부 자기들 입을 톡톡 두드리면서 엄청 심각한 표정을 짓더라니까요. 무슨 인류학 교과서를 보는 것 같았어요."

"적어도……" 해리가 말한다. "그건 네 할머니 같은 분들의 기분을 달래주기는 하지. 그런데 그 애미티빌 호러라는 게 달래주는 건 도대체 누구냐?"

"그건 원래 그런 작품이 아니에요. 그냥 실화를 쓴 거라고요. 그 집에 살던 사람들이 원해서 그런 일이 벌어진 것도 아니에요. 그냥 그런 일이 벌어진 거예요." 목소리가 높아진 걸 보니 녀석은 래빗이 의도했던 것보다 더 궁지에 몰린 기분인 것 같다. 어쨌든 래빗은 눈에 보이지 않는 존재에 대해 생각하고 싶지 않다. 지금까지 살아오면서 그가 그런 쪽에 관심을 보일 때마다 누군가가 목숨을 잃었다.

침묵 속에서 아버지와 아들은 시티뷰 드라이브를 따라 구불구불 달린다. 지나치게 자라버린 나무들 사이로 화분 색깔의 도시 풍경이 언뜻언뜻 보인다. 영국인 측량사가 그려놓은 격자형 구획 위에 독일인

노동자들이 지은 이 도시에서 지금은 폴란드 놈들과 라틴 놈들과 흑인들이 빽빽하게 들어앉아 벽을 통해 들려오는 옆집 텔레비전 소리와 아기 울음소리와 토요일 밤이 점점 형편없이 변해가는 소리를 듣고 있다. 이제는 운전하기가 까다롭다. 자전거와 오토바이가 가득한데다가, 무엇보다 나쁜 것은 머리에 이어폰을 걸치고 조깅용 반바지 차림으로 롤러스케이트를 신은 놈들이 꼭 권투선수 같은 모습으로 잔뜩 약에 취해서 이 거리가 자기들 것이라도 되는 것처럼 멋대로 돌아다니고 있기 때문이다. 코로나는 로커스트 스트리트를 따라 달린다. 의사들과 변호사들이 벽돌로 길게 지은 핵가족형 주택에 틀어박혀 있는 곳이다. 집들은 도로에서 안쪽으로 들어가 있어서 그늘이 져 있고, 옹벽과 노간주나무들이 경사진 땅과 맞서 싸우고 있다. 차가 오른쪽의 브루어 고등학교 앞을 지나간다. 어렸을 때 해리의 눈에 그 학교는 성처럼 보였다. 체육관도 많고 줄지어 늘어선 사물함이 영원까지 이어진 것 같아서 믿을 수가 없었다. 그가 그 학교에 가본 것은 몇 번, 마운트저지 대학 팀이 브루어의 대학 2군* 팀과 경기를 했을 때였다. 대개는 (그쪽이) 장난삼아 한 경기였지만. 그는 넬슨에게 이 이야기를 해줄까 하다가, 자신이 선수 시절의 추억을 끄집어내는 걸 아이가 싫어한다는 걸 떠올린다. 브루어 녀석들은 비열했다고 래빗은 침묵 속에서 기억을 되살린다. 마치 방금 나무딸기맛 아이스바를 빨고 온 것처럼 입가에 뭔가 더러운 걸 묻히고 있었다. 여자애들은 아무하고나 잤고, 진짜 못된 놈들은 당시 리퍼**라고 불리던 것을 피웠다. 지금은 대통령의 자식들

---

* junior varsity. 대학 수준에 못 미치는 대학 선수들이나 고교 선수들이 뛰는 경기.
** 마리화나 궐련.

조차, 그러니까 포드의 아들과 그 칩*은 또 어떨지 누가 알겠는가, 어쨌든 그 녀석들조차 아무 여자하고나 자고 리퍼를 피운다. 진보라니. 어떤 의미에서는 자신이 멜러니 말처럼 안전한 주머니 같은 곳, 그러니까 개울을 따라 흘러가던 잔가지들이 앞으로 나아가지 못하고 뒤로 물러나면서 진흙을 따라 차곡차곡 쌓이는 곳 같은 데서 자랐음을 이제 알겠다.

차가 아이젠하워 스트리트의 가파른 비탈길로 휙 접어들 무렵 넬슨이 침묵을 깨고 묻는다. "아빠가 여기 가로로 뻗은 거리들 중 어디서 산 적이 있지 않아요?"

"그래, 서머 스트리트. 두어 달쯤. 아주 오래전 일이다. 네 어머니랑 좀 문제가 있었어. 그건 왜 묻니?"

"그냥 생각이 나서요. 어딜 갔을 때 전에 와본 적이 있는 것처럼 느껴질 때가 있잖아요. 틀림없이 꿈에서 본 거겠지만. 내가 아빠를 보고 싶다고 심하게 보채면 엄마가 나를 차에 태우고 이리로 와서 나랑 같이 어떤 집을 바라봤어요. 혹시 아빠가 나오지 않을까 하고요. 그때 내가 보기에는 전부 똑같이 생긴 집들이 줄줄이 늘어서 있는 것 같았는데."

"그래, 봤니? 내가 나왔어?"

"그랬던 기억은 없어요. 하지만 어차피 내가 기억하는 게 많지도 않은데요, 뭐. 그냥 차 안에 앉아 있었던 거랑 엄마가 날 주려고 쿠키를 가져왔던 거, 그리고 엄마가 울음을 터뜨리던 게 기억나요."

"세상에, 미안하구나. 그런 줄은 정말 몰랐어. 엄마가 널 데리고 여

---

* 카터 대통령의 둘째 아들의 애칭.

기까지 차를 몰고 왔을 줄은."

"어쩌면 겨우 한 번 왔던 건지도 몰라요. 느낌상으로는 한 번 이상이었던 것 같지만. 엄마가 아주 뚱뚱했던 게 기억나요."

아이젠하워 스트리트가 다시 평탄해졌고, 두 사람은 아무 말 없이 1204번지를 지나쳤다. 나중에 재니스가 찰리 스태브로스에게 도망쳐 와서 살았던 곳이자 넬슨이 자전거를 타고 와서 창문을 올려다보던 곳. 그때 아이는 소형 오토바이를 갖고 싶어서 필사적이었고, 결국 밈이 그에게 오토바이를 사줬다. 하지만 아이는 그것을 많이 타고 다니지 않았다. 슬픔이 거기 묻어 있기 때문에. 이제 그 오토바이는 어딘가에 쓰레기가 되어 놓여 있었다. 감정이라는 것이 순간적으로 왔다가 사라지는 것 같아도 금속보다 오래간다는 걸 생각하면 우습다.

두 사람은 버려진 자동차 적재장을 지나고 공장도가 아울렛 구역을 통과해서 3번가에서 좌회전을 한 뒤 와이저 스트리트 남쪽 끝에서 우회전을 해 창문 하나 없는 하얀색 건물에 들어 있는 손봄 장의사를 지나서 다리를 건넌다. 거리에 나와 있는 차들은 대부분 예배가 끝난 뒤 식당에서 모처럼 외식을 하고 천천히 돌아가는 노부인들과 이미 맥주에 잔뜩 취해서 블래스츠의 게임이 열리는 브루어 북쪽의 스타디움으로 향하는 젊은이들로 가득하다. 111번 도로에서 좌회전. **D I S C O. 연료 경제성**. 두 사람 모두 라디오를 켜는 걸 깜박 잊고 있었다. 두 사람 사이의 긴장에 워낙 정신이 팔린 탓이다. 해리가 헛기침을 하며 말한다. "그래, 멜러니가 대학으로 돌아갈 예정이라니, 너도 돌아가겠구나."

침묵. 대학 이야기는 너무나 뜨거운 주제다. 손도 델 수 없을 만큼 뜨겁다. 대리점에서 그동안 무엇을 배웠느냐고 물었어야 하는 건데.

스프링어 모터스. 두 사람은 차를 몰고 그 안으로 들어간다. 해리가 이곳에 와 보는 건 3주 만이다. 집과 마찬가지로 여기도 오염돼 있다. 코로나가 정비소에 있는 동안 그가 가끔 몰았던 카프리스가 보이지 않는다. 팔린 모양이다. 코롤라 신차 여섯 대가 달콤새콤한 색깔을 뿜내며 고속도로 옆에 일렬로 서 있다. 해리는 그 차들의 바퀴가 너무나 작아 보이는 모습에 결코 익숙해지지 않는다. 그가 어렸을 때부터 본 미국 차들에 비하면 마치 세발자전거 바퀴 같다. 그래도 그 차들은 핵심 모델이다. 값싼 차. 대부분의 사람들은 아직도 가난하다. 현실을 똑바로 인정해야 한다. 무엇이든 공짜로 얻을 수는 없지만, 사람들은 결코 희망을 버리지 않는다. 사탕이 점점 녹고 있어 작은 바다가 된 것처럼 그의 차들이 햇빛 속에 달궈지고 있다. 오늘은 일요일이므로 해리는 입구 양편에서 기를 쓰고 자라고 있는 산울타리 바로 옆에 차를 세우고 그 뿌리들 사이에 흩어진 포장지와 냅킨 등을 줍는다. 척 왜건에서 바람을 타고 111번 도로를 건너온 것들이다. 진열창을 또 닦아야 할 것 같다. 새로 시작된 텔레비전 광고의 문구인 **아, 굉장한 느낌**이 적혀 있는 종이 플래카드가 왼편 유리창의 위쪽 절반을 채우고 있다. 전시장에는 셀리카 신차 두 대가 있다. 한 대는 옆구리에 노란색 줄무늬가 있는 검은색이고, 다른 한 대는 하얀색 줄무늬가 있는 파란색이다. **아, 굉장한 느낌** 포스터에는 알프스인지 로키인지 알 수 없는 산이 배경으로 서 있는 청록색 수영장에서 수영복을 입고 크게 웃으며 물을 튀기는 계집이 그려져 있는데, 그 밑에 뭔가 다른 것, 작고 나지막하고 바퀴벌레 같은 차가 한 대 웅크리고 있다. 도요타의 자동차가 아니다. 해리에게 열쇠가 없어서 넬슨이 제 열쇠로 유리문을 연다. 그 이상한 차는 TR-6 컨버터블이다. 판매를 위해 반짝반짝 닦아놓았지만, 낡은 차임이 분명하다. 앞유리창은 먼 거리를 달리는 동안 긁힌 자국들이 가득해서 탁하게 보이고, 펜더가 잔물결처럼 살짝 휘어진 걸 보면 그 부분의 금속이 상처를 입어 치료받은 적이 있는 것 같다. "이게 도대체 뭐야?" 해리가 묻는다. 침입자처럼 앉아 있는 이 나지막한 차에 비해 그의 키가 무척 커 보인다.

"아빠, 이게 전에 말했던 거예요. 컨버터블을 파는 거예요. 솔직히 이제는 이런 차를 만드는 데가 거의 없어요. 심지어 재규어도 그만뒀으니까요. 그러니까 앞으로 틀림없이 계속 가격이 오를 거예요. 우리가 5500을 불렀는데 벌써 두어 명이 이걸 거의 사기 직전까지 갔어요."

"이게 그렇게 값어치가 나간다면 이 차 주인이 이걸 왜 내놨겠어? 무슨 차를 팔면서 보상판매로 이걸 받은 거야?"

"음, 정확히 말하면 보상판매는 아닌데……"

"그럼 정확히 뭐야?"

"우리가 샀어요……"

"네가 샀다고!"

"빌리 포스나트의 친구 누나가 곧 결혼해서 알래스카로 갈 예정이에요. 이 차는 상태가 아주 좋아요. 매니 아저씨가 샅샅이 살폈다고요."

"매니랑 찰리가 너한테 이걸 사도 좋다고 했단 말이냐?"

"말릴 이유가 없잖아요. 찰리 아저씨가 옛날에 할아버지랑 같이 온갖 터무니없는 일들을 저지른 얘기를 해줬어요. 동물 인형이랑 오렌지를 손님들한테 나눠주기도 하고, 드레스 입은 여자들을 데려다가 경매를 열어서 제일 높은 값을 부른 사람한테 차를 주고…… 그 값이 겨우

5달러라 해도 말이에요. 그래서 자동차 로데오를 하는 사람들이 거기에 오곤 했는데……"

"그거야 한창 좋던 옛날 얘기지. 지금은 힘든 새 시대야. 사람들은 여기 도요타를 사러 오는 거지 망할 놈의 영국산 스포츠카를 보려고 오는 게……"

"아뇨, 그걸 보려고 올 거예요. 일단 우리가 이름만 쌓으면."

"우리한테는 이미 이름이 있어. 스프링어 모터스, 도요타와 중고차 판매. 사람들은 우리를 그 이름으로 알고 있고, 그런 차를 사려고 이리로 온단 말이다." 목소리에 점점 힘이 들어가고, 분노와 흥분이 점점 쌓여가는 것이 느껴진다. 농구 경기에서 우리 편이 10점을 뒤지고 있는데 남은 시간은 5분밖에 안 되고, 경기 내내 상대 선수들의 팔꿈치에 갈비뼈를 얻어맞았을 때의 기분 같다. 갑자기 모든 근육에서 힘이 빠지면서 뭔가가 점점 끓어오른다. 그러면 확실히 세상에 불가능한 일은 없는 것 같은 확신이 든다. 그는 자신을 억제하려고 애쓴다. 이 녀석은 약한 아이이고 그의 아들이다. 하지만 여기는 그의 대리점이다. "난 너랑 컨버터블 문제로 의논을 한 기억이 없다."

"얘기했어요, 아빠. 우리 둘만 거실에 앉아 있던 그날 밤에요. 그런데 아빠가 코로나 때문에 기분이 상해서 화제를 바꿔버렸죠."

"찰리가 정말로 너한테 이렇게 해도 좋다고 말했어?"

"그럼요. 그냥 어깨를 으쓱하고 말았다고나 할까. 아빠가 없으니까 찰리 아저씨가 새 차들을 관리해야 하잖아요. 그런데 신제품들이 일찍 들어오는 바람에……"

"그래. 나도 아까 봤다. 그렇게 길가에 세워놓으면 온갖 먼지를 다

뒤집어쓰겠지."

"……게다가 어차피 찰리 아저씨는 내 상사도 아니잖아요. 우린 동등한 입장이라고요. 엄마엄마도 내 생각을 좋아하시더라고 내가 찰리 아저씨한테 말했어요."

"아. 할머니한테 이 이야기를 했다고?"

"뭐, 정확히 말하면 꼭 그때는 아니고요, 할머니는 그때 아빠랑 엄마랑 같이 있었잖아요. 하지만 내가 대리점에 자리를 잡는 걸 할머니도 분명히 바라고 계세요. 이 가게를 3대에 걸쳐 이어나가느니 어쩌고 하는 그런 것 말이에요."

해리는 고개를 끄덕인다. 장모는 아이를 응원할 것이다. 둘 다 검은 눈의 스프링어니까. "그래, 뭐 해가 될 것 같지는 않구나. 이 고물차 값으로 얼마를 줬니?"

"그쪽에서는 4900을 불렀지만 내가 4200으로 깎았어요."

"세상에, 그건 너무 비싸잖아. 너 장부를 보기는 한 거야? 장부가 뭔지 알기는 해?"

"그놈의 장부가 뭔지 당연히 알죠. 하지만 컨버터블은 장부가격대로 나가는 물건이 아니에요. 이건 골동품과 같다고요. 물건이 한정돼 있고, 조금 있으면 더이상 안 나올 거예요. 이른바 수집품이란 말이에요."

"76년식 TR에 4200을 주다니. 그건 새 차 여섯 대를 팔아야 벌 수 있는 돈이야. 주행거리는 얼마야?"

"여자가 운전하던 차예요. 여자들은 차를 험하게 안 몰잖아요."

"그것도 여자 나름이지. 길에서 보면 마구 밀어붙이는 여자들도 있어. 주행거리가 얼마라고?"

"그게, 말하기가 좀 힘든데요, 알래스카로 간 그 남자가 대시보드 밑에 있는 어떤 걸 고치려고 하다가 뭐가 뭔지 잘 모르고……"

"아이고, 세상에. 알았다. 이걸 그냥 도매로 넘기고 좋은 경험을 한 걸로 치자. 내가 내일 시내의 혼버거한테 연락할게. 그 친구는 아직 TR랑 MG를 취급하니까 우리가 부탁하면 이걸 맡아줄 거야."

해리는 짧게 자른 넬슨의 머리가 신경에 거슬리는 이유를 알아차린다. 그 모습이 아이의 초등학교 때 모습을 연상시키기 때문이다. 60년대 후반의 그 온갖 일들로 인해 모든 것이 악화되기 전의 그 모습. 그때 아이는 앞으로 키가 얼마 자라지 않을 거라는 사실을 모르고 짐 버닝 같은 투수가 되겠다며 여름 내내 야구모자를 쓰고 다니는 바람에 앙상하고 주근깨투성이고 웃음기도 없는 얼굴에 머리카락이 더 찰싹 달라붙었다. 이제는 아이가 매고 있는 넥타이와 양복이 그 야구모자처럼 반드시 좌절하게 돼 있는 희망의 의상으로 보인다. 넬슨의 눈이 금방이라도 눈물을 흘릴 것처럼 반짝인다. "비용을 감수하고 이걸 넘긴다고요? 아빠, 우린 틀림없이 이 차를 팔 수 있어요. 1천을 남길 수 있다고요. 게다가 두 대가 더 있어요."

"TR가 두 대 더 있다고?"

"컨버터블 두 대요. 뒤쪽에 있어요." 이제 아이는 겁에 질려 있다. 얼굴이 하얗게 질려서 눈꺼풀과 귀 끝이 분홍색으로 보인다. 래빗도 겁이 난다. 이런 건 더이상 겪고 싶지 않은데 상황이 저절로 굴러간다. 아이는 그에게 차를 보여주어야 하고, 그는 어떻게든 반응을 보여야 한다. 두 사람은 복도를 따라 부품 부서를 지나 뒤쪽으로 걸어간다. 넬슨이 앞장서서 걸으며 금속 문틀 옆의 열쇠걸이판에서 자동차 열쇠를 빼낸다. 두 사람은 크고 넓은 차고로 들어간다. 일요일이라 아주 조용하다. 기름과 아세틸렌의 따끈따끈한 악취가 풍기고 골조가 다 드러난 무도장 같다. 넬슨이 도난경보기를 끄고 뒷문의 긴 손잡이를 민다. 다시 바람이 느껴진다. 강 건너 저편의 브루어. 콘크리트 부조로 새긴 독수리가 잡초와 엉겅퀴와 미국자리공* 위에서 사람의 발길이 닿지 않은 대리점 가장자리를 내려다보고 있는 높은 법원 건물의 꼭대기가 보인다. 이 뒤편 공간이 필요 이상으로 넓어서 래빗은 항상 왠지 파라과이를 떠올린다. 아스팔트 위에 멸종한 미국산 컨버터블 두 대가 작은 섬처럼 서 있다. 72년식 머큐리 쿠거. 크림색 지붕은 넝마가 다 됐고, 차체는 나일 그린이라 불리는, 강렬하고 창백한 녹조 색깔이다. 그리고 74식 올즈 델타 88 로얄. 스파이 영화가 유행하던 시절에 여자들이 손톱에 바르던, 자주색에 가까운 빨간색이다. 이것들이 멋진 골동품이라는 건 해리도 인정할 수밖에 없다. 양철을 쫙 펴서 만든 차체와 공기역학적이고 고풍스러운 디자인. 낡은 가속페달을 바닥까지 밟고, 추수기의 보름달을 향해 중앙로를 곧바로 달려가는 차들이다. 해리가 말한다. "이거 시험 삼아 갖다놓은 거냐? 아직 돈을 준 건 아니지?" 이것도 역시 해서는 안 되는 말이라는 느낌이 든다.

"샀어요, 아빠. 우리 차예요."

"내 차라고?"

"아빠 차가 아니라, 회사 차예요."

"도대체 무슨 짓을 저지른 거야?"

---

* 자리공과의 한해살이풀.

"무슨 짓이라니요? 그냥 밀드레드 크루스트 아줌마한테 수표를 써 달라고 했을 뿐이에요. 찰리 아저씨가 아줌마한테 그래도 된다고 했고요."

"찰리가 그래도 된다고 했다고?"

"아저씨는 우리가 이미 합의한 줄 알고 있어요. 아빠, 그만하세요. 이게 무슨 큰일도 아닌데. 결국 우리가 하는 일이 이거 아니에요? 차를 사서 이윤을 남기고 파는 거."

"이런 엉터리 차들은 아니지. 이건 얼마나 줬니?"

"머큐리로는 틀림없이 600이나 700을 남길 수 있을 거고, 올즈로는 더 남길 수 있을 거예요. 아빠는 너무 고지식해요. 돈은 그냥 돈이에요. 아빠가 없는 동안 내가 어느 정도 책임을 져도 되는 것 아니었어요?"

"얼마야?"

"정확한 값은 잊어버렸어요. 쿠거는 2천 정도고 로얄은 포츠빌 쪽에 빌리가 아는 자동차 딜러가 갖고 있던 건데 우리가 다양한 차를 갖고 있으면 좋을 것 같았어요. 값은 아마 2-5쯤 됐을 거예요."

"2500달러로군."

이 숫자를 말하는 것만으로도 서서히 기분이 좋아진다. 나쁜 쪽으로. 그가 넬슨에게 조금이라도 빚진 것이 있다면, 지금 그 빚이 청산되는 중이다. 그는 다시 숫자를 말한다. "훌륭한 미국 달러로 2500······"

아이가 거의 악을 쓰다시피 말한다. "그 돈을 되찾을 거예요, 틀림없어요! 이건 골동품이랑 같아요. 황금이랑 같다고요! 절대 돈을 잃을 리가 없어요, 아빠."

해리는 말을 멈출 수 없다. "계기판을 조작한 TR에 4200, 그리고

4500은……"

아이가 애원하듯 말한다. "날 그냥 내버려두세요. 내가 알아서 할게요. 벌써 신문에 광고를 냈어요. 이 주만 지나면 다 팔려나갈 거예요. 장담해요."

"장담한다고? 이 주 뒤에 넌 대학으로 돌아갈 텐데."

"아빠, 전 안 가요."

"안 가?"

"전 켄트를 그만두고 여기 남아서 일하고 싶어요." 아이의 작은 얼굴에 두려움과 사나움이 가득하다. 어찌나 창백한지 주근깨가 앞으로 튀어나와 표면으로 둥둥 떠오르는 것 같다. 거울에 묻은 작은 얼룩처럼.

"세상에, 미치겠군." 해리가 한숨을 내쉰다.

넬슨은 충격을 받은 표정으로 그를 바라본다. 그리고 자동차 열쇠를 들어올린다. 눈은 흐릿하고, 아랫입술은 떨리고 있다. "아빠가 로얄을 운전하면서 즐기게 해줄 생각이었어요."

해리가 말한다. "즐겨? 이 낡은 고물들이 기름을 얼마나 먹는지 알아? 요즘 휘발유가 4리터에 1달러인데 사람들이 순전히 머리카락이 바람에 나부끼는 걸 느껴보고 싶다는 생각만으로 기름만 잡아먹고 연비는 형편없는 이 8기통짜리 자동차를 살 것 같아? 이 녀석아, 꿈꾸지 마."

"그런 걸 누가 신경써요. 사람들은 이제 돈에 그 정도로 신경 안 쓴다고요. 어차피 죄다 시시하잖아요. 돈은 시시해요."

"너한테는 그럴지 몰라도, 지금 분명히 말해두는데 난 아냐. 자, 차분히 이야기해보자. 부품을 생각해봐. 이놈들은 틀림없이 수리가 필요하겠지. 오랫동안 돌아다녔으니까. 육 년, 칠 년 된 부품들이 요즘 얼마나 하는지 알기나 해? 아니, 그걸 다 구할 수나 있을지도 모르겠다. 여기는 화려한 골동품가게가 아냐. 우린 도요타를 판단 말이다. 도요타."

그의 벼락같은 고함 앞에서 아이가 졸아든다. "아빠, 이제 더는 안 사들일게요, 약속해요. 이것들이 팔릴 때까지는 안 사요. 틀림없이 팔릴 거예요, 장담해요."

"장담은 무슨 장담을 해? 내 자동차 대리점에 기웃거리는 건 당장 그만두고 오하이오로 돌아가. 나도 너한테 이런 말을 하기는 싫지만 말이다. 넬슨, 넌 재앙이야. 여기서 계속 이러고 있으면 넌 정신 못 차려."

자신이 아이에게 이런 말을 하고 있다는 것이 정말 싫다. 하지만 지금 기분은 이 말 그대로다. 이것이 너무 싫어서 그는 등을 돌리고 아까 들어왔던 문으로 나가려고 하지만, 문이 잠겨 있다. 원래 자동으로 잠기게 되어 있는 문이다. 그는 자기 대리점 차고에서 안으로 들어갈 수 없고, 열쇠는 넬슨이 갖고 있다. 래빗은 문손잡이를 덜컹덜컹 흔들어대고 손바닥 끝으로 금속 문을 쿵쿵 두드려댄다. 막무가내로 몸부림을 치면서 무릎으로 문을 차기까지 한다. 통증이 풍선처럼 부풀어올라서 빨간색으로 세상을 감싸는 바람에 그리 멀지 않은 곳에서 자동차 엔진에 시동이 걸리는 소리가 들리는데도 그는 그 소리를 자신과 연결시키지 못한다. 마침내 고무가 끽 하고 밀리는 소리와 금속이 고속으로 달려와 금속에 쾅하고 충돌하는 소리가 들린다. 검은 분노가 빨간 막을 찢어발긴다. 래빗이 고개를 돌리자 넬슨이 두번째 충돌을 위해 후진하고 있는 것이 보인다. 튀어올랐던 작은 부품들이 햇볕을 받아 반짝이며 아직 내려앉는 중이다. 이번에는 아이가 꼼짝 못하고 굳어버린 아버지를 문에 박아버릴지도 모른다는 생각이 들지만 그렇지는 않다. 로얄이 머큐리의 옆구리를 들이받자 머큐리가 바퀴 두 개로 일어선다. 연한 초록색 펜더가 쭈그러지면서 헤드라이트가 터진다. 헤드라이트의 렌즈 테가 하늘로 자유로이 날아오른다.

차가 충돌을 향해 달려가는 것을 보면서 해리는 충돌이 슬로모션으로 일어날 거라고 생각했다. 텔레비전에서 본 것처럼. 하지만 실제로는 코미디처럼 빠르게 일어났다. 개 두 마리가 한데 얽혔다가 생각을 바꾼 것 같았다. 로얄의 엔진이 잠잠해진다. 마치 알갱이들이 모여 있는 것처럼 금이 간 앞유리창을 통해 넬슨의 얼굴이 일그러져 보인다. 눈물로 일그러지고, 일그러져서 작아졌다. 래빗은 차가 입은 피해를 생각하면서 속에서 딱딱하고 숨이 막힐 것 같은 웃음이 솟아오르는 것을 느낀다. 자갈보다 더 잘게 부서진 유릿조각들이 밝은 왕모래처럼 아스팔트에 흩어져 있다. 널찍한 금속 피부에는 원래 그림자가 없어야 할 곳에 그림자가 져 있다. 운전대에 얼굴을 기대고 흐느끼는 아이의 짧은 머리가 둥근 솔처럼 보인다. 건물 저편에서는 일요일의 도로를 달리는 자동차들의 소리가 속삭임처럼 계속 들려온다. 이상하고 어색한 웃음의 덩어리들이 해리의 가슴에서 출렁거린다. 아 정말 굉장한 느낌이다.

일주일도 안 돼서 그는 클럽에서 그 이야기를 늘어놓는다. "5천 달러어치 금속이 와장창. 웃고 싶어 미치겠는데, 애는 그 안에서 울고 있는 거야. 어차피 그건 전부 그 녀석 차였으니까. 그 녀석 입장에서는. 그때 내가 생각나는 거라고는 올즈 옆으로 가서 팔을 이렇게 하고 서는 것밖에 없었어." 그는 산의 온화한 굴곡 밑에서 양팔을 넓게 벌린다. "만약 녀석이 날 때리겠다고 팔을 휘두르면서 나왔다면 난 꼼짝없이 배에 한 방 맞았겠지. 하지만 녀석은 눈물범벅이 돼서 비틀비틀 나왔어. 난 녀석을 끌어안았고 말이야." 그는 아이를 안고 위로하는 시늉을 한다. "두 살 때 이후로 그 녀석이 그렇게 가깝게 느껴진 적이 없어. 그런데 진짜 기분이 거지같은 건, 그 녀석 말이 옳았다는 거야. 녀석이 그 컨버터블 광고를 바로 그날 일요일에 냈는데, 벌써 전화가 스무 통은 걸려 왔을 거야. TR는 수요일에 팔려나갔지. 5500에. 사람들은 이제 돈을 헤아리지 않아. 그냥 창밖으로 던져버리고 있어."

"아랍인들처럼 말이지." 웹 머킷이 말한다.

"세상에, 그놈의 아랍인들." 버디 잉글펑거가 말한다. "놈들한테 핵무기를 한 방 터뜨리면 정말 끝내줄 것 같지 않아?"

"지난주에 금값 봤어?" 웹이 빙긋 웃는다. "아랍인들이 유럽에 달러를 쏟아내서 그래. 뭔가 낌새가 이상하다 싶었던 거지."

버디가 묻는다. "오늘 신문 봤어? 지난 6월에 정부가 이 휘발유 부족사태를 조작했다는 워싱턴의 조사결과가 나왔다던데."

"그때도 이미 다 알고 있었잖아, 안 그래?" 웹이 되묻는다. 그의 눈썹에서 둥글게 휘어져나온 빨간 털들이 반짝인다.

오늘은 노동절 직전의 일요일이다. 회원들만 4구*를 치는 날. 해리

---

* fourball. 네 사람이 하는 골프 경기.

일행 네 명은 게임 시작 시간을 늦게 배정받아서 수영장 옆에서 아내들과 함께 술을 한잔하며 기다리고 있다. 아내들이 다 온 것은 아니다. 버디 잉글핑거는 아내가 없다. 그가 여름 내내 끌고 다니는 그 여드름 투성이 바보 조앤뿐이다. 그리고 재니스는 오늘 아침에 어머니와 함께 교회에 갔다가 나중에 게임이 끝난 뒤 다 같이 술을 마실 때 클럽에 오겠다고 말했다. 이상한 일이다. 재니스는 플라잉이글을 해리보다 훨씬 더 좋아하는데. 하지만 멜러니가 지난 수요일에 떠난 뒤로 뭔가 낌새가 이상하다. 해리가 포코노스에서 돌아왔기 때문에 찰리는 2주 휴가를 냈고, 넬슨은 대리점에서 기피 인물이 되었으므로 해리는 눈코 뜰 새 없이 바쁘다. 여름이 끝날 무렵에는 항상 실적이 조금 늘어난다. 가을 모델들의 광고가 나오기 시작하고, 가격이 오를 거라는 소문이 돌면서 이미 나와 있는 모델들을 사는 편이 이익처럼 보이기 시작하기 때문이다. 인플레이션이 점점 심해지기 때문이기도 하다. 9월에는 항상 밝고 바싹 마른 것처럼 보이는 날씨가 찾아오는데, 래빗은 두 가지 느낌을 받는다. 사과와 칠판의 분필가루 냄새를 맡으며 학교나 일터로 다시 돌아가 열심히 일해야 한다는 느낌과 자신이 또 한 걸음 올라섰다는 느낌, 저 꼭대기에 어둠이 자리잡고 있는 계단을 또 한 칸 올라섰다는 사실을 새삼 깨닫는 것이다.

신디 머킷이 수영장에서 나온다. 그녀의 갈색 어깨에 구슬처럼 묻어 있는 물방울들이 저마다 건조한 햇빛을 붙드는 바람에 피부가 무지갯빛으로 반짝인다. 소년처럼 짧게 자른 머리가 뒤통수를 절반쯤 내려간 지점에서 우연히 깃털 같은 모양으로 착 달라붙어 있다. 그녀는 판석 위에 올라서서 머리카락에 묻은 물기를 털어내려고 고개를 비튼다. 허벅지 안쪽 높은 곳의 털이 검은 삼각형 모양의 끈 비키니와 하나로 뒤섞인다. 신디는 일행이 있는 곳으로 걸어오며 젖은 발자국을 통통하게 남긴다. 발꿈치와 발바닥과 작고 둥그런 발가락. 검고 둥글고 저속한 발가락.

"아직도 금을 사두는 게 좋다고 생각해?" 해리가 웹에게 묻는다. 하지만 웹은 좁고 주름진 얼굴을 돌려 젊은 아내를 응시하고 있다. 여자의 통통한 몸에서 그의 무릎으로 물방울이 뚝뚝 떨어진다. 체크무늬 골프 바지의 라임그린색이 물방울 때문에 더 짙어진다. 웹의 눈썹에서 휘어져나온 털들의 길이를 생각하면, 그 털들이 그의 눈을 찌르지 않는 것이 신기하다. 그가 아내의 엉덩이를 옆에서 끌어안는다. 페마퀴드산의 초록색 전경을 배경으로 머킷 부부가 광고를 찍고 있는 것 같다. 두 사람 뒤에서 잠수부가 염소가 섞인 물을 칼처럼 가르며 유연하게 뛰어든다. 해리의 눈이 따끔거린다.

셀마 해리슨은 그의 이야기에 귀를 기울이며, 그 속에 깔린 슬픔을 알아차렸다. "넬슨도 제가 저지른 일 때문에 황망했을 거예요." 그녀가 말한다.

해리는 '황망하다'는 표현이 마음에 든다. 생김새는 생쥐 같고 혈색도 나쁜데, 해리슨 같은 인간을 어떻게든 잘 단속하며 살고 있는 여자의 입에서 그렇게 구식 표현이 나오다니. "겉으로 보기에는 안 그래요." 해리가 말한다. "그 일이 있은 직후에는 그랬죠. 하지만 그뒤로는 녀석이 누구한테나 어찌나 못되게 구는지 몰라요. 특히 내가 녀석한테 광고에 반응이 있었다고 말한 게 실수였죠. 녀석은 계속 대리점에 나오고 싶어하지만, 내가 그런 건 꿈도 꾸지 말라고 해뒀어요. 녀석이 정말 말도 안 되는 짓을 저질렀잖아요."

셸마가 말한다. "어쩌면 그애가 아빠한테 아직 말하지 못한 게 있는지도 모르죠." 그의 머리 바로 뒤에 태양이 있는 모양이다. 셸마는 크고, 둥글고, 자동차 앞유리창처럼 윗부분이 더 짙은 색인 갈색 선글라스를 끼고 있는데도 그를 올려다보며 손으로 눈에 그늘을 만든다. 선글라스가 얼굴 절반을 가리고 있어서 입술이 저 혼자서 정확하게 움직이고 있는 것 같아 느낌이 이상하다. 비록 얇은 입술이지만 해리슨의 굵은 거시기에 딱 들어맞을 것 같은 작은 굴곡이 십여 개나 있다. 셸마가 과연 무엇으로 해리슨을 사로잡고 있는지 생각해보면 그렇다는 말이지만, 그런 모습을 상상하기는 힘들다. 주름치마를 입고 아주 신중하게 처신하며 또박또박 말하는 셸마는 전형적인 교사의 모습이다. 로션을 발랐는데도 코가 분홍색이다. 그 분홍색이 눈 아래까지 번져가고 있는데, 선글라스에 거의 가려서 잘 보이지 않는다.

시든 박하 가지를 넣어둔 g와 t가 거의 바닥을 드러내고 있고, 옆에 아내도 없어 둥둥 떠 있는 것 같은 기분으로 게임이 시작되기를 기다리던 해리는 얼룩덜룩한 얼굴에 엄숙한 표정을 띠고 자신을 바라보는 셸마의 눈길에 조금 당황한다. "네." 그는 잔가지를 힐끔거리며 말한다. "재니스도 계속 그런 말을 해요. 그런데 그게 뭔지 말을 안 해줘요."

"아마 말할 수 없는 거겠죠." 셸마가 양다리를 바짝 붙여서 수영복에 붙은 치마를 허벅지 위로 2.5센티미터쯤 내리며 말한다. 그 나이또래 여자들처럼 자주색 혈관이 살갗에 두드러져 보이지만, 해리는 자기처럼 배가 불룩 나오고 나이가 많은 사람 옆에서 셸마가 왜 어색해하는지 모르겠다.

그가 말한다. "녀석이 학교로 돌아가는 걸 싫어하는 걸로 봐서 낙제를 해놓고 우리한테 말을 안 한 건지도 모르죠. 하지만 그런 거라면 학장이나 누가 편지 같은 걸 보냈을걸요. 콜로라도에서는 편지가 엄청나게 많이 오는데."

"그거 알아요, 해리?" 셀마가 말한다. "로니랑 내가 아는 남자들 중에는 아들이 가업을 물려받는 걸 싫어한다면서 투덜거리는 사람이 많아요. 사업을 일궜는데 아무도 그걸 이어가려 하지 않는다는 거죠. 비극이에요. 그러니 넬슨이 자동차에 관심을 갖는 걸 기쁘게 생각해야 돼요."

"녀석이 좋아하는 건 차를 박살내는 것밖에 없어요." 해리가 말한다. "그 녀석 나름의 복수죠." 그는 비밀을 털어놓듯이 목소리를 낮춘다. "나랑 그 녀석이 잘 지내지 못하는 데는, 내가, 그러니까, 조금 실수를 할 때마다 녀석이 그 자리에 있었던 게 원인인 것 같아요. 내가 녀석을 옆에 두기 싫어하는 이유 중에 그것도 있어요. 그 망할 녀석도 그걸 알고 있고요."

로니 해리슨은 한심한 조앤에게 살짝 수작을 걸어보려고 고개를 들어 아내를 향해 고함친다. "그 말만 번드르르한 녀석이 당신한테 뭘 팔려고 그러는 거야, 여보? 녀석한테 속아넘어가지 마."

셀마는 흐릿한 미소를 지으며 남편의 말을 무시해버리고 해리에게 차분한 목소리로 말한다. "그건 넬슨보다는 해리 씨 쪽이 더 신경쓰는 문제인 것 같은데요. 혹시 여자 문제 아닌가 싶네요. 넬슨 말이에요."

해리는 이제 막 시작된 두통을 g와 t가 지워줄지 궁금하다. 한낮에 술을 마시면 항상 그런 효과가 난다. "글쎄요, 그럴 리는 없을걸요. 요즘 애들은 그냥 게르빌루스쥐처럼 서로의 침대를 쉽게 드나드니까요. 녀석이 데려왔던 여자애, 멜러니도 그다지 통하는 게 없는 것 같았어요. 사실 마지막에는 서로 하찮은 일로도 발끈하곤 했죠. 멜러니는 하고많은 사람 중에 하필이면 찰리 스태브로스한테 반하기까지 했어요."

"왜 '하고많은 사람 중에 하필이면'이라는 거예요?" 셀마의 미소가 아까보다는 덜 흐릿하다. 얄팍한 입술이 둥글게 휘어진 것을 보니, 이 클럽이 생기기 전 옛날에 찰리가 재니스의 애인이었다는 사실을 셀마도 알고 있음이 분명하다.

"우선은 아버지뻘이라고 해도 될 정도로 나이가 많고, 이미 한 발은 무덤에 들여놓은 거나 마찬가지니까 그렇죠. 어렸을 때 류머티즘열을 앓아서 몸이 말이 아니에요. 요새 대리점에서 어린애처럼 어정거리며 돌아다니는 걸 보면 정말 한숨이 나올 정도예요."

"병을 앓는다고 해서 사는 걸 포기하고 싶어지는 건 아니에요." 셀마가 말한다. "나도 루푸스라는 병을 앓고 있어요. 그래서 내가 신디처럼 예쁘게 살갗을 태우지 못하고 햇볕을 피하는 거예요."

"아, 그래요?" 셀마가 왜 그에게 이런 이야기를 하는 걸까?

셀마가 쓴웃음을 짓고 있는 걸 보니 해리의 생각을 알아차린 것 같다. "심장이 안 좋아도 영원히 사는 사람들이 있어요." 셀마가 말한다. "이제는 그 여자애랑 찰리가 함께 이 마을을 떠났네요."

이것 역시 미처 생각해보지 못한 점이다. "그렇긴 하지만 방향이 완전히 달라요. 찰리는 플로리다로 갔고, 멜러니는 서해안에 있는 식구들을 만나러 갔으니까요." 하지만 찰리가 식탁에서 멜러니에게 플로리다 이야기를 열심히 늘어놓던 것이 기억난다. 두 사람이 함께 있을지도 모른다는 생각을 하니 기분이 가라앉는다. 세상의 어느 누구든 섹스를 하지 않을 거라고 확신할 수 있는 사람은 없다. 그는 고개를 돌려 햇빛이 얼굴을 강타하게 한다. 감은 눈의 눈꺼풀이 붉게 달아오른다. 여기 누워서 사람들 목소리에 짓눌리지 말고 포볼 게임을 위해 칩샷을 연습하는 게 맞을 것이다. 이리로 차를 몰고 오는 길에 허리케인이 플로리다에 접근하고 있다는 소식을 라디오로 들었다.

로니 해리슨의 목소리가 아주 가까이에서 고함을 지른다. "그거 무슨 소리야? 내가 영원히 살 거라고? 그래, 그 예쁜 엉덩이에 걸고 말하는데, 분명히 그럴 거야!"

래빗이 눈을 뜨고 보니 로니는 의자의 위치를 옮겨 신디 머킷이 앉을 자리를 마련해주었다. 신디는 초여름에 그랬던 것처럼 수건으로 무릎을 가린다고 소란을 피우지도 않고 사람들 사이에서 아주 편안히 어울리고 있다. 검은 끈 몇 개와 작은 삼각형으로 이루어진 옷 외에는 벌거벗은 거나 다름없는 몸으로 철사를 격자 모양으로 엮어 만든 수영장 의자에 가만히 앉아 있을 뿐이다. 신디가 귀와 관자놀이에 붙은 젖은 머리카락을 밀어내자 그 몸짓에 맞춰 젖통이 흔들린다. 한 번도 아니고 몇 번씩이나. 신디도 어색해한다. 웹과 행복하게 지내느라 몸무게를 관리하지 않아서 젖살이 지나치게 많다. 신디가 일어서면 의자의 격자무늬가 허벅지 뒤쪽에 새겨져 있을 것이다. 검고 따뜻한 반죽두 개를 내놓는 와플 틀처럼. 그래도 그 흔들리는 가슴이라니. 핥고 빨다가 하나씩 차례로 눈 속으로 떨어뜨리는 것 같다. 그는 눈을 감는다. 로니 해리슨은 자신의 화신인 영웅이 악당과 입씨름하는 모습을 낮게 으르렁거리는 목소리를 잔뜩 섞어 들려주면서 조앤과 신디를 동시에 매료시키려고 애쓰고 있다. 염치없이 저런 자화자찬을 늘어놓다니.

웹 머킷이 앞으로 몸을 기울이며 해리에게 말한다. "아까 자네가 한 질문 말인데, 그래, 금을 사두는 건 훌륭한 판단이야. 일 년도 채 안 돼서 60퍼센트 이상 올랐다고. 세계 에너지 상황이 지금처럼 이어지는 한 같은 비율로 오르지 않을 이유가 없어. 달러는 계속 새어나갈 수밖에 없어, 해리. 곡식에서 추출한 알코올로 휘발유를 싸게 만들어내는 법이 개발되지 않는 한은 말이야. 그러면 우리도 다시 운전대를 잡게 되겠지. 곡식은 우리한테도 있으니까."

일행 저편에서 버디 잉글핑거가 소리친다. "핵무기를 터뜨려버리자니까. 에스키모한테서 기름을 빼앗은 것처럼 아랍인들한테서도 뺏어오면 돼." 조앤이 예의상 어쩔 수 없다는 듯 키득거린다. 잠시 로니의 이야기가 묻혀버린다. 버디는 해리가 자신의 조연 역할을 맡아줄 거라고 생각했는지 이렇게 외친다. "어이, 해리, 〈타임〉 기사 읽었어? 덩치 큰 옛날 미국 차를 가진 사람들이 그걸 자선단체에 주고 세금공제를 받든가, 아니면 그냥 길거리에 놔두고 도둑놈이 가져가게 한 다음 보험금을 챙긴다는 얘기 말이야. 어딘가의 딜러는 캐딜락 엘더레이도를 사는 사람한테 쉬베트*를 공짜로 준다던데."

"우린 〈타임〉 안 봐." 해리가 냉정하게 말한다. 어떻게 보면 세상은 너절한 놈들투성이다. 아, 그냥 눈을 감고 앞뒤로 흔들리는 신디의 젖꼭지를 향해 혀나 날름거려야지. 놀리듯이 앞뒤로, 앞뒤로 흔들리는 젖꼭지.

---

* 쉐보레의 소형차.

조앤이 끼어들려고 시도한다. "이런 와중에 대통령은 미시시피강을 내려가고 있어요."

"그 얼간이가 달리 할 수 있는 일이 뭐겠어요?" 해리가 조앤에게 묻는다. 자신도 나른하고 우울한 상태로 물위에 둥둥 떠 있는 것 같다.

"어이, 래빗." 해리슨이 소리친다. "대통령이 그 살인 토끼한테 공격받았을 때 무슨 생각을 했어?"

이 말이 아주 우스워서 사람들은 더이상 그를 놀리지 않는다. 셀마가 옆에서 부드러운 목소리로 말한다. "애들은 힘들어요. 론이랑 나는 알렉스 같은 아이를 키우는 게 행운이죠. 옛날에 우리가 마음대로 분해해보라고 낡은 텔레비전 한 대를 줬더니, 알렉스는 앞으로 제가 할 일이 뭔지 알아차렸어요. 전자 쪽 일이죠. 하지만 조지는 넬슨이랑 아주 비슷해요. 우리 조지가 넬슨보다 몇 살 어리지만요. 걔는 제 아버지가 하는 일이 끔찍하다고 생각해요. 사람들이 곧 죽을 거라는 사실을 놓고 사람들을 상대로 내기를 거는 일이라면서요. 론은 생명보험이 전체 사업 중에 극히 일부에 불과하다고 애를 설득하려고 하지만 잘 안 돼요."

"걔들은 환멸을 느껴서 그래요." 웹 머킷이 자갈을 굴리는 것 같은 그 현명한 목소리로 단언한다. "걔들이 두 살 때 JFK가 암살당한 일에서부터 베트남전쟁과 지금의 석유 난리까지 세상이 난장판이 되는 걸 봤으니까 말이죠. 일전에는 아무 이유도 없이 늙은 신사 마운트배튼*을 날려버렸잖아요."

---

* 영국 엘리자베스여왕의 남편인 필립 공의 삼촌이자 영국의 해군 제독. 1979년에 아일랜드공화국군이 낚싯배에 설치한 폭탄에 암살당했다.

"허." 래빗은 탄식한다. 웹의 말이 의심스럽다. 스키터에 따르면, 세상은 한 번도 기분좋은 곳이었던 적이 없다.

셀마가 끼어든다. "해리 씨는 넬슨이 아버지와 함께 자동차 쪽 일을 하고 싶어하는데, 해리 씨 본인은 별로 내키지 않는다는 얘기를 하는 중이었어요."

"그건 자네가 애한테 해줄 수 있는 최악의 일이야." 웹이 말한다. "난 애가 다섯이야. 신디가 낳아준 개구쟁이 두 놈은 빼고. 참, 신디는 축복받을 거야. 어쨌든 그 다섯 놈 중 한 놈이라도 내 앞에서 지붕 일을 입에 올리면 난 이렇게 말하지. '지붕 일을 하는 다른 사람한테 가서 일자리를 얻어. 나랑 같이 있으면 아무것도 못 배울 테니까.' 난 녀석들한테 지시를 내릴 수 없네. 녀석들도 어차피 내 지시는 따르지 않을 테고. 아들이든 딸이든 녀석들이 스물한 살이 될 때마다 난 이렇게 말했어. '너랑 알게 돼서 기뻤다. 하지만 이제부터는 혼자 힘으로 살아야 한다.' 그뒤로 어느 한 놈 나한테 돈이든 충고든 뭘 요구하는 편지를 보낸 적이 없어. 운이 좋으면 크리스마스카드 정도는 받지. 한번은 제일 큰 놈 마티가 이러더군. '아빠, 그렇게 못되게 굴어줘서 고마워요. 덕분에 내가 인생을 잘살게 됐어요.'"

해리는 자신의 빈 잔을 가만히 바라본다. "웹, 자네 생각은 어때? 술을 한 잔 더 마실까 말까? 포볼 게임이니까, 자네가 팀을 이끌어도 되잖아."

"마시지 마, 해리. 팀에 자네가 필요해. 자네는 긴 퍼팅을 잘하잖아. 취하지 마."

해리는 그 말에 따른다. 하지만 넬슨을 생각하면 우울한 마음을 떨처버릴 수 없다. 못되게 굴어줘서 고맙다니. 재니스가 그립다. 재니스가 함께 있으면 아버지로서 그의 책임이 희석된다. 둘이서 함께 저지른 일이고, 반쯤은 의도하지 않은 사고였으니까. 그래서 둘이 함께 웃을 수 있다. 혼자 이런 생각을 하다보면 아이를 낳아 세상에 내놓는 것이 누군가를 화덕에 밀어넣는 일만큼이나 끔찍하게 보인다. 마침내 그들이 골프 코스에 나설 시간이 되었을 때. 그린은 살짝 검게 변해 있다. 발치의 풀잎 하나하나가 아무런 목적도 없이 왕성하게 자랐다가 죽어갈 생명이다. 발밑의 탄력 있는 페어웨이는 죽은 것들을 담요처럼 덮고 있다. 어머니가 몽롱한 싱크대 앞에 서 있는 세상의 지붕. 그에게 뭔가 경고를 해주려고 들어올린 어머니의 손은 빨갛고, 비누거품이 소매처럼 팔을 감싸고 있다. 어머니의 엄지손가락과 마디가 굵은 집게손가락 사이에서, 파킨슨병 때문에 심하게 일그러지기 전의 그 손에서 거품이 펑 하고 터진다. 마운트배튼. 이번주에는 아주 오래된 집배원도 죽었다. 애브드로스 씨. 명랑하고 뚱뚱하며 백발을 바람머리처럼 자른 그는 예순둘에 혈전증으로 죽었다. 장모가 이웃에서 그 소식을 듣고 왔다. 그는 해리와 재니스가 장인의 집으로 들어왔을 때부터 그 동네에 각종 청구서와 잡지 등을 배달해주던 사람이다. 지난 4월에 스키터가 죽었다는 소식이 들어 있는 익명의 편지를 배달해준 사람도 애브드로스 씨였다. 그날 봉투 속의 기사를 손에 들었을 때, 거기 찍힌 글자들이 지금 발밑의 풀잎들처럼 해리의 눈을 아래로, 아래로 끌어당겼다. 그 글자들 사이의 암흑 속으로. 철망을 들어올리면 그 밑의 하수구에서 그동안 눈에 띄지 않은 채 콸콸 흐르던 검은 강이 드러나는 것처럼. 땅은 텅 비었고, 망자들은 얄팍한 초록색 거죽 밑의 그 빈 공간들을 헤매다닌다. 구름이 해를 덮자 풀밭이 은빛을 띤다. 해리는 7번 아이언을 꺼내 공 앞에 선다. 아래로 쳐라. 게임을 할 때 해리의 약점 중 하나는 잔디가 골프채에 맞아 뜯겨나오는 것을 견디지 못한다는 것이다. 그는 골프채가 잔디를 건드리지 않고 스치듯 부드럽게 지나가게 하려고 공연히 애를 쓰다가 공을 힘없이 건드린다. 이번에는 공을 굼뜨게 치는 바람에 공이 10번 홀 그린의 이쪽 편에 있는 모래벙커에 빠진다. 발가락에 힘이 들어가서 앞으로 몸이 흔들린 모양이다. 또 실수를 저질렀다. 연습 스윙은 항상 부드럽고 길지만, 심리적으로 압박을 받을 때는 불안과 조급함이 끼어든다. "이 멍청이," 로니 해리슨이 그에게 고함친다. "도대체 무슨 짓이야?"

"네 녀석 화를 돋우려고 그랬다, 왜?" 래빗이 말한다. 포볼 게임에서는 넷 중 한 명이 모든 홀에서 좋은 성적을 거둬야 한다. 그렇지 않으면 전체가 고생한다. 해리는 넷 중에서 드라이브가 가장 길다. 그런데 지금 그의 모습을 보라. 그는 모래 속에서 단단히 버티고 서려고 발을 꼼지락거리며 뒤꿈치에 체중을 싣고 웨지로 공을 들어올려 스윙을 끝까지 하려고 한다. 그렇게 될 거라는 맹목적인 믿음으로. 대개 그는 조심스레 공을 들어올려 그린으로 날려보내지만, 이번에는 뚱하고 무심한 로니에 대한 분노가 한꺼번에 터져나온다. 공이 사방으로 흩뿌려지며 쿠션 역할을 해주는 모래 위로 떠올라 잔디를 붙들더니 홀 근처까지 기어간다. 일행이 웃음을 터뜨리며 환호한다. 그는 퍼팅을 해서 파를 기록한다. 그래도 오늘은 게임이 길게만 느껴진다. 어쩌면 정오에 마신 술 때문일 수도 있고, 늦여름의 우울증 때문일 수도 있다. 하지만 페어웨이가 자꾸만 어디로도 통하지 않는 통로처럼 보이고, 여기 말고 어디 다른 곳에 있어야 할 것 같은 생각이 드는 걸 막을 수 없다. 무슨 일이 일어난 것 같고, 지금 일어난 것 같고, 자기가 약속에 늦은 것 같다. 자기 대신 누가 약속을 잡았는데, 정작 그 자신은 그 약속을 잊어버린 것 같다. 스키터도 경찰의 총에 맞기로 하고 자기 총을 꺼낼 때 뱃속 저 깊은 곳에서 이런 기분을 느꼈는지 궁금하다. 그날 아침 잠에서 깼을 때 이런 기분을 느꼈을까. 지친 꽃들, 미역취와 야생 당근이 러프에서 버티고 있다. 헤아릴 수 없이 많은 풀잎들이 반짝인다. 금방이라도 죽을 준비가 돼 있는 모습. 결국 모든 것이 이렇게 된다. 누렇게 변해가는 종이 한 장, 신문에서 오려내 메모 한 장 없이 남에게 부쳐주는 기사. 잊히기 마련인 자료. 역사는 꾸준히 똑똑 떨어지는 물방울로 이런 동굴들을 깎아낸다. 죽은 스키터가 저 아래에서 킬킬 웃어대며 돌아다닌다. 시간이 풀잎들을 타고 색깔 없는 독처럼 스며나온다. 그는, 해리는 지쳤다. 여름에, 골프에, 햇빛에. 젊었을 때, 골프를 막 시작한 이십 년 전만 해도, 아니 골프를 다시 치기 시작한 팔 년쯤 전만 해도 기적 같은 샷을 날릴 수 있었다. 풀잎처럼 똑바르고, 그 자신의 힘만으로 보낼 수 있는 것보다 더 먼 거리를 날아가는 공. 그가 계속 골프를 친 것은 그 힘과 힘을 합치기 위해서였다. 하지만 그의 기술이 나아지고 하늘 높은 줄 모르던 핸디캡이 정상적인 수준인 16으로 줄어들면서 그런 슈퍼샷은 드물어졌다. 최고의 드라이브샷조차 꼬리를 끌거나, 아예 공 대신 땅을 맞히곤 해서 공이 조금씩 빗나갔다. 그러자 모든 것이 노동처럼 변했다. 기분좋은 노동이기는 해도 노동은 노동이다. 평범하고 건전한 행복 외에는 획기적인 것 하나 없이, 불완전한 영역에서 어림짐작으로 하는 일. 그런 행복을 좇으며 해리는 죄책감을 느낀다. 그림자가 점점 길어지는 골프 코스에 이 세 남자와 함께 서서. 여자들을 두고 온 그들은 지루하기 짝이 없어 보인다. 하느님이 보시기에도 분명히 그들의 모습도 그럴 것이다.

다섯시 사십오분 무렵에 파 5짜리 18번 홀을 마치고 마침내 돌아왔을 때, 재니스의 모습은 휴게실에도 풀장 옆에도 보이지 않는다. 대신 초록색과 하얀색 제복을 입은 여직원 한 명이 다가와 그의 아내가 집으로 전화해달라는 말을 남겼다고 말한다. 그는 이 직원이 누군지 모른다. 산드라가 아니다. 하지만 그녀는 그의 이름을 알고 있다. 플라잉 이글에는 해리를 모르는 사람이 없다. 그는 휴게실로 들어가며 그곳의 회원들에게 계속 손을 들어 인사한다. 그러고는 그린에서 공이 떨어진 자리를 표시할 때 썼던 바로 그 10센트 동전을 공중전화기에 넣고 다이얼을 돌린다. 벨이 한 번 울린 뒤에 재니스가 전화를 받는다.

"얼른 이쪽으로 와." 그가 간청한다. "다들 당신을 보고 싶어해. 내가 오늘 꽤 잘했어. 두번째로 9홀을 돌 때 말이야. g와 t가 내 몸에서 다 빠져나간 뒤였거든. 우리 핸디캡을 감안해서 웹이 61타면 최선이라고 말했어. 적어도 악어가 그려진 셔츠를 입을 정도는 되겠지. 3번 홀에서 내가 모래벙커를 탈출하는 걸 당신도 봤어야 하는데."

"나도 가고 싶어." 재니스가 말한다. 목소리가 어찌나 조심스럽고 멀게 들리는지 혹시 재니스가 누군가에게 인질로 잡혀 있어서 말을 조심스럽게 골라야 하는 게 아닌가 하는 생각이 그의 머리를 스친다. "하지만 갈 수 없어. 여기 누가 와 있어."

"누구?"

"당신이 아직 만난 적이 없는 사람이야."

"중요한 사람이야?"

재니스가 웃음을 터뜨린다. "그럴걸."

"왜 이렇게 환장하게 말을 돌리는 거야?"

"해리, 일단 와."

"하지만 뒤풀이가 있을 거야, 시상식도 있고. 우리 팀을 버리고 갈 순 없어."

"당신이 뭔가 상을 탄다면, 웹이 나중에 전해줄 거야. 난 지금 오래 통화할 수 없어."

"별일 아니기만 해봐." 그는 이렇게 을러대고는 전화를 끊는다. 도대체 무슨 일일까? 넬슨이 또 사고를 쳐서 경찰이 잡으러 온 걸까? 녀석은 범죄자로서 소질이 있다. 해리는 풀장으로 돌아가 일행에게 말한다. "우리 종잡을 수 없는 재니스가 나더러 집으로 오래. 그런데 이유는 말을 안 해주네."

여자들은 걱정스러운 표정을 짓지만, 남자들은 이제 두번째 술잔을 마시고 있어서 아무런 근심이 없다. "어이 해리," 버디 잉글핑거가 소리친다. "이건 듣고 가. 아마 포코노스에서 못 들은 이야기일걸. 러시아 발레 무용수가 왜 미국으로 망명했게?"

"모르지, 왜?"

"공산주의는 별로스키였거든*."

세 여자 모두 점점 붉어지며 기울어지는 햇빛 속에서 해리의 얼굴을 올려다보며 의무적으로 터뜨린 웃음이 무슨 열매 같다. 같은 가지

---

* 원문은 Communism wasn't Goodunov. Goodunov는 'good enough'를 변형해 러시아어 분위기를 낸 것.

에 매달린 세 가지 원숙한 과일 같은 그 웃음은 그가 등을 돌릴 때도 여전히 거기 매달려 있다. 신디는 맨어깨에 복숭아색 실크 셔츠를 걸쳤고, 목의 V자로 파인 부분에서는 자그마한 황금 십자가가 반짝인다. 신디가 거의 벌거벗고 있을 때는 목걸이가 미처 보이지 않았는데. 그는 라커룸에서 골프슈즈를 벗고 샤워도 하지 않은 채, 뒤풀이 때 입으려고 가져온 스포츠코트와 바지가 걸린 옷걸이를 꺼내 팔에 걸고 주차장으로 나간다. 코로나는 지금도 느낌이 이상하다. 필리스가 애틀랜타에서 2-1로 간신히 이겼다는 소식이 라디오에서 흘러나온다. 사람들은 이제 필리스를 입에 올리지 않는다. 필리스가 5위라서 관심범위를 벗어난 것이다. 이 사회에서 관심범위를 벗어난 것은 죽은 거나 마찬가지다. 당황스러울 뿐이다. 별로스키다. '도시를 깨끗하게.' 라디오 아나운서는 잘난 척하던 지난번의 그 여자가 아니라 모든 음절을 물속에 잠긴 통통한 거품처럼 발음하는 젊은 남자다. 허리케인 데이비드로 인해 카리브해 지역에서 이미 육백 명이 사망했다고 그가 말한다. 그리고 마지막으로 토성의 가장 큰 위성인 타이탄에 생명체가 존재할지도 모른다고 일부 과학자들이 점점 믿게 되었다는 소식이 있다. 해리는 옛날 상자 공장을 지나 422번 도로로 접어들면서 길게 펼쳐진 마운트저지의 풍경을 또다시 즐겁게 감상한다. 능선을 타고 계단처럼 산을 오르듯 늘어선 주택단지. 석양빛을 받아 황금색으로 빛나는 창문들이 핼러윈 호박에 낸 구멍 같다. 만약 그가 여기가 아니라 타이탄에서 태어났다면, 마음속 깊은 곳의 느낌이 어떻게 달라졌을까? 그는 타다 남은 찌꺼기 같은 달 표면과 그 위에서 하얀 옷을 입고 펄쩍펄쩍 뛰어다니던 땅딸막한 남자들, 그리고 그들이 그곳의 흙속에 영원히 남겨둔 발자국을 생각한다. 옛날에 식구들과 함께 처가에 왔을 때나 화재가 있은 뒤 처음 몇 년 동안 이곳에 살 때 넬슨과 함께 회색 소파에 앉아 〈우주가족 로빈슨〉*을 보던 기억이 난다. 스미스 박사가 남들을 위험에 빠뜨리는 멍청하고 이기적인 짓을 할 때나 남자다운 목소리의 로봇과 어린 윌이 현명하게 어려움을 타개할 때나 우주선이 식인식물이나 다른 악당들을 물리치고 빠져나올 때면 두 사람은 몸을 비틀며 앓는 소리를 냈다. 혹시 넬슨이 지금 자신을 윌로 착각하고 스스로 어려움에 빠진 어른들을 구하려 한 건지 궁금하다. 윌을 연기했던 아역배우가 지금 어디서 뭘 하는지도 궁금하다. 수많은 아역배우들이 그런 것처럼 그 아이도 마약중독자가 되지 않았으면 좋겠는데. 그들이 길을 잃고 헤매던 우주는 탄탄하고 좋은 곳이었다. 요즘 텔레비전에 나오는, 음악과 조명으로 술수를 부린 흐릿하고 사이키델릭한 우주와는 다르다. 그런 술수들을 보면 영화 〈2001〉**이 생각난다. 재니스가 찰리에게로 가버리고 그의 집에 온갖 문제들이 일어난 것이 그때이기 때문에 불쾌한 기분이 든다. 문제는, 설사 천국이 있다 해도 우리가 그 천국을 영원히 참아낼 수 있겠느냐는 점이다. 지상에서는 지루한 마음에 고개를 들어보면 세상이 변해 있고, 우리는 그만큼 무덤에 가까워져 있다. 그것이 짜릿하다. 밤하늘이라는 거대한 나무 속으로 계속 오르고 또 오르는 상상을 해보라. 현기증이 난다. 무시무시하다. 래빗은 마을 여기저기에 서 있는 작은 노르웨이 단풍나무에 오르는 것도 좋아하지 않았다. 다른 아이들이 보는 앞에서 점점 작아지는 가지들을 점점 더 세

---

* 원제는 Lost in Space. 1965년부터 1968년까지 미국 CBS에서 방송된 TV 시리즈.
** 1968년에 스탠리 큐브릭 감독이 만든 SF영화.

게 잡으며 나무에 오르기는 했지만 말이다. 어떤 시각에서 보면, 세상에서 가장 무서운 것은 바로 우리 자신의 인생이다. 그것이 오로지 자기 자신만의 것이기 때문에. 밧줄을 계속 비틀다보면 고리가 생겨나듯이 그의 가슴속에서 고리 하나가 솟아오른다. 도대체 얼마나 심각한 일이 일어났기에 재니스가 포볼 뒤풀이까지 빼먹게 된 걸까?

그가 속도를 높여 잭슨 스트리트를 달리는데 가로등에 불이 들어온다. 이제 날이 갈수록 점점 일찍 불이 들어오고 있다. 재니스의 머스탱이 지붕이 젖혀진 채 길가에 나와 있다. 교회가 끝난 뒤 재니스가 어딘가에 다녀온 모양이다. 지붕을 내린 채로 베시를 태우고 교회에 가지는 않았을 것이다. 출입문 안쪽의 거실에 소규모 군대가 오기라도 한 것처럼 더플백과 여행가방이 잔뜩 놓여 있다. 부엌에서는 웃음소리와 불빛이 새어나온다. 그쪽 일행이 중간쯤까지 그를 마중나온다. 계단과 장식장 사이의 어둑한 무인지대. 장모와 재니스의 머리 위로 처음 보는 여자가 보인다. 키가 크다. 매끈하게 가르마를 탄 머리카락에 부엌의 불빛이 당근색 호를 그리고 있다. 멜러니의 곱슬머리라면 그 빛을 붙잡아 어지럽게 흩어진 후광을 만들어냈을 것이다. 그는 어느새 멜러니에게 익숙해져 있었다. 넬슨이 입을 연다. "아빠, 여기 얘는 프루예요." "여기 얘"라는 말이 조금 무서운 농담 같다.

"넬슨의 약혼녀야." 재니스가 긴장감이 배어 있지만 솔직해서 확실히 최고의 효과를 내는 목소리로 부연설명을 한다.

"그게 사실이야?" 해리의 귀에 자신의 목소리가 들린다. 방금 소개받은 젊은 여자가 호리호리하고 구부정한 모습으로 한들한들 앞으로 걸어온다. 그는 그녀가 내민 앙상한 손을 잡는다. 식당 창문을 통해 아직 머뭇거리며 남아 있는 햇빛이 들어오고, 그 빛 속에 여자가 꾸밈없이 서 있다. 소녀티를 벗은 젊은 빨간 머리 여자. 팔은 너무 길고 앙상한 얼굴에 비해 엉덩이는 너무 널찍해서 어색한 미모다. 그녀의 몸은 그녀의 것일 뿐만 아니라 어쩔 수 없이 그들의 것이기도 하다. 지나치게 헌신적인 느낌. 살짝 비틀리고 일그러진 체념. 아직 젊은데도 삶에 치인 느낌이 있지만 그것이 아직 눈에까지 이르지는 않았는지, 비록 경계심이 어려 있기는 해도 눈은 깨끗한 초록색이다. 그녀는 손을 그에게 맡기면서 아주 찰나의 순간이지만 조금 늦게 미소를 짓는다. 마치 뭔가 미소를 지을 이유가 있음을 반드시 속으로 확인해야 한다는 듯이. 하지만 이내 한쪽 입꼬리에 주름을 잡으며 꽤나 진심이 어린 미소를 짓는다. 그녀는 헐렁한 갈색 스웨터와 요즘 새로 나온 헐렁한 청바지를 입고 있다. 허벅지에 탈색한 자국이 흩어져 있다. 귀 뒤로 넘겨서 목덜미를 따라 부채처럼 늘어뜨린 머리카락은 다림질이라도 한 것처럼 곧게 뻗었고, 염색이라도 한 것처럼 윤기 없는 빨간색이다.

"정확히 말하면 약혼녀는 아니에요." 프루가 해리를 똑바로 바라보며 말한다. "반지가 없잖아요, 보세요." 그녀가 아무것도 없이 가늘게 떨고 있는 손을 들어올린다.

해리는 이 새로운 생물을 파악해야 하기 때문에 넬슨에게서 재니스를 그대로 통과해 장모에게로 시선을 옮긴다. 재니스는 나중에 침대에서 닦달하면 될 것이다. 장모는 입을 꾹 다물고 있다. 교회에 가려고 차려입은 자주색 원피스 차림으로 뻣뻣하게 서 있는 장모를 두드리면 징처럼 울릴 것 같다. 넬슨은 입을 살짝 벌리고 있다. 자기를 둘러싼 의사들의 손길을 홀린 듯이 바라보는 환자 같다. 이제야 비로소 병을 드러내고 치료를 받으려는 환자. 프루와 함께 있으니 넬슨은 멜러니가 주위에 있을 때보다 몇 살이나 더 어려 보인다. 불안해서 강한 척하는 모습은 녹듯이 사라져버렸다. 해리는 이 여자가 아들보다 나이가 많을 것 같다는 생각이 든다. 그리고 그보다 더 깊고 본능적인 또다른 깨달음이 그를 두드리는 가운데 유머러스한 아버지처럼 이야기하는 자신의 목소리가 들린다. "뭐, 어쨌든 만나서 반갑구나, 프루. 넬슨의 친구라면 우린 참아줄 수 있지." 이 농담이 별로 효과가 없는 것 같아서 그는 말을 덧붙인다. "그동안 그렇게 편지를 보낸 사람이 바로 너로구나."

여자가 눈을 내리깔고, 새침한 뺨이 그에게 맞기라도 한 것처럼 붉게 변한다. "너무 많이 보냈죠." 여자가 말한다.

"난 괜찮아." 그가 말한다. "난 집배원이 아니니까. 그건 그렇고, 그 집배원이 얼마 전에 갑자기 죽었지. 물론 네 잘못은 아니지만."

여자가 눈을 든다. 화려한 초록색이다.

프루는 임신중이다. 어린애가 아니라서 누릴 수 있는 이점 중 하나는, 저녁 공기의 맛을 보고 내일의 날씨를 예측하는 것처럼 남자가 이성의 몸과 분위기를 조금은 짐작할 수 있게 된다는 것이다. 여자는 젊은 나이인데도 허리가 없고, 눈은 무서울 정도로 선명한 초록색이며, 해리의 농담을 듣고 넬슨의 신호를 보려는 듯이 몸을 돌리는 동작이 부드럽고 느릿한 것으로 보아 단순히 귀찮은 수준을 넘어선 짐을 지고 있음을, 파도 속에서 뭔가가 부풀어오르고 있음을 알 수 있다. 삼 개월이나 사 개월쯤 된 것 같다고 래빗은 추측한다. 이 추측과 함께 빛이 거꾸로 흐르며 지난 몇 달간을 밝혀준다. 그리고 얼룩처럼 가라앉은 무늬의 벽지가 발라진 이 집의 벽들도 이 씨앗을 품고는 의미가 달라진다. 솜털이 있는 회색 소파와 같은 색의 의자와 바칼라운저와 텔레비전(애드미럴 제품)과 색칠한 도자기로 만든 장모의 호화로운 램프들과 변색된 황동 제품들과 액자에 걸어두었지만 아무도 봐주지 않아서 먼지 같은 색으로 가라앉아버린 오래된 수채화들과 옛날에 장모가 뜨개질한 식탁 러너와 오래된 나무 느낌을 내려고 여기저기 긁힌 자국을 내고 모래로 갈았지만 사실은 프레드 스프링어의 오랜 결혼생활 중 지하실에서 목공일을 하던 시절의 작품으로 장모가 3단 귀퉁이 선반에 모아둔 밝고 깨지기 쉬운 잡동사니들. 죽은 자들의 것인 이 모든 기념품이 새로운 의미, 신선한 임무를 띠고 곤두선다. 이 침입자의 비밀이란 곧 태어날 아기일 것이라고 해리가 상상하면서 벌어진 일이다.

그는 몸이 부은 느낌이다. 자신의 추측이 주먹처럼 자신을 후려친 것 같다. 멜러니의 경우와는 달리 이 여자에게는 가족 같은 느낌이 들고, 감동과 흥분이 느껴진다. 자신이 이 여자에게 이 아기를 주고 싶다.

침대에서 그가 재니스에게 묻는다. "언제부터 알았어?"

"아," 재니스가 말한다. "한 달쯤. 멜러니가 실수로 비밀을 살짝 말해버리는 바람에 내가 넬슨한테 따졌지. 넬슨도 말하고 나서 안심한 기색이던데. 심지어 울기까지 했으니까. 하지만 당신한테는 알리기 싫다고 했어."

"왜?" 그는 속이 상한다. 그래도 아버지인데.

재니스는 머뭇거린다. "모르지. 당신이 화를 낼까봐 무서웠나봐. 아니면 자기를 비웃을 거라고 생각했든지."

"내가 왜 비웃어? 나도 같은 일을 겪었는데."

"걔는 그걸 모르잖아, 해리."

"그걸 왜 몰라? 매년 우리 결혼기념일이 지나고 칠 개월이면 제 생일인데."

"뭐, 그렇지." 답답해하는 재니스의 말투가 장모와 상당히 비슷하다. 단어 하나하나에 목소리를 꾹꾹 박아넣는 듯한 느낌. 재니스가 자기 말을 강조하느라고 몸을 크게 움직이자 침대가 삐걱거린다. "애들은 그런 거 알고 싶어하지 않아. 그리고 그런 걸 신경쓸 만큼 나이가 들었을 때는 그게 이미 옛날 일이 돼버린 뒤고."

"그 여자애를 언제 임신시켰대? 그 정도는 기억하지?"

"당신 진짜 웃겼어. 그애가 홀몸이 아닌 걸 그렇게 빨리 눈치채다니. 우린 당신한테 한동안 말하지 않을 작정이었는데."

"그거 고맙군. 보자마자 눈에 들어오던데. 헐렁한 스웨터 말이야. 그거랑, 그애가 넬슨보다 키가 크다는 것도."

"해리, 아냐. 넬슨이 2.5센티미터 더 커. 넬슨이 직접 나한테 말했다고. 넬슨의 자세가 워낙 나빠서 그렇게 보일 뿐이야."

"나이는 몇 살이나 더 위래? 여자애가 나이가 많은 건 당신 눈에도 보일 거 아냐."

"뭐, 일 년 이하야. 학교 서무과의 비서였는데……"

"그렇겠지. 다른 애들이랑 그 짓을 또 하지는 않았대? 그 녀석은 도대체 왜 비서하고 엮인 거야?"

"해리, 사정을 속속들이 알고 싶으면 당신이 애들한테 직접 물어봐. 하지만 넬슨이 여대생들은 전부 엉터리라고 말하던 걸 당신도 알지? 넬슨은 그쪽 분위기에서 편안했던 적이 없어. 넬슨은 외가 쪽의 사업하는 사람들과 친가 쪽의 노동하는 사람들한테 익숙하다고. 그래서 자라면서 대학의 분위기를 많이 접해보지 못했단 말이야."

"돌아가는 꼴을 보니 앞으로도 그렇겠지."

"여자가 일을 할 수 있다는 건 그렇게 나쁜 일이 아냐. 아까 저녁을 먹으면서 걔가 하는 말을 당신도 들었잖아. 넬슨이 학교로 돌아가서 끝까지 마쳤으면 한다던 말. 여자애가 집에서 타이피스트 일을 할 수도 있어."

"그렇지. 그리고 그 쬐끄만 놈이 자기는 그럴 생각이 전혀 없다고 말하는 것도 들었고."

"애한테 고함을 지른다고 해서 애가 학교로 돌아가지는 않아."

"난 고함 안 질렀어."

"표정이 그랬어."

"나 참, 세상에. 녀석은 여자애를 임신시켰다는 이유만으로 자기가 스프링어 모터스를 경영할 자격이 있다고 생각한단 말이야."

"해리, 걔는 대리점을 경영하겠다는 게 아냐. 그냥 자리만 하나 달라는 거야."

"녀석한테 자리를 주려면 다른 사람 자리를 뺏어야 돼."

"엄마랑 나는 넬슨한테 자리를 주는 게 옳다고 생각해." 재니스가 말한다. 어찌나 단호한지 마치 장모가 말한 것 같다. 이 침실의 어둠 속에서는 벽을 통해 들려오는 코고는 소리나 웅웅거리는 텔레비전 소리 때문에 항상 장모의 존재가 느껴진다.

해리는 자신의 질문으로 돌아간다. "그 여자애를 임신시킨 게 언제야?"

"아, 원래 그런 일이 잘 일어나는 계절, 봄이야. 여자애가 처음으로 생리를 거른 게 5월인데, 나중에 콜로라도에 가서야 소변검사를 했어. 거기서 양성반응이 나온 뒤에 프루가 넬슨한테 낙태는 안 할 거라고 말했대. 원래 낙태에 반대하기도 하고, 그것 때문에 속이 완전히 망가진 친구들이 워낙 많다는 거야."

"요즘 같은 세상에 그런 얘기를 했단 말이지."

"내 생각에는 집안이 가톨릭을 믿는 것 같아, 외가 쪽으로."

"그런데도 겉으로는 상식이 있는 애처럼 보이다니."

"어쩌면 그런 말을 한 게 바로 상식적인 건지도 모르지. 만약 여자애가 무작정 아이를 낳아버리면 넬슨이 어떻게든 해줘야 하잖아."

"멍청한 놈. 애당초 어쩌다가 임신이 된 거야? 요즘은 피임약이니 페서리*니, 이름도 알 수 없는 것들이 많잖아. 폴리우레탄 튜브로 일시적으로 묶는 방법도 있다고 〈컨슈머 리포트〉에서 읽었는데."

"그런 새로운 방법 중에는 신문에서 아주 평이 안 좋은 것도 있어. 암에 걸린대."

"걔 나이에는 안 그럴걸. 그래서 그 여자애가 로키산맥에서 알을 품고 있는 동안 멜러니는 여기서 녀석을 휘둘러댄 거네."

재니스는 점점 졸음이 오는 모양이지만 해리는 영원히 잠이 안 올까

---

* 자궁경부캡. 고무로 된 반구형 피임기구. 자궁경부를 막아 정자의 진입을 차단한다.

봐 걱정스럽다. 덩치 큰 빨간 머리가 느닷없이 나타나 복도 저편에 있으니. 장모는 멜러니가 쓰던 방에 프루를 재우고 싶다는 점을 분명히 한 뒤 〈제퍼슨스〉를 보려고 쿵쿵거리며 이층으로 올라갔다. 그 노인네는 저녁 내내 가만히 앉아 있기만 했다. 마치 압력이 지나치게 올라간 보일러 같았다. 장모는 결정적인 순간이 올 때까지 자신의 패를 아끼는 사람이다. 해리는 졸음에 겨운 재니스에게 다시 말을 시키려고 부드러운 옆구리를 쿡쿡 찌른다.

재니스가 말한다. "멜러니 말로는 넬슨을 통제하기가 아주 힘들어졌대. 소변검사 결과가 양성으로 나온 뒤부터 거기서 못된 녀석들하고 멋대로 돌아다니고, 프루한테 행글라이딩을 시켰다는 거야. 그래도 프루가 생각을 바꾸지 않을 것 같으니까 그냥 이리로 도망칠 생각만 했어. 둘이서 아무리 설득해도 소용이 없었대. 넬슨은 거기서 콘도미니엄을 짓는 남자 밑에서 괜찮은 일을 하고 있었는데 그걸 그냥 그만둬버렸다는 거야. 내 생각에는 멜러니도 나름대로 거길 떠날 이유가 있어서 넬슨이랑 함께 이리로 오겠다고 자청한 것 같아. 넬슨은 멜러니가 따라오는 걸 싫어했지만, 그러지 않으면 프루가 자기 부모랑 우리한테 상황을 알리겠다고 했겠지. 그래서 넬슨은 자기가 여기에 프루를 위한 둥지 같은 것을 준비하겠다면서 시간을 좀 달라고 간청했어. 어쩌면 그러다가 모든 일이 그냥 사라져버리기를 바랐는지도 모르지."

"가엾은 녀석." 해리가 말한다. 아이로 인한 슬픔이 너도밤나무 이파리 사이로 들어온 가로등 불빛이 얼룩무늬를 그리고 있는 천장까지 피처럼 흘러간다. "녀석한테는 지옥 같았겠군."

"글쎄, 멜러니는 별로 그렇게 생각하지 않던데. 멜러니는 넬슨이 우리한테 사실을 털어놓고 자기가 대리점에서 일하고 싶어하는 진짜 이유를 말할 생각은 않고 빌리 포스나트의 친구들이랑 자꾸 어울려 노는 게 싫었대."

해리는 한숨을 내쉰다. "그래, 결혼식은 언제야?"

"결혼식이 가능해지는 대로 해야지. 걔가 벌써 5개월이잖아. 당신조차 알아차릴 정도니까."

'당신조차'라니. 해리는 화가 나지만 자신이 그 여자애를 보고 본능적인 유대감을 느꼈다는 말을 재니스에게 하고 싶지 않다. 프루는 해리의 어머니처럼 어색하고 빼빼 말랐으며 손도 크지만 어머니만큼 평범한 외모는 아니다.

"내가 오늘 아침에 어머니를 모시고 교회에 간 건 캠벨 목사와 이야기를 나누기 위해서이기도 해."

"그 변태? 아이고."

"해리 당신은 캠벨 목사에 대해 아무것도 몰라. 그동안 어머니한테 얼마나 잘해줬는데. 교구를 위해서도 정말 많은 일을 했어."

"특히 소년 성가대한테 그랬겠지."

"당신은 너무 폐쇄적이야. 이렇게 저렇게 까탈을 부리는 어머니가 오히려 당신보다 더 열려 있다고." 재니스는 고개를 돌려 베개 속에 얼굴을 파묻고 말한다. "해리, 나 정말 피곤해. 나도 지금 정신이 없어. 또 묻고 싶은 거 있어?"

해리가 묻는다. "넬슨이 여자애를 사랑하는 것 같아?"

"당신도 여자애를 봤잖아. 눈이 번쩍 뜨이는 외모인데."

"그건 나도 아는데, 넬슨도 그렇게 생각하느냐는 거지. 사람들은 역사가 되풀이된다고 말하지만, 절대 그렇지 않아, 엄밀히 말하면. 우리가 결혼하던 시절에는 다들 그렇게 했지만, 요즘 애들은 그냥 꽁무니를 빼면서 동거나 하니까 결혼은 틀림없이 엄청난 일일 거야. 그러니까, 결혼이 더 무섭게 느껴질 거라고."

재니스가 다시 고개를 돌려 의견을 내놓는다. "내 생각에는 다행인 것 같아. 여자애가 조금 나이가 많은 게."

"왜?"

"넬슨은 누가 든든히 잡아줘야 하는 애잖아."

"무작정 임신을 하고 낙태 반대 이야기를 꺼내는 애가 누굴 든든히 잡아줘? 도대체 부모는 어떤 사람이래?"

"오하이오에 사는 평범한 사람들이야. 걔 아버지는 난방 설비 일을 하는 것 같아."

"아하," 해리가 말한다. "블루칼라군. 걔는 넬슨과 결혼하려는 게 아니라 스프링어 모터스를 노리는 거야."

"당신하고 똑같네." 재니스가 말한다.

이 말에 화가 나야 하는데 오히려 마음에 든다. 재니스가 자신을 귀한 상품으로 새로이 인식하게 되었다는 게. 그는 재니스의 허리가 잘록하게 들어간 부드러운 부분에 손을 얹는다. "나랑 결혼할 때 당신은 크롤스에서 양념 견과류를 팔고 있었고, 우리 부모님은 당신 아버지가 정직하지 못한 사람이라 언젠가 감옥에 갈 거라고 생각했어."

하지만 장인은 감옥에 가지 않았다. 천국으로 갔다. 프레드 스프링어는 별들이 매달려 있는 나무 위로 먼길을 올라가는 데 성공해서 우주 속으로 사라졌다. 이제 재니스가 그 뒤를 따르고 있다. 그의 손길에 재니스는 잠에 설핏 빠져들지만, 그의 허리 아래에서 뭔가가 맥동하는 느낌은 발기에 성공했음을 알려주는 것 같다. 돈을 끌어안고 몸을 비벼대는 건 생각만 해도 굉장한 일이다. 그는 그녀와 충분히 씹을하지 않는다. 이 한심하고 멍청한 돈 가방 같은 여자와. 재니스는 알몸으로 잠에 빠져들었다. 처음 결혼한 뒤 몇 년 동안 재니스는 면으로 된 잠옷을 입었기 때문에 정년퇴직자들을 위한 구식 광고를 보는 것 같았다. 하지만 70년대의 어느 시점부터 재니스는 그냥 맨살 그대로 침대에 들기 시작했다. 어디든 테니스복이 덮어주지 못하는 부위는 갈색으로 그을린 채 여전히 건강하고 뱀처럼 매끄러웠고, 옵아트 무늬가 있는 투피스 수영복을 입었을 때 노출되는 배는 그보다 흐릿한 갈색이었다. 오늘 신디가 판석에 남긴 발자국이 얼마나 빨리 말라버리던지! 묘한 건 해리가 신디와 씹하는 걸 제대로 상상할 수 없다는 점이다. 마치해를 정면으로 바라보는 것과 같다. 그는 등을 돌리고 돌아눕는다. 한편으로는 답답하지만 다른 한편으로는 조용한 밤에 혼자서 모든 새로운 것들을 머릿속으로 굴려볼 수 있게 된 것에 안도감이 든다. 중년이되면 어떤 의미에서는 세상을 짊어진 것 같지만 세상은 그 어느 때보다도 제멋대로 날뛰는 것처럼 보인다. 어렸을 때 생각했던 자신의 모습은 예수의 기적 이야기에 나오는 빵조각들처럼 사방으로 흩어져 배분되었다. 그는 크루펜바크의 주일학교에 다닐 때 열두 바구니를 가득채웠던 빵조각들이 깨끗이 사라졌다는 기적 이야기를 듣고 충격을 받았다. '도시를 깨끗하게.' 그는 멜러니의, 아니 프루의 방을 빠져나오는 발소리가 들리지 않는지 귀를 기울인다. 프루는 오늘 먼길을 와서처음 보는 사람들을 많이 만났으니 저녁 내내 아주 힘들었을 것이다.

장모와 재니스가 또다른 기적을 일궈내듯이 남은 음식을 긁어모아 저녁식사를 차리는 동안 프루는 현관 포치에서 가져온 대나무 바구니 의자에 앉아 있었고 다들 고속도로에서 사고가 난 지점을 천천히 지나가는 자동차들처럼 프루 주위를 슬금슬금 맴돌았다. 해리는 성인 여자가 눈에 띄게 망가진 몸매로 그토록 얌전하고 낯설게 앉아 있는 모습에서 눈을 뗄 수 없었다. 프루는 그가 잊고 있던 공기를 호흡했다. 고교생 같은 사랑스러움. 초대도 받지 않은 채 날아와서 다 찌그러진 알루미늄 중앙분리대가 있는 고속도로의 소리가 들리는 곳, 전신주 옆의 고가철도 그림자 속에서 꽃을 피운다. 어머니는 뚱보가 됐고 아버지는 노동과 노동으로 점철된 회색 나날들에 다 닳아버렸다. 병뚜껑과 캔뚜껑의 손잡이와 고장난 머플러 조각들이 뒹구는 미국의 한 풍경이다. 래빗은 그런 아름다움이 프루에게 붙들려 있는 것을 보고 기억을 떠올린다. 솜털이 난 긴 팔과 뱅글을 낀 앙상한 손목과 편안하게 흘러내린 반짝이는 머리카락 속에, 막대기가 보조개 같은 소용돌이를 만들어 개울의 흐름을 방해하듯이, 그런 아름다움이 붙들려 있다. 재니스는 자면서 한숨을 내쉰다. 차 한 대가 쉭 지나가면서 라디오에서 흘러나온 디스코 음악이 열린 창문을 통해 꼬리를 늘어뜨린다. 노동절 전야, 뭔가가 끝나는 날. 해리의 몸 아래에서 집이 부풀어오르는 것 같다. 침입자들이 아래층에 우글거리는 것 같다. 되살아난 망자들. 스키터, 아버지, 어머니, 애븐드로스 씨. 장식장 위에서 바래가고 있는 프레드 스프링어의 사진은 프레드가 콧잔등이 눌리는 지점과 뺨에 달고 다니던 불그스름한 홍조로 가득하다. 해리는 40년대 마운트저지고등학교의 여자애들 속에 자신의 마음을 묻는다. 솜털 모양의 스웨터와 싸구려 진주, 베이지색 브래지어의 그림자가 내비치는 하얀 블라우스, 치마, 언제나 치마다. 뉴룩이 아직 신선한 새것이던 시절에는 드레스만큼 긴 치마들이 양편에 사물함이 늘어선 복도에서 펄럭거리다가 긴 시멘트 통로를 지키는 파이프 난간을 따라 밖으로 나갔다. 그 통로를 따라 공방과 가정경제 강의실, 음악실의 지하 창문들로 빛이 들어온다. 긴 치마들도 줄지어 움직이고, 새들슈즈*와 짤막한 흰 양말들도 줄지어 움직이고, 여자애들은 담배연기처럼 겨울 숨을 내뱉는다. 그들의 모직 재킷, 그 시절에는 아무도 파카를 입지 않았다. 어두운 립스틱을 바른 여자애들은 옛날 졸업앨범 속에서 모두 리타 헤이워스처럼 보인다. 양말 위로 열려 있는 치마가 걸어오는 장난, 찾을 수 있으면 찾아봐라. 사람을 마구 흥분하게 만드는 그 은밀한 부위의 털, 좁은 차 안에서 수줍게 벌어지는 허벅지, 축축하게 젖은 팬티, 그의 첫 여자는 메리 앤이었다. 짐승을 잡는 덫처럼 새들슈즈 근처까지 팬티가 내려가고, 아버지가 새로 산 파란색 플리머스 자동차 안에서는 난방 때문에 엔진이 계속 돌아갔다. 밈이 투덜거리고 비꼬며 난리를 치는데도 함께 아버지를 설득해 그가 일주일에 한 번씩 빌릴 수 있던 차. 가슴이 납작한 선머슴 같던 밈은 열일곱 살 때부터 자기만의 비밀을 갖기 시작했다. 메리 앤의 다리 사이에서 라커룸의 축축함과 살갗의 냄새가 섬세하게 변해서 그에게 맡겨졌다. 메리 앤은 그가 군대에 있는 동안 다른 사람과 결혼했다. 다른 사람을 그녀의 그 비밀의 공간으로 초대했다니, 그는 믿을 수가 없었다. 잃어버린 시절. 그의 머릿속 깊숙한 곳에 파묻혀버린

---

* 구두끈이 있는 부분에 색이 다른 가죽을 댄 옥스퍼드슈즈.

시절. 그곳에서는 수많은 뇌세포들이 매일 죽어간다고 어디선가 읽은 적이 있다. 그 세포들은 죽으면서 그의 삶을 암흑 속으로 함께 가져갔다. 그의 유일한 삶. 사람들 말에 따르면 수조 개의 전기신호로 이루어진 삶. 세상에서 제일 큰 컴퓨터라도 그 옆에서는 형편없어 보인다. 다시 그 공간을 찾아 들어간 그는 자신의 물건이 계속 딱딱함을 유지할 뿐만 아니라 점점 더 단단해지고 있음을 알아차린다. 그 과정은 처음부터 거기에 존재했다. 피를 담은 작은 주머니들이 뇌의 깊숙한 곳이 다시 살아나기를 기다리는 과정. 재니스를 방해하지 않기 위해 똑바로 누워서 그는 왼손으로 자위행위를 하며 루스를 떠올린다. 서머 스트리트에 있던 루스의 방. 그 첫날 밤, 그가 도망친 것, 세상을 떠난 토세로와의 그 모든 슬프고 터무니없는 일들, 그리고 지금 이 방의 은밀한 공간. 이 섬, 네 개의 벽, 그녀의 방. 옷을 벗어버린 그녀의 통통하고 하얀 몸과 그의 자키 팬티를 놀리는 그녀의 말. 가늘고 가늘게만 보이는 그녀의 팔이 그를 아래로 끌어내리고 그의 몸 위로 솟아오른다. 긴 아랫배가 불빛 속에 우뚝 서 있다.

야.

야.

예뻐.

어서. 일해야지.

그는 몸을 밀어올리며 절정에 오른다. 천장이 가까워지고, 몸은 점점 커지는 구에 묶이기라도 한 것처럼 휘어진 것 같다. 그의 씨가 이불을 향해 튀어오르는 동안 구는 점점 더 자라난다. 어둠 속을 향해 펌프질을 하는 것보다 더 강렬하다. 나이든 남자한테는 이상한 행동. 그는 침대에서 살그머니 미끄러지듯 내려와 서랍 안을 더듬어 손수건을 찾는다. 자칫 손톱이 서랍에 긁히는 소리에 재니스나 장모나 프루라는 아이가 잠에서 깨는 건 싫다. 사방에 계집들뿐이다. 최선을 다해 처리를 마친 뒤 다시 침대로 돌아온다. 하지만 젖은 부위가 항상 이상하다. 어쩌면 그게 나온다 싶은 순간에 사실은 나오지 않는 건지도 모른다. 그는 잠을 자기 위해 마음을 가라앉히려고 자신의 딸을 생각한다. 우유처럼 하얗고 고요한 배경처럼 보이는 곳에 딸의 창백하고 둥근 얼굴이 떠 있다. 누군가가 숨죽인 소리로 말한다. 해시.

아치 캠벨 목사가 며칠 뒤 밤에 정말로 찾아온다. 약속이 돼 있기 때문이다. 그는 키가 작고 홀쭉하지만, 묵직하고 부드러운 목소리가 그것을 보충한다. 편안한 미소를 지으며 아주 낭랑한 목소리로 또박또박 발음하기 때문에 그가 말하는 문장들이 계속 어떤 모퉁이를 돌아서 사라지는 것 같다. 그의 머리는 몸에 비해 너무 크다. 긴 속눈썹이 확실히 눈에 띈다. 그는 마치 감은 눈꺼풀이 가늘게 떨리는 모습을 과시하기라도 하려는 듯이 가끔 눈을 감는다. 그는 단추가 없는 얇은 검은색 셔츠에 뒤로 돌리게 돼 있는 칼라를 붙였고, 시어서커* 겉옷을 입었다. 그가 미소를 짓자 카터처럼 두툼한 입술 사이로 작고 고른 치아가 드러난다. 일렬로 늘어선 씨앗 같은 이에 니코틴 얼룩이 묻어 있다.

---

* 격자무늬가 도드라지게 짠 면직물의 일종.

장모가 그에게 커피를 권하지만 그는 이렇게 말한다. "이런, 고맙지만 괜찮습니다. 베시. 오늘 저녁에 벌써 세번째 심방이라 카페인을 더 먹으면 틀림없이 몸이 떨릴 것 같아서요." 이 문장도 모퉁이를 돌아 조지프 스트리트 저쪽으로 사라진다.

해리가 그에게 말한다. "그럼 진짜 술은 어떻습니까, 목사님? 스카치? g와 t? 공식적으로는 아직 여름이니까 말이죠."

캠벨은 주위를 흘깃거리며 사람들의 반응을 살핀다. 넬슨과 프루는 회색 소파에 나란히 앉아 있고, 재니스는 식탁에서 가져온 곧은 의자에 걸터앉아 있고, 장모는 불편한 모습으로 서 있다. 자기가 내민 커피가 퇴짜를 맞은 탓이다. "솔직히 그건 좋습니다." 목사가 느릿느릿 말한다. "독한 술을 조금 먹으면 순수한 행복을 느끼게 될지도 모르죠. 보드카 있습니까, 혹시?"

재니스가 끼어든다. "저기 귀퉁이 찬장 맨 안쪽에 있어, 해리. 은색 라벨이 붙은 병이야."

그는 고개를 끄덕인다. "다른 사람들은?" 그는 특히 프루를 바라본다. 지난 며칠 동안 이 집에 살면서 프루는 독한 술이 낯설지 않다는 걸 보여주었다. 프루는 리큐어를 좋아한다. 프루와 넬슨은 며칠 전 쇼핑을 나갔다가 칼루아, 쿠앵트로, 아마레토 디 사로노 등 세 종류의 맥주를 각각 여섯 개들이 팩으로 사왔다. 작고 땅딸막한 병들. 거기에 틀림없이 20~30달러를 썼을 것이다. 프루와 넬슨은 또한 해리와 재니스가 지난 2월에 머킷 부부와 해리슨 부부를 위해 디너파티를 열었을 때 먹고 남은 박하 리큐어를 귀퉁이 찬장에서 찾아냈다. 밝은 초록색으로 빛나는 그 작은 병이 전혀 뜻밖의 순간에 프루의 팔꿈치 옆에서 모습을 드러내곤 한다. 심지어는 아침에 장모와 함께 〈밤의 가장자리〉*를 볼 때도 마찬가지다. 넬슨은 맥주라면 거절할 이유가 없다고 말한다. 장모는 어쨌든 커피를 마실 거라고 말한다. 목사가 원한다면 디카페인 커피도 있다는 말까지 한다. 하지만 아치는 뜻을 굽히지 않고 장모를 향해 고맙다는 뜻으로 짐짓 장난스레 목례를 한 뒤 모두에게 윙크를 한다. 이 목사가 별난 친구라는 걸 래빗도 이제 알겠다. 예수가 다녀간 뒤 이렇게 많은 세월이 흐른 지금은 그렇게 구는 것이 아마 최선일 것이다. 식구들은 그를 소파와 같은 색인 회색 안락의자에 앉힐 작정이었지만, 목사가 일체형 램프와 탁자 뒤에 뒤집혀 있던 낡은 시리아식 방석을 끌고 나와 바닥에 주저앉는 바람에 식구들은 당황한다. 탁자에는 장모의 잡동사니 몇 개가 놓여 있다. 자리를 잡은 목사는 식구들 모두를 향해 활짝 웃더니 원숭이처럼 민첩하게 겉옷 주머니에서 파이프를 꺼내 갈색 집게손가락으로 담배를 채운다.

재니스가 일어나서 해리와 함께 부엌으로 들어간다. 해리는 술을 준비한다. "저 목사라는 친구 굉장한걸." 그가 재니스에게 부드럽게 말한다.

"헐뜯지 마."

"내가 뭘 헐뜯었다고 그래?"

"전부 다." 재니스는 오렌지주스 잔에 캄파리를 조금 따른 뒤, 여덟 개가 한 세트로 된 작은 원통형 리큐어 잔 한 개에 아무 말 없이 박하 리큐어를 채운다. 그 잔은 오래전, 그러니까 플라잉이글에 가입할

---

* Edge of Night. 1956~1984년에 방영된 연속극.

무렵에 재니스가 크롤스에서 산 디캔터와 한 세트다. 하지만 지금까지 그 잔을 이용한 적은 거의 없다. 해리가 캠벨에게 줄 보드카와 토닉, 넬슨에게 줄 맥주, 자기가 마실 g와 t를 들고 거실로 돌아가자 재니스도 따라와서 화려한 초록색 술이 든 원통형 잔을 프루의 팔꿈치 옆 테이블 끝에 놓는다. 프루는 알은체하지 않는다.

캠벨 목사의 설득으로 장모는 바칼라운저에 앉아 있다. 해리가 앉으려던 곳인데. 장모는 패딩이 들어간 아랫부분을 위로 올려 다리를 내려놓았다. "정말이지 이렇게 하니까 발목이 굉장히 편안한걸." 장모가 말한다.

그렇게 누워 있는 장모는 약해 보인다. 이 가정 내에서 장모가 차지하는 의미도 터무니없이 줄어든 것 같다. 재니스는 자기 어머니가 무기력하게 누워 있는 것을 보고 자진해서 나선다. "어머니, 내가 커피를 가져다줄게요."

"내가 접시에 내놓은 초콜릿칩 쿠키도 가져와. 다들 술을 마시니까 쿠키는 안 먹을 것 같지만."

"난 먹을 거예요, 엄마엄마." 넬슨이 말한다. 그는 프루가 온 뒤로 표정이 달라졌다. 뚱하게 굳어 있던 표정이 풀려서 멍하니 기대에 찬 표정, 눈을 휘둥그렇게 뜨고 고분고분 말을 잘 들을 것 같은 표정으로 바뀌었다. 해리의 눈에는 그것도 역시 짜증스럽다.

목사가 회색 안락의자를 거부했기 때문에 해리가 거기 앉아야 한다. 그는 다리를 쭉 뻗고 안락의자에 푹 파묻힌다. 캠벨은 스웨이드 구두를 신은 해리의 발에 닿지 않으려고, 일어서지 않은 채 앉은걸음으로 펄쩍 뛰면서 방석을 옆으로 1미터쯤 옮긴다. 마치 개구리가 펄쩍 뛰는 것 같다. 그러고는 자신의 민첩함에 활짝 웃으면서 작은 몸집으로 낭랑하게 선언한다. "자, 그럼, 여기 결혼하고 싶어하는 사람이 있다고 들었는데요."

"난 아니요, 이미 결혼했거든." 래빗이 재빨리 말한다. 자기 나름의 농담이다. 캠벨이 해리의 신발 끝에서 겨우 10센티미터쯤 떨어진 방석 가장자리에 놓아둔 작은 손(그의 치아와 마찬가지로 지저분하게 보인 다) 중 하나가 갑자기 다가와서 자기 신발끈을 풀어버릴지도 모른다는 웃기는 생각이 든다. 그래서 10센티미터쯤 더 떨어진 곳으로 발을 옮 긴다.

프루는 그의 농담에 슬픈 미소를 지으며 아래를 응시한다. 초록색 액체가 채워진 잔에는 아직 손도 대지 않았다. 그 옆에 앉은 넬슨은 윗 입술에 맥주가 묻어 있다는 걸 알아차리지 못한 채 엄숙한 표정으로 앞만 바라보고 있다. 아기가 음식을 먹는 것 같다. 래빗은 윌버 스트리 트 높은 곳에서 시내를 굽어보던 옛날 아파트에서 넬슨이 숟가락으로 아기용 높은 의자의 쟁반을 두드려대던 것을 기억한다. 그들은 아이가 오른손에 숟가락을 쥐게 하려고 애썼지만, 아이는 주먹 쥔 왼손에 숟 가락을 들고 있었다. 하지만 넬슨은 결코 번잡스러운 아이가 아니었 다. 언제나 착한 아이처럼 굴고 싶어했다. 해리는 아이가 전혀 눈치채 지 못하고 있는 그 거품 콧수염을 보면서 울고 싶어진다. 자기들은 지 금 저 아이를 저버리고 있다. 프루가 몰래 자신의 잔을 건드린다. 하지 만 시선을 주지는 않는다.

바칼라운저에서 울려나오는 장모의 목소리에 힘이 없다. "그래, 애 들이 교회에서 하고 싶어하는 건 사실이지만 다른 결혼식처럼 화려하지는 않을 거예요. 그냥 식구들끼리만 할 거니까. 그것도 최대한 빨리, 가능하다면 다음주도 괜찮다고 생각하고 있어요." 앞코가 둥글고 하얀 고무 테두리가 닳아 있는 더러운 옥색 운동화를 신은 장모의 발이 바닥에서 떨어져 패딩 위에 놓여 있으니 아이의 발처럼 작아 보인다.

대화에 끼어드는 재니스의 목소리가 강경하다. "어머니 그렇게 서두를 필요 없어요. 프루의 부모님이 오하이오에서 오실 준비를 하려면 시간이 필요할 거예요."

장모가 피곤해 보이는 손짓으로 프루를 가리키며 말한다. "저애가 어쩌면 자기 식구들이 굳이 오지 않을지도 모른다고 했어."

프루는 얼굴을 붉히며 잔을 쥔 손에 힘을 준다. 마치 자신에게서 시선이 옮겨가면 잔을 들겠다는 듯이. "우리 식구들은 이 집처럼 서로 친하지 않아요." 프루가 그 투명한 초록색 눈을 목사의 얼굴을 향해 들어올리고 설명한다. "우린 7남매예요. 여자 형제 네 명은 이미 결혼했고, 그중 둘은 결혼생활이 삐걱거리고 있어요. 아버지는 그것 때문에 속상해하시고요."

장모가 설명한다. "저애 집안은 가톨릭이야."

목사가 활짝 웃는다. "프루던스는 정말이지 개신교 쪽 이름 같은데요."

붉어진 얼굴이 변덕스러운 바람에 자극을 받은 것처럼 한층 더 붉어진다. "제 세례명은 테레사예요. 하지만 고등학교 때 친구들은 제가 지나치게 얌전을 떤다*고 생각했어요. 그래서 프루라는 이름이 된 거

---

* prudish.

예요."

캠벨이 킥킥 웃는다. "그렇군요! 정말 굉장해요!" 그의 정수리 머리카락이 점점 가늘어지고 있는 것이 래빗의 눈에 보인다. 아직 젊은데도. 해리는 나이를 먹으면서도 그 문제를 걱정하지 않아도 되는 것이 얼마나 다행인지. 그의 집안은 외가와 친가 모두 머리카락이 오랫동안 풍성했다. 비록 아버지는 말년에 백발이 노란색으로 변하고, 옥수수수염보다 가늘어지고, 너무 건조해져서 빗질도 할 수 없을 정도였지만. 사람들 말로는 어머니의 유전자가 결정적이라고 한다. 그가 재니스에게서 한 번도 좋아한 적이 없는 점 중 하나는 바로 넓은 이마였다. 마치 곧 대머리 증세가 나타날 것 같은 이마. 넬슨은 아직 너무 젊어서 어떻게 될지 알 수 없다. 장인은 머리를 뒤로 말끔하게 넘겨 빗곤 했기 때문에 항상 셔츠 광고에 나오는 사람 같았다. 심지어 토요일 아침에도 그랬다. 하지만 관 속에 들어갔을 때는 사람들이 가르마를 잘못 타 놓았다. 신문이 부고기사를 낼 때 사진을 망판으로 인쇄하면서 뒤집어 실었고, 장의사가 그 사진을 바탕으로 작업을 한 탓이었다. 밈의 경우, 그가 처음으로 기억하는 반항의 징조는 바로 10학년 때 머리카락을 줄무늬 모양으로 탈색한 것이었다. 밈은 자신의 원래 머리색깔을 '개신교 쥐색'이라고 부르곤 했다. 그러면 어머니는 "그래도 스컹크처럼 보이는 것보다는 낫다"며 밈을 나무랐다. 사실이었다. 군데군데 금발로 염색하고 나니 밈은 갑자기 거칠어 보였다. 변색된 것처럼. 그런 것이 인생이다. 자신을 변색시키는 것. 젊은 목사의 목소리가 음절에서 음절로 매끄럽게 굴러간다. 그가 갑작스레 높은 소리로 터뜨린 웃음은 목구멍 뒤쪽에 다시 가라앉았다. "베시 아주머니, 결혼식 날짜나 손님 명단 같은 구체적인 것들을 확정하기 전에 먼저 기본적인 것들을 좀 알아봐야 할 것 같은데요. 넬슨과 테레사, 두 사람이 서로를 사랑합니까? 그리고 두 사람 모두 교회가 믿고 있듯이 기독교식 결혼의 핵심에 존재하는 영원한 헌신을 할 준비가 돼 있습니까?"

엄청난 질문이다. 프루는 속삭이는 소리로 "네"라고 대답하고는 잔에서 처음으로 박하 리큐르를 한 모금 마신다.

넬슨은 하도 멍한 표정을 짓고 있어서 제 엄마가 대답을 재촉한다. "넬슨."

녀석은 입술을 손으로 훔치고는 징징거린다. "내가 그렇게 할 거라고 말했잖아요, 안 그래요? 여름 내내 여기서 어떻게든 일을 해결해보려고 애썼다고요. 난 학교로 안 돌아가요, 이제 영원히 졸업도 못 할 거예요. 이것 때문에. 다들 도대체 나한테 더이상 뭘 원하는 거예요."

다들 움찔하며 침묵에 잠기지만 해리만은 예외다. 그가 말한다. "난 네가 학교를 싫어하는 줄 알았는데."

"별로 안 좋아한 건 맞아요. 하지만 그만큼 시간을 쏟았으니 학위를 따면 좋기는 할 거예요. 그게 무슨 가치가 있을지는 모르겠지만. 별로 가치도 없겠죠. 여름 내내 아빠는 나더러 학교로 돌아가라고 잔소리를 해댔죠. 난 알아요, 알아요, 아빠가 옳아요, 하고 말하고 싶었지만, 아빠는 사정을 몰랐잖아요. 프루에 대해 몰랐으니까."

"그럼 나랑 결혼하지 마." 프루가 재빨리 말한다. 조용히.

아이가 프루를 곁눈질로 바라보고는 소파 쿠션 속으로 더 깊이 푹 가라앉는다. "나도 그러고 싶어." 그가 말한다. "이젠 나도 진지해져야지."

"결혼한 뒤에도 학교로 돌아가서 네가 졸업할 때까지 일 년 동안 지낼 수 있어." 프루의 양손이 무릎으로 옮겨져 있고, 작은 초록색 잔도 손을 따라와 있다. 프루는 잔 속을 응시하며 차분하게 말한다. 마치 그 작은 우물에서 지금까지 여러 번 연습했던 말을 길어올리는 것 같다. 넬슨이 투덜거릴 때 대답하던 말을.

"안 돼." 넬슨이 말한다. 무안한 표정이다. "그건 멍청한 짓 같아. 결혼을 할 거라면 진짜로 해야지. 취직도 하고, 촌스럽고 낡은 스테이션왜건도 사고, 싸구려 단독주택도 하나 사고, 뭐 그런 걸 죄다 해야지. 내가 학교로 돌아가서 공부를 하더라도 아빠가 파는 일본의 꼬마 자동차들을 사람들한테 밀어붙이는 기술이 더 늘어나지는 않아. 엄마랑 엄마엄마가 아빠의 팔을 비틀어서라도 설득할 수 있다면, 아빠가 날 받아들일 거야."

"세상에, 제멋대로 말을 만들지 마!" 해리가 외친다. "우리 모두 널 받아들일 거야. 다른 방법이 없잖아. 하지만 네가 대학을 마친다면 회사에서도 훨씬 더 가치 있는 사람이 될 거고 너 자신한테도 더 그럴 거다. 내가 계속 이런 말을 하는 건 여기 사람들이 날 괴물 취급을 하기 때문이야." 그는 아치 캠벨에게 고개를 돌린다. 하지만 캠벨이 바닥에 낮게 앉아 있다는 걸 잊어버렸기 때문에 그의 머리 위를 향해 말을 하는 꼴이 되어버린다. "이런 쓸데없는 소리나 늘어놓고 있어서 미안합니다. 목사님한테 어울리는 일이 아니네요."

"아뇨." 젊은 목사가 부드러운 목소리로 말한다. "원래 이런 겁니다." 그러고는 프루에게 묻는다. "어느 편이 더 좋겠습니까? 앞으로 일 년간 어디서 사는 게 좋겠어요? 어느 책을 봐도 다들 결혼 후 처음 일

년이 평생을 좌우한다고 하더군요."

프루는 마치 화난 사람처럼 한 손으로 긴 머리를 어깨 뒤로 넘긴다. "저는 켄트대학에 그다지 좋은 기억이 없어요." 프루가 속을 털어놓는다. "새로운 곳에서 시작하는 편이 좋겠어요."

캠벨의 파이프에서 나온, 달콤한 듯 태평한 향기가 방안을 가득 채운다. 아마도 목사의 나이는 서른 살이 안 됐겠지만, 이미 산전수전을 다 겪어서 어떤 일에도 끄떡없을 것이다. 그는 프로다. 래빗도 그 점은 존중할 수 있다. 하지만 그런 사람이 어쩌다가 동성애자가 됐을까?

장모가 독기를 품은 목소리로 말한다. "이제 저애들이 왜 일 년 더 기다리지 않는지 궁금하겠지."

몸집은 자그맣지만 머리가 큰 목사가 고개를 돌려 환하게 웃는다. "아뇨, 그걸 궁금해한 적은 없습니다."

"저애가 임신을 했어요." 장모가 선언한다. 그럴 필요가 없는데도.

"물론 넬슨이 도와줬겠죠." 목사가 빙긋 웃는다.

재니스가 중간에 끼어들려고 한다. "어머니, 애들만 그러는 것도 아니에요."

장모가 쏘아붙인다. "내가 모를 것 같아? 너도 똑같았다는 거 아직 안 잊었다."

"어머니."

"진짜 끔찍하네." 넬슨이 소파에서 선언하듯 말한다. "목사님이 무슨 죄가 있다고 여기에 끌어들인 거예요? 프루랑 내가 교회에서 결혼하겠다고 하지도 않았잖아요. 어차피 교회 같은 건 믿지도 않는데."

"안 믿는다고?" 해리는 충격을 받는다. 마음도 아프다.

"네, 아빠. 사람이 죽으면, 그냥 죽는 거예요."

"그냥 죽는다고?"

"정신 차리세요. 아빠도 아시잖아요. 다들 속으로는 알고 있다고요."

"확신하는 사람은 하나도 없어." 프루가 조용한 목소리로 지적한다.

넬슨이 분기탱천해서 프루에게 묻는다. "지금까지 죽은 사람을 몇 명이나 봤어?"

해리는 넬슨이 어렸을 때부터, 아가미가 하얗게 변하듯 얼굴이 하얗게 질리던 것을 떠올린다. 신경성 복통이 생겨서 책을 가지러 이층으로 올라갈 때 계단 난간을 꽉 움켜쥐곤 하기도 했다. 그래도 해리와 재니스는 아이를 학교로 보냈다. 해리는 아직 베리티에서 일하고 있고, 재니스도 대리점에서 시간제로 일을 하고 있었고, 아이를 돌봐줄 사람도 구하지 못했기 때문이었다. 학교가 아이를 돌봐주는 보모였다.

캠벨 목사는 차분한 표정으로 향기 나는 파이프를 뻐끔거리며 프루에게 다시 질문을 던진다. "가톨릭 신앙을 벗어나서 결혼하는 걸 부모님은 어떻게 생각하십니까?"

프루의 얼굴이 다시 옅게 달아오르고, 눈의 초록색이 짙어진다. "사실 어머니만 가톨릭 신자세요. 하지만 제가 태어났을 때는 어머니도 이미 거의 신앙을 포기한 거나 마찬가지였던 것 같아요. 저는 세례는 받았지만 견진성사는 받지 않았어요. 언니들이 견진성사 때 입었던 드레스가 그냥 남아 있었는데 말이에요. 아무래도 아빠가 어머니한테 성당에 나가지 말라고 강요한 것 같아요. 먹여야 할 애들이 너무 많아지는 게 싫어서요."

"아버지는 어떤 교파를 믿으셨나요?"

"아무것도 안 믿었어요."

해리가 떠오르는 기억을 큰 소리로 말한다. "넬슨의 할아버지가 가톨릭 집안에서 자라셨어요. 어머니가 아일랜드 혈통이셨거든요. 그러니까, 제 아버지의 어머니 말이에요. 젠장, 내가 생각하는 종교는……"

모두의 눈이 해리를 향한다.

"……종교를 조금이라도 믿지 않으면 사람이 타락할 겁니다."

이 말을 하면서 그는 넬슨 쪽을 바라본다. 턱과 귀밑이 창백해진 아이의 생생한 얼굴이 그의 시야 한가운데에 들어온 것이 가장 큰 이유다. 사향쥐 같은 머리 모양. 마치 박박 밀어버린 죄수의 머리에서 다시 머리카락이 자라난 것 같다. 아이가 이죽거린다. "뭐, 타락하지는 마세요, 아빠. 뭘 하든간에."

재니스가 앞으로 몸을 기울이고, 예전에는 낼 수 없었던, 예의바른 성숙한 여성의 다정한 목소리로 프루에게 말을 건다. "네가 부모님을 설득해서 결혼식에 참석하시게 할 수 있으면 좋을 텐데."

장모가 조금 전보다는 부드러워진 목소리로 말한다. 목사가 이 자리에 있고, 이 모임은 자신을 위한 것이 아니기 때문이다. "여기서는 어차피 감독파 교회가 가톨릭이랑 비슷하니까."

프루가 고개를 젓자 빨간 머리가 획획 흔들린다. 궁지에 몰린 짐승 같다. "저는 부모님이랑 별로 대화를 안 해요. 제가 넬슨을 만나기 전에 부모님 마음에 안 드는 일을 한 적이 있는데, 이번 일도 좋아하시지 않을 거예요. 지금 제 모습이 이러니까요."

"마음에 안 드는 일이라니?" 해리가 묻는다.

프루는 해리의 질문을 듣지 못한 사람처럼 마치 혼잣말을 하듯이 말한다. "저는 부모님 없이 혼자 살아가는 법을 터득했어요."

"제가 한말씀 드리죠." 캠벨이 기분좋게 말한다. 파이프에 불이 꺼져서 그는 지난 일 분 동안 거기에 불을 다시 붙이는 데 정신이 팔려 있었다. "제가 이해하기 어려운 것이 좀 있는데요……" 이 말을 하면서 그는 짓궂은 미소를 짓는다. 〈매드〉*에 나오는 그 남자처럼 입을 크게 늘인 미소다. "두 사람을 위해 교회에서 예식을 거행하는데, 둘 중 한 명은 로마가톨릭 소속이고, 다른 한 명은 방금 자신이 무신론자라고 밝혔습니다." 목사가 넬슨에게 살짝 고개를 숙인다. "요즘은 감독 목사님이 이런 문제에 대해서 옛날보다 더 폭넓은 재량권을 우리에게 인정해주시죠. 일전에는 비록 이혼했지만 감독파 교회에 다닌 적이 있는 일본인 남자와 젊은 여자분의 결혼식을 주재했습니다. 그런데 그 여자분이 처음에는 예배중에 '하느님'이라는 말 대신 '보편적인 어머니'를 써달라고 했어요. 우리가 그분을 설득하는 데 성공했지만요. 하지만 지금 이 경우는, 넬슨과 몹시 매력적인 약혼녀가 교회의 마법이라고 할 만한 것을 치를 준비가 되어 있거나, 그런 것을 원하는 것 같지 않습니다." 목사는 엄청난 양의 연기 구름을 방출하고는 파이프 담배를 피우는 사람들 특유의 그 깐깐하고 만족스러운 표정으로 입술을 다문다. 그리고 반론을 기다린다.

장모는 바칼라운저에서 일어날 것처럼 몸부림을 치고 있다. "프레드 스프링어의 손자가 로마가톨릭 교회에서 결혼식을 올릴 수는 없어!" 장모의 머리가 폭신한 머리받침으로 다시 떨어진다. 장모의 턱과

---

* 1952년에 창간된 만화잡지.

귀밑이 자주색으로 물들어 있는 것 같다.

"아," 아치 캠벨이 유쾌한 표정으로 말한다. "저의 친애하는 친구인 맥개헌 신부도 이 두 분을 다루지 못할 것 같은데요. 저 아가씨는 견진성사도 안 받았으니까요. 그래서 말씀입니다만……" 목사는 한쪽 무릎에서 양손을 맞잡고 허공을 응시하며 말을 잇는다. "시청에서도 훌륭하고 역동적인 결혼식이 많이 치러집니다. 유니테리언 – 유니버설리스트 교회의 예배도 그렇고요. 메이든 스프링스에서 모임을 이끌고 있는 제 친구 짐 핸콕은 저희가 받아들이기 힘들었던 약혼을 여러 번 받아들여서 주재했습니다."

래빗은 벌떡 일어난다. 뭔가 끔찍한 일이 벌어지고 있다. 그게 정확히 무슨 일인지, 누구에게 벌어지는 건지는 잘 모르겠지만. "술 더 마실 사람 있어요?"

캠벨이 해리를 보지도 않은 채 이미 비어 있는 잔을 내민다. 프루의 작은 박하 리큐르 잔도 마찬가지다. 술의 초록색은 모두 프루의 눈으로 옮겨가버렸다. 목사가 프루와 넬슨에게 말한다. "솔직히 어떤 경우에는 아주 독실한 사람들조차 그쪽으로 가는 것이 더 적절할 수 있어요. 교회에서 결혼을 인정받는 건 나중에 해도 됩니다. 그런 식으로 나중에 결혼서약을 재확인하는 사람들이 요즘은 꽤 있어요."

"이 아이들이 그냥 여기서 죄악 속에 살게 내버려두면 어때요?" 해리가 묻는다. "우리는 상관없는데."

"난 상관있어." 장모가 목이 졸린 것 같은 소리를 낸다.

"아빠," 넬슨이 소리친다. "맥주 하나 더 가져다주실래요?"

"네가 가져다먹어. 내 손은 이미 다 찼어." 그러면서도 해리는 프루

앞에 멈춰 서서 작은 리큐르 잔을 집어든다. "이렇게 먹어도 아이한테 괜찮니?"

프루가 뜻밖에 차가운 표정으로 시선을 든다. 해리는 정말 아버지 같은 기분으로 애정을 느끼고 있었지만, 프루의 시선을 보니 멍청한 교통경찰관이 된 것 같다. "아 그럼요." 프루가 말한다. "나쁜 건 맥주랑 포도주예요. 몸이 붓거든요."

래빗이 부엌에 갔다가 돌아와보니 캠벨이 이리저리 휘둘리고 있다. 그에게는 그들이 원하는 것이 있다. 교회 결혼식. 그레이스 스털 같은 사람들이 받아들일 수 있는 예식. 그걸 알기 때문에 목사는 결코 서두르지 않는다. 소녀 같은 속눈썹 밑에 자리잡은 그의 눈은 재니스와 장모의 눈처럼 검다. 커너 집안의 눈처럼. 장모는 장황하게 떠들어대고 있다. 장모가 신은 옥색 운동화의 둥근 앞코가 통통 튀어오른다. "아이가 하는 말은 에누리를 해서 받아들여야지요. 나도 저애 나이 때는 내가 뭘 믿는지 몰랐어요. 정부는 멍청하고, 갱들의 생각이 옳은 것 같았으니까. 옛날 금주법시대의 얘기예요."

넬슨이 역시 검은 눈으로 장모를 바라본다. 뚱한 표정이다. "엄마엄마한테 그게 그렇게 중요하다면 나도 어느 편이든 상관없어요."

"프루 생각은 어떠신가?" 해리가 프루에게 독봉을 넘겨주며 묻는다. 이 아이가 딱딱하게 굳어서 예의바르게 구는 것, 미소가 풀릴 때까지 조금 시간이 걸리는 것이 순전히 두려움 때문인 게 아닌가 하는 생각이 든다. 어쨌거나 지금 몸안에서 다른 생명을 기르고 있는 사람은 바로 프루 자신이다.

"제 생각에는……" 프루가 천천히 대답한다. 목소리가 어찌나 조용한지 다들 그 소리를 들으려고 꼼짝도 하지 않는다. "교회에서 하는 편이 더 좋을 것 같아요."

넬슨이 말한다. "나도 옛날에 비주가 있던 자리 뒤에 콘크리트로 지은 그 끔찍한 시청으로 가고 싶지는 않아요. 아는 녀석한테서 들었는데, 그걸 지은 건축업자가 100만 달러를 떼먹어서 벌써 시멘트에 금이 갔대요."

재니스가 안도한 표정으로 말한다. "해리, 나도 캄파리를 좀더 마셔도 될 것 같아."

캠벨이 바닥에 낮게 앉은 채, 해리가 다시 채워 온 자신의 잔을 들어올린다. "여러분, 건배합시다." 그가 자신의 조건을 내놓는다. "관행대로라면 적어도 세 가지 과정을 거쳐야 합니다. 먼저 면담을 한 뒤에 상담을 받고, 기독교의 가르침을 받는 거죠. 오늘 이 자리를 면담으로 간주해도 될 것 같습니다." 목사가 특히 넬슨을 향해 말을 하는 동안 해리는 거기에 깃든 유혹적인 분위기가 그 감미로운 목소리를 더욱 풍성하게 해준다는 느낌이 든다. "넬슨, 교회에서 결혼하는 모든 신혼부부가 기독교 성자 같은 사람이기를 교회가 기대하는 건 아닙니다. 하지만 자신들이 치르는 예식에 대해 어느 정도 이해하기를 바라기는 하죠. 결혼서약을 하는 사람은 내가 아닙니다. 넬슨과 테레사예요. 결혼은 단순한 예식이 아닙니다. 성스러운 의식이고, 신성한 일에 동참하라고 하느님이 보내주신 초청장입니다. 게다가 그 초청장은 단지 한 순간에만 국한된 게 아니에요. 함께 살아가는 하루하루가 성스러워야 합니다. 그 안에 깃든 의미가 느껴져요? 옛날 기도서에 아주 훌륭한 구절이 있었습니다. 결혼은 '깊은 생각 없이, 또는 가벼운 마음으로 해서는 안 된다. 경건한 마음으로, 신중하게, 곰곰이 숙고한 뒤에, 진지하게, 하느님을 두려워하는 마음을 갖고 해야 한다.'" 캠벨은 이 기도문을 읊조린 뒤 환하게 웃더니 말을 덧붙인다. "새 기도서에는 '하느님을 두려워하는 마음'이 빠져 있죠."

넬슨이 징징거린다. "글쎄, 하라는 대로 하겠다니까요."

재니스가 묻는다. 조금 새침을 떠는 표정이다. "가르침을 받는 데는 시간이 얼마나 걸리죠?" 등받이가 곧은 식탁 의자에 앉은 재니스의 모습은 마치 너무 일찍 새끼가 나올 것처럼 보이는 알을 품고 있는 것 같다.

"아," 캠벨이 천장을 향해 눈동자를 굴리며 말한다. "글쎄요, 여러 가지 요인들을 감안하면, 세 번의 상담과 가르침을 이 주 만에 마칠 수 있을 겁니다. 그러고 보니, 제가 약속을 적어넣는 수첩이 마침 여기 있네요." 캠벨은 시어서커 겉옷의 가슴주머니에 손을 집어넣기 전에 차분한 표정으로 아주 공들여서 파이프를 톡톡 두드려 재를 떨어낸다. 그것을 보면서 해리는 동성애자로 살아가는 이점을 느낀다. 이 남자한테 세상은 그저 개그에 불과하다. 그는 물위를 걷는다. 여자들과 아이 만들기라는 진흙은 그의 신발을 더럽히는 법이 없다. 모자를 벗고 경의를 표해야 한다. 이 남자를 건드릴 수 있는 것은 하나도 없다. 이것이 진짜 종교다.

그를 한번 찔러보고 싶고, 이미 훌륭하게 마무리된 흥정에 반기를 들고 싶은 반항적인 소망 때문에 해리는 입을 연다. "그렇죠, 아이가 태어나기 전에 다 끝내야죠. 크리스마스 전에는 아들이 태어날 테니까요."

"별일이 없다면 그렇게 되겠죠." 캠벨이 빙긋 웃으며 말을 덧붙인다. "아들이 될지 딸이 될지는 모르지만요."

"1월이에요." 프루가 자신의 잔을 내려놓은 뒤 속삭이듯이 말한다.

다들 무시하고 싶어하는 아기 이야기를 해리가 용감하게 자꾸만 언급하는 것을 프루가 좋아하는지 싫어하는지 알 수가 없다. 약속시간을 정하는 동안 프루와 넬슨은 커다란 몸집으로 축 늘어진 인형 한 쌍처럼 소파에 앉아 있다. 눈에 보이지 않는 팔들이 쿠션을 뚫고 솟아나와 둘의 몸통과 머릿속으로 뻗어 있는 것 같다.

"프레드의 생일이 1월이었는데." 장모가 목사를 배웅하기 위해 바 칼라운저에서 일어나려고 애쓰느라 끙끙거리며 선언하듯 말한다.

"아유, 어머니." 재니스가 말한다. "세상 사람들 중 12분의 1이 1월에 태어났어요."

"저도 1월에 태어났습니다." 아치 캠벨이 일어서면서 말한다. 그가 활짝 웃자 지저분한 치아가 드러난다. "부모님이 많은 기도를 드린 덕분이었죠. 제 부모님은 정말 구식 중의 구식이었습니다. 제가 태어난 것 자체가 놀라운 일이에요."

다음날 시티뷰 드라이브를 따라 뻗어 있는 공원의 나무에서 노랗게 변해 떨어진 이파리들을 따스한 빗줄기가 두드리기 시작하는 가운데 해리와 넬슨은 차를 몰고 브루어를 통과해서 대리점으로 향한다. 아이가 대리점에 나오는 건 아직도 반갑지 않은 일이지만, 녀석이 부숴버린 컨버터블 두 대 중 한 대, 즉 매니가 수리중인 로얄을 확인할 필요가 있다. 옆구리를 두 번이나 들이받힌 72년식 머큐리는 더 심하게 손상됐을 뿐만 아니라, 부품을 구하기도 더 힘들다. 래빗은 아이가 학교로 돌아간 뒤 그 차를 고물로 팔아버리고 손실 처리를 할 생각이었다. 하지만 적어도 망가진 차를 한 번 보고 싶다는 아이의 말을 차마 거절할 수가 없었다. 차를 본 뒤 넬슨은 코로나를 빌려서 빌리 포스나트를 만나러 갈 것이다. 빌리는 곧 보스턴으로 돌아가서 신경치료 전문의가 되는 공부를 할 예정이다. 해리도 예전에 신경치료를 받은 적이 있다. 마치 의사가 안구의 아래쪽을 간질이는 것 같은 느낌이었다. 그런 끔찍한 짓을 하면서 먹고 살다니. 하긴 전적으로 좋기만 한 직업은 없는 건지도 모른다. 도요타의 앞유리창 와이퍼가 일정한 리듬으로 고무 소리를 내며 노래를 계속하는 가운데 브루어의 도로를 달리는 차들이 점점 느려지면서 로커스트 대로를 따라 빨갛게 타오르는 브레이크 등들이 죽 늘어선다. 옛날에 성처럼 보이던 학교가 다시 시작됐고, 노란 스쿨버스들이 꽉 막힌 길 위에서 저 앞에 서 있다. 해리는 와이퍼 속도를 '빠름'에서 '간헐적'으로 바꾼다. 담배를 끊지 말 걸 그랬다는 생각이 든다. 아이와 대화를 해보고 싶다.

"넬슨."

"에?"

"기분이 어떠니?"

"괜찮아요. 아침에 일어날 때는 목이 아팠는데, 멜러니가 할머니를 설득해서 사둔 500밀리그램짜리 비타민C 두 알을 먹었어요."

"걔는 정말이지 건강을 챙기는 데 열심이었어, 그렇지? 멜러니 말이다. 부엌에 아직도 그래놀라*가 많이 남아 있잖아."

---

* 납작 귀리에 건포도나 황설탕을 섞은 아침식사용 건강식품.

"네, 뭐. 그것도 다 연기였어요. 신비로운 집시인 척하는 거요. 멜러니가 항상 읽던 구루가 있는데, 이름은 기억이 안 나요. 재채기할 때 나는 소리 같은 이름이었는데."

"보고 싶니?"

"멜러니요? 아뇨, 내가 왜요?"

"둘이 친한 거 아니었어?"

넬슨은 다른 의미가 내포된 이 질문을 피한다. "떠날 때가 다 돼서는 애가 아주 불평이 많아졌어요."

"찰리랑 같이 떠난 것 같아?"

"나도 모르죠." 아이가 말한다.

이제 '간헐적'에 맞춰져 있는 와이퍼가 한 번 유리창을 지나갈 때마다 래빗은 깜짝깜짝 놀란다. 마치 자신이 아닌 다른 사람이 이 차 안에서 결정을 내리고 있는 것 같아서. 유령 같은 존재. 영화 〈미지와의 조우〉*에서 리처드 드레이퍼스가 탄 트럭이 마구 흔들리기 시작하고 뒤쪽에서 달려오던 헤드라이트들이 한쪽 옆으로 빠져나가는 대신 허공으로 올라가던 장면처럼. 해리는 '간헐적'에서 '느림'으로 스위치를 다시 바꾼다. "정확히 말하자면, 네 몸의 상태만 물어본 게 아냐. 사실 네 마음에 대해서 물어본 거야. 어젯밤 그런 일이 있었으니까."

"그 얼간이 목사 말이에요? 스프링어 가문의 명예든 뭐든 하여튼 만족시킬 수만 있다면 그 인간이 늘어놓는 쓰레기 같은 소리들을 두어

---

* 스티븐 스필버그가 1977년에 발표한 영화. 본문에는 'Encounters of the Third Kind'라고 되어 있지만, 정확한 제목은 'Close Encounters of the Third Kind'이며, 외계인과의 만남을 다뤘다.

번 들어주는 건 상관없어요."

"그보다는 결혼에 대한 기분을 물었다고 해야 할 것 같구나. 넬리, 뭐가 됐든 네가 등을 떠밀려서 억지로 하는 건 싫다."

아이가 허리를 좀더 곧추세우는 것이 해리의 시야 한편에 들어온다. 앞에 서 있던 노란색 버스들이 브루어고등학교 진입로로 들어가자 줄줄이 늘어선 차들이 다시 천천히 움직이기 시작한다. 줄지어 주차된 차들 옆에서 천천히. 주차된 차들의 지붕에는 빗줄기가 떨어뜨린 이파리가 흩어져 있다. "내가 등을 떠밀리고 있다고 누가 그래요?"

"그런 말을 하는 사람이야 없지. 프루는 좋은 아가씨 같더라. 네가 결혼할 준비가 돼 있다면 말이지만."

"내가 준비가 안 됐다는 거죠? 아빠는 내가 무슨 일에든 준비가 안 됐다고 생각하잖아요."

해리는 아이의 적의를 흘려보내며 묵상에 잠긴 사람처럼 말하려고 애쓴다. 웹 머킷이 그러는 것처럼. "넬슨, 세상의 어떤 남자도 결혼에 100퍼센트 준비가 돼 있을 수는 없을걸. 내가 안 그랬던 건 확실하지. 내가 네 엄마를 어떻게 대했는지 생각해보면 말이다."

"네, 뭐." 아이가 조금 허망한 목소리로 말한다. 아버지가 미끼를 물지 않은 탓이다. "엄마도 복수했잖아요."

"난 절대 그 일로 네 엄마를 탓할 수 없었어. 찰리도 그렇고. 너도 이해해줬으면 좋겠다. 그때 다시 합친 다음에, 우리 둘 다 상당히 솔직했다. 그뒤로 상당히 재미있는 시간도 보냈지. 노망이라도 난 건지, 원. 그저 우리가 수많은 문제를 해결해나가는 와중에 네가 우리 옆에 있었다는 게 미안할 뿐이야."

"네, 뭐." 넬슨의 목소리가 딱딱하고, 숨소리가 섞여 있다. 그는 계속 자기 무릎만 바라본다. 해리가 아이젠하워 애비뉴로 까다로운 좌회전을 할 때조차도. 아이가 헛기침을 하며 목을 가다듬더니 자진해서 입을 연다. "시대가 그랬던 것 같아요. 켄트에서 만난 애들 중에는 나보다 더 끔찍한 일을 겪은 애들도 많아요."

"질의 일만 없었다면 그랬겠지. 그보다 더한 경험을 한 애는 없을 걸." 해리는 웃음을 터뜨리지 않는다. 아이에게 질은 신성한 이름이다. 아이는 결코 그 일에 대해 이야기하지 않을 것이다. 해리는 어색하게 차를 운전한다. 차가 내리막길에서 점점 속도를 얻고, 라틴 놈들과 흑인들의 아이들이 어디 한번 칠 테면 쳐보라는 듯이 건방지게 위험을 자초하면서 학교를 향해 반대방향으로 오르막길을 올라간다. 자동차 펜더가 아이들의 몸을 스친다. "요즘 벌어지는 일 중에는 아무래도 마음에 안 드는 것이 있어. 프루가 임신을 한 건 그렇다고 치자, 손뼉도 마주쳐야 소리가 나는 법이니까 너도 분명히 책임이 있어. 그건 아무도 부인하지 못할 거다. 그런데 내가 알기로 프루는 낙태를 아예 생각도 안 하고 있다면서? 지난 이십 년 동안 별로 좋지 않은 일이 많았지만, 그래도 좋은 일을 하나 꼽는다면 병원에 가서 맹장수술을 받듯이 깨끗하고 안전하게 내놓고 낙태를 할 수 있게 된 것인데도 말이지."

"그래서요?"

"왜 낙태를 안 한 거냐?"

아이가 손짓을 하는데, 래빗은 아이가 운전대를 잡으려고 하는 줄 알고 겁이 나서 운전대를 쥔 손에 힘을 꽉 준다. 하지만 넬슨은 그저 낙태의 가능성이 없다는 뜻으로 손사래를 칠 뿐이다. "프루가 여러 가

324

지 이유를 댔어요. 난 다 기억이 안 나지만."

"그래도 말해봐."

"뭐, 우선 낙태를 하다가 속이 다 망가진 여자들이 있대요. 그 여자들은 다시는 아이를 가질 수 없게 됐다고 하더라고요. 아빠는 맹장수술처럼 쉽다고 하지만, 아빠는 그런 수술을 받은 적이 없잖아요. 프루는 불안해했어요."

"가톨릭을 그렇게 독실하게 믿는 것 같지는 않던데."

"맞아요. 전에도 그랬고, 지금도 그래요. 그래도 그건 부자연스러운 일이라고 했어요."

"자연스러운 게 뭔데? 온갖 피임방법들이 나와 있는 지금 시대에 그런 식으로 임신하는 것도 자연스러운 일은 아냐."

"프루는 수줍음이 많아요, 아빠. 사람들이 걔를 괜히 프루라고 부르는 게 아니라고요. 그런 일로 의사를 찾아가서 몸속을 긁어내게 하는 건, 정말 싫다고 했어요."

"당연히 그랬겠지. 수줍음이 많다고? 걔는 아기를 갖고 싶었던 거야. 그리고 그 일을 해낼 때는 별로 수줍음을 타지 않았지. 너보다 몇 살이나 연상이냐?"

"한 살이요. 일 년 조금 더 돼요. 그게 무슨 상관이에요? 프루는 그냥 아기를 갖고 싶어한 게 아니에요. 내 아기를 갖고 싶었던 거라고요. 프루 말로는 그래요."

"그거 예쁜 소리구나. 아마도. 그 말을 듣고 넌 무슨 생각을 했어?"

"그래도 괜찮겠다고 생각했던 것 같아요. 그건 프루의 몸이잖아요. 다들 그런 소리를 해요. 그 몸의 주인은 여자라고. 그러니 내가 할 수 있는 일이 별로 없는 것 같았어요."

"그러고 나니 마치 그애의 장례식 같았겠지?"

"그게 무슨 소리예요?"

"내 말은……" 해리는 화가 나서 플럼 스트리트의 교차로에서 어슬 렁거리다 차를 향해 갑자기 나타난 아이들을 향해 경적을 울린다. 아 직 학기가 시작된 지 얼마 안 돼서 교차로 안내인이 준비되지 않은 탓 이다. "다른 여자애가 네 보모 역할을 하는 동안 그애는 더이상 손쓸 수 없게 될 때까지 임신 상태를 유지하기로 했다는 거야. 게다가 이제 는 네 어머니랑 할머니, 그리고 그 계집애 같은 목사까지 죄다 나서서 네가 그 한심한 계집애랑 언제 어떻게 결혼해야 하는지 결정해버리고 있잖아. 네 역할은 도대체 뭐냐? 넬슨 앵스트롬. 네가 원하는 건 뭐야? 네가 알고 있기는 한 거야?" 속이 상해서 그는 손바닥 끝으로 운전대 를 친다. 길은 아이젠하워와 7번가 교차점에 있는, 19세기에 지어져서 돌들이 검게 변한 지하도 밑으로 쑥 가라앉는다. 심한 폭우가 내릴 때 는 이 지하도가 물에 잠기지만 오늘은 아니다. 이미 오래전에 세상을 떠난 석공들이 이맛돌 없이 아치형으로 지은 이 지하도는 유명한 곳이 지만, 래빗은 어렸을 때부터 이 지하도를 보면 지하 납골당과 죽음이 떠올랐다. 지하도를 통과한 차는 저렴한 공장도가 아울렛들 앞에 내걸 린 채 빗물을 뚝뚝 떨어뜨리고 있는 삼각 깃발들 사이로 모습을 드러 낸다.

"뭐, 내가 원하는 건……"

아이의 입에서 스프링어 모터스에 취직하고 싶다는 말이 나올까봐 해리는 중간에 끼어든다. "넌 겁을 먹고 있는 것 같아. 내 눈에 보이는 건 그것뿐이다. 주위의 여자들이 무서워서 차마 싫다는 말을 못하고 있는 거지. 나도 싫다는 말은 잘 못하는 편이지만, 그게 집안 내력이라고 해서 너도 그렇게 살아야 하는 건 아니다. 꼭 나처럼 살 필요는 없어. 내가 하고 싶은 말은 이거였던 것 같구나."

"솔직히 내가 보기에는 아빠 인생이 상당히 편안한 것 같은데요." 차는 와이저 스트리트로 접어든다. 시내 중심가의 쇼핑몰 숲이 백미러에 흐릿한 초록색 얼룩처럼 비친다.

"그래, 뭐." 해리가 말한다. "여기까지 오는 데는 상당한 시간이 걸렸어. 게다가 이 자리에 올 때쯤에는 대개 사람이 고물이 돼버리지. 이 세상은 말이다……" 그는 아들에게 말한다. "자기를 쓰러뜨린 게 뭔지 끝내 모르는 사람들로 가득해. 그 사람들이 정신을 차리고 깨어나기도 전에 인생이 끝나버린단 말이다."

"아빠는 계속 아빠가 살아온 얘기를 하는데, 그게 나랑 무슨 상관이 있다는 건지 난 모르겠어요. 내가 프루랑 결혼하는 것 말고 달리 뭘 할 수 있어요? 프루도 그렇게 나쁘지 않아요. 나도 여자애들을 사귈 만큼 사귀어봤으니까 어떤 여자애나 안 좋은 점이 있기 마련이라는 것쯤은 알고 있어요. 하지만 프루는 괜찮은 인간이고 친구예요. 그런데 아빠는 내가 프루를 갖지 못하게 하려는 것 같아요. 질투나 뭐 그런 걸 하는 것 같다고요. 자꾸만 프루의 아기를 언급하는 게."

이 녀석을 한번 패줬어야 하는 건데. "질투를 하는 게 아냐, 넬슨. 오히려 그 반대지. 네가 안쓰러워서 그러는 거야."

"안쓰러워하실 필요 없어요. 나한테 아빠 감정을 낭비하지 마세요."

차가 손봄 장의사 앞을 지나간다. 빗줄기 때문에 앞에 나와 있는 사람이 하나도 없다. 해리는 침을 꿀꺽 삼키고 묻는다. "어떻게든 할 수만 있다면 벗어나고 싶지 않은 거냐?"

"뭘 어떻게 하겠어요? 벌써 임신 5개월인데."

"너랑 결혼하지 않아도 프루 혼자 아이를 낳을 수 있지. 입양기관들은 백인 아기를 구하려고 난리를 치고 있으니까, 오히려 누군가 다른 사람한테 좋은 일을 해주는 꼴이 될 거다."

"프루는 절대 동의 안 할걸요."

"너무 확신하지 마. 우리가 아픔을 줄여줄 수 있어. 프루의 형제가 7남매라고 했으니, 돈의 가치를 알 거다."

"아빠, 이건 말도 안 되는 이야기예요. 아기도 사람이라는 걸 잊고 있는 거 아니에요? 걔도 앵스트롬 집안의 사람이라고요!"

"세상에, 내가 그걸 어떻게 잊어?"

다리 못 미쳐서, 와이저 스트리트 끄트머리에 있는 신호등이 빨간색이다. 해리가 흘깃 바라본 아들의 모습이 마치 이제 막 알을 깨고 나온 생물 같다. 축축하게 젖은 몸이 아직 다 펴지지 않은 느낌. 신호등이 초록색으로 바뀐다. 자갈을 섞은 콘크리트로 만든 기둥의 청동 명판에 이 다리 이름의 원래 주인인 시장의 이름이 적혀 있지만, 빗줄기가 너무 세차서 글자를 읽을 수 없다.

해리가 다시 말을 시작한다. "아니면 그냥, 글쎄다, 아무 결정도 내리지 말고 잠시 사라져버릴 수도 있겠지. 그 돈은 내가 대주마."

"돈이라고요? 아빠는 언제나 나더러 가까이 오지 말고 다른 데 가 있으라면서 돈을 내밀어요."

"아마 내가 네 나이 때 도망치고 싶었는데 그러지 못했기 때문이겠지. 그때 나한테는 돈이 없었다. 머리가 제대로 깨이지도 않았고. 우리는 네가 깨인 머리를 가질 수 있게 널 멀리 보내려고 했는데, 넌 우릴 비웃고 있어."

"비웃은 적 없어요. 그저 멀리 가봐도 배울 게 별로 없으니까 그런 거죠. 아빠가 생각하는 거랑은 달라요. 대학은 돈이나 뜯어갈 뿐이고, 교수가 학생을 가르치는 건 그 대가로 돈을 받기 때문이지 그게 학생한테 도움이 되는 일이기 때문이 아니에요. 지리학이든 뭐든 자기들이 가르치는 과목에 대해서 아빠나 마찬가지로 신경도 안 쓴다고요. 전부 가짜예요. 사람들이 대학에 모여 있는 건, 부모들이 일정한 나이가 지난 자식이 집에 있는 걸 싫어하고 그런 애들을 대학에 보내면 부모 체면이 살기 때문이에요. '우리 자니는 하아바드에 다녀요.' '우리 넬리는 켄트에 다녀요.'"

"정말로 그렇게 생각하는 거냐? 내가 젊었을 때는 젊은이들이 세상 밖으로 나가고 싶어했는데. 세상이 무섭기는 했지만, 계속 엄마한테, 아니면 할머니한테 도망쳐 돌아갈 만큼 무섭지는 않았어. 너한테 이래라저래라 일러주는 여자들이 다 없어지면 어떻게 할 셈이냐?"

"앞으로 아빠가 하게 될 바로 그 일이죠. 확 죽어버리는 거."

DISCO. 닻선. 연료 경제성. 빗속에서 보는 111번 도로에는 일종의 아름다움이 있다. 다채로운 색깔과 플래카드와 여러 주차장의 푸르스름한 아스팔트가 모두 휙휙 지나가는 차들의 흐름 속을 함께 흘러간다. 와이퍼의 박자에 맞춰서. 고무손들이 허우적거린다. 살려주세요, 살려주세요. 래빗은 옛날부터 항상 비가 좋았다. 세상에 지붕이 생긴 것 같아서. "난 그저 네가 옴짝달싹 못하고 있는 걸 보기 싫어서 그래." 그가 넬슨에게 불쑥 말한다. "나랑 너무 비슷해서."

넬슨의 목소리가 커진다. "난 아빠가 아니에요! 옴짝달싹 못하는 것도 아니고요!"

"넬리, 넌 지금 옴짝달싹도 못하고 있어. 여자들 손에 붙들려서 말도 제대로 못하고 있잖아. 난 그런 꼴을 보는 게 싫다. 그뿐이야. 내가 하고 싶은 말은, 적어도 나는 네가 지금 이대로 끌려갈 필요는 없다고 생각한다는 거야. 여기서 벗어나고 싶다면 내가 도와주마."

"난 그런 도움은 바라지 않아요! 난 프루가 좋아요. 프루의 외모도 좋아하고, 프루는 침대에서도 끝내줘요. 프루한테는 내가 필요해요. 프루는 날 멋진 사람으로 봐줘요. 날 어린애로 생각하지 않는다고요. 아빠는 내가 여자들한테 붙들렸다지만 난 그런 느낌이 전혀 없어요. 남자가 되어가는 기분이라고요!"

살려주세요, 살려주세요.

"다행이구나." 해리가 말한다. "행운을 빈다."

"내가 아빠의 도움을 바라는 건 따로 있는데, 아빠는 그건 도와주지 않을 거예요."

"그게 뭔데?"

"여기 대리점 일이요. 내가 대리점에 자리잡는 걸 방해하는 짓은 그만두세요."

차가 대리점 주차장으로 방향을 꺾는다. 코로나의 타이어가 도로 턱을 따라 배수구로 콸콸 흘러가는 물속에서 물보라를 일으킨다. 래빗은 돌처럼 굳어서 아무 말도 하지 않는다.

III

　다리와 쇼핑몰 사이, 와이저 스트리트의 추레한 구역 중 한 곳에 새로운 가게가 문을 열었다. 다른 도시의 신문들, 껍데기를 깐 따뜻한 땅콩, 이성애자들을 위한 추잡한 잡지는 물론 동성애자들을 위한 추잡한 잡지까지 팔면서 오래도록 버티고 있는 잡화점 맞은편이다. 모양을 보아 하니 이 새 가게도 추잡한 것들을 팔 것 같다. 전면 진열창이 길고 가느다란 금색 베니션블라인드로 완전히 가려져 있고, 창문에 새겨진 문구가 놀라울 정도로 점잖기 때문이다. 검은색으로 테를 두른, 아주 작은 황금색 글자들로 새겨진 문구는 **재정적 대안**이 전부다. 그리고 그 밑에는 그보다 더 작은 글씨로 옛날 동전, 금은 사고 팝니다라고 새겨져 있다. 해리는 매일 자동차로 그 앞을 지나간다. 그런데 어느 날 다른 차들의 통행을 방해하지 않고도 부드럽게 차를 세울 수 있는 유료 주차공간 두 개가 그 앞에 비어 있어서 그는 차를 세우고 가게 안으로 들어간다. 그다음날 그는 두 블록 떨어진 거래은행 브루어 트러스트에서 일을 본 뒤 '재정적 대안'에 들어가 개당 377.14달러에 산 크루거란드* 삼십 개를 들고 나온다. 수수료와 판매세가 포함된 가격으로 모두 합해 1만 1314.20달러다. 가게 안에 있는 백금발 아가씨가 불러준 금액이다. 그 아가씨는 진홍색 매니큐어를 바른 손톱을 길게 기르고 있었는데, 계산기를 누르는 데 그 손톱이 전혀 방해가 되지 않는 모양이었다. 가게 안에 보이는 사람이라고는 그 아가씨뿐이었다. 아가씨는 유리로 상판을 덮은 긴 책상에 앉아 있었는데, 책상 옆면은 베이지색이고 같은 색의 회전의자가 있었다. 하지만 다른 방에서 사람들 목소리와 밖의 상황을 감시하는 존재들이 느껴졌다. 아가씨는 그 뒷방으로 사라졌다가 그에게 줄 금화를 들고 나타났다. 금화들은 솜씨 좋게 만들어진 플라스틱 원통에 열다섯 개씩 들어 있었고, 연한 푸른색의 둥근 뚜껑은 인형 집의 변좌를 연상시켰다. 사실 화장지처럼 보이는 것이 이 뚜껑의 구멍 속에 끼워져서 뚜껑을 원통에 꼭 맞게 고정시키는 한편, 귀한 황금의 광채를 감추는 역할도 하고 있었다. 원통들이 어찌나 무거운지 해리가 장모의 집에 도착해 현관 앞 계단을 통통 뛰어올라가는 동안 겉옷 주머니가 찢어질 것 같다. 안에서는 프루가 회색 소파에 앉아 뜨개질을 하고 있고, 장모는 바칼라운저를 차지하고 앉아 다리를 받침대에 올려놓은 채 필리의 어떤 노랑둥이가 높은 목소리로 빠르게 전해주는 6시 뉴스를 보고 있다. 프랭크 리조 시장이 또 경찰의

---

* 남아프리카공화국의 1온스 금화.

폭행 혐의를 부인했다는 소식이다. 아나운서는 모든 단어에서 느낌을 빼앗아버리는 빠르고 건조한 목소리로 이 소식을 전한다. 예전에 필라델피아는 아무도 감히 가보지 못한 먼 곳이었지만, 텔레비전이 그곳을 가까이로 쑥 끌어와서 그곳의 강도살인 사건들과 정치를 바로 옆집의 일처럼 만들어버렸다. "재니스는 어디 있어요?" 해리가 묻는다.

장모가 말한다. "쉿."

프루가 말한다. "넬슨을 데리고 클럽에 가셨어요. 여자 복식경기의 빈자리를 메워야 한다면서요. 경기가 끝나면 양복을 사러 간다고 하시는 것 같았어요."

"올여름에 벌써 녀석 양복을 한 벌 샀을 텐데."

"그건 업무용 정장이잖아요. 결혼식 때 입을 스리피스 양복이 필요하다고 생각하신 모양이에요."

"아이고, 그렇지, 결혼식. 그래 그 목사랑 상담하는 건 잘돼가니? 목사 이름이 뭐더라?"

"전 아무래도 상관없어요. 넬슨은 상담을 무지 싫어하지만요."

"녀석 말로는 순전히 할머니를 위해서 하는 거라더군." 장모가 머리받침 너머로 목소리를 전달하려고 몸을 비틀며 외친다. "내 생각에는 상담이 녀석한테 정말로 좋은 것 같아." 두 여자 모두 해리의 겉옷이 축 늘어져 있는 것을 눈치채지 못한다. 마치 황소의 불알이 그의 주머니를 잡아당기고 있는 것 같은데. 그가 원하는 사람은 재니스다. 그는 이층으로 올라가 금화가 가득한 매끈한 원통들을 협탁의 서랍 안쪽에 쑥 밀어넣는다. 여분의 독서용 안경, 치주질환을 예방하기 위해 잇몸을 마사지해야 한다며 구입한 플라스틱 핸들의 고무 팁, 마음이 불안해서 집안의 여러 소음을 걸러낼 수 없을 때 귀에 쑤셔넣는 분홍색 왁스 귀마개 등을 넣어둔 서랍이다. 옛날에는 바로 이 서랍에 콘돔도 보관했었다. 재니스가 피임약이 몸에 안 좋다는 결론을 내린 뒤부터 병원에 가서 나팔관을 막아버리기 전까지의 기간 동안. 하지만 그건 아주 오래전 일이고, 그는 콘돔을 모두 버려버렸다. 콘돔 상자의 뚜껑이 제대로 닫히지 않은 것을 보고, 어쩌면 그가 상상한 것인지도 모르지만, 하여튼 넬슨이나 아니면 다른 누가 이 상자에 손을 대서 콘돔을 훔쳐간 것 같다는 생각을 하게 된 뒤 그 깨끗한 양철 상자를 통째로 내버렸다. 그 무렵부터 그는 아이와 함께 사는 것이 갑갑하게 느껴지기 시작했다. 넬슨이 야구 통계나 기타나 아니면 하다못해 집안 구석구석에 실처럼 스며드는 록 레코드에 빠져 있을 때는 아이가 복도 저쪽의 방을 차지하고 있는 것이 래빗의 뇌 한구석을 고집스레 차지하고 있는 래빗 자신의 어린 시절 기억보다 더 불편하게 느껴지지는 않았다. 하지만 사춘기의 호르몬과 여자애들과 자동차와 맥주 등이 등장하면서 해리는 아버지 노릇에서 벗어나고 싶어졌다. 두 번의 어렴풋한 경험이 남자에게서 남자가 만들어지는 문제에 대해 그가 마냥 편안할 수만은 없음을 보여준다. 그는 열두 살인가 열세 살 때 잭슨 로드의 그 허름한 집에서 아버지가 방안에 있는 줄 모르고 부모의 침실로 들어간 적이 있다. 아버지는 양말과 러닝셔츠만 걸친 차림으로 옷장 앞에 서서 아무것도 모른 채 서랍에서 팬티를 찾고 있었다. 아버지가 입는 트렁크 스타일의 팬티가 어차피 해리의 눈에는 항상 슬프고 처량하게 보였지만, 지금 그의 앞에 있는 것은 아버지의 맨엉덩이였다. 그렇게 하얀 엉덩이라니. 흐물흐물하고 털도 전혀 없고 벙어리처럼 아무 말도 못하고 무기력한 그 살덩이는 하루에 한 번씩 똥을 짜낼 때가 아니면 마치 다림질을 하지 않은 침대보처럼 세상 속에 그냥 매달려 있었다. 그리고 넬슨이 그 나이쯤 되었을 때, 아니 이미 이 집에 들어와 살고 있었을 때니까 넬슨이 한 살쯤 더 많았을 것이다. 그들이 이 집으로 들어온 건 아이가 열세 살 때였다. 해리는 넬슨이 안에 있는 것을 모르고 욕실에 들어갔다가 샤워를 마치고 나오는 넬슨과 맞닥뜨려서 아이의 앞모습을 정면으로 보게 되었다. 아이의 그곳에는 이미 털이 자라고 있었고, 몸은 아직 호리호리하고 작은데도 그 물건만큼은 어른만큼 커져서 달걀형으로 무겁게 매달려 있었다. 포경수술을 한 래빗의 그것과는 다른 모습이었는데, 아마도 그 때문인지 아주 난폭하고 커 보였다. 정말 컸다. 이건 상자에서 콘돔이 없어지기 몇 년 전의 일이었다. 서랍이 덜컹거리더니 움직이지 않는다. 해리는 서랍을 살살 움직여서 안으로 넣으려고 애쓴다. 재니스와 넬슨이 집안으로 들어와 아래층에서 테니스와 옷가게에 관해 그리고 바깥세상에 관해 새로운 소식들을 늘어놓는 소리가 집안에 울린다. 해리는 자신이 말하고 싶은 소식을 재니스에게만 들려주고 싶다. 그걸로 재니스를 놀래주고 싶다. 어딘가에 걸린 것 같은 서랍이 갑자기 움직이며 닫히고, 그는 미소를 짓는다. 그가 납덩이처럼 무겁고, 귀하고, 반짝반짝 광택이 나는 금화의 비밀을 털어놓으면 재니스가 어떤 표정을 지으며 놀랄지 기대가 된다.

미리 기대에 차서 기뻐하는 일이 대개 그렇듯이, 이번 일도 딱히 그의 상상대로 풀리지는 않는다. 두 사람이 함께 계단을 올라온 것은 예정보다 늦은 시각이고, 두 사람은 뭔가에 취한 듯 들뜬 기분이다. 넬슨과 프루가 수피,* 이건 둘이 캠벨을 부르는 이름이다, 어쨌든 그에게 가서 세번째 상담을 받아야 했기 때문에 저녁을 일찍 먹을 수밖에 없었다. 넬슨과 프루는 아홉시 삼십분쯤에 돌아왔는데, 넬슨이 무척 화가 나 있었기 때문에 저녁식사 때 먹는 포도주를 다시 꺼내야 했다. 넬슨은 맥주 캔을 손에 든 채로 젊은 목사가 자기들 두 사람 사이의 내밀한 공간 속으로 교회의 방식을 강요하려 한 것을 흉내냈다. "교회가 그 으리이스도의 시이인부라는 말만 계속해요. 그래서 그러는 당신은 도대체 누구의 신부냐고 묻고 싶은 걸 참았어요."

"넬슨." 재니스가 부엌 쪽을 흘깃 바라보며 말했다. 부엌에서는 장모가 자기가 먹을 오벌틴을 타고 있었다.

"진짜 역겹잖아요." 넬슨이 고집스레 말했다. "하느님이 뭘 어떻게 한다는 거예요? 교회 똥구멍에 그 짓이라도 하는 거예요?"

프루가 웃음을 터뜨리는 모습이 해리의 눈에 들어왔다. 넬슨이 프루에게 그걸 한 걸까? 평범한 것과 조금 차이가 있는 일들 중에서 이 아이들이 아직 해보지 않은 일은 아마 그 정도일 것이다. 요즘은 잡지마다 온통 입으로 해주는 것이 나와 있는데, 아이들은 그걸 '머리를 준다'고 표현한다. 〈샴푸〉라는 영화에서는 보닛까지 완전히 갖춰 입고 역사극에 자주 나오던 줄리 크리스티가 화면 속에서 당당하게 워런 비티에게 입으로 해주고 싶다고 선언했다. 정말로 대놓고 그런 말을 했는데 그 영화는 심지어 X등급도 아니고 그냥 R등급이라서 데이트를 하는 십대 아이들이 캐스린 그레이슨과 하워드 킬이 나오는 〈쇼보트〉**의

---

* soupy. '지나치게 감상적이다'라는 뜻이 있음.

** 1927년에 발표된 동명의 뮤지컬을 바탕으로 만든 영화. 1929년, 1936년, 1951년에 각각 영화화되었는데, 여기서 말하는 것은 1951년작이다.

재상영이라도 보는 것처럼 다정하게 손을 잡고 앉아 그 영화를 보면서 여자애들도 남자들과 함께 웃음을 터뜨렸다. 뼈대가 길고 자신을 그다지 드러내지 않는 프루의 몸은 자신이 무슨 짓을 하는지 보여주지 않는다. 창백한 입술도 마찬가지다. 쉬고 있을 때 프루의 입술은 건조하고 꼭 다물어진 것 같은 느낌인데, 어쩌면 비서학교에서 그런 표정을 가르치는지도 모를 일이다. 침대에서도 끝내줘요. 넬슨은 이렇게 말했었다.

"미안하지만요, 엄마, 그 인간을 보면 정말로 화가 나 미치겠어요. 나더러 마음에도 없는 말을 하라고 시켜놓고는 활짝 웃으면서 그게 전부 무슨 시시한 농담이라도 되는 것처럼 기뻐하는 척한다니까요. 엄마 엄마, 할머니들은 그 인간을 어떻게 참아주는 거예요?"

부엌에서 거실로 들어와 있던 베시의 손에 김이 피어오르는 오벌틴 잔이 들려 있고, 베시는 그 잔을 빤히 바라보았다. 머리를 단단히 틀어 올려서 핀을 꽂고 망으로 전체를 감싸 잠자리에 들 준비를 마친 모습이었다. "아," 베시가 말했다. "그 목사보다 못한 사람도 있고, 나은 사람도 있지. 적어도 그 목사는 나중에 결국 그리스정교의 신부가 된 옛날 목사처럼 숨이 막힐 만큼 향을 피워대지는 않아. 게다가 완고한 고집불통들을 설득해서 새로운 예배형식을 받아들이게 하는 재주도 좋았고. 나야 예배 때 신도들이 해야 하는 새로운 말 중에 아직도 혀에 걸려서 잘 안 나오는 것들이 있긴 하지만."

프루가 나서서 말했다. "수피는 새 예배형식에 '복종한다'는 말이 없는 게 꽤 자랑스러운 모양이던데요."

"사람들이 언제는 복종했나. 그러니 그 말은 빼버려도 괜찮을 거다." 장모가 말했다.

재니스는 자기가 직접 넬슨을 설득하려고 결심한 것 같았다. "정말이지 그렇게 저항하지 마, 넬슨. 목사님은 우리가 교회에서 식을 올릴 수 있게 해주려고 무진 애를 쓰고 있어. 게다가 목사님 행동을 보면 널 진심으로 좋아하는 것 같더라. 젊은 사람들을 정말 좋아하는 것 같아."

"왜 안 그렇겠어요." 넬슨이 말했다. 장모가 들을 수 없을 만큼 작은 목소리로. 그리고는 큰 소리로 목사의 말투를 흉내냈다. "사랑하는 엄머니와 아퍼지는 구식 중의 구식이었습니다. 내가 태어난 것 자체가 노라운 일이에요. 내가 왜 이렇게 버섯처럼 생겼는지 궁그메하실까봐 드리는 말씀입니다."

"사람들 외모를 가지고 그러면 못 써." 재니스가 말했다.

"아, '엄머니', 그냥 그렇게 되는걸요." 한동안 이런 식으로 이어진 둘의 대화가 텔레비전만큼이나 재미있었다. 수피의 감미로운 목소리를 흉내내는 넬슨, 이성과 자비심에 호소하는 재니스, 천지창조 이래로 감독파 교회가 주재해온 자기만의 세상에 빠져 있는 장모. 하지만 해리는 자신이 그들보다 위에 있는 듯한 기분이었다. 아내를 이층으로 데려가서 보물을 보여주려고 기다리는 황금의 사나이. 농담 같은 대화가 끝나고 넬슨이 보고 싶어했던 〈매시 M*A*S*H〉*의 재방송이 시작됐을 때, 젊은 두 아이는 갑자기 피곤하고 근심에 찬 표정이 되어 소파에 앉아 있었다. 각자가 이미 자기에게 익숙한 자리를 차지한 상태였다. 프루는 박하 리큐르 잔과 뜨개질감을 놓아둘 수 있는 자그마한 체리색

---

* 1972~1983년에 미국에서 방영된 코미디 드라마. 6·25 때의 야전병원이 배경이다.

탁자가 있는 쪽 끝에, 넬슨은 밑창에 단추 모양이 찍힌 아디다스 신발을 신은 발을 구두장이의 작업대* 복제품 위에 올려놓고 소파 중간의 쿠션에 앉아 있었다. 요즘은 대리점에 나가지 않기 때문에, 넬슨은 굳이 매일 면도를 하지 않았다. 그래서 턱과 윗입술에 불그스름한 털이 뻣뻣하게 나 있었지만 뺨에는 아직 솜털이 가득했다. 이 꾀죄죄한 녀석이야 될 대로 되라지. 래빗은 자기만을 위해서 살아가기로 했다. 마침내 이기적인 삶을 살아가기로.

재니스가 욕실에서 젖은 알몸에 목욕가운만 입고 나왔을 때, 해리는 이미 침실 문을 잠그고 팬티 차림으로 침대에서 자세를 잡고 있다. 그가 허스키하고 간지러운 목소리로 아내를 부른다. "재니스. 이것 좀 봐. 내가 오늘 뭘 좀 샀어."

재니스의 검은 눈은 아래층에서 술을 마시며 부모 노릇을 한 것 때문에 흐릿해져 있다. 재니스가 샤워를 한 것은 머리를 맑게 하기 위해서다. 재니스의 눈이 천천히 해리의 얼굴에 초점을 맞춘다. 그 얼굴에 강렬한 기쁨이 드러나 있는지, 재니스는 어리둥절한 표정을 짓는다.

해리는 잘 열리지 않는 서랍을 열다가 연하게 색이 입혀진 두 개의 원통이 자기를 향해 굴러오는 것을 보고 깜짝 놀란다. 원통들은 아직도 분명히 그곳에 있다. 귀한 물건이 이렇게 가득 들어 있으니 발정기의 개가 암캐를 향해 신호를 보내듯이 도둑들을 끌어들이는 신호를 널리 퍼뜨릴 만도 한데. 해리는 원통 한 개를 꺼내서 재니스의 손에 올려놓는다. 뜻밖의 무게에 재니스의 팔이 아래로 처지고, 끈을 묶지 않은

---

* 좌판과 구두 틀, 연장을 보관하기 위한 칸막이 등으로 구성되어 있다. 지금은 복제품들이 실내에서 칵테일 테이블로 사용되고 있다.

목욕가운의 앞자락이 벌어진다. 밝은색의 거친 천으로 만든 옷이 실수로 벌어지면서 가늘고 갈색을 띤 그 낡은 몸이 드러나자 소녀의 몸보다 더 유혹적이다. 그는 그 안으로 손을 뻗어 어둠에 잠긴 채 아직도 촉촉하게 젖어 있는 곳을 만지고 싶다.

"이게 뭐야, 해리?" 재니스가 눈을 휘둥그렇게 뜨며 묻는다.

"열어봐." 그가 말한다. 하지만 변좌 모양의 작은 뚜껑에 붙여둔 투명 테이프를 떼지 못해서 재니스가 너무 오랫동안 더듬거리자 해리는 커다란 손톱으로 자기가 대신 뜯어준다. 그리고 화장지 뭉치를 꺼낸 뒤 퀼트 베드스프레드 위에 크루거란드 열다섯 개를 쏟는다. 그가 머릿속으로 생각하던 황금색보다는 붉은색에 더 가깝다. "금이야." 그가 손바닥에 동전 두 개를 담아 재니스의 얼굴 가까이 들어올려서 앞뒷면을 보여주며 속삭인다. 한 면에는 옛날 보어인의 옆얼굴이 새겨져 있고, 그 뒷면에는 영양 같은 것이 새겨져 있다. "이거 한 개가 대략 360달러나 나가." 그가 말한다. "당신 어머니든 넬슨이든 아무한테도 말하지 마."

재니스는 황홀한 표정으로 동전 하나를 손가락으로 집어든다. 그녀의 손톱이 해리의 손바닥을 긁는다. 재니스의 갈색 눈에 노란색 반점이 생긴다. "이래도 괜찮은 거야?" 재니스가 묻는다. "도대체 어디서 났어?"

"와이저 스트리트의 땅콩가게 건너편에 새 가게가 생겼는데, 귀금속을 사기도 하고 팔기도 해. 간단했어. 그쪽에서 값을 말해주고 이십사 시간 안에 지급보증이 된 수표를 주기만 하면 돼. 그쪽에서 언제든 시세로 이걸 되사겠다고 보장해주니까 내가 부담하는 건 6퍼센트의 수수료랑 판매세뿐이야. 금값이 지금 같은 추세로 오른다면, 다음주면 그 돈도 다 벌충할 수 있어. 자, 내가 두 통을 샀어. 봐." 그는 서랍에서 짜릿할 정도로 무거운 두번째 원통을 꺼내 뚜껑을 열고 영양 열다섯 마리를 베드스프레드 위에 미끄러지듯 쏟아 침대 위에 전시된 재산을 두 배로 늘린다. 베드스프레드는 가벼운 펜실베이니아 더치 퀼트로, 참을성 많은 여자들이 연한 색에서부터 진한 색까지 작은 직사각형 조각들을 꿰매서 마치 밝은 면과 어두운 면을 지닌 커다란 상자 네 개가 있는 것 같은 3차원 무늬를 만들어냈다. 그는 그 환상 위에 누워서 크루거란드를 양쪽 눈 위에 하나씩 올려놓는다. 금화의 그 서늘하고 붉은 무게를 통해 재니스의 목소리가 들린다. "세상에. 금을 가질 수 있는 건 정부뿐인 줄 알았는데. 무슨 허가서 같은 게 필요한 거 아냐?"

"돈만 있으면 돼. 망할 놈의 돈만 있으면 된다고, 원더우먼." 눈을 가린 채로 그는 황금의 지극히 낯선 느낌 속에서 자신의 그것이 단단히 일어서며 자기 팬티의 천을 밀어대는 것을 느낀다.

"해리. 돈을 얼마나 쓴 거야?"

그는 재니스가 팬티의 고무줄을 들어 아래로 내리고 빨아주기를, 구역질이 나서 웩웩거릴 때까지 빨아주기를 바라며 자신의 의지를 그녀에게 보낸다. 하지만 재니스가 그의 마음을 읽어주지 못하자 그는 동전을 치우고 재니스를 지그시 올려다본다. 죽은 남자가 다시 태어나 빤히 응시하는 것 같다. 그의 눈을 맞이한 것은 관 속의 어둠이 아니라 초점이 흐려진 아내의 얼굴이다. 샤워 때문에 젖어서 끈적끈적한 검은 머리카락이 얼굴을 둘러싸고 이마에 술 장식처럼 늘어져 있어서 메이미 아이젠하워가 떠오른다. "1만 1500달러쯤 돼." 그가 대답한다. "그 돈은 이자라고 해봤자 겨우 6퍼센트밖에 안 되는 저축예금 계좌에 묻혀 있었어. 요즘 이자가 겨우 6퍼센트라면 사실상 손해를 보는 셈이라고. 인플레율이 12퍼센트쯤 되니까. 황금이 좋은 건, 나쁜 소식일수록 좋다는 거야. 달러가 가라앉으면, 금값은 올라가. 아랍인들도 지금 달러를 전부 금으로 바꾸고 있어. 웹 머킷이 나한테 전부 얘기해줬다고. 당신이 클럽에 오지 않은 날."

재니스는 여전히 동전을 유심히 살피며 섬세한 돋을새김을 손으로 어루만진다. 재니스가 그에게 주의를 돌려주면 좋을 텐데. 팬티 속에서 그것이 이렇게 딱딱해지며 꽃을 피운 것이 얼마 만인지 기억도 나지 않는다. 로티 빙거먼 시절 이후 처음일 것이다. "예쁘네." 재니스도 인정한다. "그럼 남아프리카공화국을 지지해야 돼?"

"안 될 것도 없지. 광산에서 그걸 캐내면서 흑인들한테 일자리를 만들어주고 있으니까. 크루거란드의 좋은 점이 뭐냐면 말이야, 그 '재정적 대안'의 아가씨가 설명해줬는데, 무게가 정확히 1트로이온스*라서 거래하기가 편하다는 거야. 원한다면 멕시코의 페소화를 사도 되고, 캐나다의 단풍잎을 사도 되겠지만, 그 아가씨 말로는 금가루가 워낙 고와서 손에 묻어난다는 거야. 게다가 난 뒷면에 있는 이 사슴도 마음에 들어. 당신은 안 그래?"

"나도 그래. 짜릿해." 재니스가 고백한다. 마침내 그를 바라보면서. 그는 흩어진 금화들 속에 잔뜩 발기한 상태로 누워 있다. "이걸 어디다 보관할 거야?" 재니스가 묻는다. 그녀가 생각에 잠기면서 앞으로 슬그머니 내민 혀가 아랫입술에 머무른다. 해리는 재니스가 생각에 잠겼을

---

* 귀금속과 보석의 중량을 재는 단위.

때의 모습을 사랑한다.

"당신의 그 커다란 보지 속에." 그가 이렇게 말하고는 목욕가운의 옷깃을 잡고 그녀를 잡아당긴다. 집안에 함께 있는 사람들, 그러니까 장모만 해도 겨우 벽 하나를 사이에 둔 곳에 있고, 한국전쟁을 우스개로 만든 텔레비전 소리가 희미하게 웅웅거리고 있다. 그 사람들을 생각해서 재니스는 그가 기꺼이 응답하는 자신의 몸에서 목욕가운을 벗겨내서 베드스프레드 위의 금화들이 피부에 닿을 때 소리가 나는 것을 억누르려고 애쓴다. 목의 힘줄에 힘이 들어가고, 그녀가 분노와 환희에 사로잡혀 긴장하면서 안색이 짙어진다. 그의 속옷이 벗겨지고, 천장의 불이 아직 켜져 있는 가운데 그의 그것이 분홍색 난파선에서 불쑥 튀어나온 파편 조각처럼 치솟는다. 그는 그녀를 차분히 달래서 꼼짝 않고 누워 있게 만든 뒤 크루거란드를 양쪽 젖꼭지에 각각 하나씩, 배꼽에 또하나, 그녀의 그곳에 몇 개 놓는다. 뱀의 비늘처럼 서로 겹치게 놓은 동전들이 불안하게 삼각형을 이루며 그곳의 털을 가릴 만큼. 만약 재니스가 웃음을 터뜨려서 배가 움직인다면 그 모양 전체가 무너질 것이다. 그녀의 엉덩이 주위에 무릎을 꿇고서 해리는 크루거란드의 가장자리를 잡고 긴 틈 속으로 집어넣으려는 것처럼 들어올린다. "안돼!" 재니스가 반항한다. 벽 저편에서 장모가 깜짝 놀라 움찔하며 깨어날 만큼, 동전들이 움직이면서 몇 개가 그녀의 다리 사이로 흘러내릴 만큼 큰 소리로. 그는 입으로 그녀의 입을 막아 조용히 시킨 뒤 입을 남쪽으로 움직여 오아시스에서 오아시스로 이동하며 사막을 건너서 마침내 양치류가 우거진 정글에 다다른다. 그의 아내는 그에게 보조를 맞춰서 허벅지를 던지듯 움직여 그를 향해 정글을 열어준다. 무슨 복리 이자처럼 아래로 쏟아졌던 빨간 금화가 그의 이마를 누르는 가운데 그는 혀로 그녀의 클리토리스를 찾는다. 그러고는 적당한 리듬을 찾아낸 것 같은데 왠지 기세가 오르지 않는 느낌이다. 머리 위의 밝은 불빛 때문에 그녀가 정신을 집중하지 못하는 건가 싶어서 그는 자신의 딱딱한 그것이 죽어버릴 위험을 무릅쓰고 침대에서 펄쩍 뛰어 일어나 문 옆으로 가서 스위치를 끈다. 이제 반쯤 어둠에 잠긴 방에서 그녀가 몸을 돌려 무릎과 팔꿈치를 바닥에 대고 일어나 있는 것이 보인다. 그의 네 발 달린 게자리 여자. 가운데가 갈라진 그녀의 부드러운 엉덩이가 어둠 속에서 그를 향해 높이 들려 있고, 얼굴은 한쪽 어깨 너머로 뒤를 돌아본다. 그는 이 자세로 그녀 안에서 부드럽게 움직이며, 정액이 나오려는 것을 참느라 일부러 엉뚱한 생각들을 하며 신음한다. 페넌트레이스, 코롤라의 공장도가격이 최근 갑자기 치솟은 것. 그는 무방비상태로 늘어진 재니스의 배를 어루만진다. 그 자신의 배는 무겁게 그녀를 짓누르고 있다. 그녀의 등은 쉽게 깨질 것 같지만 용감하고 좁아 보이기도 한다. 길게 뻗은 등뼈, 수영복 브래지어의 끈이 남긴 창백한 가로대. 뒤에서는 그의 맨발이 아련하고 슬픈 냄새를 풍긴다. 동전이 짤랑거리며 두 사람의 무릎을 향해, 얽혀 있는 두 사람의 몸무게 때문에 매트리스가 움푹 꺼진 곳을 향해 미끄러진다. 그가 그녀의 엉덩이를 두드리며 묻는다. "이제 돌아눕고 싶어?"

"으으응." 뒤늦게 든 생각. "내가 먼저 당신 몸에 걸터앉을까?"

"으으응." 뒤늦게 든 생각. "내가 갈 때까지 하지는 마."

등을 대고 눕는 해리의 피부가 마치 얼음에 닿은 것처럼 화들짝 놀란다. 동전. 뺑부스러기보다 더 심하다. 워낙 흥분해서 그는 거의 아무

것도 느끼지 못한다. 재니스가 그의 몸 위에 올라탄다. 커다란 구리빛
깔 너도밤나무를 통해 들어오는 바람에 얼룩덜룩하게 비치는 가로등
불빛 속에서 그녀의 몸이 크고 둥글다. 그녀는 매트리스 바닥에 떨어
져 있던 동전 하나를 들어 반짝이는 그것을 외알안경처럼 눈에 갖다댄
다. 그의 몸 위에 군림하며 포로처럼 그를 사로잡은 그녀는 축축한 하
반신을 그의 몸에 대고 돌린다. 자아와 자아, 조개와 돌기, 결국은 이
런 것이다. "가지 마." 재니스가 말한다. 놀란 듯 그 말을 하는 서슬에
가짜 외알안경이 그의 긴장한 배 위로 쿵 소리를 내며 떨어진다. "아래
에 눕는 편이 더 좋네." 그가 신음한다. 이제는 그녀의 몸이 가늘고 검
게 보인다. 흩어진 원들에 둘러싸인 실루엣. 원들은 각자 기울기에 따
라 빛을 반사하고 있다. 별들 속에 누운 신들. 그가 그녀의 귓가에서
가쁜 숨을 몰아쉬자 그녀도 그의 귓가에서 그렇게 한다.

이렇게 보상을 받은 뒤 다시 숨을 고른 두 사람은 반쯤 어둠에 잠긴
방에서 구겨진 베드스프레드 위에 흩어진 크루거란드를 세어보지만
스물아홉 개밖에 없다. 산맥처럼 솟은 베드스프레드의 초록색 조각들.
그는 불을 켠다. 눈이 아프다. 강렬한 빛에 그들의 벌거벗은 피부도 구
겨진 것처럼 보인다. 기운이 쪽 빠진 해리의 몸이 당혹감에 휩싸인다.
그는 쉴 생각은 하지도 않고 알몸으로 러그에 무릎을 꿇고서 마지막
정액 한 줄기가 붉게 변한 그곳 끄트머리에 둥글게 매달려 있는 가운
데 매트리스와 침대 측면 난간 사이의 틈새에 낀 귀중한 서른번째 동
전을 마침내 찾아낸다.

그는 쓸쓸한 9월의 햇빛을 지그시 내다보는 찰리와 함께 서 있다. 척 왜건 주차장 너머의 나무는 꼭대기가 노랗게 변했고, 이파리도 듬성듬성하다. 이파리가 다 떨어져버린 잔가지들 위의 하늘에 대각선 방향으로 새털구름이 매달려 있다. 베이컨의 기름띠 같은 모양. 내일은 비가 올 모양이다. "카터는 참 불쌍하기도 하지." 해리가 말한다. "카터가 메릴랜드의 어떤 산을 뛰어서 올라가다가 하마터면 죽을 뻔했다는 기사 봤어?"

"카터도 밀어붙이고 있는 거야." 찰리가 말한다. "케네디가 바짝 쫓아오고 있잖아." 찰리는 2주간의 휴가를 마치고 돌아왔다. 플로리다에서 구릿빛 태양의 입맞춤을 받았지만, 약한 심장과 그 이후의 나날들이 그것을 망치고 있다. 그가 플로리다에서 곧장 돌아온 것은 아니다. 월요일에 그가 돌아옴과 동시에 오하이오에서 온 카드 한 장이 스프링어 모터스에 도착했다. 거기에는 그가 장부를 기재할 때 쓰는, 날카롭게 기울어진 필체로 다음과 같이 적혀 있었다.

안녕, 여러분
플로리다에서 오는 길에
조금 멀리 돌았어. Gt. 스모키스로
남부의 아름다운 곳들로
계속, 계속. 이제 애크런
근처야. 래디얼 타이어의 세계수도. 연료
경제성은 여기서 말도 안 되는 소리야.

큼직한 지느러미*와 V-8이 아직도 대세라고.

모두 보고 싶어.　　　　차스.

카드 뒷면에는 특히 해리를 위한 장난이 마련되어 있었다. 파이의 4분
의 1조각처럼 생긴, 지붕이 납작하고 덩치가 커다란 건물의 사진. 그
밑에는 '오하이오 북동부 최대의 개방형 도서관이 들어 있는' 켄트주
립대학 학생회관이라고 적혀 있었다.

"요즘 자네도 밀어붙이고 있는 것 같은데, 안 그래?" 해리가 그에게
묻는다. "멜러니는 잘 지내다 갔어?"

"내가 멜러니랑 같이 있었다고 누가 그래?"

"자네가. 그 카드에서. 나 참, 찰리, 그렇게 젊은 애가 자네 불알을
갈아대면 자네가 죽을 수도 있어."

"그렇게 죽으면 좋지 뭐, 안 그래, 챔프? 불알을 갈아대는 건 어린애
들이 아니라는 걸 나만큼이나 잘 알잖아. 시간이 얼마 안 남은 중년 계
집들이라고."

래빗은 금화들 가운데에서 재니스와 한 판 치렀던 것을 떠올린다.
그런데도 질투심이 사라지지 않는다. "플로리다에서 걔랑 뭘 했어?"

"여기저기 돌아다녔어. 새러소타, 베니스, 세인트피츠. 대서양 쪽으
로는 가지 말자고 해도 걔가 말을 안 들어서 차를 몰고 네이플스에서
75번 도로를 따라갔지. 옛날 앨리게이터 앨리 말이야. 그래서 다 구경
했지, 뭐. 코럴 게이블스, 오션 대로, 보카와 웨스트팜까지. 케이프커

---

* 옛날 자동차들 뒤에 달린 지느러미 모양의 장식. 무게 때문에 연료 소비를 크게 늘린다.

내버럴에도 가려고 했는데 시간이 모자랐어. 그 멍청한 년은 수영복도 안 가져왔더라고. 그래서 요즘 새로 나온, 옆구리가 훤하게 뚫린 수영복을 하나 같이 샀지. 아주 근사하던데. 챔프가 왜 그애의 매력을 몰라봤는지 모르겠어."

"내가 어떻게 그래? 넬슨이 데려온 애잖아. 자기 딸하고 그 짓을 하는 것 같을 거 아냐."

찰리는 시내에서 점심을 먹고 가져온 이쑤시개를 갖고 있다. 감 색깔이다. 그는 그것으로 자기 아랫입술을 누른 채 창밖을 내다본다. "그것보다 더한 일들도 있는데, 뭐." 그가 쓸쓸하게 말한다. "넬슨이랑 신부 후보는 어때?"

"프루야." 해리는 찰리가 여행에 대해 자세히 말할 생각이 없어서 자신이 하나씩 일일이 끌어내야 한다는 것을 알아차린다. 남부의 아름다운 명승지들을 일일이. 젠장. 래빗에게도 비밀은 있다. 하지만 비밀이라는 말을 떠올리자 생각나는 거라고는 농장뿐이다. 움푹한 땅에 여러 건물들이 늘어서 있던 농장.

"멜러니가 프루에 대해 이런저런 얘기를 많이 하던데."

"무슨 얘기?"

"뭐, 자기 생각에는 프루가 이상하다든가, 그런 얘기. 프루가 수줍음을 타는 것처럼 보여도 사실은 아주 힘들게 자란 강한 아이라는 거야. 별로 굳건하지 않다는 얘기도 했어. 감정적인 면에서 말이지."

"그래, 뭐, 자네 같은 늙은이랑 놀아나는 여자애를 꽤 이상하게 보는 사람도 있을걸."

찰리는 창문에서 눈을 돌려 그의 눈을 똑바로 바라본다. 엷게 색을 입힌 안경 뒤의 눈에 물기가 고인 것 같다. "나한테 그런 말을 하면 안되지, 해리. 우리 둘 다 나이를 먹어가면서 간신히 버티고 있는데, 서로 잘해줘야 되는 거잖아."

해리는 이 말을 들으면서 찰리는 자신의 자리가 얼마나 위험한지 알고 있는지 궁금하다. 넬슨이 그의 뒤를 바짝 쫓고 있는데.

찰리가 말을 잇는다. "멜러니에 대해서 궁금한 게 있으면 뭐든지 물어봐. 전에도 말했지만, 걔는 좋은 애야. 단단하다고, 감정적으로. 자네의 문제는 말야, 챔프, 머리가 이상해졌다는 거야. 난 젊은 여자한테 그애가 아직 보지 못한 세상을 보여주는 게 무엇보다 신났어. 그애는 모든 걸 정신없이 받아들였지. 삼나무들, 종이 달려 있는 탑. 그래도 캘리포니아에 가야겠다고 말했어. 플로리다는 너무 단조롭다나. 만약 올해 크리스마스에 내가 몸을 빼서 카멜로 올 수 있다면, 자기가 기꺼이 구경시켜주겠다고 했어. 자기 엄마랑 다른 사람들도 만나고 말이야. 심각한 생각은 전혀 할 필요 없이."

"둘이서…… 둘이서 함께할 수 있는 미래가 얼마나 될 것 같아?"

"해리, 상대가 누구든 나한테는 미래가 그다지 길지 않아." 간신히 들릴 정도로 작게 속삭이는 듯한 목소리다. 해리는 그의 목소리를 붙잡아 솔로 깨끗이 닦아주고 싶다.

"그거야 모르는 일이지." 그는 자기보다 몸집이 작은 찰리를 달랜다.

"모르긴 왜 몰라." 스태브로스가 고집스럽게 말한다. "자기 시간이 다해간다는 건 알게 돼 있어. 그러니까 인생이 뭔가를 내밀거든, 냉큼 받아야 돼."

"알았어, 알았어, 그렇게. 그렇게 한다고. 그런데 자네의 가엾은 마나 무는 뭘 하고 계셨어? 자네가 에버글레이드에서 그 멍청한 계집애랑 웃기지도 않는 짓을 하며 돌아다니는 동안."

"그게," 그가 말한다. "일이 웃기게 풀렸어. 다섯 살쯤 아래인 친척 여동생이 있는데, 그동안 꽤 심하게 말썽을 피우고 돌아다녔는지 올여름에 남편한테 쫓겨났어. 애들도 빼앗기고 말이야. 원래 노리스타운에 살았는데. 그래서 그애 글로리아는 두어 블록 떨어진 용퀴스트에 혼자 아파트를 빌려서 살았지. 그러다 내가 여행을 간 동안에 기꺼이 우리 어머니를 돌봐줬어. 언제든 말만 하래. 그래서 이제는 전에 없던 자유가 생겼어." 해리가 보기에는 사방에서 가정이 해체되고, 그렇게 해체된 조각들이 커다란 구명보트에 모인 생존자들처럼 다시 모이는 것 같다. 그와 재니스는 장모의 그림자 속에서 시대에 뒤처진 채 계속 앉아 있는데.

"세상에 자유만한 건 없지." 그가 친구에게 말한다. "이제 너무 남용하지 말라고. 아까 넬슨에 대해서 물었지? 이번 토요일이 결혼식이야. 그냥 가족들끼리만 하기로 했어. 미안해."

"와. 넬리 녀석, 불쌍하기도 하지. 이제 완전히 꽉 잡혀버렸구면."

해리는 이 말을 듣고 급히 덧붙인다. "재니스와 장모가 슬그머니 얘기하는 걸 들으면, 저쪽 어머니가 올 것 같아. 아버지는 워낙 성마른 사람이라 안 되고."

"챔프도 애크런에 한번 가봐." 찰리가 말한다. "나도 만약 거기서 살아야 한다면 성마른 사람이 될 거야."

"거기 니클라우스가 매년 골프대회를 여는 골프장이 있는 데 아냐?"

"난 골프장 못 봤는데."

찰리는 이번 여행에서 부드러운 사람으로 변해서 돌아왔다. 마치 지금 살고 있는 자신의 삶을 그리워하고 있는 것 같다. 그가 워낙 나이들고 철학적인 사람으로 변한 것 같아서 해리가 감히 묻는다. "멜러니가 나를 어떻게 생각하는 것 같아? 뭐 들은 얘기 없어?"

아주 뚱뚱한 부부가 주차장을 어슬렁거리며 작은 차들의 차체가 튼튼한지 시험해보고, 운전석 문 옆의 허공에서 의자에 앉는 시늉을 한다. 자기들처럼 몸집이 큰 사람도 탈 수 있는 차가 무엇인지 찾고 있는 모양이다. 찰리는 그 부부가 반짝이는 자동차 지붕들과 엔진덮개들 사이로 돌아다니는 모습을 일 분쯤 지켜보다가 대답한다. "멋진 사람인 것 같다고 했어. 집안 여자들이 자네를 멋대로 휘둘러대는 것만 빼고. 자네랑 한 판 돌려대는 것도 생각해봤는데, 자네랑 재니스의 사이가 아주 탄탄한 것 같더래."

"그래서 그 환상을 깨쳤어?"

"그럴 수가 없었어. 그 녀석 생각이 옳았으니까."

"그래? 그럼 십 년쯤 전은 어떻고?"

"그것도 그냥 접착제 역할을 했을 뿐이잖아."

해리는 그가 그 사실을 이런 식으로 확인해주는 것이 좋다. 그가 재니스를 유혹했으니까. 그는 체크무늬 여름 재킷 속에 까다로운 심장을 품고 있는, 이 꾀바른 그리스인을 좋아한다. 뚱뚱한 부부는 자동차들의 크기를 가늠해보는 일에 지쳤는지 자기들이 몰고 온 낡은 차에 올라타고 가버린다. 77년식 폰티액 그랑프리로 지붕은 크림색 하드톱*이

---

* 플라스틱이나 금속으로 만든 소형 승용차의 덮개.

다. 해리가 갑자기 묻는다. "자네 생각은 어때? 넬슨이 여기서 일해도 우리가 견딜 수 있을까?"

찰리는 어깨를 으쓱한다. 아주 살짝 과민한 느낌이다. "녀석이 날 견딜 수 있을까? 제이크랑 루디보다는 위에 있고 싶어할 텐데, 이런 대리점에 자리가 그렇게 많지는 않잖아."

"내가 식구들한테 말했어, 찰리. 자네가 그만두면 나도 그만둔다고."

"챔프가 그만둘 수는 없지. 챔프는 가족이잖아. 난 옛날 사람이고. 내가 그만둬도 돼."

"이 업계가 냉혹하다는 건 자네도 알잖아. 나한테는 중요한 문제야."

"아, 이건 장사가 아냐. 요즘은 이 업계도 슈퍼마켓 같아. 선반에 물건을 잔뜩 쌓아두고, 금전등록기를 찌링찌링 울려가면서 물건을 파는 거지. 중고차만 팔 때는 언제나 고객한테 맞는 차를 골라주려고 애썼어. 하지만 지금은 살 거면 사고, 말 거면 말라는 식이지. 시장이 파는 사람 중심이라 고객 각자에게 맞게 임기응변을 발휘할 여유가 없어. 자네 아들 생각이 맞았어. 컨버터블, 골동품 자동차를 팔아야 돼. 조금이라도 '재미'라는 가치가 있는 물건 말이야. 일본인들이 만드는 이 소형차들은 아무리 봐도 진짜 차 같지가 않아. 다음달부터 본격적으로 팔아야 되는 터셀이라는 신차 말이야, 그 차 스펙을 봤나? 1.5리터 엔진에 타이어가 50센티미터야. 무서워서 회전목마의 말을 못 타는 아이들을 위해서 말들 사이에 섞어놓았던 작은 장난감 자동차 같아."

"고속도로에서는 3리터당 69킬로미터야. 사람들이 신경쓰는 스펙은 그런 거라고. 요즘 세상 돌아가는 꼴을 보면 말이야."

찰리가 말한다. "플로리다에는 소형차가 별로 없어. 노인네들이 아직도 커다란 옛날 차들을 몰고 다닌다고. 콘티넨털, 토로네이도 같은 것들. 그런 차를 흰색으로 칠하고는 사부작사부작 돌아다녀. 물론 길도 좋지. 플로리다에는 산 같은 것도 없고, 서리는 아예 구경도 못하니까. 얼마 전부터 선벨트*로 갈까 생각하고 있어. 그리로 내려가서 난방 기름 비용 따위 용용 죽겠지 하면서 사는 거야. 하지만 거기서는 냉방비를 물어야겠지. 도망칠 길이 없어."

해리가 말한다. "나트륨 웨이퍼가 정답이야. 햇빛에서 직접 전기를 뽑아 쓰는 것 말이야. 앞으로 오 년 정도만 지나면 된대. 〈컨슈머 리포트〉에서 그랬어. 그때가 되면 아랍인들한테 그 망할 놈의 석유로 낙타한테 기름칠이나 해주라고 말할 수 있겠지."

찰리가 말한다. "교통사고 사망률이 늘었어. 왜 늘었는지 말해줄까? 이유는 두 가지야. 첫째, 상당히 많은 애들이 이제는 마약을 끊고 술로 돌아왔어. 둘째, 다들 소형차를 사는데 그런 차는 종이봉투처럼 확 구겨져버려."

찰리는 쿡쿡 웃더니 아랫입술로 향내 나는 이쑤시개를 빙글 돌리며 해리와 함께 더러운 양철 자동차들이 강물처럼 늘어서 있는 창밖을 응시한다. 나지막하게 늘어진 낡은 스테이션왜건 한 대가 주차장으로 들어오지만 지붕에 나무 선반은 보이지 않는다. 해리는 가슴이 설레지만, 그 차에 탄 사람은 그의 딸이 아니다. 스테이션왜건이 방향을 돌려 다시 111번 도로로 향한다. 그냥 한번 둘러보러 왔을 뿐이다. 절도와 강도 사건이 늘고 있다. 해리가 찰리에게 묻는다. "멜러니가 정말

---

* 미국 남부의 따뜻한 지방.

로……" 그는 한 판 돌려댄다는 말에서 머뭇거린다. 이건 그의 세대가 쓰는 말이 아니다. "나랑 자는 걸 생각해봤대?"

"그애 말로는 그랬어. 하지만 요즘 애들이 어떤지 자네도 알잖아. 옛날 우리들 같으면 그냥 아무한테도 말하지 않을 일을 죄다 떠들어대는 거. 그러니까 거기에 큰 의미 같은 건 없을 거야. 사실 별 의미 없는 말일걸. 요즘 애들은 스물다섯 살만 돼도 벌써 녹초가 되어버리는 것 같아."

"난 걔한테 매력을 느낀 적이 없어, 솔직히. 그리고 넬슨이 새로 데려온 그 아이는……"

"그 얘기는 듣고 싶지 않아." 찰리가 자기 책상을 향해 몸을 획 돌리며 말한다. "곧 결혼할 애들이잖아, 젠장."

달리기. 해리는 포코노스에서 시작한 달리기를 지금도 계속하고 있다. 아무 생각 없이 먹고 싶은 대로 먹고 하고 싶은 대로 하면서 사는 바람에 몸이 물에 불은 것처럼 변해버렸던 세월을 되돌리기 위해서. 그때는 브루어 시내의 식당에서 점심을 먹고 매주 목요일에는 로터리 클럽까지 들렀다. 하지만 이제는 몸이 점점 단단해지기 시작한다. 그가 달리는 곳은 어둡다. 비탈을 이룬 골목과 사방에 금이 간 인도가 가득하다. 공포영화에서 관 뚜껑이 열리는 장면처럼 시멘트 판석 전체가 식물 뿌리 때문에 들어올려지고 있다. 죽은 자들이 손을 뻗어 그의 발꿈치를 움켜쥔다. 그는 스스로 속도를 조절하며 계속 움직인다. 허파의 항의를 무시하고, 뻣뻣한 근육과 지친 피를 뇌의 명령대로 움직이는 기계로 만들어가면서. 처마가 널찍하고 거의 중국 건물처럼 보이는 집을 지나서 오르막길로. 그 집에 사는 부치들은 망치질을 하고, 집 앞쪽의 유리창에는 불이 켜지는 법이 없다. 그 여자들은 텔레비전을 엄청나게 많이 보거나 아니면 서로 바싹 끌어안고 뭐가 됐든 그런 짓을 일찍부터 하거나 아니면 전기를 절약하려고 애쓰는 것 같다. 남녀평등 헌법수정안이 통과되기 전에는 여자들이 남자와 똑같은 임금을 받을 수 없을 것이다. 그래도 그들의 둥지가 동네로 들어오는 것은 적어도 흑인이나 푸에르토리코인들과는 다르다. 그들은 새끼를 낳지 않으니까.

노르웨이 단풍나무가 이 거리들에 그늘을 드리운다. 해리가 어렸을 때에 비해 그다지 키가 자라지 않은 것 같다. 나지막한 가지 하나를 붙들고 몸을 비틀어 말벌 둥지로 올라간다. 씨앗들을 벌려서 코에 붙여넣어 코뿔소처럼 분장한다. 숨을 헐떡이며, 그는 나무들의 그림자를 가로지른다. 그의 왼쪽 옆구리 위쪽을 통증이 살짝 스치고 지나간다. 조금만 더 버텨라, 심장아. 장인은 빨간 불꽃 속에서 갑자기 세상을 떠났다. 래빗은 심장마비에 걸리면 어쨌든 환하게 번쩍이는 빨간빛이 맨 마지막으로 보는 광경이 될 거라고 옛날부터 생각했다. 놀라울 정도다. 이 미국식 집들이 얼마나 어두운지. 밤 아홉시인데. 무슨 유령 마을이라도 되는 것처럼 해리 외에는 아무도 인도에 나와 있지 않다. 닭들은 전부 닭장 안에 들어가 있고, 여기저기 창틈으로 갈색이 감도는 빛이 조금 새어나올 뿐이다. 아이들 방에 켜놓은 심야등이다. 아이들을 생각하니 해리의 마음이 바닥을 알 수 없는 슬픔 속으로 성큼성큼 들어간다. 비스타 크레스트로 처음 이사와서 제 방에 있던 어린 넬리. 녀석의 테디베어들은 옆에 한 줄로 쌓여 있었고, 녀석은 자다가 죽을까봐 그 곰인형들처럼 눈을 감지 못했다. 바닥으로 떨어져서 정말로 죽어버린 아기 베키가 생각났기 때문에. 몇 시간이 흐른 뒤에도 욕조에는 여전히 상당량의 물이 남아 있었다. 미동도 없는 회색 수면에 먼지가 앉은 채로. 작은 고무마개만 빼면 될 텐데, 전능하신 하느님은 아무것도 하지 않았다. 마른 낙엽들이 발밑에서 긁히는 소리를 내며 부스러진다. 가을의 소리, 공기 중에 감도는 설렘. 교황이 올 예정이다. 그리고 결혼식은 토요일이다. 재니스가 그에게 왜 그렇게 넬슨에게 차갑게 구느냐고 묻는다. 그건 넬슨이 옛날의 그 소년을 꿀꺽 삼켜버리고는 대신 뻔뻔스러운 사내를 세상에 내놓았기 때문이다. 손목에 털이 수북하고 거시기가 아주 큰 남자. 세상에는 공간이 충분하지 않다. 사람들은 이집트의 선벨트를 떠나 북쪽으로 와서 난방이 된 집에 살았다. 이제는 난방 기름이 거의 다 떨어져가는데, 전시장과 사무실과 정비부에서 쓰는 기름만 따져도 그가 스프링어 모터스의 장부를 처음 보았던 74년 이래로 두 배로 늘었다. 앞으로 일이 년 뒤면 또 두 배로 늘어날 것이다. 그가 대통령 말대로 기름을 줄이려고 하면 정비부 직원들이 투덜거린다. 자기들은 맨손으로 일해야 하는 사람들이라고. 콘크리트 판 위에서 일을 하니까 발에는 두툼한 양말과 무거운 신발을 신을 수 있을 것이다. 예전에 그는 그들 모두에게 손끝만 밖으로 나오게 돼 있는 골프장갑 같은 걸 사줄까 생각한 적이 있지만, 그들 손에 맞는 장갑을 찾기가 힘들었을 것이다. 요즘 서른 살 이하의 젊은이들은 편안하고 특전이 많은 곳이 아니면 일하려고 하지 않는다. 완전히 새로운 윤리, 말랑말랑하고, 사회주의, 그렇게 넓은 곳에서는 열기가 점점 솟아올라가서 가로대들 사이에 매달려 있곤 한다. 지금 정비소를 짓는다면, 단열재를 50센티미터쯤 두툼하게 넣을 것이다. 교황은 아기들을 그토록 열렬히 사랑한다면서 왜 아기들을 따뜻하게 해줄 생각을 안 하는 걸까?

해리는 이제 포터 애비뉴를 달리고 있다. 여전히 오르막길. 내리막길은 집으로 돌아가는 여정을 위해 아껴두었다. 얼음 공장에서 흘러나온 물이 흐르던 도랑을 따라 나 있는 길. 도랑 가장자리에는 초록색 이끼가 껴 있고, 어디서든 생명들이 붙잡을 곳을 찾아 몸부림친다. 그러니까 여기 지구에서, 달이 아니라. 그가 별들을 향해 올라가는 걸 마뜩잖게 생각하는 또다른 이유가 바로 그것이다. 지금은 말라버린 그 도랑을 따라 학교로 가는 길에 익살을 떨며 장난을 치다가 이끼에 미끄러져 도랑에 빠져서 반바지가 물에 흠뻑 젖은 적이 있다. 옛날에 어른들이 억지로 입히던 그 코르덴 반바지. 철벅철벅. 그리고 그 긴 양말. 이렇게 먼 옛날까지 거슬러올라가다니 굉장한 일이다. 단추가 잔뜩 달린 부츠를 여전히 신고 다니던 1학년 때 여자아이들도 기억난다. 마거릿 숄코프, 그애는 어찌나 생기가 가득했는지 아무 이유 없이 코피를 흘리곤 했다. 그가 그 얼음 공장 물이 흐르는 도랑에 빠졌을 때 반바지가 아주 흠뻑 젖어버렸기 때문에 그는 울면서 집으로 뛰어가 옷을 갈아입어야 했다. 학교에 지각하는 건 정말 싫었는데. 아니, 학교가 아니라 어디라도 마찬가지였다. 엄마한테 그렇게 세뇌를 당했으니까. 엄마는 그가 어디에 가는지 별로 신경쓰지 않았지만 집에는 항상 제시간에 돌아와야 했다. 그뒤로 거의 평생 동안 그는 그런 감정에 사로잡히곤 했다. 어디서든, 라커룸에서도, 16A번 버스에서도, 한창 씹을 하던 중에도, 자기가 어딘가에 가야 하는데 정해진 시간에 늦어서 엄청나게 무서운 곤경에 처했다는 느낌. 그러면 그의 머릿속에서 일종의 터널 같은 것이 열리고 그 끝에 엄마가 서서 스위치를 들고 있었다. 스위치를 원하니 해시? 엄마는 디저트를 먹겠느냐고 묻는 것처럼 그렇게 물었다. 스위치는 잭슨 로드의 집 뒤편 좁은 마당에 있던 작은 배나무 밑동에서 나왔다. 성난 말벌들이 나무에서 떨어져 썩어가는 배 위에서 붕붕거렸다. 최근에는 정해진 시간에 늦었다는 느낌이 더이상 들지 않는다. 인생의 이 시점에서 묘한 평화를 느끼게 되었다고나 할까. 하늘로 던져진 공은 포물선 꼭대기에서 잠깐 정지한다. 그의 금화는 점점 가치가 오르고 있다. 매일 신문에서 온스당 10달러 정도씩. 10에 30을 곱하면 300달러나 되는 돈이 손가락 하나 까딱하지 않고 생긴 것이다. 아버지는 노예처럼 일했는데. 재니스가 그것을 외알안경처럼 얼굴에 붙인 것은 놀라웠다. 침대에서 재니스의 유일한 문제점은 입으로 해주는 걸 여전히 좋아하지 않는다는 것이다. 재니스의 입은 조금 못된 구석이 있다. 언제나 그랬다. 멜러니의 버찌색 입술은 웃기는 모양이지만 건방지고 고집스러웠다. 찰리가 저 남쪽 모래사장 어딘가의 모텔에서 대동맥이 터지지 않은 게 놀라울 정도다. 여자가 거리낌없이 입을 열어 웃음을 터뜨리거나 감탄사를 발하는 바람에 그 둥근 동굴 같은 입안과 갈비뼈처럼 줄무늬가 있는 분홍색 입천장과 복도에 깔린 융단 같은 혀와 그 뒤쪽 목구멍으로 내려가는 나비 모양의 암흑이 보일 때 얼마나 사랑스러운가. 프루가 며칠 전 부엌에서 장모의 말을 듣고 바로 그런 모습을 보여주었다. 얼굴 한편의 웃음이 다른 편보다 더 환하고, 혹시 지옥 불에 탈지도 모른다고 걱정하는 사람처럼 조금 조심스러웠지만. 그래도 요즘은 모든 여자들이 입으로 해주었다. 그것이 문화의 일부고 당연한 일로 받아들여졌다. 그들은 그걸 꽂고 빠는 영화라고 부른다. 벌건 대낮에. 와이저 스트리트 북쪽의 구시가지인 바그다드에 있는, **매주 금요일 새 성인영화가** 나오는 곳으로 데이트 상대를 데려간다. 래빗의 시대에는 로널드 레이건이 일본인들에 맞서서 부조종사로 나오는 영화를 보러 갔는데. 넬슨은 행운아다, 어떤 의미에서는. 그래도 녀석을 부러워할 수가 없다. 이미 세상이 볼장을 다 본 뒤라서 파고들어갈 길이 없으니까. 입이라는 건 웃긴 물건이다. 워낙 하는 일도 많고, 그 안으로 지금까지 무엇이 들어갔는지는 알 수가 없다. 바로 일 분 전에 먹은 것조차도. 그가 정말 싫어하는 것 하나는 밥이든 시리얼이든 음식 찌꺼기가 식사 도중 얼굴의 솜털에 매달려 있는 모습이다. 말년의 가엾은 어머니처럼.

무릎이 삐걱거린다. 커다란 배가 흔들흔들한다. 매일 밤 그는 조용하고 어두운 주택들 사이에서 달리는 거리를 늘리려고 애쓴다. 원뿔 모양의 가로등 불빛들을 가로질러 얼음처럼 차갑고 기울어진 달 아래를 달리면서. 며칠 전 밤에는 코로나를 몰고 집으로 돌아오다가 우연히 앞유리창의 위쪽에 연하게 색이 입혀진 부분을 통해 밖을 내다보면서 순간적으로, 세상에, 초록색이야, 하고 생각했다. 오늘밤에는 키거리즈 스트리트까지 자신을 밀어붙이고 있다. 그 골목은 다시 내리막길로 변해서 검은 벽의 작은 공장들을 지나간다. 리넥스니 데이터 개발이니 하는 수수께끼의 새 이름을 달고 있는 공장들. 옛날에 돌로 지은 농가들도 길가에 서 있는데, 그가 어렸을 때부터 항상 창문은 판자로 막혀 있고 마당에는 잡초와 엉겅퀴가 뭉쳐서 굴러다니고 울타리 판자들도 부서져 있었지만 지금은 모든 수리가 끝나서 작고 깔끔한 간판에 올브레트 스탬 홈스테드라고 적혀 있고 안에는 진짜 손으로 만든 온갖 가구들과 옛날 살림살이들이 전시되어 1825년경의 농가가 어떤 모습이었는지를 보여주고 복도에는 20세기 이전 마운트저지의 건물들을 찍은 사진이 걸려 있지만 이 일대가 대부분 스탬의 농장이었던 시절의 밭을 찍은 사진은 하나도 없다. 워낙 옛날이라 카메라가 없었거나 카메라가 있었어도 텅 빈 벌판에 카메라를 향하지 않은 탓일 것이다. 장인은 마운트저지 역사학회 이사였으므로 이 집의 복원을 위한 기금 모금에 참여했다. 장인이 세상을 떠난 뒤에 재니스와 베시는 해리가 장인을 대신해서 이사로 선출될지도 모른다고 생각했지만 그런 일은 일어나지 않았다. 그의 파란만장한 과거가 그에게 매달려 있는 탓이었다. 젊은 히피 부부가 이층에 살면서 방문객들을 안내하고 있지만, 해리에게 이 스탬 농가는 유령으로 가득한 곳이다. 그 옛날 이곳의 농부들은 괴상한 삶을 살아서, 미친 누이들을 다락에 가두고, 일하는 여자애가 임신하면 악마 같은 럼주의 기운에 순간적으로 휘말려 목 졸라 죽인 뒤 시체를 감자통 속에 숨겼다. 그래서 오십 년 뒤에 해골이 발견된다. 그 집 옆에는 선샤인체육협회가 있었다. 어렸을 때 해리는 그곳에 운동선수들이 가득한 줄 알고 자기도 언젠가 그곳 회원이 되고 싶다고 생각했지만, 이십 년 전 실제로 그 안에 들어가보니 유리 바닥에 납작하게 눌려 있는 맥주 깡통과 시가 꽁초 냄새가 났다. 그러다가 60년대에 그곳은 점점 황폐해지면서 평판이 나빠졌다. 거기서 술을 마시며 카드놀이를 하던 남자들은 점점 나이를 먹고, 수도 적어지고, 뚱해졌다. 그래서 그 건물이 매물로 나왔을 때 역사학회가 그것을 사서 부수고는 아미시 마을을 보려고 랭커스터로 가는 길에 스탬 홈스테드에 들른 방문객들이나 자유의 종을 보려고 필라델피아로 가는 길에 들른 방문객들을 위한 주차장을 그 자리에 만들었다. 예전에 키거리즈 길이었던 곳에 처박힌 그 주차장을 사람들이 찾지 못할 것 같지만 놀라울 정도로 많은 사람들이 찾아낸다. 대부분 머리가 하얗게 센 사람들이다. 역사라는 것. 역사가 많을수록 몸으로 역사를 경험하며 살아야 한다. 얼마쯤 지나면 다 기억할 수도 없을 만큼 역사가 많아지는데, 어쩌면 제국이 쇠퇴하기 시작하는 게 바로 그즈음인지도 모른다.

이제 그는 정말로 신나게 달리고 있다. 골목길이 아래로 기울어져 자동차 정비소를 지나고 자그마한 가죽공장으로 변한 옛 닭장 앞을 지나간다. 왕년의 히피들이 어디서나 어떻게든 버티려고 애쓰고 있다. 그들은 인생의 기회를 놓쳤지만 그래도 하고 싶은 대로 즐겁게 살기는 했다. 그는 처음 몰려온 피로를 밀어냈다. 단 한걸음도 더 내디딜 수 없을 것 같고, 허벅지는 안 아픈 구석이 없는 순간. 그러다 두번째 바람이 불어오면 우리는 그 바람을 뚫고 나아가 몸이 저절로 움직이는 상태가 된다. 뇌는 로켓 끝에 앉아 있는 우주인 같아서 생각들이 그저 쌩쌩 날아다닌다. 넬슨이 결혼해서 집을 떠났다가 지금으로부터 이십년 뒤에 부자가 돼서 돌아온다면 얼마나 좋을까. 이 아이들은 왜 자기 힘으로 나아가지 못하고 집으로 기어들어오는 거지? 그렇지 않아도 여긴 너무 북적거리는데. 교황이라니, 세상에, 총에 맞지나 않으면 좋겠다. 어떤 미친놈이 신문에 이름을 내고 싶어서 총을 쏘는 곳이 바로 미국이니까. 맨슨 농장을 위해 늙은 카우보이들과 자던 '앙알거리는 프롬,'* 맨슨 옆에 있던 그 수많은 계집들. 그쯤 되면 맨슨이 더 상냥한 사람으로 변했을 법도 한데. 전쟁의 원인은 성적인 좌절감이라고 어디선가 읽은 적이 있으니까 말이다. 하지만 교황이 피임에 대해 어떻게 생각하는지는 그도 알고 있다. 그 자신도 고무 콘돔은 도저히 참을 수가 없다. 군대에서 공짜로 콘돔을 나눠줬을 때도 그랬다. 이번달 〈컨슈머 리포트〉에는 콘돔에 대한 기사가 실려 있다. 몇 페이지에 걸쳐서 온갖 시험을 한 이야기가. 어떤 사람들은 확실히 여자들의 몸안에서 좀더 간질이는 듯한 느낌을 줄 수 있게 골이 지고 작은 혹 같은 것들이 달린 밝은색 콘돔을 좋아하는 모양이다. 그 잡지사의 기자들이 모든 비서들에게 같이 자보자고 했던 건지, 원. 어떤 사람들은 심지어 양의 창자로 만든 것을 좋아하기까지 했다. 그는 그런 물건을 생각만 해도 하반신에 벌레가 기어가는 것 같다. 게다가 이름도 허라이즌 누다, 클링타이 내추럴램 같은 것들. 해리는 기사를 끝까지 읽을 수 없었다. 정나미가 떨어져서. 딸은 어떤지 궁금하다. 그 아이는 어떤 방법을 쓸까. 옛날에 학교에서 다른 아이들과 함께 옥수숫대 위에 쭈그리고 앉아 우스갯소리로 이야기하던 시골 방식을 쓸까. 언뜻 보기에 그 아이는 상당히 처녀 같은 인상이었지만, 누군들 안 그렇겠는가. 주위에 있는 거라고는

---

* 전과자인 찰스 맨슨은 1960년대 말에 히피 문화에 편승해 구루 행세를 하며 추종자들을 모아 여러 건의 살인을 저질렀다. 맨슨 패밀리라고 불리던 이 집단에 살해당한 사람 중에는 유명 영화감독인 로만 폴란스키의 부인이자 영화배우인 샤론 테이트도 포함되어 있다. 테이트는 살해 당시 임신중이어서 충격이 더했다. 범행에 가담했던 맨슨 패밀리 멤버들은 모두 체포되어 유죄판결을 받았으며, 맨슨도 아직 복역중이다. 프롬은 맨슨 패밀리의 일원이었으나 살인에는 가담하지 않았고, 1975년에 제럴드 포드 대통령을 암살하려 한 혐의로 체포되었다.

온통 얼간이들뿐인데. 루스라면 아이한테 똑바로 가르쳐줬을 것이다. 남자들이 얼마나 돼지 같은지. 게다가 그렇게 짖어대던 개도 남자들의 의욕을 꺾어버릴 것이다.

집까지 더 멀리 돌아가는 길이 있다. 잭슨 스트리트를 달리다가 조지프 스트리트로 들어서서 다시 돌아오는 길. 하지만 오늘밤에는 지름길을 택하기로 하고, 커다란 석조건물인 침례교회의 잔디밭을 대각선으로 가로지른다. 발밑에 밟히는 잔디의 느낌이 일 분 정도 기분좋게 느껴지고, 교회 전면은 아주 어둡다. 머틀 스트리트로 내려가는 콘크리트 계단, 그리고 뒤쪽 플랫폼에 한 줄로 서 있는, 빨간색, 하얀색, 파란색의 우체국 트럭을 지나간다. 건물 앞쪽의 가짜 박공벽 위에는 밝은색의 미국 국기가 힘없이 늘어져 있다. 예전엔 밤에는 국기를 내걸면 안 된다고들 했지만 지금은 모든 마을이 조명을 켜고 국기를 걸어둔다. 전기 낭비. 국기를 휘날리겠다고 이제 얼마 남지도 않아 찔끔거리며 나오는 에너지를 펑펑 써대는 꼴이다. 머틀 스트리트는 반대편에서 조지프 스트리트와 이어진다. 다들 그를 기다리며 둘러앉아 바보상자를 보고 있거나 결혼식 얘기를 하고 있을 것이다. 결혼식이 코앞으로 다가왔다는 생각에 다들 바보처럼 헤실거리면서. 수피는 모든 절차에 아무 이상이 없다고 선언했고, 식구들은 다른 누구도 아닌 찰리 스태브로스와 그레이스 스틸과 그 밖의 늙은 여자들과 플라잉이글의 친구들 몇 명을 초대했다. 프루, 아니 청첩장에 테레사라고 되어 있는 아이는 뉴욕주 빙햄턴에 외숙모와 외삼촌이 살고 있다고 뒤늦게 밝혔다. 비록 프루의 아버지는 딸의 목을 졸라 감자 통에 넣어버리고 싶어할 만큼 성질 나쁜 사람일지라도, 외삼촌 부부는 결혼식을 보러 올 것이다. 그가 집으로 들어가면 재니스는 그에게 여느 때처럼 그러다 심장마비로 죽고 말 거라고 농담을 던질 것이다. 그의 하얀 얼굴이 아주 시뻘겋게 변한 건 사실이다. 현관의 거울에 얼굴이 비친다. 파란 눈도. 수염이 없는 산타클로스 같다. 그는 의자 등받이 위로 몸을 숙이고 한동안 숨을 고르지만, 이것도 재니스에게 겁을 주기 위한 장난의 일부다. 그 얼간이 같은 여자는 그가 없으면 어떻게 할까. 플라잉이글을 비롯한 모든 것을 포기하고 옛날처럼 크롤스에서 견과류나 팔아야 할 것이다. 그가 집으로 들어가면 프루가 넬슨과 나란히 소파에 앉아 있을 것이다. 수갑이 보이지 않게 감춘 채 기차를 타고 범죄자를 다른 감옥으로 이송하는 경찰관처럼. 프루가 가족이 된 지금 해리가 무서워하는 한 가지는 고약한 땀냄새를 풍기는 것이다. 선샤인에 있을 때 토세로에게서 바로 그런 냄새가 났다. 늙은 남자의 시큼하고 슬픈 체취. 아침에 침대에서 일어날 때 해리는 가끔 자신에게서 그것을 느끼고 깜짝 놀란다. 막 들척지근해지기 시작하는, 아련한 시체 냄새. 중년은 놀라운 시대다. 결코 일어나지 않을 거라고 생각했던 모든 일이 일어나고 있다. 그가 열다섯 살 때, 마흔여섯 살은 무지개의 끝처럼 보여서 자기는 결코 거기까지 도달하지 못할 것 같았다. 사람이 살아가면서 인생의 의미를 반드시 깨닫게 되어 있다면, 지금쯤은 그것을 깨달았어야 하는 것 아닌가.

하지만 때로는 인생의 의미를 알 것 같은 느낌이 들기도 한다. 다만 그것을 표현할 말이 없을 뿐이다. 인생의 의미는 우리가 열심히 파헤쳐서 찾아내야 하는 것이 아니라 이슬을 머금은 채 아직 열리지 않은 맥주 캔처럼 탁자 위에 놓여 있다. 교황만 이 나라에 오는 것이 아니라

이십 년 전 티베트에서 억지로 빼내온 달라이라마도 미국에 와서 신학교에서 강연을 하고 텔레비전 토크쇼에도 출연할 것이다. 해리는 달라이라마로 살아가는 것이 어떤 기분일지 옛날부터 항상 궁금했다. 포물선의 꼭대기에 도달한 공, 연못 위에 떠 있는 이파리. 마음은 어떤 의미에서 물위를 걷는 사람과 같다. 발이 닿아 있지만 깨지지 않은 수면이 보조개처럼 살짝 들어간 모습. 해리가 어렸을 때는 하느님이 어둠 속에서 그의 침대 위에 그렇게 널리 퍼져 있었지만 침대가 낯설어지고 옆자리 여자아이의 겨드랑이에 털이 자라기 시작하자 하느님은 피와 근육과 신경 속으로 들어와 기묘하게 그를 지배했다. 지금은 뒤로 물러나 유복한 신사들이 서로를 존중해주듯이 해리를 존중하고 있지만, 뱃속에 명함 같은 것을 남겨두어서 진짜 납덩이 하나가 발아래 구덩이 속에 납처럼 무겁게 죽어 있는 자들을 향해 해리를 끌어당기고 있다.

장모의 커다란 치장벽토 집은 그림자가 져 있지만 전면에서 불빛들이 이글거린다. 모두들 결혼식 때문에 들떠 있다. 프루는 항상 얼굴이 발갛게 달아올라 있고 재니스는 벌써 여러 날째 테니스를 치지 않았고 장모는 아무래도 한밤중에 일어나서 아래층으로 내려가서 자기 방에 있는 것보다 더 큰 텔레비전으로 옛날 할리우드 코미디 영화를 보는 것 같다. 챙이 커다란 모자를 쓰고 콧수염을 살짝 기른 남자들과 엉덩이보다 어깨가 더 넓은 여자들이 신문사 편집국이나 고급 호텔의 스위트룸에서 신랄한 말들을 주고받는 영화. 장모가 이런 영화들을 처음 본 것은 틀림없이 장모의 머리가 아직 새까맣고 브루어 시내가 불야성을 이루던 시절일 것이다. 해리는 자동차를 먼저 보내려고 제자리 뛰기를 한다. 다람쥐 쳇바퀴 같은 왱클 엔진이 달린 웃기는 마쓰다 자동차, 매니는 그 자동차의 나사를 단단히 조이는 게 불가능하다고 말한다. 그는 가로등 불빛을 받으며 도로를 가로지른 뒤 재니스의 머스탱이 집 앞에 서 있지 않은 것을 확인하고는 벽돌담을 따라 질주해서 포치 계단을 올라간다. 마침내 포치에 올라서서 89라는 숫자 아래에 선 그는 달리기를 멈춘다. 워낙 빨리 달렸기 때문에 일이 초 동안은 세상이 계속 획획 지나가면서 별이 반짝이는 우주를 향해 나무와 지붕을 죄다 던져버리는 것 같다.

침대에서 재니스가 말한다. "해리."

"왜?" 달리기를 하고 나면 근육을 새로 잡아당겨서 덮개를 씌운 것 같은 느낌이 들고 잠이 잘 온다.

"고백할 게 있어."

"또 스태브로스랑 자고 있다고?"

"그렇게 나올 건 없잖아. 아냐, 오늘은 집 앞에 머스탱이 없는 거 봤어?"

"봤어. 정말 잘됐다 싶었지."

"넬슨이 그걸 뒤쪽에 세웠어, 골목길에. 정말이지 언제 차고를 치워서 공간을 만들어야 돼. 아무도 안 쓰는 낡은 자전거 천지잖아. 멜러니의 후지 자전거도 아직 그 안에 있고."

"그래, 잘했네. 넬슨이 잘했어. 그런데 밤새 이야기할 거야? 난 피곤해 죽겠어."

"넬슨이 차를 거기 세운 건 당신한테 앞쪽 펜더를 보여주기 싫어서야."

"아이고, 그 나쁜 자식. 그 못된 놈."

"정확히 말하면 넬슨의 잘못은 아니었어. 상대방이 계속 달려왔다고. 정지 신호를 받은 건 넬슨 쪽이었던 것 같지만."

"미치겠군."

"다행히 둘 다 브레이크를 밟아서 그냥 아주 살짝 부딪쳤을 뿐이야."

"상대방이 다쳤어?"

"뭐, 그쪽에서 목을 다쳤다는 얘기를 하긴 했는데, 그거야 요즘 사람들이 으레 하는 얘기잖아, 변호사랑 상의하기 전에 미리."

"그럼 펜더는 곤죽이 된 거야?"

"안으로 우그러졌어. 한쪽 헤드라이트도 방향이 안 맞고. 그래도 낮에는 괜찮아. 그냥 살짝 긁힌 정도야."

"500달러는 나오겠군. 최소한. 또 가벼운 접촉사고인 척하겠지."

"넬슨은 당신한테 말하는 걸 정말 무서워했어. 나한테도 말하지 말라고 다짐을 받았으니까. 그러니까 당신도 넬슨한테 한마디도 하지 마."

"한마디도 안 된다고? 그럼 그 얘기를 왜 나한테 한 건데? 이제 잠자기는 다 글렀잖아. 머리가 지끈거려 죽겠네. 녀석이 내 머리를 바이스로 누르고 있는 것 같아."

"당신이 그 차를 보고 난리를 치는 게 싫어서 말한 거야. 부탁이야, 해리. 결혼식이 끝날 때까지만 참아줘. 넬슨도 아주 당황하고 있어."

"웃기시네. 녀석은 그런 걸 좋아해. 내 머리를 바이스에 넣고 계속 나사를 돌리고 있다고. 당신이 녀석을 위해서 녹초가 되도록 애쓰고

있는데 녀석이 당신 차에 그런 짓을 하다니, 그것 참 고마움이 뭔지 아
는 녀석일세."

"해리, 결혼식이 코앞이야. 그래서 걔가 흥분해서 그래."

"웃기지 마. 흥분한 건 나야. 옷 좀 줘. 내가 나가서 차가 어떤 상태
인지 봐야겠어. 부엌에 손전등 있지? 건전지는 새로 넣어졌어?"

"말하지 말 걸 그랬어. 넬슨 말이 맞아. 당신이 이 소식을 감당하지
못할 거라더니."

"녀석이 그런 말을 했어? 언제나 침착한 우리 아드님이시네."

"제발 진정해. 보험이니 뭐니 내가 다 알아서 처리할 테니까."

"그럼 그것 때문에 올라간 보험료는 누가 내는데?"

"우리지." 재니스가 말한다. "우리 둘이 내잖아."

마운트저지의 세인트존스 감독파 교회는 자그마하다. 1912년에 벽
은 나지막하고 지붕은 경사가 가파른 전통양식으로 지어진 이 교회는
지금까지 한 번도 확장할 필요를 느끼지 못했다. 루터파 교회는 이 지
역에서 나는 빨간 사암으로 지어졌고, 소방서 옆의 칼뱅파 교회는 벽
돌로 지어졌지만, 이 교회는 카운티 북쪽에서 가져온 진한 회색 돌로
지어졌다. 뾰족뾰족한 창문 주위로는 담쟁이덩굴이 신나게 자라고 있
다. 교회 내부는 어둡고, 옹이 자국이 있는 호두나무로 만든 신도석과
징두리판벽이 있다. 보라색 로브를 입고 다양한 몸짓을 하고 있는 예
수의 모습을 스테인드글라스로 새긴 창문들 사이의 벽에는 이곳에 거

액의 기부금을 낸 과거의 신사들을 기리는 대리석 명판이 있다. 마운트저지가 세련된 근교 마을이던 시절의 일이다. 화이트로. 스토버. 레깃. 독일계 카운티의 영어 이름들. 삼십 년 동안 마을의 수장과 교구위원으로 일하다가 세상을 떠난 자들의 영역에 멋을 더해주려고 가버린 사람들. 장인도 자기 몫을 다했지만 그때는 이미 창문들 사이에 빈 공간이 남아 있지 않았다.

　결혼식은 조촐하고 신부는 오하이오 노동자의 딸이지만 행인들의 눈에는 이 모임이 오늘 9월 22일 오후 네시 직전에 교회의 녹슨 것 같은 빨간색 문 앞에서 벌어진 밝고 대담한 소동처럼 보일 것이다. 이 토요일 오후에 미닛마트나 철물점에 가려고 차를 몰고 지나가던 사람 또는 사람들은 하객들 속에 끼고 싶은 충동이 가슴을 찌르는 것을 느낄 것이다. 팔에 자신이 입을 빨간 로브를 걸친 오르간 연주자가 옆문으로 쑥 들어가고 있다. 그는 염소수염을 길렀다. 위아래가 붙은 초록색 작업복 때문에 트롤처럼 보이는 작고 지저분한 남자가 꽃값을 받으려고 해리를 기다리고 있다. 장모는 최소한 제단만이라도 장식을 하는 것이 예의라고 말했다. 세인트존스 교회에서 아무 장식도 없는 제단을 앞에 두고 넬리가 결혼식을 올리는 모습을 보았다면 장인이 죽어버렸을 거라면서. 하얀 국화와 안개꽃으로 만든 부케 두 개의 값이 38.50달러다. 래빗은 그에게 20달러짜리 지폐 두 장을 준다. 은행들이 10달러 지폐 대신 20달러 지폐를 내주기 시작한 건 안 좋은 징조지만, 2달러 지폐는 아직도 자리를 잡지 못하고 있다. 사람들은 미신을 믿는다. 성대한 결혼식을 치를 작정이 아니었는데도 실제로는 돈이 많이 들어가고 있다. 422번 도로에 있는 포시즌스 모텔에 방도 세 개 빌려야 했다. 하나는 신부의 어머니인 루벨 부인을 위한 것. 몸집이 작고 겁에 질린 것처럼 보이는 루벨 부인은 한시라도 흐릿한 미소를 거두면 사람들이 자신에게 포크를 박아넣을 거라고 생각하는 사람 같았다. 다른 방 하나는 멜러니를 위한 것. 멜러니는 애크런에서 버스를 타고 루벨 부인과 함께 코먼웰스를 가로질러왔다. 프루도 멜러니와 같은 방에 있다. 네바다에서 밈이 왔기 때문에 프루는 자신의 방, 그러니까 예전에 멜러니가 쓰던 방이자 그전에는 재봉용 마네킹이 있던 방을 비워주어야 했다. 장모와 재니스는 밈을 결코 집안에 들이고 싶어하지 않았지만 해리가 고집을 부렸다. 밈은 자신의 유일한 여동생이자 넬슨의 유일한 고모라고. 마지막 방은 빙햄턴에서 온 프루의 외숙모와 외삼촌을 위한 것. 그 부부는 오늘 차를 몰고 온다고 했지만 세시 삼십분까지도 모텔에 체크인을 하지 않았다. 코로나를 몰고 셔틀처럼 하객들을 실어나르던 해리는 그 시각에 모텔에 묵고 있던 두 아가씨와 사돈 부인을 태워 교회로 데려왔다. 머리가 욱신거린다. 사돈 부인이 신경에 거슬린다. 어찌나 오랫동안 계속 미소를 짓고 있는지, 무거운 것으로 눌러서 말린 꽃처럼 건조한 미소가 되어버렸다. 그녀는 결코 해리와 같은 세대로 보이지 않는다. 누군가가 서랍 안에 깔아두었다가 대청소를 할 때 꺼내서 읽어보려고 애쓰는 낡은 신문 같다. 프루의 외모는 아무래도 아버지에게서 온 것 같다. 모텔에서 그 여자는 자신의 굼벵이 남동생과 올케 앞으로 프런트에 맡긴 메시지가 명확하지 않다고 계속 걱정하다가 울음을 터뜨리는 바람에 그 미소가 눈물에 젖어 망가져버렸다. 멈스에서 두번째로 좋은 샴페인 한 상자가 조지프 스트리트의 집 부엌에서 기다리고 있다. 결혼식이 끝난 뒤 작은 모임을 위한 것인데, 그 모임은 어느 누구도 피로연이라고 부를 만한 것이 아니다. 재니스와 장모는 그레이스 스털의 손자에게 샌드위치를 주문하기로 결정했는데, 그 손자는 웨이트리스 유니폼을 입은 여자친구를 함께 데려올 것이다. 재니스와 장모는 또한 11번가의 외국인 녀석에게 케이크를 주문했는데, 그 녀석은 케이크 값으로 185달러를 불렀다. 고작 케이크인데. 해리는 믿을 수가 없었다. 넬슨이 몸을 움직일 때마다 아버지의 손에서 돈이 뭉텅뭉텅 빠져나간다.

해리는 천장이 높고 갈비뼈 같은 장식이 있는 텅 빈 교회 안에 일 분 정도 서서 명판들을 읽는다. 수피가 옆방에서 화려하게 차려입은 세 여자를 맞이하며 키득거리는 소리가 들린다. 어느 교회에서나 볼 수 있는, 눈에 잘 띄지 않는 그 방은 성가대가 로브를 걸치거나 집사들이 헌금을 세거나 성찬식 때 쓸 포도주를 저장해두는 곳이자 복사服事[*]들이 결코 그 포도주를 마시지 않을 곳이며 기묘한 쇼 같은 의식이 준비되는 곳이다. 빌리 포스나트는 신랑 들러리를 하기로 했지만 지금 터프츠대학에서 공부를 하는 중이라 레이드백에서 온 슬림이라는 친구 녀석이 옷깃에 카네이션을 꽂은 모습으로 서성거리며 손님들을 안내하려고 기다리고 있다. 녀석이 눈꼬리를 올리고 자신을 슬쩍 보는 모습이 불편해서 래빗은 밖으로 나가 교회 문 옆에 선다. 녹이 슨 것처럼 빨갛게 페인트칠을 한 문이 9월의 햇빛을 받아 열을 반사하고 있어서 어느 겨울날 텍사스에서 새로 지급된 황갈색 군복을 입고 바람을 피해 막사 옆에 서 있던 것이 떠오른다. 도무지 그칠 줄 모르던 그 바람은

---

[*] 미사 때 사제의 시중을 드는 사람.

넓고 엷은 하늘에서 쏟아지듯 내려와 고향이 그리워서 울먹이는 것 같은 소리를 내며 나무 한 그루 없는 땅을 가로질러 펜실베이니아를 한 번도 떠나본 적이 없던 그를 꿰뚫고 지나갔다.

아주 작은 평화의 공간에서 바람을 좀 쐬려고 그렇게 서 있다보니 그는 꼼짝없이 하객들을 맞이해야 하는 처지가 된다. 갑자기 하객들이 속속 도착하기 시작했기 때문이다. 어두운 파란색을 띤 장모의 위풍당당한 크라이슬러가 도로 턱에 타이어 긁히는 소리를 내며 멈춰 서고, 그 안에 있던 노부인 세 명이 문을 열려고 손잡이를 긁어댄다. 그레이스 스틸은 턱 한쪽에 반투명한 사마귀가 나 있지만 보조개를 짓는 법을 잊어버리지는 않았다. "베시를 빼면 이중에서 자네 결혼식에도 참석한 사람은 나뿐일걸." 그녀가 교회 포치에서 해리에게 말한다.

"저도 그 자리에 있었는지는 잘 기억이 안 나는데요." 그가 말한다. "그때 제가 어땠어요?"

"아주 위엄 있었지. 재니스가 저렇게 키가 훤칠한 신랑을 맞다니, 우리 모두 그렇게 말했어."

"그런데 지금도 그 모습 그대로네." 에이미 게린저가 말을 덧붙인다. 세 노파 중 가장 땅딸막한 여자다. 러시아 샐러드드레싱 같은 색을 띠고 얼굴에서 껍질처럼 벗겨지고 있는 화장품과 립스틱 덕분에 얼굴이 활기를 띠고 있다. 그녀가 그의 배를 쿡 찌른다. 세게. "더 멋있어졌는걸." 노부인이 재치를 부린다.

"저는 멋을 좀 벗어버리려고 노력중인데요." 그가 말한다. 마치 에이미 게린저에게 갚아야 할 빚이 있기라도 한 것처럼. "거의 매일 밤 조깅을 해요. 그렇죠, 장모님?"

"아유 난 아주 무서워 죽겠어." 베시가 말한다. "프레드가 그런 일을 겪었으니 말이야. 알다시피 프레드는 몸에 뺄 살도 없었잖아."

"천천히 해, 해리." 웹 머킷이 신디와 함께 노부인들의 뒤에서 다가오며 말한다. "조깅을 하다가 창자벽을 다칠 수도 있대. 피가 전부 허파로 몰려가는 바람에 말이야."

"어이 웹," 해리가 당황해서 말한다. "우리 장모님 알지?"

"안녕하십니까?" 그가 자신과 신디를 주위 사람들에게 소개한다. 신디는 검은 실크 원피스를 입고 있어서 마치 젊은 미망인 같다. 정말로 그렇다면 좋을 텐데, 젠장. 드라이어로 머리카락을 부풀려놓아서 그가 좋아하는, 머리가 작고 물에 젖은 수달 같은 느낌이 나지 않는다. V자 모양으로 깊게 파인 원피스 가슴 선의 가장 낮은 부분은 호박벌 모양의 핀으로 고정되어 있다.

장모의 친구들이 아주 홀린 듯한 시선으로 멋진 웹을 뚫어져라 바라보고 있어서 해리가 그들을 일깨운다. "어서 들어가세요, 안쪽에 있는 남자가 자리로 안내해줄 겁니다."

"난 맨 앞으로 가고 싶어." 에이미 게린저가 말한다. "그래야 베시가 그렇게 호들갑을 떨던 그 젊은 목사를 잘 볼 수 있잖아."

"오늘 이것 때문에 골프도 못 쳤겠네." 해리가 웹에게 사과한다.

"아," 신디가 말한다. "웹은 벌써 18홀을 돌았어요. 여덟시 삼십분에 거기로 나갔거든요."

"나 대신 누가 쳤어?" 해리가 묻는다. 질투심도 나고, 자신의 눈이 햇볕에 멋지게 그을린 신디의 드러난 가슴에 머무르지 않을 거라고 자신하기도 힘들다. 젖꼭지 윗부분이 사실 가장 좋은 부분이다. 젖꼭지

자체는 때로 혐오스러울 수 있다. 호박벌 모양의 핀 바로 위에 비키니 브래지어를 입었을 때도 보이지 않던 하얀 점이 보인다. 작은 십자가 목걸이는 평소보다 더 높이 올라가 있어서 쇄골 사이에 섹시하게 움푹 팬 곳 바로 아래에 있다. 정말 굉장한 모습이다.

"젊은 보조 프로가 우리랑 같이 돌았어." 웹이 털어놓는다. "73타 야, 해리. 73타. 15번 홀에서는 공이 연못에 빠지기도 했고. 그 친구가 공을 너무 멀리 치더라고."

해리는 속이 상하지만 포스나트 부부와 인사를 나눠야 한다. 그들이 뒤에서 사람들을 밀치며 다가오고 있다. 재니스는 그들을 초대하고 싶어하지 않았다. 결혼식을 조촐하게 치르자며 해리슨 부부도 초대하지 않기로 한 다음이라 더욱 그랬다. 하지만 넬슨이 빌리에게 신랑 들러리를 맡기고 싶어했기 때문에, 해리가 보기에는 달리 선택의 여지가 없는 것 같았다. 게다가 비록 페기가 자신의 몸을 돌보지 않고 되는대로 내버려두기는 했지만, 그녀에게는 비록 결과가 아무리 나빴을지라도 예전에 그를 위해 옷을 모두 벗어버린 적이 있는 여자의 아우라가 남아 있었다. 까짓것 뭐 어때, 이건 결혼식인데. 그래서 그는 몸을 숙여 아직 기억 속에 남아 있는 페기의 크고 축축하고 굶주린 입술 한쪽에 입을 맞춘다. 페기는 화들짝 놀라고, 그녀의 얼굴은 해리가 기억하는 것보다 더 넓적하다. 키스의 느낌을 따라 그녀의 눈이 그를 향해 떠오지만, 한쪽 눈이 사시라서 그는 어느 쪽 눈에서 그녀의 표정을 보아야 할지 도무지 알 수가 없다.

올리의 악수는 흐물거리고, 근육이 불거지고, 비열하다. 비열하고 보잘것없는 실패자 같으니. 귀는 툭 튀어나왔고, 머리카락은 더러운 지푸라기 같다. 해리는 손마디를 조금 우둑거리며 손에 힘을 준다. "그래, 음악 장사는 잘돼가나, 올리? 아직도 삑삑대고 있어?" 올리는 브루어에서 흔히 볼 수 있는, 무슨 악기로든 곡조를 더듬더듬 연주할 수 있는 녀석인데, 결코 그걸로 돈을 벌지는 못한다. 그는 성인영화관들이 있는 바그다드 구시가지 근처의 와이저 스트리트에서 전에는 코즈&레코즈였다가 지금은 피델리티 오디오로 이름이 바뀐 음반가게에서 일하고 있다.

페기가 키스 때문에 경계심이 깃든 목소리로 말한다. "이이는 가끔 빌리의 친구들이랑 같이 신시사이저를 연주해."

"계속 애써봐, 올리. 자네는 80년대의 엘튼 존이 될 거야. 그건 그렇고 그동안 둘 다 어떻게 지냈어? 잰이랑 계속 자네들 두 사람을 언제 초대해야겠다고 생각하고 있었는데." 그건 재니스가 죽은 뒤에나 가능할 것이다. 우스운 일이다. 단 한 번, 다른 뜻은 전혀 없이 그저 쓸쓸해서 함께 잤을 뿐인데 재니스는 지금도 앙심을 품고 있다. 그는 찰리의 일을 모두 용서했을 뿐만 아니라, 찰리와 세상에서 가장 절친한 친구 사이가 되기까지 했는데.

마침 찰리가 나타난다. "합병회에 오신 것을 환영합니다." 해리가 농담을 던진다.

찰리가 키득거린다. 작게 살짝 어깨를 으쓱하면서. 이 결혼으로 이제 물살이 자신에게 불리한 방향으로 흐른다는 걸 그도 알고 있다. 그래도 그에게는 아직 남은 것이 있다. 반듯한 철학 같은 것이 한 조각 남아서 그가 당황하지 않게 지켜주고 있다.

"신부 들러리를 봤나?" 해리가 그에게 묻는다. 멜러니를 뜻하는 것이다.

"아직."

"녀석들 셋이서 어젯밤에 브루어로 가서 아주 고주망태가 되도록 마셨어. 넬슨의 상태를 보면 그래. 결혼식 전날 밤에 그래도 되는 거야?"

찰리의 고개가 천천히 옆으로 기울어진다. 해리에게 충실하게 맞장구를 치느라 믿을 수 없다는 표정을 짓고 있다. 하지만 일부러 주름이 진 것처럼 가공한 연두색 천과 주름 장식으로 이루어진 바지정장을 차려입은 밈이 뒤에서 그의 가슴을 끌어안고 놓지 않는 바람에 그의 노숙한 몸짓이 망가진다. 찰리는 놀라서 얼굴이 굳어지고, 밈은 찰리가 자신을 알아맞히지 못하게 하려고 그의 등에 얼굴을 댄다. 해리는 찰리의 체크무늬 양복에 밈의 화장품이 묻을까봐 걱정스럽다. 이제 밈은 밤이든 낮이든 항상 쇼걸 같은 화장을 하고 나타난다. 모든 색조와 머리의 컬을 정확히 자신이 원하는 대로 다듬고서. 하지만 갖가지 통에 든 온갖 크림과 색깔들로도 이제는 나긋나긋한 피부를 만들어낼 수 없다. 눈 주위를 시커멓게 칠하는 것도 디스코장을 드나드는 풋풋한 애송이들에게는 괜찮을지 몰라도, 마른 살 여자의 얼굴에서는 그저 귀신이라도 본 것처럼 한군데를 뚫어지게 바라보는 느낌, 눈이 올가미에 걸린 것 같은 느낌이 날 뿐이다. 밈은 이를 드러낸 채, 무릎에 일회용 반창고를 붙인 열한 살짜리 아이처럼 뒤에서 찰리를 붙들고 씨름한다. "세상에." 찰리가 메뚜기처럼 길게 기른 손톱에 보라색 매니큐어를 칠한 손이 자기 가슴을 잡고 있는 것을 보고 투덜거리지만, 자기가 알고 있는 여자들을 모두 떠올리며 이 여자가 누구인지 얼른 짐작하지 못한다.

밈 때문에 당황스럽고 찰리 때문에 걱정스러운 해리가 애원한다. "그만해, 밈."

밈은 손을 놓으려 하지 않는다. 손에 계속 힘을 주느라 코가 길고 야하게 꾸민 얼굴이 일그러져 엉망이 된다. "잡았다." 밈이 말한다. "남의 마음을 아프게 하는 그리스인. 미성년자를 데리고 주 경계선을 넘은 혐의와 거짓 선전으로 중고차used car를 판 혐의로 수배중. 수갑을 채워, 해리."

해리는 수갑 대신 자신의 손을 밈의 손목에 올린다. 거기에 걸쳐진 팔찌는 수천 달러 상당의 금으로 된 것이라 함부로 휘어지게 하고 싶지 않다. 그는 자신의 몸을 지렛대 삼아 손에 힘을 줘서 밈의 손목을 양쪽으로 벌리고, 찰리는 시시각각 점점 더 표정이 어두워지면서 허리를 곧추세우고 자신의 약한 심장을 보호한다. 밈은 강단이 있다. 옛날부터 항상 그랬다. 마침내 억지로 손을 떼고 물러난 밈은 재빨리 자신의 몸을 여기저기 만져보며 흘러나온 머리카락과 러플 장식을 제자리로 돌려놓는다.

"도깨비한테 잡힌 줄 알았죠, 찰리?" 밈이 놀리듯이 묻는다.

"기旣사용 차량이야." 찰리가 겉옷 소매를 팽팽히 잡아당겨 품위 있게 매무새를 정돈하며 말한다. "요즘은 아무도 중고차라고 안 해."

"서부에서는 똥차라고 해요."

"쉬." 해리가 나무란다. "저 안에서 다 듣겠다. 이제 곧 식이 시작될 모양인데." 찰리와의 드잡이로 아직 기분이 들뜨고, 자기 오빠가 성실한 사람으로 변해서 자신을 못마땅해하는 것이 재미있는 밈은 해리의 목을 양팔로 감싸고 그를 세게 끌어안는다. 화려한 옷에 달린 프릴과

주름이 그의 가슴에 닿아 찌그러진다. "개구쟁이 여동생은……" 밈이
그의 귀에 귓속말을 한다. "영원히 개구쟁이 여동생이야."

찰리는 이미 교회 안으로 살짝 들어가 있다. 밈의 감긴 눈꺼풀이 햇
빛에 반짝이는 모습이 마치 기름투성이 차량들이 충돌한 뒤 남은 얼룩
같다. 해리는 고속도로 위에서 휙 꺾여 있는 검은 고무 자국, 뭔가 생
각도 할 수 없는 일이 누군가에게 갑자기 일어난 장소를 표현하기 위
해 남겨둔 찌그러진 금속을 자주 본다. 그런 일이 일어났어도 차들은
계속 달린다. 잡아줘, 오빠. 옛날에 밈은 이렇게 소리치곤 했다. 후드를
쓰고 해리의 무릎 사이에 앉은 어린 밈. 둘이 탄 썰매가 잭슨 로드에
깔린 재와 부딪치면 오렌지색 불꽃이 날아올랐다. 오래전 여기서 썰매
를 타던 아이 하나가 우유배달 트럭에 깔려 죽었다는 사실은 모든 아
이들이 알고 있었다. 눈보라가 칠 때마다 그 아이의 텅 빈 얼굴이 아이
들을 향해 다가왔다. 이제 해리의 눈에 보이는 것은 옛날 볼저스 포도
덩굴 정자의 크고 활기 없는 이파리들 위에 모여 있던 알풍뎅이의 등
이 그랬던 것처럼 반짝이는 밈의 눈꺼풀이다. 귀걸이의 무게 때문에
귓불이 길게 늘어진 것, 밈이 어처구니없는 장난을 치느라고 숨이 가
빠져서 거칠게 숨을 쉴 때마다 러플이 부르르 떠는 것도 보인다. 밈은
지금까지 지은 모든 죄와 밤늦게까지 자지 않는 생활 때문에 점점 아
래로 가라앉아 한심한 꼴로 늙어가고 있다. 한때 사랑받은 적이 있었
을 거라고는 결코 믿을 수 없는 그런 여자들과 같은 몰골로. 밈을 구해
주는 것은 얼굴에 드러나 있는 어머니의 강한 뼈대뿐이다. 해리는 안
으로 들어가기 전에 잠시 머뭇거린다. 마을이 교회에서 저멀리로 멀어
진다. 지붕과 담을 이리저리 뒤섞어서 널찍한 계단으로 만들어버린 것

처럼. 수많은 미국인들이 죽어간 난파선 같다.

오르간 연주자가 서둘러 들어갔던 옆문이 열리는 소리가 나서 그는 그쪽 구석을 둘러본다. 재니스가 자기를 부르러 온 건지도 모른다는 생각이 든다. 하지만 그 문에서 나타난 것은 넬슨이다. 크림색 스리피스 결혼 예복을 입은 넬슨. 허리는 잘록하고 깃이 널찍한 예복이 넬슨에게 너무 커 보인다. 어쩌면 아래로 갈수록 통이 넓어지는 바짓자락이 신발 뒷굽을 거의 모두 가려버렸기 때문인지도 모른다. 300달러짜리 옷. 이제 언제 또 저 옷을 입을까.

뜻밖에 아들과 맞닥뜨렸을 때 항상 그렇듯이 해리는 착잡해진다. 아들을 부르려고 윗입술을 들어올리지만, 아이는 그가 있는 쪽을 보지 않는다. 잔디밭과 마운트저지의 집들 쪽을 바라보며 그냥 공기의 냄새를 맡는 듯하더니 반대편 산 위의 하늘을 바라본다. 도망쳐. 해리는 소리치고 싶지만 아무 소리도 나오지 않는다. 그저 숨을 들이쉴 때마다 밈의 향수 냄새가 더 진해질 뿐이다. 아이는 등뒤로 손을 돌려 부드럽게 문을 닫는다. 누가 자기를 보고 있다는 걸 까맣게 모른 채.

녹이 슨 것처럼 빨간색 교회 문이 살짝 열려 있고, 그 뒤에서 교회 사람들이 영원한 의식을 위해 침묵 속에 모여들고 있다. 일요일 분위기 속에 여기 모여 있는 소수의 사람들과 토요일 분위기에 젖어 널브러져 있는 운좋은 나머지 사람들 사이에서 세상이 갈라지고, 평일의 세상은 여느 때처럼 굴러갈 것이다. 어렸을 때부터 지금까지 래빗은 줄곧 의식들을 몹시 싫어했다. 그는 밈의 팔을 살짝 잡고 안으로 끌어들인다. 유리섬유로 장식한 것 같은 밈의 머리 너머로 더럽고 낡은 포드 스테이션왜건이 보인다. 낮게 가라앉은 그 차의 크롬 지붕 위 거치

대에는 거친 초록색 보드들이 높게 얹혀 있고, 차는 거리를 기어가듯이 움직인다. 해리는 미처 승객들을 알아보지 못한다. 뒤쪽 창문에서 뚱뚱한 사람이 성난 표정을 짓고 있는 것이 언뜻 보였을 뿐이다. 뚱뚱한 남자 같은 얼굴이지만 사실은 여자다.

"왜 그래?" 밈이 묻는다.

"모르겠어. 아무것도 아냐."

"유령이라도 본 것 같은 표정이야."

"애가 걱정돼서 그래. 넌 어떻게 생각해?"

"나? 밈 고모? 아무 문제 없어 보이는데. 계집애가 주도권을 쥘 거야."

"그게 좋은 거야?"

"한동안은. 이제 그만 손을 놔줘, 오빠. 아이 인생은 아이 거야. 오빠도 오빠 인생을 살아."

"나도 계속 속으로 그런 생각을 하고 있어. 그런데 그게 비겁한 변명 같아서."

두 사람은 안으로 들어간다. 한숨이 나올 정도로 몇 명 안 되는 사람들의 머리가 저멀리 앞쪽에 삐죽삐죽 튀어나와 있다. 정체를 알 수 없고 눈꼬리가 치켜올라간 슬림이 마치 전문적인 안내인처럼 매끄럽게 밈을 안내하며 통로를 걸어가더니 둘째 줄에서 우아한 몸짓으로 해리에게 맨 앞줄 재니스 옆에 앉아야 한다고 알려준다. 빈 공간이 그를 기다리고 있다. 재니스의 또다른 쪽 옆에는 사돈 부인이 앉아 있다. 루벨 부인의 옆모습이 창백하다. 딸과 마찬가지로 그녀도 빨간 머리지만, 지금은 색깔 없이 잘게 구불거리는 모양으로 손질돼 있다. 그녀는 애당초 프루처럼 키가 크고 껑충하면서도 훌륭해질 수 없는 사람이었다.

해리는 아무리 봐도 그녀가 청소부 아줌마처럼 보인다는 생각을 떨쳐 버릴 수 없다. 루벨 부인이 무기력하지만 묘하게 완벽한 미소를 지으며 그를 바라본다. 옛날 흑백영화 화면을 스치고 지나가던 미소. 수줍어하면서도 확신에 찬 것 같은 미소. 순수한 멜로디의 실로 짠 것 같은 미소다. 젊었을 때는 그 미소가 그녀를 지금보다 훨씬 높은 곳까지 올려줄 것처럼 보였을 것이다. 재니스는 고개를 뒤로 쭉 빼서 뒤쪽 부스에 앉아 있는 자기 어머니에게 뭐라고 속삭이고 있다. 밈은 장모가 친구들과 함께 앉아 있는 의자에 같이 앉아 있다. 스태브로스는 세번째 줄에 머킷 부부와 함께 앉아 있는데, 혹시 지루해지면 신디의 목선을 내려다볼 수 있을 것이다. 오랫동안 포도잎 쌈*이나 먹으며 지냈으니 컨트리클럽 최고의 젖꼭지라도 보라지. 포스나트 부부는 의도적으로 어색한 표정을 지은 채 통로 건너편에 앉아 있다. 누가 그 둘을 거기에 앉힌 건지, 아니면 자기들이 스스로 앉은 건지는 모른다. 신부의 손님들이 많이 왔다면 그쪽은 신부측 자리가 됐을 것이다. 포스나트 부부는 자기들끼리 속삭이는 소리로 싸우고 있다. 페기가 숨죽인 소리지만 강한 목소리로 열심히 떠들고 있고 올리는 금욕적인 표정으로 앞만 응시하며 중얼거린다. 오르간 연주자가 음이 오르락내리락하는 둔주곡을 자유롭게 연주하며 하객들에게 기침을 하거나 다리를 다시 꼴 기회를 준다. 조용한 부분을 연주할 때는 그의 불그스름한 염소수염 끝 부분이 건반에서 겨우 2~3센티미터 거리까지 다가간다. 그가 건반을 두드리며 열심히 연주하는 모습을 보니 해리 자신이 예전에 다루던 낡

---

* 그리스 요리 중 하나.

은 라이노타이프가 생각난다. 간격 조절기도, 납 활자가 뜨겁게 달궈진 채 튀어나오던 것도. 지금은 모든 작업이 컴퓨터 테이프로 이루어진다. 제단 왼쪽에서 윗부분이 둥근 커다란 판벽널 하나가 열린다. 공포영화에 나오는 것 같은 비밀 문이다. 거기서 검은 목사 옷 위에 하얀 중백의와 영대領帶를 걸친 아치 캠벨이 나온다. 그가 뭐? 내가 긴장했느냐고? 하고 말하는 것처럼 활짝 웃어 보인다. 지저분한 치아가 갑자기 드러난다.

넬슨이 그를 따라 나온다. 고개를 숙인 채 아무도 보지 않는다.

슬림이 고양이처럼 가볍게 통로를 미끄러지듯 움직여 가서 그 옆에 선다. 여가 시간에는 틀림없이 남의 집에 몰래 들어가서 도둑질을 하고 있을 것이다. 넬슨보다 족히 10센티미터 이상 키가 크다. 둘 다 짧은 펑크스타일로 머리를 잘랐다. 넬슨의 뒤통수에서는 머리카락이 나선형을 그리고 있다. 해리에게는 아주 익숙한 모습이다. 목에 무엇이 걸리기라도 한 것처럼 목구멍이 바짝 마른다.

페기 포스나트의 성난 속삭임이 잦아든다. 조금 전부터 오르간은 침묵하고 있었다. 수피가 통통한 양손을 들어 사람들에게 모두 일어서라고 말한다. 옷자락 스치는 소리를 반주 삼아 멜러니가 프루를 이끌고 반대편 옆문으로 들어와 제단의 난간을 따라 움직인다. 모두가 알고 있는 비밀, 즉 임신 때문에 프루의 미모가 한층 더 풍요로워졌다. 프루는 발목 길이의 늘어지는 드레스를 입고 있다. 장모는 그것을 보고 오트밀 색깔이라고 하고, 재니스와 멜러니는 샴페인 색깔이라고 한다. 원래 드레스에는 갈색 허리띠가 달려 있었지만 여자들은 허리를 너무 졸라매면 안 된다며 허리띠를 떼어버리기로 했다. 들꽃으로 작은 화관을 만든 사람은 틀림없이 멜러니일 것이다. 벌써 살짝 시들기 시작한 그 화관을 신부는 왕관처럼 쓰고 있다. 눈에 보이지 않는 승리감만 있을 뿐, 길게 끌리는 옷자락이나 베일은 없다. 고개를 아래로 숙이고 입술을 꾹 다문 프루의 얼굴은 상기돼 있고, 당근 같은 머리카락은 매끈하게 빗어서 귀 뒤로 넘겼기 때문에 자그마한 고리 모양의 금귀고리를 한 구불구불하고 부드러운 조개껍데기 모양의 귀가 드러나 있다. 해리는 프루가 옆을 지나갈 때 팔로 제지할 수도 있었지만, 프루는 그를 바라보지 않는다. 멜러니가 나이 많은 하객들을 즐거운 눈으로 바라본다. 손마디가 빨간 프루의 긴 손가락들이 안개꽃으로 만든 작은 부케에 떨림을 전하고 있다. 이제 목사 앞에 선 프루의 태도는 진지하다. 자기 자신 외에 또다른 무게를 지고 있는 여자들 특유의 느릿하고 침착하고 눈부신 모습이다.

수피가 그들을 '깊이 사랑받는 사람들'이라고 호칭한다. 이 자그마한 남자에게서 솟아나오는 목소리가 굉장하다. 해리는 집에서 만났을 때도 그것을 느꼈지만, 이렇게 거의 텅 비다시피 한 교회에서는 그 목소리가 호두나무 문고리와 기념 명판과 높은 아치형 서까래에 부딪혔다가 파스텔색 사도 무리를 발사대 삼아 하늘로 올라가는 예수의 모습이 새겨진 높은 중앙 창문 아래에서 메아리친다. 래빗이 지금까지 알아차리지 못했던 원숙한 슬픔 같은 것으로 풍요로워진 음색이 두 배로 강해져서 제멋대로 흩어져 있던 하객들을 하나로 모으고, 오늘의 예식이 소극笑劇일지도 모른다는 걱정을 억누른다. 목사들을 비웃고 싶으면 얼마든지 비웃어도 좋다. 하지만 그들은 우리에게 필요한 말을 알고 있다. 죽은 자가 했던 말들. 남편과 아내의 결합은…… 목사가 사려

깊은 오르간 같은 목소리로 선언하듯 말한다. 하느님이 그 둘 모두의 기쁨을 위해 마련하신 것입니다. 모든 것을 층층이 감춰주는 먼지처럼 단어 하나하나가 내려앉는다. 번영, 역경, 자손 생산, 양육. 수피는 구절과 구절 사이에 눈꺼풀을 깜박거린다. 그의 유일한 결점이다. 뒤에서 희미하게 앓는 소리가 들린다. 장모가 너무 오래 서 있었던 탓이다. 재니스 옆의 루벨 부인은 손가방에서 지저분한 손수건을 꺼내 얼굴을 찍어내고 있다. 재니스는 미소를 짓고 있다. 입술 가장자리가 검게 살짝 들어간 것이 보인다. 머리에 꽃처럼 하얀 모자를 쓰고 있으니 폴리네시아인처럼 보인다.

수피가 우렁차게 울리는 목소리로 서까래를 향해 말한다. "이 두 사람이 합법적으로 결혼해서는 안 되는 정당한 이유를 알고 있는 분이 있다면, 지금 말씀하십시오. 그렇지 않으면 영원히 평화를 지키시길."

평화라. 신도석 의자 하나가 삐걱거린다. 빙햄턴에서 온 부부다. 세상을 떠난 프레드 스프링어. 루스. 래빗은 소리를 지르고 싶은 터무니없는 충동을 억누른다. 목이 상처라도 난 것처럼 쓰라리다.

목사가 이제 신랑 신부에게 직접 말을 건다. 옷깃에 꽂은 카네이션이 꺾어진 채로 우울한 눈빛을 하고 한편에 힘없이 서 있던 넬슨이 중앙의 프루 쪽으로 가까이 다가온다. 프루와 키가 같다. 옷깃 위로 드러난 목덜미는 너무나 가늘고 헐벗은 것처럼 보인다. 나선형으로 꼬인 머리카락.

프루에게 질문이 던져졌다. 프루는 지독히 작은 목소리로 '네'라고 대답한다.

이제 넬슨에게 질문이 향하고, 그 자리에서 고함을 질러 모든 것을 망치는 광대처럼 굴고 싶다는 아버지의 충동은 뭔가 다른 것으로 변한다. 콧잔등을 누가 콕콕 찔러대는 느낌, 근처의 작은 샘 두 개를 눌러대는 것 같은 느낌.

여자, 아내, 성스러운 계약, 아플 때나 건강할 때나, 두 사람이 모두 살아 있는 한 다른 모두를 돌아보지 않고 아내를 사랑하고, 위로하고, 존중하고, 지키겠는가?

넬슨은 수피의 목소리와 프루의 목소리 중간 크기쯤 되는 목소리로 그러겠다고 대답한다.

눈물샘이 타는 듯한 느낌과 목구멍을 긁어대는 쓰라린 느낌을 더이상 참을 수가 없다. 한심하고 병들고 하찮은 증인들이 해리의 뒤에서 끔찍한 지식을 지닌 채 앞으로 굴러나간다. 인간의 슬픔 덩어리가 아주 미세하고 갑작스럽게 느껴지면서 넬슨의 목덜미에 타는 듯이 집중된다. 넬슨과 프루가 말없이 서 있는 동안 다른 사람들은 목사가 말한 시편 구절을 찾으려고 두꺼운 빨간색 기도서들을 더듬거린다. 수피가 드문드문 응답하는 사람들 머리 위에서 우렁찬 목소리로 천사처럼 말한다. 아내, 자식이 많은 여인. 래빗은 이 말에 응답할 수 없다. 주를 두려워하는 남자라고. 울고 있기 때문이다. 울고 또 울어서 그 구절들을 씻어내고 있다. 기도서의 페이지는 넬슨의 가엾고 말없고 연약한 목덜미처럼 하얗게 텅 비어버렸다. 재니스가 하얀 모자 밑에서 재미있다는 듯 놀란 표정으로 그를 올려다보고 루벨 부인은 소원을 품은 청소부 아줌마 같은 미소를 지으며 자신의 지저분한 손수건을 건넨다. 해리는 고개를 저어 거절한다. 몸집이 너무 커서 자신의 악취가 손수건을 압도해버릴 것이다. 그래도 그는 손수건을 받아 파괴적인 눈물 줄기를 빨아들이려고 한다. 눈물이 한없이 풍요로운 샘을 열어버렸다.

"자식들의 자식들을 볼 때까지 장수하기를." 수피가 우렁차고 감미롭고 모든 것을 끌어안는 요정의 목소리로 읊조린다. "이스라엘에 평화가 깃들기를."

이 말이 끝나고, 반지가 교환되고, 그리스도가 허공으로 올라가는 모습이 새겨진, 탑처럼 높은 부활절 색깔 창문 밑에서 젊고 떨리는 목소리로 서약을 주고받고, 다들 주기도문을 끝까지 중얼거리고, 창백한 신혼부부가 필수 코스인 키스를 끝내고(가엾은 넬리, 키가 딱 몇 센티미터만 더 컸으면 얼마나 좋을까) 이제 합법적으로도 상징적으로도 하나가 되어서 그들의 혈족과 일족을 마주보려고 돌아섰을 때, 밖에서, 그 환자 같은 오후 풍경 속에서, 저녁을 향해 흘러가는 산들바람과 함께 구름이 몰려오고, 우스꽝스러운 눈물자국이 해리의 얼굴에 긴 얼룩을 남긴 채 말라붙은 뒤, 밈이 다시 그의 품으로 들어온다. 여동생의 포옹. 그가 동생의 작은 손을 잡았던 그날부터 가족이 겪었던 온갖 슬픔이 내포된 포옹. 미래가 그들을 어둡게 덮쳤다. 그의 유일한 씨앗이 결혼했다. 결혼은 하루하루가 파멸이라는 것을 밈은 결코 모를 것이다. 날씬한 몸매에 쭈글쭈글 주름이 생긴 얼굴로 그의 품에 안겨 있는 밈은 점점 노처녀가 되어가고 있다. 창녀조차도 노처녀가 될 수 있다. 밈이 지금까지 줄곧 오랜 세월 동안 삼킨 것이 얼마나 될지 생각해보라. 그의 어린 여동생. 그녀가 그의 눈물을 흉내내듯 울고 있다. 이제 밖에 나와 있기 때문에 바람에 금방 눈물이 말라버린다. 교회에서 예배를 끝내고 나온 사람들이 으레 짓는 미소가 딱 하루를 살려고 태어난 나비처럼 그들 주위에서 파닥거린다.

아, 오늘. 그들이 직접 평범한 토요일과는 다른 휴일로 만들어버린 오늘. 여름의 마지막날. 그들이 줄지어 차를 몰고 시내의 경사진 거리들을 지나 장모의 집으로 간다. 이렇게 기름을 낭비하다니. 해리와 재니스는 코로나를 타고 베시의 파란색 크라이슬러를 따라간다. 혹시라도 저 노부인이 차를 어딘가에 박지나 않을까 싶어서. 밈은 재니스의 머스탱에 루벨 부인을 태우고 뒤를 따른다. 헤드라이트가 아직도 비틀어져 있다. "아까 왜 그렇게 울었어?" 재니스가 그에게 묻는다. 재니스는 모자를 벗고 백미러를 보며 가지런히 자른 앞머리를 정돈한다.

"나도 몰라. 전부 다 눈물이 났어. 뒤에서 바라본 넬리의 모습. 아이들의 뒤통수에 당신을 향한 신뢰가 드러난 것. 걔들은 정말 기뻐하는 것 같았어. 몇 명 안 되지만 하여튼 이 한심한 인간들이 자기들을 지켜보려고 한자리에 모인 걸."

해리는 침묵을 지키는 재니스를 곁눈질로 바라본다. 재니스의 작은 혀끝이 아랫입술에 닿아 있다. 행여 말을 잘못할까 조심하는 것 같다. 재니스가 말한다. "그렇게 눈물을 흘릴 정도면 넬슨이랑 대리점 일에 대해서도 좀 덜 못되게 구는 게 어때?"

"내가 못되게 구는 게 아냐. 녀석은 대리점에 아무 관심이 없어. 당신이랑 장모님이 저를 뒷받침해주니까 그냥 빈둥거리려는 거야. 그러려면 대리점에서 뭔가 일을 하는 척 시늉을 하는 게 가장 쉬운 방법이지. 녀석이 컨버터블 자동차들을 사들여서 사고를 치는 바람에 손해가 얼마나 난 줄 알아? 맞혀봐."

"걔 말로는 당신이 자기 말을 전혀 들어주지 않아서 꼭지가 돌아버렸다고 하던데. 당신이 일부러 자기를 부추긴 거라는 말도 했어."

"4500달러야. 그 똥차들 때문에 그만큼이나 돈이 들었다고. 게다가 이제 매니가 주문해야 하는 부품들 값이랑 정비부에서 그걸 고치느라 쏟아야 하는 시간까지 생각하면 1천 달러를 더해야 돼."

"넬슨 말로는 TR가 바로 팔려나갔다던데."

"그건 요행이었지. TR는 이제 단종됐어."

"넬슨 말로는 도요타가 이제 한물갔다고 했어. 닷선이랑 혼다가 동부 전역에서 더 잘 팔린다고."

"그래서 찰리랑 내가 그 녀석을 대리점에 들이지 않으려고 하는 거야. 녀석은 온통 부정적인 생각뿐이야."

"찰리가 넬슨이 대리점에 오는 게 싫다고 말했어?"

"똑부러지게 말로 하진 않았지. 워낙 사람이 좋으니까."

"찰리가 그렇게 좋은 사람인 줄은 미처 몰랐네. 그렇다면야 좋은 일이지. 내가 이따가 집에서 직접 물어볼게."

"공연히 불쌍한 찰리를 몰아붙이지 마. 찰리가 멜러니랑 사귀니까 그러는 거지? 찰리가 넬슨에 대해 어떻게 생각하는지는 나도 몰라."

"이제 그만 좀 해! 해리, 그건 십 년 전 일이야. 과거 속에 사는 건 좀 그만두라고. 찰리가 스무 살짜리 꽁무니를 쫓아다니면서 스스로 바보가 되고 싶다 해도 나하고는 아무 상관 없어. 어떤 사람이랑 완전히 관계를 매듭짓고 나면, 그다음에 남는 건 좋은 감정뿐이야."

"관계를 매듭짓다니? 아무래도 당신 토크쇼를 너무 많이 봤나보네."

"그건 사람들이 많이 하는 말이야."

"클럽에서 당신이 어울려다니는 그 바람둥이 여자들? 도리스 카우프만 말이야? 웃기지 말라고 해." 속이 상했다. 재니스의 눈에 자기가 과거 속에 사는 사람처럼 보이다니. 결혼식에서 왜 울었을까? 좋은 남자. 얌전한 남자. 그런 건 지옥에나 가라고 해. "뭐, 어쨌든 찰리는 결혼을 아주 싫어하니까, 그래도 넬슨보다는 덜 멍청한 거지." 그는 이렇게 말하고 나서 대화를 그만두려고 라디오를 켠다. 네시 삼십분 뉴스. 하와이에서 지진 발생, 엘살바도르에서 미국인 사업가 두 명 피랍, 지난 일요일에 아프가니스탄 정권이 갑작스레 바뀐 뒤 소련 탱크들이 카불 거리 순찰중. 멕시코가 미국과 천연가스 조약을 맺음으로써 에너지 위기가 장기적으로 완화될 가능성이 생김. 캘리포니아에서는 열흘째 계속되고 있는 산불로 1970년 이후 최대 규모의 산불 피해 발생. 필라델피아에서는 출판계 거물 월터 애넌버그가 교황 요한 바오로 2세가 10월 3일에 미사를 주재하기로 되어 있는 연단의 건설 비용에 보태라고 가톨릭 대교구에 5만 달러 기부. 하지만 그 연단 건설은 현재 논란에 휩싸여 있음. 아나운서는 심각한 목소리로 애넌버그가 유대인이라는 말로 뉴스를 끝맺는다.

"저 말은 왜 하는 건데?" 재니스가 묻는다.

세상에, 재니스는 여전히 멍청하다. 이걸 깨닫고 나니 마음에 위안이 된다. 그가 말한다. "이른바 기독교인이라는 우리들이 교황의 연단에 대해 이렇게 구두쇠처럼 군 것에 대해 자학하라고."

"아무리 생각해도……" 재니스가 말한다. "좀 야단스러운 것처럼 보이기는 해. 겨우 한 번밖에 안 쓸 건데 그런 걸 짓다니 말이야."

"그런 게 인생이지." 해리가 조지프 스트리트에서 길가에 차를 세우며 말한다. 89번지 앞에 차가 워낙 많이 서 있어서, 집 앞에서 조금 더 올라가 부치 여자들이 사는 집 앞에 차를 세우는 수밖에 없다. 부치들 중 한 명, 건장하고 젊어 보이는 여자가 군대에서 흘러나온 작업용 재킷을 입고, 뒤쪽에 포일로 단열 처리가 된 커다란 분홍색 원통을 포치로 끌고 가는 중이다.

"우리 아들이 오늘 결혼했어요." 해리가 그 여자를 향해 충동적으로 소리친다.

그 부치 이웃은 잠깐 놀란 표정이더니 이내 소리친다. "여자애한테 행운을 빌어줄게요."

"아들이라니까요."

"난 신부를 말한 거예요."

"좋아요, 신부한테 전해줄게요."

여자의 얼굴에 나타난 표정, 담뱃가게에 그려진 인디언처럼 눈을 가늘게 뜬 표정이 조금 부드러워진다. 그녀는 재니스가 반대편 문으로 차에서 내리는 것을 보고 소리친다. 고함을 지르는 데 재미가 붙은 모양이다. "잰은 기분이 어때요?"

재니스가 대답에 워낙 뜸을 들이는 바람에 결국 해리가 대신 대답한다. "재니스는 기분이 아주 좋아요. 당연한 일이죠." 그가 부치 여자들에 대해 알 수 없는 점은 이 여자들이 왜 그를 좋아하지 않을까가 아니라, 그가 왜 이 여자들에게 호감을 얻고 싶어할까 하는 점이다. 이 여자들의 망치질 소리가 희미하게 들리기만 해도 그는 왜 상처를 입고 소외감을 느끼는 걸까.

어떻게 된 건지 슬림이라는 녀석은 옆구리 30센티미터 높이에 이름이 새겨진, 카나리아처럼 노란색의 르카에 신부, 신랑, 멜러니를 태우고 해리와 재니스보다 먼저 도착해 있다. 올리와 페기도 파이버글라스를 펜더에 덧댄, 계피 같은 갈색 73년식 닷지 다트를 몰고 이미 와 있다. 심지어 수피조차 해리와 재니스를 앞질렀다. STJOHN이라는 화려한 번호판을 단 그의 멋진 검은색 오펠 만타도 길가에 서 있다. 장모가 지난 삼십 년 동안 집 앞쪽에 있는 자신의 침실에서 줄곧 내다보던 단풍나무가 있는 쪽에. 손님들은 이미 거실에 북적북적 모여 있고, 웨이트리스 유니폼을 흉내낸 옷을 입고 당황한 표정을 짓고 있는 뚱뚱한 아가씨가 거액이 들어간 전채요리들을 나르느라 애를 먹고 있다. 타코 칩 위에 치즈를 녹이고 파슬리 잔가지를 하나 올려놓은 것 같은, 이것저것 뒤섞인 요리다. 해리는 혹시 누가 자기한테 다가올까 싶어서 옛날 농구를 할 때 버릇처럼 양팔꿈치를 들어올린 채 사람들 사이를 요리조리 빠져나가 부엌으로 샴페인을 가지러 간다. 상자째 샀는데도 개당 12달러나 든 멈스의 병들이 냉장고 두번째 선반을 가득 채우고 있다. 69스타일로 쌓아두어서 포일로 감싼 병 머리와 무겁고 움푹한 병 바닥이 함께 보이는 것이 아름답다. **속도위반 결혼용 샴페인**, 그는 속으로 생각한다. 비용은 앵스트롬에게. 그레이스 스틸의 손자는 알고 보니 덩치가 크고 건장한 녀석이다. 몸무게가 아무리 적게 잡아도 110킬로그램은 넘는 것 같고, 얼굴에는 해적처럼 텁수룩한 턱수염을 길렀다. 그런 녀석이 프라이팬으로 뭔가 작은 것들을 튀기고 있고, 오븐 안에는 베이컨으로 싼 음식이 들어 있다. 녀석이 냉장고에서 꺼내온 맥주가 뚜껑이 열린 채 조리대에 놓여 있다. 거실의 소음은 계속 커지기만 하고, 현관문도 계속 열린다. 밈과 장모의 뒤를 따라온 스태브로스와 머킷 부부가 들어오고, 첫번째 샴페인이 펑 하고 터지자 바보 같은 인간들이 한꺼번에 떠들어댄다. 젠장, 사정할 때랑 똑같다. 멈출 수가 없다. 줄기가 홀쭉한 플라스틱 샴페인 잔은 재니스가 애크미에서 찾아낸 것이다. 그 잔들이 그레이스 스틸의 손자가 맥주를 놓아둔 조리대 위 중국식 둥근 쟁반에 놓여 있다. 거리가 너무 멀어서 해리가 그 잔을 잡으려면 리놀륨 바닥에 샴페인의 황갈색 거품을 흘릴 수밖에 없을 것 같다. 해리는 그 잔들에 샴페인을 따르면서 자기가 산 금화를 떠올린다. 먼 옛날부터 전해져온 귀한 물건. 그것을 생각하자 그의 마음속 빗장이 열리고 슬픔이 빠져나간다. 까짓것, 우리 모두 다 같이 추락하는 중인데 뭐. 다시 거실로 돌아오니 장식장 앞에서 장모가 긴장한 표정으로 열심히 궁리해낸 건배사를 하더니 펜실베이니아 더치로 말을 끝맺는다. "디르 사이드 누르 아인스: 할트 에스 셀레 베그."

"그게 무슨 뜻이에요, 엄마엄마?" 넬슨이 묻는다. 혹시라도 할머니가 자기를 속이는 건 아닌지 걱정스러운 모양이다. 어린애 같은 녀석. 그 옆에서 얼굴을 붉히고 있는 성숙한 여자한테 빠져서 결혼해버리다니.

"그게 무슨 뜻이냐면……" 장모가 짜증스럽게 말한다. "이제 너희는 하나가 됐다. 앞으로도 계속 하나로 살아라."

다들 환호하며 술을 마신다. 이미 잔을 비우지 않은 사람들만.

그레이스 스틸이 미끄러지듯 한걸음 앞으로 나와 장식장 옆에 둥글게 비워놓은 공간에 선다. 혹시 오십 년 전에는 그레이스 스틸이 춤 솜씨가 정말 끝내주는 사람이었는지도 모르겠다. 노부인들 중에는 발목과 발이 여전히 아담한 사람들이 있는데, 그레이스 스틸이 바로 그렇다. "옛날부터 내려오는 말도 하나 있지." 그녀가 말한다. "버시 바이이르트 오브스, 코차 두트 네트. 키스에는 싫증이 나도 요리는 그렇지 않다."

더 커다란 환호성이 울린다. 해리는 병을 하나 더 따서 점점 술에 취하는 길로 들어선다. 치즈를 녹인 타코 칩 요리도 나쁘지 않다. 손가락으로 부러뜨리지 않고 입에 넣는 데 성공하기만 한다면. 웨이트리스 옷을 입은 뚱뚱한 아가씨는 놀라운 가슴을 갖고 있다. 죄다 한심한 인간들뿐이다. 적어도 이 인간들이 모자랄 걱정은 없다. 계속 새로운 사람들이 도착하고 있으니까. 이제는 테레사 앵스트롬이 된 프루 루벨이 이 집에 들어온 것 때문에 마음이 심란해서 잠을 이루지 못하고 뒤척거리던 것이 아주 오래전 일 같다. 정신을 차리고 보니 해리 옆에 프루의 어머니가 서 있다. 그가 그녀에게 묻는다. "이쪽에 와보신 적이 있나요?"

"가끔 지나가기만 했어요." 루벨 부인이 말한다. 목소리가 어찌나 가느다란지 그가 몸을 숙여야만 간신히 들린다. 마치 임종을 앞둔 사람 앞에서 그러는 것처럼. 프루도 결혼식 때 아주 작은 목소리로 혼인 서약을 말했는데. "우리 집안은 원래 시카고 출신이에요."

"따님을 아주 잘 키우셨더군요." 해리가 말한다. "우리 모두 벌써 그 아이를 사랑한답니다." 이런 말을 하는 자신이 마치 남의 흉내를 내고 있는 것 같다. 처음부터 짐작했던 것처럼, 인생이란 어른 흉내를 내는 것이다.

"테레사는 옳은 일을 하려고 애쓰는 아이예요." 테레사의 어머니가 말한다. "하지만 그게 항상 쉽지만은 않았죠."

"그래요?"

"테레사는 제 아버지 쪽을 닮았어요. 그래서 항상 극단적이에요."

"그런가요?"

"그럼요. 고집이 엄청 세죠. 그쪽 사람들한테는 감히 대들 수 없어요."

그녀의 눈이 휘둥그레진다. 그는 마치 이 여자와 함께 종이사슬을 만들라는 명령을 받았는데, 풀이 시원찮아서 사슬이 자꾸만 풀어지는 것 같은 기분이다. 이런 방에서는 상대의 목소리를 듣는 게 쉽지 않다. 수피와 슬림이 함께 키득거리고 있다.

"남편께서 못 오신 게 유감입니다." 해리가 말한다.

"그 사람이 어떤 사람인지 알면 생각이 달라질걸요." 루벨 부인이 차분하게 대답하더니 자신의 플라스틱 잔을 흔들어댄다. 마치 잔이 비었다고 알리려는 것 같다.

"술을 더 갖다드리죠." 래빗은 루벨 부인이 자신에게 알맞은 데이트 상대임을 깨닫고 충격을 받는다. 겉모습은 나이가 들어 보이지만, 사실은 그와 같은 또래다. 게다가 그는 신디 머킷이나 그레이스 스틸의 손자의 애인 같은 여자들이 득시글거리는 몽상 속에서 벌거벗고 있는 것보다는 루벨 부인 같은 사람들과 함께 침대에 드는 공상을 해야 마땅하다. 그는 샴페인이 얼마나 남았는지 보려고 부엌으로 물러났다가 넬슨과 멜러니가 병들을 바삐 비우고 있는 것을 발견한다. 조리대 위에는 코르크마개를 감싸고 있는 작은 철사들이 즐비하다.

"아빠, 술이 모자랄 것 같아요." 넬슨이 징징거린다.

이 두 놈은 정말. "어린애들은 이제 그만 우유를 마시지 그러냐?" 래빗이 넬슨에게서 병을 빼앗으며 말한다. 무겁고, 초록색이고, 차갑다. 돈처럼. 라벨이 새겨져 있다. 지금은 고인이 된 가엾은 그의 아버지는 평생 이렇게 거품이 이는 술은 마신 적이 없었다. 칠십 년 동안 맥주와 녹물이 섞인 물만 마셨다. 그는 멜러니에게 말한다. "너의 그

값비싼 자전거가 아직도 우리 차고에 있다."

"아, 알아요." 멜러니가 순진한 얼굴로 그를 빤히 바라보며 말한다. "그걸 학교로 가져가면 누가 훔쳐갈 거예요." 금방이라도 튀어나올 것 같은 갈색 눈에는 래빗이 멜러니에게 배신감을 느껴서 퉁명스럽게 굴고 있다는 사실을 알아차린 기색이 전혀 없다.

그가 멜러니에게 말한다. "나가서 찰리한테 인사해야지."

"아, 인사는 벌써 했어요." 래빗의 돈으로 모텔에 머물고 있는 이 아이가 벌써 찰리를 만나 뒹군 건가? 해리는 뭐가 어떻게 되어가는 건지 종잡을 수가 없다. 마치 오해를 바로잡기라도 하려는 듯이 멜러니가 말한다. "프루한테 원한다면 그 자전거를 써도 된다고 말해둘게요. 근육단련에 아주 좋은 운동이거든요."

무슨 근육? 거실로 돌아와보니, 신부 어머니 옆에 그가 비워둔 자리를 대신 차지해줄 만큼 친절한 사람이 아무도 없었던 것 같다. 그는 루벨 부인이 기다렸다는 듯이 내민 잔에 술을 채워주며 말한다. "아까 손수건을 주셔서 고맙습니다. 교회에서요."

"정말 힘드실 거예요." 루벨 부인이 조금 전보다 더 포근한 시선으로 그를 올려다보며 말한다. "자식이 하나뿐이니 말이에요."

하나뿐인 게 아니라고 루벨 부인에게 말해주고 싶다. 이렇게까지 술에 취할 생각은 아니었는데. 저 위 언덕에 어린 여동생이 죽어서 묻혀 있고, 다리가 긴 여자애가 갈릴리 남쪽의 농경지를 돌아다니고 있다. 루벨 부인이 이렇게 고개를 홱 젖히며 자신을 올려다보는 모습을 보니 떠오르는 사람이 있다. 셀마 해리슨. 풀장에서 본 모습. 해리슨 부부도 초대할 걸 그랬나. 하지만 그랬다가는 버디 잉글핑거가 마음의 상처를 입을 거라든가, 뭐 그런 점들을 고려해야 한다. 로니도 못되게 굴었을 것이다. 염소수염을 기른 오르간 연주자(누가 저 사람을 초대한 거지?)가 이제 수피와 슬림에게 합류해 있다. 그 즐거운 분위기 속에서 목사는 다른 사람들에 대한 자신의 의무를 생각해낸다. 그래서 해리와 신부의 어머니가 있는 쪽으로 온다. 기독교인다운 행동이다.

"뭐……" 해리가 목사에게 불쑥 말한다. "이미 저질러진 일은 어쩔 수 없죠, 안 그렇습니까?"

베키가 지금은 해골이 돼 있을 거라고 생각하니 기분이 묘하다. 아이를 묻을 때 아이의 몸을 감싸준 잠옷은 이제 거미줄처럼 변했을 것이다. 그리고 그 새틴 잠옷 위에 아이의 자그마한 발톱과 손톱이 색종이 조각처럼 흩어져 있을 것이다.

캠벨 목사가 사근사근한 미소를 짓자 담배 때문에 검게 변한 자그마한 치아들이 모습을 드러낸다. "오늘 신부가 아주 사랑스러운 모습이었습니다." 그가 루벨 부인에게 말한다.

"걔가 아버지 쪽을 닮아서 키가 커요." 루벨 부인이 말한다. "생머리도 그쪽을 닮은 거고요. 제 머리는 자연스러운 곱슬머리거든요. 하지만 프랭크의 머리카락은 사방으로 쭉쭉 뻗어서 무슨 수를 써도 차분해지지 않아요. 그래도 테레사의 머리카락은 그렇게까지 고집스럽지는 않죠. 아무래도 여자아이니까요."

"아주 사랑스러워요." 수피가 말한다. 그의 미소가 점점 반들반들해진다.

해리가 그에게 묻는다. "목사님의 오펠은 연비가 어떻게 됩니까?"

목사는 이 질문에 대답하려고 파이프를 꺼낸다. "이렇게 언덕길을 오르락내리락하는 게 딱히 최적의 조건은 아니죠, 그렇지 않습니까? 아마 40킬로미터쯤 되지 않을까요? 잘해야 42킬로미터 정도. 차를 자주 세워야 할 때가 많으니까요. 게다가 짧은 거리만 돌아다니니까 탄소가 자꾸 쌓이죠."

해리가 그에게 말한다. "파는 건 뷰익이지만, 차를 만드는 건 일본 사람들이라는 거 아시죠? 어쩌면 1980년 모델 이후로는 차를 수입하지 않을지도 모른다는 말을 들었습니다. 그러면 부품이 귀해질 거예요."

수피는 재미있다는 표정이다. 루벨 부인을 바라보는 그의 반짝이는 눈이 그렇게 말하고 있다. 그는 짐짓 진지한 표정을 지으며 해리를 향해 시선을 미끄러뜨리더니 이렇게 묻는다. "저한테 도요타를 팔려고 이러시는 겁니까?"

생각해보니, 어머니도 지금 해골로 변해가고 있다. 어머니의 커다란 뼈들이 공룡 뼈처럼 땅속에 묻혀 있다.

"글쎄요." 해리가 말한다. "터셀이라는 전륜구동 소형차가 새로 나오기는 했죠. 그 사람들이 이런 이름들을 어디서 따오는 건지는 모르겠지만, 그거야 신경쓸 필요 없고, 고속도로에서 연비가 64킬로미터 이상 나오고 독신 남자한테는 공간도 아주 넉넉합니다."

부활을 기다리는 남자들. 혹시 그런 날이 영원히 안 오는 걸까?

"하지만 혹시 제가 결혼이라도 한다면요." 자그마한 남자가 반박한다. "그래서 아이들을 엄청나게 낳는다면 어쩝니까!"

"정말이지 그렇게 하셔야 돼요." 루벨 부인이 느닷없이 끼어든다. "신부들이 줄줄이 교회를 떠나는 건 정욕 때문이에요. 영화며 책이며 사방에 온통 섹스뿐이잖아요. 심지어 심야에는 텔레비전에도 그런 게 나오니 신부들이 저항하지 못하는 것도 무리가 아니죠. 목사님은 그런 갈등을 겪지 않아도 되는 걸 고맙게 생각하셔야 돼요."

"제가 신부가 됐으면 아주 잘했을 거라는 생각을 자주 합니다." 수피가 조금 기세가 죽기는 했지만 그래도 결혼식을 주재할 때의 그 훌륭한 목소리를 되살려 말한다. "저는 조직을 아주 좋아하거든요."

래빗이 말한다. "아까 차를 타고 오면서 필라델피아의 애넌버그가 가톨릭교회에 5만 달러를 기부해서 시민권을 외치는 자유주의자들이 꽥꽥 떠들어대는 거랑 상관없이 교황이 설 연단을 지을 수 있게 됐다는 얘기를 들었어요."

수피가 코웃음을 친다. "그 5만 달러로 그 사람이 얼마나 홍보 효과를 얻을지 생각해보셨습니까? 그 정도면 아주 헐값이죠."

슬림과 오르간 연주자는 서로의 셔츠를 가리키며 옷에 관한 이야기를 하고 있는 것 같다. 만약 오르간 연주자에게 말을 걸어야 하는 상황이 된다면, 해리는 왜 '웨딩마치'를 연주하지 않았느냐고 물어볼 수 있을 것이다.

루벨 부인이 말한다. "사람들은 교황이 클리블랜드로 와줬으면 했지만, 아무래도 교황은 선을 그어야겠다고 생각한 모양이에요."

"내가 듣기로는 교황이 어디 벽촌에 있는 농가를 찾아갈 거라고 하던데요." 해리가 말한다.

수피가 신부 어머니의 손목을 살짝 건드리며 고개를 갸우뚱하게 기울인다. 그 덕분에 이제 막 머리숱이 성글어지기 시작한 부분이 해리 눈에 들어온다. "애넌버그 씨는 전직 주영대사였습니다. 들리는 이야기에 따르면, 그 사람이 여왕에게 신임장을 제출할 때 여왕이 손등에 키스하라고 손을 내밀었는데, 그 사람은 그 손을 잡고 악수하면서 '안녕하십니까, 여왕님?' 하고 말했다더군요."

그의 우렁찬 목소리는 훌륭하다. 루벨 부인은 곧바로 웃음을 터뜨린다. 킥킥거리는 소리가 입에서 튀어나온 것이 부끄러웠는지 그녀는 손마디로 재빨리 입을 가린다. 수피는 그 모습을 보고 아주 좋아하며 가슴이 튼실한 늙은이처럼 굵은 웃음소리로 화답한다. 두 사람이 계속 이런 식으로 대화를 나눌 거라면, 래빗은 자기가 빠져나가도 되겠다고 생각한다. 그는 모여 있는 사람들의 머리 위를 훑어보며 빠져나갈 구멍을 찾는다. 거실은 항상 조금 어두운 편이다. 전등을 아무리 많이 켜놔도 소용없고, 대낮에도 마찬가지다. 나무들과 포치가 햇빛을 가리기 때문이다. 그는 언젠가 빛이 아주 많이 쏟아져들어와서 말쑥한 사각형 바닥 위에서 철벅거리는 집을 갖고 싶다. 자신을 산 채로 묻어버릴 필요가 없지 않은가.

장식장 옆에서 장모가 찰리를 일대일로 붙들고 있다. 장모의 얼굴은 퉁퉁하고 포도처럼 자주색에 가깝다. 소리가 들리지는 않지만, 찰리의 귀에 귓속말로 속삭이고 있는 말의 내용이 굉장한 모양이다. 찰리는 단정한 머리를 정중하게 숙인다. 한때는 숫양처럼 건장했지만 지금은 늙은 염소처럼 쪼그라든 그 머리가 거의 탐욕스럽게 끄덕거린다. 곡식을 쪼는 닭 같다. 저 앞쪽에서는 전망창을 배경으로 실루엣만 보이는 머킷 부부가 포스나트 부부와 수다를 떨고 있다. 올리가 이 새로 사귄 친구들에게 자기가 음악적으로 얼마나 영리한 사람인지 알려주고 있음이 틀림없다. 페기도 그의 말을 뒷받침하며 잘난 척 떠벌리고 있을 것이다. 집에서 올리가 얼마나 변변찮은 인간인지는 속에 감춘 채.

머킷 부부는 해리의 삶에서 새로운 부류의 친구이고, 포스나트 부부는 옛날 친구들이다. 해리는 그 두 부류가 섞이는 것이 몹시 싫다. 페기가 그 옛날에 침대에서 아주 좋은 상대였다 해도 고등학교 때부터 귀찮게 따라다니는 저런 재수없는 인간들이 자신의 컨트리클럽 친구들 속으로 스멀스멀 기어드는 건 싫다. 하지만 두 사람이 아첨을 하며 빌붙으려는 것이 보인다. 아첨과 샴페인으로 올리는 신디에게 추파를 던지고 (꿈도 꾸지 마), 페기는 황소처럼 눈을 크게 뜨고 머킷을 마구 훑어본다. 페기는 상대가 누구든 금방 잠자리로 끌어들이려 할 것이다. 아무래도 올리가 페기를 전혀 만족시켜주지 못하는 것 같다. 십중팔구 물건이 갈대처럼 가느다란 모양이다. 해리는 자기가 그쪽으로 가서 네 사람을 떼어놓아야 하지 않을까 생각해보지만, 사람들의 비난을 감수하며 사람들 사이를 뚫고 나아가기에는 자신이 너무 섬세한 것 같다. 교회에서 그렇게 눈물을 흘리기까지 했으니. 게다가 베키와 교황과 어머니는 물론이고 장인까지, 지금은 이 자리에 없는 사람들이 생각난다. 밈은 그레이스 스털과 함께 소파에 앉아 있고, 에이미라는 그 할머니도 함께 있다. 다들 아주 신이 난 모양이다. 두 할머니는 밈에게 어렸을 때의 모습을 이야기해주고 있다. 다이아몬드 카운티 사투리와 두 할머니 특유의 말투에 밈은 일 분마다 한 번씩 웃음을 터뜨린다. 얼굴에 온통 분칠을 하고 화분을 싸는 포일 같은 옷으로 한껏 멋을 낸 밈은 낮에는 물론 밤중까지 텔레비전 앞에 앉아 있는 두 할머니에게 텔레비전에서 본 매춘부를 연상시킨다. 물론 이 할머니들은 그 여자들이 매춘부라는 사실을 전혀 모른다. 〈시간을 지켜라〉*나 〈할리우드 스퀘어〉**에 출연하는 유명 여자 연예인들이나 토크쇼에서 맨다리를 드러낸 채 부드러운 소파에 앉아 머브니 마이크니 필이니 하는 출연자들에게 윙크를 보내는 여자들, 그들이 그 자리에 앉을 수 있게 된 건 모두 누군가에게 몸을 주었기 때문이다. 이제는 그런 일에 신경쓰는 사람도 없다. 그리고 세월에 따라잡힌 밈은 교회 사람들과 함께 회색 소파에 앉아 있다. 넬슨과 멜러니와 그레이스 스틸의 시골뜨기 손자는 아직도 부엌에 있고, 그 시골뜨기의 애인은 따뜻한 그릇에 담긴 케첩 소스와 자그마한 튀김들을 젖꼭지 바로 밑에 들고 한바탕 돌아다닌 뒤 이젠 다 포기하고 역시 부엌에 가 있는 것 같다. 부엌에는 재니스가 저녁식사를 준비하면서 캐럴 버넷 쇼 재방송을 볼 때 가끔 이용하는 소니의 작은 휴대용 텔레비전이 있다. 소리, 그러니까 환호성과 밴드 음악이 들려오는 걸 보니 아무짝에도 쓸모없고 지금은 술에 잔뜩 취한 이 젊은 녀석들이 펜 스테이트 대 네브래스카의 경기를 틀어놓은 모양이다. 한편 프루는 샴페인 색깔의 웨딩드레스를 입고 있다. 작은 화관은 이제 벗은 채로 밝기를 3단계로 조절할 수 있는 램프 옆에 혼자 서서 장모의 무거운 초록색 유리 잡동사니들을 열심히 들여다보고 있다. 공기가 눈물 방울처럼 안에 갇혀 있는 그 잡동사니들을 긴 분홍색 손가락으로 잡고 음침한 빛 아래에서 이리저리 돌려본다. 그 손가락에서 이제 결혼반지가 빛나고 있다. 포스나트와 머킷 쪽에서 웃음소리가 터져나온다. 재니스도 거기 끼어 있다. 웹이 해리를 살짝 밀치며 부엌으로 향한다. 그의 손가락 사이에 플라스틱 잔들이 잔뜩 끼워져 있다. "요즘 미쳐 날뛰

---

* Beat the Clock. 1950년부터 여러 차례 텔레비전에서 리바이벌된 미국의 게임 프로그램.

** 1966~2004년까지 방영된 게임 프로그램.

는 로즈가 잘하고 있어?" 그가 옆을 지나가며 말한다. 뭐라도 말을 걸어봐야 할 것 같은 모양이다.

피트 로즈는 최근 6할이 넘는 타율을 기록하고 있고, 메이저리그에서 10시즌 연속 200안타를 친 최초의 선수라는 타이틀까지 안타 네 개만 남아 있다. 하지만 그런 건 별로 의미가 없다. 필리스가 12게임 반이나 뒤져 있으니까. "그냥 사람들 관심이나 끌려고 안달이지, 뭐." 래빗이 말한다. 이건 사람들이 예전에 그를 두고 하던 말이다. 거의 삼십 년 전에.

프루는 아무래도 눈에 띄게 부른 배 때문인지 부끄러워서 사람들을 헤치고 나아가 부엌에 있는 자기 또래 녀석들에게 가지 못한다. 해리가 그 옆으로 가서 허리를 숙여 프루가 미처 알아차리기 전에 그 얌전하고 따스한 뺨에 입을 맞춘다. 샴페인 기운 덕분에 한결 편안하게 이런 행동이 나온다. "원래 신부한테 키스를 해야 되는 것 아닌가?" 그가 프루에게 묻는다.

프루는 고개를 돌려 그에게 미소를 지어 보인다. 머뭇거리는 듯하다가 한쪽 입꼬리를 올리며 갑작스레 퍼져나가는 미소. 유리를 열심히 들여다본 탓인지 프루의 눈동자가 초록색으로 물들어 있다. 프루가 들여다보던 그 달걀 모양의 기묘한 물건을 보며 해리는 그걸로 재니스의 머리를 두드려주면 좋겠다는 생각을 한 적이 한두 번이 아니다. "물론이죠." 프루가 말한다. 프루가 배 앞에 들고 있는 유리 속 눈물방울에서 창백한 빛이 칼날처럼 반사된다. 해리는 자신이 다가오는 것을 프루가 시야 한편에서 이미 보고 알아차렸으면서도 위험에 처한 사슴처럼 가만히 있었음을 감지한다. 이상한 사람들 속에서 예식을 통해 운명이 정해져버렸으니 프루가 두려워하는 것도 당연하다. 래빗은 며느리를 위로하려고 애쓴다. "많이 피곤할 텐데. 못 견디게 졸리지는 않니? 내 기억에 옛날에 재니스는 그랬던 것 같은데."

"제가 빠릿빠릿하지 못한 것 같기는 해요." 프루가 인정한다. 그리고 두 손으로 초록색 유리를 둥근 탁자 위에 돌려놓는다. 탁자가 마치 램프를 둘러싸고 나무로 새겨놓은 이파리 같다. 갑자기 프루가 묻는다. "제가 넬슨을 행복하게 해줄 수 있을까요?"

"당연하지. 내가 그 녀석이랑 그 얘기를 길게 나눈 적이 있다. 녀석이 널 아주 소중하게 여기던걸."

"덫에 붙들린 것 같은 기분이 아니고요?"

"글쎄, 솔직히 나도 그게 궁금했지. 내가 그 녀석 입장이라면 그런 기분이 들었을 것 같아서. 하지만 하느님 앞에서 솔직히 말하면, 테레사, 녀석은 전혀 신경쓰지 않는 것 같더라. 어렸을 때부터 녀석은 공평한 걸 알아차리는 감각이 있었는데, 이번에도 공평하다고 느끼는 것 같아. 그러니까 걱정 마라. 요즘 넬슨한테 거슬리는 게 있다면, 제 아버지뿐이야."

"넬슨이 아버님을 얼마나 소중하게 생각하는데요." 테레사가 말한다. 목소리가 아주 작다. 조금 전 해리의 말을 그대로 되풀이하는 것 같아서 건방지게 보일까봐 걱정이 되는 모양이다.

해리는 코웃음을 친다. 그는 여자들이 건방지게 말대꾸하는 걸 좋아한다. 특히 이 아이한테서 조금이라도 활기를 볼 수 있다면 감사할 따름이다. "다 잘될 거다." 그가 장담한다. 하지만 겁에 질린 듯한 테레사의 분위기는 여전히 강렬해서 그도 전염될 것 같다. 테레사가 용기를 내서 활짝 웃을 때면 치아교정이 필요한데 미처 하지 못했음을 알 수 있다. 입에 남은 샴페인 맛 때문에 자꾸만 가엾은 아버지가 생각난다. 녹물이 섞인 물과 맥주와 버섯 수프 통조림만 드셨는데.

"좀 재미있게 놀아봐." 그는 프루에게 이렇게 말하고는 북적거리는 방을 가로질러 떠들썩한 머킷-포스나트-재니스 일행 옆을 돌아 밈이 두 노부인 사이에 앉아 있는 소파로 간다. "제 여동생한테 이상한 걸 가르치시는 건 아니죠?" 그가 에이미 게린저에게 묻는다.

그레이스 스틸은 이 말에 웃음을 터뜨리고, 에이미는 일어서려고 애쓴다. "저 때문에 일어서실 필요는 없어요." 래빗이 말한다. "그냥 뭐 필요하신 게 있나 싶어서 와본 거니까요."

"나한테 필요한 건……" 에이미가 여전히 일어나려고 발버둥을 치며 투덜거리듯 말한다. 해리는 그녀를 일으켜세워준다. "내가 직접 가져와야 돼."

"그게 뭔데요?" 그가 묻는다.

에이미는 조금 흐리멍덩한 얼굴로 그를 바라본다. 그가 우유를 마시라고 했을 때의 멜러니 같다. "자연의 부름이지." 에이미가 대답한다. "그렇다고 할 수 있어."

그레이스 스틸이 한 손을 들어올린다. 그가 그녀를 일으켜세우려고 그 손을 잡자 마치 아주 결이 곱고 바짝 마른 종이 자루 속에 넣어둔 닳고 닳은 돌멩이들을 잡은 것 같은 느낌이 든다. 묘하게 따스한 돌멩이들. "이제 베키한테 간다고 인사를 해야겠어." 그레이스가 말한다.

"장모님은 저쪽에서 찰리 스태브로스를 붙들고 계속 뭐라고 얘기를 하고 계세요." 해리가 말한다.

"그래, 아마 지금쯤 하면 안 되는 얘기까지 다 해버렸겠지." 그레이스는 장모가 무슨 얘기를 하는지 아는 것 같다. 아니면 해리가 지나치게 넘겨짚은 걸까? 그는 소파에 앉은 밈의 옆자리에 피곤한 듯 주저앉는다.

"그래." 밈이 말한다.

"이젠 널 시집보내야 하는데." 그가 말한다.

"사실 청혼을 받은 적은 있어, 가끔."

"그래서 넌 뭐라고 했는데?"

"이 나이에 결혼은 너무 귀찮은 것 같아서 말이야."

"몸은 건강해?"

"건강을 지키려고 하지. 이제 담배 안 피워, 눈치챘어?"

"생활습관이 엉망인 건 어쩌고? 올드 블루 아이즈를 보겠다고 밤늦게까지 잠도 안 자잖아. 그건 그렇고, 올드 블루 아이즈가 누구 별명인지는 나도 알고 있었어. 올드 블루 아이즈들 중에 누구인지 몰랐던 거지. 난 또 새로운 녀석이 나타난 줄 알았지." 그가 결혼식에 동생을 초대하려고 장거리 전화를 걸었을 때, 밈은 아주 친한 친구와 올드 블루 아이즈를 보기로 약속했다고 말했다. 그래서 그가 올드 블루 아이즈가 누군데? 하고 물었더니 밈은 시나트라지, 바보야. 평생 어디 딴 데서 살다 왔어? 하고 말했다. 그래서 그는 내가 평생 여길 벗어난 적이 없다는 건 너도 잘 알잖아, 하고 대답했다. 그러자 밈은 그래, 그런 티가 팍팍 나지, 하고 말했다. 아, 그가 밈을 얼마나 사랑하는지. 결국 피를 나눈 가족만큼 자신을 이해해주는 사람은 없는 법이다.

밈이 말한다. "부족한 잠은 낮에 자면 돼. 어쨌든 이제 나는 고속차선에서 내려왔어. 이제는 사업가야." 밈은 방 저편을 가리킨다. "오빠 장모님은 왜 저러는 거야? 내가 찰리랑 이야기를 못하게 하려고? 벌써 한 시간째 찰리를 붙들고 있어."

"나도 뭐가 뭔지 모르겠어."

"오빠야 항상 그렇지. 우리 모두 그래서 오빠를 사랑해."

"시끄러. 그래, 새로운 재니스를 본 소감이 어때?"

"올케가 새롭다고?"

"모르겠어? 자신감이 늘었잖아. 왠지 좀더 여성적이 된 것 같기도 하고."

"여전히 만만찮은 사람인데, 뭐. 앞으로도 계속 그럴 거야. 오빠는 항상 올케한테 미안해했지만, 그건 소용없는 짓이었어."

"아버지가 보고 싶어." 그가 갑자기 말한다.

"오빠는 점점 아버지랑 비슷해지고 있어. 특히 옆모습이 그래."

"아버지는 나처럼 배가 나온 적이 없어."

"오빠처럼 군것질을 좋아하시지 않았잖아."

"저 프루라는 애가 아버지랑 조금 비슷한 거 느꼈어? 손이 크고 불그스름한 건 어머니랑 비슷해. 그러니까, 쟤가 넬슨보다 더 우리 집안을 닮았다는 얘기야."

"오빠랑 넬슨은 강한 여자들을 좋아하지. 저애가 넬슨한테 부린 술수가 다른 데서는 소용이 없었을걸."

해리는 고개를 끄덕인다. 이가 하나도 없던 아버지의 옆모습이 동생의 눈을 통해 자신의 옆모습과 겹치는 모습을 머릿속으로 그려보면서. "저애는 지금 겁을 내고 있어."

"그럼 오빠는 어때?" 밈이 묻는다. "내면의 남자다움을 지키려고 요즘 뭘 하고 있어?"

"골프를 치지."

"올케랑 밤일도 하고?"

"가끔."

"두 사람은 정말. 어머니랑 나는 6개월도 못 갈 줄 알았어. 올케가 그런 식으로 오빠를 붙들었으니까."

"어쩌면 내가 나 자신을 덫에 가둔 건지도 모르지. 그러는 너는 어때? 돈은 좀 벌어? 라스베이거스에서? 그 미용실은 정말로 네 거야, 아니면 그냥 네가 큰손 앞에서 얼굴마담만 하는 거야?"

"내가 지분 35퍼센트를 갖고 있어. 얼굴마담을 해주는 대가로 얻은 게 그거야."

해리는 다시 고개를 끄덕인다. "어디서 많이 들어본 소리군."

"오빠 혹시 바람 피워? 나한테는 말해도 돼. 내일이면 비행기를 타고 떠날 사람이니까. 저쪽에 눈이 중국인처럼 생기고 엉덩이가 펑퍼짐한 여자는 어때?"

해리는 고개를 젓는다. "없어. 질 이후로는 아무도 없어. 그 일로 충격이 워낙 커서."

"그렇지만 십 년이야. 그건 비정상이라고, 오빠. 이 집 식구들 기에 눌려서 점점 어수룩하게 변해갈 거야?"

"기억나?" 그가 묻는다. "옛날에 우리가 잭슨 로드에서 썰매 타던 거. 요즘 그 생각을 자주 해."

"썰매를 탄 건 겨우 한두 번 정도였을걸. 이 동네에는 도무지 눈이 안 오잖아. 타호 호수로 와. 거긴 눈이 있다고. 나랑 같이 알타나 타오스로 가는 거야. 내가 스키 타는 걸 보여줄게. 오빠 혼자 와. 우리가 진짜 좋은 사람을 오빠한테 붙여줄 테니까. 금발, 갈색머리, 빨간 머리, 말만 해. 착하고 깔끔한 소도시 여자도 있어. 전혀 경박하지 않은 여자."

"밈." 그가 얼굴을 붉히며 말한다. "난 너만 있으면 돼." 그러고 나서 자기가 동생을 얼마나 사랑하는지 말할까 생각해본다. 그런데 그때 현관문에서 소란이 인다.

슬림과 오르간 연주자가 함께 자리를 뜨다가 촌스러운 부부와 맞닥뜨린다. 그 부부는 선이 끊어진 초인종을 조금 전부터 계속 누르고 있었던 것 같다. 모습을 보면 백과사전 외판원 같지만, 원래 그런 사람들이 둘씩 짝을 지어 다니는 법은 없다. 그럼 집집마다 찾아다니는 여호와의증인 신도들인가 싶지만, 〈파수대〉* 대신 은색 종이로 싼 커다란 결혼선물을 들고 있다. 빙햄턴에서 온 사람들이다. 북동 연장도로에서 길을 잘못 드는 바람에 웨스트 필라델피아를 헤매다 온 것이다. 여자는 안으로 들어온 뒤 피로와 안도감에 눈물을 흘린다. "몇 블록을 가도 흑인들만 있었어요." 남자가 여전히 놀라움을 감추지 못한 채 사연을 늘어놓는다.

"어머," 프루가 저편에서 소리친다. "롭 삼촌!" 그리고 그의 품으로 뛰어든다. 마침내 고향을 찾은 사람처럼.

---

* 여호와의증인이 전 세계에서 매월 2회씩 발행하는 잡지.

장모는 날씨가 따뜻한 마지막 황금주말에 신혼부부가 포코노스의 별장에서 신혼여행을 즐길 수 있게 해주었다. 자작나무 이파리들이 막 물들기 시작하고, 호수에 나가 있던 뗏목과 카누가 들어오는 시기다. 하지만 넬슨에게는 소용없는 일이다. 녀석이 자신의 뇌와 유전자를 냄비에 넣고 튀기다가 별장을 홀라당 태워버리지만 않으면 다행이다. 하지만 해리가 슬퍼할 이유는 없다. 이제 넬슨이 결혼했으므로, 그의 마음속에서 문이 하나 닫힌 것 같다. 마음의 빛을 마침내 다 갚은 느낌. 이제 그는 자신의 또다른 아이가 인생이 시작되기를 기다리며 돌아다니고 있을지도 모르는 남쪽의 그 농장을 다시 생각하고 있다.

어느 날 저녁 텔레비전에서 좋아하는 프로그램이 전혀 나오지 않자 장모가 거실에서 회의를 소집하더니 살색 붕대(의사가 새로 처방해준 물건으로, 해리가 온몸의 살이 그 붕대와 같은 색인 생물을 상상해봤더니, 그 옆에서는 헐크도 건강해 보일 것 같았다)를 감은 양다리를 방석 위에 올려놓고 앉아서 이 집의 가장에게 바칼라운저를 양보한다. 재니스는 저녁식사 뒤에 간식으로 먹는, 코코넛 밀크를 발효시킨 하얀 크림 같은 음식을 들고 소파에 앉는다. 아이들이 이 집안에 들여놓은 그 음식은 독이다. 어머니 옆에 책상다리를 하고 앉은 재니스가 소녀처럼 보인다. 다리가 탄탄하고 멋지다. 재니스가 그런 다리를 유지하고 있다는 사실에 해리는 경의를 표할 수밖에 없다. 재니스가 하루 중 절반은 술에 취해 보내든 말든. 아내가 곁을 떠나지 않고 계속 머무르며 앞으로 다가올 일들을 함께 겪겠다는데 더이상 바랄 게 있겠는가.

장모가 선언하듯 말한다. "이제 넬슨을 어떻게 할 건지 결정해야겠다.”

“학교로 돌려보내야죠.” 해리가 말한다. “테레사가 그쪽에서 아파트에 살았잖아요. 이번에도 아파트를 구해서 둘이 살면 돼요.”

“애는 가기 싫다잖아.” 재니스가 말한다. 벌써 몇번째 하는 얘기다.

“도대체 왜 싫다는 거야?” 해리가 묻는다. 이 말을 할 때면 여전히 흥분이 된다. 자기가 졌다는 걸 이미 알고 있는데도.

“아, 해리.” 재니스가 지친 표정으로 말한다. “그걸 어떻게 알겠어? 당신도 대학에 안 다녔는데, 넬슨이 꼭 다녀야 할 이유도 없잖아.”

“그래서 가라는 거야. 날 봐. 난 녀석이 나처럼 사는 게 싫어. 내가 이렇게 사는 걸로 충분해.”

“여보, 난 애 입장에서 그 말을 한 거지, 당신하고 싸우려고 한 게 아냐. 물론 어머니랑 나도 애가 비서랑 엮이지 말고 대학을 그냥 졸업했다면 좋았을 거야. 하지만 일이 그렇게 풀리지 않은 걸 어떻게 해.”

“아무 일도 없었던 것처럼 아내를 데리고 대학으로 돌아갈 수는 없어.” 장모가 단언한다. “테레사가 거기서 직원으로 일했던 걸 다들 알고 있으니 넬슨이 난처한 꼴을 당할 거다. 넬슨한테는 일자리가 필요해.”

“미치겠군.” 해리가 말한다. 건설적인 생각은 여자들이 하게 내버려두고 자신은 어깃장을 놓는 게 즐겁다. “녀석 장인이 애크런에서 직장을 찾아줄지도 모르죠.”

“걔 어머니를 봤잖아.” 장모가 말한다. “거기서 무슨 도움을 바라겠어?”

“롭 삼촌은 아주 대단하던데요. 신발공장에서 무슨 일을 한다고 했죠? 구두끈을 집어넣을 구멍을 뚫는다고 했던가?”

재니스가 억양이 없고 단호한 자기 어머니의 말투를 흉내낸다. "해리. 넬슨은 대리점에서 일을 해야 돼."

"아, 진짜. 왜? 왜? 이 나라는 엄청 커. 오래된 공장, 새 공장, 농장, 상점, 별 게 다 있다고. 그 게으른 녀석이 그런 데서 일자리를 찾으면 왜 안 되는 건데? 대학에 다닐 때도 여름방학에 집에 돌아와 있으면서 녀석은 한 번도 일을 한 적이 없어. 열네 살 때 비틀스 판을 사고 싶어서 신문배달을 한 뒤로는 일을 한 적이 없다고."

재니스가 말한다. "매년 여름에 한 달씩 포코노스에 가 있었으니 제대로 된 일자리를 찾을 수가 없었던 거지. 애가 옛날에도 그것 때문에 투덜거렸잖아. 게다가 걔가 아무것도 안 한 건 아냐. 거기서 한동안 애들 돌보는 일도 했고, 자기 집을 짓고 있던 고등학교 교사를 도와준 적도 있어. 집에 태양전지판을 설치하고, 지하실에는 열기를 보존해줄 돌멩이들을 잔뜩 쌓아두는 작업을 하던 사람 말이야."

"그럼 지금도 그런 일을 하면 되잖아. 그런 일이 더 전망이 있어. 차를 파는 것보다. 자동차는 이미 한물갔다고. 파티가 끝났어. 앞으로 이십 년 뒤면 다들 대중교통을 이용할 거야. 어쩌면 십 년 뒤에 벌써 그렇게 될지도 몰라. 녀석이 야간 강의로 컴퓨터 프로그래밍을 배워도 되잖아? 구인광고를 보면 온통 그런 광고뿐이야. 컴퓨터 프로그래머랑 전자기술자를 찾는 광고. 넬슨이 옛날에 하이파이 컴포넌트를 조립하고 심지어 일광욕실에 스피커까지 설치했던 거 기억나? 그런 걸 다 할 수 있었던 녀석이 왜 이렇게 된 거야?"

"어떻게 되긴, 자란 거지." 재니스가 코코넛 술을 마저 해치우면서 말한다. 고개를 어찌나 뒤로 젖혔는지 목에 창백한 줄무늬들이 드러난다. 고개를 젖히지 않았을 때는 주름살이 있는 부분이다. 재니스의 혀가 잔 바닥을 더듬는다. 넬슨과 프루가 이 집에 살게 되면서 재니스는 더 거리낌없이 술을 마시고 있다. 재니스와 아이들은 함께 둘러앉아 술기운에 멍청한 짓들을 해가며 자니 카슨 쇼나 〈새터데이 나이트 라이브〉가 시작하기를 기다린다. 재니스의 흡연량도 다시 하루에 한 갑이 넘는 수준으로 돌아왔다. 해리가 담배를 끊으라고 계속 잔소리를 해대는데도 그렇다. 지금 해리와 이야기를 나누면서 재니스는 마치 해리가 귀찮은 자연요소라도 되는 것처럼 굴고 있다. 그래서 비록 지루하지만 해리가 하고 싶은 대로 내버려두는 수밖에 없는 것처럼.

해리는 점점 화가 난다. "내가 녀석한테 정비부에 자리를 마련해주겠다고 했잖아. 거긴 항상 일손이 필요한 곳이니까, 매니가 녀석을 금방 그럴듯한 기술자로 훈련시켰을 거야. 요즘 기술자들이 시간당 얼마나 받는지 알아? 7달러야. 하지만 내 입장에서는 이런저런 혜택도 줘야 하기 때문에 8달러가 넘게 나간다고. 게다가 일에 능숙해져서 정해진 것보다 속도가 빨라지면 보너스도 받아. 우리 대리점에서 최고의 기술자는 일 년에 1만 5천 이상을 집으로 가져가. 그중에 두어 명은 넬슨하고 나이 차이도 얼마 안 나는데."

"넬슨이 싫다잖아." 재니스가 말한다. "당신처럼 걔도 기름때에 전 기계공이 되는 건 싫대."

"내 인생에서 가장 행복했던 시기는 내가 두 손으로 직접 일했을 때야." 해리는 거짓말을 한다.

"나이든 과부로 사는 건 쉽지 않아." 장모가 끼어든다. "뭘 하든, 나는 일단 기도를 드린 다음에 속으로 이렇게 물어보지. '프레드가 보면 뭐라고 했을까?' 그런데 지금은 프레드가 무슨 말을 할지 절대적인 확신이 들어. 우리 넬리가 대리점에서 일하고 싶어한다면 마땅히 그렇게 해줘야 한다고 프레드도 생각했을 거야. 요즘은 그런 일을 원하는 젊은 애들이 많지 않지. 영업사원한테 필요한 두꺼운 낯짝이 없어. 이건 그다지 화려한 직업도 아니고. 우리 세대처럼 하루종일 말 뒤꽁무니나 쫓아다니며 일을 시작한 사람이라면 또 몰라도."

　래빗은 갑갑해서 벌컥 화를 낸다. "베시, 세대마다 나름대로 문제가 있어요. 누구나 앞날을 모르고 인생을 시작한다고요. 현실을 인정하세요. 넬슨한테 월급을 얼마나 주실 거예요? 월급은 얼마고, 판매수당은 얼마나 될까요? 딜러의 이윤폭이 얼마인지는 장모님도 아시죠? 3퍼센트예요. 고작 3퍼센트라고요. 게다가 새로운 비용들이 많이 생겨서 이윤을 더 깎아먹고 있어요. 도요타에는 판매가가 정해져 있기 때문에 그 비용을 고객한테 떠넘길 수도 없고요. 기름값이 오르는 바람에 다른 물가도 덩달아 죄다 오르고 있어요. 제가 대리점을 맡은 뒤 오 년 동안에 난방비는 두 배로 올랐고, 전기료도 훌쩍 뛰었고, 배송료도 올랐어요. 게다가 온갖 사회복지비용에 실업보험까지 내야 한다고요. 부랑자 같은 놈들이 요트 같은 걸 포기하지 않고 살아갈 수 있게 해주려고. 이 나라의 젊은 애들 중 절반은 딱 실업보험료를 받을 만큼만 직장에 다녀요. 게다가 재고에 대한 이자도 천정부지로 치솟고 있어요. 바이마르공화국 같다고요. 사람들이 저축한 돈은 그냥 쓸려가버리고, 다들 불경기가 다가와서 골머리를 썩게 될 거라고 입을 모으고 있어요. 이 나라 경제는 구제불능이에요, 장모님. 우리는 희망이 없어요. 일본인이나 독일인처럼 기강이 잡혀 있지도 않으니까. 그런데 저더러 녀석이

제 아들이라는 이유만으로 엄청난 짐을 짊어지라고요?"

"아까 자네가 물어본 것 말인데……" 장모가 양다리 중에서 더 아픈 쪽의 자세를 바꾸느라 끙하는 소리를 내며 말한다. "기본급은 시간당 3달러 10센트야. 그러니까 만약 녀석이 일주일에 사십 시간을 일하면, 자네는 녀석한테 125달러를 줘야 돼. 보너스는 일반적인 기준에 따라 자네가 계산하면 되고. 요새는 매출액 중 총 이윤의 20퍼센트를 보너스로 주지 않나? 그러다가 어느 수준을 넘으면 25퍼센트가 되지? 전에는 총 매출액의 5퍼센트였어. 하지만 프레드 말로는 외국 회사들하고는 그런 비율을 유지할 수 없다고 하더군."

"베시, 저는 베시를 존경하고 사랑하지만요, 그건 터무니없는 말씀이에요. 넬슨한테 초봉으로 매달 500달러를 주고 판매수당까지 챙겨준다면, 녀석은 대리점에 매달 겨우 2500달러만 안겨줘도 1천 달러를 가져갈 수 있다는 얘기예요. 넬슨한테 그 정도 돈을 주려면 녀석이 매달, 중고차와 신차 비율에 따라 조금 달라지기는 하겠지만, 일곱 대 내지 열 대를 팔아야 돼요. 그런데 우리 대리점 전체에서 매달 파는 차가 스물다섯 대도 안 된단 말입니다!"

"글쎄, 넬슨이 들어가면 판매량이 더 늘지도 모르지." 장모가 말한다.

"그런 건 꿈이에요." 해리가 말한다. "디트로이트의 자동차 회사들이 마침내 소형차들을 줄줄이 쏟아낼 준비를 하고 있고, 수입세가 언제 더 강화될지 몰라요. 한 달에 스물다섯 대면 최선이에요. 하느님 앞에서 정직하게 말하는 겁니다."

"프레드가 넬슨이 거기서 일하는 걸 바랐을 거라는 건 사람들도 다 알 거야." 장모가 고집을 부린다.

재니스가 말한다. "넬슨 말로는 도요타 신차의 인상폭이 적어도 1천 달러는 된다던데."

"그건 옵션을 다 장착했을 때 얘기지. 도요타를 사는 사람들은 옵션에 별로 관심이 없어. 가장 기본적인 코롤라가 제일 많이 팔린다고. 4 대 1의 비율로. 게다가 그보다 큰 모델이라도 재고 유지비가 대당 200달러까지 돼. 요새 물가가 난리도 아니니까 말이야."

재니스는 멍청하고 고집스럽다. "대당 1천 달러라면 넬슨이 매달 다섯 대만 팔면 된다는 거잖아. 당신 계산대로라면."

"제이크랑 루디는 어쩌고!" 해리가 소리친다. "녀석이 다섯 대를 팔려면 제이크와 루디의 몫을 떼어가게 되는 거라고. 우리 대리점의 충성스러운 직원이 누군지 알아? 제이크랑 루디야. 아무리 늦게까지 일하라고 해도 불평 한마디 없고, 주말에도 일해. 게다가 대리점에 나오지 않을 때는 수입을 보충하려고 부업까지 해. 루디는 자기 집 차고에서 작은 오토바이 수리점을 하고 있으니까. 다른 사람들은 전부 공짜로 나눠주는 자선물품이나 받으려고 하는 시대에 루디랑 제이크는 여전히 기본 주급 75달러에 선불 수당 1달러 50센트를 받으며 열심히 일하고 있어. 그런 직원들을 추위 속으로 내몰 수는 없어."

"내가 제이크랑 루디 생각을 미처 못했군." 장모가 말한다. 장모는 미간에 주름을 잡은 채 한쪽 발목을 다른 발목 위에 얹는다. "찰리가 지금 얼마나 받지?"

"아이고, 세상에, 그건 안 돼요. 그 얘기는 이미 끝났잖습니까. 찰리가 떠나면 저도 그만둡니다."

"그냥 궁금해서 묻는 거야."

"찰리는 매주 350 정도 가져가요. 보너스까지 합하면 일 년에 2만이 좀 넘죠."

"그렇다면……" 장모가 발목을 원래 있던 자리로 돌려놓으며 선언하듯 말한다. "넬슨을 그 자리에 대신 앉히면 오히려 돈을 절약하는 셈이 되겠군. 녀석은 중고차에 관심이 있는데, 찰리가 지금 그 일을 맡고 있지, 아마?"

"베시, 어떻게 그런 말을 하세요? 재니스, 장모님한테 말 좀 해봐."

"이미 얘기했어, 해리. 당신이 과민하게 반응하는 거야. 어머니가 나한테 이미 이런 얘기를 하셔서 나도 찰리가 변화를 꾀하는 게 오히려 좋을지도 모르겠다는 생각이 들었어. 어머니가 찰리한테 얘기했을 때 찰리도 동의했고."

해리는 믿을 수가 없다. "도대체 언제 찰리한테 이야기한 거예요?"

"피로연 때." 장모가 말한다. "자네가 우리를 보고 있었던 것 같은데."

"세상에, 뭐라고 하셨어요?"

노부인이 정말 굉장하다는 생각이 든다. 운동화를 신고, 반창고를 붙이고, 면 원피스를 무릎 위까지 올리고, 목은 퉁퉁하고, 은색 눈썹이 달린 것 같은 우스꽝스러운 안경을 쓴 주제에. 가끔, 그러니까 프레드가 세상을 떠난 뒤로 겨울이 되면, 장모가 결혼 이십오 주년 기념일에 남편에게서 선물로 받은 밍크코트를 입고 대리점에 나왔다. 그럴 때면 모피가 반짝이는 모습이 마치 강철 바늘을 잔뜩 꽂아놓은 것 같았다. 지휘본부에서 지직거리는 소리와 함께 보내오는 무슨 신호 같기도 했다. 장모가 말한다. "찰리한테 건강이 어떠냐고 물었어."

"찰리의 건강을 그렇게 걱정하시다니, 찰리가 지금쯤 휠체어라도 타고 있어야 맞겠네요."

"재니스한테 들었는데, 찰리가 십 년 전에도 벌써 니트로글리세린을 먹고 있었다더군. 그때 겨우 삼십대였는데 말이야. 그런 건 좋지 않아."

"그래, 찰리가 뭐라던가요? 건강이 어떻대요?"

"괜찮대." 장모가 대답한다. 한 음절씩 또박또박. "재니스 말로는, 찰리가 이제 자기 몫을 다 못한다고 자네도 불평한다면서. 그냥 책상에 웅크리고 앉아서 밀드레드한테 맡기면 될 서류작업이나 하고 있다고."

"내가 그런 소리를 했다고?" 해리는 재니스를 바라본다. 이렇게 배신하다니. 해리는 재니스의 어두운 면이 스프링어 집안의 특징이라고 항상 생각했지만, 그래도 장인은 공정했다. 성마른 성격이긴 했어도. 그러니 재니스의 성격을 결정한 건 장모의 피, 커너 집안의 피다.

재니스가 짜증스러운 표정으로 재떨이에 담뱃재를 떤다. "한두 번이 아니지." 재니스가 말한다.

"그렇다고 장모님이 찰리를 해고해야 한다는 뜻은 아니었어."

"난 해고라고 말한 적 없어." 장모가 말한다. "프레드라면 절대 찰리를 해고하지 않았을 거야. 그 친구 사생활이 걷잡을 수 없게 복잡해지지 않는 이상."

"요즘은 걷잡을 수 없게 복잡하다는 말을 듣는 것도 상당히 힘든 일이에요." 해리가 말한다. 이런 현실에 화가 난다. 그는 너무 일찍 생을 즐기려고 했다.

장모가 소파 위에서 불편한 표정으로 자세를 바꾼다. "글쎄, 오하이오까지 그 여자애를 쫓아간 건……"

"찰리는 개를 플로리다에도 데려갔어요." 해리가 말한다. 그가 어찌나 잽싸게 끼어들었는지 두 여자 모두 단추처럼 새까만 눈으로 그를 빤히 바라본다. 그가 그 일 때문에 필요 이상으로 화를 내고 있는 건 사실이다. 자신은 멜러니에게 결코 호감이 가지 않았고, 어디든 멜러니를 데려갈 수 있는 곳도 없었으니까.

"우리도 플로리다에 대해서 이야기했지." 장모가 말한다. "이제 겨울이 다가오니까 거기 남쪽이 더 낫지 않겠느냐고 내가 찰리한테 물었어. 에이미 게런저의 사위가 원래는 뉴저지의 석면공장에서 일했는데, 석면 때문에 난리가 난 뒤에 일을 그만두고 지금은 그쪽에서 배상금으로 살고 있거든. 아직 쉰 살도 안 됐는데 말이야. 에이미 말로는, 요즘 젊은 사람들이 많이 남쪽으로 내려오고 있다고 사위가 그러더래. 석유 위기에서 도망치려고 말이야. 사람들이 우스갯소리로 하는 말처럼 노인들만 있는 게 아니라고 했어. 당연히 일자리도 있지. 찰리는 영리한 녀석이야. 프레드가 처음부터 그걸 알아봤다고."

"찰리한테는 어머니가 계세요, 장모님. 영어도 못하고 브루어를 벗어나본 적도 거의 없는 그리스 할머니라고요."

"뭐, 이제 그 노인네가 브루어를 벗어날 때가 된 건지도 모르지. 사람들은 우리 같은 늙은이들이 고루하고 굼뜬 줄 알지만, 그레이스 스털의 언니는 이미 남편 둘을 바로 여기에 묻고도 피닉스에 아들을 만나러 갔다가 홀딱 반해서 거기에 작은 아파트를 하나 샀어. 그레이스 말로는 심지어 묏자리까지 마련해뒀대. 그 정도로 아예 뿌리를 옮겨버렸다는 거야."

"찰리는 당신이랑 달라, 해리." 재니스가 설명하듯 말한다. "찰리는 변화를 무서워하지 않아."

초록색 달걀 모양의 유리를 집어들고 한걸음이면 소파로 다가가 재니스의 아둔한 머리를 두들겨줄 수 있을 것이다. 하지만 그렇게 하는 대신 해리는 재니스의 말을 무시하고 장모에게 말한다. "장모님이 찰리한테 정확히 뭐라고 하셨는지, 그리고 찰리는 또 뭐라고 대답했는지 아직 말하지 않으셨어요."

"아, 옛날 추억을 더듬었지. 프레드가 있던 시절 얘기도 하고, 프레드라면 넬리가 대리점에서 일하는 걸 바랐을 거라고 서로 공감하기도 했어. 프레드한테는 항상 가족이 최고였으니까. 식구들한테 실망했을 때조차도."

래빗은 이것이 틀림없이 자신을 겨냥한 말이라는 생각이 든다. 꾀바른 책략가 같은 장인을 실망시킨 건 전혀 양심에 걸리지 않는다.

"찰리도 가족이 어떤 건지 알아." 재니스가 끼어든다. 이제 잘 구사할 수 있게 된, 집안의 여자 어른 같은 매끄러운 목소리로 어머니를 흉내내면서. "내가, 그러니까, 찰리랑 만날 때도 찰리는 언제나 뒤로 물러나서 나를 집으로 돌려보낼 마음의 준비를 하고 있었어."

자기 어머니 앞에서 바람피운 이야기를 자랑스레 떠들어대다니. 세상이 빠르게 무너지고 있다.

"그래서……" 장모가 한숨을 내쉰다. 점점 지치는 모양이다. 아픈 다리는 나을 줄 모르고, 나이 많은 사람에게도 혼자만의 시간이 필요한 법이다. "우리는 프레드라면 어떤 걸 원했을지 서로 의논하다가 찰리한테 휴가를 주기로 했어. 육 개월 동안, 주급은 50퍼센트만 주고. 그다음에 넬리가 일을 어떻게 하는지 보기로 했지. 만약 그동안에 찰리한테 다른 일자리가 생기면 찰리는 얼마든지 그리로 옮겨도 돼. 그러면 그 시점에 두 달 치 임금을 보너스로 주고, 1979년 치 크리스마스 보너스도 챙겨주기로 했네. 이건 그날 피로연에서 아무렇게나 나온 이야기가 아니야. 오늘 자네가 골프를 치는 동안 내가 대리점에 다녀왔어."

해리는 오늘 마지막 홀로 접어들 때 83타였고, 거기서 공을 개울에 빠뜨리는 바람에 8타를 쳤다. 아무리 해도 90타의 벽을 깨는 건 불가능할 것 같다. 꿈속이라면 또 모를까. 웹 머킷의 편안한 스윙이 자꾸 신경에 거슬린다. "저를 속이신 거네요." 그가 말한다. "장모님이 이제는 브루어의 도로에서 크라이슬러를 몰고 다닐 자신이 없으신 줄 알았는데요."

"재니스가 데려다줬어."

"아하." 그가 아내에게 묻는다. "자비로운 임무를 띠고 나타난 당신을 보고 찰리가 뭐래?"

"찰리는 다정했어. 이건 완전히 찰리와 어머니 사이의 일이니까. 하지만 찰리도 넬슨이 우리 아들이라는 걸 이해하고 있어. 그런 면에서는 당신보다 나은 것 같아."

"그래, 그래, 그건 나도 알아. 그게 문제야." 해리가 재니스에게 말한다. 그리고 장모를 향해 말을 잇는다. "그러니까 넬슨이 제대로 해내지 못할 가능성이 높은데도, 녀석한테 일자리를 주려고 찰리한테 수천 달러를 주신다고요? 거기서 대리점은 무슨 이득을 보는데요? 게다가 찰리가 없으면 매출도 떨어질 겁니다. 이 동네에서 제 인맥은 찰리의 절반도 안 돼요. 그리스인들만 그런 게 아닙니다. 찰리는 독신이라 여러 술집을 많이 다니면서 사람들 마음을 얻거든요."

"뭐, 그럴지도 모르지." 장모가 몸을 일으켜 양발로 번갈아 카펫을 부드럽게 굴러본다. 발이 잠들어 있지 않은지 시험하는 것이다. "어쩌면 내가 잘못하고 있는 건지도 모르지만, 살면서 항상 실수를 할까봐 겁을 내기만 할 수는 없지. 찰리를 보면서 내가 항상 마음에 안 들었던 건, 결혼할 마음이 없다는 거였어. 프레드도 그걸 좋아하지 않았네, 확실해. 이제 난 이층에 올라가서 〈미녀삼총사〉나 봐야겠군. 파라가 떠난 뒤로는 예전 같지 않지만 말이야."

"저는 아무런 결정권이 없는 겁니까?" 해리가 묻는다. 거의 고함에 가깝다. 바칼라운저에 끈으로 묶여 있는 기분이다. "저는 반댑니다. 대리점에서 넬슨 때문에 신경을 쓰기 싫어요."

"뭐," 장모는 이렇게 말하고는 한참 동안 침묵한다. 그동안 해리는 장모의 몸집이 얼마나 큰지, 특정한 각도에서 보면 얼마나 펑퍼짐해 보이는지 제대로 감상한다. 나무줄기를 보면서 갑자기 그걸로 이쑤시개를 몇 개나 만들 수 있을지 생각해보는 것과 같다. 저만한 몸집, 뻣뻣하고 무거운 시소 같은 엉덩이, 잡티 많은 쇠기름 같은 양팔이 만들어질 때까지 얼마나 많은 세월과 음식이 들어갔는지도 궁금하다. "내가 알기로 프레드는 유언장에서 대리점을 나랑 재니스한테 물려줬어. 그리고 재니스랑 나는 지금 생각이 같아."

"2 대 3이야, 해리. 어쨌든." 재니스가 승리의 미소를 지으며 말한다.

"아, 젠장." 그가 말한다. "스프링어 모터스가 어찌되든 나도 몰라. 내가 죽은 개처럼 가만히 엎드려 있지 않으면, 둘이서 나까지 쫓아내버릴 태세군."

두 사람은 부정하지 않는다. 장모가 힘들게 계단을 올라가는 동안 재니스는 술기운이 오를 때면 항상 그렇듯이 표정이 흐릿해지기 시작해서는 자리에서 일어나 해리에게 은밀히 말한다. "어머니는 당신이 지금보다 더 난리를 피울 줄 아셨어. 부엌에서 뭘 좀 갖다줄까? 이 코코라이브 진짜 중독성이 있네."

10월 1일은 월요일이다. 가을이 점점 속살을 드러내기 시작한다. 찢어진 매트리스를 줄줄이 늘어놓은 것처럼 낮게 걸린 구름들 속에서 회색 빗줄기가 내려와 나뭇잎들을 하나씩 차례로 떨어뜨린다. 111번 도로 건너편의 척 왜건 뒤에 고독하게 서 있는 오래된 단풍나무는 이제 낮은 가지들까지 모두 벌거벗은 모습이다. 가운데만 벗어진 수도사의 머리 모양처럼 가지들이 늘어져 있다. 손님들이 오기에 좋은 날은 아니다. 해리와 찰리는 판유리 창문을 통해 함께 밖을 응시한다. 이제 창문에 붙은 포스터들에는 **완전 새로운 코롤라 곧 입고** • 신형 1.8리터 엔진 • 새로운 공기역학적 스타일 • SR5 모델과 알루미늄 휠 • 탈착식 선루프/문루프 • 세계에서 가장 잘 팔리는 차!라고 적혀 있다. 그리고 종이 플래카드에는 **코롤라 터셀** • 최초의 전륜구동 도요타 • 도요타 최저 가격에 최고 연비 • 연비 1리터당 14.02킬로미터 • 고속도로에서는 환경청 추정 연비 1리터당 18.2킬로미터라고 적혀 있다. "음," 해리가 헛기침을 하며 목을 가다듬고 나서 말한다. "필리스가 아주 화려하게 퇴장하셨어." 필리스는 시즌 마지막 날 몬트리올 엑스포스에 2 대 0으로 이김으로써, 피츠버그가 내셔널리그 동부지구 챔피언이 되게 해주었다.

"난 엑스포스를 응원했는데." 찰리가 말한다.

"그래, 자네는 피츠버그가 또 이기는 걸 보기 싫겠지. 녀석들이 너무 우쭐거리니까 말이야. 가족 같다느니 뭐니 죄다 헛소리야."

스태브로스는 어깨를 으쓱한다. "뭐, 그렇게 흑인들만 있는 팀에는 슬로건이 필요해. 다들 텔레비전 광고를 보면서 자랐잖아. 그 친구들 한테 엄마라고는 텔레비전뿐이었지. 그게 요즘 흑인들의 비극이야."

찰리가 이렇게 말하는 소리를 들으니 해리는 마음이 놓인다. 그는 대리점에 나올 때 혹시 찰리가 완전히 기가 죽어 있을까봐 걱정했다. "최소한 이글스가 스틸러스를 박살내기는 했어." 그가 말한다. "기분 이 아주 좋던데."

"운이 좋았던 거지. 거기서 공을 더듬은 게 엔드존으로 들어갔으니. 브래드쇼의 가로채기라면 놀랄 일이 아니지만, 프랭코 해리스가 공을 더듬어서 엔드존으로 들어갈 줄이야."

해리는 크게 웃음을 터뜨린다. 그때의 기쁨이 기억난다. "이글스에 새로 들어온 그 맨발의 신인 키커는 어때? 멋지지 않았어?"

찰리가 말한다. "발로 차는 건 미식축구가 아냐."

"맨발로 48야드 필드 골이라니! 녀석의 엄지발가락은 바위처럼 단 단한 모양이야."

"내 생각으로는 나이든 축구선수들을 죄다 아르헨티나로 돌려보냈 으면 좋겠어. 라인에서 서로 맞부딪치는 거, 그게 미식축구야. 맹수들 의 싸움처럼 말이지. 결국은 스틸러스가 우리를 그리로 이끌어줄 거 야. 난 스틸러스는 걱정 안 해."

해리는 분노의 냄새를 맡고는 바깥의 날씨를 내다보며 화제를 바꾼다. 유리에 닿은 물방울들이 커지더니 갑자기 아래로 쑥 떨어지며 흔적을 남긴다. 그가 울 때처럼. 아주 어렸을 때 잭슨 로드의 낡은 집 라디에이터 옆에서 의식이 점점 눈을 뜨던 시절 이래로 해리는 비가 내릴 때 창가에서 유리에 얼굴을 가까이 대고 서 있는 것이 짜릿하고 신이 났다. 자기 얼굴에는 물기 하나 없는데, 겨우 10센티미터쯤 떨어진 곳에서는 모든 것이 비에 젖어 있다는 것이. "교황한테도 비가 내릴까 궁금하네." 교황은 오후에 비행기를 타고 보스턴에 도착할 것이다.

"그럴 리가. 교황이 양팔을 살짝 흔들기만 하면 하늘에 파란 새들이 가득해질걸. 파란 새랑 말똥이 가득할 거야."

가톨릭 신자는 아니지만, 해리는 이 말이 좀 무례하다는 생각이 든다. 오늘 찰리의 심기가 사나운 건 확실하다. "텔레비전에서 사람들이 잔뜩 모여든 거 봤어? 아일랜드 녀석들은 제정신이 아니던데. 백만 명 넘게 모인 적도 있대."

"아일랜드 놈들은 멍청해." 찰리가 이렇게 말하고는 자리를 뜨려고 몸을 돌린다. "난 NV-1이나 열심히 작성해야겠어."

해리는 그를 그냥 보낼 수 없다. 그가 말한다. "어젯밤에 운하*를 돌려줬대."

"그래. 난 이제 그 뉴스라면 진저리가 나. 이 나라는 한심해. 누구든지 우리를 마음대로 휘두르고 있다고."

"자네는 우리가 베트남에서 나오길 바랐잖아."

---

* 파나마운하. 미국은 파나마가 콜롬비아에서 독립하는 것을 도와준 대가로 파나마운하 건설 및 운영권과 운하지대의 지배권을 얻었으나, 1979년부터 운하지대의 지배권을 파나마와 공유하게 되었고 1999년에는 운하에 대한 모든 권리를 파나마 정부에 이양했다.

"그것도 한심한 일이었지."

"이봐."

"응?"

"자네가 장모님이랑 이야기를 했다는 소리 들었어."

"길고 긴 이야기가 이제 끝난 거지. 자네 장모님은 한심하지 않아. 강한 분이야."

"어디로 갈지 생각해봤어?" 넬슨과 프루는 금요일에 포코노스에서 돌아올 예정이다.

"아무데도 안 가. 한동안은. 영화나 좀 보고, 술집도 좀 돌아다녀야지."

"플로리다는 어때? 자네 항상 플로리다 얘길 했잖아."

"왜 이래? 어머니한테 그리로 이사가자고 말할 수는 없어. 어머니가 거기서 뭘 하시겠어? 셔플보드* 게임이라도 할까?"

"지금 사촌이 어머니를 돌봐주고 있다며."

"글로리아? 글쎄, 그쪽에서 뭔가 일이 진행되고 있는 것 같아. 남편 이랑 다시 합칠지도 몰라. 그 남편이란 놈은 아침에 자기가 먹을 스크 램블드에그를 만드는 것도 싫어하는 녀석인데."

"아, 그거 유감이네." 해리는 잠시 말을 멈춘다. "모든 게 다 미안해."

찰리는 어깨를 으쓱한다. "챔프가 어쩌겠어?"

이것이야말로 그가 듣고 싶던 소리다. 안도감이 빛처럼 그에게 몰려온다. 기분이 나아지면 눈도 더 밝아진다. 사방에 널린 종이들이 보인

---

* 긴 막대로 원반을 치는 놀이.

다. 척 왜건에서 바람에 실려 고속도로를 건너온 포장지와 테이크아웃 컵 뚜껑이 창문 바로 앞의 덤불 속에 흠뻑 젖은 채 널브러져 있다. 그가 말한다. "나도 같이 그만둘 수도 있어."

"그건 말도 안 돼, 챔프. 그만두고 뭘 할 건데? 나야 어디서나 영업 사원을 할 수 있지. 그런 건 걱정 안 해. 벌써부터 내 속을 떠보는 사람들이 있다고. 이 바닥에서는 소문이 빨리 퍼지니까. 이 업계가 아주 기운이 넘치잖아."

"내가 장모님한테 말했어. '장모님, 찰리는 스프링어 모터스의 심장이에요. 손님들 중 절반은 찰리 때문에 오는 거라고요. 절반도 더 될 거예요.'"

"챔프가 그렇게 말해줘서 고마워. 하지만 살다보면 이런 때도 오는 법이야."

"그렇겠지." 하지만 해리 앵스트롬에게는 아니다. 절대로, 절대로.

"잰은 어때? 날 내쫓는 것에 대해서 재니스는 뭐라고 해?"

어려운 질문이다. "별로 들은 건 없어. 재니스가 어머니한테 맞서지 못한다는 건 자네도 알잖아. 옛날부터 그랬어."

"내 생각에는 말이야, 내가 멜러니랑 같이 여행을 다녀온 게 결정적이었던 것 같아. 그게 스프링어 집안의 두 여자 마음을 차갑게 만든 거지."

"재니스가 아직도 그렇게까지 신경을 쓰는 것 같아?"

"신경이야 계속 쓰이는 법이지, 챔프. 유치원 때 속옷을 언뜻 봤던 여자아이한테도 줄곧 신경이 쓰이는 게 사람이잖아. 한번 신경을 쓰기 시작하면, 항상 신경이 쓰여. 원래 사람이 그렇게 어리석은 거야."

우주 공간 속의 바윗덩어리. 이 말을 들으면서 래빗의 머릿속에 떠오른 이미지다. 그는 우주에 흥미가 있어서 모든 것의 가장자리에 있는 거대한 퀘이사*에 대한 기사가 없나 하고 매일 신문을 훑어본다. 그리고 일요일자 특집판에서는 목성을 가까이서 찍은 새로운 사진들을 유심히 살피며 과학자들이 미처 보지 못한 단서 같은 것을 찾아보려고 한다. 아직 하느님이 하실 말씀이 몇 가지 남아 있을 것 같다. 가슴의 진공 속에서 사랑은 영원히 자유낙하한다. 재니스는 찰리에게 질투한다. 한번 이런 생각이 들면 사라지지 않는다. 그가 루스와 같이 잔 건 이십 년 전 일인데도 시내의 상점이나 와이저 스트리트에서 빨간 머리를 아무렇게나 빙빙 돌려서 헐렁하게 묶은 여자의 뒷모습을 보면 심장이 두근거린다. 넬슨, 그때 녀석은 어렸지만 어리다고 해서 사랑에 빠지지 못한다는 법은 없다. 녀석은 질을 사랑했다. 지금 생각해보니 프루에게서 약간 히피 분위기가 난다. 등으로 곧게 뻗어내린 긴 머리와 어디 한번 상처를 줄 테면 줘보라고 말하는 듯한 그 멍한 표정. 물론 질은 훨씬 더 나은 계급 출신이었다. 애크런의 보일러 기술자 딸은 아니었으니까. 해리가 찰리에게 말한다. "뭐 어쨌든 이제는 가끔 오하이오까지 왔다갔다할 수 있겠군."

찰리가 말한다. "거기 뭐가 있다고? 멜러니는 딸 같은 아이야. 자네도 알겠지만, 걔는 똑똑해. 멜러니가 초월명상이나 정신 나간 러시아 철학자에 대해 줄줄 이야기하는 걸 챔프도 들어봐야 하는데. 멜러니는 계속 공부해서 박사학위를 따고 싶어해. 자기 아버지한테 잘 보여서

---

* 블랙홀이 주변 물질을 집어삼킬 때의 에너지에 의해 형성되는 거대 발광체로, 지구에서 관측할 수 있는 가장 먼 거리의 천체.

돈을 얻어낼 수 있다면 말이야. 멜러니의 아버지는 서해안에서 인디언 처녀들하고 놀아나면서 살고 있어."

　동해안에서 서해안까지, 아주 커다란 유령의 집 같군. 래빗은 속으로 생각한다. 유령의 집을 만드는 건 거울이다. "그래도," 그가 찰리에게 말한다. "나도 자네처럼 좀 자유로웠으면 좋겠어."

　"자유가 있어도 쓰지도 않잖아. 왜 잰이랑 같이 장모의 그 허름하고 낡은 창고 같은 집에서 사는 건데? 그건 잰한테도 좋은 일이 아니야. 계속 잰이 아이처럼 굴게 만들 뿐이지."

　허름하다고? 해리는 스프링어의 집을 허름하다고 생각해본 적이 없었다. 구식이라고 할 수 있을지는 몰라도, 큰 방에 최고의 신제품들이 가득 들어 있는 집이라는 게 그의 첫인상이었다. 그가 처음 재니스와 데이트를 시작하던 무렵, 둘 다 크롤스에서 일하던 그 여름에. 모든 것이 새것처럼 보였고, 냄새도 아주 깨끗했다. 거실 옆방에는 긴 철세공 탁자에 열대식물들이 잔뜩 놓여 있어서 나름대로 정글을 이루고 있는 것이 최고로 호사스럽게 보였다. 이제 그 탁자는 텅 비었고, 단단한 나무로 만든 바닥에는 녹물이 떨어져 생긴 얼룩이 보인다. 자신이 군대에 있을 때 산 낡은 내시의 뒷좌석에서 진하게 서로 몸을 더듬는 데이트를 하려고 잰을 데리러 그 집에 다니던 시절부터 한 번도 변한 적이 없는 수채화 그림들과 벽지와 회색 소파를 생각해보니, 어쩌면 허름한 건지도 모르겠다. 장모는 예전만큼 힘이 없어서 수중의 돈을 가지고 뭘 하는지 아무도 모른다. 새로 가구를 사들이지 않는 것만은 분명하다. 지금은 가을이라 침실 창밖의 구리색 너도밤나무가 열매를 떨어뜨리고 있고, 작은 삼각형 씨주머니들이 터진다. 그 바스락바스락, 펑펑 소리에 잠들기가 쉽지 않다. 그 방은 옛날부터 이상적인 방이었던 적이 한 번도 없다. "아이처럼 군다고?"

"그러고 보니 말인데……" 찰리가 말한다. "초여름에 여기 왔던 젊은 애들 두 명 기억나? 챔프가 그때 그 여자애를 보고 흥분했잖아. 토요일에 챔프가 골프장에 가 있을 때 사내 녀석이 다시 왔었는데, 이름이 도무지 생각이 안 나."

"넌매처."

"그렇지. 녀석이 일반 변속기가 달린 오렌지색 코롤라 해치백을 즉석에서 샀어. 보상판매는 아닌데, 요즘 신형 모델들이 들어오고 있어서 내가 200을 깎아주겠다고 했어. 자네가 있었다면 녀석한테 잘해주려고 했을 것 같아서."

"맞아. 여자애도 같이 왔었어?"

"내 눈에는 안 보이던데."

"녀석이 그 컨트리 스콰이어를 보상판매로 내놓지 않았다고?"

"농부들이 어떤지 알잖아. 자기네 마당에 그냥 쓰레기를 놔두는 걸 좋아하지. 아마 띠톱 같은 데에 매어둘걸."

"세상에." 해리가 말한다. "제이미가 그 오렌지색 코롤라를 샀단 말이지."

"너무 그러지 마. 그게 무슨 기적도 아니고. 내가 녀석한테 왜 이렇게 한참 만에 나타났느냐고 물었더니, 가을까지 기다리면 79년식의 가격이 좀 떨어질 줄 알았대. 달러 가격도 떨어질 것 같았고. 하지만 엔화도 같이 떨어졌지."

"차를 언제 가져가겠대?"

"내일 정오쯤이랬어. 내가 작성해야 하는 NV-1 중에 그것도 있어."

"젠장, 그 시간에 나는 로터리 모임이 있는데."

"여자애가 같이 안 왔다니까. 신경쓸 것 뭐 있어? 나보고 뭐라고 할 처지도 아니구먼. 걔는 멜러니보다 더 어려. 아마 열여섯이나 열일곱 살쯤일걸."

"아마 열아홉 살일 거야." 래빗이 말한다. "하지만 자네 말이 맞아. 신경쓰지 말아야지." 사방에서 내리는 빗줄기들이 그의 심장을 붙들고 위로 끌어올린다. 찰리뿐만 아니라 그에게도 선택의 여지가 있다.

화요일에 로터리 모임이 끝난 뒤, 아직 술기운이 남은 채로 해리는 대리점으로 돌아간다. 오렌지색 코롤라가 이미 사라진 걸 보니 너무 행복해서 똑바로 생각할 수가 없다. 하느님이 저기 우주공간에서 그에게 입을 맞춰주었다. 네시 삼십분쯤, 루디가 전시장에 있고 찰리는 넬슨이 일을 시작하기 전에 장부를 정리하려고 앨런빌에 가서 그곳 딜러와 중고차 일괄거래를 마무리짓고 있을 때, 해리는 살그머니 사무실을 빠져나와 복도를 지나서 정비소를 통과해 밖으로 나간다. 정비소에서는 매니의 부하직원들이 여전히 금속을 두드리고 있지만, 일을 끝낼 행복한 시간이 점점 다가오고 있기 때문에 점점 목소리가 커지고 있다. 해리는 뒷문의 가로 손잡이에서 셔츠 소맷단으로 얼룩이 옮겨 묻지 않게 조심하면서 밖으로 나간다. 파라과이. 아스팔트가 깔린 하계 같은 이곳에 차체 왼쪽과 펜더와 그릴이 우그러진 머큐리가 여전히 결정을 기다리고 있다. 찰리는 수리를 마친 로얄을 로이어스퍼드에서 온 젊은 의사에게 3600에 넘길 수 있었다. 그는 사실 정식 의사가 아니라 동종요법인지 뭔지를 사용하는 의사였다. 홍역 환자를 보고 당근을 먹으라고 하거나, 아니면 그냥 하루에 세 시간씩 일정한 높이의 목소리로 '음' 하고 소리를 내라고 말하는 사람들 말이다. 그 낡은 골동품을 즉시 사간 걸 보면 일이 잘되는 모양이다. 그는 자기가 대학에서 존경하던 사람이 그런 차를 몰았다며, 자기도 딱 이런 색의 차, 그러니까 자주색에 가까운 빨간색 매니큐어 같은 색의 차를 옛날부터 갖고 싶었다고 말했다. 해리는 오래된 토마토 수프 색깔인 자신의 코로나에 힘들게 올라타서 부드럽게 주차장을 빠져나와 111번 도로를 타고 브루어에서 멀어져 갈릴리로 향한다. 스프링어 모터스가 이미 저만큼 멀어졌을 때 라디오를 켜자 전자음이 잔뜩 들어간 무거운 디스코 음악에 스피커가 펑 터져버릴 것 같다. 깡통을 두드리는 것 같은 소리, 바람이 살랑거리는 것 같은 소리, 수화기 속에서 들려오는 장난감 피리 소리 같은 여러 소리들이 비닐덮개로 장식된 차 안의 네 귀퉁이에서 그에게 몰려와, 갈비뼈 안에서 희망에 부풀어 있는 몸의 중심이 징징 울려댄다. 그는 로터리 오찬을 돌아보며 패스토렐리 부동산의 에디 패스토렐리를 생각한다. 이제 가슴이 퉁퉁해지고 뻣뻣하고 짧은 다리가 활처럼 휜 그는 와이저 스트리트 북쪽 지역의 개발계획을 슬라이드로 설명했다. 지금은 주로 주차장과 술집, 그리고 진공청소기 수리점이나 애완동물 용품점처럼 돈이 없어서 그곳을 떠나지 못하는 작은 가게들이 있는 곳인데, 에디는 유리로 지은 커다란 상자 모양의 건물들과 나선형 경사로로 드나들게 돼 있는 콘크리트 주차장을 지으면 트랜지스터를 귀에 풀로 붙인 것처럼 대고 손목에 칼을 감춘 채 어슬렁거리는 라틴계 어린 놈들이 있어도 쇼핑객들이 다시 몰려올 거라고 열심히 말했다. 해리는 웃을 수밖에 없다. 그는 에디가 헤밍타운고등학교에서 2진 가드로 뛰던 모습을 기억하고 있다. 도무지 감화원을 벗어나지 못하는 못된 라틴 놈이었다. 도나 서머의 노래가 나온다. 불빛을 모두 줄여줘 달링…… 사진 속에서 이 여자는 사람들이 생각하는 것보다 훨씬 덜 검게 보인다. 뺨이 홀쭉한 노랑둥이가 그래서 어쩔 거냐고 묻기라도 하는 것처럼 사람들을 쏘아본다. 로터리클럽에서는 어렸을 때부터 잘 알던 회원들을 보면 자꾸만 어린애 같은 면이 눈에 띈다. 지금 그들은 뚱뚱하고 머리가 벗어진 모습으로 돈을 들여 잘 차려입고 있지만, 그건 고등학교 학예회 때 연극에서 마분지로 만든 턱시도를 차려입었던 것과 마찬가지다. 이제 나이를 먹어버린 어린애들 손에 세상이 굴러가고 있다는 걸 알면서 어떻게 이 세상을 존중할 수 있겠는가? 래빗은 로터리클럽에서 이 농담이 나올 때마다 항상 즐거워한다. 마티니를 몇 잔 마시면 에디는 끝내주게 재미있는 사람이 된다. 그가 비행기에 탄 다섯 남자에 대한 우스갯소리를 들려줬을 때, 해리는 누가 코끝에 끈을 매달아 잡아당기는 것 같은 기분으로 할머니처럼 씨근덕거리는 소리가 날 정도로 웃음을 터뜨렸다. 배낭이라니! 히히히. 래빗은 이 우스갯소리를 반드시 기억해뒀다가 플라잉이글에서 만나는 사람들에게 말해줘야겠다고 생각한다. 비행기에 탄 다섯 남자. 히피, 신부, 경찰관, 헨리 키신저, 세상에서 가장 똑똑한 남자. 그럼 다섯번째 사람은 누구지? 도나 서머가 자신의 갈색 몸을 하얗게 만들어달라고 말한다. 적어도 그의 귀에는 그렇게 들린다. 이 디스코 음악의 웅웅거리는 소리 속에서는 도무지 가사를 제대로 알아들을 수 없다. 약에 취한 사운드 엔지니어가 손잡이를 마구 돌려서 이런 소리를 만들어낸다. 가사는 중요하지 않다. 칼날처럼 갈비뼈 사이로 비집고 들어와 영혼이 징징 울리게 만드는 건 바로 비트다.

사암으로 지은 집들. 자연동굴의 위치를 알려주는 광고판. 요즘도 그곳에 가는 사람이 있는지 궁금하다. 자연동굴은 폭포처럼 이미 유행에 뒤떨어졌다. 밀짚모자를 쓴 남자들. 발목조차 겉으로 드러내지 않은 여자들. 자연의 불가사의. 잘난 척 떠들어대던 그 젊은 여자 아나운서. 한동안 그 여자 목소리를 듣지 못했다. 어쩌면 방송국에서 그 여자를 쫓아냈는지도 모른다고 생각했다. 너무 건방져서. 아니면 임신을 했기 때문에. 그런데 그 여자가 라디오에 나와 교황이 유엔에서 연설을 했으며, 양키 스타디움으로 가는 길에 할렘에 들를 것이라고 말한다. 해리는 그 건방지고 몸집이 작은 남자가 하얀 로브 차림으로 보스턴에서 비에 흠뻑 젖는 모습을 어젯밤 텔레비전으로 보았다. 그의 영어 실력은 놀라울 정도였다. 그가 배운 일곱번째 언어라고 하던가. 그 남자에게 우산을 받쳐주고 서 있던 그 무표정한 남자는 누굴까? 바티칸의 거물이겠지만, 프루도 아는 것이 없기는 해리와 마찬가지였다. 그러면 가톨릭 집안에서 자란 보람이 없잖아? 요즘 유럽에서는 금값이 1온스에 444달러까지 새롭게 치솟은 반면, 달러 가치는 최저치 기록을 경신했다. 구릉지대의 벌판 사이로 길이 구불구불 뻗어 있기 때문에 라디오 소리가 희미하게 줄어들었다가 다시 돌아온다. 해리는 속으로 계산한다. 3주도 안 돼서 80달러가 올랐으니까, 거기에 30을 곱하면 2400이 된다. 일단 부자가 되면 더 쉽게 돈을 벌 수 있다. 옛날에 아버지가 하시던 말씀 그대로다. 들판 몇 군데에 옥수수가 높이 서 있다. 다른 곳에는 그루터기만 남았을 뿐이다. 해리는 볼품없이 길게 늘어져 있는 갈릴리를 미끄러지듯 지나가며 오렌지색 코롤라를 열심히 찾아본다. 이번에는 우체국에서 길을 물어볼 필요가 없다. 채소를 팔던 노점은 이제 제철이 아니라 문을 닫았다. 연못에는 거위가 몇 마리 떠 있다. 전에 저 녀석들을 본 기억은 없지만, 녀석들은 이미 따뜻한 곳으로 이동하고 있다. 녀석들이 페어웨이 사방에 남겨놓는 초록색 똥 자국들. 어쩌면 그래서 그 의사가…… 그는 라디오를 끈다. **블랭큰빌러. 무스. 바이어.** 그는 예전과 똑같이 빨간 흙이 있는 넓은 갓길에 차를 세운다. 심장이 마구 두근거리고, 부어올라서 감각이 없어진 것 같은 손은 운전대 위에 놓여 있다. 그는 시동을 끄고 자신의 내면 속으로 더 깊이 들어간다. 지금 무슨 불법적인 일을 하고 있는 것도 아닌데. 그가 차에서 내리자 예전과는 달리 돼지우리 냄새가 나지 않는다. 바람의 방향이 다르다. 벌레들이 붕붕거리는 소리도 없다. 녀석들이 죽어버린 것이다. 수백만 마리는 될 텐데. 이 침묵을 뚫고 저멀리서 기계톱이 돌아가며 으르렁거리는 소리가 들려온다. 이제는 새로운 국가國歌가 된 것 같다. 아 말해봐 톱질을 할 수 있는지…… 숲은 800미터쯤 떨어져 있어서 바이어 농장의 일부가 아닌 것 같다. 그는 그곳에 발을 들여놓는다. 돌담을 집어삼킨 산울타리에 예전만큼 이파리가 많지 않아서 몸을 숨기기가 쉽지 않다. 서늘하고 가벼운 바람이 잔뜩 뒤엉킨 검은색 수지와 야생 버찌 사이로 불어와 그의 손을 핥는다. 옻나무 이파리들은 빨간약처럼 새빨갛게 변했다. 개중에는 빨간약에 살짝 담갔다 꺼낸 것처럼 반쯤 물들다 만 것도 있다. 그는 오래된 과수원을 한 번에 한 걸음씩 용감하게 지나가면서, 이제 건초로 변해버린 풀밭에 떨어져 두툼하게 깔려 있는 사과들을 밟는다. 자칫 발목이라도 접질러서 여기에 누워 사과들과 함께 썩어가게 될 수는 없다. 가엾은 나무들 같으니. 벌레 먹은 열매들을 이렇게 많이 만들어냈지만 아무 소용이 없게 되었다. 하지만 어쩌면 나무들 시각에서는 그렇지 않을지도 모른다. 사람이 존재하지 않을 때도 나무들은 지금과 똑같은 일을 했다. 생각하다보니 이상한 기분이 든다. 해리는 이제 농가를 내려다본다. 초록색 문, 연한 파란색 기둥 위에 새들을 위해 놓아둔 물 쟁반. 굴뚝에서 연기가 솟아오른다. 향수를 불러일으키는, 나무 타는 냄새가 난다. 거리가 너무 가까워서 그는 자신의 머리 높이에서 딱 알맞게 가지가 갈라진 채 죽어가는 사과나무 뒤로 들어간다. 나무줄기 안에서 밝은 갈색 벨벳처럼 썩어가는 부분에 개미들이 우글거린다. 서로 코를 맞대고 새로운 소식들을 알려준 뒤 서둘러 가던 길을 간다. 나무줄기는 단추를 열어둔 외투처럼 벌어져 있는데도 어리고 매끈한 잔가지들이 있는 곳에서 가볍게 떨고 있는 작고 둥근 이파리들까지 거친 껍질을 통해 여전히 생명을 전달해준다. 공간이 단순히 앞쪽뿐만 아니라 사방에서 뚝 떨어지듯 사라져가는 것 같은 기분이 든다. 심지어 단단한 땅까지 뚫고 사라지는 것 같다. 좋은 베이지색 양복을 입고서 자신이 여기서 뭘 하고 있는 건지 모르겠다. 그의 등뒤가 훤히 노출되어 있어서, 엽총을 들고 밭을 따라 걷던 농부가 그를 볼지도 모른다. 그리고 갈라진 나무 사이에 있는 그의 얼굴은 마치 사격연습을 하려고 과녁 대신 세워둔 주석 깡통 같아서 저 아래 건물에서 누구든 쉽게 그를 올려다볼 수 있다. 그는 자기 이름이 붙어 있는 사무실과 수석 판매원이라고 적힌 명함을 갖고 있는 사람인데. 몇 시간 전만 해도 아들의 결혼식이 아주 복잡하고 돈도 많이 들었다는 얘기로 양복을 입은 다른 남자들을 즐겁게 해주고 있었는데. 그는 오르간 연주자가 슬립과 함께 나가버린 이야기, 신부의 삼촌 부부가 워낙 늦게 나타나는 바람에 처음에는 여호와의증인인줄 알았다는 이야기를 했다. 이런 생각을 하다 잠시 당황한 그는 갈피를 잡지 못한다. 여기에 오면, 그러니까 이름 없는 존재로 이렇게 야외에 나와 있으면, 순수하게 살아 있는 느낌이 든다는 생각 외에는. 그러다가 기억이 난다. 딸을 잠시라도 볼 수 있을까 하고 나왔다는 것. 만약 있는 대로 용기를 끌어모아 이 길을 내려가서 벽 속에 깊이 파묻혀있는 저 초록색 문을 두드렸는데 그 아이가 문을 열어주러 나온다면 어쩌지? 지금 이 계절이라면 아이는 청바지에 두툼한 티셔츠나 스웨터를 입고 있을 것이다. 머리카락은 여름보다 덜 촉촉하고, 더 단정할 것이다. 어쩌면 뒤로 잡아당겨 고무줄로 묶어놓았을지도 모른다. 미간이 넓은 눈은 연한 파란색의 작은 거울 같을 것이다.

　잘 있었니. 날 기억하지 못하겠지만······

　당연히 기억하죠. 그 자동차 딜러잖아요.

　단순히 그것만은 아니야, 아마도.

　그럼 뭔데요?'

　혹시 네 어머니 이름이 루스 바이어니?

　네······그런데요.

　혹시 어머니가 네 아버지에 대해 아무 말씀 안 하시든?

　아버지는 돌아가셨어요. 옛날에 마을 스쿨버스를 운영하시던 분이에요.

　그분은 네 아버지가 아냐. 내가 네 아버지다.

그러면 해리 자신과 닮은 그 창백하고 널찍한 얼굴이 믿을 수 없다는 듯, 분노와 두려움을 담고 그를 뚫어지게 바라볼 것이다. 그러다 마침내 그의 말을 믿게 되면, 지금까지 자신이 살아온 삶을 빼앗아버리고 이제는 결코 살 수 없게 된 새로운 삶을 대신 주려고 한다며 그에게 화를 낼 것이다. 자신의 씨앗이 떨어져 자라났을지도 모르는 이 밭에 이제는 그가 수확할 것이 하나도 없다는 걸 알고 있지만, 만약 그가 그 밭을 붙잡는다면, 등뒤에 도망칠 장소를 하나 마련할 수 있을지도 모른다. 하지만 그는 그냥 서 있다. 피로에 지친 여름양복 차림으로. 이제 이 옷을 세탁해서 내년 4월까지 커다란 비닐덮개에 넣어두어야 할 때가 됐다. 그는 아무것도 움직이지 않는 저 아래 광경을 못박힌 듯 보고 있다. 움직이는 것이라고는 굴뚝에서 솟아나는 연기뿐이다. 자신이 이렇게까지 탈선해버린 것에 놀란 심장이 계속 두근거린다. 사람에게는 저마다 삶이 있고, 그 양편에는 한 번도 가보지 않은 영역들이 있다. 살다보면 머지않아 그도 지금 서 있는 이 땅 밑에 눕게 될 것이다. 이제는 소리가 들리지 않는 벌레들처럼 죽어서. 그리고 풀들은 아랑곳없이 제멋대로 계속 자랄 것이다.

점점 차분해지던 심장이 뒤쪽 과수원에서 바스락거리는 소리가 가깝게 들리는 바람에 펄쩍 뛰어오른다. 그는 벌써 양팔을 들어올리고 변명을 늘어놓으려다가 자신에게 다가온 것이 사람이 아니라 개임을 깨닫는다. 나이가 많아 보이는 콜리 종 개로, 한쪽 눈은 빨갛고, 털에는 씨앗이 잔뜩 붙어 있다. 래빗은 안 그래도 개를 좋아하지 않는데, 콜리 종이 특히 불안정해서 상대를 곧잘 공격한다는 사실을 알고 있다. 래시와 정반대다. 이 개는 래시보다 더 시커멓다. 녀석이 긴 퍼팅

거리만큼 되는 곳에 서서 고개를 갸우뚱하게 기울이고 있다. 귀 뒤의 털은 전기에 감전되기라도 한 것처럼 바짝 일어서 있고, 녀석은 금방이라도 짖어낼 태세다.

"안녕." 해리가 말한다. 갈라진 목소리가 간신히 속삭임을 벗어났다고 해도 될 정도로 작다. 저 아래쪽 집에 목소리가 들리면 안 되니까.

개는 폭이 좁은 머리를 더 가파르게 기울인다. 마치 아픈 눈을 위해서 그러는 것 같다. 녀석의 목 주위에 턱받이처럼 나 있는 긴 흰색 털이 산들바람에 잔물결을 일으키며 납작하게 눕는다.

"착하지?" 해리가 묻는다. 그는 차까지의 거리를 가늠하며 뛰어가는 자신의 모습을 그려본다. 하지만 개가 이 초 만에 그의 다리에 달려들고 옷이 찢어지는 모습, 뾰족하고 누런 송곳니, 녀석이 다른 개들처럼 검게 갈라진 윗입술을 들어올려 증오에 찬 앞니를 드러내는 모습이 보이는 듯하다. 벌써 발목이 돌아가는 톱니바퀴 사이에 걸린 듯하고, 어떻게든 얼굴을 보호하려고 양팔을 올린 채 쓰러지는 자신의 모습이 보인다.

하지만 개는 그 작은 머리로 결정을 내렸는지 늘어진 꼬리를 조심스레 흔들어대더니 네발 동물 특유의 무시무시하고 조용하고 가벼운 동작으로 과수원 풀밭을 성큼성큼 걸어온다. 녀석은 해리의 무릎에서 코를 킁킁거리다가 그의 다리에 몸을 기대고 자신의 목을 긁어주는 해리의 손에 몸을 맡긴다. 해리는 계속 속삭이는 소리로 떠들어댄다. "그래, 그래, 착하지. 어디서 이렇게 씨앗을 묻힌 거야? 나아아쁜 씨앗들 같으니." 이쪽이 무서워하는 걸 눈치채게 하면 안 된다. 곰처럼 목줄을 매지 않은 채 제멋대로 돌아다니는 개들을 만나면 정말로 시골에 와 있다는 실감이 난다.

멀리서 자동차 문이 쾅하고 닫힌다. 그 소리가 헛간 벽에 부딪혀 울려 나왔기 때문에 처음에 그는 엉뚱한 곳을 바라본다. 그러다가 사과나무의 갈라진 가지 사이로 저편을 바라본다. 비탈길을 감안해서 대략 6번 아이언 길이만큼 떨어진 곳, 집과 차고 사이의 커다란 공터에 오렌지색 코롤라가 서 있다. 그 뒤로 노란 껍데기만 남은 스쿨버스가 보인다.

그렇다면 터무니없어 보였던 희망이 확인된 것이다. 하지만 그의 마음은 자기 무릎 근처에 있는 근육과 이빨 덩어리에게 대부분 쏠려 있다. 어떻게 하면 녀석이 짖는 걸 막을 수 있을까. 어떻게 하면 녀석이 무는 걸 막을 수 있을까. 머리는 조막만한 녀석들이 순식간에 돌변한다. 옛날에 잭슨 로드 아래쪽에 살던 저그 부인의 집에는 콜리 한 마리가 통 속에 살고 있었다. 어느 날 아무도 짐작조차 못하고 있을 때 녀석이 느닷없이 달려들었다. 해리의 중지와 약지에는 지금도 하얀 흉터가 희미하게 남아 있다. 녀석의 입에서 손가락을 빼낼 때는 당근 껍질을 벗기는 것 같은 기분이었다. 지금도 그 느낌이 생생하다.

개도 자동차 문이 닫히는 소리를 듣고 귀를 납작하게 눕히더니 과수원을 지나 아래쪽으로 로켓처럼 달려간다. 코롤라 근처에서 녀석은 마구 짖어대기 시작한다. 열광적이지만 멀다. 거기까지의 거리와 메아리 때문에 실제보다 늦게 들려온다. 해리는 이 틈을 타서 더 멀리 떨어진 나무 뒤로 서둘러 달려간다. 거기 서서 자동차 운전석에서 사람이 내리는 것을 본다. 홀쭉한 제이미. 이제는 더러운 무명 작업복이 아니라 분홍색 비슷한 나팔바지와 빨간색 터틀넥 셔츠를 입었다. 개가 펄쩍펄쩍 뛰며 주인에게 인사하고, 낯선 차를 보고 짖은 것을 사과한다. 청년의 느린 말소리가 과수원을 지나 들려온다. 노래를 부르듯이 개에게 말을 거는 소리. 단어들이 불분명하다. 래빗은 잠시 땅으로 시선을 떨어뜨린다. 말벌 두 마리가 썩은 사과 속으로 파고들고 있다. 다시 고개를 들어보니, 여자아이, 그의 딸아이가 있다. 둥글고 하얀 얼굴이 틀림없다. 6월에 봤을 때보다 머리를 더 짧게 자른 그 아이가 코롤라의 조수석에서 나와 개를 향해 몸을 웅크리고는 녀석과 함께 소란을 피워댄다. 그녀는 개가 불쑥 내민 주둥이를 피해 고개를 돌려서 해리가 얼어붙은 채 지켜보고 있는 자리를 정확히 올려다본다. 아이가 일어설 때 보니 어두운 갈색 치마와 적갈색 스웨터를 깔끔하게 차려입었다. 그 위에 걸친 격자무늬 재킷이 어깨를 강조해서 아주 세련된 대학생이나 도시 여자처럼 보인다. 그래도 집을 향해 한두 걸음 움직이는 다리에는 아직도 나른한 느낌이 남아 있다. 아이가 목소리를 높여 외친다. 두 아이 모두 집을 향해 얼굴을 돌렸기 때문에, 래빗은 그 틈을 타서 더 멀리 떨어진 나무로 또 자리를 옮긴다. 조금 전의 나무보다 더 날씬한 녀석이다. 하지만 이제 뒤엉킨 산울타리가 가깝다. 밝은 갈색 양복을 입고 여기 숨어 있으면 남들 눈에 잘 안 보일지도 모른다. 가지 사이로 보이는 하늘 조각들 속에 숨겨져서.

저 아래쪽에서 사람들이 기쁘게 주고받는 인사말이 치장벽토와 콘크리트 블록으로 지은 벽에 부딪혀 왠지 우울하게 허공을 떠오르는 듯하다. 약하게 문을 닫는 소리와 함께 뚱뚱하고 나이 많은 여자가 집에서 나오더니 자기 몸무게를 못 이겨 조심조심 걷는다. 갑갑해진 개가 여자의 다리 주위를 빙빙 돌며 재촉할 정도다. 그가 결혼식 날 교회 앞을 스쳐지나간 낡은 스테이션왜건에서 언뜻 보았던 여자가 이 여자인지도 모른다. 하지만 절대 루스는 아니다. 부드럽고 다채로운 불꽃 같았던 머리카락이 머리 크기에 꼭 맞는 회색 철 모자처럼 변해버렸고, 몸이 아주 거대하기 때문이다. 어찌나 몸이 큰지 이렇게 먼 거리에서도 여자의 옷이 돛처럼 널찍해 보인다. 바지와 셔츠 차림인 여자가 새 차를 구경하려고 타박타박 걸어간다. 서로 입을 맞추지는 않지만, 서로 자리를 바꾸거나 스쳐지나가는 모습을 보니 셋이 아주 잘 아는 사이 같다. 그들의 목소리가 해리에게까지 들려오지만, 무슨 소리인지는 알 수 없다.

청년이 뒷문을 열고 닫는 시범을 보인다. 여자아이는 나이 많은 여자를 툭툭 두드린다. 마치 한번 해보라고 말하는 것 같다. 그녀를 놀리는 중이다. 그러다가 차 안에서 길쭉한 갈색 종이봉투를 꺼낸다. 장을 봐온 것이다. 개는 지루해져서 고개를 들고 해리가 천둥처럼 쿵쾅거리는 심장을 안고, 옛날에 일요일자 신문에 실리던 퍼즐 그림 속의 뒤엉킨 선들처럼 어지러운 산울타리 속에 몸을 숨긴 채 꼼짝도 않고 있는 방향을 코로 가리킨다.

개가 멍멍 짖기 시작하더니 그를 향해 과수원으로 달려온다. 해리는 몸을 돌려 달아나는 수밖에 없다. 사람들이 시선을 들어 그를 보기 전에 산울타리를 빠져나갈 수 있을지도 모른다. 사람들이 개를 부른다. "프리치! 프리치!" 두 여자의 목소리다. 잔가지가 그의 손을 긁는다. 낡은 담에서 떨어져나온 돌멩이 때문에 그는 하마터면 발을 헛디뎌 넘어질 뻔하다가 신발 한 짝이 벗겨진다. 이제 그는 날듯이 달리고 있다. 트랙터 자국이 흉하게 난 빨간 땅바닥이 발밑을 획획 지나간다. 하지만 흘깃 뒤를 돌아보니 자신이 차에 도착하기 전에 개가 자신을 따라

잡을 것 같다. 속도 때문에 털과 귀가 착 달라붙은 녀석은 벌써 산울타리를 다 뚫고 나와 옥수수 그루터기 옆을 흐르듯이 달리고 있다. 아, 이를 어째. 래빗은 달리기를 멈추고, 양팔로 얼굴을 가린 채 기다린다. 집은 둔덕에 가려 보이지 않는다. 이제 그 혼자서 이 일을 처리해야 한다. 개의 발톱이 속도를 못 이겨 그를 지나쳐가는 소리가 나더니 개 짖는 소리가 으르렁거리는 소리로 잦아든다. 바지 천을 통해 개가 그의 다리에 코를 문지르다가 몸을 기대는 것이 느껴진다. 개는 그를 쓰러뜨리려는 것이 아니라 그를 자기 무리로 데려가려는 것이다.

"착하지, 프리치." 해리가 말한다. "착하지. 내 차로 가자. 천천히 뛰어가자." 그는 조심스레 한 발 한 발 움직여서 갓길로 다가간다. 그동안 내내 개는 그에게 몸을 부딪치기도 하고 코를 킁킁거리기도 한다. 눈에 보이지 않는 집 쪽에서 사람들이 외치는 소리가 간간이 고집스레 들려온다. 개가 미심쩍다는 듯 흔들고 있는 꼬리가 해리의 종아리를 가볍게 두드리고, 녀석은 머리를 들고 병이 들어 빨갛게 변한 눈으로 질문을 던지듯이 해리를 올려다본다. 해리는 양손을 옷깃 높이로 들어 올린다. 더럽고 누렇고 침을 질질 흘리는 이빨이 당근 강판처럼 그의 손가락에서 껍질을 벗겨버릴 것 같다. 그는 프리치에게 말한다. "넌 아주 아름다워. 굉장한 녀석이야." 그리고 천천히 코로나 옆을 돌아 뒤쪽으로 간다. 기계톱이 여전히 윙윙 돌아가고 있다. 그는 운전석 문을 열고 안으로 미끄러지듯 들어가 쾅하고 문을 닫는다. 개는 어리둥절한 표정으로 풀이 웃자란 빨간 흙길에 서 있다. 해리를 자기 무리로 몰아가려던 노력이 끝을 맞은 것이다. 해리는 주머니에서 자동차 열쇠를 찾아 시동을 건다. 아직도 가슴이 두근거린다. 그는 조수석 창문 쪽으로 몸을 기울여 손가락으로 유리를 닦는다. "야, 프리치!" 그가 계속 이렇게 외치며 창문을 닦어대자 마침내 개가 다시 짖기 시작한다. 짖어라. 짖어라 짖어라 짖어라. 크게 웃으며 래빗은 클러치를 밟고 달아난다. 가슴속의 그것은 커다란 비눗방울처럼 연약하고, 무지개 빛깔을 띤 것 같다. 방울이 터질 테면 터지라지. 넬슨이 컨버터블 자동차들을 박살낸 뒤로 정해진 길을 벗어나고 싶은 생각이 이처럼 강했던 적은 없었다.

웹 머킷은 집에 관한 한 쓸모가 많다. 그의 집 지하실에는 값비싼 전동공구들이 가득하고, 그는 〈훌륭한 목공〉이나 〈집 꾸미기〉 같은 잡지들을 구독하고 있다. 그와 신디가 칠 년 전부터 살고 있는 개리슨 콜로니얼 양식의 집에는 그가 직접 깎고, 색칠하고, 광을 낸 목공 제품들이 구석구석 놓여 있다. 선반, 캐비닛, 수많은 칸으로 나눠진 회전식 탁자 등. 이 물건들은 이 집 주인이 집을 사랑하는 마음과 끈기를 보여준다. 썩은 나무를 가지고 작업하는 방법도 있다. 썩은 나무를 대리석처럼 단단하게, 그것도 다채로운 색깔의 소용돌이무늬가 있는 대리석처럼 만드는 것이다. 여러 램프의 받침, 그리고 X자형 받침대를 접을 수 있게 돼 있는 탁자 위에 나선형 모양으로 쌓아둔 채 손도 대지 않은 담배들을 담아둔 작은 그릇에 그 예술적인 솜씨가 나타나 있다. 탁자 역시 웹이 나비 모양의 반짝이는 구리 경첩까지 직접 만든 것이다. 이 물건들 중에는 웹이 전처들과 결혼생활을 할 때 쓰던 것도 틀림없이 있을 것이다. 해리는 이렇게 많은 물건들이 남아 있다니, 정체를 알 수 없는 웹의 전처들은 도대체 뭘 챙겨간 건지 모르겠다는 생각이 든다. 웹의 예전 결혼생활들을 보여주는 것은 길고 우묵한 거실에 걸린 컬러사진들뿐이다. 그 사진들은 웹이 직접 나무를 자르고 홈을 파고 접착제로 붙여서 만든 묘한 비례의 액자들 속에 들어 있다. 그와 신디 사이의 아이들이라고 보기에는 너무 나이가 많은 아이들의 사진. 여기가 아닌 다른 근교 주택의 현관 앞 계단에서 햇빛을 받고 있는 모습이나 지금은 코닥 인화지의 화학물질들 때문에 노랗게 바랬지만 원래는 파란색이었던 호수를 배경으로 돛단배에 타고 있는 모습, 또는 결혼식이나 졸업식 때의 모습을 포착한 것이다. 이 아이들 중 일부는 이제 성인이 되어 넬슨보다 나이가 많았다. 가족들이 웃고 있는 많은 가족사진 중에는 손자 세대인 아기들이 베개에 몸을 기대거나 튼튼하고 젊은 품안에 안긴 채 미소를 띠지 않은 표정으로 사진 속에서 사람들을 응시하는 모습도 들어 있다. 해리는 웹의 집에 걸린 이 사진들 속에서 몇 차례나 몰래 웹의 전처들을 찾아보려고 했다. 하지만 액자 가장자리나 다른 사진에 가려 머리가 없어지거나 반 토막이 나버린 여자들은 있어도, 그리고 아이들의 머리 뒤로 튀어나와 있는, 정체를 알 수 없는 성숙한 손과 팔뚝이 여기저기 흩어져 있기는 해도, 가족들의 행복한 순간을 담은 이 사진들 속에 아내와 엄마의 얼굴은 전혀 보존되어 있지 않은 것 같다.

웹과 신디가 손님들을 불러 접대할 때는 아래층에 내장된 스피커에서 달콤한 현악 연주곡들이 계속 흐늘흐늘 흘러나온다. 옛날 쇼 음악이나 부드럽게 편곡한 록의 고전들로 사람 목소리가 없이 매끈하지만 해리에게는 치과를 연상시켜서 귀에 거슬리는 음악이다. 웹은 브루어에서 농부들이 드나들던 어떤 호텔이 헐릴 때 그곳 주점에서 가져와 놋쇠 난간이 달린 그대로 거실 구석에 놓아둔 마호가니 바 뒤에 술을 위한 제단 같은 것을 만들어놓았다. 꼭대기를 둥글게 다듬은 두 개의 높은 문이 한 점에서 하나로 합쳐지고, X자형 받침대를 겹치듯이 밀고 당겨서 길이를 조절할 수 있는 선반들에는 기본적인 위스키, 진, 보드카뿐만 아니라 럼이나 테킬라나 사케 같은 이국적인 술도 있다. 또한 비터즈*에서부터 구식 가루 믹스까지 온갖 첨가물도 각각 작은 봉투에 담겨 있다. 바에는 작은 냉장고도 붙박이로 달려 있다. 해리는 웹에게 감탄할 때가 많지만, 자신이 꿈꾸는 집을 갖게 되면 집안을 가득 채우는 배경음악과 술을 넣어둔 정교한 찬장은 본뜨지 않을 생각이다.

하지만 욕실은 매혹적이다. 에나멜을 칠한 작은 비누 그릇에 장미 꽃봉오리 모양의 비누를 놓아둔 것, 털이 복슬복슬한 파란색 변기 커버, 배우들의 분장실 거울처럼 가장자리에 알전구를 붙인 눈부신 거울. 욕실 안의 물건들은 모두 반짝거리거나, 아니면 연한 색깔과 냄새를 띠고 있다. 아주 부드러운 휴지에는 옛날 만화가 한 칸에 한 장면씩 찍혀 있다. 시금치 대신 똥을 먹어야 하는 가엾은 뽀빠이. 수건에는 W와 M과 더불어 루신다를 뜻하는 L이 한데 얽힌 모양으로 어찌나 딱딱하고 커다랗게 새겨져 있는지 신디가 깜박하고 그걸로 은밀한 그곳을 세게 문지르기라도 하는 날에는 어떤 일이 벌어질지 생각하기도 싫다. 하지만 해리는 이 아래층 화장실을 머킷 부부와 다소 활기 없어 보이는 아이들이 과연 사용하기는 하는 건지, 아니면 이건 주로 손님들

---

* 칵테일에 섞는 쓴 술.

을 위해 마련해둔 곳인지 판단할 수 없다. 그 안에 있는, 정체를 알 수 없는 몇 가지 공예품들, 예를 들어 커다란 설탕 그릇처럼 보이는 흰 그릇에는 얇디얇은 드레스를 입고서 있는 듯 없는 듯 흐릿한 구름이나 소파 위에 앉아 있는 두 여자가 그려진 뚜껑이 있고, 뚜껑에는 손잡이가 달려 있다. 여자들은 분홍색 발레리나 슈즈를 신고 발목을 엇갈리게 교차시킨 자세이며, 한 여자의 발가락이 다른 여자의 발가락에 닿아 있고, 맨살이 드러난 두 여자의 한 팔이 손잡이 위에서 엇갈려 있지만, 정작 뚜껑을 열어보면 텅 비었다. 완전히 텅 비어 있어서 그 안에 무엇이든 물건을 넣어둔 적이 한 번도 없는 것 같다. 그리고 분홍색 플라스틱 손이 달린 막대기는 아마도 우스꽝스러운 등긁개인 듯하고, 달걀 모양의 단지에는 라벤더 소금 결정이 3분의 1쯤 차 있고, 자그마한 우유배달 수레처럼 생긴 것은 목욕용 오일 그릇인 것 같고, 유연한 플라스틱 원통에는 무지개처럼 색색의 파스텔 색조를 띤 파우더 퍼프가 팬케이크처럼 쌓여 있다. 이 모든 물건이 놓여 있는 개방형 선반은 욕조와 변기 사이에 검은 못 두 개로 박아두었는데, 무엇이든 전부 실제로 사용하기 위한 것이라기보다는 전시용인 듯하다. 하지만 자그마한 신디가 이곳에 있는 오일을 욕조에 쏟은 뒤 몸은 담그고 등긁개로 혼자 장난을 치는 모습이며 담요처럼 깔린 비누거품을 뚫고 젖꼭지가 삐죽 나오는 모습을 생각해보니 해리는 섹시한 기분이 든다. 모든 것을 지나치게 생생히 비춰주는 거울에서 그의 눈이 거의 새하얗게 보일 만큼 창백하게 그를 빤히 바라본다. 아침에 자동차 표면에 내려앉은 서리꽃만큼이나 새하얗다. 그리고 입술은 푸르스름하게 보인다. 그는 술에 취했다. 저녁식사 전에 테킬라 피즈*를 두 잔 마셨고, 식사중에는 갤로 샤블리를 최대한 많이 마셨으며, 식사 뒤에는 브랜디 한 잔 반을 마셨다. 브랜디를 두 잔째 마시던 중에 자신의 건강과 번영, 그리고 이 집에서 커피 테이블을 사이에 두고 신디의 맞은편에 앉아 이국적인 아랍식 옷처럼 보이는 기묘하고 거친 옷 속에서 신디의 몸이 움직이는 모습을 지켜보는 특권에 덧붙여 또다른 행복의 압박감처럼 오줌이 마려웠다. 신디의 손목은 맨살이 드러나 있었고, 발에도 샌들만 신었을 뿐이라 신디가 비키니 차림일 때 허벅지 안쪽을 볼 순간만큼이나이 옷차림 또한 짜릿했다. 그 자신과 재니스 외에 머킷 부부는 해리슨 부부를 초대했고, 새로운 스릴을 위해 멍청한 포스나트 부부도 초대했다. 포스나트 부부와는 겨우 이 주 전 넬슨의 결혼식에서 처음 만난 사이인데도 말이다. 오래전 올리가 자주 그러듯이 비겁하게 도망쳤을 때 해리와 페기가 한 번 바람을 피운 적이 있음을 머킷 부부는 아마 모를 것이다. 하지만 어쩌면 알고 있을 수도 있다. 사람들은 생각보다 많은 것을 알고 있으니까. 하지만 사실 그런 것은 중요하지 않다. 매주 〈피플〉에 실리는 기사들을 보라. 그런데도 우리는 계속 텔레비전을 본다. 배우들이 모두 약물중독과 간통에 빠져 있는데도. 해리는 분장실 거울처럼 가장자리에 알전구를 박은 약장 안을 들여다보고 싶은 충동이 일어서 거실에서 술에 취한 사람들이 한바탕 웃음을 터뜨릴 때를 기다린다. 그래야 자신이 그 거울문을 열 때 혹시 찰칵하는 소리가 나더라도 가려질 것이다. 찰칵. 약장 안에는 짐작보다 훨씬 많은 것이 들어 있다. 두꺼운 우윳빛 유리 단지에는 얼굴에 바르는 크림이 들어 있고, 살

---

* 칵테일의 일종.

색 튜브에는 로션이, 갈색 튜브에는 선탠로션이 들어 있으며, 설사약인 페어펙톨린, 귀지 억제제인 드브록스, 멘솔 클로라셉틱*, 세파콜이라는 구강세정제, 바이엘과 아나신을 포함한 여러 종류의 아스피린, 위장에 자극을 주지 않는 타이레놀, 액상 말록스**가 들어 있는 커다란 분필 같은 병이 있다. 머킷 부부 중 누가 말록스를 먹는지 궁금하다. 둘 다 항상 아주 느긋하고 편안해 보이는데. 분홍색의 찐득거리는 옻독 치료제는 아이들을 위해 아래층에 둔 것일 테고, 일회용 반창고도 있다. 하지만 납작한 노란색 상자에 든 치질약 프레퍼레이션 H는? 카터는 당연히 치질을 앓고 있다. 준비가 됐든 안 됐든 모든 걸 스케줄대로 시행하려고 줄기차게 밀어붙이는, 우울하고 지나치게 의욕이 넘치는 인간이니까. 하지만 걸걸한 목소리와 편안한 스윙 자세를 갖춘 웹 머킷. 그의 스윙은 연예인 골프대회에서 감상적인 유행가 가수들이 보여주는 스윙과 비슷하다. 그런 그가 자그마한 왁스 총알처럼 생긴 이 알약을 꺼내서 자기 똥구멍에 집어넣는다고? 그러려면 쭈그리고 앉아야 하는데 그럴 만한 장소를 찾기는 쉽지 않다. 래빗도 오래전 직접 경험해본 일이라서 잘 기억하고 있다. 그때 그는 딱딱한 강철의자에 하루 종일 앉아서 잔뜩 긴장한 채 라이노타이프 기계를 다뤘다. 그가 손가락을 움직일 때마다 기계가 덜덜거렸고, 손가락이 한 번 미끄러질 때마다 한 행이 망가졌으며, 주위의 모든 사람이 불행했고, 아이는 아직 어리고, 인생은 쪼그라들 대로 쪼그라들었지만 그의 영혼은 아직 거기에 맞게 쪼그라들지 않은 때였다. 처방 라벨에 연한 파란색 글씨로 루

---

* 목감기약.
** 제산제.

448

신다 R. 머킷이라고 찍혀 있는, 이 호박색 약병은 또 뭔가? 무서울 정도로 작은 하얀 알약들이 들어 있다. 독서용 안경을 가져오는 건데. 선반에서 약병 하나를 꺼내 저 통통하고 나긋나긋하고 유쾌한 몸에 과연 어떤 질병이 스며들었는지 알아보고 싶다는 유혹이 고개를 들지만, 지문이 남을지도 모른다는 터무니없는 걱정이 그를 저지한다. 약장은 비극적인 물건이다. 그는 이곳의 강렬한 빛 속에서 그것을 깨닫는다. 그래서 아무도 찰칵하는 소리를 듣지 못할 만큼 부드럽게 약장 문을 닫고 거실로 돌아간다.

사람들은 교황의 방문에 대한 이야기를 커다란 소리로 나누고 있다. "그거 봤어요?" 페기 포스나트가 고함을 지르다시피 한다. "어제 교황이 시카고에서 섹스에 대해 뭐라고 했는지!" 해리가 페기를 친밀하게 알았던 그때 이후로 많은 세월이 흐른 지금 페기는 더이상 사시를 감추려고 검은 선글라스를 쓰지도 않고, 몸가짐과 의견 표현에도 그다지 조심하지 않는다. 페기는 일종의 시위라도 하듯이 항상 엉망으로 구겨져 있는 것처럼 보이는 여자가 되었다. "결혼생활 밖에서 이루어지는 일은 전부 잘못이래요. 결혼한 사람뿐만 아니라, 결혼하지 않은 사람도 마찬가지라는 거예요. 그 인간이 뭘 안다고 그런 소리를 한대요? 그 사람은 인생에 대해서는 아무것도 몰라요. 사람들의 삶에 대해 전혀 모른다고요."

웹 머킷이 흥분한 손님을 달래려고 부드러운 목소리로 끼어든다. "난 몇 년 전에 얼 버츠가 한 말이 마음에 들어요. '게임을 하지 않는 사람은 규칙도 못 만든다.'" 웹은 밤색 터틀넥 셔츠 위에 거친 털실로 짠 회색 스웨터를 입고 있는데, 래빗 생각에는 스칸디나비아 어부들이

입는 옷과 비슷한 것 같다. 목선이 그렇다. 해리와 로니는 양복을 입고
왔다. 올리는 아주 현대적이라서 이제 사람들이 토요일 밤에도 외출할
때 양복을 입지 않는다는 사실을 알고 있다. 그래서 몸에 꼭 끼는 색바
랜 청바지에 자수가 놓인 셔츠 차림으로 왔는데, 발육부진의 꼬마 같
아서 목장에서 일할 수 없는 카우보이처럼 보인다.

"게임을 하지 않는 사람!" 페기 포스나트가 외친다. "슬럼가에서 임
신한 여자가 합법적으로 낙태할 길이 없다는 걸 생각해봐요. 그런 것
도 게임인가요?"

래빗이 페기에게 말한다. "웹은 네 말에 동의한다고 말한 거야." 하
지만 페기는 그의 말을 듣지 않고 계속 사납게 지껄여댄다. 한자리에
둘러앉은 사람들의 짜릿한 반응과 포도주 때문에 얼굴이 붉게 상기되
고, 잘 다듬어놓은 머리의 컬은 햇빛에 녹는 태피 과자처럼 풀어지고
있다.

"교황이 필리에서 한 짓을 지켜본 사람이 나 말고 또 있어요? 난 너
무 화가 나서 도저히 눈을 뗄 수가 없었어요. 여자는 절대 사제가 될
수 없다고요? 그런 말을 해놓고 그 인간은 계속 빙글빙글 웃었어요. 내
가 진짜로 화가 난 건, 그 인간이 남자만 사제가 될 수 있다는 둥, 그게
교회의 확신이자 신의 결정이라는 둥, 웃기지도 않는 성차별 발언을
계속 쏟아놓으면서도 줄곧 빙글빙글 웃었다는 거예요. 어찌나 유들유들
하던지. 그게 진짜 화가 났던 것 같아요. 적어도 닉슨이나 히틀러 같은
사람들은 광기를 드러낼 정도의 양심은 있었잖아요."

"교황은 진짜 유들유들한 폴란드 늙은이야." 올리가 말한다. 아내가
흥분해서 떠들어대는 것이 불편한 기색이다. 그가 멋진 것을 좋아한다

는 건 금방 알 수 있다. 음악, 마약. 모두 겉만 긁는 수준이지만, 그래도 분위기를 낼 정도는 된다.

"그자는 깜둥이 아이들한테도 분명히 입을 맞출 수 있을 거예요." 로니 해리슨이 끼어든다. 도움이 되려고 애쓰는 것 같기도 하다. 로니가 요즘 벗어진 머리를 감추려고 덮어둔 머리카락이 어찌나 긴지 래빗은 눈을 뗄 수가 없다. 그 머리카락을 반대방향으로 늘어뜨리면 귀 아래까지 닿을 것이다. 지금 같은 시대에 왜 발버둥을 치는 걸까? 대머리 패션도 있는데, 그렇게 할 일이지. 분홍색의 둥근 민머리. 엉덩이와 비슷한 모양. 누구나 엉덩이를 좋아한다. 노란 상자 안에 들어 있던 왁스 총알들, 혹시 신디가 그 약을 쓰는 걸까? 거기가 왜 아픈 건지, 하지만 웹은? 해리는 남자 동성애자들이 치질로 고생하는 경우가 많다는 이야기를 어디선가 읽었다. 사람들이 거기에 집어넣으려고 애쓰는 물건들을 보면 그저 놀라울 뿐이다. 주먹, 전구. 그는 쿠션 위에서 몸서리를 친다.

"난 교황이 아주 섹시한 것 같던데요." 셀마 해리슨이 선언한다. 셀마가 하는 말은 무엇이든 학교 선생 같다. 또박또박해서. 해리는 한층 능력이 향상된 술이라는 렌즈로 그녀를 바라본다. 얄팍한 입술과 어딘가 아파 보이는 누런 안색. 해리는 셀마를 볼 때마다 로니의 거시기가 보이는 듯하다. 윗부분이 널빤지처럼 납작한 그것은 아주 굵다. "그 사람은 아름다운 남자예요." 셀마가 고집스레 말한다. 눈을 반쯤 감고 있다. 셀마도 술을 좀 많이 마신 모양이다. 셀마는 목을 꼿꼿이 세우고 있다. 딸꾹질을 참으려는 것처럼. 해리는 셀마의 원피스 앞섶으로 시선을 옮기지 않을 수 없다. 옛날 영화관 의자처럼 칙칙한 갈색이 섞인 파란색 벨벳. 그녀가 자세를 유지하고 있는 모습. 그다지 볼 것은 없다. 황금 단추가 잔뜩 달린 하얀 옷과 웃기게 생긴 갖가지 모자를 쓴 작고 땅딸막한 남자. 그 남자를 섹시하다고 생각하는 사람은 수녀밖에 없을 것이다. 로니도 사실 그 남자처럼 땅딸막하다. 셀마는 통통한 남자를 좋아한다. 해리는 셀마의 원피스 앞섶을 다시 본다. 어쩌면 거기에 생각보다 많은 것이 있는지도 모른다.

재니스가 뭐라고 말하고 있다. 페기와 워낙 오래전부터 알던 사이라 페기의 체면을 살려주려고 애쓰는 중이다. "내가 오늘 마음에 들었던 건, 너도 보고 있었는지 잘 모르겠지만, 페기, 교황이 워싱턴에서 백악관으로 가기 전에 성당 발코니로 나왔을 때야. 사람들이 '교황님 나와주세요, 교황님 나와주세요' 하고 외치니까 교황이 발코니로 나와서 손을 흔들며 외쳤잖아. '요한 바오로 2세도 여러분을 보고 싶습니다!' 진짜로."

재니스가 "진짜로"라는 말을 덧붙인 건 남자들이 웃음을 터뜨렸기 때문이다. 그들은 처음 듣는 이야기였다. 남자들 셋은 오늘 플라잉이글에서 골프를 쳤다. 여름이 다이아몬드 카운티에 마지막으로 한번 더 되돌아온 덕분에 6번 티 옆의 목련나무에 통통한 봉오리가 맺혔다. 그들과 함께 골프를 친 네번째 멤버는 넬슨이 결혼한 날 73타를 기록했던 바로 그 젊은 보조 프로였다. 그는 장타를 친다. 웹이 옳았다. 하지만 해리는 그의 스윙이 마음에 들지 않는다. 손목을 너무 많이 쓰기 때문에. 몇 년 뒤에 허리가 굵어지면 어떻게 쳐도 공이 항상 왼쪽으로 휠 것이다. 버디 잉글핑거는 최근 무리에서 제외되었다. 그의 골프 실력이 도무지 나아질 줄 모르는데다가, 다른 멤버의 아내들도 그의 헤픈 여자친구들을 싫어했기 때문이다. 하지만 올리 포스나트가 그 대신이 될 수는 없다. 그가 다루는 것이라고는 신시사이저뿐이고, 그의 칠칠치 못한 아내는 도무지 입을 가만히 두지 않을 것이다.

"나도 그걸 재미있다고 생각하고 싶지만……" 페기가 웃음소리보다 크게 목소리를 높이며 말한다. "하지만 내가 보기에는 그자가 짓밟고 있는 이슈들이 너무 심각해."

신디 머킷이 뜻밖에 입을 연다. "교황은 공산국가의 신부였어요. 그래서 자기 입장을 단단히 지키는 것에 익숙해요. 뭣 때문에 화가 나는 거예요, 페기? 가톨릭 신자가 아니라면 굳이 교황의 말에 귀를 기울일 필요도 없는데요."

이 말을 중심으로 순식간에 사방이 조용해진다. 포스나트 부부를 제외한 모든 사람이 신디가 웹과 결혼하기 전에는 가톨릭 신자였음을 알기 때문이다. 페기도 이제 그것을 알아차렸지만, 희고 슬픈 어린 암소처럼 일단 한 방향으로 돌진하기 시작한 이상 방향을 돌리지 못한다. "가톨릭 신자예요?" 그녀가 불쑥 묻는다.

신디는 턱을 살짝 치켜든다. 이 사람들 사이에서는 아기 같은 입장이라 이런 식으로 주목을 받는 것에 익숙하지 않다. "가톨릭 집안에서 자라기는 했어요." 신디가 말한다.

"알고 보니 우리 며느리도 그렇던데요." 해리가 자진해서 나선다. 자신에게 며느리가 생겼다는 사실 자체가 재미있다. 자신의 부에 새로운 지류가 생긴 것 같다. 또한 자신의 말이 사람들의 생각을 흩어놓기를 바라는 마음도 있다. 그는 여자들의 싸움을 보는 게 몹시 싫다. 이 두 사람을 밖으로 내보낼 수 있다면 좋을 텐데. 신디는 수영장에서 몽정 속의 여자처럼 등장했고, 페기는 그가 절망에 빠져 있을 때 상냥하게도 그와 함께 누워주었다.

하지만 생각이 흩어진 사람은 하나도 없다. "이혼한 남자와 결혼했기 때문에……" 신디가 페기에게 차분하게 설명한다. "나는 더이상 성찬식에 참석할 수 없었어요. 그래도 가끔 미사에 나가기는 해요. 아직도 믿으니까." 이 말을 할 때 신디의 목소리가 부드러워진다. 나이는 젊어도 이 집의 안주인으로서 손님들을 접대하고 있는 거니까.

"그럼 피임은 해요?" 페기가 묻는다.

구제불능이다, 이 포스나트 부부는. 해리는 그래도 즐겁다. 지금 이 자리에 모인 사람들을 이 모습 그대로 좋아하니까.

신디가 머뭇거린다. 소녀처럼 키득거리며 부드럽게 이 질문을 피해 갈 수도 있고, 가만히 앉아서 위엄 있는 자세를 취할 수도 있다. 신디는 아주 희미하게 위엄 있는 미소를 띠고 말한다. "그건 부인이 신경쓸 일이 아닌 것 같은데요."

"교황이 신경쓸 일도 아니죠. 내 말이 그 말이에요!" 페기는 의기양양한 기색이지만, 아무리 그녀라도 전투가 슬그머니 끝나가고 있음을 느낄 것이다. 이제 페기가 이 집에 다시 초대되는 일은 없을 것이다.

언제나 신사적인 웹은 성가신 페기가 반反교황의 진지로 삼은 안락의자 팔걸이에 걸터앉아 솜씨 좋게 살짝 몸을 기울여 페기만 들을 수 있게 속삭인다. "내 생각에 신디의 말은, 요한 바오로가 모든 미국인들에게 선의를 보여주면서 그와 동시에 가톨릭 신자들에게 교의를 말하고 있다는 뜻인 것 같은데요."

"나는 교황이 선의와 교의를 신자들에게만 보여줘도 상관없어요."

페기가 말한다. 그녀도 이제 그만 입을 다물려고 하지만 그럴 수 없는 모양이다. 래빗은 페기의 젖꼭지가 젤리 같은 느낌이 났던 것, 올리가 떠난 뒤로 페기의 잠자리 솜씨가 좋아진 것이 그때, 그러니까 십 년 전의 자신에게 아주 슬프게 보였던 것을 떠올린다.

이제 신디가 조금 공격을 가한다. "하지만 교황은 바티칸 2차 회의 이후로 교회가 곤란한 처지에 빠졌다는 걸 알고 계세요. 사제들이……"

"교회가 곤란해진 건 교회 자체가 거짓말에 바쳐진 기념물이기 때문이에요. 아무것도 모르는 케케묵은 국수주의자들이 그 기념물을 운영하고 있고요. 미안해요." 페기가 말한다. "내가 말이 너무 많네요."

"뭐, 여긴 미국이잖아." 해리가 페기를 도와주려고 나선다. 조금. "우리 모두 마음껏 얘기해보자고. 오늘 나는 내 유일한 친구였던 찰리 스태브로스한테 작별인사를 했어."

재니스가 말한다. "세상에, 해리." 하지만 다른 사람들은 아무도 그의 말을 받지 않는다. 원래 이 자리의 남자들이 자기들이야말로 해리의 친구라고 말해야 하는 건데.

웹 머킷은 고개를 갸우뚱하게 기울이고 눈썹으로 로니와 올리를 가리킨다. "오늘 신문기사 봤어? 닉슨이 마침내 맨해튼에 집을 샀다던데. 데이비드 록펠러 바로 옆집이래. 난 교활한 닉슨을 그다지 좋아하지 않지만, 닉슨이 지금까지 대도시에서 아파트 생활을 못해본 건 헌법에 대한 모독이라고 할 수밖에 없지."

"만약 닉슨이 검둥이였다면," 로니가 입을 연다. "모든 시민권을……"

"그럼 이건 어떻게 생각하세요?" 페기 포스나트가 참지 못하고 입을 연다. "우리가 상점에 다녀올 때마다 비밀 경호원들이 우리 가방을 뒤지는 거."

　페기가 앉아 있는 의자는 사각형의 육중한 현대식 디자인으로, 합판만큼이나 두꺼운 연한색 천으로 덮여 있다. 그리고 같은 색의 의자 하나와 긴 소파가 파슨스 탁자*라고 불리는, 다리 위로 상판이 튀어나오지 않은 모양의 탁자 주위에 놓여 있다. 골프채 헤드의 재료처럼 구불구불하게 옹이가 진 느낌의 어두운색 나무와 밝은색 나무를 번갈아 짜맞춰서 만든 탁자다. 브루어 하이츠가 처음 개발될 때 이 집을 산 뒤 웹이 깊숙하게 확장한 거실 공간에는 조화를 고려해서 고른 갖가지 장식이 가득하다. 황갈색 벽지는 약간 어두운색 커튼의 세로 주름처럼 수직으로 실 가닥들을 붙여놓은 것 같은 느낌이 나고, 트랙 조명장치**에 달린 포인트 조명의 빛을 받고 있는 와이어스의 수채화 복제품은 같은 색조의 색을 대충 칠해놓은 것 같은 느낌을 주며, 석회를 거칠게 발라서 둥근 선들이 서로 겹쳐 있는 것처럼 보이는 천장에서는 해변의 운모 조각들처럼 자그맣게 반짝이는 것들이 역시 같은 조명 불빛에 드러나 있다. 해리가 고개를 움직이자 천장의 반짝이는 것들도 자리를 옮겨, 마치 숨겨진 은색 파도가 거듭 밀려오는 것 같다. 그가 선언하듯 말한다. "얼마 전에 로터리클럽에서 키신저에 관한 우스갯소리를 들었어. 웹, 자네는 그 자리에 없었지, 아마? 추락 직전인 비행기에 다섯 남자가 타고 있었는데, 신부, 히피, 경찰관, 어떤 사람, 그리고 헨리 키신저야. 그런데 낙하산은 딱 네 개뿐이었어."

　로니가 말한다. "결국 히피가 신부를 바라보면서 말했지. '걱정 마세

---

* 다리가 네 귀퉁이에 달린 사각탁자.
** 천장이나 벽의 레일에 조명장치를 달아 이동시킬 수 있게 한 것.

요, 신부님. 세상에서 제일 똑똑한 남자가 방금 제 배낭을 메고 뛰어내렸으니까요.' 우리 모두 이미 들은 얘기야. 그러고 보니 생각나는데, 얼마 전에 셀마랑 이걸 보다가 자네도 봤는지 궁금했어." 로니가 오려낸 신문기사를 건네준다. 브루어 〈스탠더드〉의 앤 랜더스 칼럼이다. 〈배트〉와는 달리 권위 있는 신문이다. 두번째 문단이 가느다란 볼펜으로 표시돼 있다. "소리 내서 읽어봐." 로니가 요구한다.

머킷 부부와 조용히 즐거운 시간을 보내려고 온 자리에서 해리슨처럼 땀을 뻘뻘 흘리는 대머리한테 명령을 받는 건 싫지만, 모두들 그를 바라보고 있다. 게다가 이 기사 덕분에 다들 교황 이야기를 잊어버린 것 같기도 하다. 해리는 머킷 부부조차 벌써 이 장난에 동참한 것처럼 보이기 때문에, 다른 사람들보다는 특히 포스나트 부부를 위해 설명한다. "이건 누가 앤 랜더스한테 보낸 편지야. 첫번째 문단에는 어떤 남자가 애완동물로 기르던 비단뱀한테 배를 물린 사건을 보도한 기사에 관한 이야기가 있어. 비단뱀은 좀처럼 남자의 배에서 떨어지지 않고 계속 그를 물고 있었는데, 구급요원들이 도착했을 때 그 남자가 뱀을 해칠 거라면 당장 자기 집에서 나가라고 고함을 질렀다는 거야." 이말에 조금 웃음소리가 난다. 포스나트 부부는 뭐가 뭔지 모르겠다는 표정이지만 그래도 함께 웃으려고 애쓴다. 그다음 문장은 다음과 같이 이어진다.

다음 뉴스는 워싱턴의 의사가 컨트리클럽의 16번 홀 그린에서 퍼터로 캐나다 거위를 때려죽인 이야기입니다. (거위는 매를 맞기 직전에 우는 소리를 냈습니다.) 여기에 이런 편지들을 소개한 것은, 현실이 소설보다 더 희한하다는 점을 보여드리기 위해서입니다.

이 문단을 소리 내서 읽은 뒤, 그는 포스나트 부부에게 설명한다. "이 사람들이 지금 이걸로 날 놀리는 건, 지난여름에 내가 라디오에서 똑같은 뉴스를 듣고 클럽에서 이 친구들한테 얘기해주려 했는데, 다들 내 말을 안 믿었기 때문이야. 하지만 이 기사는 그런 일이 실제로 있었다는 증거지."

"이 멍청아, 그런 얘기가 아니잖아." 로니 해리슨이 말한다.

"내용이 아주 다르다는 게 중요한 거예요." 셀마가 말한다. "해리 씨는 지난번에 그 의사가 볼티모어 사람이라고 말했지만, 이 기사에는 워싱턴 사람이라고 돼 있어요. 해리 씨는 또 거위가 우연히 공에 맞아서 고통스러워했기 때문에 의사가 그의 고통을 끝내줬다고 했어요."

웹이 말한다. "기억나는군. '자비로운 살생일까요, 음험하기 짝이 없는 살해일까요?' 이거 진짜 웃겼어."

"그때는 안 웃었잖아." 해리가 말한다. 그래도 기쁘기는 하다.

"앤 랜더스에 따르면, 이건 음험하기 짝이 없는 살해네요." 셀마가 말한다.

"그런 게 무슨 상관이야?" 로니가 말한다. 그는 점점 못되게 굴고 있다. 이 기사를 가져오자고 한 건 셀마의 생각이었음이 분명하다. 볼펜으로 기사에 표시를 한 것에서도 셀마의 느낌이 난다.

재니스는 술기운에 푹 빠졌을 때 나타나는 흐릿하고 어두운 눈빛으로 이야기를 듣고 있다. 재니스는 웹과 함께 그린슬리브즈라는, 아일랜드에서 새로 수입된 술을 맛보고 있었다. "글쎄요, 거위가 우는 소리를 냈다면 그런 게 아닌 것 같은데요." 재니스가 말한다.

올리 포스나트가 말한다. "거위가 우는 소리를 낸다고 해서 퍼팅이 달라질 것 같지는 않아요."

골프를 칠 줄 아는 사람들이 이구동성으로 퍼팅에 영향을 미친다고 말한다.

"젠장." 올리가 말한다. "음악을 할 때는 새벽 두시에 제일 좋은 작품이 나와요. 술에 취해서 반쯤 정신이 나간 상태로. 하지만 다른 주정뱅이들은 멋대로 날뛰죠."

그가 음악 이야기를 하자 모두들 웹이 눈에 띄지 않게 숨겨놓은 스피커에서 끊임없이 흘러나오는 음악을 떠올린다. 지금은 비브라폰으로 연주하는 하와이 음악이 흐르고 있다.

"어쩌면 거위가 아니었는지도 모르지." 해리가 말한다. "어쩌면 깃털을 단 아주 작은 캐디였는지도 몰라."

"그런 게 음악이죠." 로니가 올리의 발언을 비웃는다. "어이, 웹, 이 집에는 맥주가 없는 거야?"

"있지, 왜 없어. 밀러 라이트랑 하이네켄 중에 뭘 갖다줄까, 다들?"

웹의 행동이 조금 침착하지 못하다. 래빗은 파티 분위기가 이대로 스르르 죽어버릴까봐 걱정스럽다. 버디 잉글핑거가 그립다. 이런 마음이 들 거라고는 전혀 생각도 못했는데. 그는 버디가 이 자리에 있었다면 했을 법한 말을 해보려고 한다. "죽은 거위 얘기를 하니까 생각나는데……" 그가 말한다. "얼마 전에 신문에서 어떤 인류학자인지 뭔지가 2000년까지 지금 지구상에 살고 있는 동물 종의 4분의 1이 멸종할 거라고 말했다는 기사를 봤어."

"아, 하지 마." 페기 포스나트가 큰 소리로 외치며 고개를 세차게 흔든다. 그 바람에 팔뚝의 살덩이가 덩달아 흔들린다. 페기는 계절에 맞지 않게 짧은 소매 원피스를 입고 있다. "서기 2000년 얘기는 하지 마. 생각만 해도 소름이 끼치니까."

아무도 그녀에게 이유를 묻지 않는다.

마침내 래빗이 말한다. "왜? 넌 그때도 아직 살아 있을 텐데."

"아냐." 페기가 단호하게 말한다. 이것조차 논쟁거리로 삼고 싶은 모양이다.

교황 때문에 논쟁을 하며 붉게 달아올랐던 신디의 목과 가슴 위쪽에 아직도 홍조가 남아 있다. 거기에 상의 단추 두 개, 아니 아랍식 로브의 끈 여밈을 열어두어서 반쯤 노출된 작은 금색 십자가가 보이고, 아래로 갈수록 점점 가늘어지는 팔은 넓은 소매 속에서 아이처럼 연약해 보이고, 자수가 놓인 로브 자락 밑으로는 아주 가느다란 황금색 끈으로 된 샌들 외에 아무것도 신지 않은 발이 드러나 있다. 웹이 사람들에게서 맥주 주문을 받고, 재니스가 화장실에 가려고 휘청거리며 일어나는 바람에 주위가 소란해진 틈에 해리는 젊은 안주인 옆으로 가서 등받이가 꼿꼿한 의자에 앉는다. "난 교황이 아주 훌륭한 사람이라고 생각해요. 텔레비전을 이용하는 방법을 제대로 알고 있던데요." 그가 말한다.

신디는 마치 무엇에 찔린 사람처럼 머리를 짧게 흔들면서 말한다. "나도 교황이 하는 말 중에 마음에 안 드는 게 많아요. 하지만 교황은 어딘가에서 선을 그을 수밖에 없어요. 그게 교황의 임무니까요."

"교황도 겁을 내며 달리고 있어요." 래빗이 말한다. "다른 사람들과 마찬가지로."

신디가 그를 바라본다. 밈의 말처럼 신디의 눈이 조금 중국사람 눈을 닮은 것 같다. 눈 아래 애굣살 때문에 왠지 눈을 가늘게 뜨고 있는 것처럼 보인다. 누구한테 맞았거나, 건초열에 시달리고 있는 것 같다. 그래서 진지한 표정을 짓고 있을 때도 눈이 반짝이고, 트랙 조명과는 멀리 떨어져서 조금 그늘이 진 거실 한가운데에서도 눈동자가 크게 보인다. "어머, 난 그런 식으로는 생각할 수 없어요. 아마 해리 씨 말이 맞겠지만요. 교회학교에서 배운 게 지금도 나한테 많이 남아 있나봐요." 그녀의 동공을 둥글게 둘러싼 갈색 테두리는 부드러운 초콜릿 같다. 자잘한 점이나 불꽃은 없다. "웹은 정말 점잖은 사람이라 날 다그치는 법이 없어요. 벳시가 태어난 뒤 우리는 웹이 이만하면 자식을 충분히 봤다는 결론을 내렸죠. 하지만 나는 페서리를 쓸 수 없었어요. 너무 사악한 것 같아서요. 그렇다고 피임약을 먹자니, 웹이 어딘가에서 읽었다며 안 된다고 반대하더라고요. 그러면서 자기가 수술을 받겠다고 했어요. 인도에서 남자들한테 돈을 줘가며 권하는 것 있잖아요. 이름이 뭐더라? 정관절제수술. 웹이 그 수술을 받고서 심리적으로 충격을 받을지도 모른다는 생각에 나는 어느 날 충동적으로 병원에 가서 페서리를 맞췄어요. 지금도 그걸 집어넣을 때면, 내가 제대로 넣는 건지 잘 모르겠어요. 하지만 웹이 가엾잖아요. 전처들한테서 아이를 다섯이나 낳았고, 두 전처 모두 쉴새없이 웹의 돈을 노리고 있어요. 둘 다 남자랑 같이 살면서도 결혼은 하지 않았고요. 그건 정말 비도덕적인 짓이에요. 그런 식으로 웹의 돈을 뜯어가다니요."

해리는 이런 이야기까지 듣게 될 거라고는 예상하지 못했다. 그래서 그도 신디에게 고백한다. "재니스도 몇 년 전에 나팔관을 막았어요. 그걸 걱정할 필요가 없어진 건 정말 굉장하다고 말할 수밖에 없군요. 언제든, 밤이나 낮이나, 신경쓸 필요가 없어요. 그래도 가끔 재니스가 울음을 터뜨릴 때가 있어요. 아무런 이유도 없이. 마흔세 살에 불임의 몸이라는 것 때문에."

"그거야 당연하죠. 나도 그럴걸요." 신디의 입술은 길다. 립스틱을 바른 두 입술이 한데 붙어 다물어져 있는 것이 현명해 보인다. 문장이 끝날 때면 입꼬리가 아래로 처지는데, 해리는 오늘밤에야 그것을 알아차렸다.

"하지만 신디 씨는 아직 어리잖아요." 그가 말한다.

신디는 현명한 표정으로 그를 비스듬히 바라보며 거의 거칠다고 해도 될 말투로 말한다. "나도 머지않았어요. 돌아오는 4월이면 서른 살인데요."

스물아홉 살이라. 그렇다면 웹이 이 여자랑 같이 자기 시작했을 때, 이 여자의 나이는 스물두 살이었을 것이다. 교활한 호색한 같으니. 그는 거칠고 헐렁한 옷 속에서 살짝 풍성하게 보이는 신디의 갈색 몸을 그려본다. 비단처럼 매끄러운 비탈과 구릉, 손을 집어넣을 수 있는 그늘진 공간들, 사막의 열기 속에서 이 몸이 숨을 쉴 수 있게 해주는 곳들. 발에 금색 실처럼 걸쳐져 있는 샌들과 손목의 뱅글들이 잘 어울린다. 손목은 아직도 아이처럼 작고 둥글둥글하며, 핏줄도 보이지 않는다. 강렬한 욕망에 그의 입이 바짝 마른다. 그는 브랜디를 가지러 가려고 일어서지만 중심을 잃는 바람에 무릎이 페기 포스나트의 묵직한 사각 의자에 부딪힌다. 페기는 이제 그 의자에 앉아 있지 않고 거실 밖으로 이어진 두 칸짜리 계단의 꼭대기에 서 있다. 들어올 때 입었던, 유행에 뒤떨어진 체크무늬 외투를 어깨에 걸치고서. 페기가 저멀리 높은 곳으로 쫓겨난 사람처럼 그들을 내려다본다.

하지만 올리는 아내가 자리를 뜬 것을 까맣게 모른 채 파슨스 테이블에 앉아 웹이 맥주를 가져오기를 기다리고 있다. 로니 해리슨은 완전히 취해서 입술이 축축하게 젖었고, 벗어진 머리를 덮어둔 긴 머리카락이 고리 모양으로 일어선 모습으로 올리에게 묻는다. "요새 음악 쪽은 어때요? 듣기로 기타 붐이 끝나고 더이상 혁명은 없다는 것 같던데."

"요즘은 플루트가 유행이에요. 이상하죠. 여자들뿐만 아니라 남자들도 그렇다니까요. 재즈를 연주하고 싶다면서. 검둥이들이 아주 많아요. 며칠 전에도 어떤 검둥이가 와서 열여덟 살이 되는 자기 딸 생일선물로 백금 플루트를 사고 싶다고 했어요. 어떤 프랑스인이 그런 플루트를 갖고 있다는 얘기를 어디서 읽었다고 하더라고요. 그래서 내가 말했죠. '이봐요, 정신 나간 소리 하지 말아요. 그런 플루트 값은 상상도 못하게 비쌀 테니까.' 그랬더니 그 검둥이가 '그딴 건 아무 상관 없어요' 이러면서 지폐 뭉치를 보여줬어요. 100달러 지폐를 둘둘 만 건데, 두께가 2~3센티미터는 됐을걸요. 적어도 겉으로 드러나 있는 건 100달러짜리였어요."

지금은 신디의 속을 더이상 떠보면 안 될 것 같다. 해리는 소파에 무겁게 주저앉아 남자들의 대화에 끼어든다. "몇 년 전의 그 황금 퍼터 같은 거로군. 내 장담하지만, 그거 틀림없이 값이 올랐을걸."

페기처럼 그도 무시당한다. 해리슨이 무작정 자기 말만 떠들어대고 있다. 하여간 보험 판매원들은…… 그들은 무작정 고개를 박고 밀고 들어온다. 상대가 고함을 지르거나, 아니면, 좋아요, 갱신이 가능한 5만 달러짜리 보험을 하나 꺼내봐요, 하고 말할 때까지.

로니가 올리에게 말한다. "전자악기는 어때요? 텔레비전에 전자 바이올린도 나오던데. 그것도 엄청 비싸죠?"

"엄청 비싸죠." 올리가 말한다. 하이네켄 한 병을 가져와 자기 앞의 가벼운 사각형 탁자에 놓아준 웹을 고맙다는 표정으로 올려다보고 있다. "앰프만 해도 수천 달러는 나가니까요." 그가 말한다. 이렇게 말을 하는 것이 기쁘고, 부자 같은 소리를 하는 것이 기쁜 기색이다. 얼간이 같으니. 그가 주로 하는 일이라고는 열세 살짜리 꼬마들한테 레코드를 팔아 녀석들이 바지를 적시게 만드는 것뿐이다. 옛날에 넬슨이 그런 걸 뭐라고 불렀더라? 롤리팝 음악. 넬슨은 옛날에 기타에 아주 열심이었다. 처음에는 녀석이 불속에서 건져낸 기타였고, 그다음에는 래빗과 재니스가 사준, 전면에 커다란 진줏빛 판이 붙어 있는 기타였다. 하지만 넬슨이 운전면허를 딴 뒤로는 방과후에 넬슨의 방에서 기타 소리가 흘러나오는 일도 없어졌다.

로니는 다른 각도로 파고들려는지 고개를 갸우뚱하게 기울이고 있다. "내가 스쿨킬 뮤추얼에서 고객서비스부에 있다는 건 알죠? 일전에 우리 부장이 나한테 하는 말이 '론, 작년에 자네 때문에 회사가 8700달러를 썼어'라는 거예요. 연봉이 아니라 복지 혜택 말이에요. 퇴직연금, 건강보험, 옵션. 댁은 이런 문제를 어떻게 해결하죠? 요즘 같은 시대에 보험료와 퇴직연금을 보조해주는 고용주가 없으면, 옴짝달싹도 할 수 없어요. 다들 그런 걸 당연하게 생각하기 때문에, 그런 혜택이 없으면 제대로 일을 못할걸요."

올리가 말한다. "뭐, 어떻게 보면 내가 나 자신의 고용주인 셈이니까, 파트너들이랑 같이……"

"키오 플랜*은 어때요? 그건 갖고 있죠?"

"우린 단출한 게 좋아서요. 처음 사업을 시작했을 때……"

"말도 안 돼요. 나중에 엄청 고생할 거예요. 스쿨킬 뮤추얼이 키오 플랜에 대해 끝내주는 프로그램을 갖고 있어요. 우리가 그쪽을 거기 끼워줄 수 있는데, 아니 사실 그러는 게 좋을 거예요. 기업체로 등록하면 그쪽 주머니에서 한푼도 나갈 필요 없이 업체 돈으로 해결되니까. 세금이 부과되는 소득도 그만큼 적어지고요. 회사가 대주는 돈 없이 자기 돈으로 보험료를 다 내는 얼간이들은 중세에 살고 있는 거나 마찬가지예요. 이런 식으로 서류를 꾸미는 건 절대 나쁜 짓이 아니에요. 우리는 정부가 제정한 법을 이용하고 있을 뿐이니까. 정부도 국민들이 그렇게 이용해주기를 바라고 있어요. 그게 전부 국민총생산을 높여주거든. 키오 플랜이 뭔지는 알죠? 좀 멍한 표정을 짓고 있는 것 같은데."

"그거야 사회보장제도와 비슷한 거잖아요."

"그것보다 천 배는 낫죠. 사회보장제도는 이제 날로 먹으려고 드는 놈들한테 멀쩡한 사람들에게서 뺏은 돈을 안겨주는 꼴이 돼버렸으니까요. 우리는 돈을 내면서도 그 돈을 구경도 못해요. 하지만 키오 플랜에서는 최대 7500까지 비과세예요. 매년. 그냥 그 돈을 모아두기만 하세요. 우리 도움을 얻어서. 우리는 대개 손님들한테, 상황에 따라 다르기는 하지만…… 부양가족이 몇 명이나 되죠?"

---

* 1962년에 마련된, 자영업자를 위한 퇴직연금제도.

"두 명이에요, 아내를 포함시킨다면. 우리 아들 빌리는 대학을 졸업하고, 지금은 매사추세츠에서 치과 전문분야를 공부하고 있어요."

로니가 휘파람을 분다. "세상에, 정말 똑똑한 분인데요. 아이를 하나만 낳으시다니. 난 셋이나 짊어지는 바람에, 겨우 몇 년 전에야 한시름 놨다니까요. 큰아들 알렉스는 전기 쪽으로 나갔지만, 둘째 아이 조지는 처음부터 특수학교에 다녀야 했어요. 난독증이라서. 난 이름도 처음 듣는 병이었는데, 요즘은 이런 얘기들이 가끔 들려요. 뭐든 글로 쓴 걸 봐도 도무지 의미를 이해하지 못하는 병이죠. 그런데 애가 말하는 것만 봐서는 전혀 눈치를 못 채요. 그 녀석이 나랑 같은 일을 하면, 말로 날 이겨먹을걸요. 틀림없어요. 그런데 녀석은 그걸 몰라요. 예술가가 되겠다나, 세상에. 거기선 돈을 벌 길이 없어요. 나보다 더 잘 아시죠? 하지만 애가 하나뿐이라 해도 아버지가 갑자기 어떻게 됐을 때 자식이 굶주리면 안 되잖아요. 아내도 마찬가지고요. 요즘은 남자가 10만이나 15만쯤을 종신생명보험에 넣어두지 않으면, 그건 현실을 모르는 거예요. 장례식만 괜찮게 치르려고 해도 4, 5천이 드는 판인데."

"네, 뭐……"

"잠깐 키오 플랜 얘기 좀 더 할게요. 우리는 보통 40 대 60으로 나누라고 권해요. 7500 중에서 40퍼센트는 종신생명보험으로 넣어두는 거죠. 뭐, 대개 생명보험은 10만 가까이까지 들지만, 그거야 검사를 통과한 뒤의 얘기죠. 혹시 담배 피우세요?"

"피우다 말다 해요."

"아이고, 이런. 그럼 내가 의사를 하나 소개해드리죠. 모두가 만족할 수 있게 검사를 해주는 사람이에요."

올리가 말한다. "우리 집사람이 이만 집에 가고 싶어하는 것 같은 데요."

"설마요, 포스터 씨."

"포스나트예요."

"설마요. 오늘은 토요일이에요. 무슨 할 일이라도 있어요?"

"아뇨, 아내가…… 내일 오전에 어디 유니버설리스트* 교회에서 열리는 반핵 집회에 가야 해요."

"어쩐지, 아까 교황을 마구 깎아내리더라니. 바티칸이랑 스리마일 섬이 아주 친하다고 들었어요. 우리 친구 해리한테 한번 물어봐요. 자, 내 명함을 받아요. 올리 씨 명함도 한 장 주시죠."

"어……"

"괜찮아요. 어디 사시는지 아니까. 그 망할 놈의 영화관 옆이죠? 나중에 들를게요. 그냥 하는 소리가 아니에요. 자신을 위해서 이런 좋은 기회에 대해 들어둘 필요가 있어요. 사람들은 경제가 망했다고 계속 떠들어대지만, 내 분야에서 보면 전혀 망하지 않았어요. 오히려 호황이라고요. 사람들이 피난처를 구하려고 몸부림을 치고 있으니까."

해리가 말한다. "그만해, 론. 올리가 이만 가봐야겠다잖아."

"아니, 꼭 그런 건 아니지만 페기가……"

"가세요. 편안히." 로니가 일어서서 유난히 큰 손으로 서투르게 축복을 내리는 시늉을 한다. "하느님이 미쿡을 축푹하시기를." 그가 외국인들의 어색한 발음을 흉내낸다. 소리가 컸기 때문에 머킷 부부와

---

* 기독교의 일파.

뭔가 의논하고 있던 페기가 그를 외면한다. 페기도 로니와 함께 고등학교를 다녔기 때문에 로니가 얼마나 기분 나쁜 놈인지 알고 있다.

"세상에, 로니." 포스나트 부부가 떠난 뒤 래빗이 로니에게 말한다. "말솜씨가 아주 청산유수네."

"아," 로니가 말한다. "녀석이 쓰레기를 어디까지 삼킬 수 있는지 보고 싶었거든."

"나도 처음부터 그 친구가 별로였어." 해리가 고백한다. "우리 페기를 거지같이 취급해서 말이야."

셸마 해리슨과 못된 자식들 문제인지 뭔지 하여튼 뭔가에 대해 의논하던 재니스가 이 말을 듣고는 고개를 돌려 로니에게 말한다. "해리가 오래전에 페기랑 잤어요. 그래서 올리한테 신경을 쓰는 거예요." 옛날의 아픈 구석들을 새로이 찔러대는 데는 술기운만한 것이 없다.

로니가 웃음을 터뜨리자 사람들이 그를 바라본다. 그는 해리의 무릎을 찰싹 친다. "저 뚱보 돼지랑 잤다고? 사팔뜨기랑?"

래빗은 안에 공기가 눈물방울처럼 들어 있는 무거운 달걀 모양의 유리 장식품을 떠올린다. 장모의 거실에 있는 그 매끈하고 묵직한 물건을 손에 들고 재니스의 고집스럽고 멍청한 얼굴을 친 뒤 골프 스윙을 할 때처럼 허리를 틀면서 곧장 해리슨의 분홍색 머리를 후려치는 상상을 한다. "그때는 그러는 게 좋을 것 같았어." 그는 이렇게 시인하면서 꼬고 있던 다리를 풀어 쭉 편다. 긴 밤을 보낼 준비를 하는 것이다. 포스나트 부부가 떠난 것에 모든 사람이 안도하는 것이 느껴진다. 신디는 웹을 향해 킥킥 소리를 죽여 웃으며 헐렁하고 거친 아랍 옷을 입은 채로 웹의 거친 회색 스웨터에 잠시 매달린다. 마치 해외에서 휴가를 보내라고 광고하는 연인들 같다. "재니스가 그 번드르르하고 역겨운 그리스 놈 찰리 스태브로스한테 가버렸을 때거든." 해리는 자신의 말을 들어주는 사람들에게 설명한다.

"됐어, 됐어." 로니가 말한다. "우리한테 그런 말까지 안 해도 돼. 우리도 다 들은 얘기니까. 벌써 옛날 일이잖아."

"옛날 일이라니, 이 너절한 대머리야. 난 오늘 찰리한테 작별의 입맞춤을 했다고. 재니스랑 장모가 스프링어 모터스에서 찰리를 쫓아냈기 때문에."

"해리는 저런 말을 하는 게 좋은가봐." 재니스가 말한다. "하지만 찰리도 우리랑 같은 생각이었어."

로니는 술에 많이 취하지 않아서 말의 요점을 알아차리지 못한다. 그는 고개를 갸우뚱하게 기울이고 재니스를 가만히 응시한다. 해리가 서 있는 곳에서는 하얀 솜털 같은 속눈썹만 보일 뿐이다. "옛날 애인을 해고시켰다고?" 그가 재니스에게 묻는다.

해리가 부연설명을 한다. "순전히 우리 변변찮은 아들 놈이, 이제 일년만 버티면 되는 대학도 제대로 마치지 못한 주제에 그 자리를 차지하려고 한 탓이지. 자격도 없는……"

"옛날에 해리도 마찬가지였어." 재니스가 대신 말을 끝맺는다. 옛날 같으면 절대 이렇게 냉큼 건방진 말을 내뱉지 않았을 것이다. 재니스가 쿡쿡 웃는다. 해리도 웃을 수밖에 없다. 로니보다도 먼저. 해리슨이 갖고 있는 굵은 물건은 거시기뿐만이 아니다.

"난 이런 거 좋더라." 웹 머킷이 위쪽에서 자갈이 구르는 것 같은 특유의 목소리로 말한다. "오랜 친구들." 그와 신디는 모임을 주재하는 사람들처럼 높은 곳에 나란히 서 있다. 시간은 점점 자정을 향해 간다. "뭐 더 필요한 것 없어? 맥주를 좀더 갖다줄까? 약한 하이볼*은 어때? 스카치위스키? 아이리시 위스키? CC와 세븐**?" 카프탄***인지 버누스****인지 하여튼 신디가 입고 있는 그 아랍 옷의 젖꼭지 부분이 텐트처럼 솟아 있다. 사막의 고요. 초승달. 낙타를 재워라. "그-럼." 웹이 아주 기쁜 표정으로 숨을 내쉬는 걸 보니 그린슬리브즈의 술기운이 도는 모양이다. "다들 포스나트 부부를 어떻게 생각해?"

"그 사람들은 안 돼요." 셀마가 말한다. 해리는 셀마의 목소리에 화들짝 놀란다. 지금까지 셀마가 워낙 조용하게 있었기 때문이다. 장님처럼 눈을 감고 들으면, 셀마는 최고의 목소리를 갖고 있다. 해리는 달콤한 우울을 느낀다. 이제 플라잉이글 바깥의 한심한 세상에서 온 침입자가 쫓겨났기 때문이다.

"올리는 처음부터 얼간이였어." 그가 말한다. "하지만 페기는 원래 그렇게 시끄럽게 떠들어대는 편이 아니었는데. 그렇지, 재니스?"

재니스는 자신의 오랜 친구를 변호하는 일에 조심스럽다. "그런 성향이야 옛날부터 있기는 했지. 페기는 자기가 매력적이라고 생각한 적이 없어, 그게 문제야."

"당신은 그런 생각을 했고?" 해리가 비난하듯 말한다.

재니스는 말뜻을 잘 알아듣지 못하고 그를 빤히 바라본다. 고운 물

---

* 위스키 등에 소다수 같은 것을 섞은 음료.
** 코카콜라와 세븐업.
*** 터키 사람들이 입는 긴 소매 옷.
**** 아랍인들이 입는 두건 달린 외투.

뿌리개로 물을 뿌린 것처럼 얼굴이 촉촉하다.

"당연히 그랬겠지." 웹이 신사답게 끼어든다. "잰이 얼마나 매력적인데. 적어도 여기 이 늙은이 눈에는 그래." 그러고는 재니스의 의자 뒤로 가서 어깨에 양손을 얹는다. 목과 아주 가까운 곳이라 재니스의 어깨가 움츠러든다.

신디가 말한다. "나랑 웹하고 문간에서 이야기를 나눌 때는 훨씬 더 유쾌한 사람이더라고요. 자기가 가끔 그렇게 분위기에 휩쓸릴 때가 있다고 말했어요."

로니가 말한다. "해리랑 재니스는 두 사람을 아주 자주 만나겠지. 자네 서 있는 김에 맥주 하나 더 갖다줘, 웹."

"우리도 전혀 안 만나. 두 사람의 못돼먹은 아들 녀석 빌리가 넬슨이랑 아주 친해서 두 사람이 결혼식에 왔던 거지. 웹, 나도 하나 갖다주겠어?"

셸마가 해리에게 묻는다. 해리만 들을 수 있는 작은 목소리로. "넬슨은 어때요? 결혼식 뒤로 무슨 연락이 있었어요?"

"엽서가 왔어요. 재니스가 두어 번 애들이랑 통화했고요. 재니스 말로는 둘이 지루해하는 것 같대요."

재니스가 끼어든다. "내가 짐작한 게 아냐, 해리. 넬슨이 지루하다고 직접 말했어."

로니가 말한다. "결혼 전에 이미 할 짓 못 할 짓 다 했다면, 신혼여행이 지루하기도 하겠지. 고마워, 웹."

재니스가 말한다. "오두막이 춥다고 했어."

"게으른 녀석이라 밖에 쌓여 있는 장작을 안으로 들여오기도 싫은 거겠지." 해리가 말한다. "응, 고마워." 캔을 푸쉭 하고 따는 소리가 전혀 만족스럽지 않다. 멍청이들이 자칫 질식하는 사고를 당할까봐 캔에 안전 탭을 붙여놓았기 때문이다.

"해리, 난로에 하루종일 장작불을 피워놓고 있다고 했어."

"장작을 태우기만 하고, 패는 건 다른 사람이 해주겠거니 할걸. 녀석은 마마보이야."

셀마가 앵스트롬 부부 사이에 오가는 대화에 질렸는지 얼굴을 뒤로 크게 젖히며 목소리를 높인다. 혈색이 나쁘고 놀라울 만큼 긴 목이 드러난다. "춥다는 얘기를 하니까 생각나는데요, 웹, 이번 겨울에 신디랑 어디 갈 계획 있어요?" 두 사람은 대개 카리브해의 섬으로 간다. 해리슨 부부도 두 사람과 함께 그곳으로 여행을 간 적이 있다. 몇 년 전에 한 번. 해리와 재니스는 간 적이 없다.

웹은 누군가에게 하이볼을 가져다주려고 셀마의 뒤쪽으로 돌아가던 중이다. "어떻게 할까 얘기를 해보기는 했어요." 그가 셀마에게 말한다. 브랜디를 마신 뒤 맥주를 섞어 마신 탓에 몽롱한 머리로 바라보니, 뒤로 젖힌 셀마의 목과 웹의 나직한 목소리가 뭔가 음모를 꾸미는 것 같은 매혹적인 분위기를 자아낸다. 오랜 친구들이라, 해리는 속으로 생각한다. 퍼즐 조각처럼 착착 맞아떨어지는 것 같아. 웹이 허리를 숙이고 셀마의 어깨 너머로 손을 뻗어서 스카치위스키와 소다수를 약하게 섞은 긴 잔을 셀마 앞의 검은 사각탁자 위에 놓는다. "난 골프장이 있는 곳으로 가고 싶어요." 웹이 말을 잇는다. "패키지 프로그램을 잘 알아보면, 상당히 좋은 조건을 찾아낼 수 있어요."

"우리 다 같이 가자." 해리가 선언하듯 말한다. "우리 애가 월요일이면 대리점을 맡을 거야. 우리 다 같이 여길 뜨자고."

"해리," 재니스가 말한다. "애가 대리점을 맡는 게 아니잖아. 그 얘기만 나오면 당신 하는 짓이 너무 이상해. 웹이랑 로니가 놀란 거 안 보여? 당신이 자기 아들 얘기를 그런 식으로 하니까 그렇지."

"놀란 게 아냐. 저 친구들도 자식들한테 산 채로 잡아먹히고 있다고. 난 올겨울에 카리브해로 가서 골프를 치고 싶어. 여기서 냅다 뛰는 거야. 버디 잉글핑거한테 네번째 멤버로 들어오라고 하지, 뭐. 난 여기 겨울이 싫어. 눈도 안 내리고, 스케이트도 못 타고, 그냥 지루하고 재미없기만 해. 달이 가고 또 가도. 내가 어렸을 때는 항상 눈이 내렸는데, 왜 이렇게 된 거지?"

"78년에 눈이 엄청 내렸잖아." 웹이 말한다.

"해리, 이제 집에 가야겠다." 재니스가 말한다. 입이 길고 가느다란 구멍처럼 변했고, 짧게 자른 앞머리 밑에서 이마가 반짝인다.

"난 집에 가기 싫어. 카리브해에 가고 싶어. 하지만 그전에 화장실부터 갔다 와야겠다. 화장실, 집, 카리브해, 이 순서대로 가는 거야." 해리는 재니스 같은 마누라도 자연사를 할 수 있는지 궁금하다. 절대 안 될 것이다. 이렇게 가무잡잡하고 강단 있는 여자들은. 장모도 지금까지 대장 노릇을 하고 있지 않은가. 가엾은 프레드를 땅에 묻은 뒤로는 뒤도 한 번 돌아보지 않은 채.

신디가 말한다. "해리, 일층 화장실이 막혔어요. 웹이 조금 전에야 알아챘어요. 누가 화장지를 너무 많이 쓴 모양이에요."

"페기 그렁이 그랬을 거예요." 해리가 말한다. 의자에서 일어나고 보니 바닥을 완전히 덮은 카펫이 왜 둥글게 구부러져 있는지 궁금하다. 사방에서 부서져내리는 배의 갑판 같다. "처음에는 교황을 공격하더니, 그다음에는 하수도관을 학대하다니."

"우리 침실에 있는 화장실을 써." 웹이 그에게 말한다. "계단 꼭대기에서 왼쪽으로 꺾어져서 널을 붙인 벽장 문 두 개를 지나가면 돼."

"……눈물을 훔치고……" 자리를 뜨는 래빗의 귀에 셀마 해리슨의 건조한 목소리가 들려온다. 카펫이 깔린 계단 두 칸을 오르자 그의 머리가 발보다 훨씬 높은 곳으로 둥둥 떠가는 것 같다. 그는 복도를 걸어가 다른 색 카펫이 깔린 계단을 올라간다. 지저분한 라임색 카펫이 더 많이 닳아 있는 걸 보니 이쪽에는 손을 댄 지가 조금 된 모양이다. 남의 집 이층에서는 항상 숨을 죽인 침묵이 느껴진다. 피곤한 몸으로 돌아온 밤에, 부부가 소곤소곤 이야기를 하는 곳. 아래쪽의 목소리들이 흐릿해진다. 웹은 왼쪽으로 꺾으라고 말했다. 널을 붙인 문들이 있다고. 그는 걸음을 멈추고 안을 들여다본다. 여자 옷들. 색색의 줄무늬 같다. 신디의 향기가 난다. 저 아래쪽 모래밭으로 신디를 데려갈까. 누가 알겠는가. 벌써 자기 몸에 페서리를 넣는다는 얘기까지 했는데. 그는 화장실을 찾아낸다. 그 안의 모든 불이 켜 있다. 이렇게 에너지를 낭비하다니. 이렇게 불을 휘황찬란하게 켜놓은 채 침몰하는구나, 커다란 배 미국이. 이층 화장실은 일층 것보다 작고, 색이 조금 더 짙다. 벽에 붙인 타일, 벽지, 거친 털로 짠 카펫, 수건, 살짝 색을 입힌 도자기 등이 모두 갈색이다. 오렌지색이 살짝 섞였다. 바지 앞섶을 열자 이 화장실 안에 있는 밝은 그릇 중 한 곳이 황금색으로 가득차면서 행복감과 해방감이 밀려온다. 그의 거품들이 동전처럼 자꾸 늘어난다. 그와 재니스는 협탁 서랍에 넣어두었던 크루거란드 금화를 꺼내서 함께 시내로 나가 브루어 트러스트로 들어갔다. 그리고 연한 파란빛으로 물든 인형의 집 화장실 같은 작은 원통에 든 금화들을 땅딸막하고 긴 안전금고에 잘 넣어둔 뒤 그것을 축하하기 위해 크레페하우스에서 점심을 먹으며 술을 마셨다. 그러고 나서 그는 대리점으로 돌아갔다. 그는 포경수술을 하지 않았기 때문에 오줌이 한두 방울 남아 있을 때가 많아서, 레몬 같은 노란색 화장지 조각으로 끝을 두드려준다. 무늬가 없다. 만화가 그려진 것은 손님들을 즐겁게 해주기 위한 것이었다. 셀마가 눈물을 훔친다고 말한 건 누구 이야기일까? 길고 하얀 목, 근육질인 그 목의 모습이 충격적으로 스치고 지나간다. 삼키는 근육이 발달해 있다. 셀마가 해리슨을 잡고 있는 걸 보면 뭔가가 있음이 분명하다. 어쩌면 셀마의 말은 페기가 눈물을 훔치려고 화장지를 쓰는 바람에 변기가 막혔다는 뜻이었는지도 모른다. 신디의 눈은 반짝이고 있었다. 수줍음이 많아서 가엾은 페기와 그런 식으로 말다툼하는 것이 싫었기 때문에 그 대신 그에게 자신의 페서리에 대해 이야기했다. 세상에, 그건 그에게 그것을 생각해보라고 권하는 거나 마찬가지였다. 그녀의 그 달콤하고 빨갛고 어둡고 깊은 곳, 설마 그런 의미였을까? 이제 알아챘군요, 해리. 그녀의 목소리가 이렇게 현명하고 허스키한 줄은 미처 몰랐다. 아래쪽이 볼록한 그녀의 눈이 섹시하다. 여자들의 눈 밑이 그런 모습일 때는 항상 그렇다. 삶은 달걀을 담는 에그컵과 비슷한 모습. 그날 보았던 딸의 눈도 그랬다. 이 화장실 안의 모든 표면에 홀딱 벗은 신디의 알몸이 비쳤을 것이다. 해리는 아래층보다 덜 눈부신 거울에 자신의 얼굴을 비춰 본다. 양편에 형광등이 달려 있다. 입술의 푸른빛이 아까보다 덜하다. 집까지 차를 몰고 갈 수 있게 술이 점점 깨고 있다. 아,

하지만 눈 안쪽은 여전히 파랗다. 세상이 통과해 흘러가는 작고 검은 점을 둘러싼 푸르스름한 흰자위. 조상들을 닮아서 흰색과 회색이 섞여 있다. 덩치 큰 금발의 조상들은 뿔 달린 투구를 쓰고서 털 달린 매머드와 눈꼬리가 치켜올라간 핀족을 곤봉으로 마구 두들겨 곤죽을 만들었다. 그들의 주위를 둘러싼 눈雪이 워낙 순수하고 넓게 펼쳐져 있었기 때문에 그 하얀 세상에서는 색깔이 짙은 눈目이 덜 아팠을 것이다. 눈과 머리카락과 피부. 죽은 조상들이 우리 속에 살아 있다. 그들의 뇌는 이미 먼지가 되었고 눈이 있어야 할 자리는 텅 비어버렸는데도. 그가 거울을 향해 가까이 몸을 기울이자 동공이 커지고, 그림자가 생긴다. 그는 그 안에 정말로 영혼이 있는지 보고 싶다. 옛날에 그는 안과의사들이 환자의 눈에 뜨거운 잠망경 같은 것을 바짝 갖다대고 들여다보는 것이 바로 그것이라고 생각했다. 그들은 자기가 무엇을 보았는지 그에게 결코 이야기해주지 않았다. 지금 그의 눈에 보이는 것은 그저 검은색뿐이다. 초점이 맞지 않는 눈. 그의 눈이 늙어가고 있기 때문이다.

그는 손을 씻는다. 수도꼭지는 끝부분이 광대의 코 아니면 커다란 여드름처럼 생긴 손잡이가 달린, 한 손으로 조작하게 되어 있는 라보매스터 제품이다. 그는 어느 방향이 뜨거운 물이고, 어느 방향이 차가운 물인지 제대로 기억하는 법이 없다. H와 C가 각각 적혀 있는 수도꼭지 두 개를 설치하는 옛날 방식이 뭐가 어때서? 하지만 세면대는 훌륭하다. 널찍한 가장자리에는 비누가 미끄러지지 않게 붙잡아주는 턱이 여러 개 달려 있다. 요즘 대부분의 세면대에 파여 있는 작은 홈들은 아무것도 붙잡아주지 못한다. 세면대 재질은 싸구려 가짜 대리석. 지붕 업계에서 일하는 사람이라면, 좋은 제품을 공급해주는 파이프 업체들과도 잘 아는 사이일 것이다. 비록 그런 물건은 시장이 그리 크지 않은 편이지만, 그가 지금 손에 쥐고 있는, 라벤더색의 둥그스름한 비누는 햇볕에 잘 그을린 신디의 피부를 위해, 사타구니를 위해 거품을 내느라 원래 새겨져 있던 글자들이 사라져버렸을 것이다. 신디의 그곳에 난 털은 틀림없이 새까만 색일 것이다. 눈썹이 바로 그 색깔이니까. 여자의 그곳 색깔을 알고 싶다면 머리카락이 아니라 눈썹을 보아야 한다. 이 화장실은 아래층의 손님용 화장실처럼 깨끗하게 청소되어 있지 않다. 변기 옆의 짚바구니에는 〈파퓰러 미케닉스〉 잡지가 있고, 플라스틱 수건걸이에는 수건들이 비뚤어지게 걸려 있는데다가 약간 축축하기도 하다. 머킷 부부가 파티 몇 시간 전에 샤워를 한 모양이다. 해리는 아래층에서 그랬던 것처럼 이곳 약장도 열어볼까 하다가 크롬 테두리에 지문이 남을 것 같아서 참기로 한다. 그는 손의 물기도 닦지 않는다. 웹이 사용했던 수건을 만지게 될까봐서. 그는 플라잉이글의 라커룸에서 웹의 그 길고 노란 몸을 본 적이 있다. 그의 등과 어깨는 온통 사마귀투성이다. 십중팔구 전염성은 없겠지만, 그래도……

손이 젖은 채 아래층으로 돌아갈 수는 없다. 저 해리슨 자식이 또 뭐라고 시비를 걸어올 것이다. 너 손에 더러운 게 아직도 묻어 있잖아. 야, 저리 가. 래빗은 복도에 잠시 서서 파티장의 소음에 귀를 기울인다. 그가 없는 곳에서 사람들이 행복하게 떠들어댄다. 뭐라고 하는 건지 알아들을 수는 없지만, 여자들의 목소리가 특히 뚜렷하다. 낡은 엔진을 공회전시킬 때 가끔 들려오는 멜로디처럼 뭔가 욱신거리는 느낌. 그 멜로디가 어찌나 선명한지 틀림없이 가사도 귀에 들어올 것만 같다. 이곳 복도의 카펫은 라임색이 아니라 숨이 죽은 자두색이다. 그는 그 색깔을 따라 머킷 부부의 침실 문턱까지 간다. 그것을 하는 장소. 속이 뒤집히는 것 같고 토할 것 같은 느낌이 살짝 든다. 행운아 웹. 침대는 나지막한 현대식이다. 측면은 불그스름한 나무로 되어 있고, 이불을 깔끔하게 정리했다기보다는 급히 덮어놓은 것 같다. 방금 그것을 한 걸까? 파티 전에 화장실 수건을 축축하게 만든 그 샤워를 하기 전에? 나지막한 침대 위 허공을 바라보며 그는 촉촉하고 완벽한 신디의 발가락들을 잔상처럼 상상해본다. 플라잉이글의 판석 위에 찍힌 발자국에서 그가 몰래 바라보던 그 야한 솜뭉치 같은 발가락들. 여기서는 보지를 드러내기 위해 그 발가락들이 허공으로 높이 들어올려진다. 그리고 그 자그마한 점들이 웹의 등에 난 사마귀들과 뒤섞인다. 가슴이 아프다. 웹이 그런 행운을 누리다니 불공평하다. 단순히 아내가 젊을 뿐만 아니라, 자기처럼 옆방에 장모가 버티고 있지도 않다. 머킷 부부는 아이들을 어디에 두는 걸까? 해리는 고개를 비틀어 자두색 카펫 저편 끝에 닫혀 있는 하얀 문을 바라본다. 저기다. 잠들어 있다. 그는 안전하다. 카펫이 그의 발소리를 흡수해준 덕분에 그는 유령처럼 조용히 카펫 색깔을 따라 침실로 들어간다. 널찍한 공간, 금지된 곳. 그림자처럼 남아 있는 또다른 존재의 느낌이 그의 심장을 괴롭힌다. 파란색 양복바지에 구겨진 흰 와이셔츠를 입은 남자. 소매를 걷어올리고 넥타이를 느슨하게 푼 그 남자가 비만하고 무서운 모습으로 그를 지켜보고 있다. 세상에. 해리 자신이다. 겉에 가루를 발라놓은 것처럼 질감이 드러나게 탈색한 나무 옷장 두 개 사이에 놓인 대형 거울에 그의 전신이 비치고 있다. 거울은 침대 발치를 향하고 있다. 어이, 두 사람. 이건 그의 상상이 아니다. 두 사람은 실제로 거울 앞에서 섹스를 한다. 해리는 크롤스에서 양복을 살 때나 파인 스트리트의 양복점에 갔을 때를 빼면 자신의 모습을 머리부터 발끝까지 보는 경우가 거의 없다. 옷을 사러 가서도 좁은 3면 거울 안에 갇혀 있다시피 서 있기 때문에 주위의 넓은 공간이 이상하게 느껴지는 기분을 느낄 수 없다. 지금 그는 방의 중간쯤에서 벽에 붙어 있는 거울에 비친 자신을 바라보고 있다. 엉망으로 헝클어진 범죄자 같은 모습이다. 이런 일을 하기에는 너무 뚱뚱한 도둑.

거울 속에 비친 조용한 방에는 머킷 부부의 살아 있는 온기가 거의 남아 있지 않다. 신디의 그곳 냄새가 나는 레이스 속옷이 떨어져 있지도 않다. 커튼은 풍선처럼 부풀어오른 거인 광대의 바지처럼 빨간 줄무늬가 있는 두꺼운 천이고, 요즘 그가 재니스에게 계속 사자고 조르고 있는, 방을 어둡게 만들어주는 블라인드도 창문에 달려 있다. 점점 이파리가 떨어지는 계절이라 아침 일곱시가 되면 너도밤나무 이파리 사이로 들어오는 빛이 곧바로 그의 얼굴에 떠오른다. 일 년에 거의 5만 달러를 벌면서도 그는 이렇게 살고 있다. 그와 재니스는 결코 정돈된 생활을 하지 못할 것이다. 방안 저편 끝에 낮잠을 자려고 블라인드를 닫아놓은 창문에서는 틀림없이 풀장이 내다보일 것이고, 이 동네의 주택 사이마다 서 있는 나무들도 보일 것이다. 하지만 해리는 그렇게까지 깊숙이 방안으로 들어가고 싶지는 않다. 그렇지 않아도 이미 이 집 주인들의 호의를 배신하고 있다. 손의 물기도 다 말랐으니 이제 내려가야 한다. 그는 침대 귀퉁이 근처에 서 있다. 말없는 침대 틀이 그의 무릎보다 낮고, 새틴 느낌의 복숭아색 베드스프레드는 서둘러 매트리스 밑에 끼워놓은 듯하다. 그는 자신이 같은 곳에 보관해두던 콘돔을 생각해내고는 충동적으로 울퉁불퉁한 단풍나무 협탁으로 다가가 아주 조심스레 작은 서랍을 연다. 어차피 2~3센티미터쯤 열려 있었다. 페서리는 없다. 그건 화장실에 있을 것이다. 볼펜 하나, 아무 표시가 없는 알약 상자, 종이 성냥 몇 개, 영수증 몇 장, 지붕 회사의 로고가 찍힌 노란색 메모지 묶음과 거기에 대각선으로 갈겨쓴 전화번호 한 개, 손톱깎이, 종이 클립과 골프 티, 그리고…… 그의 두근거리는 심장 소리가 발아래서 사람들이 웅성거리는 소리를 지워버린다. 서랍 안쪽에 뒷면이 까만색인 폴라로이드 사진 몇 장이 있다. 웹이 자랑하던 SX-70. 해리는 그 사진들을 조심스레 꺼내서 앞면으로 뒤집어 한 장씩 유심히 살펴본다. 젠장. 독서용 안경을 가져오는 건데, 아래층에 있는 겉옷 주머니에 두고 와버렸다. 안경이 필요 없는 척하는 버릇을 빨리 극복해야 한다.

바로 이 방에서 플래시를 터뜨려 찍은 맨 위 사진에는 지금 깔려 있는 것과 똑같은 새틴 베드스프레드 위에서 벌거벗은 신디가 양다리를 벌리고 있는 모습이 찍혀 있다. 그녀의 음모는 그가 상상했던 것보다 더 짙은 색이고, 이 각도에서 보이는 모양은 T자형이다. T의 수직 기둥이 구부러져서 마치 상처처럼 빨간 곳으로 향한다. 햇볕에 타지 않은 엉덩이가 양편에 창백한 덩어리처럼 자리잡은 곳 아래쪽으로. 그는 팔을 쭉 뻗어 반짝이는 사진을 침대 옆 스탠드 불빛에 더 가까이 댄다. 사진을 자세히 보면서 주름 하나, 털 한 올 놓치지 않으려고 애쓰는 바람에 눈에 눈물이 고인다. 가슴 위로는 초점이 어긋나서 신디의 얼굴이 흐릿하고, 가슴은 해리가 바라던 것보다 더 양편으로 처져 있다. 신디는 카메라를 향해 불안하지만 그래도 즐겁다는 듯 웃고 있다. 고개를 아래쪽으로 푹 숙이고 있기 때문에 턱이 두 겹이 되었다. 발은 거대해 보인다. 그다음 사진에서는 신디가 몸을 뒤집어 편안하게 엉덩이를 보여주고 있다. 하얀 물고기 같은 양쪽 엉덩이 사이의 틈새에서 마치 눈 같은 구멍이 이쪽을 쏘아본다. 그다음 사진 두 장은 둘이 역할을 바꿔서 찍은 것이다. 웹이 강인해 보이는 몸에 수줍은 표정을 띠고, 해리가 샤워 후에 자주 보았던 모습 그대로 서 있다. 다만 발기가 돼 있는 것이 다를 뿐인데, 그가 손으로 그것을 문지르고 있다. 그것의 기세가 대단하지는 않아서 열시 방향을 가리키고 있을 뿐이다. 아니 열시도 안 되고, 아홉시를 조금 지났다고 하는 편이 나을 것이다. 하긴 쉰살이 넘은 남자에게서 정오의 기세를 기대할 수는 없다. 그런 건 여드름투성이 십대들에게나 가능한 일이다. 래빗이 열네 살 때 사회과학 수업시간에 로티 빙거먼이 연필을 쥔 손을 들었을 때 햇빛 속에 드러난 겨드랑이의 그림자, 피가 잔뜩 몰려든 그곳을 천과 지퍼가 눌러대던 달콤한 느낌. 웹의 것은 길이는 웬만하지만 뿌리 부분의 굵기는 별로다. 그래도 그는 원기왕성하고, 불룩 나온 배와 비쩍 마른 다리와 빌어먹을 표정에도 불구하고 왠지 쾌활하다. 구불구불한 머리카락은 단한 올도 흐트러지지 않았다. 그다음 사진들은 자연광을 이용해 시험삼아 찍은 것들이다. 벌건 대낮에 블라인드를 모두 올려놓고. 껑충한 형체들과 주름진 살이 한데 엉켜 있고, 노출이 충분하지 않아서 색깔은 살짝 보라색을 띠고 있다. 해리는 사진 속 덩어리 중 하나가 신디의 뺨일 거라고 추측한다. 그러자 퍼즐이 완성되면서 그녀가 그에게 입으로 해주고 있는 모습이 드러난다. 보라색 줄기 같은 것은 그의 거시기이고, 그것이 한껏 벌린 그녀의 입술 안에 박혀 있으며, 앞쪽에 난 솜털은 사진을 찍고 있는 웹의 가슴털이다. 그다음 사진에서는 각도가 조금 좋아져서 한쪽 눈의 검은 속눈썹에 빛과 초점이 완벽하게 들어맞았다. 신디의 반짝이는 코끝 너머로 뼈가 하나도 없고 마디는 파란색이며 손톱은 뭉뚝한 손가락들이 혈관이 툭툭 튀어나온 그 물건을 붙들고 있다. 새끼손가락은 플루트를 연주할 때처럼 세워져 있다. 아까 올리가 플루트에 대해 뭐라고 했더라? 그다음 사진에서 웹은 거울을 이용하자는 아이디어를 냈다. 그는 옆으로 비스듬히 서서 자신의 얼굴이 있어야 할 곳에 카메라를 댔고, 신디는 알몸으로 무릎을 꿇고 앉아 열시 방향을 가리키는 그의 그것에 예쁜 얼굴을 꿰뚫린 모습이다. 옆모습만 드러나 있는 신디의 코는 들창코처럼 들려 있고, 젖꼭지는 빳빳하게 서 있다. 이 늙은 놈의 장난에 어린 계집이 흥분한 것이다. 하지만 그의 그것을 사탕처럼 물고 있는 그녀의 머리가 아주 작고 둥글고 멋지게 보인다. 해리는 섹스 영화에서처럼 정액이 신디의 얼굴에 치약처럼 잔뜩 묻어 있는 모습을 다음 사진에서 볼 수 있으면 좋겠다고 생각한다. 하지만 웹은 신디에게 방향을 돌리게 한 뒤, 뒤에서 섹스를 하고 있다. 그의 물건은 둥글고 하얀 물고기 같은 그녀의 엉덩이 사이로 사라져 보이지 않고, 그의 자유로운 손은 신디의 똥구멍이 있을 만한 곳에 엄지를 박아놓은 모양으로 그녀를 붙들고 있다. 신디의 가슴은 무게 때문에 서양 배 모양으로 늘어졌고, 웹의 다리와 나란히 찍혀 있는 다리는 통통해 보인다. 그녀도 점점 변해가고 있다. 앞으로 점점 뚱뚱해질 것이다. 못생기게 변할 것이다. 그녀는 거울을 보며 웃고 있다. 웹이 한 손으로 카메라를 들고 있기 때문에 그녀는 몸의 균형을 유지하기 어려운데도 포스터에 실린 여자들처럼 빨간 입안을 드러내며 크게 웃고 있다. 그의 누런 물건을 뒤에 꽂은 채로. 방안으로 비쳐들던 햇빛이 저물어가던 때였는지 두 사람의 살이 모두 황금빛으로 보이고 거울에 비친 가구들은 물속에 있는 것처럼 파란 그림자에 잠겨 있다. 이것이 마지막 사진이다. 사진은 모두 여덟 장인데, 이런 카메라로 찍을 수 있는 것은 열 장이다. 〈컨슈머 리포트〉는 얼마 전 SX-70 랜드 카메라에 대해 자세히 다뤘다. 하지만 SX가 무엇의 약자인지는 결코 설명하지 않았다. 해리는 이제 그 뜻을 알 것 같다. 그의 눈이 화끈거린다.

아래층의 소음이 잦아들고 있다. 어쩌면 이층에서 들려오는 소리에 귀를 기울이며 해리가 왜 안 내려오는지 궁금해하는지도 모른다. 그는 폴라로이드 사진들을 검은 뒷면이 위로 오게 뒤집어서 다시 서랍 안에 넣고, 서랍이 조금 전과 똑같은 폭으로 살짝 열려 있게 신경써서 닫는다. 이 서랍 외에 이 방에서 그가 손댄 것은 없다. 거울에 비친 그의 모습은 금방 사라질 것이다. 남아 있는 단서라고는, 그의 그것이 잔뜩 일어서서 아플 정도라는 것이다. 이런 상태로 아래층에 내려갈 수는 없다. 그는 신디가 섹스를 당하고 있는 자신의 모습을 보며 입을 크게 벌려 웃던 모습을 머릿속에서 떨쳐버리려고 애쓴다. 예쁜 신디가 그렇게 음란한 짓을 할 수 있을 거라고 누가 생각했을까? 남자가 다른 남자애들도 자기처럼 음란하다는 걸 깨닫는 데는 경험이 좀 필요한 법이다. 그다음에 여자애들 또한 거기에 장단을 맞춰줄 수 있다는 사실을 깨닫고 동화되는 데에는 평생을 바쳐도 모자라다. 래빗은 그 웃음을 머릿속에서 내던져버리려고 애쓰지만, 손수건만큼이나 가벼워서 던져버리기가 쉽지 않다. 그는 자신이 방금 본 것 대신 자신의 다른 비밀을 생각하려고 애쓴다. 자신의 딸. 자신의 황금. 내일 포코노스에서 돌아와 대리점에 마련된 자리를 차지할 아들. 효과가 있다. 그것이 시들고 있다. 해리는 암담한 넬슨의 모습을 머릿속에 단단히 붙든 채로 화장실에 들어가 수도꼭지를 튼다. 혹시 아래층에서 누가 듣고 있을지도 모르니 손을 씻는 척하려는 것이다. 그러고는 벨트를 풀어 자신의 그것을 팬티 속에 제대로 집어넣는다. 미치겠는 건, 신디가 그렇게 웃는 표정을 풀장에서도 보았다는 것이다. 그가 한 농담 때문인지, 버디 잉글펑거의 말 때문인지, 아니면 그들 패거리가 아닌 다른 사람의 농담 때문인지는 모르겠지만. 신디는 아무한테나 입으로 해줄 사람 같다.

계단을 내려올 때도 그는 여전히 자신의 커다란 구두에 달린 180센티미터짜리 끈 위에 머리가 둥둥 떠 있는 것 같은 느낌이다. 길쭉한 거실 안의 사람들은 파슨스 탁자를 중심으로 아까보다 더 단단하게 뭉쳐서 둥근 원을 그리고 있다. 그가 들어갈 자리가 없는 것 같다. 로니 해리슨이 시선을 든다. "세상에, 뭘 하다 온 거야? 딸딸이라도 친 거야?"

"몸이 별로 안 좋아." 래빗이 품위 있게 말한다.

"눈이 빨간데." 재니스가 말한다. "또 울었어?"

다들 자기들끼리 하던 이야기에 너무 신이 나서 그를 길게 놀리지 않는다. 신디는 심지어 돌아보지도 않는다. 신디의 목덜미는 굵고 갈색이며, 부드럽고 무심하다. 한없이 깔려 있는 연한색 카펫 위에서 스펀지를 밟듯이 걷다가 그는 벽난로 옆에 걸음을 멈추고 전에는 미처 알아차리지 못했던 것을 발견한다. 폴라로이드 사진 두 장이다. 머킷 부부의 아이 두 명을 한 명씩 찍은 사진. 다섯 살짜리 아들 녀석은 지나치게 큰 글러브를 끼고 자기 집 안마당의 벽돌 위에 슬픈 표정으로 서 있고, 세 살짜리 딸 벳시는 아들과 마찬가지로 아지랑이가 긴 화창한 여름날 오후에 아직 부모가 낮잠에 빠지기 전에 눈을 가늘게 뜬 채 얌전하고 멍청하게 웃는 듯 마는 듯한 표정으로 뭔가를 올려다본다. 눈부신 빛의 근원을 바라보는 것 같다. 벳시는 아이들 놀이용 찰흙이 묻은 작은 비키니를 입고 있고, 아이에게 겁을 주려는 것처럼 양팔을 올려 머리에 뿔이 난 것 같은 시늉을 하고 있는 웹의 그림자가 사각형 사진의 한 귀퉁이를 채우고 있다. 이것이 아까 그 사진 뭉치에서 빠져 있던 두 장의 사진이다.

"어이, 해리, 1월 둘째 주 어때?" 로니가 그를 향해 부엉이처럼 울어 댄다.

다들 카리브해 여행에 대해 이야기하고 있었던 모양이다. 여자들도 남자들만큼이나 신이 나 있다.

그와 재니스는 한시가 지나서야 집으로 돌아간다. 브루어 하이츠는 메이든 스프링스로 이어진 고속도로 근처에 있는 2에이커 넓이의 주택 단지다. 마운트저지에서 족히 이십 분은 걸리는 거리다. 길이 멋진 커 브를 그리며 아래로 꺾어진다. 이곳을 개발한 회사는 나무들을 남겨두 었다. 여섯 시간 전에 두 사람이 차를 몰고 이 길을 올라갈 때는 집집 마다 불도저로 밀어버리지 않은 숲속의 그늘에 불을 켜놓아서 마치 긴 회색 백화점 전면의 진열창 같았다. 이제는 머킷 부부의 집을 제외한 모든 집이 어둡다. 낙엽들이 헤드라이트 불빛 속에서 소용돌이치며 마 치 바구니에서 쏟아져나오듯이 가을바람을 타고 나무에서 쏟아진다.

계절은 계속 흘러간다. 하늘은 변덕스러워지고, 나무들도 헐벗기 시작한다. 해리는 할말이 별로 생각나지 않아서 운전대를 꽉 쥔 채 무슨무슨 드라이브나 대로라고 불리는 구불구불한 거리들을 열심히 달린다. 알몸으로 흔들리고 있는 브루어 하이츠의 나무들 사이로 깜박이던 별들이 사라지고 가로등이 켜진 메이든 스프링스 파이크의 곧은길이 나타난다. 재니스가 담배를 한 모금 빨아들인다. 그의 시야 가장자리에서 담배 불빛이 커지다가 사라진다. 재니스가 목을 가다듬고 말한다. "내가 페기랑 좀더 자주 만날 걸 그랬나봐. 그래도 오랜 친구인데. 그래도 오늘은 페기가 너무 주제넘는 말을 했어."

"여성해방이 문제야."

"올리가 문제일 수도 있지. 페기는 올리랑 헤어질 생각을 계속하고 있어."

"우린 그런 시절이 옛날이야기가 돼서 기쁘지 않아?"

해리는 일부러 심술궂게 말한다. 재니스가 그렇다고 할지 아니라고 할지 고민하는 걸 보고 싶어서. 하지만 재니스는 간단히 대답한다. "맞아."

그는 아무 말도 하지 않는다. 혀가 덫에 걸린 것 같은 느낌이다. 지금 이 순간 웹은 신디의 옷을 벗기고 있을 것이다. 아니면 신디가 웹의 옷을 벗기고 있거나. 그리고 무릎을 꿇겠지. 해리의 혀가 입 바닥에 붙어버린 것 같다. 겨울마다 굳이 철제 난간에 혀를 대보는 한심한 어린 애들처럼.

재니스가 말한다. "다 같이 여행을 가자는 당신 아이디어가 다들 마음에 들었나봐."

"재미있을 거야."

"남자들이야 골프를 치면 되겠지. 그럼 우리는 하루종일 뭘 해?"

"햇볕 속에 누워 있어. 거기도 뭔가가 있을 거야. 테니스코트도 있겠지." 이번 여행이 그에게는 소중하기 때문에 그는 조심스럽게 말한다.

재니스가 다시 담배를 빤다. "일광욕이 암을 일으킨다고 다들 말하잖아."

"그래도 담배보다는 나아."

"셀마는 몸이 좀 그래서 햇볕에 나가면 안 된대. 자칫하면 죽을 수도 있다고 했어. 그런데 여행에 그렇게 열렬히 찬성해서 놀랐어."

"내일 아침에 다시 생각해보고 마음이 바뀔지도 모르지. 해리슨은 경비를 감당할 여유가 없을걸. 애가 특수학교에 다니고 있으니까."

"그럼 우리는? 여유가 있어? 그 금 말고."

"여보, 당연하지. 금은 벌써 여행경비를 충당하고도 남을 만큼 올랐어. 우린 너무 갑갑하게 살고 있어. 벌써 오래전에 여행을 다녀왔어야 하는 건데."

"당신은 아무데도 가기 싫어했잖아, 나랑 단둘이 가는 건."

"그럴 리가 있어? 그냥 용기가 없었던 거지. 포코노스도 있고."

"생각해봤는데, 우리가 여행을 가면 넬슨이랑 프루만 남잖아."

"신경쓰지 마. 프루가 넬슨한테 매달린 걸 보면, 앞으로 1월 말까지 아이 때문에 정신없을 거야. 밸런타인데이까지."

"그래도 좀 못된 짓 같아." 재니스가 말한다. "대리점에 넬슨만 달랑 남겨놓고, 일만 잔뜩 안겨주는 게."

"걔가 원한 거잖아. 원하는 대로 해줬는데, 뭐. 무슨 일 있겠어? 제이크랑 루디가 같이 있을 텐데. 정비부는 매니가 알아서 할 거고."

재니스의 담배가 또 타오르더니 재니스가 항상 그의 신경을 거스르는, 서투르게 휘갈기는 것 같은 손짓으로 담배를 끈다. 그는 코로나의 재떨이가 더러워지는 게 싫다. 재떨이를 비운 뒤에도 며칠씩 냄새가 가시지 않는다. 재니스가 한숨을 내쉰다. "그냥 우리끼리만 갔으면 싶기도 해, 꼭 가야 한다면."

"우린 그쪽을 잘 모르잖아. 웹은 잘 알고. 전에 가본 적이 있으니까. 아마 신디를 만나기 훨씬 전부터 옛날 아내들하고도 같이 갔을걸."

"웹이야 상관없지." 재니스가 인정한다. "좋은 사람이니까. 하지만 솔직히 해리슨 부부는 없어도 될 것 같아."

"로니한테 호감이 있는 줄 알았는데."

"그건 당신 얘기지."

"난 그 자식 싫어." 래빗이 말한다.

"당신은 로니를 좋아해. 로니가 저속하니까. 옛날 농구하던 시절을 생각나게 하기도 하고. 어쨌든 로니뿐만이 아냐. 셀마도 걱정스러워."

"셀마가 왜? 얌전한 여잔데."

"내 생각엔 셀마가 당신을 아주 좋아하는 것 같아."

"난 전혀 몰랐는데. 설마 그럴 리가 있겠어?" 신디 얘기는 피해야 한다. 자칫하면 속내를 모조리 들킬지도 모른다. 그는 그 사진들을 다시 머릿속으로 그려보려고 한다. 털 한 올 빼지 않고 자세히. 하지만 벌써 기억이 희미해지고 있다. 마지막에 두 사람의 몸이 황금빛으로 보인 것은 마치 신들 같았다.

재니스가 갑자기 놀라울 만큼 딱딱한 말투로 말한다. "당신이 여행에서 뭘 기대하는지는 모르겠지만, 별로 재미있지는 않을 거야. 우린 너무 늙었어, 해리."

하이빔을 이글거리는 픽업트럭 한 대가 해리의 차 뒤에 바짝 붙어 앞이 안 보이게 하더니 부르릉거리며 그의 차 주위를 돈다. 젊은 애들이 야유하는 소리가 들린다.

"취한 놈들이 잔뜩 나왔군." 해리가 말한다. 화제를 바꾸려고.

"그건 그렇고 이층 화장실에서는 뭘 했기에 그렇게 오래 걸렸어?" 재니스가 묻는다.

해리는 딱딱하게 대답한다. "뭔가를 기다렸는데 허사였어."

"아. 속이 안 좋았던 거야?"

"그럴 것 같았지. 그 브랜디 때문에. 그래서 맥주로 바꾼 거야."

신디 생각으로 머리가 꽉 차서 재니스가 왜 신디의 이름을 말하지 않았는지 이해할 수가 없다. 틀림없이 고의적으로 그랬을 것이다. 입으로 해주던 그 장면이라니, 주여. 페서리도 있다. 하얀 덩어리 같은 것이 그녀의 입안에 펌프질되고, 그녀가 그것을 삼키는 모습. 그녀가 웃을 때 드러난 작고 둥근 치아와 건강하고 아기 같은 잇몸. 웹이 앞에 있고 해리 자신은 뒤에 있고, 아니면 그 반대. 해리는 상관하지 않는다. 카메라를 조작하는 로니. 그의 물건이 다시 깨어났다. 그의 생애에 다시 한번 정오가 됐다. 차를 꺾어 센트럴 스트리트로 들어서는데 운전대가 부풀어오른 그것의 끝을 옷 위로 쓰다듬는다. 재니스도 좋아할 것이다. 방에 올라갈 때까지 이 상태를 계속 유지할 수 있다면.

하지만 재니스는 섹스와는 아주 거리가 먼 생각을 하고 있다. 윌버 스트리트를 따라 가지들이 얽힌 원뿔 모양의 가로등 불빛 사이를 달리는데 재니스가 큰 소리로 말한다. "넬슨 녀석, 불쌍하기도 하지. 정말 어려 보였어, 안 그래? 제 신부랑 같이 떠나는 모습이."

이 도시는 두 사람에게 아주 친숙하다. 모든 길, 모든 소화전, 모든 편지함이 다 그렇다. 도시가 베일처럼 두 사람 앞에서 물러난다. 집들은 어둡고, 두 사람이 타고 있는 자동차의 헤드라이트는 낮은 곳을 비춘다. "그래." 해리가 동의한다. "가끔 그런 생각이 들지." 그의 귓가에 자신의 목소리가 들려온다. "어쩌다 애를 저 모양으로 만들어버렸을까 하고."

"그래도 우린 최선을 다했어." 재니스가 말한다. 다시 단호한 목소리. 장모와 비슷하다. "우린 신이 아냐."

"그건 누구나 마찬가지야." 래빗이 말한다. 말해놓고 스스로 겁이 난다.

IV

인질 사건[*]이 벌어졌다. 넬슨이 스프링어 모터스에서 일하기 시작한 지 5주째다. 테레사는 임신 칠 개월이라 몸이 집채만하다. 테레사가 앞부분이 스판덱스로 돼 있는 임신부용 바지와 아빠가 준 낡은 셔츠를 입고 엄마엄마의 집안을 어슬렁어슬렁 돌아다닐 때면 집안에 집 한 채가 또 있는 것 같다. 테레사가 화장실에 다녀와서 이층 복도를 걸어가면 불빛이 모조리 가려지고, 부엌에서 일을 돕겠다고 나섰다가 접시를 떨어뜨린다. 이제 식구가 다섯이 되었으므로 엄마엄마가 장식장에 보관해둔 훌륭한 도자기를 꺼내 써야 하는데, 프루가 떨어뜨린 접시가

---

* 이란에서 아야툴라 호메이니가 팔레비왕을 몰아내고 회교혁명에 성공한 뒤 이슬람 과격파 학생들이 테헤란의 미국대사관에 난입해 1979년 11월 4일부터 1981년 1월 20일까지 444일 동안 미국인 쉰두 명을 인질로 잡고 농성한 사건.

바로 그중 하나였다. 엄마엄마는 별말이 없지만, 목이 얼룩덜룩 달아오른 것을 보면 그녀에게는 이것이 아주 큰 일임이 틀림없다. 노부인들에게는 정말로 중요한 일이다. 오십 년 전, 전차가 칠 분마다 한 번씩 와이저 스트리트를 오르내리고 브루어는 완전히 별 볼 일 없는 촌구석 같았던 그 시절에 자신이 프레드와 함께 크롤스에 가서 산 그 접시들에 대해 이야기하는 것.

넬슨은 프루가 방귀를 뀌는 걸 참지 못한다. 프루는 또한 엎드려서 잘 수 없기 때문에 침대에 똑바로 누워 자면서 코를 곤다. 가볍지만 규칙적으로 들려오는 소리가 거슬려서 넬슨은 무시해버리지 못한다. 두 사람이 자는 앞방에서는 가로등 불빛이 블라인드를 야금야금 먹어치우고 자동차들이 포효하며 거리를 달리는 소리가 들린다. 그는 집 뒤쪽에 있는, 자신이 옛날에 쓰던 조용한 방이 그립다. 혹시 프루에게 비중격 만곡증이라는 것이 있는 게 아닌가 싶다. 결혼하기 전에는 프루의 양쪽 콧구멍 크기가 정확히 똑같지 않다는 걸 몰랐다. 한쪽 콧구멍이 조금 좁다. 가늘고 뾰족하고 주근깨가 나 있는 매부리코가 아직 연하고 부드럽던, 애크런에서 살던 어린 시절에 누가 옆으로 비틀어놓은 것처럼. 프루는 또한 저녁식사를 마친 뒤 도로에 차들이 한창 많아질 시간에 일찍 자고 싶어한다. 넬슨은 밖으로 나가 레이드백에 가서 술을 한두 잔 마시거나 422번 도로의 수퍼렛에 가서 새 얼굴들을 살펴보고 싶어 죽을 지경인데. 하루종일 대리점에 갇혀 아빠를 상대하다가 집으로 돌아와 또 아빠를 상대해야 하니 갑갑해 미칠 지경이다. 아빠의 커다란 머리는 천장에 닿을 듯하고, 아빠는 멍청하고 게으른 목소리로 모든 것에 법칙을 선포한다. 넬슨을 윽박지르고, 아주 신경질적인 표정으로 그를 바라보고, 자기가 뭔가 재미있는 말을 했다 싶으면 그 슬픈 눈빛으로 살짝 웃으며 내가 이 얘기 전에도 했었나? 하고 말한다. 아빠의 문제는 여자들만 있는 곳에서 너무 오래 살았다는 것이다. 엄마와 엄마엄마가 아빠를 위해 뭐든지 다 해준다. 죽어가고 있는 게 뻔히 보이는 찰리와, 함께 골프를 치는 그 얼간이들을 제외한 다른 남자들 앞에서 아빠는 고약해진다. 해리 C. 앵스트롬이 얼마나 고약한 인간인지 아는 사람은 이 세상에 넬슨뿐인 것 같다. 그 부담감 때문에 넬슨은 때로 비명을 지르고 싶어진다. 덩치 크고, 털 많고, 교활한 아빠가 들어온다. 아빠는 살인자다. 이미 둘을 죽였고, 그다음으로 자기 아들을 노리고 있다. 나쁜 사람처럼 보이지 않고 해치울 수 있는 방법을 찾아내기만 한다면 할 것이다. 아빠는 이제 나쁜 사람으로 보이는 걸 싫어한다. 옛날에는 그나마 그런 면이라도 있어서 아빠에게 감탄할 수 있었는데. 그때는 다른 사람 눈에 자신이 어떻게 비치든 상관하지 않았다. 예를 들어 스키터를 받아들였을 때도 이웃들이 어떻게 생각할지 신경쓰지 않았다. 아빠는 농구를 하던 시절에 갖고 있던 터무니없는 자신감이 아직 남아 있었다. 아니면 어려서부터 누구나 귀여워하는 아이였기 때문에 가끔 사람들에게 '꺼져버려'라고 말해줄 수 있었던 건지 모른다. 그 불꽃은 이제 사라졌고, 덩치만 큰 죽은 남자가 넬슨의 가슴 위에 얹혀 있다. 그는 프루에게 이 점을 설명하려 하고 프루도 열심히 듣지만 이해하지는 못한다.

켄트에 있을 때 프루는 몸이 날씬하고 꼿꼿했으며, 걸음이 빨랐다. 당근 빛깔의 길고 멋진 머리는 단정하게 틀어올리거나 아니면 다림질을 한 것처럼 매끈하게 풀어놓았다. 다섯시경에 학생들은 잘 가지 않는 로크웰 신관으로 그녀를 만나러 올라갈 때면 자기보다 한 살 많고 직장도 있는 이 여자를 타자기와 서류철과 서늘하고 밝은 불빛이 있는 곳에서 데리고 나오는 자신이 아주 훌륭한 사람인 것 같은 기분이 들었다. 서무직원들이 일하는 사무실은 그가 매일 꿈틀거리며 통과하는, 수업이라는 터널 위에 매달려 있는 하늘, 이 세상의 진짜 일이라는 하늘의 한 조각 같았다. 프루는 가식적으로 세련된 척하는 사람이 아니었다. 그녀는 욕을 할 줄도 몰랐고, 세상을 떠난 유명한 사람들도 몰랐다. 그녀가 할 줄 아는 이야기라고는 지금 현재 살아 있는 것들, 영화와 음반과 텔레비전 프로그램과 직장의 일상적인 소문뿐이었다. 오늘 누가 눈물을 터뜨렸고, 누가 상사에게서 노골적인 작업을 당했는지 등등. 프루와 함께 일하는 비서 한 명은 자기 상사인 남자를 별로 좋아하지도 않으면서 같이 자는 사이였다. 자기 인생과 몸에 무심한 경박함 때문이었다. 프루도 그렇게 될 수 있다고 생각하면서 넬슨은 짜릿함을 느꼈다. 펜실베이니아에 살 때는 인생이 빡빡한 것 같았지만, 켄트로 온 뒤에는 그것이 느슨해져서 다들 자기 마음이 닿는 대로 떠나버렸다. 프루가 무심한 듯 강하다는 사실이 그에게는 짜릿했다. 남들이 뭐라든 무슨 상관이냐는 태도로 그와 나란히 걷는 프루. 그녀에게서는 향수 냄새가 났고, 옷에서도 부드러운 향기가 났다. 켄트 사람들이 자랑해 마지않는 나무들 밑, 그리고 학생회관의 체육관들, 세상에서 가장 광대하다는 캠퍼스 버스 노선, 켄트가 유일하게 명성을 떨쳤던 사건을 잊어버리게 하려고 사람들은 이 모든 헛소리들을 차곡차곡 쌓아놓았다. 1970년 5월 4일, 블랭킷힐에서 주방위군이 발포한 사건. 넬슨 입장에서는 군대가 그 얼간이들을 죄다 쏘아 죽였다 해도 상관없었다. 77년에 천막촌 때문에 소란이 벌어졌을 때* 넬슨은 그냥 기숙사 안에 있었다. 그때는 프루와 잘 모르는 사이였다. 프루는 워터 스트리트의 술집에서 화이트 러시안을 세 잔째 마시며 자신의 비참한 어린 시절을 그에게 이야기해주었다. 아버지의 구타와 분노와 이유를 알 수 없는 긴 부재. 그리고 언니들이 성적으로 성숙해지면서 뒤죽박죽 엉망으로 헝클어진 짓들을 했고, 가족들이 무너지기 시작했다는 이야기. 거기에 비하면 그의 사연은 아무것도 아닌 것 같았다. 프루 덕분에 그는 자신을 더 좋아할 수 있었다. 멜러니를 포함해서 다른 학생들과 함께 있을 때는 자신이 하고 싶지도 않은 게임에 끌려가서 약은 꾀에 넘어가 조롱당하는 것 같은 느낌이었지만 프루 루벨이라는 이 비서 아가씨와 함께 있을 때는 조롱당하는 느낌이 들지 않았다. 두 사람은 여러 면에서 생각이 같았다. 기본적인 생각들이. 그들은 세상이 기본적으로 잔인한 곳이며, 자식을 보호해주는 아버지는 존재하지 않는다고 확신했다. 아무하고나 잠을 자고 돌아다니거나 과격파 흉내를 내거나 뭔가에 열광하거나 제가 하고 싶은 일을 하며 살아가는 녀석들은 잘 모르고 있지만, 사실 사람들은 혼자 남겨진 존재라는 생각도 같았다. 세상이 거지같다는 걸 넬슨이 안다는 사실 때문에 프루는 그를 어느 정도 진지하게 대하게 되었다. 두 사람이 프루의 차를 타고 자주 가던 애크런 북쪽의 노동자 타입 술집에서 합판을 붙인 칸막이 좌석에 마주앉아…… 프루는 차를 갖고 있었다. 낡아빠진 플리머스 밸리언트로 앞쪽 펜더가 깃발처럼 펄럭이는 차. 이것도 넬슨이 프루를 좋아하는 이

---

* 주방위군 발포 사건이 발생한 자리에 체육관을 세우려는 계획에 반대하는 사람들이 캠퍼스 안에 천막촌을 세우고 육십 일 넘게 농성하다가 강제 해산된 사건.

유 중 하나였다. 그녀가 이렇게 볼품없고 낡고 털털거리는 차를 아무렇지도 않게 몰고 다닌다는 것. 그리고 자기가 일해서 번 돈으로 이 차를 샀다는 것. 넬슨은 그녀의 눈에 자신이 상당히 멋지게 보인다는 것을 알 수 있었다. 프루는 사회적인 측면에서 넬슨이 자기보다 한 단계 위에 있다는 것을 알고 있었다. 하지만 그곳의 환경 속에서는 그녀도 마찬가지였다. 자동차뿐만 아니라 아파트까지, 작지만 그녀의 것이고, 그녀는 그곳의 스토브로 직접 저녁식사를 만들었다. 그리고 레코드를 틀어놓고 그에게 술을 따라주었다. 처음 데이트를 할 때부터, 그러니까 두 사람이 멜러니와 마약에 전 그녀의 친구들과 엉망으로 어울렸을 때는 빼고, 프루는 스토우라는 곳에 있는 자신의 아파트로 넬슨을 데려갔다. 둘 다 원하는 것이 섹스라는 사실을 당연한 듯이 짐작하고서. 단단하고 빠르게 찔러넣으면 그녀는 절정에 이르렀고, 그녀의 그곳이 그를 단단히 조이면서 그 또한 확실히 절정에 이르게 해주었다. 넬슨은 전에 다른 여자들과도 자본 적이 있지만 그들이 절정에 도달했는지는 확신하지 못했다. 프루의 경우에는 확실했다. 프루는 크게 소리를 지르거나 살짝 몸을 뒤채기까지 했다. 어두운 호수 표면으로 번개처럼 번쩍 솟아오르는 물고기처럼. 섹스가 끝나고 나면 알몸으로 돌아다니며 그에게 먹을 것을 만들어주었다. 머리카락을 척추의 여섯번째 마디쯤 되는 곳까지 늘어뜨린 채. 아파트 안뜰 맞은편에 창문이 아주 많아서 사람들이 프루의 모습을 볼 수 있는데도 그랬다. 뭐 어때? 프루는 사실 남의 시선을 받는 것을 좋아했다. 밤에 춤을 추러 갔을 때도 그랬고, 단둘이 있을 때도 그가 모든 각도에서 자신의 몸을 보게 해주었다. 그녀의 크고 매끈한 몸은 팔과 다리와 머리가 남이 놓아둔 모습 그대로 움직이지 않는 인형 같았다. 이 모든 것에 대해 그가 느끼고 있는 강한 감사의 마음, 어쩌면 무심히 받아들였을지도 모르는 다른 사람들과 다른 그 마음 덕분에 그녀의 눈에 그의 가치가 더욱 높아져서 마침내 그는 사로잡히고 말았다. 너무 귀중해서 놓을 수 없게 된 것이다. 영원히.

이제 프루는 하루종일 앉아서 엄마엄마와 함께 오후에 방송되는 연속극을 본다. 가끔은 엄마도 함께 앉아서 채널 10의 〈내일을 찾아서〉, 그다음에는 채널 3의 〈우리 생애의 나날들〉, 그다음에는 다시 채널 10으로 돌아가서 〈세상이 돌아가는 대로〉, 그다음에는 채널 6의 〈한 번 사는 일생〉, 그다음에는 다시 채널 10의 〈가이딩 라이트〉를 본다. 넬슨은 대리점에서 일할 수 있게 되기 전에 한동안 집에 있었기 때문에 이 순서를 알고 있다. 요즘 프루가 방귀를 뀌는 건 아기가 내장의 위치를 뒤바꿔놓았기 때문이다. 프루는 물건도 잘 떨어뜨리고, 넬슨에게 당신 아버지가 정말이지 완벽하고 좋은 사람인 것 같다고 말한다.

넬슨은 프루에게 베키 이야기를 해주었다. 질 이야기도 해주었다. 프루의 대답은 "하지만 그건 아주 오래전 일이잖아"였다.

"나한테는 아니야. 아빠한테는 그렇지만. 아빠는 다 잊어버렸어, 멍청이 같으니. 다 잊어버렸다고 얼굴에 써 있어. 자기가 우리한테 무슨 짓을 했는지 전부 잊어버렸다고. 엄마한테 한 짓은 정말 믿을 수가 없을 정도야. 내가 아는 건 아마 실제의 반밖에 안 될걸. 아빠는 이제 아주 점잔을 빼면서 만족한 얼굴을 하고 있어. 난 그게 미치겠다고. 아빠가 얼마나 웃기는 인간인지 한 번만이라도 깨닫게 만들 수만 있다면, 나도 맺힌 걸 다 풀어버릴 수 있을지 몰라."

"그래 봤자 무슨 소용이야, 넬슨? 그래, 당신 아버지는 완벽하지 않아. 하지만 세상에 완벽한 사람이 어디 있어? 적어도 당신 아버지는 밤에 집에 계시잖아. 그것만으로도 우리 아버지보다 훨씬 나아."

"아빠는 배짱이 없어. 그래서 집에 있는 거야. 아빠라고 밤마다 밖에 나가서 계집들 꽁무니를 쫓아다니고 싶은 생각이 없겠어? 아빠가 멜러니를 어떤 눈으로 봤는데. 아빠를 붙잡아두는 건 엄마에 대한 위대한 사랑이 아냐. 그건 분명해. 대리점이야. 지금은 엄마가 칼자루를 쥐고 있어. 엄마가 자기 힘으로 얻은 건 아니지만."

"세상에, 넬슨. 내가 보기에는 당신 부모님이 서로를 상당히 좋아하는 것 같던데. 그렇게 오래 함께 산 부부라면 틀림없이 둘 사이에 뭔가가 있어."

이 말이 사실일 가능성을 잠깐 생각해보는 것만으로도 넬슨은 속이 뒤집어진다. 이런저런 문양들이 서로 들락날락하는 모습으로 뒤엉켜 있는 벽지가 악마처럼 보인다. 어렸을 때 그는 지금 프루와 함께 쓰고 있는 이 앞방을 무서워했다. 복도 맞은편 방에서 엄마아빠의 텔레비전이 웅얼거리는 소리가 들려온다. 벌거벗은 단풍나무 가지 아래의 조지프 스트리트에서는 자동차들이 지나가면서 담장을 끼고 돈다. 요즘은 어디서나 볼 수 있는 컴퓨터 게임 속의 장면들처럼 밝은 형체들이 빠르게 지나간다. 모퉁이에서 자동차 한 대가 브레이크를 밟으면, 빨간 얼룩이 부르르 떨며 벽지 위를 지나간다. 염소수염을 기른 농부가 돌로 쌓은 우물가에서 나무 양동이를 들고 있는 모습을 연한색으로 그린 복제화 위로도 지나간다. 색이 바랜 이 복제화는 아주 옛날부터 항상 거기에 걸려 있었다. 어렸을 때는 그림 속의 농부도 사악하게 보였다.

못된 표정으로 노려보는 악마처럼. 하지만 지금은 그저 멍청하고 감상적인 인물일 뿐이라는 걸 알겠다. 그래도 악의의 흔적은 액자의 투명한 유리 속 어딘가에 붙들린 채 아직도 남아 있다. 빨간 얼룩이 부르르 떨다가 깜박 사라진다. 엔진이 부르릉 소리를 내고, 타이어들이 달아난다. 가라. 눈에 보이지 않는 자동차의 분노여. 그것이 도망쳐 멀리서 붕붕거리는 소리만 들리게 됐을 때 넬슨은 자기가 도망친 것처럼 기뻐진다.

그와 프루는 예전에 그가 멜러니와 함께 쓰던, 낡아서 휘어진 침대에 누워 있다. 그는 멜러니를 생각한다. 임신하지 않고 자유로워서 켄트에서 마음대로 돌아다니며 캠퍼스 버스를 타고 동양 종교 강의를 듣는 멜러니. 프루는 아빠의 낡은 남방을 입은 채 누워서 졸음에 겨워 어쩔 줄 모른다. 가슴 쪽 단추는 잠그고, 배 쪽의 단추는 열어두었다. 넬슨은 자기 남방을 입으라고 프루에게 주었다. 자기는 이제 일을 시작했으니 새 옷을 사야 한다면서. 그런데 프루는 넬슨의 옷이 너무 작아서 낀다고 말했다. 방이 덥다. 보일러실이 바로 이 방 밑에 있어서 열기가 올라온다. 어떻게 해볼 도리가 없는 일이다. 지금은 11월 중순인데도 두 사람은 여전히 홑이불 하나만 덮고 잔다. 그는 정신이 말똥말똥하다. 앞으로도 몇 시간 동안 계속 이럴 것이다. 오늘 있었던 일 때문에 흥분해서. 빌리의 친구들이 컨버터블을 몇 대 더 사라며 그를 쫓아다니고 있다. 전에 올즈 델타 88 로얄이 어떤 의사한테 3600달러에 팔리기는 했지만, 아빠도 그렇고 매니도 그렇고 보험공제와 재고 유지 비용을 감안하면 사실상 이윤이 하나도 없었다고 말한다.

이제 대리점에는 머큐리가 남아 있다. 보험회사 사람은 그것을 완파된 차로 처리하고 싶어했다. 사실상 골동품이나 마찬가지인 이런 차를 처리하는 방법으로는 그것이 가장 간단하다면서. 부품에는 프리미엄이 붙어 있고, 차 앞쪽은 누가 일부러 그런 것처럼 망가져 있기 때문이다. 매니는 수리비가 보험금보다 400~500달러쯤 더 들 것이라고 보고 있다. 보험사에서는 자동차 장부가격보다 더 높게 값을 쳐줄 수 없다. 그가 매니에게 정비부 직원들이 남는 시간에 차를 고쳐줄 수 없느냐고 물어보자 매니는 아주 엄숙한 표정을 지어 이마에 잔뜩 주름을 잡고 코의 검은 모공들이 금방 상대방에게 튀어나올 것처럼 만들더니 이렇게 말했다. 녀석아, 남는 시간이 어디 있어? 여기 이 친구들은 생계를 위해 여기서 일하는 거야. 다시 말해서 부잣집 아들인 넬슨은 그렇지 않다는 뜻이었다. 아빠도 그를 전혀 지원해주지 않는다. 아빠는 아이한테 교훈을 가르쳐야 한다는 태도를 취하면서 즐거워한다. 지금 넬슨이 배우고 있는 교훈이라고는 모두들 자기 몫의 달러를 차지하려고 열심일 뿐 시선을 들어 미래의 비전을 그려보는 사람은 하나도 없다는 점뿐이다. 그는 머큐리를 4500달러쯤에 팔아 그들에게 본때를 보여줄 것이다. 그 정도의 돈은 아무것도 아닌 사람들을 레이드백에서 많이 사귀어두었다. 이번 이란 문제로 석유 가격이 지금보다도 더 높이 오르겠지만 곧 끝날 것이다. 그놈들은 감히 오랫동안 그들을 붙들고 있지 못할 것이다. 인질들 말이다. 아빠는 자동차 한 대의 재고 유지 비용이 매일 3~5달러나 된다고 계속 말하지만, 넬슨은 이유를 모르겠다. 이미 내 소유인 주차장에 그냥 차를 세워둘 뿐이고, 대리점 임대료도 사실은 정부를 속이기 위해 지불하는 척할 뿐이라는 사실을 그도 이제 알고 있다.

프루가 옆에서 코를 골기 시작한다. 머리 밑에는 베개 두 개를 받쳤고, 배는 숲에서 썩은 그루터기에 붙어 있는 말불버섯처럼 번들거린다. 아래층에서는 엄마와 아빠가 뭐가 그리 우스운지 웃고 있다. 요즘 두 사람은 하늘 높이 올라간 연처럼 들떠서 어쩔 줄 모른다. 애들보다 더하다. 그 지저분한 친구들과 외출하는 일이 부쩍 늘었다. 적어도 애들은 달리 할 일이 별로 없다는 핑계라도 있지. 넬슨은 테헤란에 인질로 잡혀 있는 사람들을 생각한다. 마치 알약 한 개가 목구멍에 걸려 있는 것 같다. 멜러니가 항상 그에게 강요하던 크고 건조한 비타민 알약이 목에 걸려 아래로 내려가지도, 다시 올라오지도 않는 것 같다. 달도 없는 밤에 특공대원들이 얼굴을 검게 칠한 채 커다랗고 검은 헬리콥터 한 대를 타고 날아가 그 정신 나간 급진파 아랍인들의 목을 피아노 줄로 감으면, 윽, 악, 그러고는 여자와 아이들 먼저라고 속삭이며 인질들을 모두 싣고 나온다. 그리고 명함 대신 전술 핵무기 한 개를 모스크 뾰족탑에 떨어뜨린다. 아니면 터널도 괜찮고, 제임스 본드가 쓸 법한 굴착기를 써도 좋다. 〈문레이커〉에서 본드가 낙하산도 없이 비행기에서 내던져져 나쁜 놈을 향해 자유낙하를 한 뒤 그놈의 낙하산을 훔치던 환상적인 장면. 아무리 그래도 행글라이딩보다 그리 많이 힘들진 않을 것이다. 달빛에 프루의 배꼽이 아주 작은 그림자를 던진다. 배꼽이 뒤집어진 것처럼 톡 튀어나와 있다. 넬슨은 임신한 여자가 벗은 모습을 한 번도 본 적이 없기 때문에 이렇게 흉할 줄은 짐작도 못했다. 마치 대포알 같다. 등뒤에서 날아와 몸에 들러붙은 대포알.

두 사람은 가끔 외출한다. 두 사람에게도 친구들이 있다. 빌리 포스나트는 터프츠로 돌아갔지만, 레이드백에는 아직도 친구들이 모인다.

브루어 일대의 건달들과 이런저런 녀석들이 아직도 거기서 어울린다. 새로 들어선 전자공장이나 정부의 공공사업장이나 아직까지 남아 있는 시내 가게에서 일하는 녀석들. 엄마와 아빠가 옛날 옛적에 처음 만났다는 크롤스에 들어가려면 예전에 와이저광장이 있던 자리에 들어선 숲을 통과해야 한다. 크롤스는 진주만 폭격 이후에 버려진 전함의 갑판 같다. 겁에 질린 표정의 판매원 아가씨들 몇 명이 '세일' 판매대에 허리 아래가 잘린 모습으로 여기저기 서 있다. 엄마는 옛날에 조미 견과류와 사탕을 파는 곳에서 일했지만 지금은 그런 판매대가 없다. 삼십 년 동안 여섯 명이 그 물건들 속의 벌레 때문에 목숨을 잃은 뒤 그 물건들이 위생적이지 않다는 결론을 내린 모양이다. 하지만 옛날에 그 견과류 판매대가 없었다면 넬슨도 존재하지 않았거나 다른 사람으로 존재하게 됐을 것이다. 하지만 그건 아무런 의미가 없다. 그와 프루는 친구들의 성이 아닌 이름을 모두 알지는 못한다. 친구들은 케이스니 팸이니 제이슨이니 스콧이니 도디니 라일이니 데릭이니 슬림 같은 이름들을 갖고 있다. 레이드백에 자주 얼굴을 내밀다보면 그 친구들이 자기네 파티에 초대해준다. 그들은 거친 판자로 만든 벽에는 얼룩이 져 있고 지붕은 플라잉이글 근처의 페마쿼드산 능선에 일렬로 내동댕이쳐진 스키 오두막들처럼 경사가 가파른 새 아파트 같은 곳이나, 아니면 옛날에 공장을 해서 돈을 번 사람들이 용퀴스트 북쪽 끝에 벽돌과 판자를 쌓아올리고 많은 철세공 설비와 굴뚝을 덧붙인 도시형 맨션이나, 아니면 지금은 아파트 단지로 변한 자동차 야적장 너머에 산다. 그곳에는 양로원이나 사무실 건물 대신 수공예 가죽가게나 손님이 직접 물건을 만들 수 있는 목공예점 같은 깜찍한 가게들이 있다. 태양

502

전지판과 에너지 절약 전문인 젊은 건축가들과 머리카락은 솜털 같고 콧수염은 악당 같은 양복 차림의 젊은 변호사들도 있다. 그들은 이혼소송이 됐건 마약소지 사건이 됐건 젊은 의뢰인들에게 일률적으로 300달러를 청구한다. 이 동네에는 건강식품가게들도 새로 생겼다. 반지하에 길게 자리잡고서 채식이나 장수식이나 이스라엘 음식들을 내놓는 작은 식당들, 카르마 페이퍼백스 같은 이름의 서점들, 마크라메 레이스와 바틱*과 멕시코 결혼 셔츠와 인도 비단과 누가 써도 뇌의 일부가 잘려나간 것처럼 보이게 만드는 드리프터 모자 등이 잔뜩 쌓여 있는 작은 가게들. 측면이 콘크리트 블록으로 되어 있는 오래된 기계 공장들은 이제 손님이 직접 조립할 수 있는 반제품 가구를 판다. 다들 함께 살고 있는 근처 아파트 여러 곳에 들어갈 물건들이다.

슬림이 제이슨, 팸과 함께 살고 있는 아파트는 로커스트 스트리트 고지대 쪽의 높고 낡은 건물 삼층에 있다. 고등학교에서 메이든스프링스 쪽으로 몇 블록 떨어진 곳이다. 유리 네 장이 끼워진 커다란 창문 세 개가 이 도시의 죽어버린 심장을 굽어본다. 한때 네온 불빛이 장화, 땅콩, 모자 등의 윤곽을 그려냈고, 지금은 화강암으로 된 브루어 트러스트 사옥 전면을 비추는 표시등만이 시내 중심부임을 알려주는 와이저광장 위에서 광고들이 거대한 해바라기 모양의 화환처럼 늘어서 있던 곳이다. 진한 맛이 나는 검은색 파이 속에 박힌 하얀 손가락 같은 네 개의 커다란 기둥. 검은 파이처럼 보이는 것은 이른바 쇼핑몰이라는 곳에 심어진 나무들이다. 도시의 거리에서 흔히 볼 수 있는 노란색

---

* 독특한 기하학적 무늬가 있는 인도네시아산 천.

나트륨 가로등이 여기 시내에서 바깥으로 퍼져나간다. 직선으로 뻗은 거미줄이 둥글게 휘어진 강으로 물러나 근교의 여러 마을 안까지 이어진다. 마을의 불빛들은 평평한 지평선을 이루고, 그 지평선은 밤의 구름과 하나가 된 산들에게 먹힌다. 슬림의 아파트 전면 유리창 위쪽에는 스테인드글라스로 장식된 채광창이 있다. 자주색, 호박색, 우윳빛이 도는 초록색으로 아주 단순하게 도안된 꽃을 묘사해놓은 것이다. 이런 채광창은 프리즐과 함께 브루어의 자랑이다. 하지만 떡갈나무 조각들을 모자이크처럼 붙인 낡은 바닥에는 올스파이스 열매처럼 얼룩덜룩한 싸구려 카펫이 빈틈없이 깔려 있고, 원래 널찍했던 방들은 급하게 설치한 석고보드 칸막이로 나뉘어 있다. 원래 높던 천장도 난방비를 절약하려고 높이를 낮춰서 나무못 말판* 비슷한 부드럽고 하얀 판으로 다시 만들었다. 넬슨은 바닥에 앉아 있다. 고개는 살짝 뒤로 젖혔고, 양 발목 사이에 차가운 맥주 캔 하나가 있다. 프루와 마리화나두 대를 나눠 피웠더니 천장의 작은 구멍들이 그에게 뭔가 말을 하려고 애쓰는 것 같다. 천장의 한 부분이 아주 예리하고 생생하고 공격적으로 보인다. 며칠 전 매니의 코에서 본 검은 모공들처럼. 하지만 이내그 모습이 흐릿해지더니 다른 부분이 그 자리를 차지한다. 강렬한 해파리가 투명한 몸으로 천장을 가로질러 움직이는 것 같다. 뒤쪽의 벽에는 일리에 나스타세**가 잔뜩 인상을 쓰고 있는 커다란 포스터가 있다. 슬림은 헤밍턴타운 몰 옆의 테니스클럽에 다니는데 일리에 나스타세를 아주 좋아한다. 나스타세의 얼굴에는 땀방울이 구슬처럼 맺혀 있

---

* 못을 꽂을 수 있게 구멍이 뚫린 놀이도구.
** 1970년대에 세계 정상을 차지했던, 루마니아의 프로 테니스 선수.

고, 다리는 기둥처럼 굵다. 털이 숭숭 나 있고, 옹이가 진 기둥이다. 스테레오에서는 도나 서머의 노래가 흘러나온다. 전화가 어쩌고 하는 노래인데, 소리가 아주 크다. 방 한가운데에 있는 넬슨과 옛날에 엄마엄마가 거실 옆방에서 기르던 식물과 비슷하게 이파리가 널찍한 고사리 종류(넬슨은 언젠가 아주 끔찍한 일이 일어난 날 아버지와 함께 앉아서 그 식물들을 바라보던 기억이 있다. 발밑에 엄청나게 커다란 구명이 뚫린 것 같던 그날 그 이파리들은 햇빛을 다 마셔버렸다. 그때 그 식물들보다 커다란 지금 이 식물들도 기다란 창문을 통해 비스듬히 들어오는 햇빛을 틀림없이 마셔댈 것이다) 화분 사이에 공간이 있고, 그 공간에서 슬림이 머리가 짧고 몸이 바싹 마른 라일이라는 청년과 함께 끈에 매달린 뱀처럼 춤을 추고 있다. 라일은 머리통이 작고 뒤통수가 듬성듬성 패어 있으며, 몸에 꼭 끼는 청바지와 축구선수 유니폼과 비슷한 긴소매 셔츠 차림이다. 셔츠 한가운데에는 널찍한 초록색 줄무늬가 있다. 슬림은 동성애자인데, 넬슨은 그래서는 안 된다는 것을 알면서도 그 점에 신경이 쓰인다. 말쑥한 흑인 커플이 파티장에서 끈적끈적하게 뒤엉켜 있는 것에도 신경이 쓰이고, 턱이 날카롭고 안색이 회색빛이라서 브루어 남쪽의 폴란드 계집처럼 생긴 자그마한 백인 여자가 이렇다 하게 보여줄 만한 젖통도 없으면서 춤을 추다가 셔츠를 벗어버리더니 이제는 여전히 젖통을 드러낸 채로 부엌에 앉아 서던 컴포트와 펩시콜라를 구역질이 날 만큼 들이마시고 있는 것도 신경이 쓰인다. 이런 파티에서는 화장실에서 항상 누군가가 토하고 있거나, 마약 주사를 맞거나, 마약을 코로 빨아들이기 마련인데 넬슨은 그런 것도 신경이 쓰인다. 그렇게 많이 신경이 쓰이는 건 아니고, 그저 젊음에 지쳤을 뿐이다. 젊음에는 쓸데없는 에너지가 너무 많다. 천장에서 구멍들을 스치듯 지나가는 그 강렬한 해파리가 컴퓨터 칩 사이를 흐르는 에너지 같다는 생각이 들지만 그 이상은 앞으로 나아갈 수 없다. 켄트에 다닐 때 그는 컴퓨터공학에 호기심이 있었지만, 메릴홀에서 개론 강의인 수학 10061만으로도 수학을 감당할 수 없어졌다. 그 유대인 녀석들과 얼굴이 쟁반처럼 평평한 한국 녀석들은 너무 쉽다는 듯이 쓱싹쓱싹 해치웠지만, 함수가 뭔지 실제로 콕 집어서 말할 수 있는 사람은 하나도 없는 것 같았다. 그저 방정식에 대한 일반적인 개념뿐이라 그것도 해파리 같았는데, 그걸 어떻게 풀어서 근을 구한단 말인가. 그는 두 손을 들고 말았다. 그래서 그냥 집으로 돌아가 있는 재산을 누리며 사는 편이 낫겠다고 생각했다. 옛날의 그날 아버지는 넬슨을 무릎에 앉혀서 안고 있었다. 크고 따스하고 슬픈 냄새가 나는 아버지의 몸이 사방과 몸 아래쪽을 감싸고 있던 느낌이 초록색 식물이 놓인 철제 탁자에서 털이 숭숭 난 이파리의 초승달 모양 가장자리를 햇빛이 먹어치우던 기억과 함께 그의 머릿속에 남았다. 틀림없이 베키가 죽은 그 무렵이었을 것이다. 엄마엄마도 영원히 살 수는 없으니까 언젠가 엄마엄마가 죽으면 넬슨 자신과 엄마가 대리점을 맡게 될 것이고, 아빠는 예전에 마분지가 비싸지기 전에 자동차 전시장 앞에 세워두던 마분지 실물 모형들처럼 얼굴마담 역할을 할 것이다. 아주 잘난 척 으쓱거리며 돌아다니는 흑인들, 녀석들이 아주 단호하고 쿨하게 인사를 하는 모습, 어디 눈싸움에서 이겨보라는 듯 도전하는 모습이지만 책임은 전혀 지지 않는 것에 그는 화가 나서 몸이 근질거린다. 하지만 마리화나 때문에 지금쯤이면 온몸이 흐물거릴 것이다. 맥주를 하나 더 마시면 어떨까. 그러다가 자기 무릎 사이에 맥주가 있다는 기억이 난다. 슬림의 냉장고에서 방금 꺼내온 것이라 차갑고 무겁다. 그는 한 모금 들이켠다. 넬슨은 자기 손을 유심히 살핀다. 캔을 잡고 있는 손이 마치 벙어리장갑을 낀 것 같은 느낌이라서.

아빠가 그냥 죽어버리면 좀 좋아. 그 나이 사람들은 병도 잘 걸리던데. 그러면 그와 엄마만 남을 것이다. 엄마는 얼마든지 조종할 수 있다.

이제 그는 그다지 젊지 않다. 스물세 살이 되었다. 지금 이 사람들 사이에서 자신이 멍청이가 된 것 같은 느낌이 드는 건 결혼을 했기 때문이다. 여기에 있는 다른 사람들은 누구도 결혼한 것 같지 않다. 당연히 임신한 사람도 없다. 그건 겉으로 드러나니까. 그래서 자기가 구경거리가 된 것 같은 기분이 든다. 제대로 대처하지 못한 놈으로. 사실 프루는 여기에 오고 싶어하지 않았다. 프루는 텔레비전 화면의 빛을 듬뿍 받고 있는 초록색 식물처럼 가만히 앉아서 늙은 엄마엄마와 함께 〈러브보트〉와 〈환상의 섬〉을 기꺼이 볼 생각이었다. 요즘 들어 엄마엄마는 기력이 점점 떨어지고 있다. 예전에는 아빠와 엄마가 엄마엄마와 함께 앉아 있곤 했지만 요즘은 오늘밤처럼 플라잉이글 사람들과 함께 어딘가로 외출할 때가 많다. 이른바 어른이라는 사람들도 자기가 한 수 위에 있다고 생각하면 얼마나 무책임해지는지 모른다. 엄마는 그 말도 안 되는 금에 대해 그에게 죄다 이야기해주었다. 어쩌면 오늘 집에 있겠다고 했어야 했던 건지도 모른다. 프루와 함께 엄마엄마의 곁에 있겠다고. 사실 모든 카드를 손에 쥔 사람이 바로 엄마엄마니까. 하지만 프루는 넬슨이 일도 열심히 하고 항상 자기와 함께 집에 묶여 있기 때문에 가끔 사람들과 어울리게 해줘야 할 의무가 있다는 생각에 옷을 차려입었다. 가족은 상상으로 그려낸 의무감에 서로를 위해 온갖 일을 해주면서 항상 서로의 방해가 된다. 얼마나 뒤죽박죽인지. 그런데 프루는 막상 여기에 와서 취기가 돌자 애크런 시절의 미친 여자로 돌아가 이곳에서 유난히 눈에 띄는 임신부 역할을 아주 철저히 하기로 마음먹고는 그 무거운 몸을 이리저리 돌리며 아예 걸을 때도 신지 말아야 하는 신발로 춤을 췄다. 밑창이 두툼한 웨지 플랫폼 슈즈를 지탱해주는 것은 옛날에 마운트저지 레크리에이션 필드의 운동장 감독관들이 호루라기 끈으로 쓰려고 사람들을 시켜 땋게 만들었던 낚싯줄 같은 초록색 플라스틱 끈이다. 옛날에 심지어 그 끈을 나비 모양으로 땋는 방법까지 있었던 것이 기억난다. 그 방법을 쓰면 열쇠고리도 만들 수 있었다. 그래 봤자 애들한테 거기 걸어둘 열쇠가 있을 리 없었지만. 어쩌면 프루는 지금 심술을 부리고 있는 건지도 모른다. 하지만 넬슨도 이미 될 대로 되라는 심정이기 때문에 멀리서 프루를 지켜보며 즐기고 있다. 담배연기를 통해서. 반짝 하고 빛난다. 프루가. 로커스트에 새로 생긴 가게에서 프루가 직접 산, 현란한 초록색의 허리띠 없는 원피스를 입고 반짝거린다. 로커스트는 요즘 젠트리피케이션 때문에 정년퇴직을 한 노인네들이 억지로 밀려나고, 중산층이 시내로 돌아오고 있다. 프루가 빙글빙글 돌자 날개처럼 널찍한 소매가 위로 들리고, 대포알 같은 배가 불쑥 튀어나오면서 원피스 앞자락이 들리는 바람에 의사가 혈관을 보호하기 위해 꼭 입으라고 했던 오렌지색 탄력 스타킹이 더 많이 드러난다. 반짝거리는 플랫폼 슈즈로는 거친 털이 달린 카펫 위에서 발을 끌며 춤을 추기가 몹시 힘들지만 프루는 여전히 신발을 신은 채 자기가 할 수 있다는 것을 보여준다. 이것도 넬슨을 향한 심술이다. 프루의 몸은 양쪽 어깨뼈 사이가 꼬치에 꿰이기라도 한 것처럼 음악에 맞춰 흐느적거리고, 양팔은 은은하게 반짝이는 초록색 소매와 함께 위로 올라가고, 환상적인 긴 머리가 휙휙 원을 그리며 돈다. 자꾸만, 자꾸만.

넬슨은 춤을 출 수 없다. 춤을 안 출 거라는 얘기다. 요즘은 모든 춤이라는 게 가만히 서서 음악의 악마가 자기 몸에 들어오게 하는 것인데, 그러려면 지금 넬슨이 갖고 있는 것보다 더 커다란 믿음이 필요하다. 그는 바보처럼 보이고 싶지 않다. 아빠라면, 아빠가 이 자리에 있다면 할 것이다. 질이 있을 때 아빠가 스키터에게 넘어가 최악의 일이 벌어졌을 때도 결코 뒤돌아보지 않았던 것처럼. 정말로 하느님이 존재하고, 그 하느님이 자기를 애지중지한다고 믿다니 그런 바보 같은 일이. 천장의 점들은 넬슨이 이 이상 높은 곳을 바라볼 수 있게 허락해주지 않기 때문에 그는 다시 프루에게 시선을 돌린다. 눈부신 원피스 차림의 프루가 아플 정도로 밝다. 옷자락의 흐름은 액체로 변한 보석 같고, 프루의 얼굴은 배 위에서 음악 속에 잠들어 있다. 그 배는 단단하고, 그녀만의 것이 아니라 그의 것이기도 하다. 그러니까 그도 춤을 추고 있는 셈이다. 그는 그걸 할 수 없는 자신을 순간적으로 증오한다. 예전에 커서가 번쩍이는 컴퓨터공학의 정신게임과 대학사회 전반에 끼어들 수 없었던 것처럼, 옛날에 아버지가 그랬듯이 물 흐르듯 유연하게 움직이는 운동선수가 될 수 없었던 것처럼. 우울한 일 초가 지난다. 언젠가는 모든 사람에게 복수할 거라는 확신이 그것을 흩어버린다.

프루와 함께 간간이 춤을 추는 파트너는 브루어의 건방진 흑인 녀석들 중에서 덩치가 큰 놈이다. 가슴받이가 달리고 위아래가 붙은 작업복에 카우보이 부츠를 신은 놈. 얼마 뒤 슬림이 화분들 옆에서 라일과 함께 빙빙 돌다가 나와서 프루와 함께 빙빙 돈다. 프루는 누가 있든 없든 계속 혼자 돌면서 오르락내리락하기도 하고, 손을 살짝살짝 뒤집기도 하고, 고개도 이리저리 돌린다. 그런데 얼굴은 꼭 잠든 것 같은 모습이다. 옆에서 보니 매부리코가 아주 날카롭다. 사람들은 계속 프루의 배를 만진다. 행운의 부적처럼. 그들이 빙글빙글 돌면서 손가락을 튕겨대는 동안 할일 없이 느슨하게 뻗어 있던 손가락들이 그 신성한 배를 훑으면서 지나간다. 그 배에는 그의 것이기도 한 것이 들어 있는데. 하지만 그 손가락들을 어떻게 물리칠 것인가? 어떻게 프루를 보호하고 깨끗하게 지켜줄 것인가? 프루는 너무 크다. 자칫하면 그가 바보처럼 보일 것이다. 프루는 더러운 것을 좋아한다. 프루 자신도 거기 출신이다. 전에 프루는 애크런에서 그를 차에 태우고 옛날에 살던 집 앞을 지난 적이 있었다. 하지만 결코 그를 안으로 데리고 들어가지 않았다. 줄줄이 늘어서 있던 그 한심한 집들이라니. 나무로 된 포치에는 낡은 냉장고가 있었다. 멜러니의 집이라면 좀 나았을 것이다. 멜러니의 오빠는 폴로를 했다. 프루가 하다못해 신발이라도 벗으면 좋을 텐데. 그는 자신이 몸을 일으켜 프루에게 말하는 모습을 그려보지만, 사실은 마리화나에 너무 취해서 움직이기가 힘들 것 같다. 솜털이 푹신푹신한 벌레 같은 카펫과 천장의 벌레 구멍들 사이에 흐늘거리며 가만히 앉아 있을 수밖에 없다. 음악은 안에 거품이 들어 있어서 스피커 안에서 펑펑 터진다. 도나 서머의 좀비 목소리가 들락날락하면서 둘로 겹치기도 하고, 모든 소리를 혼자 내기도 한다. 당신한테 달라붙었어, 아교처럼. 슬림이 함께 춤을 추다 만 게이가 프루에게 마리화나를 내밀자 프루는 그 축축한 마리화나 끝을 쭉 빨아들여 깊게 연기를 머금으면서도 박자를 단 한 번도 놓치지 않는다. 배와 발이 계속 박자에 맞춰 움찔거린다. 넬슨은 애크런 슬럼가에서 자란 아이에게 브루어는 촌뜨기들의 도시 같아서 프루가 지금 여기 있는 사람들 모두에게 뭔가를 보여주는 중이라는 걸 깨닫는다.

전에 본 적이 있는 여자가 덩치 크고 얼굴이 벌건 시골뜨기와 함께 와 있다. 그 시골뜨기 녀석은 이런 댄스파티에 오면서 재킷을 입고 넥타이를 맸다. 여자는 넬슨 옆으로 와서 일리에 나스타세의 포스터 아래 바닥에 앉더니 그의 양 발목 사이에 있는 맥주를 가져가 한 모금 마신다. 빙긋 웃는 여자의 창백하고 둥근 얼굴은 조금 멍하면서도 기꺼이 상대를 기쁘게 해주려는 표정이다. "어디 살아?" 여자가 묻는다. 마치 다른 사람과 나누던 대화를 계속 이어가는 것처럼.

"마운트저지?" 넬슨은 이 정도면 대답이 된다고 생각한다.

"아파트?"

"부모님이랑 할머니랑 같이 살아."

"아니, 왜?" 땀에 젖어 반짝이는 여자의 얼굴에 호감이 간다. 여자도 술기운이 있다. 하지만 차분해 보여서 넬슨은 다행이다 싶다. 이상한 해파리가 지나가는 자리에서 빛이 나는 것처럼 보이는 하얀 바지를 입은 여자의 양다리가 그의 다리 옆으로 쭉 뻗어 있다.

"돈이 덜 드니까." 그는 부드럽게 말한다. "아이가 태어날 때까지는 다른 집을 알아보는 게 소용없는 짓 같아서."

"결혼했어?"

"저기 저 여자랑." 그는 프루를 가리킨다.

여자가 프루를 빨아들인다. "끝내준다."

"그런 편이지."

"말투가 왜 그래?"

"저 여자 때문에 아주 귀찮아 죽겠어서 그래."

"그런데 저렇게 뛰어도 돼? 아기는 어쩌고?"

"뭐, 운동을 하라고 했으니까. 넌 어디 살아?"

"여기서 가까워. 용퀴스트. 우리집은 여기 비하면 아무것도 아니야. 우리는 일층 뒤편에 사는데, 창에서 내다보이는 작은 마당에 고양이들이 잔뜩 몰려와. 우리 건물이 곧 아파트로 바뀔지도 모른대."

"그거 좋은 거야, 나쁜 거야?"

"돈이 있으면 좋은 거고, 돈이 없으면 나쁜 거겠지. 우린 시내에서 일하기 시작한 지 얼마 안 됐어. 내…… 내 남자는 돈이 좀 생기면 대학에 가고 싶어해."

"그딴 건 잊어버리라고 가서 말해줘. 내가 대학에 다녀봤는데, 그거 완전 거지같아." 여자의 윗입술이 도톰한 것이 보기에 좋다. 여자의 입술 모양을 보니, 자기 말 때문에 여자가 할말이 없어진 것 같아서 아쉽다. "넌 무슨 일을 해?" 그가 여자에게 묻는다.

"양로원의 간호조무사. 네가 알지 모르겠는데, 옛날 장터 쪽에 있는 서니사이드야."

"그거 우울하지 않아?"

"사람들은 그러는데, 난 괜찮아. 거기 노인들은 나한테 이런저런 얘기를 해. 대부분의 사람들이 원하는 게 바로 그거지. 말동무."

"너랑 네 남자는 결혼 안 했어?"

"아직은. 그 사람이 좀더 자리를 잡고 싶어해서. 내 생각에도 그편이 좋은 것 같아. 나중에 우리 생각이 바뀔지도 모르고."

"똑똑하네. 저기 저 초록색 옷을 입은 여자가 임신을 해버리는 바람에 난 선택의 여지가 없었어." 이 말에도 대답할 말이 별로 없다. 하지만 여자는 지루한 기색을 드러내지 않는다. 넬슨에게 그런 반응을 보이는 사람이 많은데. 대리점에서 그는 제이크와 루디가 쓸데없는 소리들을 지껄이는 걸 지켜보며, 그런 말을 하는데도 멍청해 보이지 않는 것을 부러워한다. 낯선 여자의 얼굴이 조금은 그에게 주의를 기울이는 표정으로 차분하게 그의 맞은편에 떠 있다. 눈은 대부분의 푸른 눈보다 조금 더 연한 푸른색이고, 피부는 우유 같고, 코는 끝이 살짝 들려 있고, 빨간 머리는 목덜미에서 느슨하게 하나로 묶여 있다. 드러난 귀에는 구멍이 뚫려 있지만, 귀걸이는 없다. 술에 취한 탓인지 귀의 하얗고 각진 귓바퀴 모양이 아주 생생하게 보인다. "이리로 이사온 지 얼마 안 됐다고 했지?" 넬슨이 말한다. "전에는 어디 살았는데?"

"갈릴리 근처. 어딘지 알아?"

"대충은. 어렸을 때 두어 번 드래그 레이스*를 보러 그쪽에 간 적이 있어."

"우리집에서도 엔진소리가 들려, 조용한 밤에는. 내 방이 한쪽 옆에 있어서 항상 엔진소리가 들렸지."

"우리집 앞에는 항상 차들이 지나다녀. 원래 내 방은 뒤쪽이었는데 지금은 앞쪽이야." 귀여운 귀, 그의 것처럼 작은 귀. 귀를 제외하면 그

---

* 400미터 직선코스에서 두 대의 자동차가 순발력과 속도를 겨루는 경주.

녀의 다른 부분은 그다지 작지 않은데. 허벅지는 사실상 밝은 하얀색 바지를 가득 채우고 있다. "아버지는 뭐하시는 분이야? 농부?"

"아버지는 돌아가셨어."

"아, 미안."

"아냐, 힘들기는 했지만 아버지는 그럭저럭 살림을 꾸려가셨어. 네 말대로 농부였고, 우리 마을 스쿨버스 운영자이기도 했지."

"그래도 유감이야."

"하지만 아주 훌륭한 어머니가 있는걸."

"뭐가 그렇게 훌륭한데?"

명청하게도 그는 계속 호전적인 말투로 말한다. 하지만 여자는 개의치 않는 것 같다. "아, 뭐든지 다 이해해주셔. 가끔 진짜 웃기는 소리도 하고. 남자 형제가 둘 있는데……"

"그래?"

"응. 그런데 어머니는 내가 여자라는 이유로 뒤로 물러나야 한다거나, 뭐 그런 느낌이 들게 군 적이 없어."

"엄마가 왜 그러겠어?" 넬슨은 질투가 난다.

"그러는 엄마들도 있어. 여자는 조용하고 영리해야 한다고 생각하는 엄마들. 우리 어머니는 여자가 인생에서 더 많은 것을 얻는다고 말해. 남자들은 매번 이기지 않으면 아무것도 아니라고 생각한다는 거야."

"대단한 어머니네. 완전 깨달음을 얻으셨잖아."

"그리고 우리 어머니는 나보다 더 뚱뚱한데, 난 그게 좋아."

넌 뚱뚱하지 않아, 그냥 보기 좋아. 넬슨은 이렇게 말해주고 싶지만, 다른 소리를 한다. "그 맥주 다 마셔. 내가 가서 더 가져올게."

514

"아니, 괜찮아. 너 이름이 뭐야?"

"넬슨." 그도 여자의 이름을 물어봐야 하지만 말이 나오지 않는다.

"넬슨. 난 괜찮아, 그냥 한 모금만 마시고 싶었을 뿐이야. 이제 제이미가 어떻게 하고 있는지 가봐야겠다. 어떤 여자랑 부엌에 있는데……"

"가슴을 내보이고 있는 여자 말이지."

"맞아."

"내 생각에 말이야, 가슴이 정말로 볼만한 애들은 안 보여줘." 그는 아래를 흘깃 내려다본다. 그녀가 입고 있는 적갈색 스웨터의 수직 무늬들이 부드럽고 풍만하게 불룩 나와 있는 그곳에서 살짝 옆으로 벌어져 있다. 그 밑으로 보이는 하얀 바지는 배와 허벅지가 만나는 삼각형 지점에서 팽팽하게 당겨진 채 주름이 져 있고, 천을 짜서 재단하다보면 그렇게 되는 것처럼 대각선으로 뻗어 있는 실들이 빛을 내고 있다. 그 아래에 있는 그녀의 맨발은 신발을 벗어버린 지 얼마 안 됐는지 양쪽 엄지발가락 바깥쪽 가장자리가 분홍색으로 물들어 있다.

여자는 자기 몸을 훑어보는 시선에 얼굴을 붉히고 있다. "대학에 다닌 다음에는 뭘 했어, 넬슨?"

"그냥 느긋하게 놀고 있어. 아니, 사실은 자동차를 팔아. 평범하고 볼품없는 차들 말고 특별하고 오래된 컨버터블. 요즘은 아무도 안 만드는 차들 말이야. 그런 차들은 가치가 계속, 계속 올라갈 거야. 틀림없어."

"재미있는 일인 것 같네."

"맞아. 세상에, 며칠 전에 시내에서 하얀 선더버드가 주차돼 있는 걸 봤어. 좌석은 빨간색 가죽이었는데, 그 차 주인은 날씨가 꽤 추워지고 있는데도 아직 지붕을 내려놓고 있더라고. 난 하마터면 펄쩍펄쩍 뛸 뻔했어. 마치 요트 같더라니까. 그런 차들이 만들어지던 옛날에는 지금처럼 푼돈까지 졸라매는 분위기가 아니었는데."

"제이미랑 나는 얼마 전에 코롤라를 샀어. 명의는 제이미 걸로 되어 있지만, 쓰는 사람은 나야. 이젠 장터까지 가는 버스가 없거든. 제이미 직장은 걸어가도 되는 거리고. 제이미는 벌레 잡는 도구들을 만드는 공장에 다녀. 그 왜, 자주색 불빛이 격자무늬 그물처럼 빛나는 전등 있잖아. 사람들이 풀장에서 수영을 하거나 바비큐를 할 때 밖에 걸어놓는 것."

"근사하네. 하지만 올해는 장사가 별로였겠다."

"그럴 것 같지만 사실은 아냐. 내년에 팔 걸 만드느라고 바쁘거든. 물건을 전부 남부로 보낸대."

"허." 이제 이런 대화는 충분한 것 같다. 제이미의 벌레 잡는 등에 대해서는 더 듣고 싶지 않다.

하지만 여자는 말을 계속한다. 이제 넬슨에게 긴장도 풀렸고, 아직 워낙 젊어서 모든 것이 신기한 모양이다. 넬슨은 여자가 자기보다 서너 살쯤 아래인 것 같다고 추측한다. 프루는 자신보다 한 살이 많은데, 지금은 그것이 짜증스럽다. 프루가 도전적으로 춤을 추는 것도, 임신을 한 것도, 여기에 있는 온갖 흑인들과 동성애자들을 무서워하지 않는 것도. "그러니까 나도 절반은 부담해야 돼." 여자가 설명하고 있다. "비록 제이미의 수입이 나보다 두 배지만 말이야. 제이미 부모님이랑 우리 어머니가 계약금을 똑같이 빌려주셨지만, 엄마한테 그럴 여유가 없었다는 걸 난 알아. 만약 내가 내년에 어디서 시간제 일자리를 찾으면 간호사 공부를 시작하고 싶어. 정식 간호사들은 지금 내가 하는 거랑 똑같은 일을 하면서 돈은 엄청나게 받거든. 물론 그 사람들은 주사도 놓을 수 있지만."

"세상에, 병자들 곁에서 평생을 보낼 작정이야?"

"난 이것저것 보살피는 걸 좋아해. 아버지가 돌아가시기 전에는 우리 농장에 항상 닭이랑 이런저런 동물들이 있었어. 심지어 내 양의 털도 깎아줬는걸."

"허." 넬슨은 옛날부터 항상 동물에게 알레르기가 있었다.

"넌 춤 안 춰, 넬슨?" 여자가 묻는다.

"응. 그냥 앉아서 맥주나 마시면서 자기연민에 빠지는 게 좋아." 프루는 이제 푸에르토리코인인지 누구인지와 함께 펄쩍펄쩍 뛰면서 사방을 돌아다니고 있다. 요즘은 대리점에도 저런 녀석들 두어 명이 매니 밑에서 일하고 있다. 그 녀석들이 어렸을 때 무슨 병을 앓았는지는 모르겠지만, 녀석들 뺨은 곰보보다 더하다. 사방에 움푹 베인 흉터가 남아 있다.

"제이미도 춤을 안 추려고 해."

"저기 계집애 같은 동성애자 녀석들한테 같이 추자고 해봐. 아니면 그냥 혼자 추든지. 그러다보면 누가 네 짝이 돼주겠지."

"난 춤추는 게 좋아. 넌 왜 자기연민에 빠지는 거야?"

"아…… 우리 아버지가 아주 못됐거든." 왜 이 말이 불쑥 튀어나왔는지 모르겠다. 여자가 자기 부모를 아주 좋게, 좋게만 이야기해서 그런 것 같다. 하지만 아버지를 생각하며 그 크고 덤덤한 얼굴을 머릿속으로 떠올려보니 우울한 무기력감이 느껴진다. 아버지의 얼굴이 무슨 전쟁 영화의 어지러운 전투장면에서 초점이 안 맞게 클로즈업한 얼굴처럼 허공에 떠 있다가 사라진다. 넬슨을 무릎에 앉혀주었던 그날, 두 사람에게 세상이 견딜 수 없는 곳처럼 보였던 그날처럼 크고 하얗고 흐릿한 얼굴이다.

"그런 말 하지 마." 여자가 이렇게 말하고는 일어선다. 긴 다리가 빛난다. 일어났는데도 양쪽 허벅지가 딱 붙어 있다. 가장자리가 분홍색을 띤 맨발이 거친 카펫 속에 가라앉아 있다. 거리가 어찌나 가까운지 넬슨은 죽을 것 같다. 너무 섹시하다. 이 여자는 왜 그런 말을 했을까? 그 말 때문에 죄책감이 들고, 야단을 맞은 것 같은 기분이다. 여자의 아버지는 돌아가셨다. 그리고 지금 여자의 말 때문에 넬슨은 마치 아버지를 죽여버린 것 같은 기분이 든다. 가서 멋대로 놀아보라지. 여자는 자리를 떠나 벽 앞에 일 분쯤 서 있다가 느슨하게 긴장을 풀고 안쪽으로 들어와 춤을 춘다. 넬슨은 그것을 지켜보며 부러워하고 싶지 않다. 그는 끙 하고 몸을 일으킨다. 맥주를 하나 더 가져오고, 그 길에 부엌에 있는 여자를 한번 더 몰래 살펴보려고. 슬프다. 앉아 있는 여자의 외로운 가슴. 반쯤 속이 찬 작은 손가방 같다. 제이미의 얼굴과 손은 널찍하고 긁힌 것 같은 모습이다. 황소처럼 굵은 목으로 숨을 쉬려고 넥타이를 느슨하게 풀어놓았다. 또다른 여자가 그의 손금을 보고 있다. 다들 사기로 된 부엌 식탁에 둘러앉아 있다. 식탁에 식기가 놓이는 자리는 낡아서 검게 얼룩이 져 있다. 그걸 보니 뭔가가 생각난다. 뭐지? 여기 붙어 있는 포스터에는 〈위험한 질주〉에 검은 가죽옷을 입고 출연했던 말런 브랜도의 모습이 있다. 또다른 포스터에는 눈꺼풀에 초록색을 칠하고 손톱을 길게 기른 앨리스 쿠퍼가 있다. 종이컵에 든 요구르트와 글자들이 날카로운 필체로 찍혀 있는 여섯 개들이 맥주가 서늘하게 차곡차곡 쌓여 있는 냉장고는 이 모든 것들 사이에 떠 있는 품위와 질서의 섬 같다. 넬슨은 대리점을 떠올린다. 줄줄이 늘어선 도요타 신차들. 속이 푹 꺼지는 것 같다. 가끔 대리점에 손님이 하나도 보이지 않을 때 전시장에 서 있다보면, 어린 시절의 느낌들, 그러니까 자기가 있지 말아야 할 곳에 있다는 느낌, 삶을 지배하는 규칙들을 아무도 자신에게 가르쳐주지 않으려 한다는 느낌이 다시 돌아오는 것 같다. 가짜 천장이 있는 커다란 앞방으로 돌아와보니 프루가 같이 춤을 추는 다른 사람들에 비해 기가 찰 정도로 늙어 보인다는 생각이 든다. 몸집이 작고 머리가 곱슬곱슬하며 크롤스의 십대용 의류매장에서 인턴으로 일하고 있는 도디 와인스틴이라는 여자와 슬림과 축구 유니폼 같은 셔츠를 입은 라일이 다시 하나로 뭉쳤고, 이 파티의 주인인 팸은 크고 헐렁헐렁한 무무*를 입고 서 있다. 그녀의 몸이 드레스 안에서 발작하듯 움직인다. 브루어의 희미한 불빛들이 퇴창 너머로 멀리 사라져가고, 이름을 모르는 그 하얀 바지의 여자는 한쪽 옆에 서서 음악에 맞춰 좌우로 부르르 몸을 떨면서 누군가가 짝이 되어주기를 기다린다. 평생의 하룻밤, 하룻밤의 평생. 여자는 조금 어색한 표정이지만, 그래도 여기서 사는 것이 즐거운 것 같다. 외딴 시골을 벗어난 것이. 스피커의 검은 거품들이 점점 더 빠르게 펑펑 터지고, 대포알처럼 배가 불룩 나온 넬슨의 아내는 얼굴을 아래로 한 채 바닥에 납작하게 넘어지기 직

---

* 무늬가 화려하고 헐렁한 드레스.

전이다. 넬슨은 프루에게 가서 손목을 잡고 끌어올린다. 프루와 함께 춤을 추던 라틴 새끼는 시치미를 뚝 떼고는 하얀 바지의 여자에게 흐느적흐느적 다가가 그녀와 짝이 된다. 베이비, 오늘밤이야. 베이비, 오늘밤이야. 넬슨은 프루의 손목을 아플 만큼 꽉 쥐고 있다. 프루는 음악에서 빠져나와 비틀거린다. 이것이 더 화가 난다. 아내가 이렇게 취해 있는 것이. 원래부터 결함이 있던 장비가 그에게 망신을 주려고 일부러 삐걱거리는 것 같다. 프루가 금방이라도 쓰러질 것처럼 휘청거리는 모습을 보니 완전히 박살을 내버리고 싶은 생각이 든다.

"아파." 프루가 말한다. 넬슨의 귀 뒤쪽 허공에 떠 있는 작은 상자에서 아주 작고 건조하게 프루의 목소리가 들려오는 것 같다. 프루가 손목을 빼내려고 힘을 주자 프루의 뱅글이 그의 손가락을 꼬집는 바람에 그는 화가 머리끝까지 치민다.

빨리 프루를 데리고 여기서 나가고 싶다. 넬슨은 프루를 끌고 복도를 가로지르며 프루를 기대어 세워둘 만한 벽을 찾는다. 작은 옆방에 그런 벽이 있다. 프루의 어깨 옆에 있는 전등 스위치 판에 입을 활짝 벌린 얼굴이 그려져 있다. 스위치는 바로 그 입 속의 혀다. 넬슨은 프루의 얼굴에 자기 얼굴을 대고 이를 악문 채 작은 소리로 속삭인다. "잘 들어. 제발 정신 좀 차려, 안 그러면 다칠 것 같으니까. 아기도 다칠 것 같고. 너 지금 무슨 생각이야? 우리 아들을 떼버리려는 거야? 진정 좀 해."

"진정하고 있어. 흥분한 건 너지, 넬슨." 두 사람의 눈이 어찌나 가까운지 흐릿한 초록색을 띤 프루의 눈이 그의 눈을 집어삼킬 것 같다. "그리고 애가 아들이라고 누가 그래?" 프루가 한쪽 입꼬리만으로 이죽거리는 웃음을 짓는다. 입술이 새로운 유행에 따라 뱀파이어 같은 빨간색으로 칠해져 있지만 어울리지 않는다. 뾰족한 얼굴, 핏기 하나 없고 죽은 사람처럼 차분한 표정을 오히려 강조해줄 뿐이다. 가난한 사람들 특유의 무표정하게 반항하는 얼굴. 그런 사람들은 무슨 짓을 해도 그다지 겁을 먹지 않는다.

넬슨이 간청한다. "너 애당초 술이랑 마리화나를 하면 안 되잖아. 이러다가 기형아가 나오면 어쩌려고 그래? 너도 알잖아."

프루가 천천히 단어를 지어내듯이 대답한다. "넬슨, 넌 애가 잘못되든 말든 아무 관심도 없잖아."

"이 멍청한 여자야, 내가 왜 관심이 없어? 당연히 있지. 내 아이인데. 아니, 내 아이인 건 맞아? 애크런에서 너희들은 아무하고나 자잖아."

두 사람이 있는 방은 이상한 곳이다. 홍학들이 사방을 둘러싸고 있다. 집 옆쪽의 좁은 뜰 두 개를 사이에 둔 벽돌담이 보이는 이 옆방에 사는 사람이 누구인지 몰라도, 무슨 농담처럼 홍학들을 수집해두었다. 반짝이는 분홍색 새틴에 속을 채워 만든 홍학은 터무니없이 긴 검은색 다리를 소파베드 뒤편으로 늘어뜨리고 있고, 속이 빈 플라스틱 몸통에 막대기 같은 다리가 달린 홍학들은 벽 앞의 선반들에 줄줄이 세워져 있다. 재떨이와 커피 잔에도 홍학이 그려져 있고, 호수와 야자수와 석양을 배경으로 이 분홍색 새들이 그려진 자그마한 3-D 그림도 있다. 플로리다의 기념품이다. 한 기념품에서는 홍학 세 마리가 무릎 아래에서 졸라매게 돼 있는 짧은 바지와 스코틀랜드 모자 차림으로, 펠트 천으로 만든 퍼팅 그린 위에 모여 있다. 몸집이 큰 녀석들은 아래로 늘어진 부리 위에 흐늘거리는 사탕 같은 싸구려 선글라스를 쓴 모습이다.

홍학이 수백 마리나 된다. 틀림없이 다른 게이들이 줬을 것이다. 이 방에 사는 사람은 분명히 슬림이다. 저 소파베드는 제이슨이나 팸에게는 맞지 않을 것이다.

"네 아이야." 프루가 자신 있게 말한다. "너도 알잖아."

"몰라. 너 오늘 끔찍한 창녀 같아."

"원래 난 여기 오고 싶어서 온 게 아니잖아. 밖에 나가고 싶어하는 건 항상 너야."

넬슨은 울기 시작한다. 프루의 얼굴에서 느껴지는 어떤 것, 애크런의 거친 분위기가 그를 향해 문을 닫아버린 것, 그의 배에 부딪히는 프루의 배, 예전에는 그토록 사랑스러웠던 이 크고 인형 같은 몸, 어쩌면 그녀가 다른 사람에게도 쉽게 맡겨버렸을지 모르는 몸, 그 은밀한 곳과 그곳의 수풀, 어쩌면 이제는 그가 쉽사리 빼앗길 수도 있는 몸, 그녀에게 그는 아무것도 아니다. 둘이서 함께 보낸 그 다정했던 시간들, 언덕 위에서 그녀를 만나 함께 나무 밑을 걷던 것, 워터 스트리트에 죽 늘어서 있던 술집들, 자신이 이쪽으로 먼저 출발하는 바람에 콜로라도에 남아 있던 그녀가 그를 완전히 풋내기 취급하고, 그는 다이아몬드 카운티에서 혼자 안달하던 일, 이 모든 일들이 아무것도 아니다. 그는 프루에게 아무것도 아니다. 예전에 질에게 그가 아무것도 아니었던 것처럼. 그는 그저 개구쟁이, 잘 달래주어야 하는 아이였다. 그래서 결국 어떤 일이 벌어졌던가. 사랑이 그의 몸을 숭숭 뚫고 지나가 썩은 나무처럼 흐물흐물한 무릎까지 내려가는 것 같다. "그러다 다칠 거야." 그가 흐느끼며 말한다. 눈물이 흘러 프루의 초록색 원피스 어깨 부위에서 반짝인다. 하지만 그의 구겨진 얼굴은 마치 텔레비전 화면 속의 얼굴처럼 그의 뇌 뒤편에 선명하게 떠 있다.

"너 이상해." 프루가 말한다. 아까보다 더 숨이 찬 목소리다. 그 속삭이는 소리가 걸레 조각처럼 그의 귀를 꽉 채운다.

"이 방은 무서워. 빨리 나가자."

"아까 어떤 여자랑 이야기하던데, 무슨 이야기를 한 거야?"

"아무 얘기도 안 했어. 걔 남자친구가 벌레 잡는 등을 만든대."

"둘이서 한참 동안 이야기했잖아."

"나더러 춤을 추자고 했어."

"네가 날 보면서 가리키는 걸 봤어. 내가 임신한 게 부끄러운 거지?"

"아냐. 자랑스러워."

"웃기시네, 넬슨. 창피해하고 있으면서."

"너무 그러지 마. 나가자, 따로 놀면 되잖아."

"봐, 창피해서 이러는 거야. 이 아이가 너한테는 그것밖에 안 되지? 창피한 존재인 거야."

"얼른 가자. 너 왜 이래? 나더러 무릎이라도 꿇으라는 거야?"

"넬슨, 난 춤을 추면서 진짜로 즐겁게 놀고 있었는데, 네가 와서 이렇게 사내랍시고 재수없이 굴고 있는 거잖아. 지금도 손목이 아파. 너 때문에 부러졌는지도 몰라."

넬슨은 프루의 손목을 들어 입을 맞추려고 하지만, 프루가 뻣뻣하게 힘을 주고 반항한다. 가끔 프루는 그의 눈에, 몸과 영혼이 모두, 뻣뻣한 판자처럼 보인다. 표면이 꺼끌꺼끌한 것까지 꼭 닮았다. 이런 생각을 하다보니 이 납작한 판자 같은 모습이 바로 프루의 본모습인지도 모른다는 두려움이 든다. 프루가 안에 깊이를 감추고 있는 게 아니라 아예 깊이가 없는 것 같다는 두려움, 이것이 바로 본모습인 것 같다는 두려움. 가끔 프루는 어떤 일에 발동이 걸리면 자신도 멈추지 못하는 것 같다. 넬슨이 프루의 손목을 다시 잡아당긴 것은 순전히 입을 맞추기 위해서였지만 프루는 그런 생각조차 하기 싫은지 그냥 불같이 화를 내고 만다. 얼굴이 온통 분홍색으로 달아올라서 날카롭고 딱딱하게 굳어 있다. "네가 어떤 인간인지 알아?" 프루가 말한다. "넌 꼬마 나폴레옹이야. 너절한 놈이라고, 넬슨."

"이러지 마."

뱀파이어 같은 프루의 입술 주위가 팽팽하게 긴장하고, 프루의 목소리는 도무지 멈출 줄 모르고 한결같이 단조롭게 움직이는 엔진 같다. "난 사실 널 잘 몰랐어. 네가 식구들한테 어떻게 하는지 쭉 지켜봤는데, 넌 완전히 응석받이야. 응석받이에 못된 골목대장이야, 넬슨."

"시끄러워." 절대로 다시 울음을 터뜨릴 수는 없다. "난 응석받이였던 적 없어. 오히려 정반대지. 우리 식구들이 나한테 어떻게 했는지 넌 몰라."

"그 얘기는 이미 수천 번이나 들었어. 그런데 내가 보기에 그건 그렇게 난리를 칠 일이 아냐. 넌 네가 무슨 짓을 하든 네 어머니랑 가엾은 할머니가 널 보살펴줄 거라고 생각하지? 그러면서 아버지한테는 아주 못되게 굴어. 아버지가 원하는 건 널 사랑하는 것밖에 없는데. 아들이 남들 절반만이라도 정상적인 사람이 되었으면 좋겠다고 바랄 뿐인데."

"아빠는 내가 대리점에서 일하는 걸 싫어했어."

"네가 일할 준비가 안 됐다고 생각했으니까. 실제로도 그랬고. 지금도 넌 준비가 안 됐어. 그리고 아버지가 될 준비도 안 됐어. 내 실수야."

"아, 네가 실수를 할 때도 다 있어?" 프루가 입고 있는 초록색은 정말 싫은 색이다. 크고 뚱뚱한 흑인 창녀가 거리에서 시선을 끌려고 일부러 야하게 반짝이는 옷을 입은 것 같다. 그는 시선을 돌려 옷장 위를 본다. 마음대로 구부려서 모양을 만들 수 있는 장난감 홍학들이 정사를 하는 자세로 놓여 있다. 한 마리가 다른 한 마리의 등에 올라타 있고, 또다른 한 쌍은 입으로 해주는 것 같은 자세를 취하고 있지만 늘어진 부리 때문에 그다지 효과가 나지 않는다.

"나도 실수 많이 해." 프루가 말을 잇는다. "왜 아니겠어. 뭐든 누가 나한테 가르쳐준 적이 없는데. 하지만 한 가지만은 분명해, 넬슨 앵스트롬. 네가 무슨 짓을 하든 난 이 아이를 낳을 거야. 넌 그냥 빠져 있어."

"빠지라고?"

"그래." 프루는 말을 조금 부드럽게 누그러뜨려야 한다고 생각한 것 같다. 넬슨에게 편안하게 부딪치는 프루의 배도 부드러워진 것 같다. "나도 네가 빠지는 건 싫지만 그래도 돼. 나도 널 막을 수 없고, 너도 날 막을 수 없어. 결혼했어도 우린 별개의 인간들이야. 넌 처음부터 나랑 결혼할 생각이 없었지. 이제 보니 너한테 결혼을 허락하지 말 걸 그랬어."

"난 결혼하고 싶었어, 정말이야." 그가 말한다. 이 고백 때문에 얼굴이 다시 일그러질까봐 걱정스럽다.

"그럼 못된 골목대장처럼 구는 건 그만둬. 넌 나를 윽박질러서 이리로 데려오더니, 이젠 가라고 윽박지르고 있잖아. 난 여기 사람들이 좋아. 오하이오 사람들보다 유머감각이 좋아."

"그럼 계속 있지, 뭐." 방안에는 홍학 말고 다른 물건들도 있다. 이 제 보니 끔찍한 물건들이다. 맨 아래쪽에 빨간 컵에 든 봉헌양초가 있는 엘비스 프레슬리의 석고상. 물고기 대신 바비인형들과 프렌치 티클러*로 짐작되는 폴립 모양의 플라스틱 물건들이 가득 들어 있는 수조. 번쩍거리는 삼각팬티를 입고 공중제비를 돌거나, 엉덩이를 내보이거나, 은색 장갑을 낀 손으로 거대한 젖가슴을 붙들고 있는 여자들이 그려진 엽서 여러 장을 압정으로 꽂아놓은 것. 아주 미세한 줄무늬를 넣어서 보는 각도에 따라 조심스러운 그림 아니면 외설적인 그림이 보이게 인쇄한 독일산 엽서들이다. 방안 사방에는 한 시간 전 저녁식사 때 먹은 완두콩과 오렌지색 당근 조각이 아직도 그대로 들어 있는 토사물이 여기저기 뚜렷하고 다양하게 떨어져 있다. 넬슨은 도무지 시선을 돌릴 수 없다.

그가 끔찍한 물건들을 차례로 둘러보는 동안 프루는 살짝 빠져나간다. 둘이 주고받은 말에 대해 사과하려는 것인지 그의 손을 한 번 꽉 쥐어주고 나서. 그런데 둘이서 무슨 말을 했더라? 부엌에 가 보니 가슴을 드러내고 있던 여자가 ERA라고 써 있는 티셔츠를 입었고, 제이미는 재킷과 넥타이를 벗었다. 넬슨은 키가 아주 커진 것 같은 느낌이다. 어찌나 키가 큰지 자기 입으로 하는 말도 들리지 않을 정도다. 하지만 그런 건 상관없다. 다들 웃음을 터뜨린다. 부엌 옆의 어두운 침실에서 누군가가 이란에서 보내오는 열한시 삼십분 특별 보도를 보고 있다. 파티장에서 으레 그렇듯이 시간이 발작하듯 빠르게 흘러간다. 그에게

---

* 여성의 쾌감을 높이기 위해 돌기 등을 부착한 콘돔.

다시 돌아와 그만 가자고 말하는 프루의 안색이 죽은 사람처럼 창백하다. 영화 속의 피 같은 립스틱이 얼굴에 묻어 있고, 두 입술이 만나는 지점의 가운데 부분에도 립스틱이 남아 있는 유령 같다. 그의 머릿속에서 일어나는 모종의 일 때문에 모든 것이 파랗게 염색된 것처럼 변해가고, 프루의 이는 구부러진 것처럼 보인다. 프루가 거의 알아들을 수 없는 소리로, 그가 바라는 대로 신발을 벗어버렸는데 이제 신발이 어디 있는지 찾을 수 없다고 말한다. 프루는 부엌 의자에 털썩 주저앉아 오렌지색 다리를 쭉 뻗는다. 그 바람에 프루의 배가 거시기처럼 앞으로 불쑥 튀어나오고, 프루는 주위의 모든 사람들과 함께 웃음을 터뜨린다. 돼지 같은 놈들. 프루의 신발을 찾던 넬슨은 끔찍하게 번쩍거리는 물건들과 홍학들이 있는 옆방에서 소파베드에 누워 자고 있는 하얀 바지의 여자를 발견한다. 얼굴이 풀어져 있어서 아까보다도 더 어려 보인다. 여자의 한 손은 들창코 옆에 창백한 손바닥을 위로 한 채 둥글게 구부러져 있다. 살짝 주근깨가 나 있는 차분한 이마도 주름 하나 없이 잠들어 있다. 오로지 머리카락만이 여자의 힘을 강렬하게 보여준다. 핀이 풀려서 구불구불하게 헝클어져 있는 머리카락은 동굴처럼 푹 들어간 곳과 능선처럼 솟아 있는 곳의 색깔이 아주 다양하다. 넬슨은 여자의 몸을 덮어주고 싶지만 담요가 보이지 않는다. 프렌치 티클러와 바비인형이 수조 안에서 눈부시게 반짝거리고 있을 뿐이다. 여자의 적갈색 스웨터가 치켜올라가서 바지의 허리 부분에 우윳빛 맨살이 살짝 드러나 있다. 넬슨은 여자를 내려다보며 생각한다. 왜 여자하고는 친구가 될 수 없는 거지? 섹스를 한다 해도 말이야. 왜 이렇게 자존심을 세우면서 자신을 지키기 위해 상대한테 상처를 되돌려줘야 하는 거야? 그 우윳빛 살결을 응시하며 그는 자신이 무엇을 찾으려고 이 방에 들어왔는지 잊어버린다. 그러고 보니 오줌이 마렵다.

화장실에서 그는 방광을 비운다. 오줌줄기가 꾸준히 이어지지 못하고 힘없이 뚝뚝 떨어지는 걸 보니, 방광이 너무 가득찰 때까지 내버려둔 모양이다. 그는 볼일을 본 뒤 바구니 위에 놓여 있는 크고 매끈한 책에 정신을 빼앗긴다. 아무래도 슬림의 것인 듯싶은 그 책은 나치시대에 독일에서 만들어진 포스터와 사진으로 만들어진 앨범이다. 아름다운 금발 소년들이 줄지어 서서 노래를 부르고 있고, 뚱뚱한 미남이 훈장이 주렁주렁 달린 하얀 군복을 입고 있고, 히틀러는 젊고 호리호리하고 당당한 모습으로 알프스 쪽을 응시하고 있다. 이것이 여기 있는 것을 보니 동성애자 분위기가 난다. 여자들을 아주 추하게 표현한 그 야한 엽서들과 마찬가지다. 이 세상에 존재하는 모든 추악함을 막을 길은 없는 것 같다. 잠들어 있는 여자나 넬슨을 보호할 방법이 없는 것 같다. 프루는 그 끔찍한 초록색 플랫폼 슈즈를 찾아서 부엌의 등받이가 꼿꼿한 의자에 앉아 있고, 아까 프루와 함께 춤을 췄던, 얼굴에 온통 칼자국이 난 그 푸에르토리코인은 프루의 발치에 무릎을 꿇고 앉아 낚싯줄 같은 끈으로 이루어진 프루의 신발에 달린 죔쇠를 채워주고 있다. 자리에서 일어선 프루가 비틀거린다. 이 인간들이 프루에게 뭘 먹인 거지? 프루는 퀸트에서 봄가을에 입던 벨벳 재킷을 남이 입혀주는 대로 입는다. 밝은 초록색 원피스 위에 빨간색 재킷을 입으니 남들보다 육 주 먼저 혼자 크리스마스를 맞은 것 같다. 제이슨은 앞방에서 춤을 추고 있고, 제이미와 그 한심한 가슴에 ERA가 써 있는 여자도 춤을 춰보려고 한다. 그래서 두 사람은 팸과 슬림에게 작별인사를 한다.

팸은 여자 대 여자로 프루의 뺨에 입을 맞추며 마치 암호로 귓속말을 하는 듯하고, 슬림은 가슴 앞에서 양손을 모으고 불교식으로 고개를 숙여 인사한다. 아시아인처럼 눈꼬리가 올라간 눈을 보며 넬슨은 원래 저런 모습이었던 건지 아니면 변태 짓을 해서 저렇게 된 건지 모르겠다고 생각한다. 강렬한 해파리 같은 느낌이 슬림의 입술을 스치고 지나간다. 마지막으로 서로 손을 흔들고 미소를 지은 뒤 문이 닫히면서 파티장의 소음이 끊긴다.

아파트 문은 노란색 떡갈나무로 무겁게 만든 구식 문이다. 삼층 층계참에 서 있는 넬슨과 프루는 뭔가 침묵 같은 것 속에 봉인당한 느낌이다. 닭장처럼 육각형 무늬가 있는 머리 위의 검은 채광창을 빗방울이 두드린다.

"아직도 내가 너절한 놈 같아?" 넬슨이 묻는다.

"넬슨, 이제 철 좀 들어."

오른편의 단단한 나무 난간이 두 층 아래인 일층까지 빙글빙글 이어져 있어서 현기증이 난다. 아래를 내려다보니 저멀리 아래쪽 지하실에 놓여 있는 플라스틱 쓰레기통 두 개의 뚜껑이 보인다. 프루가 갑갑하다는 듯 그의 왼편으로 지나간다. 이제 그에게 질려서 빨리 밖으로 나가 바람을 쐬고 싶다는 표정이다. 나중에 그는 프루의 펑퍼짐한 엉덩이가 자신의 엉덩이와 부딪치던 것을 기억해내고 프루가 일부러 그랬다는 생각에 분노를 느낀다. 하지만 만약 그가 엉덩이를 움직여 프루를 밀치는 것으로 복수를 한다면 괜찮을 것이다. 계단 왼편에는 난간이 없고, 회벽에는 못을 박았던 구멍들이 제멋대로 뚫려 있다. 아무래도 그곳에 판벽널이 붙어 있었던 모양인데, 이곳 개조공사를 맡은 인부들이 죄다 뜯어간 것 같다. 그래서 프루가 웨지 슈즈를 신고 발목을 움직일 때 손으로 잡고 몸을 지탱할 수 있는 것이 하나도 없다. 프루는 낮게 불만스러운 소리를 내지만, 창백한 얼굴은 옛날에 행글라이더를 타고 이륙할 때처럼 무표정하다. 넬슨은 프루의 벨벳 재킷을 붙잡으려 하지만 프루는 그의 손이 닿지 않는 곳으로 날아간다. 프루의 다리는 이제 몸을 받치고 있지 않다. 프루가 뭔가 붙잡을 것을 찾으려고 벽을 향해 몸을 비틀자 얼굴이 못을 박았던 구멍들을 스치듯이 지나가는 것이 보인다. 하지만 붙잡을 것이 없다. 프루는 옆으로 몸을 틀면서 머리부터 아래로 쓰러진다. 가장자리에 금속이 붙어 있는 계단 디딤판이 프루의 배를 파고든다. 워낙 순식간에 벌어진 일인데도 넬슨의 뇌는 몇 가지 감각들을 처리해낸다. 프루의 재킷 자락이 손끝을 스치던 느낌, 프루의 엉덩이가 그를 나무라듯 그에게 부딪쳤던 것, 프루의 무거운 신발에 넬슨 자신이 분노를 느꼈던 것, 계단에서 난간을 떼어버린 사람들에 대한 분노, 이 모든 것이 그의 머릿속에 정확하게 층층이 쌓여 있다. 프루가 신고 있는 타이츠의 사타구니 부분이 더 짙은 오렌지색으로 더 단단하게 짜여 있는 것이 뚜렷이 눈에 들어온다. 처음 바닥에 몸이 부딪히면서 프루의 다리가 활짝 벌어지자 치맛자락도 함께 벌어지는 바람에 드러난 그 모습이 선명한 초록색 꽃의 중심 부분 같다. 프루의 팔은 주르르 미끄러지는 몸을 계속 붙잡으려 한다. 결국 가파른 계단을 반쯤 내려간 곳에서 몸이 멈췄을 때쯤 한쪽 팔이 꺾여 있다. 신발의 끈 하나가 찢어져 신발이 달아나고, 프루의 머리는 흉하게 펼쳐진 아름다운 머리카락 밑에 숨겨져 있다. 길게 뻗은 프루의 몸은 꼼짝도 하지 않는다.

530

팔츠 부블리 누네!

빗방울이 채광창을 부드럽게 두드린다. 파티장에서 벽을 통해 음악이 새어나온다. 프루가 떨어지면서 엄청난 소리가 난 모양이다. 노란색 떡갈나무 문이 갑자기 열리더니 사람들이 사방에서 고함을 질러댄다. 하지만 넬슨이 들은 소리라고는 프루가 처음 바닥에 부딪히면서 마치 욕조용 플라스틱 장난감을 실수로 밟았을 때처럼 찍 하는 소리를 낸 것뿐이다.

수피는 병원에서 훌륭하게 처신하고 있다. 간호사와 직원에게 농담을 건네고, 온통 흰색뿐인 세상에서 검은 옷을 입고 행복한 세균처럼 돌아다닌다. 모든 규칙을 깨는 예외처럼. 그는 스프링어 부인을 포옹하려는 것처럼 다가오다가 마지막 순간에 멈춰 서서 왠지 좀 쾌활하게 어깨를 찰싹 때리고 만다. 재니스와 해리에게는 작은 치아를 드러내며 짓궂게 활짝 웃는다. 넬슨을 볼 때는 조금 더 진지한 표정으로 변하지만 그래도 여전히 눈과 얼굴이 밝게 반짝인다. "팔에 깁스를 한 것을 빼면 여전히 멋진 모습이에요. 그것도 운이 좋았죠. 다친 게 왼팔이니까."

"프루는 왼손잡이예요." 넬슨이 말한다. 넬슨은 부루퉁한 표정이다. 잠을 못 자서 허리도 구부정하다. 그는 한시부터 세시까지 프루와 함께 병원에 있었고, 아홉시 삼십분인 지금 다시 병원에 돌아와 있다. 그가 한시 십오분쯤 집에 전화를 걸었지만 아무도 전화를 받지 않았던 것이 이십 년 치 불만에 덧붙여졌다. 엄마엄마는 집에 있었지만 나이가 너무 많고 멍해서 꿈속으로 들려오는 전화벨 소리를 듣지 못했고, 그의 부모는 머킷 부부, 해리슨 부부와 함께 422번 도로를 타고 가다 보면 포시즌즈 너머 포츠타운 쪽에 새로 생긴 스트립클럽에 갔다가 술을 한 잔 더 하려고 머킷 부부의 집에 가 있었다. 그래서 식구들은 넬슨이 세시 삼십분에 빈 침대로 기어들었다가 아홉시에 일어났을 때에야 비로소 소식을 들었다. 엄마의 머스탱을 타고 병원으로 오는 길에 그는 새들이 지저귀는 소리가 들릴 무렵에야 겨우 잠이 들었다고 주장했다.

"새라니, 무슨 새?" 해리가 말했다. "새들은 전부 남쪽으로 갔어."

"아빠, 저 좀 긁지 마세요. 창문 바로 앞에 거무스름한 새들이 있다고요."

"찌르레기야." 재니스가 싸움을 말리려고 끼어든다.

"찌르레기는 지저귀지 않아, 꽥꽥거리지." 해리가 고집을 부렸다. "꽥꽥, 꽥꽥."

"요새는 해가 늦게 뜨지 않나?" 장모가 끼어들었다. 사위와 손자 사이에 항상 긴장이 흐르는 것 때문에 장모는 더욱더 늙어가고 있다.

눈이 빨갛게 충혈된 채로 앉아서 코를 훌쩍거리며 간밤의 우울한 냄새를 풍기고 있는 넬슨의 모습이 정말이지 눈에 거슬렸다. 해리 자신도 잠을 제대로 못 잔데다가 숙취에 시달리고 있었기 때문이다. 그는 또 꽥꽥이라고 말하고 싶은 충동을 애써 억눌렀다. 병원에서 그는 수피에게 묻는다. "어떻게 이렇게 빨리 왔어요?" 그는 진심으로 감탄하고 있다. 얼마든지 비웃어도 좋지만, 이 남자는 정말로 마법 같은 일을 해낸다.

"새 신부가 직접 연락했어요." 목사가 즐거운 표정으로 선언한다. 그러면서 옆으로 살짝 움직이는 바람에 나지막한 탁자 위에 지나치게 많이 쌓여 있던 잡지들 중 한 권이 그의 몸에 부딪혀 바닥으로 떨어진다. 〈여성시대〉, 〈들판과 개울〉. 병원에는 〈컨슈머 리포트〉가 없는 게 당연하다. 얼마 전 그 잡지에는 아스피린이나 감기약 같은 약품들의 환상적인 가격 인상폭과 의료비용을 다룬 끝내주는 기사가 실렸다. 수피는 허리를 굽혀 잡지를 집어들고는 살짝 가쁜 숨소리를 내며 허리를 편다. 그가 말한다. "의료진이 그 귀여운 새 신부를 진정시키고 팔을 고정시키고 태아에게는 아무런 영향이 없는 것 같다고 안심시킨 뒤에도 새 신부는 걱정을 떨쳐버리지 못하고 아침 일곱시에 깨어난 모양입니다. 하지만 넬슨이 잠들어 있을 거라는 걸 알았기 때문에 달리 연락할 사람이 없어서 저를 생각해낸 거죠." 수피가 환하게 웃는다. "저도 물론 아직 모르페우스*의 품안에 푹 파묻혀 있었지만 정신을 차리고 성찬식과 열시 예배 사이에 병원으로 달려오겠다고 말했습니다. 그래서 이렇게 이 자리에 있게 된 거죠. 에케 호모.** 새 신부는 저더러 아기를 지킬 수 있게 함께 기도해달라고 했습니다. 제가 오기 전에도 계속 기도를 하고 있었다고 하더군요. 그리고 적어도 지금까지는, 옛날 사람들의 말처럼, 기도가 효과가 있었던 것 같습니다!" 목사의 검은 눈이 식구들의 얼굴을 차례로 훑어본다. 위아래로, 좌우로. "새 신부를 처음 진찰한 의사는 여덟시에 근무를 끝내고 물러갔지만 담당 간호사는 아기 엄마의 몸에 온통 멍이 들었는데도 그 몸속의 작은 심장박동은 여

---

* 그리스신화 속 잠의 신 히프노스의 아들. 꿈의 신.
** Ecce homo. '이 사람을 보라'는 뜻의 라틴어.

느 때와 마찬가지로 생생하다면서 하혈이든 뭐든 고약한 일이 일어난 흔적은 전혀 없다고 저한테 엄숙하게 맹세했습니다. 어머니 자연은 정말이지 언제나 강인해요." 목사는 스프링어 부인을 향해 이 말을 한다. "이제 저는 그만 가봐야겠습니다. 자칫하면 굶주린 양떼가 먹이를 먹지 못할 테니까요. 여기 면회시간은 사실 오후 한시부터지만, 여러분이 잠시 들르겠다면 병원측에서도 틀림없이 반대하진 않을 겁니다. 제가 여러분을 축복했다고 그 사람들한테 말하세요." 이 말을 한 뒤 그의 손이 반사적으로 들린다. 정말로 축복을 내리려는 것처럼. 하지만 그는 스프링어 부인의 번들거리는 모피코트 소매에 그 손을 그냥 올려놓는다. "혹시 예배에 못 오시더라도 그뒤에 열리는 회합에는 꼭 오세요." 그가 간청하듯 말한다. "새로 기계식 파이프오르간을 들여놓는 문제와 관련해서 교구위원회에 조언을 하기 위한 회합인데, 초야草野의 많은 구두쇠들이 나올 겁니다. 일 년 내내 매주 1달러씩 헌금을 내는 사람인데, 그분들의 표도 저나 부인의 표와 똑같은 효력이 있죠." 그는 날듯이 멀어져가며 사방을 향해 평화의 V자를 그려 보인다.

세상에, 요즘 젊은 애들은 불행을 너무 좋아해. 해리는 속으로 생각한다. 뭐, 그건 다른 사람들은 아무도 원하지 않는 영역이다. 세인트조지프병원은 옛날에 YMCA가 있던 브루어 북쪽의 초라한 지역에 있다. 사람들은 YMCA를 허물고 그 자리에 드라이브인 은행을 세웠고, 옛날에 나무로 돼 있던 철교도 콘크리트로 새로 지었지만 그 다리는 완성되자마자 금이 가기 시작했다. 이곳을 지나는 철로를 터널 안에 묻자는 이야기들이 오가곤 했으나 철로 운행이 사실상 중단되면서 그 문제는 저절로 해결되었다. 재니스는 간호사들이 모두 수녀이던 시절에 이곳에서 레베카 준을 낳았다. 어쩌면 지금도 수녀들이 간호사로 일하고 있는 건지 모르지만 겉으로 보아서는 알 길이 없다. 이 층의 접수 직원은 연어 색깔의 바지정장 차림이다. 그녀의 빵빵하게 부푼 엉덩이와 늘어진 어깨가 앞장을 선다. 반쯤 열린 문들 틈새로 하얀 이불을 덮고 누워서 하얀 천장을 빤히 쳐다보는 초췌한 사람들이 보인다. 이미 유령이 된 것 같은 모습이다. 프루는 4인실에 있는데, 얇은 환자복을 입은 여자 두 명이 허둥지둥 자기 침대로 돌아간다. 너무 일찍 찾아온 면회객들에게 기습을 당한 탓이다. 마지막 침대에는 늙어빠진 흑인 여자가 자고 있다. 프루도 거의 자고 있는 거나 마찬가지다. 얼굴에는 어젯밤의 마스카라 얼룩이 아직 남아 있지만, 그것만 제외하면 마치 처녀 같은 모습이다. 특히 팔꿈치에서 손목까지 이어진 새하얀 깁스가 그렇다. 넬슨은 프루의 입술에 가볍게 입을 맞춘 뒤 침대 옆의 의자에 앉는다. 어른들은 모두 서 있는데도. 그러고 나서 그는 프루의 둥근 엉덩이 옆의 침대 가장자리에 얼굴을 내려놓는다. 철딱서니 없는 녀석 같으니. 해리는 속으로 생각한다.

"넬슨은 정말 훌륭했어요." 프루가 말한다. "얼마나 다정했는지 몰라요." 해리가 들어본 프루의 목소리 중에서 가장 음악적이고 가장 허스키한 목소리다. 여자들은 그냥 가만히 누워 있기만 해도 저렇게 되는 건지 궁금하다. 성대의 각도가 바뀌기 때문일까.

"그래, 녀석이 아주 엉망이 되기는 했지." 해리가 말한다. "우리는 오늘 아침에야 이야기를 들었다."

넬슨이 고개를 든다. "엄마 아빠는 스트립클럽에 있었대, 말이 돼?"

"세상에." 해리가 재니스에게 말한다. "여기 대장이 누구야? 저 녀석은 우리더러 뭘 어떻게 하라는 거지? 그냥 집에 가만히 앉아서 우아하게 늙어가라는 건가?"

장모가 말한다. "지금은 여기 아주 잠깐밖에 있을 수 없어. 난 교회에 가고 싶으니까 말이지. 캠벨 목사 말대로 회합에만 참석하는 건 꼴이 좋지 않을 것 같아."

"그 회합에는 꼭 나가셔야 돼요, 장모님." 해리가 말한다. "엄청난 돈을 내놓으라고 할 테니까요. 파이프오르간이 나무에서 저절로 자라는 물건은 아니잖아요."

재니스가 프루에게 말한다. "아유, 가엾게도. 팔은 많이 다친 거니?"

"아, 아까 의사가 말할 때 잘 안 들었어요." 프루의 목소리가 허공으로 둥둥 떠오른다. 틀림없이 진정제가 몸에 가득할 것이다. "바깥쪽에 뼈가 하나 있는데, 이름이 아주 웃기는……"

"대퇴골." 해리가 의견을 내놓는다. 왠지 기운이 넘치고 용기가 나서 도전적인 기분이다. 어젯밤의 스트리퍼들 중에는 그의 딸이라고 해도 될 만큼 어린 여자들도 있었다. '골드 체리.' 이것이 그 스트립클럽의 이름이었다.

넬슨이 프루의 옆구리를 파고들다가 또 고개를 든다. "그건 허벅지에 있는 거잖아요, 아빠. 프루가 말한 건 상완골이에요."

"하하." 해리가 말한다.

프루는 앓는 것 같은 소리를 낸다. "척골이에요. 의사 말로는 그냥 단순한 골절이래요."

"깁스를 얼마나 하고 있어야 하는데?" 해리가 묻는다.

"의사가 시키는 대로 하면 육 주라고 했어요."

"크리스마스는 물건너갔네." 해리가 말한다. 그의 마음속에서 올해의 크리스마스는 중요하다. 크리스마스가 지나고 신년 분위기도 대충처리하고 나면 여행을 떠날 예정이기 때문이다. 호텔도, 비행기도 이미 예약했고, 어젯밤 스트리퍼들을 보며 신나게 논 뒤에도 다시 그 이야기를 나눴다.

"아유, 가엾어라." 재니스가 같은 말을 반복한다.

프루가 노래를 부르기 시작한다, 음악 없이. 마치 노래하는 것처럼 말하는 것이다. "어머, 세상에, 저는 괜찮아요. 오히려 다행이다 싶어요. 어떻게든 벌을 받아야 할 것 같으니까요. 솔직히 저는……" 프루는 계속 재니스를 똑바로 바라본다. 전에 보지 못한 권위 있는 표정이다. "이건 하느님이 아기를 잃지 않으려면 이런 대가를 치러야 한다고 저한테 말씀하신 거라고 믿어요. 저는 기꺼이 대가를 치를 거예요. 제몸의 뼈가 모조리 부러진다 해도 기쁠걸요. 그런 건 다 괜찮아요. 세상에, 발이 허공에 뜬 것이 느껴지면서 제가 그 끔찍한 계단에서 굴러떨어지는 것 외에는 달리 어떻게 해볼 도리가 없다는 걸 알았을 때 제가 무슨 생각을 했는데요! 어머님은 틀림없이 아실 거예요."

아기를 잃는 기분이 어떤 건지 재니스는 틀림없이 알 거라는 뜻이다. 재니스는 윽 하고 소리를 내더니 침대에 누운 아이 위로 쿵 하고 쓰러진다. 기세가 워낙 강해서 해리는 움찔하며 재니스를 일으키려고 등을 잡는다. 재니스는 가슴에 돌처럼 단단한 깁스가 닿는 것을 느끼고 해리의 손이 붙들고 있는 척추 부위를 아치형으로 둥글게 구부린다. 천을 통해 느껴지는 재니스의 살갗이 북처럼 팽팽하고 뜨겁다. 하지만 프루는 전혀 아픈 기색 없이 그 조심스럽고 비틀어진 미소를 지으며 어젯밤의 푸른 눈화장 흔적이 남아 있는 눈꺼풀을 고요히 감고 시어머니의 무게를 받아들인다. 그리고 깁스에 붙들리지 않은 손을 슬그머니 들어 재니스의 등을 토닥거린다. 프루의 손가락이 해리의 손가락 가까이로 다가온다. 토닥토닥, 토닥토닥. 해리는 신디 머킷의 둥근 손가락을 떠올리며 그것이 프루의 손가락보다 훨씬 더 아이 같고 뭉툭하다는 사실에 경탄한다. 프루의 손가락은 젊은데도 뼈가 앙상하고 마디가 붉다. 해리의 어머니 손도 이렇게 무언가로 세게 문지른 것 같은 모양이었다. 재니스는 흐느낌을 멈추지 못하고, 프루는 토닥거리는 걸 멈추지 못한다. 그리고 병실 안에 깨어 있는 다른 두 여자 환자는 참지 못하고 두 사람을 계속 힐끔거린다. 이 복잡한 상황이 해리는 몹시 신경에 거슬려 엉뚱한 생각을 한다. 마치 자신이 비난을 받는 것 같다. 가족들 사이에서 공식적으로 인정된 이야기에 따르면, 재니스의 손에 아기가 죽은 것은 모두 해리의 잘못이기 때문이다. 하지만 지금은 해리는 그저 구경꾼에 불과했다는 진실이 천명된 것 같다. 제 어머니의 슬픔 때문에 한쪽으로 밀려난 넬슨이 허리를 곧추세우고 노려본다. 녹초가 되도록 지쳐버린 가엾은 녀석. 자기들끼리 열심히 감정을 나누고 있는 이 망할 놈의 여자들이 우리를 아예 끌어들이지 않으면 좋겠는데. 마침내 재니스가 자세를 바로잡는다. 어찌나 심하게 훌쩍거렸는지 윗입술이 콧물에 젖어 축축하다.

해리가 자신의 손수건을 건넨다.

"난 정말 기뻐." 재니스가 커다란 소리로 코를 훌쩍거리며 말한다. "프루한테 정말 다행인 것 같아서."

"정신 차려." 해리는 손수건을 다시 가져오며 중얼거린다.

장모가 달래듯이 말한다. "정말 기적 같은 일이긴 해. 계단 끝까지 굴러떨어졌는데도 이만하길 다행이지. 옛날에는 브루어의 주택에서 그렇게 높은 계단은 하인들만 다니는 곳이었어."

"끝까지 떨어진 건 아니에요." 프루가 말한다. "중간에 멈추려고 애쓰는 바람에 팔이 부러진 거거든요. 그런데도 아팠던 기억이 없어요."

"그래." 해리가 말한다. "네가 아프다는 소리를 안 했다고 넬슨한테 들었다."

"네, 맞아요." 재니스와 끌어안는 바람에 프루의 머리카락이 베개 위에 흩어져서 마치 프루가 새하얀 공간에서 추락하는 것처럼 보인다. 노래를 부르면서. "거의 아무것도 못 느꼈어요. 의사들도 전부 그게 당연하다고 하고요. 이게 전부 그 높은 플랫폼 슈즈 때문이에요. 유행 때문에 다들 신고 다니지만, 정말이지 멍청한 유행 아니에요? 죄다 태워버릴 거예요. 반드시. 집에 돌아가는 즉시."

"그게 언젠데?" 장모가 검은 손가방을 다른 손으로 옮겨 쥐면서 묻는다. 장모는 넬슨이 잠에서 깨어 소란이 시작되기 전부터 이미 교회에 갈 옷을 차려입고 있었다. 장모는 그 교회의 노예다. 거기서 장모가 무엇을 얻는지는 하느님만이 아실 것이다.

"최대 일주일이라고 했어요." 프루가 말한다. "제가 얌전히 몸조리를 해야 하고, 확실히 확인을 해야 하니까요. 아기 말이에요. 오늘 아침에 일어났을 때 진통이 오는 것 같은 느낌이 들어서, 겁이 나가지고 수피한테 전화한 거예요. 목사님은 정말 훌륭한 분이에요."

"그렇지, 뭐." 장모가 말한다.

해리는 다들 '아기'라고 말하는 것이 싫다. 지금은 아기라기보다 꼬마 돼지나 휘청거리는 커다란 개구리랑 더 비슷한 모습일 텐데. 만약 그것이 유산됐다면, 그것은 살아남을 수 있었을까? 사람들은 이제 오 개월 만에 태어난 조산아도 살릴 수 있고, 머지않아 시험관으로 생명을 만들어낼 수도 있게 될 것이다. "이제 장모님을 교회에 모셔다드려야지." 해리가 선언한다. "넬슨, 정신 차리고 우리랑 같이 갈래, 아니면 여기서 잘래?" 아이는 또 병원 매트리스에 머리를 대고 있다. 옛날에도 부엌 식탁에서 이런 자세로 잠이 들곤 했다.

"해리," 재니스가 말한다. "왜 그렇게 아무한테나 전부 거칠게 굴어?"

"우리가 아기 때문에 호들갑을 떤다고 생각하시나봐요." 프루가 몽롱한 표정으로 말한다. 살짝 놀리는 것 같다.

"아냐. 아기 일은 정말 잘됐다고 나도 생각해." 해리는 프루에게 작별인사로 입을 맞추려고 몸을 수그린다. 이미 죽었거나 살아 있는 그의 아기들, 눈에 보이는 아이와 보이지 않는 아이 모두에 대해 프루에게 귓속말을 해주고 싶다. 하지만 그는 몸을 똑바로 세우며 말한다. "차분히 있어. 이따가 면회시간에 다시 올 테니까."

"일부러 골프를 빼먹지는 마세요." 프루가 말한다.

"골프는 이제 끝났어. 어느 정도 하다보면, 내가 그린을 걸어다니는 걸 사람들이 싫어하게 되지."

넬슨이 프루에게 묻는다. "내가 어떻게 하면 좋겠어? 갈까, 아니면 여기 있을까?"

"가, 넬슨, 제발. 나도 잠 좀 자야겠으니까."

"저기, 어젯밤에 내가 안 좋은 소리를 했다면 미안해. 어제는 내가

540

완전히 엉망이었어. 아기가 무사한 것 같다는 얘기를 듣고 어쩌나 마음이 놓이는지 눈물이 날 정도였어. 정말이야." 지금도 다시 울음이 날 것 같지만, 다른 사람들도 자기 말을 듣고 있다는 사실이 창피해서 얼굴이 흐려진다. 이래서 우리가 뜻밖의 재난을 사랑하는 거지, 해리는 깨닫는다. 이런 일을 겪으면서 우리는 다시 죄책감을 느끼고 하느님한테 기어가게 되니까. 자기가 뭔가 잘못을 저질렀다는 느낌이 없다면, 우리는 동물보다 나을 게 없어. 그 가무잡잡한 계집이 혀를 굴리며 반짝이는 팬티를 무릎까지 내리고 타조 깃털로 제 똥구멍을 간질이며 어깨 너머로 관객들을 바라보는 것을 구경하던 바로 그 순간에 아기가 유산됐다면, 그는 기분이 엉망이었을 것이다.

프루가 제 남편의 떨리는 목소리와 다른 식구들의 걱정스러운 표정을 향해 손사래를 치며 말한다. "전 괜찮아요. 저는 식구들을 모두 정말 사랑해요." 잠 속으로 빠져들려고 자세를 잡는 프루의 머리카락이 밖을 향해 흘러내린다. 프루는 더욱 터무니없는 기도 속으로, 멍든 뱃속의 꿈꾸는 액체 속으로 빠져들 참이다. 뭉툭한 날개 같은 순백의 깁스가 가슴에서 몇 센티미터쯤 들린다. 잘 가라고 인사를 하는 것이다. 다들 전직 수녀들에게 프루를 맡겨두고 방을 나와 병원 복도를 걷는다. 싸움은 차에 가서 하겠다는 침묵의 결심 때문에 발소리가 천둥처럼 크게 울린다.

"일주일이라니!" 해리는 머스탱이 출발하자마자 말한다. "요즘 일주일 입원비가 얼마나 되는지 알아?"

"아빠, 어떻게 항상 돈만 생각해요?"

"누군가는 생각해야지. 일주일이면 최소한 1천 달러야. 최소한."

"입원보험이 있잖아요."

"며느리는 포함 안 돼. 너도 마찬가지고. 열아홉 살이 넘었으니까."

"글쎄요." 넬슨이 말한다. "하지만 프루가 밤새 토하고 신음하는 다른 여자들이랑 같은 병실에 있는 게 마음에 안 들어요. 심지어 한 명은 흑인이었잖아요. 아빠도 보셨어요?"

"어쩌다 그런 편견을 갖게 된 거야? 난 아니다. 어쨌든 그건 그냥 병실이 아냐. 준특실이라는 거다." 해리가 말한다.

"난 내 아내를 특실에 입원시키고 싶다고요." 넬슨이 말한다.

"그래? 원하는 게 많기도 하지. 그 돈은 누가 내는데? 대장처럼 구는 넌 아니지."

장모가 말한다. "내가 게실염에 걸렸을 때 프레드는 남들이 뭐라든 무조건 날 특실에 입원시켰어. 그것도 귀퉁이 방이라서 수목원이 다 내려다보였지. 목련이 막 꽃을 피웠을 때야."

재니스가 묻는다. "대리점 쪽은 어때? 넬슨이 거기 단체보험에 포함돼 있지 않아?"

해리가 말한다. "출산 관련 보험금은 스프링어 모터스에서 구 개월 이상 일한 사람한테만 지급되는 거야."

"팔이 부러진 건 출산이랑 상관없잖아요." 넬슨이 말한다.

"그거야 그렇지만, 지금 임신한 상태가 아니라면 프루는 입원할 필요가 없었을 거다."

"밀드레드한테 한번 알아보라고 하면 어때?" 재니스가 제안한다.

"알았어." 해리는 마지못해 물러선다. "보험 약관은 나도 정확히 모르니까."

넬슨은 이쯤에서 물러서야 마땅하다. 하지만 오히려 뒷좌석에서 몸을 기울여 해리의 귀에 바짝 다가와 입을 대고 말한다. "밀드레드 아줌마랑 찰리 아저씨가 없으면 아빠가 제대로 아는 게 별로 없죠. 제 말은……"

"네 말이 무슨 뜻인지는 나도 알아. 하지만 네가 지금처럼 굴다가는 차에 대해 지금 나만큼도 깨우치지 못할 거다. 네가 엄청나게 손해만 안겨주는 그 낡은 미국 자동차들로 시간낭비만 하고 지금 우리가 파는 자동차에 주의를 기울이지 않는다면 말이야."

"만약 아빠가 닷선이나 혼다를 파는 거라면 저도 상관없지만, 솔직히 도요타는……"

"도요타 대리점은 네 할아버지 프레드 스프링어가 시작하신 거고, 우리가 지금 파는 것도 도요타야. 장모님, 이 녀석 좀 한 대 때려주시지 그러세요? 저는 손이 안 닿아서요."

잠시 침묵이 흐르다가 뒷좌석에서 장모의 목소리가 들려온다. "난 꼭 교회에 가야 하나 생각하고 있었어. 목사님이 오르간을 꼭 사고 싶어 난리라는 건 나도 알지만, 목사님만큼 열심히 나서는 사람이 별로 없거든. 내가 그 자리에 나가면 위원장이 될지도 모르는데, 그런 일을 하기에는 내 나이가 너무 많아."

"테레사가 정말 예뻐 보이지 않았어?" 재니스가 큰 소리로 말한다. "하루아침에 부쩍 철이 든 것 같던데."

"그래." 해리가 말한다. "두 층 아래까지 쭉 떨어졌다면 우리보다 더 나이를 먹어버렸겠군."

"세상에, 아빠." 넬슨이 말한다. "아빠는 좋아하는 사람이 하나도 없는 거예요?"

"난 모든 사람을 좋아해." 해리가 말한다. "남들이 날 방해하는 게 싫을 뿐이지."

세인트조지프병원에서 마운트저지까지 가려면 철로를 넘어 직선으로 쭉 가다가 브루어고등학교를 지난 뒤 로커스트 스트리트에서 오른쪽으로 꺾어져 시티뷰공원을 통과한 뒤 좌회전해서 쇼핑몰을 지나가는 것이 일반적이다. 일요일 아침에 차를 몰고 나온 사람들은 주로 전형적인 미국 노인들이다. 지금은 불법이 됐지만, 옛날에 사람들이 부활절에 닭털을 파란색이나 분홍색으로 물들이던 것처럼 머리를 파란색이나 분홍색으로 물들인 할머니들과 운전대가 갑자기 멋대로 움직이면서 시끄럽게 울어대기라도 할까봐 양손으로 운전대를 움켜쥔 할아버지들. 아야툴라* 노인 때문에 시내 일부 주유소에서는 무연 휘발유 가격이 1달러 13센트까지 올라서 이제는 마지막 기름 한 방울까지도 아껴 써야 한다. 사실 사람들은 아직 기름이 있을 때 쓰자고 생각하는 것 같다. 그러다가 더이상 어쩔 수 없는 순간이 오면 카터가 펀트**를 할 수도 있을 것이다. 쇼핑몰 영화관에 걸려 있는 네 편의 영화는 **브레이킹 어웨이 스타팅 오버 러닝** 그리고 〈10〉이다. 그는 〈10〉을 보고 싶다. 스웨덴인처럼 보이는 여자가 자이르에서 온 흑인 계집처럼 머리카락을 가늘게 땋은 모습을 광고에서 보았다. 세계는 하나: 모든 사람이 모든 사람과 씹을 한다. 지금까지 이 세상에 존재했던 모든 씹과 앞으

---

* 이슬람 시아파의 성직자로 기독교의 주교와 비슷한 지위. 여기서는 팔레비왕을 몰아내고 회교혁명에 성공한 이란의 호메이니를 뜻한다.

** 미식축구에서 상대팀의 수비가 강할 때 무리하게 전진하다가 공격권을 빼앗기는 위험을 감수하는 대신, 아예 공격을 포기하고 상대 진영으로 힘껏 공을 차 보내는 것. 상대팀이 터치다운을 위해 더 먼 거리를 이동하게 만들려는 의도가 깔려 있음.

로 벌어질 셈을 생각하면서 그중에 자신을 위한 것은 하나도 없고 자신은 그저 이 갑갑한 차 안에 앉아 죽어가고 있다는 걸 생각하면 가슴이 덜컥 내려앉는다. 앞으로 평생 한심한 재니스 스프링어 외에는 어느 누구와도 셈을 하지 못할 것이다. 이런 미래가 이미 잘 알고 있는 길처럼 자신 앞에 어둡게 쭉 펼쳐져 있는 것이 보인다. 어젯밤의 즐거움 덕분에 아직 상태가 좋지 않은 그의 위장이 옛날 학교에 지각했을 때처럼 뒤틀린다. 그가 갑자기 넬슨에게 말한다. "그런데 너는 왜 프루가 넘어지는 걸 가만히 내버려둔 거냐? 왜 프루를 잡아주지 않았어? 게다가 그 늦은 시간에 거기서 뭘 하고 있었던 거냐? 네 엄마가 널 임신했을 때 우리는 아무데도 안 갔어."

"적어도 두 분이 같이 어딜 가지는 않았겠죠." 아이가 말한다. "내가 듣기로는 아빠 혼자서 여기저기 쏘다녔던 것 같으니까."

"네 엄마가 널 임신했을 때는 안 그랬어. 밤마다 같이 앉아서 멍청한 바보상자를 봤지. 〈말괄량이 루시〉니 뭐니 하는 가족 코미디를 죄다 봤어. 안 그래요, 베시? 게다가 우린 마약도 안 했어."

"코로 흡입하는 마약은 안 했어도, 피우기는 했죠. 코로 흡입하는 건 코카인이에요."

장모가 해리의 질문에 느릿느릿 대답한다. "글쎄, 자네랑 재니스가 정확히 어떻게 했는지는 나야 모르지." 장모가 피곤한 목소리로 말한다. 창밖을 내다보면서. "요즘 젊은이들은 다르잖아."

"정말로 다르죠. 다른 사람을 자르기까지 하면서 일자리를 주면, 우리가 파는 물건에 대해 험담이나 해대니까요."

"단순히 이동수단으로만 본다면, 괜찮은 물건이긴 하죠." 넬슨이 입을 연다.

해리가 벌컥 화를 내며 말을 자른다. 가엾은 프루 옆에 남편이 아니라 코를 훌쩍이는 아이 같은 녀석이 머리를 묻고 있던 모습, 멜러니가 크레페하우스에서 점심을 먹으러 시내로 나온 징그러운 은행원들한테 노예처럼 봉사하던 것, 예쁘고 희망에 찬 자신의 딸이 얼굴이 시뻘겋고 덩치가 큰 제이미라는 녀석한테 붙들려 있는 것, 늙은 웹이 SX-70으로 찰칵찰칵 사진을 찍을 수 있게 가엾은 신디가 뒤에서 씹을 당하면서 활짝 웃고 있던 것, 밈이 오랜 세월 동안 타향에서 외국인 새끼들한테 봉사하며 살아온 것, 어머니가 그 늙은 팔을 회색 비누거품 속에 푹 담그고 부엌에서 우울하게 울며 살아가다가 마침내 자비로운 파킨슨병에 걸려 이층에서 쉴 수 있게 된 것, 이 녀석처럼 쓸모없는 자식들 때문에 여자들이 세상 어디서나 제대로 능력을 발휘하지도 못한 채 부당한 대우를 받는 것을 떠올린다. "도요타가 어떤 차인지 말해줄까?" 그가 넬슨에게 소리친다. "요람에서 무덤까지를 외치는 공장에서 자그마한 노랑둥이 남자들이 하얀 앞치마를 걸치고 그 차를 만들어. 연료 주입 시스템에 먼지가 한 톨만 묻어 있어도 다들 미쳐버리지. 그런데 디트로이트의 고물 자동차들은 음악소리가 쿵쾅거리는 이어폰을 낀 깜둥이들이 대충 만드는 거야. 그 자식들은 마약에 완전히 찌들어서 나사랑 너트도 구분 못하고, 게다가 NAACP*는 그 자식들한테 회사를 미워하라고 가르치지. 포드 공장에서 나오는 차들 중 절반은 그 자식들이 일부러 엉터리로 만든 거야. 내가 이런 얘기를 어디서 읽었는

* 전미 흑인지위향상 협회.

지는 잊어버렸지만, 〈컨슈머 리포트〉는 아니야."

"아빠는 순전히 편견 덩어리예요. 스키터가 들으면 뭐라고 하겠어요?"

스키터라. 해리는 조금 전과는 상당히 다른 목소리로 말한다. "스키터는 4월에 필리에서 죽었어. 내가 말 안 했니?"

"계속 말했죠."

"난 자동차 공장에서 일하는 흑인들한테 뭐라는 게 아니다. 거기서 나오는 차들이 확실히 엉터리라는 얘기를 하는 거야."

넬슨은 몸도 피곤하고 기분도 나빠서 제정신이 아니다. 가엾은 녀석. "아빠는 프루랑 제가 친구들을 만나러 나간 걸 뭐라고 할 자격이 없어요. 아빠도 아빠 친구들이랑 같이 이국적이고 우스꽝스러운 춤을 보러 갔잖아요. 그걸 어떻게 참았어요, 엄마?"

재니스가 말한다. "생각만큼 나쁘지 않았어. 그 사람들은 정해진 선을 넘어오지 않았으니까. 확실히 옛날에 마을축제 같은 데서 보던 것보다는 그다지 나쁘지 않았어."

"저 녀석 말에 대꾸하지 마." 해리가 말한다. "제가 뭔데 나더러 뭐라고 해?"

"웃기는 건 말이지……" 재니스가 말을 잇는다. "신디랑 셸마랑 나는 똑같은 여자를 제일 예쁘다고 꼽았는데, 남자들은 완전히 다른 여자를 꼽았다는 거야. 우리 여자들은 모두 키가 큰 동양 여자를 좋아했어. 아주 우아하고 예술적이었거든. 그런데 말이에요, 어머니, 남자들은 춤도 출 줄 모르고 턱도 없는 금발을 좋아하더라고요."

"그 여자한테는 분위기가 있었어." 해리가 설명한다. "정말로 열심히 하는 분위기."

"당신은 그 까맣고 땅딸막한 여자한테 홀딱 반했지. 깃털로 장난치던 여자 말이야."

"가무잡잡했지. 그 여자도 괜찮았어. 깃털은 없었어도 괜찮았겠지만."

"엄마엄마 앞에서 역겨운 얘기는 그만하세요." 넬슨이 뒷자리에서 말한다.

"엄마엄마는 별로 신경 안 쓰셔." 해리가 말한다. "베시 스프링어 부인은 무슨 일에든 당황하는 법이 없지. 엄마엄마는 인생을 사랑하시거든."

"글쎄." 노부인이 한숨을 내쉬며 말한다. "옛날에 우리가 기운이 있었던 시절에는 그런 게 없었어. 프레드가 가끔 〈플레이보이〉를 집으로 가져오던 기억이 나긴 하는데, 나한테는 그게 한심하고 불쌍해 보였어. 몸만 빼면 아직 전부 어린애인 열여덟 살짜리 여자애들이었으니까."

"세상에 어린애가 아닌 사람도 있나요?" 해리가 묻는다.

"딱 아빠네요." 넬슨이 말한다.

"요즘은 안 그렇다는 얘기야, 내 말은." 장모가 고집스레 말한다. "애들이 태어났을 때 모습 그대로 홀딱 벗고 있는 걸 보면, 걔들 부모가 이러라고 키운 건 아닐 텐데, 하는 생각이 든다는 거지. 그 부모들이 그걸 보면 무슨 생각을 하겠어." 장모는 한숨을 내쉰다. "세상이 완전히 달라졌어."

재니스가 말한다. "어제 우리가 갔던 그 집에서 월요일 밤마다 남자 스트리퍼들을 데려다가 여자들을 위한 밤을 연다는 것 같아요. 도리

548

스 카우프만 말로는, 그 젊은 청년들이 정말로 겁에 질린다던데요. 여자들이 걔들을 사방에서 붙잡으려고 하고, 무대로 올라가려고 하니까. 마흔 살이 넘은 여자들이 최악이래요."

"정말 역겨운 얘기네요." 넬슨이 말한다.

"말조심해." 해리가 말한다. "네 엄마도 마흔 살이 넘었어."

"아빠."

"뭐, 난 그런 짓은 안 할 거야." 재니스가 말한다. "하지만 다른 여자들이 그럴 수도 있겠다는 건 알겠어. 남편한테서 얼마나 만족을 얻느냐가 많은 걸 좌우하겠지."

"어엄마." 아이가 반발한다.

차는 이제 산을 완전히 돌아서 센트럴 스트리트로 접어들었다. 세탁소 창문에 걸린 전자시계에 따르면 열시 삼 분 전이다. 해리가 뒤를 향해 소리친다. "시간에 맞출 수 있을 것 같은데요, 베시!"

마을회관에는 조기弔旗가 걸려 있다. 인질사건 때문이다. 교회에 도착하니 휴일에 입는 좋은 옷을 차려입은 사람들이 아직도 줄지어 안으로 들어가고 있다. 머리 위에서는 종들이 강철 헛바닥으로 사람들을 부르는 소리가 차양처럼 펼쳐진다. 11월의 하늘에 바람에 찢긴 회색 구름들 사이사이로 은색이 흩어져 있다. 해리는 장모가 머스탱에서 내리는 걸 도와주며 말한다. "순전히 수피한테 오르간을 사주기 위해서 대리점을 홀랑 넘기지는 마세요."

넬슨이 묻는다. "이따가 집에는 어떻게 오실 거예요, 엄마엄마?"

"아, 그레이스 스틸의 손자가 태워다줄 거다, 아마. 대개 제 할머니를 데리러 오거든. 아니면 뭐, 집까지 걸어가더라도 내가 죽지는 않겠지."

"세상에, 어머니." 재니스가 말한다. "걸어오다니 무슨 말씀이세요. 회의가 끝난 뒤에 태워다줄 사람이 없으면 집으로 전화를 하세요. 우린 집에 있을 거니까요." 클럽은 요즘 직원을 최소한으로 줄였다. 그래서 음식은 미리 포장된 샌드위치밖에 없고, 테니스코트의 네트는 늘어져 있고, 골프장의 핀들도 벌써 임시 그린으로 옮겨져 있다. 이런 걸 생각하면 래빗은 슬퍼서 가슴이 따끔거린다. 재니스와 넬슨만 태우고 집으로 차를 몰면서 그는 옛날 생각을 떠올린다. 세 식구만 살던 젊은 시절. 아이와 재니스는 아직 그 시절의 분위기를 지니고 있는데, 그는 그 시절을 잃어버렸다. 그가 큰 소리로 말한다. "그래, 넌 도요타가 싫단 말이지."

"좋고 싫고의 문제가 아니에요, 아빠. 도요타에는 좋아하고 싫어하고 할 것도 별로 없다고요. 어젯밤에 파티장에서 어떤 여자애랑 얘기를 했는데, 얼마 전에 코롤라를 샀다고 하더라고요. 그런데 우리가 줄곧 얘기한 건 옛날 미국 차에 대해서였어요. 그 차들이 정말 좋았다는 얘기. 볼보랑 같아요. 그것도 이제는 안 나오니까요. 그래도 어쩔 수 없는 일이죠. 그러니까, 뭐, 나이를 먹는 것과 같아요."

아이는 계속 대화를 이어가며 어색한 분위기를 바로잡으려고 애쓰고 있다. 해리는 계속 침묵을 지키며 생각한다. 나이를 먹는 것과 같다고? 네 녀석이 지금처럼 아무데나 쏘다니면서 약을 해대는 생활을 계속한다면, 내 나이만큼만 살아도 다행일 거다.

"마쓰다." 넬슨이 말한다. "저는 그거 대리점을 해보고 싶어요. 마쓰다의 로터리 엔진은 4사이클 피스톤보다 훨씬 더 효율적이에요. 전국 일주를 하는 데 휘발유가 절반밖에 안 들 수도 있어요. 밀봉 장치만 완

550

벽하게 다듬는다면."

"그럼 에이브 샤페츠한테 가서 일자리를 달라고 해. 곧 파산할 것 같다고 하던데. 마쓰다에 문제가 워낙 많아서 말이다. 매니 말로는 절대로 밀봉 장치를 제대로 다듬을 수 없을 거라더라."

재니스가 달래듯이 말한다. "내 생각에는 도요타의 텔레비전 광고가 아주 영리하고 매력적인 것 같아."

"아, 그 광고에 카리스마가 있기는 하죠." 넬슨이 말한다. "끝내주는 광고예요. 하지만 지금 제가 얘기하는 건 광고가 아니라 차라고요."

"스크루지가 나오는 광고가 멋지지 않던?" 해리가 묻는다. "스크루지가 클클 웃으면서 멀리 사라지는 것 말이야." 해리는 큭큭 웃어대고 재니스와 넬슨도 웃음을 터뜨린다. 집까지 남은 마지막 한 블록, 벌거벗은 단풍나무 아래의 조지프 스트리트를 달리면서 세 사람 모두 도요타 광고에 관한 행복한 기억을 떠올린다. 여러 남녀가 뛰어오른다. 평범한 사람들. 그들의 옷이 천사의 로브처럼 천천히 휘날린다. 폭력적인 화학적 짝짓기나 벌새의 날개를 크게 확대해서 제멋대로 까발려놓은 것 같았다. 사람들이 공중으로 뛰어올랐다가 떨어지며 환하게 웃는 얼굴 그대로 공중에 정지되어 중력에 저항한다.

"여기서 나가야 돼." 며칠 뒤 해리가 침실에서 갈라진 목소리로 재니스에게 말한다. 프루가 일주일간의 입원을 끝내고 돌아오기 전날 밤이다. 너도밤나무에서 이파리와 시끄러운 꼬투리들이 모두 떨어져버렸기 때문에, 여름보다 더 많은 가로등 불빛이 방으로 들어온다. 거리와 더 가까운 쪽, 그러니까 래빗이 자는 쪽의 창유리 한두 개에 흠이 있다. 물결 모양 또는 길게 늘어진 거품 모양으로 일그러진 곳. 낮에는 거의 안 보이지만, 밤이 되면 반대편 벽에 그림자가 비친다. 동그란 거품들이 엄청나게 확대돼서 나방 같은 그림자가 되는 것이다. 창유리의 색깔도 더 짙어져서, 커너가에서 물려받은 재니스의 어지러운 마호가니 서랍장 위쪽에 스테인드글라스 같은 무늬가 유령처럼 비친다. 바깥세상을 차단해주는, 네 개의 판자를 붙인 문 옆이다. 십 년간 이곳에 살면서 협탁의 램프를 끄고 아직 잠들기 전 몇 분 또는 몇 시간 동안 시간을 보낸 덕분에 이 빛나는 직사각형 창유리들의 모습이 해리의 머릿속에 소중하게 새겨졌다. 허공에서 찍혀나와 흩어진 보석처럼. 만약 이 방을 떠난다면 그 모습이 그리워질 것이다. 하지만 반드시 이곳을 떠나야 한다. 흠 있는 창유리들이 그려낸 추상적인 무늬에, 밖에서 추위에 떨며 흔들리고 있는 너도밤나무 가지들의 술렁이는 그림자가 뒤섞인다.

"어디로 가려고?" 재니스가 묻는다.

"다른 사람들처럼 우리도 집을 사면 되지." 해리가 말한다. 장모가 벽을 통해 이 배신의 말을 엿들을지도 모른다고 생각하는지 나직하고 갈라진 목소리다. 장모의 텔레비전에서 들려오는 웅성거리는 소리와 가벼운 포효 소리를 들어보니, 프로그램 속에서 뭔가 위기가 발생한 모양이다. 그러다가 갑자기 광고가 쾅쾅 터져나오고, 또 위기가 발생하면서 긴장감이 감돌기 시작한다. "브루어 반대편, 대리점과 가까운 곳에. 매일 차를 몰고 시내를 통과하는 게 아주 미치겠어. 기름 낭비이

기도 하고."

"펜빌라스는 안 돼." 재니스가 말한다. "난 절대 펜빌라스로는 안 돌아가."

"나도 마찬가지야. 하지만 펜파크는 어때? 멋진 이혼 전문 변호사들이랑 피부과의사들이 잔뜩 사는 데잖아. 옛날에 거기 녀석들이랑 농구를 하던 시절부터, 거기 어딘가에서 사는 게 항상 내 꿈이었어. 거기 집들 중에는 적어도 전면만이라도 돌로 장식된 곳들이 있으니까. 어쩌면 거실도 조금 나직하게 꺼져 있어서 거기서 품위 있게 머킷 부부를 대접할 수 있을지도 모르지. 여기서는 손님을 데려오는 것도 어색한 일이야. 저녁을 먹은 뒤에 장모님이 이층으로 올라가시기는 해도, 집 자체가 너무 우울하니까. 게다가 이제는 넬슨 녀석이랑 그 식구들까지 있잖아."

"넬슨이 자리가 잡히면 아파트를 얻을 계획이라던데."

"자리가 잡히기는 무슨. 지금 같은 태도로는 안 돼. 당신도 알잖아. 여기까지 차로 오가는 비용은 공짜고, 이 집에 녀석이 있으면 우리도 당신 어머니를 두고 나가면서 찝찝하지 않을 거야. 지금이 우리한테는 기회야." 그의 손은 재니스의 잠옷 속 깊숙한 곳까지 기어들어가 있다. 그는 재니스도 자신의 생각에 공감해주기를 바라면서 재니스의 가슴을 움켜쥔다. 익숙하게 손에 잡히는 감각. 하지만 나이 때문에 바람이 빠지고 있는 풍선처럼 조금 흐물거린다. 그래도 테니스와 수영을 열심히 하고 프레드 스프링어의 날씬하고 탄탄한 유전자를 지닌 덕분에 대부분의 여자들보다는 몸매가 좋은 편이다. 재니스의 젖꼭지가 딱딱하게 긴장하고, 그의 물건 또한 그다지 주의를 기울이지 않았는데도 옷 속에서 단단해지고 있다. "아니면……" 그가 계속 말을 잇는다. 여전히 갈라진 목소리다. "튜더양식을 흉내낸 집들은 어때. 생긴 건 파이 껍질 같고, 지붕이 마녀의 집처럼 가파르게 경사진 집들 말이야. 세상에, 내가 그런 집에 사는 걸 보면 아버지가 진짜 좋아하실 텐데."

"우리가 그런 집을 살 수 있어?" 재니스가 묻는다. "요즘 담보대출 금리가 13퍼센트 정도까지 올랐는데."

해리는 손을 움직여 매끈한 은빛 파도 같은 재니스의 배를 더듬어 내려가 수풀로 향한다. 그의 손길에 털들이 부스스 일어서는 것 같다. 언젠가 재니스를 먹어야 할 것 같다. 재니스가 침대에 똑바로 누운 채 다리를 옆에 걸치게 한 뒤, 무릎을 꿇고 앉아서 재니스가 도달할 때까지 보지를 씹어야겠다. 옛날 연애시절에 강가의 낡은 회색 가스탱크가 내다보이던 다른 여자의 아파트에서 섹스할 때는 그렇게 하곤 했다. 무릎을 꿇고 앉아서 재니스의 우거진 풀밭을 몇 시간 동안이나 뜯어먹었다. 코와 눈꺼풀을 그 경이로운 풀밭에 비벼대면서. 어떤 여자든 가끔 이렇게 먹힐 자격이 있다. 여자들은 남자들처럼 도달하지 않기 때문에 입안이 굴을 먹은 것처럼 가득차는 일은 없다. 창녀들은 어떻게 견디는지 모르겠다. 그 수많은 거시기들을. 성병의 위험은 줄어들지만, 그걸 삼켜야 한다. 다 합하면 일주일에 몇 리터나 될 것이다. 옛날에 루스는 그걸 아주 싫어했다. 하지만 요즘 계집들은 〈위Oui〉의 섹스 테이프들을 읽어보면 그걸 핥아먹는다. 어떤 여자는 그게 샴페인 같은 맛이 난다고 말했다. 어쩌면 거실이 나직하게 푹 꺼져 있지 않을지도 모른다. 서재가 그렇게 꺼져 있어도 괜찮다. 그냥 카펫이 깔린 계단을 한두 개 내려가는 정도면 된다. 집이 현대적이라는 걸 보여줄 수 있을 정도라면. "그래서 인플레이션이 좋은 거야." 그가 재니스에게 유혹적인 목소리로 말한다. "빚을 많이 질수록 좋거든. 웹한테 물어봐. 우리는 가치가 쪼그라든 달러로 빚을 갚고, 이자는 나라에서 소득세 공제로 보전해주지. 크루거란드를 사고 9월에 세금을 냈는데도 우린 은행에 돈이 너무 많아. 요새는 은행에 돈을 넣어두는 건 바보나 하는 짓이야. 그 돈을 집의 계약금으로 치르고, 달러 가치 하락을 걱정하는 건 은행한테 맡겨두면 돼. 그리고 그동안에 집은 일 년에 10퍼센트, 20퍼센트씩 오를 거야." 재니스의 그곳이 촉촉해지고 입구가 점점 느슨해진다.

"어머니한테 못할 짓을 하는 것 같은데." 재니스가 정사를 나눌 때으레 그렇듯이 약해진 목소리로 말한다. "어머니는 언젠가 이 집을 우리한테 주실 거야. 그래서 그때까지 우리가 여기서 같이 살아주기를 바라셔."

"장모님은 앞으로 이십 년은 더 사실 거야." 해리가 가운뎃손가락을 안으로 박아넣으며 말한다. "이십 년 뒤면 당신은 예순 살이 한참 넘어."

"넬슨이 이상하게 생각하지 않을까?"

"왜? 녀석도 원하는 일 같은데. 날 치워버리는 것 말이야. 녀석은 나 때문에 풀이 죽어 있잖아."

"해리, 꼭 당신 때문에 풀이 죽은 것 같지는 않아. 그냥 겁을 내는 것 같아."

"도대체 뭐가 무서워서?"

"그 나이 때 당신이 무서워하던 거랑 같지. 인생."

인생이라. 인생은 넘치기도 하고 동시에 모자라기도 하다. 언젠가 삶이 끝날 거라는 두려움, 내일도 어제와 똑같을 거라는 두려움. "그런 기분을 느낄 거라면 집으로 돌아오지 말았어야지." 해리가 말한다. 그의 성기가 줄어들고 있다.

"오기 전에는 몰랐겠지." 재니스가 말한다. 해리는 손가락이 아직 안에 들어가 있기 때문에 재니스의 마음이 욕망에서 멀어져 가족이라는 슬픈 영역으로 떠가고 있음을 느낄 수 있다. "당신이 이렇게 무섭게 나올 줄은 걔도 몰랐을 거야. 당신은 왜 애한테 무섭게 굴어?"

펜빌라스에 살던 시절, 재니스가 집을 나간 뒤 아직 열세 살도 되지 않았던 그 망할 자식은 그에게서 질을 빼앗으려 했다. "녀석이 나한테 무섭게 구는 거야." 해리가 말한다. 이제 그는 아까처럼 속삭이지 않는다. 귀를 기울여보니 장모의 텔레비전은 아직도 켜져 있다. 웅웅거리는 소리가 갑자기 커진다. 인간의 목소리라기보다는 숲이나 바닷가에서 나는 자연의 소리에 더 가깝다. 장모는 열한시 삼십분에 ABC에서 하는 인질사건 특별보도의 팬이 되어 매일 아침 식구들에게 아무 변화도 없었다는 최신 소식을 전해준다. 호메이니와 카터 모두 수염도 안 깎고 아는 건 쥐뿔도 없는 젊은 애들 때문에 진퇴양난에 빠졌다. 녀석들은 노인들이 젊은이들을 전쟁에 내보낸다고 말한다. 멍청한 젊은 애들을 이 세상에서 내보낼 수만 있다면, 이 세상은 분별 있는 곳으로 자리를 잡을지도 모른다. "내가 얘기를 하려고 입을 열 때마다 녀석은 불만스러운 표정을 지어. 대리점에서도 내가 뭔가 말하려고 하면 녀석은 다른 데로 가서 내 말과는 완전히 반대되는 짓을 한다고. 어떤 녀석이 들어와서 머큐리를 사겠다고 한 적이 있어. 넬슨이 지난번에 부숴버린 컨버터블 중 한 대 말이야. 차를 사겠다는 녀석은 스노모빌을 내놓을 테니 보상판매로 해달라더군. 난 농담인 줄 알았어. 그런데 며칠 전에 출근해보니 머큐리가 사라지고 작은 노란색 가와사키 스노모빌이 새 터셀 차들이랑 같이 앞줄에 떡하니 서 있는 거야. 내가 길길이 날뛰니까 넬슨 녀석이 너무 딱딱하게 굴지 말라더군. 자기가 스노모빌 값을 400달러로 쳐줬으니까, 그게 광고보다 두 배나 되는 홍보효과를 낼 거라는 거야. 스노모빌을 보상판매로 받아들이는 정신 나간 대리점으로 소문나겠지."

재니스는 부드러운 소리를 냈다. 지금보다 덜 피곤했다면 그 대신 웃음소리를 냈을 것이다. "옛날에 아빠도 그런 짓을 하셨어."

"그러고서는 나 몰래 1만 달러어치 낡은 컨버터블들을 사들였어. 연비가 갤런당 10마일밖에 안 돼서 아무도 안 사는 차야. 게다가 이번에 프루가 사고를 치는 바람에 또 돈이 무지하게 들게 생겼지. 보험에 프루는 포함이 안 된다고."

"쉬. 이러다 어머니가 들으시겠어."

"들으시라고 이러는 거야. 녀석한테 말도 안 되는 거창한 생각들을 심어주는 게 장모님이잖아. 어젯밤에 둘이서 얘기하는 거 들었어? 자기랑 프루가 쓸 차를 한 대 사겠다고 한 거? 프루가 쓰던 뉴포트가 일주일에 육 일은 차고에 그냥 가만히 서 있기만 하는데 그런 소리를 해?" 벽지를 바른 벽을 통해 읊조리는 소리가 희미하게 들려온다. 대사관 밖에 모인 이란인들이 일부러 텔레비전 카메라 앞에서 시위를 하는 소리다. 래빗은 속이 상해서 목구멍이 좁아든다. "난 여기서 나가야겠어, 여보."

"그래, 어떤 집을 살 건지 이야기해봐." 재니스가 그의 손을 잡아 자신의 그곳으로 되돌려놓으며 말한다. "방은 몇 개가 좋겠어?"

래빗은 재니스의 삼각지대에서 손가락으로 양편의 주름을 차례로 더듬으며 마사지를 시작한다. 그러다가 주의깊게 어루만지는 듯한 손놀림으로 그곳을 양편으로 가르며 그곳을 지지해주는 작은 혹을 찾는다. 신디의 털은 재니스의 것보다 더 어두운색으로 보였다. 구불구불한 것도 덜했다. 장모의 낡은 모피코트가 그렇듯이 바늘처럼 꽂히는 빛 때문에 더 생생하게 보였는지도 모른다. "침실이 많이 필요하지는 않을 거야." 그가 재니스에게 말한다. "우리 둘이 쓸 큰 방 하나, 당신이 침대에서도 볼 수 있는 큰 거울도 하나 놓고……"

"거울! 갑자기 거울은 왜?"

"요샌 다들 거울을 들여놓고 있어. 사랑을 나누면서 자기 모습을 거울로 보는 거지."

"세상에, 해리. 난 못해."

"할 수 있을걸. 그리고 침실이 적어도 하나는 더 있어야겠지. 혹시 당신 어머님이 우리집에 살러 오실지도 모르니까. 아니면 손님을 초대할 수도 있고. 하지만 우리 침실이랑 붙어 있으면 안 돼. 적어도 중간에 욕실이라도 하나 있어야 장모님의 텔레비전 소리가 안 들릴 거야. 그리고 일층 부엌에는 퀴진아트 같은 새 주방용품들을 들여놓고……"

"난 그거 무서워. 도리스 카우프만이 그러는데, 처음 삼 주 동안은 모든 게 옥수수 죽처럼 으깨져서 나왔대. 어느 날은 색이 분홍색이었다가 그다음날 저녁에는 초록색으로 색깔만 다르지 여전히 옥수수 죽이었다는 거야."

"쓰다보면 익숙해질 거야." 해리는 재니스의 배 위에서 원을 그리며 작게 속삭인다. 그 원이 점점 커져서 재니스의 가슴과 그곳까지 스치고 지나가더니 다시 점점 작아져서 422번 도로변의 그 집에서 본 그 가무잡잡한 계집의 똥구멍 같은 배꼽에 깃털처럼 꽂힌다. "설명서가 있으니까. 그리고 자동 제빙기가 있는 냉장고도 들여놔야지. 허리를 숙이지 않아도 되게 당신 얼굴 높이까지 오는 벽걸이 오븐도 들여놓고. 전자레인지에 대해서는 잘 모르겠어. 옆방에 있어도 전자레인지 때문에 뇌가 타버릴 수 있다는 얘기를 어디서 읽었는데……" 축축하다. 재니스의 그곳이 너무나 축축해서 그는 깜짝 놀란다. 손끝에 닿는 느낌이 텃밭의 이파리 밑에 사는 민달팽이 같다. 그의 물건이 구근처럼 두툼해져서 욱신거리다못해 아플 정도다. "……그리고 다른 데보다 조금 낮은 커다란 거실 벽에는 조명을 설치하고, 거기서 파티를 열면 될 거야."

"누구를 위한 파티인데?" 재니스의 목소리가 미라의 얼굴에서 피어오르는 먼지처럼 베개 속으로 가라앉는다. 아주 약한 소리다.

"아……" 그의 손은 계속 둥글게 둥글게 미끄러지면서 축축한 느낌을 재니스의 젖꼭지까지 옮겨와 크리스마스트리 꼭대기에 번쩍거리는 장식을 매달듯이 양쪽 젖꼭지를 차례로 장식한다. "……모두를 위한 거지. 도리스 카우프만이랑, 플라잉이글에서 테니스를 치는 레즈비언들 전부. 신디 머킷이랑 신디의 믿을 만한 친구인 버디 잉글핑거, 골드 체리에서 더 나은 미국을 위해 그 예쁜 엉덩이가 빠져라 일하는 착한 아가씨들, 스프링어 모터스의 정비부에서 일하는 훌륭한 마초들……"

재니스가 키득거린다. 그리고 그와 동시에 일층 출입문에서 쾅하는 소리가 난다. 넬슨은 프루를 면회한 뒤 옛날 이름이 피닉스였던 술집에 가서, 거기서 시간을 죽이고 있는 찌질한 녀석들과 빈둥거리고 있었다. 그것이 해리를 짓누른다. 이 자유가. 녀석은 저녁마다 프루를 만나러 가야 하기 때문에 일주일 동안 저녁근무를 면제받았다. 그런데 그 시간에 술집에 가서 코가 비뚤어지게 마셔대다니, 말이 안 되는 일이다. 프루가 계단에서 굴러떨어질 때 녀석이 정말로 놀랐다면, 일이 이만하기를 다행이라는 생각에 고마워서든 아니면 후회 때문이든 하여튼 술집에 가는 것보다는 더 나은 일을 해야 마땅하다. 아래층에서 들려오는 녀석의 발소리가 취한 것 같다. 녀석은 연달아 쿵쿵 하는 소리를 내며 거실에서 소파와 바칼라운저 사이를 가로지르더니 계단 발치를 지난다. 그 바람에 선반 위의 도자기들이 달캉거린다. 녀석은 맥주를 더 가져오려고 부엌으로 들어간다. 해리의 숨소리가 급하고 짧아진다. 녀석이 무뚝뚝하고 뭐가 뭔지 모르는 얼굴로 맥주 캔에서 거품을 빨아들이는 모습을 떠올린 탓이다. 세상을 마시고 먹어대는 녀석. 그것도 순전히 심술 때문에. 그 녀석의 엄마가 옆에서 발소리에 귀를 기울이다가 그의 물건에 손을 얹는 것이 느껴진다. 그녀의 손가락들이 노련한 솜씨로 측면의 늘어진 피부를 펌프질한다. 넬슨의 발소리가 다시 거실로 돌아와 바칼라운저로 향하는 순간 해리는 가무잡잡한 계집의 엉덩이를 향해 꽂아넣기라도 하는 것처럼, 재니스의 아내다운 손이 만들어낸 구멍 속으로 세게 자신을 밀어붙이며 기대에 부푼 재니스의 오목한 배 위에서 최면에 걸린 것처럼 더욱더 빠르고 매끄럽게 원을 그린다. 그리고 갈라진 목소리로 자기가 원하는 집에 대해 말한다. "당신도 그 집을 좋아할 거야. 당신도 좋아할 거야."

넬슨이 프루에게 말한다. 두 사람은 할머니의 위풍당당하고 낡은 군청색 크라이슬러를 몰고 함께 브루어로 가는 길이다. "아빠가 어떻게 했는지 알아? 집을 사자고 엄마를 설득했어. 지금까지 여섯 채쯤 집을 봤대, 엄마가 그랬어. 엄마가 보기에는 전부 너무 큰 집 같았는데, 아빠는 엄마더러 크게 생각하는 법을 배우라고 한다는 거야. 아빠가 점점 미쳐가는 것 같아."

프루가 조용히 말한다. "우리가 들어와 살게 된 거랑 관련이 있는 건지도 모르겠어." 프루는 슬림과 제이슨과 팸이 사는 동네에 아파트를 구해 둘이서만 살자고 했었다. 그녀는 넬슨이 할머니랑 같이 살아야 하는 이유를 이해하지 못했다.

자신을 방어하기 위한 분노가 넬슨의 몸을 덥히기 시작한다. "도무지 이유를 모르겠어. 좋은 아버지라면 우리가 같이 사는 걸 기뻐해야지. 집에 방도 많은데, 엄마엄마가 혼자 살게 내버려두면 안 되잖아."

"내 생각에는 자연스러운 일인 것 같은데." 넬슨의 아내가 의견을 내놓는다. "그 나이의 부부가 자기 집을 갖고 싶어하는 거 말이야."

"자연스럽기는 뭐가? 할머니가 혼자 죽어가게 내버려두는 거 말이야?"

"지금은 우리가 그 집에 같이 살잖아."

"그건 어디까지나 임시지."

"나도 처음에는 그렇게 생각했어, 넬슨. 하지만 지금은 네가 우리집을 따로 구하고 싶어하는 것 같지 않아. 넌 나를 감당하지 못할 거야, 너랑 나랑 둘만 산다면."

"난 죄다 똑같이 지어진 싸구려 아파트가 싫어."

"그건 상관없어, 나도 불평하는 거 아냐. 지금은 집이 편안해. 네 할머니도 좋아하고."

"지저분한 옛날 빈민가들이 전부 재개발돼서 동성애 변태나 약에 취한 흑백 커플을 상대하는 화려한 가게들이 들어선 것도 싫어. 그런 걸 보면 켄트가 생각난다고. 그런 엉터리 같은 것들이 싫어서 이리로 도망친 건데. 슬림 같은 녀석은 코카인을 홀쩍거리고 메스칼린*을 먹어대면서 언더그라운드 흉내를 내잖아. 녀석이 뭘 해서 생계를 해결하는 줄 알아? 다이아몬드 카운티 발전회사의 청구서 담당이야. 봉투에 청구서를 넣는 일을 해. 앞으로 십 년만 더 하면 청구서 넣기 대장이 될걸. 그런 게 언더그라운드야?"

"슬림은 혁명가 행세를 하는 게 아냐. 그냥 멋진 옷이랑 남자를 좋아할 뿐이야."

"사람이 일관성이 있어야지." 넬슨이 말한다. "사회의 단물을 빨아먹으면서 사회를 향해 이죽거리는 건 말도 안 돼. 내가 멜러니보다 널 더 좋아한 건, 멜러니는 온갖 급진적인 얘기에 빠져 있지만 넌 아닌 것 같아서였어."

"난 몰랐네." 프루가 말한다. 조금 전보다 한층 더 조용한 목소리다.

---

* 흥분제의 일종.

"멜러니랑 내가 너를 놓고 경쟁하는 사이인 줄은. 올여름에 너희 둘 어디까지 갔어?"

넬슨은 똑바로 앞만 바라본다. 속내를 털어놓다보니 이런 얘기까지 나오게 된 것이 유감스럽다. 브루어에는 크리스마스 불빛들이 벌써 켜져 있다. 빨간색, 초록색, 그리고 가늘게 떨리는 반짝이 장식들이 눈이 내리지 않은 거리에서 메마르고 시들어 보인다. 그의 기억 속에 남아 있는 어렸을 때의 찬란한 모습에 비하면 그림자에 지나지 않는다. 옛날에는 에너지가 넘쳤고, 거리에서 난동을 피우는 사람은 거의 없었다. 그때는 가로등마다 근처 산에서 잘라온 진짜 상록수로 만든 거대한 화환이 걸려 있고, 실물 크기의 산타가 흰색과 은색 썰매를 타고 웃고 있는 장식품도 있었다. 눈은 유리처럼 반짝이고 진짜 모피처럼 보이는 것을 몸에 걸친 사슴 여덟 마리도 한 줄로 늘어서서, 크롤스의 이층에서부터 그 반대편에 있던 담뱃가게 건물 지붕까지 이어진 케이블에 매달려 있었다. 4번가 아래에서부터 7번가까지 시내의 창문들에는 나무에 색칠을 한 병정, 낙타, 동방박사, 황금색 오르간파이프 등이 유리 섬유로 만든 구름과 멋지게 섞여 있고, 밤이 되면 거리는 쇼핑객들로 흠뻑 젖었다. 따뜻한 가게들에서는 크리스마스트리의 바늘 같은 이파리처럼 따끔따끔한 추위 속으로 캐럴이 흘러넘쳤다. 그래서 도시 너머의 저 어둠 속 어딘가에서 아기 예수가 태어나고 있을 거라는 믿음을 버리는 게 불가능했다. 지금은 한심하기 짝이 없었다. 시 정부 예산이 대폭 깎여서 시내 가게들 중 절반은 껍데기만 남았다.

프루가 고집스레 말한다. "말해봐. 둘 사이에 뭔가 있었다는 건 이미 아니까."

"네가 어떻게 알아?"

"하여튼 알아."

넬슨은 공격에 나서기로 한다. 요즘의 젊은 아내들은 일단 우위에 서면 완전히 점령하려고 든다. "넌 아무것도 몰라." 그가 말한다. "네가 아는 거라고는 네 몸속에 있는 그 망할 놈의 물건을 붙들고 매달리는 일뿐이지. 그거 하나는 진짜 잘해. 젠장."

이번에는 프루가 앞만 똑바로 바라본다. 깁스를 한 팔의 하얀 팔걸이가 시야 한구석에서 흐릿하게 뭉개져 보인다. 12월의 어둠 속에 점점이 켜진 축제의 불빛들이 그의 눈을 찌른다. 프루가 순교자 흉내를 내고 싶다면 얼마든지 해보라지. 진실을 말하려고 하면, 만날 슬픈 표정만 짓고 말이야.

엄마엄마의 낡은 차는 비단처럼 부드럽지만 굼뜬 느낌이 난다. 금속을 잔뜩 집어넣었으니 당연하다. 심지어 글러브 박스 테두리에도 금속이 둘러져 있다. 프루가 이렇게 입을 다물어버리면, 그의 목구멍에 묘한 맛이 점점 쌓인다. 부당함의 맛이다. 그는 프루에게 아기를 임신하라고 요구한 적이 없다. 그런 사람은 아무도 없다. 그런데 결혼을 하고 나니 프루는 아파트를 얻어주지 않는다고 뻔뻔스레 불평을 하고 있다. 여자들한테 하나를 주면 즉시 다른 걸 원한다. 여자들이란. 그들은 구멍이다. 그 안에 계속 이것저것 집어넣어도 결코 만족하는 법이 없다. 자신의 인생 전체를 그 안에 집어넣어도 여자들은 그 특유의 비틀리고 슬픈 미소를 지으며 당신이 결국 그것밖에 안 되는 게 유감이라고 말한다. 그는 이미 깊숙이 발을 담갔는데, 그녀는 그를 더 깊은 곳으로 들여보내주지 않는다. 가끔 프루의 뒷모습을 보면 저렇게까지 몸이 커

저버린 걸 믿을 수가 없다. 엉덩이는 작은 분홍색 생물이 아니라 넬슨은 물론이고 달 표면의 반점들이 그려낸 남자와도 상대가 안 되는, 단단한 가죽의 하얀 코뿔소 새끼를 낳기 위해 준비된 헛간만큼이나 펑퍼짐하다. 자연이 주도권을 잡았을 때 계집들이 하는 짓이 바로 이거다. 걷잡을 수 없이 막나가는 것.

목구멍이 점점 갑갑해져서 견딜 수가 없다. 뭔가 말을 해야 한다. "쎕 얘기가 나왔으니 말인데, 어때?"

"지금은 하지 말아야 할 것 같은데. 어쨌든 기분이 아주 나빠."

"기분이 나쁘든 말든, 넌 내 거야. 내 마누라라고."

"난 진짜 졸려. 넌 상상도 못할 거야. 그래도 네 말이 옳아. 오늘밤에 뭔가 하자. 집에 일찍 가는 거야. 레이드백에서 누가 자기 집으로 오라고 해도 가지 말자."

"알겠어? 네가 그렇게 원하는 우리 아파트가 있다면, 우리가 사람들을 집으로 불러야 할 거야. 적어도 엄마엄마의 집에서는 그런 걱정이 없지."

"그래, 그 집이 편한 건 사실이야." 프루가 한숨을 내쉬며 말한다. 이건 무슨 의미지? 오늘밤에 그가 프루를 데리고 외출해서는 안 된다는 뜻? 이제 그는 유부남이고, 직장이 있으니까 즐기면 안 된다는 뜻인가. 넬슨은 일이 싫다. 평일 아침에 잠에서 깨어날 때마다 뭔가가 뱃속을 갉아먹는 것 같다. 마치 뱃속에 뭔가가 있는 건, 그 하얀 코뿔소를 품고 있는 건 프루가 아니라 바로 자신인 것 같다. 아무도 사가지 않은 컨버터블 자동차들이 매일 그를 빤히 바라보고, 제이크와 루디는 그가 가와사키를 받아준 걸 도저히 받아들이지 못한다. 그가 아빠에게 일부러 장난을 쳤다고 생각하는 것 같다. 하지만 사실 그는 그런 생각이 전혀 없었다. 가와사키를 가져온 녀석이 워낙 간절하게 애원했고 넬슨은 그 머큐리를 빨리 치워버리고 싶어서 안달이 나 있었다. 그 차를 볼 때마다 아빠가 자신을 지독하게 비웃으며 아무 말도 듣지 않으려 하던 것이 생각나기 때문이었다. 그때 너무 속이 상해서 그는 아빠의 얼굴에서 '너 설마 농담이지' 하고 이죽거리는 것 같은 표정을 없애버리려고 차 두 대를 박아버렸다.

전시장은 그가 아직 대사를 제대로 외우지도 못한 채 나간 무대 같다. 어쩌면 약 때문인지도 모른다. 코카인을 너무 많이 하면 비중격이 다 타버린다. 요즘은 대마초가 정말로 뇌세포를 썩게 만든다는 얘기도 있다. THC*는 지방조직에 떡하니 자리를 잡고서 사람을 몇 달 동안 멍청이로 만든다. 열세 살 때 한창 약에 취해서 뭔가를 억압당하는 바람에 가슴이 나오고 있는 십대 소년들. 넬슨은 요즘 멀쩡히 눈을 뜨고 똑바로 서 있을 때에도 환상을 본다. 코카인을 너무 많이 해서 코가 있어야 할 자리에 구멍만 뻥 뚫린 사람들. 아니면 프루가 분홍색 눈의 아기 코뿔소를 데리고 병원에 누워 있는 모습. 어쩌면 프루의 팔에 둘러진 깁스 때문인지도 모른다. 때가 타서 더럽고 가장자리가 점점 부스러지고 있어서 석고 밑의 거즈가 겉으로 드러나 너덜너덜해지고 있다. 그리고 아빠. 아빠는 점점 살이 찌고 있다. 이제는 달리기도 안 한다. 모공이 허공에서 음식을 흡수하기라도 하는지 피부가 반짝거린다.

넬슨이 어렸을 때 읽은 책들, 그러니까 반짝이는 표지에 만화 주인

---

* 테트라히드로칸나비놀. 마리화나의 주성분.

공들이 그려져 있고, 책등은 전기 테이프처럼 검은색인 책들 중에 거인 그림이 있는 책이 있었다. 거인의 얼굴은 울퉁불퉁하고 초록색이며, 사방에 털이 솟아 있었다. 거인이 미소를 짓고 있는 것이 더 끔찍했다. 거인은 활짝 웃으면서, 거인 특유의 벌어진 이와 두툼한 입술로 활짝 웃으면서 어떤 동굴을 들여다보고 있었는데, 그 동굴 안에서는 두 아이, 그러니까 아마도 남매인 듯싶은 사내아이와 여자아이가 웅크리고 있다. 이야기의 주인공인 이 두 아이는 어둠 속에 실루엣으로만 드러나 있고 뒤통수만 보일 뿐이다. 그 아이들은 바로 책을 보는 독자 자신이다. 사냥감이 돼서 동굴 안에 숨어 밖을 내다보며 너무 무서워서 근육 하나 움직이지 못하고 숨도 못 쉬는 아이들. 햇볕이 들어오는 동굴 입구를 가득 채운 것은 울퉁불퉁하고 커다랗고 기쁨에 찬 거인의 얼굴이다. 요즘 아빠가 꼭 그 거인 같다. 넬슨 자신은 터널 안에 있고, 햇빛 속으로 나갈 수 있는 탈출구인지도 모르는 저편의 구멍을 아버지의 얼굴이 가득 채우고 있다. 그런데 그 늙은이는 자기가 그러고 있다는 것도 모른다. 그는 유감이라는 듯이 살짝 웃으며 이제 됐다는 듯이 획 돌아선다. 실망한 표정으로. 그걸로 끝이다. 그는 아버지를 실망시켰다. 지금의 이 모습이 아니라 다른 뭔가가 되어야 하는 건데. 이제는 대리점의 모든 사람들, 제이크와 루디뿐만 아니라 매니와 온몸에 기름때를 뒤집어써서 눈가 피부만 하얀 그 부하들조차 그를 빤히 바라보며 그 사실을 알아차린다. 그는 아버지와 다르다. 아버지만큼 키가 크지 않고, 해리 앵스트롬처럼 손쉽게 일을 해치우지도 못한다. 그런데 아버지가 죄를 지었다는 것, 아버지가 거짓말쟁이에 비겁자에 살인자라는 것을 말할 수 있는 증인은 이 우주에 넬슨뿐이다. 하지만 그가 그 사실을 주장하려 해도 아무 소용이 없다. 세상은 입을 벌린 채 아무 말도 못하고 서 있는 그를 비웃는다. 거인이 터널을 들여다보며 빙긋 웃으면 넬슨은 터널 안으로 더욱 깊숙이 들어간다. 그가 레이드백을 좋아하는 것도 터널처럼 아늑하기 때문이다. 담배와 술과 마리화나가 탁자 밑에서 손에서 손으로 옮겨지는 것도, 자신을 받아들여주는 것도, 모두들 연기가 자욱한 터널 안에 함께 있는 것도 좋다. 쥐새끼들, 패배자들. 까짓것 무슨 상관인가. 다른 사람들 말에는 전혀 신경쓸 필요가 없었다. 거기에 도요타를 사주거나 보험에 가입해줄 사람은 하나도 없으니까. 사람들이 필요한 것을 그냥 받을 수 있고, 하고 싶은 일을 하며 살 수 있는 사회를 왜 만들지 않는 걸까? 아빠가 들으면 그것 참 환상적인 소리라고 말하겠지만, 동물들은 항상 그렇게 산다.

"그래도 난 네가 멜러니랑 씹을 했을 것 같아." 프루가 말한다. 바짝 말라붙은 빈민가 고양이 같은 단조로운 목소리로. 한번 생각을 하기 시작하면 그것으로 끝이다.

넬슨은 브레이크를 밟지 않은 채 커다란 크라이슬러를 휙 꺾어서 모퉁이를 돈다. 잡초가 무성한 공원이 와이저 스트리트로 내려가는 길을 막고 있다. 파인 스트리트는 일방통행으로 변했기 때문에 프루가 너무 많이 걷지 않게 하려면 그 블록을 빙 돌아서 파인 스트리트에 접근해야 한다. "그래? 했다면 어쩔 건데?" 그가 말한다. "그때는 너랑 결혼하기 전이었어, 이제 와서 그게 무슨 상관이야?"

"너 때문에 얘기를 꺼낸 게 아냐. 네가 워낙 욕심쟁이라서 뭐든 손이 닿는 거라면 움켜쥔다는 것쯤 다들 알아. 내가 이 얘기를 꺼낸 건 멜러니가 내 친구였기 때문이야. 난 멜러니를 믿었어. 너희 둘을 전부 믿었다고."

"젠장, 징징거리지 좀 마."

"징징거리는 게 아냐." 하지만 프루가 칸막이 좌석에서 넬슨 자신과 나란히 앉아 부루퉁한 표정으로 아무 말도 안 하고, 뱃속의 발길질 외에는 그 무엇에도 귀를 기울이지도 않는 모습이 벌써 눈에 보이는 듯하다. 부러진 팔 때문에 프루의 모습이 훨씬 더 우스꽝스럽게 보인다. 부푼 배에 팔걸이까지. 그런 모습을 상상하다보니 넬슨은 프루가 조금 안됐다는 생각이 든다. 하지만 그는 이것이 프루를 돌보는 자기만의 방법이라고 혼자 되뇐다. 다른 남자들과 달리 자신은 프루와 함께 외출했으니까.

"이봐." 그가 무뚝뚝하게 말한다. "사랑해."

"사랑해, 넬슨." 프루가 대답하며 팔걸이를 하지 않은 손을 무릎에서 들어올린다. 넬슨도 운전대에서 한 손을 들어올려 프루의 손을 꼭 쥐어준다. 우습다. 프루의 허리가 굵어질수록 손과 얼굴은 더 가늘고 건조해지는 것 같다.

"맥주 두 잔만 마시고 나오는 거야." 넬슨이 약속한다. 어쩌면 하얀 바지를 입고 있던 그 여자가 올지도 모른다. 그 여자는 덩치만 크고 멍청한 제이미와 가끔 오는데, 넬슨은 이리로 나오자고 꼬드기는 사람이 그 여자라는 걸 알 수 있다. 여자는 이곳의 분위기에 잘 어울리는데 제이미는 아니다.

레이드백이 이름을 바꾼 뒤로 어찌나 장사가 잘되는지 파인 스트리트에서 차를 세울 자리를 찾기가 힘들다. 그는 적어도 프루가 추위 속에서 한참 걷는 것만은 피하게 해주고 싶다. 의사들은 운동이 좋다고 말하지만 말이다. 넬슨은 추위가 몹시 싫다. 어렸을 때에는 마지막에 크리스마스가 있다는 이유로 12월을 좋아했다. 이 세상에서 자기가 가질 수 있는 온갖 것들에 너무 신이 나서 그는 어둠과 추위가 점점 단단히 죄어든다는 사실을 조금도 알아차리지 못했다. 이번에 아빠는 엄마를 데리고 그 고약한 다른 부부들과 함께 어떤 섬에 화려한 휴가를 즐기러 갈 예정이다. 아빠가 거기 누워서 햇볕을 쬐는 동안 넬슨은 대리점에서 추위에 떨며 아빠 대신 일해야 한다. 이건 불공평하다. 하얀 바지의 여자가 항상 하얀 바지만 입는 건 아니다. 지난번에는 요즘 새로 유행하는, 옆이 길게 터진 치마를 입고 왔다. 옛날에 베리티인쇄소가 있던 길고 나지막한 벽돌건물 앞, 두 가지 색조의 낡은 페어레인과 청동색 혼다 스테이션왜건 사이에 넬슨의 차가 간신히 들어갈 수 있을 것 같은 공간이 있다. 비좁은 곳에서 주차하려면 뒤쪽 범퍼가 옆·차의 헤드라이트를 정면으로 바라보게 차를 돌리고 도로 턱에서 너무 멀리 떨어지지 말아야 한다. 그렇지 않으면 언제까지나 차를 이리저리 돌리기만 할 뿐 결코 빈자리에 집어넣을 수 없을 것이다. 왼편에 너무 바짝 붙는 것도 겁을 내서는 안 된다. 실제로는 항상 생각보다 여유 공간이 더 많다. 넬슨이 페어레인에 워낙 바짝 붙었기 때문에 프루가 날카로운 목소리로 말한다. "넬슨."

넬슨이 말한다. "나도 봤어, 나도 봤다고. 입 다물고 가만히 있어. 집중해야 하니까." 넬슨은 벨벳으로 감싼 크라이슬러의 무거운 운전대(파워핸들 기능이 조금이라도 있으면 유람선도 조종할 수 있다)로 차를 움직여 얼음 위에서 딱 멈춰 서는 스케이트 선수처럼 빈자리에 매끄럽게 차를 집어넣을 생각이다. 세상에, 피겨스케이팅 선수들의 의상은 얼마나 섹시한지. 엉덩이를 뒤로 빼고 스케이트를 탈 때 짧은 치마가 획 뒤집어져 올라가는 모습이라니. 그는 다소 낮게 달려 있는 혼다의 자그마한 헤드라이트를 보려고 열심히 집중하면서 하얀 바지의 여자가 바 앞의 의자에 앉을 때 옆이 터진 치마가 벌어지면서 반짝이는 허벅지가 길게 드러났던 것을 떠올린다. 여자는 넬슨의 얼굴을 알아보고 살짝 수줍은 미소를 지었었다. 엄마엄마의 육중한 크라이슬러가 후진으로 미끄러져들어간다. 그는 차가 흐르듯이 매끈하게 움직일 거라는 기대가 워낙 컸기 때문에 금속과 금속이 서로 갈리는 작은 소리를 듣지 못한다. 차가 이미 절반쯤 긁힌 뒤에야 프루가 새된 소리로 세상에, 하고 외치는 소리가 들린다. 마치 지금 프루가 아이를 낳고 있는 것 같다.

웹 머킷은 이제 금값이 오를 만큼 올랐다고 말한다. 보통 미국인들도 열기에 휩쓸렸는데, 보통 사람들이 시류에 편승할 때쯤이면 영리한 사람들은 돈을 들고 흐름에서 벗어난다는 것이다. 하지만 은은 얘기가 다르다. 텍사스의 헌트 형제들은 하루에 수백만 단위씩 선물거래로 은을 사들이고 있다. 그런 거물들이라면 틀림없이 뭔가 아는 게 있을 것이다. 해리는 자신의 금을 은으로 바꾸기로 마음먹는다.

재니스는 어쨌든 시내로 나가서 크리스마스 쇼핑을 할 예정이었다. 그래서 해리는 크레페하우스에서 재니스와 만나 점심을 먹는다(재니스는 크레페하우스를 지금도 조니 프라이스라고 부른다). 그뒤에 안전금고 열쇠를 들고 브루어 트러스트에 가서 해리가 삼 개월 전 1만 1314달러 20센트를 주고 산 크루거란드 삼십 개를 꺼내오면 될 것이다. 은행이 안전금고 이용객들에게 내주는 작은 방에서 해리는 보험증권과 미국 저축채권 뒤에 넣어둔 두 개의 푸르스름한 원통을 꺼낸다. 인형의 집의 화장실 같은 그 원통들을 하나씩 차례로 재니스의 손에 건네준 그는 재니스가 그 무게에 새삼 놀란 표정을 짓는 것을 보고 빙긋 웃는다. 금의 무게다. 남들보다 이만큼 더 갖고 있는 견실한 시민들. 두 사람은 브루어 트러스트의 커다란 화강암 기둥 사이를 걸어 12월의 힘없는 햇빛 속으로 나가 숲을 가로지른다. 숲의 분수는 말라붙었고, 콘크리트 벤치는 젊은이들이 자기들 이름을 스프레이 페인트로 갈겨 쓴 자국투성이다. 두 사람은 와이저 스트리트 동편으로 두 블록을 걷는다. 크리스마스 장사를 하는 가게들이 여기저기 흩어져 있다. 제대로 먹지 못한 푸에르토리코 여자들만이 그 할인점들을 쪼르르, 쪼르르 들락거린다. 지금쯤이면 학교에 있어야 할 아이들, 더러운 파카에 사냥꾼 모자를 쓰고 힘없이 벌어진 턱에 수염이 나 있는 흐린 눈의 퇴직자들도 있다. 젊었을 때 공장에서 이용당한 뒤 지금은 버림받은 사람들이다.

해리가 가로등 하나를 지나갈 때마다 알루미늄 가로등에 매달려 있는 반짝이 화환들이 부르르 떨면서 찰랑찰랑 소리를 낸다. 금, 금. 그의 심장이 노래한다. 외투의 깊숙한 주머니 두 곳에 균형을 맞춰 넣어둔 금의 무게를 느끼면서. 걸음에 맞춰 금이 흔들린다. 재니스가 그의 옆에서 서둘러 종종걸음을 친다. 부츠까지 내려오는 따뜻한 양가죽 외투를 입은, 말쑥하고 어리석은 여자. 재니스가 움켜쥐고 있는 꾸러미 여러 개의 종이 포장지가 화환을 흔들어대는 바로 그 바람에 바스락거린다. 어떤 신발가게 입구 옆에 놓인, 흠집과 반점투성이의 거울 속에 재니스와 해리의 모습이 보인다. 키가 큰 해리는 몸을 꼿꼿이 펴고 있고, 얼굴이 하얗다. 재니스는 키가 작고 가무잡잡하며, 거무칙칙한 적색 가죽부츠를 신고 그의 옆에서 종종걸음을 치고 있다. 발목에 꼭 맞고 굽이 높은 부츠가 흔들리는 외투 밑에서 불쑥불쑥 튀어나온다. 그 말쑥한 실루엣이 솜털로 덮인 해리의 검은 외투와 아일랜드식 모자와 마찬가지로 그가 유복한 사람임을, 그들이 유복한 사람들임을 광고한다. 길을 걸으며 미소를 짓고 있는 두 사람은 거리에서 그들을 흘깃 바라본 뒤 사라져가는, 불만 많고 무표정한 사람들의 시선을 무시해버릴 여유가 있다.

길고 가느다란 베니션블라인드가 쳐진 '재정적 대안'은 다음 블록에 있다. 예전에는 평판이 좋지 않은 동네였지만, 시내 전체의 평판이 가라앉으면서 이 일대가 모두 비슷해졌다. 손톱이 긴 백금발 여직원이 해리를 알아보고 빙긋 웃더니 재니스를 위해 대기실에서 플라스틱 의자를 끌어온다. 어디 멀리 있는 거래실과 통화를 한 뒤, 여직원은 작은 계산기로 계산을 좀 해보고는 자기 책상 귀퉁이에 둔한 외투 차림으로 앉아 있는 두 사람에게 금의 온스당 가격이 오늘 아침 일찍 거의 500달러에 이르렀지만 지금은 동전 하나당 488달러 75센트밖에 줄 수 없다고 말한다. 그러니까 모두 합하면…… 여직원의 손가락이 전혀 손톱에 구애받지 않고 춤을 추듯 움직인다. 계산기의 회색 화면에 무덤덤한 전자 답변이 머뭇거리며 나타난다. $14,662.50. 해리는 이 금으로 한 달에 1천을 벌었다고 속으로 계산하며 그 돈으로 지금 은을 얼마나 살 수 있느냐고 여직원에게 묻는다. 젊은 여직원은 속눈썹 아래에서 매끄럽게 그를 흘깃 바라본다. 마치 뒷방에서 마사지도 같이 하고 있다고 인정할지 말지 망설이는 손톱 손질 전문가 같다. 해리의 옆에서 재니스는 담배를 물고 있다. 재니스가 뱉어낸 연기가 책상 너머로 몰려가 이 금속성의 유혹녀와 해리가 일궈낸 관계를 오염시킨다.

여직원이 설명한다. "저희는 은괴를 취급하지 않아요. 육십오 년 이전에 나온 은화 형태로만 은을 취급하는데, 가격은 내재가치 밑이에요."

"내재가치?" 해리가 묻는다. 그는 총이 총집에 들어가듯이 안전금고 안에 깔끔하게 들어가는 자그마한 은괴를 생각하고 있었다.

여직원은 참을성이 강하다. 그 냉정한 모습이 조금 관능적이기도 하다. 귀금속의 매끄럽고 묵직한 느낌이 이 여자에게도 전염된 모양이다. "구식 1달러 은화 있잖아요." 여직원이 단검 같은 집게손가락과 엄지로 원을 그려 보인다. "미국 조폐국이 십오 년 전까지 만들던 거요. 그 은화 하나에는 은이 0.75트로이온스 들어 있어요. 오늘 정오에 은 값은……" 여직원은 자기 책상 위의 바닐라색 다이얼 전화기 옆에 있는 쪽지를 살펴본다. "1트로이온스당 23달러 55센트예요. 그러니까 은화 값은, 수집가들이 매기는 가치와는 상관없이……" 또 계산기를 두드린다. "17달러 66센트예요. 하지만 은화들 중에는 조금 닳은 것도 있으니까, 두 분이 지금 은화를 사시겠다면 그보다 낮은 값을 쳐드릴 수 있어요."

"옛날 은화라고요?" 재니스가 묻는다. 목소리가 장모처럼 날이 서 있다.

"그런 것도 있고, 아닌 것도 있어요." 여직원이 냉정하게 대답한다. "수집가들이 수집물로서 가치를 따져 골라내고 남은 것들을 저희가 무게로 사들이거든요."

이건 해리가 생각했던 것과 다르다. 하지만 웹은 은이야말로 똑똑한 사람들이 돈을 투자하는 곳이라고 단언했다. 해리가 묻는다. "이 금을 판 돈으로 얼마나 살 수 있어요?"

또 손가락이 날듯이 움직여 계산을 한다. $14,662.50은 888이라는 마법의 숫자로 변한다. 은화 값을 개당 16달러 50센트씩 치면, 888개가 된다. 수수료와 펜실베이니아 판매세도 포함한 가격이다. 래빗에게 888개라면 무엇이든 아주 많은 숫자처럼 보인다. 설사 성냥개비라 해도 그렇다. 그는 재니스를 바라본다. "여보, 당신 생각은 어때?"

"해리, 난 잘 모르겠어. 투자는 당신이 하는 거잖아."

"하지만 이건 우리 돈이야."

"당신은 그냥 금을 갖고 있기만 하는 건 싫은 거지?"

"웹 말로는 은값이 두 배로 오를 수도 있다고 했어. 놈들이 인질을 돌려주지 않는다면."

재니스는 여직원에게 시선을 돌린다. "그냥 궁금해서 묻는 건데요, 만약 우리가 집을 사고 싶어서 계약금이 필요해지면, 이 은화를 금방 바꿀 수 있어요?"

금발 여직원은 지금까지와 달리 상대를 존중하는 자세로 재니스에게 말한다. 목소리도 더 부드럽다. 여자 대 여자로 말하는 것이다. "그건 아주 쉬워요. 다른 수집품이나 땅보다 훨씬 더 쉽죠. 저희는 저희가 파는 물건이라면 무엇이든 반드시 되사는 걸 보장해드려요. 만약 오늘

두 분이 이 은화들을 팔러 오신다면, 저희는……" 여직원은 자기 책상 위의 종이들을 다시 살핀다. "개당 13달러 50센트를 쳐드릴 거예요."

"그럼 우리가 3달러 곱하기 888에 해당하는 만큼 손해를 보는 거네요." 해리가 말한다. 손바닥에서 땀이 나기 시작했다. 어쩌면 외투 때문인지도 모른다. 이 세상은 이윤을 조금 올린 사람에게서 금방 그것을 빼앗아갈 계획을 꾸민다. 그는 금을 다시 가져가고 싶다. 금은 정말 예뻤다. 뒷면에 그려진 작고 섬세한 사슴이.

"아, 하지만 요즘 은값 추세를 보면……" 여직원이 말을 하다가 잠시 멈추고 자기 입꼬리 옆의 점 같은 것을 긁는다. "일주일이면 그 돈을 만회하실 수 있을 거예요. 제가 보기에는 두 분이 올바른 결정을 내리신 거예요."

"그렇죠. 하지만 이란 문제가 해결된다면요?" 해리는 걱정스럽다. "그럼 거품이 왕창 터지지 않을까요?"

"귀금속은 거품이 아니에요. 귀금속은 궁극의 보장이죠. 저도 아랍의 돈이 금에 몰린 건 이란 때문이라기보다, 모스크가 점령당한 것 때문이라고 봐요. 사우디에 문제가 생기면 그건 완전히 차원이 다른 얘기가 되죠."

차원이 다른 얘기라. "좋아요." 해리가 말한다. "한번 해봅시다. 은을 사죠."

백금발 여직원은 조금 놀란 표정이다. 매끄러운 화술로 은을 사게 만들었으면서도. 888개나 되는 동전을 구하느라 여직원은 전화를 붙들고 한참 동안 애를 먹는다. 마침내 여직원이 라일이라고 부르는 청년이 회색 마댓자루를 가져온다. 배달하고 남은 우편물을 담는 자루 같다. 청년은 무게 때문에 몸을 휘청거리며 끙 하는 소리와 함께 자루를 여직원의 책상 위로 올린다. 청년은 몸이 호리호리하고, 왠지 동성애자 같은 느낌이 난다. 어쩌면 짧은 머리 때문인지도 모른다. 머리통을 빙 둘러 깎은 모습이 우습다. 요새는 정상적인 인간들은 머리를 기르고 동성애자와 펑크족들이 상고머리를 한다. 해리는 요즘 해병들의 머리 모양이 궁금해진다. 십중팔구 어깨까지 머리를 기르고 있을 것이다. 라일이라는 청년이 나간다. 하지만 그전에 수상쩍은 표정으로 눈을 가늘게 뜨고 해리를 바라보았다. 마치 그가 마사지뿐만 아니라 검은 가죽 옷에 채찍을 들고 설치는 서비스까지 사겠다고 하기라도 한 것처럼.

처음에 해리와 재니스는 백금발 머리와 거의 완벽한 피부를 가진 여직원만이 은화를 만질 수 있다고 생각한다. 여직원은 서류들을 책상 옆으로 밀고 자루 한 귀퉁이를 들어올리려고 애쓴다. 은화들이 쏟아져 나온다. "젠장." 여직원이 손톱을 뺀다. "원하신다면 세는 걸 도와주셔도 돼요." 두 사람은 외투를 벗고 손을 집어넣어 은화들을 열 개씩 무더기로 갈라놓는다. 은화가 책상을 뒤덮었다. 자유의 여신상이 수백 개다. 닳아서 얄팍해진 것도 있고, 조폐국에서 금방 나온 처녀처럼 두툼한 것도 있다. 자유의 여신의 옆모습과 슬로건과 독수리가 새겨진 이 값비싼 물건들을 직접 손으로 다루다보니 재니스는 킥킥 웃음이 나온다. 해리는 재니스가 무슨 생각을 하는지 알고 있다. 진흙 속에서 노는 것. 엄청난 양. 열 개씩 쌓아둔 무더기가 계속 늘어나 열 개씩 열 줄이 된다. 마침내 자루에서 마지막 은화가 나온다. 여직원이 거기에 붙은 아주 작은 보푸라기를 손으로 튕겨낸다. 웃음기 하나 없는 얼굴로 여직원이 빨갛게 매니큐어를 칠한 손을 은화 무더기들 위에서 흔든다. "제 것은 삼백구십 개예요."

해리는 자신의 무더기들을 두드리며 보고한다. "이백사십 개."

재니스도 자신의 숫자를 말한다. "이백오십팔 개." 재니스가 이겼다. 해리는 재니스가 자랑스럽다. 자신이 갑자기 죽더라도 재니스는 은행원이 되어 살아갈 수 있을 것이다.

계산기가 등장한다. 888. "정확하네요." 여직원이 말한다. 두 사람 못지않게 놀란 표정이다. 여직원은 서류를 작성한 뒤 해리에게 거스름 돈으로 25센트 동전 두 개와 10달러 지폐 한 장을 내준다. 그는 이 돈을 여직원에게 팁으로 돌려줘야 하는지 망설인다. 은화는 뚱뚱한 벽돌만한 크기의 마분지 상자 세 개를 가득 채운다. 해리는 상자들을 차곡차곡 쌓는다. 그가 세 개의 상자를 한꺼번에 들어올리려고 하자, 재니스와 여직원이 그의 표정을 보고 큰 소리로 웃음을 터뜨린다.

"세상에." 그가 말한다. "이거 무게가 얼마나 나가는 거야?"

백금발 여직원이 계산기를 눌러댄다. "은화 한 개의 무게가 적어도 1트로이온스라고 치면, 74파운드*예요. 1파운드는 12트로이온스거든요."

해리는 재니스에게 시선을 돌린다. "당신이 하나 들어."

재니스가 하나를 들어올리자 이번에는 해리가 재니스의 표정을 보고 웃음을 터뜨린다. 재니스의 눈꺼풀이 크게 늘어나 있다. "안 되겠어." 재니스가 말한다.

---

* 약 33.5킬로그램.

"들어야 돼." 해리가 말한다. "은행까지만 가면 돼. 어서. 난 대리점에 돌아가봐야 돼. 이만한 근육도 없다면 그동안 테니스는 뭐하러 친 거야?"

해리는 테니스를 친 것이 자랑스럽다. 지금 금발 여직원 앞에서 힘을 과시하고 있기 때문이다. 그는 지금 펜파크의 괴짜 부자 역할을 하고 있다. 여직원이 의견을 내놓는다. "라일한테 좀 들어다드리라고 할까요?"

래빗은 그 동성애자와 함께 거리를 걷는 모습을 남에게 보이고 싶지 않다. "우리가 할 수 있어요." 그리고 재니스에게 말한다. "임신했다고 상상해. 어서 가자." 그리고 여직원에게 말한다. "아내가 나중에 가방을 가지러 올 거예요." 해리는 상자 두 개를 들고 어깨로 문을 밀어 연다. 재니스도 그 뒤를 따르는 수밖에 없다. 차가운 햇빛이 비치고 희미하게 바람이 부는 와이저 스트리트로 나온 그는 인상을 찌푸리지 않으려고 애쓴다. 그가 바지 앞섶 높이에서 양손으로 죽어라 붙잡고 있는 자그마한 상자 두 개가 뭔지 궁금하다는 표정으로 흘깃거리는 사람들과도 시선을 마주치지 않으려고 애쓴다.

파란색 털실 모자를 쓰고 오렌지주스 속에 떨어진 대리석처럼 눈이 벌겋게 충혈된 흑인 남자가 인도에서 걸음을 멈추더니 해리를 향해 휘청거리며 한 걸음 다가선다. "어이 친구 좀 도와주……" 흑인들은 어찌된 영문인지 래빗에게 몰려든다. 래빗은 휙 돌아서서 몸으로 은을 가린다. 그 바람에 무게가 쏠리면서 그는 한 걸음 내디딘다. 그 자리를 뜨면서 그는 감히 뒤를 돌아보며 재니스가 따라오고 있는지 확인하지 못한다. 하지만 꺾어진 주차 미터기 옆에 서 있자니 재니스의 숨소리가 들리고, 자기 옆에서 애를 쓰는 재니스가 느껴진다.

"이 외투도 너무 무거워." 재니스가 숨을 몰아쉬며 말한다.

"길을 건너자." 해리가 말한다.

"여기 블록 한가운데서?"

"그냥 건너." 그가 중얼거린다. 어리둥절한 표정을 짓고 있는 흑인 남자의 존재가 등뒤에 느껴진다. 그가 인도에서 도로로 내려서자 저편에서 다가오던 버스가 기분 나쁜 소리를 내며 브레이크를 밟는다. 두 줄의 흰 선이 여름에 타르가 부드러워졌을 때 일그러진 모습 그대로 남아 있는 도로 한가운데에서 그는 재니스가 쫓아오기를 기다린다. 여직원이 재니스에게 상자를 넣어서 들고 가라며 마댓자루를 주었지만, 재니스는 자루를 어깨에 메는 대신 아기처럼 왼팔에 안고 있다. "괜찮아?" 해리가 묻는다.

"할 수 있어. 계속 움직여, 해리."

두 사람은 반대편 인도에 다다른다. 땅콩가게는 이제 안에만 포르노 잡지를 진열해둔 게 아니라 밖에도 진열대를 내놓았다. 젊은 근육질 남자들이 기름을 바른 몸으로 혼자서, 또는 둘이 짝을 지어 포즈를 취하고 있고, 그 위에는 **드러머**라든가 **살갗** 같은 제목이 있다. 가느다란 줄무늬가 들어간 양복에 조끼까지 갖춰 입고 회색 중산모를 쓴 일본인이 말쑥한 모습으로 가게 안에서 나와 〈뉴욕 타임스〉와 〈월스트리트 저널〉을 함께 접어 팔 밑에 낀다. 이 일본인은 어떻게 브루어까지 온 걸까? 문이 천천히 닫히는 동안 아직 따뜻한 구운 땅콩에서 나는, 옛날 서커스장을 연상시키는 냄새가 추운 인도로 흘러나온다. 해리가 재니스에게 말한다. "상자 세 개를 전부 그 자루에 넣자. 내가 어깨에 메고 끌게. 산타클로스처럼. 호호호."

얼굴이 얽은 거리의 아이들과 겨울이라 옷을 껴입은 털북숭이 주정 뱅이들이 두 사람 주위로 점점 모여들고 있다. 해리는 상자 두 개를 쥔 손에 힘을 준다. 재니스는 자신의 상자를 껴안으며 말한다. "그냥 이대로 가자. 은행까지 겨우 한 블록 남았어." 재니스의 얼굴은 붉게 달아올랐고, 추위 때문에 얼어 있다. 가늘게 뜬 눈에는 눈물이 고이고, 입은 단호하게 꾹 다문 모습이다.

"족히 한 블록 반은 돼." 해리가 말을 바로잡는다.

먼지투성이 진열창에서 전시용 벽지 두루마리들이 수의처럼 굳어가고 있는 브루어 벽지회사를 지나고, 블림라인즈의 샌드위치와 맨더배치 사무용품 도매점을 지나고, 좁은 공간에 납작한 상자들이 잔뜩 쌓여 있는 호비헤븐이라는 곳을 지나고, 거대한 Y-B 간판에 녹이 슬고 있는 담뱃가게를 지나고, 화려한 장식과 쇠창살 창문이 있는 낡은 콘래드 와이저 굴 식당, 지금은 어두운 문 위에 빨간색 글씨로 '라이브 공연'을 필사적으로 약속하고 있는 그 굴 식당을 지나 신호등 앞에서 기다리다가 마침내 녹색 신호등이 켜지자 4번가를 건너 올 연말이면 문을 닫을 거라고들 하는 애크미의 한 블록을 다 차지한 유리 상감 전면을 지나고, 할리우드 미용용품점과 임페리얼 장판을 지나고, 달콤하게 구워진 신선한 타이어 냄새가 나고 크롬 배기관으로 만든 창문이 있는 제니스 자동차부품점을 지나 그들은 걷는다. 남편과 아내가. 바람이 점점 강해지고 활기가 넘치는 인도의 길이는 점점 길어진다.

해리의 손에 느껴지는 무게가 이제는 적처럼 그의 손바닥을 태우고, 그의 사타구니를 두들겨댄다. 차라리 강도를 당하는 편이 낫겠다는 생각이 들 무렵, 그는 거리의 서쪽편 인도에 있는 다른 사람들이 주춤거리며 물러나는 것을 느낀다. 두 사람이 막처럼 자신들을 감싼 상자의 무게 때문에 몸부림을 치면서 위협적인 모습으로 일그러진 탓이다. 해리는 계속 걸음을 멈추고 재니스가 따라잡기를 기다려야 한다. 그러는 동안 재니스의 두 배인 그의 짐덩이가 팔을 잡아당긴다. 알루미늄 가로등에 둘러진 반짝이 장식들이 미친듯이 진동한다. 값비싼 외투 속의 등에 땀이 흥건하고, 셔츠 깃은 땀이 배었다가 계속 마르면서 축축하고 차가워진다. 재니스를 기다리는 동안 그는 와이저 스트리트 저편에 엷은 자주색과 갈색 덩어리처럼 서 있는 마운트산을 빤히 바라본다. 어렸을 때는 하느님이 그 산의 능선에서 쉬고 있는 것처럼 보였지만, 지금은 그 위에서 하느님이 보시기에 자신과 재니스의 모습이 어떨지 상상이 간다. 욕실 세면대 벽을 기어오르려고 애쓰는 개미 두 마리처럼 보일 것이다.

두 사람은 아그파 필름 광고가 붙어 있는 카메라가게를 지나고, 마네킹들이 속이 비치는 블라우스와 황금색 반짝이를 엮어 만든 조끼 속으로 젖꼭지 없는 젖통을 과시하고 있는 핵세레이 부티크를 지나고, 크리스마스 선물용 상품들이 솜과 가느다란 국수 같은 장식품들과 함께 전시된 진열창에 파스텔색 바이브레이터도 함께 놓아둔 렉솔스를 지나고, 커플들이 점심을 먹고 있는 크레페하우스를 지나고, 역사유물로 보존된 이 동네의 유명한 시가가게를 지나고, 남녀 조깅화와 테니스화는 물론 라켓볼과 스쿼시 신발까지 갖추고 있는 새로운 신발 전문점인 페달이즈를 지난다. 이 가게 진열창에 크게 걸어둔 마분지 그림을 보면, 요즘 젊은 부부들이나 독신 젊은이들이 짝을 지어 하는 운동이 바로 라켓볼과 스쿼시인 모양이다. 마분지 그림 속에서 데이크론 섬유의 옷을 입고 있는 여자의 꿀 색깔 머리카락이 공기처럼 허공에 들려 있다. 여자가 웃음을 터뜨리며 편안한 발놀림으로 공을 치고 있기 때문이다. 그 그림 앞을 지나자 마침내 브루어 트러스트의 화강암 기둥 네 개 중 첫번째 기둥이 거대하게 나타난다. 해리는 그 로마식 기둥에 아픈 등을 기대고 재니스를 기다린다. 만약 재니스가 그사이에 강도를 당한다면, 1만 4652달러 중에 3분의 1, 즉 거의 5천 달러를 잃어버리겠지만 지금은 별로 그럴 위험이 없어 보인다. 조금 떨어진 곳에 나무들이 늘어선 산책로에 있는 콘크리트 벤치 뒤편에 스프레이 페인트로 **스키터는 살아 있다**라는 표어가 적혀 있는 것이 보인다. 좀더 가까이 다가갈 수 있다면, 정말로 그런 구절이 거기 적혀 있는지 확인할 수 있을 것이다. 하지만 지금은 움직일 수 없다. 재니스가 그의 어깨 옆에 도착한다. 얼굴이 빨갛게 변한 재니스는 장모와 비슷하다. "여기 이렇게 서 있지 마." 재니스가 숨을 몰아쉬며 말한다. 기둥을 한 바퀴 도는 것조차 한없이 멀어 보이는 지금, 재니스가 앞장서서 기둥을 돌아 회전문을 밀고 들어간다.

천장이 높고 둥근 건물 안에서는 크리스마스캐럴이 울려퍼지고 있다. 높고 둥글게 솟아 있는 천장은 계절에 상관없이 항상 파란색이 칠해져 있고, 황금색 별들이 일정한 간격으로 그려져 있다. 해리가 수표를 쓰는 대 위에 상자 두 개를 내려놓자, 짐을 벗어버린 몸이 저 가짜 하늘까지 솟아오를 것만 같다. 연한 자주색 바지정장을 입은 창구 직원이 이렇게 금방 또 안전금고를 이용하려고 찾아온 두 사람을 맞이하며 미소를 짓는다. 두 사람이 빌린 안전금고는 4×4 크기라서 은화가 든 상자 세 개를 나란히 놓기에는 좁다. 심장이 아직도 벌렁거리고, 손이 아프기 때문에 해리와 재니스는 안전금고를 꺼내볼 수 있는 작은 방으로 통하는 불투명한 유리문이 닫힌 뒤 상자 크기와 안전금고의 차이를 뒤늦게 깨닫는다. 해리는 상자의 폭과 안전금고의 폭을 몇 번이나 재본 뒤 결론을 내린다. "더 큰 금고가 필요해." 재니스가 금고실 밖으로 나가 직원에게 말한다. 재니스의 아버지가 이곳 지점장과 친한 친구였다. 다시 안으로 돌아온 재니스는 요즘 안전금고가 인기라서 은행으로서는 앵스트롬 부부를 대기자 명단에 올려주는 것이 최선이라고 말을 전한다. 재니스의 아버지와 친구였던 지점장은 이미 은퇴했다고 한다. 현재의 지점장은 재니스가 보기에 아주 젊은 것 같았지만, 딱히 무례하게 굴지는 않았다.

해리가 웃음을 터뜨린다. "그렇다고 이걸 저 아래쪽 금발 아가씨한테 다시 팔 수도 없잖아. 그랬다가는 손해가 막심할 텐데. 은화를 전부 마댓자루에 넣어서 금고에 쑤셔넣으면 안 될까?"

작고 비좁은 방에서 해리와 재니스는 계속 서로 부딪친다. 재니스가 해리를 따라 이 새로운 인플레이션의 세상으로 들어온 것이 잘한 일인지 처음으로 의심하기 시작하는 것이 느껴진다. 아니, 어쩌면 해리 자신에게서 의심의 냄새가 나는 것 같기도 하다. 하지만 이제 와서 되돌릴 수는 없다. 두 사람은 은화를 상자에서 자루로 옮긴다. 은화들이 시끄럽게 짤랑거리자 재니스가 움찔하며 말한다. "쉬."

"왜? 누가 듣는다고?"

"저 밖에 있는 사람들이 들을 거야. 창구 직원들."

"그 사람들이 듣든 말든."

"난 신경쓰여." 재니스가 말한다. "이 안에 있는 게 숨이 막힌단 말이야." 재니스는 양가죽 외투를 벗는다. 하지만 옷걸이가 없기 때문에 접은 채로 바닥에 털썩 내려놓는다. 해리도 검은 외투를 벗어 그 위에 내려놓는다. 힘을 쓴 탓에 솟아난 땀이 재니스의 머리카락을 축축하게 만들었다. 가지런히 자른 앞머리가 구불구불해지며 위로 올라가 넓고 번쩍이는 이마가 드러나 있다. 그 이마는 지금도, 이십 년 전에도 재니스가 감당할 수 없는 수준이었다. 해리가 그 이마에 입을 맞추자 짠맛이 난다. 해리는 이 방에서 섹스를 한 사람들이 과연 있을지 궁금해지면서, 금고실도 괜찮은 곳이라는 생각이 든다. 잔뜩 멋을 부린 젊은 창구직원과 나이 많고 호색적인 담보대출 담당자가 금고실 자물쇠가 새벽에 열리도록 타이머를 맞춰놓고 마구 해대는 것이다. 재니스가 소리가 나지 않게 조심하며 은화 더미들을 회색 자루에 은밀히 집어넣는다. "진짜 창피해 죽겠어." 재니스가 말한다. "저 밖의 여직원 중 누가 들어오면 어떻게 해." 마치 은화가 알몸이라도 되는 것 같다. 지난 이십삼 년 동안 처음도 아니지만, 해리는 남몰래 사랑스러운 감정이 밀려오는 것을 느낀다. 그녀가 지금처럼 살아가면서 만날 수 있는 비좁은 장소에 그와 함께 붙들려 있을 때 느끼는 감정이다. 그는 은화 하나를 들어 재니스의 리넨 블라우스 목선을 통해 브래지어 속으로 집어넣는다. 그가 예상했던 것처럼, 재니스가 차가운 감촉에 작게 비명을 지르다가 소리를 죽이려고 애쓴다. 해리는 재니스를 사랑하는 마음이 더욱 강해진다. 재니스가 블라우스 단추 하나를 열고 인상을 찌푸리며 브래지어 속에 손을 넣어 은화를 찾고 있기 때문이다. 나이를 이만큼 먹었는데도, 그는 여자들이 속옷을 만지작거리는 모습을 보면 아직도 흥분한다. 외투를 걸 고리를 스스로 만들 수 있을 정도다.

얼마 뒤 재니스가 선언한다. "절대 안 들어가." 자루를 아무리 움직여보아도, 은화들 중 절반도 채 금고 안에 들어가지 않는다. 보험증권과 저축채권, 넬슨의 출생증명서, 그리고 펜빌라스의 집은 타버렸지만 아직 한 번도 버린 적이 없는 담보대출 서류, 지금까지 그들이 살아온 삶의 경제적 궤적과 일부 법적인 궤적을 보여주는 증거로 보관해둔 이 모든 서류들을 꺼내 다시 정리해보았지만 소용이 없다. 마댓자루의 두툼한 천, 은화들이 자꾸 덩어리로 뭉치려고 하는 것, 길고 날씬한 회색 안전금고 상자의 모양이 나란히 서서 자루를 이리 잡아당기고 저리 미는 두 사람에게 좌절감을 안겨준다. 가망 없는 환자를 앞에 둔 외과의사가 된 것 같다. 팔백팔십팔 개의 은화들은 계속 자루 주둥이로 빠져나와 바닥으로 떨어져서 구석으로 굴러간다. 주석으로 만든 안전금고 상자의 양편이 불룩해질 정도로 최대한 은화를 밀어넣었는데도, 여전히 은화 삼백 개가 남아 있다. 해리는 그것을 자신의 외투 주머니 여기저기에 넣는다.

두 사람이 방에서 나오자 연한 자주색 정장을 입은 친절한 창구직원이 그의 손에서 묵직한 안전금고 상자를 받아주겠다고 말한다. "아주 무거워요." 해리가 미리 말한다. "내가 드는 게 나을 겁니다." 직원의 눈썹이 아치형으로 휘어지더니, 직원이 뒤로 물러서서 그를 금고실로 인도한다. 두 사람은 커다란 문을 통과한다. 계단처럼 단이 만들어져 있는 문 가장자리가 번득인다. 두 사람은 작고 반짝이는 직사각형들이 벽을 다 차지하고, 바닥은 밀랍처럼 하얀 공간으로 들어간다. 썹을 하기에 좋은 곳은 아니다. 아까 잘못 생각했던 것 같다. 창구직원은 해리가 빈 직사각형 속으로 긴 안전금고 상자를 밀어넣게 한다. R. I. P.* 해리는 땀을 뻘뻘 흘리며 허리를 숙이고 힘을 쓴다. 그러고는 몸을 편 뒤 사과한다. "저 안에 쓸데없는 걸 잔뜩 넣었어요. 미안합니다."

"어머, 아니에요." 연한 자주색 옷의 여자가 말한다. "요즘은 많은 분들이…… 워낙 도난사건이 많으니까요."

"만약 이 안에 강도가 들면 어떻게 되는 거죠?" 해리가 농담을 던진다.

하지만 상대는 웃지 않는다. "아…… 그건 불가능해요."

은행 밖으로 나오니 오후 시간이 많이 지나가서, 건물 그림자 때문에 반짝이 장식들이 어두워져 있다. 재니스가 해리의 주머니 하나를 장난스레 두드리며 짤랑거리는 소리를 듣는다. "이걸로 뭘 할 거야?"

"가난한 사람들한테 나눠줄 거야. 그 망할 놈의 여자 같으니. 내가 다시는 그 여자한테서 뭘 사나 봐라." 땀이 마르면서 그의 얼굴에 추위가 굳게 내려앉는다. 로터리클럽에서 안면을 익힌 남자들 여럿이 점심을 먹고 나서 기운찬 모습으로 크레페하우스에서 나온다. 해리는 계속 씩씩하게 걸으면서 그들에게 손짓으로 인사한다. 그가 없는 동안 대리점이 어떻게 돌아가고 있는지는 하느님만이 아실 것이다. 어쩌면 녀석이 보상판매로 롤러스케이트까지 받아줄지도 모른다.

"대리점 금고에 넣어도 되겠네." 재니스가 의견을 내놓는다. "여기 담으면 될 거야." 재니스가 빈 마분지 상자 한 개를 해리에게 건넨다.

"넬슨이 훔쳐갈걸." 해리가 말한다. "이젠 녀석도 자물쇠 번호를 아

---

* '고이 잠들라'는 뜻의 라틴어 머리글자.

니까.”

“해리, 그런 말이 어딨어?”

“녀석이 긁어놓은 당신 어머니의 크라이슬러 때문에 돈이 얼마나 들 것 같아? 최소한 800달러야. 망할. 녀석이 미쳤지. 가엾은 프루도 창피해서 죽으려고 하잖아. 프루가 앞으로 얼마나 참다가 정신을 차리고 이혼을 요구할지 궁금해. 그것도 돈이 들 텐데.” 너무나 무거워진 외투가 그의 어깨를 아래로 잡아당긴다. 인도가 내리막길로 변할 것 같고, 올 한 해도 발밑으로 떨어져가는 기분이다. 연달아 손해만 보고 있으니까. 그가 산 은화는 반짝이 장식처럼 흩어지고, 상자는 찢어지고, 건물 경비원이 은화들을 쓸어갈 것이다. 어차피 모든 게 흙으로 돌아간다. 어른들이 아이들에게 하는 슬픈 거짓말, 즉 크리스마스가 와이저 스트리트를 끝에서 끝까지 더럽히고 있다. 그 우울한 풍경 속에서 그는 부자가 되는 것은 곧 강도를 당하는 것이고, 부자가 되는 것은 곧 가난해지는 것이라는 진실을 언뜻 본다.

재니스가 그를 다시 현실로 불러낸다. “해리, 이러지 마. 그렇게 비극적으로 굴지 말라고. 프루는 넬슨을 사랑하고, 넬슨은 프루를 사랑해. 그러니까 이혼은 없을 거야.”

“난 그 생각을 하고 있던 게 아냐. 앞으로 은값이 얼마나 내려갈지 생각하고 있었어.”

“은값이 내려가더라도 무슨 상관이야? 어차피 모든 게 도박인데.”

이 바보에게 축복이 내리기를. 아직도 노력중이니까. 이 동네의 도박사였던 프레드 스프링어의 딸. 그는 새틴으로 안감을 댄 관 속으로 굴러들어갔다. 옛날에 사람들은 은을 땅에 묻고, 시체는 벽에 난 구멍

속에 집어넣었다.

"차 있는 데까지 내가 같이 가줄게." 재니스가 걱정스러운 아내다운 표정으로 말한다. "당신이 말한 그 망할 놈의 여자한테서 내 가방을 찾아와야 하니까. 그건 그렇고, 당신 그 여자랑 같이 자고 싶다는 생각을 얼마나 했어?" 재니스는 해리가 좋아할 만한 화제를 찾으려고 애쓰고 있다.

"거의 안 했어." 해리가 고백한다. "사실 생각해보니 무섭네. 그런 생각을 거의 안 했다는 게. 그 여자 손톱 봤어? 긁히면 끝장이야."

연휴와 연휴 사이의 한 주는 자동차 판매가 저조하다. 크리스마스가 지나고 나면 사람들은 돈이 궁해진 느낌이 든다. 게다가 겨울이 다가오면서 거리에 얼음이 얼고, 그 위에 소금이 뿌려지고, 아무래도 접촉 사고가 자주 일어날 것 같으니까 다들 그냥 있는 차로 버티는 쪽으로 생각이 기울어진다. 봄까지 버티자는 것이다. 대리점에서는 적어도 스노모빌을 뒤로 옮겨놓기는 했다. 아무도 볼 수 없게. 전륜구동의 신차 터셀의 사촌이나 되는 것처럼 나란히 서 있는 것보다는 나으니까. 터셀이라는 이름은 어디서 온 걸까? 에드셀*과 비슷하다. 도요타라는 이름도 'O'가 너무 많고, 사람들로 하여금 '토이toy'를 떠올리게 한다. 닷선과 혼다라는 이름도 어디서 나온 건지 모른다. 닷선은 느낌상 독일

---

* 1950년대 말에 포드사가 생산한 자동차로 최대 실패작으로 꼽힘.

어 같다. 데이터, 랫탯탯*, 떠오르는 태양. 111번 도로 건너편의 척 왜 건도 장사가 그리 잘되지 않는다. 날이 너무 추워서 실외나 차 안에서 음식을 먹기 힘들기 때문이다. 차에 시동을 켜두지 않는다면 겨울마다 사람들이 죽어나갈 것이다. 차 안에서 섹스를 하려고 애쓰다가. 하지만 대리점 주차장에서 바람에 날려 돌아다니는 샌드위치 포장지와 밀크세이크 통은 점점 엄청나게 쌓여서 먼지와 함께 날아다닌다. 12월에는 흙먼지도 종류가 달라진다. 여름보다 더 짙은 회색이고, 모래가 더 많이 섞여 있다. 어쩌면 차가운 공기가 들어올리는 힘이 더 약하기 때문인지도 모른다. 차가운 공기에는 습기가 적은 것처럼. 그래서 아침에 일어났을 때 덧문 안쪽에 이슬이 잔뜩 맺히는 것이다. 그로 인해 생기는 온갖 문제들이라니. 녹. 목재의 건조 부패. 아침에 자동차 배전기 뚜껑을 열고 전선을 닦아주지 않으면 시동이 걸리지 않는 것. 습기가 이슬이 되어 맺히지만 않는다면, 이 세상이 영원히 지속될지도 모른다. 예를 들어 달에서는 아무런 문제가 없다. 알고 보면 화성도 달과 마찬가지일지 모른다. 새해 첫날, 버디 잉글핑거가 파티를 열 것이다. 오랜 친구들이 자기만 빼놓고 섬으로 놀러간다는 소문을 듣고 자기가 친구들 무리에서 떨려날까봐 걱정이 됐던 모양이다. 그날 누가 파티의 안주인 역할을 할지 궁금하다. 그 가슴 납작하고 머리는 새카만 생머리고 브루어에서 무슨 이상한 가게를 하고 있다는 음침한 여자일까 아니면 그전에 사귀었던 허벅지 안쪽은 물론이고 수영복 사이로 보이는 양 가슴 사이에도 발진이 나 있던 여자일까. 그 여자 이름이 뭐였지?

---

* '둥둥' '쾅쾅'을 뜻하는 의성어.

진저. 조진. 그와 재니스는 그저 예의상 얼굴을 내밀 생각이다. 어느 정도 나이를 먹으면 파티에 가봤자 별 볼 일 없다는 걸 알기 때문에 자정이 지나면 곧바로 자리를 뜬다. 그러고 나서 엿새만 더 지나면, 퓽, 섬이다. 딱 여섯 명만 가는 여행. 자그마한 신디가 거기서 모래사장에 누워 있는 모습. 그는 휴식이 필요하다. 여러 가지 일 때문에 기운이 빠지고 있다. 이 업계에서 일요일을 빼고 하루에 차가 한 대꼴도 안 팔리면 문제가 크다. 차체에 먼지가 쌓이고 녹이 슬며, 크롬 장식에는 여드름자국 같은 흠집이 생긴다. 금속이 부식되는 것이다. 은화는 그가 그 망할 여자한테서 사는 순간 온스당 2달러씩 떨어졌다.

대리점에서 매니와 함께 크라이슬러를 수리한다고 부산을 떨고 있는 넬슨은 판매가가 18달러 50센트나 되는 브레이크를 차에 달고 싶어하지만 매니는 만약 그 물건에 직원 할인가격을 적용한다면 그게 장부에 반영돼서 월말에 모두가 받게 돼 있는 보너스에 영향을 미친다고 바보를 가르치듯이 몇 번이나 설명해주었다. 그 녀석이 다가와 창가에 선 제 아버지 옆에 선다.

해리는 양복을 입은 아들의 모습에 도무지 익숙해지지 않는다. 양복을 입으니 왠지 녀석의 키가 더 작아 보인다. 마치 턱시도를 입은 난쟁이 사회자 같다. 게다가 전보다 길어진 머리를 매번 샤워하고 나온 뒤에 프루의 드라이어로 부풀리기 때문에 넬리는 해리가 전혀 모르는, 비열한 눈빛의 자그마한 얼간이 같다. 재니스는 아이가 어렸을 때 아이의 귓바퀴 끝부분의 모양이 마치 구식 열차 차장이 한 대 맞았을 때처럼 오글오글한 것이 해리와 닮았다고 자주 말했지만, 넬슨의 귀 끝은 지금 부드러운 머리카락에 깔끔하게 덮여 있고 해리는 대략 마흔 살 무렵에 사춘기 소년 같은 '나는 누구인가' 유의 허황된 탐색에서 벗어난 뒤로 귀찮아서 자신의 귀를 자세히 본 적이 없다. 요즘 그는 최대한 빨리 면도를 하고 얼른 거울에서 도망친다. 루스가 작고 단단하게 접힌 예쁜 귀를 갖고 있었던 것이 기억난다. 재니스의 귀는 끝이 하도 햇볕에 그을려서 자그마한 점들이 아치형으로 돋아 있다. 장인의 귓불은 죽기 전에 중국 놈들만큼 길어졌다. 넬슨의 콧구멍 위 주름진 부위에 금방이라도 터질 것처럼 뜨거워 보이는 여드름이 하나 나 있는 것이 대리점 진열창으로 쏟아져들어오는 햇빛에 드러나 보인다. 비스듬히 들어오는 햇빛 때문에 판유리에 붙어 있는 먼지가 이맘때 황금색으로 물든 나뭇잎처럼 두툼해 보이고, 해가 하늘에서 따라가는 길은 날이 갈수록 낮아진다. 아이는 친근하게 굴려고 애쓰고 있다. 그래, 긴장을 풀어봐.

해리가 아이에게 묻는다. "밤에 세븐티식서스 경기가 끝날 때까지 봤어?"

"아뇨."

"샌안토니오의 그 거빈이라는 녀석 물건이던데, 안 그래? 오늘 아침에 라디오에서 들었는데, 녀석이 46점이나 올렸다더라."

"농구선수들은 다 깡패 같아요. 제 생각은 그래요."

"내가 뛰던 시절에 비하면 많이 변했지." 래빗이 인정한다. "옛날에는 심판들이 적어도 가끔 한 번씩은 오버스텝 반칙을 불렀는데 말이야. 지금은 녀석들이 레이업슛을 하러 가면서 경기장 절반을 그냥 걸어가."

"저는 하키가 좋아요." 넬슨이 말한다.

"나도 알아. 플라이어스 경기가 중계될 때는 집안 어디에 있어도 그 고함소리가 들리지. 딱 원숭이 수준의 관중들이 원하는 건 선수들 사이에 싸움이 벌어져서 누군가의 이빨이 부러져나가는 광경이야. 얼음판 위에 흐른 피, 그게 사람들을 끌어들이는 거라고." 얘기가 이런 식으로 흐르면 안 되는데. 그는 다른 화제를 꺼내본다. "아프가니스탄에 러시아 놈들이 들어간 건 어떻게 생각하니? 자기들 힘으로 아주 확실한 크리스마스 선물을 마련한 셈이야."

"멍청한 짓이에요." 넬슨이 말한다. "카터가 완전히 화를 내고 있잖아요. 우리가 베트남에서 했던 짓이랑 다를 바 없어요. 아니, 적어도 거긴 바로 옆 나라니까 우리만큼 나쁜 짓은 아니죠. 어차피 오래전부터 괴뢰정부를 세워두기도 했고요."

"괴뢰정부가 괜찮다는 거냐?"

"뭐, 그런 게 없는 데가 어디 있어요? 남미는 전부 우리 나라의 괴뢰정부 천진데요."

"라틴 놈들이 들으면 금시초문이라고 할 거다."

"최소한 러시아인들은요, 아빠, 하겠다고 마음먹으면 해치우기는 한다고요. 우리는 하려고 나서면 모든 게 정치 때문에 수렁에 빠져버려요. 이제 우리는 아무것도 못하는 신세가 됐어요."

"그래, 너 같은 젊은이들이 이런 소리나 하고 있으니 당연하지." 해리가 아들에게 말한다. "네가 아프가니스탄에 가서 싸우게 된다면 어떻겠니?"

아이가 쿡쿡 웃는다. "아빠, 저는 유부남이에요. 게다가 징병될 나이도 한참 지났고요."

이래도 되는 걸까? 해리는 자신이 싸움에 나설 수 없을 만큼 늙었다는 생각은 들지 않는다. 2월이면 마흔일곱 살이 되는데도. 그는 자신이 군대에 있을 때 군이 자신을 한국전쟁에 파병해주지 않은 것이 항상 유감이었다. 그 당시에는 텍사스에서 쭈그리고 앉아 있는 것도 충분히 행복하긴 했지만. 거기 사람들이 세상을 바라보는 시각은 묘하게 솔직했다. 돈, 술, 계집만 있으면 다라는 것이다. 군더더기 하나 없이 요점만 쏙 뽑아냈다. 밈이 잘하는 말이 뭐더라? 하느님은 서부로 가지 못하고, 가는 도중에 죽었다. 해리는 넬슨에게 말한다. "그럼 다음에 전쟁이 일어나더라도 거기서 빠지려고 결혼했다는 거냐?"

"다음 전쟁은 없을 거예요. 카터가 아주 시끄럽게 굴기는 하겠지만, 결국 러시아를 내버려둘걸요. 이란이 인질을 데리고 있어도 내버려두는 것처럼요. 사실 빌리 포스나트 말로는 우리가 인질을 되찾는 방법은 러시아가 이란을 침공하는 것밖에 없다고 할 정도였어요. 그러면 놈들이 우리한테서 밀을 사려고 인질을 내놓고 우리한테 기름을 팔 거래요."

"빌리 포스나트라…… 그 자식이랑 또 어울리는 거야?"

"휴가 때만요."

"기분 나쁘게 할 생각은 없다만, 넬슨, 그런 녀석을 어떻게 참아주는 거야?"

"녀석은 제 친구예요. 하지만 아빠는 확실히 그 녀석을 참을 수 없을 거예요."

"내가 왜?" 해리가 묻는다. 이제 아들과 대결하는 꼴이 되어버리자 그는 점점 흥분하고 있다.

황금빛 먼지가 쌓인 유리창 옆에서 똑바로 아버지를 향해 몸을 돌리는 아들 녀석의 얼굴이 증오 때문에 오그라드는 것처럼 보인다. 증오와 더불어 지금 자기가 하고 있는 말 때문에 한 대 맞을지도 모른다는 두려움도 있다. "우리가 질을 보호해주었어야 하는 그 집에서 스키터가 질을 불로 태워버리는 동안 아빠가 빌리 엄마랑 그 짓을 하던 그날 밤에 빌리도 그 자리에 있었으니까요."

그날 밤. 십 년 전 일인데도 녀석의 머릿속에서는 아직도 부글거리고 있다. 구더기처럼 살아서 녀석의 성장을 방해하고 있다. "그 일이 아직도 괴로운 거냐?" 래빗이 부드럽게 말한다.

아이는 그의 말을 듣지 않는다. 녀석의 눈은 엄지로 찰흙을 지나치게 세 개 눌렀을 때처럼 움푹 들어간 눈구멍 속에서 길을 잃었다. "아빠가 질을 죽게 했어요."

"내가 아냐, 스키터가 죽인 것도 아니고. 누가 집을 태웠는지는 모르지만, 우리는 아냐. 이웃사람들이었어. 그놈들 생각이었다고. 너도 이제 그만 잊어버려. 네 엄마랑 나는 벌써 잊었어."

"저도 알아요." 밀드레드 크루스트의 전동 타자기 소리가 멀리서 희미하게 덜컥거린다. 밤색 파카를 입은 커플이 주차장을 천천히 돌아다니며 차량 안쪽에 붙여둔 가격표를 확인하고 있고, 넬슨은 자신에게 닿으려고 애쓰는 아버지의 목소리에 놀라 말문이 막힌 사람처럼 빤히 바라보기만 한다.

"과거는 과거야." 해리가 말을 잇는다. "사람은 현재를 살아야 돼. 우리가 무슨 짓을 하든 질은 어차피 그 길로 향하고 있었어. 내가 처음 질을 봤을 때, 뺨에 이미 죽음의 키스 자국이 있었다고."

"그렇게 생각하고 싶겠죠."

"그게 정답이야. 내 나이가 되면 너도 알 거다. 내 나이가 돼서도 그렇게 비참한 기억들을 죄다 짊어지고 있다면, 아침에 일어나지도 못해." 순간적으로 지나간 어떤 것, 아이가 정말로 귀를 기울이고 있다는 순간적인 느낌에 해리는 용기를 얻어 더 낮고 따스한 목소리를 낸다. "일단 아기가 태어나면 너도 눈코 뜰 새 없이 바빠질 거다. 시야도 더 넓어질 거고."

"한 가지 가르쳐드릴까요?" 넬슨이 죽은 사람 같은 목소리로 빠르게 말한다. 비스듬히 들어오는 햇빛에 색깔을 도둑맞은 눈을 들어 그를 바라보면서.

"뭐?" 래빗의 심장이 튀어오른다.

"프루가 계단에서 떨어졌을 때요. 제가 민 건지 아닌지 잘 모르겠어요. 기억이 안 나요."

해리는 웃음을 터뜨린다. 겁이 난다. "네가 밀었을 리가 없지. 네가 왜 프루를 밀어?"

"나도 아빠처럼 미쳤으니까요."

"우린 미치지 않았어, 우리 둘 다. 그저 갑갑해서 화가 날 뿐이지, 가끔."

"정말로요?" 아이는 이 말을 감사히 받아들이는 것 같다.

"당연하지. 어쨌든, 다들 무사하니까 됐다. 손자 녀석은 언제 나온다니? 손자인지 손녀인지 모르겠지만." 이 녀석에게서 공포가 너무 진하게 느껴져서 해리는 더이상 이야기하고 싶지 않다. 조금 전 눈이 순간적으로 투명해지면서 갈색이 모두 걷혀버리던 모습이라니.

넬슨이 시선을 내린다. 다시 무뚝뚝한 표정이다. "삼 주 뒤쯤 될 거래요."

"잘됐구나. 우리가 돌아온 뒤에도 한참 시간이 있을 테니까. 얘, 넬슨. 내가 지금까지 살아오면서 모든 걸 잘해낸 건 아니겠지. 그건 나도 알아. 하지만 가장 큰 죄는 저지르지 않았어. 그냥 쓰러져서 죽어버리지는 않았다고."

"그게 가장 큰 죄라고 누가 그래요?"

"다들 그러지. 교회도, 정부도. 자연에 반하는 거라고, 포기하는 건. 그러니까 계속 움직여야 돼. 넌 그게 문제야. 움직이지 않고 있잖아. 여기서 할아버지의 고물 자동차를 파는 건 네가 할 일이 아냐. 넓은 세상에 나가서 뭔가를 배워야 돼." 해리는 웨스트브루어 너머의 서쪽을 가리킨다. "행글라이딩이든 컴퓨터 조작법이든, 뭐든."

해리가 말을 너무 많이 하는 바람에, 순간적으로 틈새가 벌어졌던 넬슨의 저항이 다시 단단해졌다. 넬슨이 그를 비난한다. "제가 여기 있는 게 싫은 거겠죠."

"난 네가 행복해질 수 있는 곳에 있기를 원하는 거야. 여긴 그런 곳이 아냐. 굳이 말할 생각은 없었다만, 내가 밀드레드랑 계산을 좀 해봤는데 결과가 썩 좋지 않아. 네가 이리로 나오고 찰리가 그만둔 뒤로 지난해 같은 기간에 비해 총 매출이 11퍼센트쯤 떨어졌어. 11월과 12월 말이다."

아이의 눈에 눈물이 고인다. "저도 노력하고 있어요, 아빠. 손님들이 들어오면 친절하면서도 조금 적극적인 태도를 취하려고 애쓰고 있다고요."

"나도 알아, 넬슨. 나도 알아."

"제가 밖으로 나가서 추위 속에 서 있는 사람들을 끌고 올 수는 없는 거잖아요."

"그래, 맞다. 방금 내가 한 말은 잊어버려. 찰리는 인맥이 있었어. 나는 군대에 가 있던 이 년을 빼고는 여기서 평생을 살았는데도 그런 인맥이 없지만."

"저는 제 또래 녀석들은 많이 알아요." 넬슨이 반박한다.

"그래." 해리가 말한다. "너한테 중고 컨버터블을 엄청난 가격으로 팔아넘기는 녀석들과 아는 사이지. 하지만 찰리는 실제로 여기에 나와서 차를 사주는 사람들과 아는 사이야. 찰리도 당연히 그러려니 하고 있기 때문에 그 사람들이 차를 사러 와도 놀라지 않고, 그 사람들도 놀라지 않지. 어쩌면 그리스인이라서 그런지도 모르겠다. 사람들이 뭐라고 하든, 너랑 나는 그리스인이 아니니까."

이 농담도 소용이 없다. 아이는 상처를 입었다. 해리가 원했던 것보다 더 깊은 상처를. "저 때문에 그렇게 된 건 아닐 거예요." 넬슨이 말한다. "경제가 문제라고요."

111번 도로에 점점 차가 늘어나고 있다. 사람들이 어스름 속에서 집으로 향하는 중이다. 해리도 가려면 갈 수 있다. 넬슨이 여덟시까지 대리점에 남아 있으니까. 코로나에 올라타고 스피커가 네 개나 되는 라디오를 틀어 은값이 얼마나 되는지 들어볼 수 있다. 여어, 은화. 해리는 스스로 듣기에도 현명한 것 같은 목소리로 말한다. 웹 머킷의 목소리와 거의 흡사하다. "그래, 뭐, 경제가 좀 어렵기는 하지. 이 석유 문제가 우리보다 일본인들한테 더 타격인데, 그게 우리한테는 이득이 돼야 하거든. 엔화가 내려갔으니까, 달러로 따지면 차 값이 작년보다 낮아. 그러니 판매에도 그게 반영돼야 하는데." 사진에서 본 신디의 표정. 해리는 그것을 머리에서 떨쳐버릴 수 없다. 불안과 놀라움과 기쁨이 섞인 표정. 마치 풍선을 타고 둥둥 떠오르며 방금 땅에서 자유로이 발이 떨어진 것을 느낀 사람 같다. "숫자는……" 해리는 엄격한 목소리로 넬슨을 향해 결론을 내린다. "숫자는 거짓말을 안 해, 용서도 안하고."

새해 첫날은 해리와 재니스가 장모에게 소식을 알리기로 한 날이었다. 두 사람이 거의 일주일 동안 자기들끼리만 알고 있던 소식. 늙은 장모가 어떤 반응을 보일지 두려워서 날짜를 미룬 것이기도 하고, 결혼식 이후로 분위기를 살피며 뜻있는 날에 소식을 터뜨림으로써 가족이라는 신성한 유대를 존중한다는 뜻을 보여주고 싶기도 했다. 새해 첫날은 새로운 십 년이 시작되는 첫날이었으니까. 하지만 그날이 왔는데도 두 사람은 새벽 세시까지 버디 잉글핑거의 집에 있다 오는 바람에 완전히 기운이 빠져서 숙취에 시달리고 있다. 그렇지 않아도 늦은 시각에 잉글핑거의 집을 떠나려던 두 사람의 발목을 더욱 붙잡은 것은 진입로에서 자동차들 때문에 벌어진 엄청난 소란이었다. 메릴랜드에서 셀마 해리슨을 만나러 온 사촌의 차에 시동이 걸리지 않았던 것이다. 술에 취한 사람들이 엄청나게 소리를 질러대고 헤드라이트 불빛 속에서 돕겠다고 이리저리 쓰러져가며 케이블을 찾아와 로니의 볼

보를 움직여서 사촌의 노바와 코를 맞대게 세웠다. 로니가 양극과 양극을 이어서 배터리를 날려버리는 실수를 하지 않게 다들 저마다 손전등 불빛을 쬘러댔다. 해리는 이런 상황에서 실제로 케이블이 녹아버리는 걸 본 적이 있다. 해리가 잘 모르는 어떤 여자가 있었는데, 손전등 머리를 넣어도 될 만큼 입이 커서 뺨이 전등갓처럼 빛났다. 버디와 버디의 새 여자친구, 그러니까 정신이 하나도 없고 몸은 비쩍 마르고 키는 180센티미터가 넘고 머리카락은 꼬불꼬불하고 파탄난 결혼생활에서 생긴 아이 셋이 있는 여자가 파인애플주스와 럼과 브랜디를 섞어 무슨 펀치 같은 것을 만들었는데, 정오가 된 지금도 파인애플의 맛이 계속 입안에 느껴진다. 해리는 그렇지 않아도 머리가 아픈데, 어젯밤 엄마엄마와 함께 집에 남아 기 롬바도*가 죽은 뒤 자리를 이어받은 기 롬바도의 남동생이 타임스스퀘어에서 연주하는 모습을 생중계로 본 넬슨과 프루가 지금 거실에서 텍사스의 코튼 보울 축제 퍼레이드를 보고 있기 때문에 해리와 재니스는 중요한 이야기를 하기 위해 장모를 부엌으로 데려가야 한다. 새로운 십 년에서는 죽도록 진부하고 케케묵은 느낌이 난다. 대화를 위해 부엌 식탁에 앉으면서 해리는 자기들이 이미 이런 일을 한 적이 있으며, 지금은 재방송을 위해 자리에 앉는 것 같은 기분이 든다.

피로 때문에 눈가가 거뭇거뭇한 재니스가 멍하니 앉아 있는 해리를 보며 말한다. "해리, 당신이 시작해."

"내가?"

---

* 캐나다 출신의 미국 밴드 리더. 1924년에 형제들과 함께 그룹을 결성해서 국제적인 성공을 거뒀다.

"세상에, 도대체 무슨 얘기야?" 장모가 묻는다. 화가 난 척하고 있지만 사실은 뭔가 공식적으로 예의를 차리는 것 같은 분위기를 좋아하고 있다. 해리와 재니스가 자신의 팔꿈치를 잡고 이 안으로 데려온 것 말이다. "재니스가 임신이라도 한 것처럼 굴고 있는데, 저애가 나팔관을 묶어버린 건 나도 알아."

"지진 거예요." 재니스가 부드럽게 말한다. 고통스러운 표정으로.

해리가 입을 연다. "베시, 저희가 집을 보러 다닌 거 아시죠?"

마치 누가 고무줄로 잡아당기기라도 한 것처럼, 노부인의 얼굴에서 장난기가 싹 사라진다. 꾹 다문 입술 끝의 피부에 건조한 주름이 자글자글한 것이 갑자기 해리의 눈에 들어온다. 그의 마음속에서 장모는 처음 만났을 때 그대로, 살갗이 탱탱한 모습으로 남아 있다. 하지만 그가 모르는 사이에 베시의 살가죽이 헐거워져서 지하실 창문에 발라둔 퍼티*처럼 금이 가버렸고, 한 번 구겼다가 다시 편 종이처럼 복잡한 무늬가 생겼다. 해리의 입에서 파인애플 맛이 난다. 토기吐氣가 작고 검은 점처럼 나타나 점점 자라난다. 장모가 엄숙한 표정으로 다음 이야기를 기다리고 있는, 그 바싹 마른 침묵의 공간을 향해 그 점이 빠르게 다가가고 있는 것 같다.

"그래서······" 해리는 계속 말을 이어야 한다. 침을 꿀꺽 삼키면서. "마음에 드는 집을 찾은 것 같아요. 펜파크에 있는, 작은 석조 이층집이에요. 부동산 중개인은 원래 정원사가 살던 집이 아닌가 싶대요. 원래 주인이 재산을 팔아치우면서 그 집도 같이 팔았는데, 나중에 집을

---

* 창유리 등의 접합제.

증축해서 부엌을 더 넓혔다고 해요. 프랭클린 드라이브 옆의 큰 집들 뒤에 있어서 아주 아늑해요."

"여기서 겨우 이십 분 거리예요, 어머니."

해리는 차가운 부엌 불빛 속에서 노부인의 피부를 계속 살피는 걸 멈추지 못한다. 피부 밑에 검게 살아 있는 혈관들 때문에 가무잡잡하게 상기된 듯한 느낌은 재니스도 이어받았다. 그런데 그 위에 섬세한 회색 선들이 먼지처럼 겹쳐져 있다. 해리와 가까운 쪽의 뺨, 불빛에 훤히 드러난 그 뺨에 새겨진 주름들이 저멀리 진흙 절벽에 줄줄이 긁어서 새겨둔, 해독할 수 없는 글자들 같다. 해리는 자신이 탑처럼 높아져서 현기증이 나는 기분이다. 자신이 내놓는 한심하고 부끄러운 말들이 모두 아주 먼 곳까지 가닿는 것 같다. 장모가 꼼짝도 않고 앉아서 자신에게 파멸을 선고하는 목소리에 귀를 기울이는 가운데 그 공간이 무서울 정도로 늘어난다. "사실상 옆집이나 마찬가지예요." 해리가 장모에게 말한다. "게다가 이층에 침실이 세 개나 돼요. 말하자면 원래 거기 살던 녀석들이 무슨 클럽하우스처럼 쓰던 작은 방이랑 침실 두 개인데, 물론 필요하다면 언제든 필요한 만큼 장모님이 거기 머무르셔도 돼요." 해리는 뭔가 실수를 저지르고 있는 것 같은 기분이다. 장모랑 다시 같이 살아도 된다는 말을 이미 해버렸다. 옆방에서 장모의 텔레비전 소리가 또 웅웅거리며 들려올 것이다.

재니스가 끼어든다. "어머니, 해리랑 저도 나이가 있으니 그렇게 하는 편이 훨씬 나아요."

"제가 재니스를 설득한 거예요, 베시. 원래 제가 먼저 이야기를 꺼냈어요. 저희가 다시 합쳤을 때 장모님과 장인어른이 저희를 받아주신

건 정말 고마운 일이지만, 여기서 영원히 살 거라고 생각한 적은 없어요. 그냥 저희가 다시 일어설 때까지 임시방편이라고 생각했죠."

그때 그가 이 집에 들어와 사는 것이 마음에 들었던 이유는 재니스 곁을 떠나기가 더 쉬워졌다는 점이었음을 해리는 이제 깨닫는다. 재니스가 부모와 함께 살게 내버려두고 자신은 가로등 불빛을 받으며 그냥 사라지면 되는 일이었다. 하지만 그는 재니스의 곁을 떠나지 않았고 지금은 그럴 수 없다. 재니스는 그의 재산이다.

재니스는 어머니의 침묵을 누그러뜨리려 애쓰고 있다. "이건 투자이기도 해요, 어머니. 우리가 아는 부부들은 전부 자기 집을 갖고 있어요. 심지어 우리가 어젯밤에 갔던 집의 주인은 독신 남자예요. 해리보다 돈을 못 버는 남자들도 많아요. 돈이 있다면 묻어둘 곳은 부동산뿐이에요. 인플레이션이니 뭐니 하는 것들 때문에요."

마침내 장모가 입을 연다. 자기도 모르게 언성이 자꾸 높아진다. "내가 죽으면 이 집이 너희 것이 돼. 그때까지 기다리기만 하면 된다고. 조금만 더 기다리면 되는데 그걸 못하겠다는 거냐?"

"어머니, 그건 너무 잔인한 말씀이에요. 어머니 집을 차지하려고 기다리는 건 싫어요. 해리랑 나는 지금 우리집을 원한다고요." 재니스가 담배에 불을 붙이려 한다. 하지만 성냥이 자꾸 흔들려서 팔꿈치를 식탁에 괸다.

해리가 장모를 위로한다. "베시, 장모님은 영원히 사실 거예요." 하지만 장모의 피부가 어떻게 변했는지 이미 보았기 때문에, 자기 말이 사실이 아님을 알고 있다.

갑자기 눈이 휘둥그레진 장모가 묻는다. "그럼 이 집은 어떻게 되는 거야?"

래빗은 하마터면 웃음을 터뜨릴 뻔한다. 늙은 장모의 표정이 너무나 아이 같다. 목소리와 어우러지니 더 그렇다. "걱정하실 필요 없어요." 래빗이 말한다. "이런 집들은 아주 튼튼하게 지어졌어요. 요즘 사람들이 아무렇게나 세워대는 오두막이랑은 달라요."

"프레드는 항상 재니스한테 이 집을 주고 싶어했어." 장모가 선언하듯 말한다. 다시 정상으로 돌아온 눈으로 해리와 재니스의 머리 사이를 빤히 바라보고 있다. "집이라도 한 채 있으면 마음이 놓이니까."

재니스가 웃음을 터뜨린다. "어머니, 난 지금도 아무 문제 없어요. 우리가 금이랑 은에 투자했다고 말했잖아요."

"그렇게 돈으로 장난을 치다간 잃어버리기 쉽지." 장모가 말한다. "이 집이 브루어의 유대인한테 경매로 넘어가는 건 보기 싫다. 놈들이 자꾸 이쪽으로 들어오고 있어. 흑인들이랑 푸에르토리코인들이 브루어 북쪽으로 야금야금 들어오고 있으니까."

"그게 무슨 상관이에요?" 해리가 말한다. "조금 전에도 말씀드렸지만, 장모님은 아직도 앞날이 창창해요. 죽는 거야 때가 되면 죽는 거고요. 신경쓰지 마세요. 그냥 다른 사람들한테 맡기시면 돼요. 성경에도 그렇게 써 있잖아요, 페이지마다. 신경쓰지 말고 놓아버리라고요. 주님만큼 잘 아는 분이 어디 있겠어요?"

재니스가 움찔거리는 것을 보니 해리가 너무 말이 많다고 생각하는 것 같다. "어머니, 우리가 이 집으로 돌아올 수도……"

"할망구가 죽은 다음에? 너나 해리나 내가 그렇게 짐덩이 같았다는 말을 왜 안 했니? 나는 최대한 내 방에만 있으려고 애썼다. 아무도 식사를 준비하지 않는 것 같을 때만 부엌에 들어갔고……"

"어머니, 그만하세요. 어머니가 얼마나 사랑스러운데요. 우리 둘 다 어머니를 사랑해요."

"그레이스 스틸이 날 받아줬을 텐데. 같이 살자고 몇 번이나 말했으니까. 그 여자 집은 이 집의 절반밖에 안 되고 현관 앞에 계단이 많지만 말이다." 장모가 코를 훌쩍거린다. 그 소리가 워낙 커서 마치 도와달라고 외치는 소리 같다.

넬슨이 거실에서 소리친다. "엄마엄마, 점심은 언제 먹어요?"

재니스가 다급하게 말한다. "보세요, 어머니. 넬슨을 까맣게 잊어버렸죠? 넬슨이 여기 있을 거예요. 제 식구들이랑 같이."

장모가 또 코를 훌쩍거리지만, 조금 전보다 덜 비극적이다. 장모가 입술을 뽀로통하게 내밀고, 빨개진 눈으로 차분히 응시하면서 대답한다. "녀석이 여기서 살 수도 있고, 아닐 수도 있지. 젊은 애들은 믿을 수가 없어."

해리가 장모에게 말한다. "그건 맞는 말씀이에요. 젊은 애들은 노력도 안 하고, 배우려고도 안 해요. 그냥 엉덩이를 깔고 앉아서 약에 취하기나 하죠."

넬슨이 신문을 들고 부엌으로 들어온다. 오늘자 〈브루어 스탠더드〉다. 웬일로 명랑한 얼굴이다. 밤에 잠을 잘 잔 덕분이다. 넬슨은 70년대의 사소한 일들에 관한 퀴즈가 있는 부분이 겉으로 나오게 신문을 접어 들고 부엌에 있는 사람들 모두에게 묻는다. "이 사람들 중에 아는 사람이 몇 명이나 돼요? 러네이 리처즈, 스티븐 위드, 메건 마색, 마조 고트너, 그레타 라이드아웃, 스파이더 새비치, D. B. 쿠퍼. 저는 일곱

명 중에서 여섯 명을 아는데, 프루는 고작 네 명이에요."

"러네이 리처즈는 패티 허스트의 남자친구였어." 래빗이 입을 연다.

넬슨이 할머니의 표정을 보고 묻는다. "무슨 일이에요?"

재니스가 말한다. "나중에 설명해줄게."

해리가 넬슨에게 말한다. "네 엄마랑 내가 이사갈 집을 찾았어."

넬슨은 제 부모를 번갈아 바라본다. 아가미가 하얗게 되듯 얼굴이 하얗게 질리는 걸 보니 비명이라도 지를 것 같다. 하지만 넬슨은 비명 대신 조용히 말한다. "정말 비겁하네요. 젠장맞게 비겁하기 짝이 없는 한 쌍이에요. 웃기지 말아요. 엄마, 아빠. 웃기지 마."

그러고 나서 넬슨은 드럼과 트롬본의 웅웅거리는 소리와 알아들을 수 없는 말소리가 뒤섞여 들려오는 거실로 돌아간다. 넬슨이 프루와 이야기를 나누고 있다. 젊은이들의 결혼생활답게 터널처럼 좁은 자기들만의 공간 속에서. 녀석은 겁에 질렸다. 버림받은 기분을 느꼈다. 녀석이 감당하기에는 일이 너무 커지고 있다. 래빗은 그 심정을 안다. 비록 아들과의 사이가 어긋나버렸지만, 자신과 넬슨의 심정이 짧은 강철 막대의 양끝인 것 같다는 느낌이 들 때가 있다. 녀석의 심정을 그만큼 정확히 알고 있다. 그래도 혼자 있는 것이 겁난다는 이유만으로 그냥 가만히 앉아서, 밈의 말처럼 세상 사람들의 봉이 될 수는 없다.

재니스와 장모는 둘 다 눈물로 얼굴이 엉망이 된 채 손을 잡고 있다. 재니스가 울 때는 얼굴이 형태를 잃어버리고, 그녀의 내면처럼 못생긴 어린애로 변해버린다. 장모가 마치 혼자 신음하듯이 말하고 있다. "너희가 집을 보러 다니는 건 알았지만 이 집을 공짜로 쓰고 있으니까 정말로 집을 살 줄은 몰랐어. 우리가 어떻게 하면 너희가 마음을 바꾸겠니? 아니면 하다못해 내가 우선 상황에 적응하게 해주면 안 되겠니? 난 너무 늙었다. 그래서 그래. 뭔가 책임을 지기에는 너무 늙었어. 넬슨 녀석도 나름대로는 좋은 뜻으로 그러는 거지만, 지금은 제에정신이 아냐. 그리고 그 녀석 처는, 나도 모르겠다. 걔는 모든 걸 다 해내고 싶어하지만, 내가 보기에는 못할 것 같아. 솔직히 난 아기가 태어나는 게 무섭다. 네가 넬슨을 낳았을 때 어땠는지 기억해보려고 계속 애쓰는 중인데, 도저히 기억이 안 나. 젖이 제대로 안 나왔던 건 기억난다. 그리고 의사가 너한테 하도 무례하게 굴어서 프레드가 한마디해줬지."

재니스는 계속 고개를 끄덕인다. 눈물 때문에 코 한쪽이 번들거리고, 재니스가 한 번 흐느낄 때마다 목의 힘줄이 불쑥 솟는다. "어쩌면 조금 미룰 수 있을지도 몰라요. 계약을 하자고 말하기는 했지만, 어머니 기분이 그렇다면 적어도 아기가 태어날 때까지는 미룰 수 있을지도 몰라요."

두 사람이 함께 몸을 흔드는 리듬이 있다. 탁자 위에서 손을 꼭 잡고 머리를 맞댄 채로. "네 행복을 위해서 꼭 필요한 일을 해." 장모가 말하고 있다. "남은 사람들이야 어떻게든 살아가겠지. 그래 봤자 내가 죽기밖에 더 하겠니. 어쩌면 그게 축복인지도 모르고."

장모는 재니스를 엉망으로 만들고 있다. 엉엉 울다못해 얼굴이 녹아내리고 있고, 눈 밑의 불룩한 포켓은 죄책감에 잔뜩 성이 나 있는 채로 재니스는 자기 어머니에게 완전히 몸을 기대고 있다. 집 문제에 관해 어머니에게 굴복하면서 용서를 간청하고 있다. "어머니 우리는, 확실히 해리는, 어머니가 덜 외로워하실 줄 알았어요. 애들이……"

"넬슨 같은 걱정거리랑 같이 살게 되었으니까?"

만만찮은 노인네 같으니. 재니스가 몽땅 내놓기 전에 해리가 끼어들어야 할 것 같다. 그의 목구멍에 힘이 들어간다. "저기요, 베시. 장모님이 넬슨을 원하셨으니까, 이제 녀석은 장모님 거예요."

자유다! 포장된 길이 바퀴 밑에서 사라져간다. 리벳이 박혀 있는 커다란 날개 한쪽의 둥근 가장자리 아래로 보이는 활주로에서 떠오르는 순간 황갈색의 오래된 요새가 언뜻 보인다. 사우스필라델피아의 가스탱크들이 하얀 체커 말들처럼 작아진다. 바퀴가 쿵 소리를 내며 안으로 들어가고, 창문 옆에서 꼼짝도 하지 않는 알루미늄 날개 위에서 잔인한 빛의 입자들이 반짝인다. 비행기의 빠른 상승속도 때문에 피가 무거워진다. 해리가 잡고 있는 재니스의 손에 땀이 배어난다. 재니스는 해리에게 창가 자리에 앉으라고 했다. 그러면 밖을 내다보지 않아도 될 테니까. 저 아래에는 습지가 있다. 시든 갈색에 바닷물의 푸른색이 섞여 있다. 해리는 델라웨어 너머의 공장 건물들에 경탄한다. 주차장만큼이나 광활하고 평평한 옥상에는 자갈이 깔려 있고, 반짝이는 자동차 지붕들이 무늬처럼 늘어선 주차장은 타일 대신 보석을 바닥에 깐 욕실 같다. 폐차장도 그에 못지않게 눈부시다. **금연** 표시에서 불이 꺼진다. 앵스트롬 부부 뒤에서 머킷 부부와 해리슨 부부가 가볍게 이야기를 나누기 시작하는 소리가 들린다. 다들 공항 술집에서 술을 한 잔씩 한 참이다. 아직 오전 열한시였는데도. 해리는 전에도 비행기를 타본 적이 있지만, 군대에 있을 때 텍사스에 간 것과 클리블랜드와 올버니에서 열린 자동차 딜러 회의에 참석한 것이 전부다. 이렇게 휴가로 동쪽의 태양을 향해 날아본 적은 한 번도 없다.

747 비행기가 얼마나 빠르게, 얼마나 조용하게, 저 아래의 땅이 장난감이라도 되는 것처럼 먹어치우는지! 이글거리는 태양이 비행기와 함께 호수와 강을 번쩍번쩍 건넌다. 지금까지는 겨울 날씨가 기분 나쁠 정도로 온화했다. 아야톨라를 괴롭히려고. 골프장의 그린이 하얀 콩 모양의 모래 구덩이들 사이에서 살아 있는 원반이나 타원 모양으로 모습을 드러내고, 페어웨이에서는 점들이 움직이는 것이 보인다. 골프를 치는 남자들이다. 사각형 테니스코트는 이 높이에서 보면 도미노 같고, 드라이브인 영화관은 부채 모양이고, 다이아몬드 모양의 야구장은 너덜너덜해진 돈의 일종처럼 보인다. 차들이 아주 천천히, 기묘할 정도로 완벽하게 움직인다. 마치 길에 트랙이 깔려 있는 것 같다. 캠던 일대에는 주택들이 여기저기 흩어져 있고, 이내 밭인지 누군가의 정원인지 알 수 없는 땅이 나타난다. 정원에는 가시처럼 보이는 저택이 있고, 마치 눈ᆸ 같은 수영장은 안개에 싸인 것 같은 색깔의 숲속에 아늑하게 자리잡고 있다. 그러다 일 분도 안 돼서 계속 상승하는 비행기 덕분에 해리는 짙은색 카펫처럼 펼쳐진 저지 파인즈를 내려다본다. 노란색 도로와 숲을 깎아낸 곳이 흠집처럼 여기저기 보이지만, 아직은 상하지 않은 곳이 대부분이다. 이파리가 없어서 더 연한 색을 띤 나무들이 핏줄처럼 능선을 따라가고, 더 짙은 색 상록수 사이로는 물이 흐른다. 지상에서 벌어지고 있는 색채들의 경쟁이 이토록 높이 올라와 있는 눈에 선명하게 보인다. 재니스가 해리의 손을 놓고, 이제 두려움을 가라앉혔다는 신호를 보낸다.

"뭐가 보여?" 재니스가 묻는다.

"바닷가."

사실이다. 엔진들이 소리 없이 성큼 한 발을 더 내디디며 그들을 나무들의 바다 가장자리로 데려다놓았다. 지금 저 아래에는 반짝이는 띠 같은 물 때문에 육지와 분리된 좁은 모래밭이 있다. 일렬로 늘어선 여름 도시들이 위험하게 가득차 있는 곳이다. 바다가 그 크고 반짝이는 어깨를 한번 으쓱하기만 하면 인간의 흔적을 쉽사리 덮쳐서 모두 지워버릴 수 있음을 지금의 해리처럼 볼 수 없었던 건축가들이 새겨놓은 것이다. 바다가 하얀 모래와 충돌하는 지점으로 프릴 같은 파도가 서서히 밀려온다. 레이스처럼 하늘거리는 뱀을 핀으로 고정시켜둔 것 같다. 이제 비행기는 대서양으로 향한다. 고도가 워낙 높아서 저 아래의 푸르스름한 땅에서 흰눈을 뒤집어쓴 산들도 보이지 않고 광대하던 것이 무無로 변한다. 밖에서는 열심히 단조로운 소리를 내고 안에서는 사람들이 웅성거리고 있는 이 비행기가 모든 세상이 된다.

번쩍번쩍 광을 낸 스튜어디스가 그들에게 점심을 가져다준다. 음식이 금색 플라스틱 쟁반 위에 봉인돼 있다. 스튜어디스의 화장이 아주 짙은데도 해리는 그녀가 미소를 지으며 허리를 굽히고 어떤 음료수를 드시겠느냐고 물어볼 때 그 화장 밑에서 열광적인 밤을 보낸 흔적의 그림자를 언뜻 본 것 같다. 승무원들이 중간 기착지에서 항상 썹을 한다고 〈클럽〉인지 〈위〉인지에서 읽은 적이 있다. 도시마다 애인이 있어서 다 합하면 스무 명이나 서른 명쯤 되는 이 여자들은 우리 시대의 멋지고 호색적인 뱃사람이라는 것이다. 공항에서부터 그는 다른 사람들한테 경탄하고 있다. 카펫이 깔린 통로에는 괴물들이 우글거리는 것 같았다. 몸이 어마어마하게 크고 정신이 하나도 없는 옷을 입은 사람들, 죽은 사람처럼 새하얀 얼굴에 거대한 안경을 쓰고 머리를 완전히 곱슬곱슬하게 볶아서 36리터들이 바구니를 가득 채울 만큼 부풀린 여자들, 허리가 엉덩이에 걸쳐진 벨벳 양복에 긴 모피코트를 입고 으쓱거리며 걸어다니는 흑인 남자들, 터번을 쓰고 솜털 조끼를 입은 키가 크고 창백한 소년, 격자무늬 베레모를 쓴 난쟁이, 어찌나 뚱뚱한지 대기실의 플라스틱 의자에 앉을 수가 없어서 다리가 세 개인 알루미늄 지팡이에 몸을 기대고 서 있어야 했던 여자. 브루어 바깥의 삶은 정신이 하나도 없었다. 다들 의상을 입은 광대였다. 래빗과 그의 일행 다섯 명도 의상을 입고 있었다. 겨울 외투 안에 얄팍한 여름옷을 입고 있었으니까. 신디 머킷은 벌거벗은 발목에 하이힐을 신었고, 셀마 해리슨은 모직 양말에 테니스 운동화를 신고 타박타박 걸어다녔다. 다들 자기들끼리 계속 웃어댔다. 다이아몬드 카운티 출신임을 무심코 드러내는 표정으로. 해리도 조금 들뜨는 건 상관하지 않지만, 그 때문에 주위의 색깔들을 그냥 지나치고 싶지는 않다. 브루어 바깥에는 판에 박히지 않은 세상이 있음을 알려주는 것들. 이 모험의 순간에 그는 자기 몸이 더 빨리 움직이지 않는 것에 짜증이 난다. 창문 다섯 개로는 부족하다. 이 세상을 전부 볼 수 없다. 기쁨에 심장이 두근거린다. 해리가 중년이 되자 자동차 좌석 밑으로 사라져버린 건포도만하게 졸아들었던 하느님이 갑자기 다시 위대해져서 빛을 뿜어내는 바람처럼 사방에 있다. 자유다. 죽은 자와 산 자가 모두 저 아래로 8킬로미터나 떨어진 곳의 안개 속에 떨어져 있다. 거울에 입김을 불었을 때처럼 안개가 지상의 풍경을 지워버렸다.

해리는 살짝 색을 입힌 부드러운 소재를 이중으로 끼워둔 자그마한 비행기 창문에서 몸을 돌린다. 창문에는 빗발치듯 쏟아지는 운석에 긁힌 것처럼 몇 번이고 수평으로 긁힌 자국들이 나 있다. 재니스는 기내에 비치된 잡지를 뒤적이고 있다. 해리가 재니스에게 묻는다. "다들 어떻게 할 것 같아?"

"어떻게 하다니, 누가?"

"당신 어머니랑 넬슨이랑 프루지 누구겠어?"

재니스가 광택이 나는 종이를 한 장 휙 넘긴다. 입을 다문 모습이 영락없이 자기 어머니다. 그 입술이 방금 쓸쓸한 진실을 말하고는 절대 그 말을 취소하지 않겠다고 다짐하고 있는 것 같다. "우리가 있을 때보다는 나을 거라고 기대하고 있어."

"집에 대해서 무슨 말 못 들었어?"

해리와 재니스는 이틀 전 화요일에 계약서를 썼다. 그 전날인 월요일, 7일에는 '재정적 대안'에 은화를 다시 팔았다. 아프가니스탄 사태가 벌어진 뒤 오일달러를 잔뜩 가지고 있던 사람들이 당황해서 은을 마구 사들이는 바람에 은값이 엄청나게 올라서, 그날은 36.7달러였다. 따라서 판매세를 포함해서 16.5달러에 산 은화 한 개의 가격은, 그 백금발 여직원의 계산에 따르면, 23.37달러였다. 하지만 재니스도 지난 세월 동안 아버지의 대리점에서 띄엄띄엄 일한 경험이 있기 때문에 계산기를 자기 쪽으로 잡아당겨 자판을 몇 번 누른 뒤 은 1트로이온스의 가격이 36.7달러라면, 그 75퍼센트인 은화의 내재가치는 27.52달러라고 정중하게 지적했다. 그러자 여직원은, '재정적 대안'이 은화를 내재가치 밑으로 파니까 되살 때도 마찬가지일 거라고 봐야 한다고 지적했다. 여직원은 예전만큼 말쑥한 모습이 아니었다. 입술 한쪽 끝의 아주 자그마한 흠집이 엄청나게 커져서 작은 원형 반창고로 감춰야 할 지경이었기 때문이다. 여직원은 얄팍한 베니션블라인드보다 더 확실한 것으로 몸을 숨긴, 자기보다 더 무게가 있는 누군가에게 전화를 걸어 통화한 뒤 24달러를 쳐주겠다고 한발 물러섰다. 거기에 888을 곱하면, 2만 1312달러가 되었다. 한 달도 안 되어서 6660달러를 번 것이다. 해리가 그 멋진 은화 여덟 개를 기념으로 갖고 있겠다고 했기 때문에, 총액은 2만 1120달러가 되었다. 어차피 이편이 더 마법의 숫자 같았다. 브루어 트러스트의 안전금고와 스프링어 모터스의 금고에서 두 사람은 그 거추장스러운 재산을 꺼내왔다. 이번에는 와이저 스트리트에 코로나를 이중 주차해서 짐을 옮겨야 하는 거리를 최소한으로 줄였다. 다음날, 은값이 온스당 31.75달러로 떨어지고 있을 때, 두 사람은 역시 브루어 트러스트에서 6만 2400달러를 이십 년 동안 13.5퍼센트로 빌리는 담보대출 서류에 서명했다. 현재의 우대금리보다 1.5퍼센트 낮은 이율이고, 단발성인 수수료는 624달러, 그리고 삼 년 뒤 재협상이 가능하다는 조건이 붙었다. 예전에 정원사의 오두막이었던 펜파크의 그 작은 석조 주택은 7만 8천 달러였다. 재니스는 계약금으로 2만 5천 달러를 걸고 싶어했지만, 해리는 인플레이션이 심할 때는 빚을 지는 것이 차라리 낫고, 담보대출 이자는 세금공제가 되고, 육 개월짜리 시장금리 연동형 정기예금에 최소 금액인 1만 달러를 넣어두면 이율이 거의 12퍼센트나 된다고 지적했다. 그래서 두 사람은 최저 계약금인 주택 가격의 20퍼센트, 즉 1만 5600달러를 내기로 했고, 은행측은 앵스트롬 씨와 그 가족들의 훌륭한 신용도를 감안해서 기꺼이 허락해주었다. 웬만한 기념물에 버금가는 기둥들 사이를 지나 겨울 햇빛 속으로 나와서 눈을 깜박거리며 재니스와 해리는 집의 소유주가 되었다. 게다가 이틀 뒤에는 비행기를 타고 여름을 향해 날아가기로 되어 있었다. 몇 년 동안 아무 일도 없다가 갑자기 온갖 일들이 벌어지고 있다. 물이 끓어오르고, 선인장에 꽃이 피고, 암이 스스로 모습을 드러낸다.

재니스가 대답한다. "어머니는 체념한 것 같아. 나한테 아주 긴 이야기를 들려줬는데, 동네에서 스프링어 집안보다 더 높은 평가를 받고 있던 외조부모가 아버지한테 회계사 공부를 하는 동안 어머니랑 같이 들어와서 살라고 한 적이 있대. 그때 아버지는 아내에게 지붕 있는 집을 마련해주지 못할 정도라면 아예 아내를 맞이하지 말아야 하는 법이라고 말했대."

"장모님이 그 이야기를 넬슨한테 해줘야 하는데."

"요즘 같아서는 넬슨을 너무 몰아붙이고 싶지 않아. 애한테 뭔가 고민이 있는 것 같아."

"내가 애를 몰아붙이는 게 아냐. 녀석이 나를 몰아붙이는 거지. 녀석이 날 그 집에서 쫓아낸 거잖아."

"어쩌면 우리가 나간다니까 애가 겁을 먹은 것 같기도 해. 이제 자기한테도 책임이 생겼다는 걸 더 통감하게 된 거겠지."

"이제야 정신을 차린 건가. 가엾은 프루는 어떻게 생각하는 것 같아?"

재니스는 한숨을 내쉰다. 하지만 그 소리는 사람들을 공중에 띄워놓느라 비행기가 속삭여대는 커다란 소리에 묻혀버린다. 머리 위의 작고 뭉툭한 노즐에서 산소가 쉿쉿 소리를 낸다. 해리는 프루가 넬슨을 미워한다는 말, 넬슨과 결혼한 것을 후회한다는 말, 아버지를 보고 아들이 형편없다는 걸 깨달았다는 말을 듣고 싶다. "걔는 어떻게 판단해야 할지 모르는 것 같아." 재니스가 말한다. "가끔 나랑 얘기를 하는데, 넬슨이 불만스러워한다는 걸 걔도 알아. 그래도 아직 넬슨을 믿고 있어. 사실 테레사는 오하이오의 자기 식구들한테서 도망치고 싶은 마음이 워낙 컸기 때문에 지금 주위 사람들을 까다롭게 고를 수 있는 처지가 아냐."

"지금도 박하 리큐어를 계속 마시던데."

"조금 부주의한 건 사실이야. 하지만 그 나이 때는 다 그렇지. 무슨 일이 벌어져도 다 해나갈 수 있을 것 같잖아. 악마가 자기한테는 손을 못 댈 것 같고."

해리는 위로하듯이 팔꿈치로 재니스의 팔꿈치를 쿡쿡 찌른다. 자신이 기억하고 있음을 알리기 위해서. 이십 년 전 악마는 재니스에게 손을 댔다. 두 사람이 함께 안고 있는 죄책감이 안전벨트처럼 무릎 위에 올라앉아 그들을 단단히 붙들고 있다. 그래서 두 사람이 움직이려고 하면 살이 쓸려서 아프다.

"어이 잉꼬부부." 로니 해리슨의 크고 천박한 목소리가 위에서 쏟아진다. 로니가 의자 등받이에서 술냄새를 풍기며 두 사람을 내려다보고 있다. "우리랑 같이 놀자고. 끌어안고 더듬거리는 건 집에 가서 해." 그뒤로 세 시간 동안 단조로운 비행기 소음 속에서 두 사람은 일행 네 명과 자리를 바꾸기도 하고, 통로에 서 있기도 하고, 747의 넓은 몸속이 웹 머킷의 긴 거실이라도 되는 것처럼 돌아다니기도 하면서 즐겁게 논다. 그들은 술로 자신에게 더 불을 지피고, 이미 함께 지나온 세월을 추억한다. 마치 일단 침묵과 망각이 한번 발을 들여놓으면 이번 모험이라는 거품이 한꺼번에 빵 터져서 여섯 명 모두 부르르 떨고 있는 이 비행기의 살갗을 둘러싸고 떠받치는 허공 속으로 곤두박질치기라도 할 것처럼. 신디는 이 혼란 속에서 상냥하면서도 혼자 외따로 떨어져 있는 것처럼 보인다. 이 일행의 휴가 기분에 휩쓸린 어린 여동생이나 다른 승객 같다. 신디는 등받이를 뒤로 기울인 자신의 창가 자리에 걸 터앉아 바람처럼 획획 지나가는 농담들을 한마디도 놓치지 않으려고 한다. 얌전한 검은색 정장에 조지 워싱턴을 연상시키는 희고 흐늘흐늘 한 넥타이를 맨 신디의 외양 밑에 비밀의 장소들이 있다는 것, 주름과 털과 축축한 막으로 이루어진 곳이 있다는 것, 페서리가 들어갈 수 있 다는 것을 믿기가 힘들다. 그곳에 들어가는 것이 해리에게는 이번 여 행의 목표이며, 확실한 목적지다.

비행기가 뚝 떨어지자 해리의 뱃속이 졸아든다. 기장의 전능한 목소 리가 텍사스 말씨로 승객들에게 좌석으로 돌아가 착륙 준비를 하라고 말한다. 해리가 재니스에게 이제 술을 마셔서 느긋해졌으니 창가 자 리에 앉겠느냐고 묻자 재니스는 착륙할 때까지는 감히 밖을 내다보고 싶지 않다고 말한다. 해리는 긁힌 자국이 가득한 플렉시글라스 창문 을 통해 우윳빛이 감도는 청록색 바다를 본다. 자줏빛이 섞인 초록색 반점들이 밑에서 얼룩을 만들고 있다. 수면 밑의 섬들이다. 돛단배 한 척. 그다음에는 소매처럼 뻗은 하얀 해변의 울퉁불퉁한 팔 같은 바위 투성이 땅이 보인다. 빨간 골함석 지붕을 인 작은 집들이 그를 향해 솟 아오른다. 비행기 바퀴들이 신음하며 아래로 내려와 제자리에 고정된 다. 비행기는 늪지를 스치듯 날고 있다. 해리는 기도를 할까 하지만 생 각들이 흩어진다. 재니스가 그의 손가락뼈들을 한꺼번에 갈아버릴 듯이 쥐고 있기 때문이다. 풍향계가 있는 집, 사람이 타지 않은 불도저, 가지가 하나도 없는 야자수들이 획획 지나간다. 쿵 하는 소리, 비행기가 살짝 방향을 트는 느낌, 커다랗게 쉿쉿거리는 소리, 비행기가 뒤쪽으로 힘을 주면서 포효하는 소리, 더욱 힘을 주느라 비명을 지르는 소리. 그것이 멈추더니 비행기 속도가 느려진다. 이제 그들은 땅 위에 있다. 747기가 활주로를 따라 움직이자 분홍색의 나지막한 공항 터미널이 시야에 나타난다. 승객들은 갑자기 땀을 뻘뻘 흘리면서 겨울외투를 꽉 붙들고 선글라스를 더듬어 찾으며 출구를 향해 움직인다. 활주로로 내려가는 은색 계단 꼭대기에서 열대의 공기가, 아주 따뜻하고 습하고 너그럽고 자그마한 원들로 구성된 그 공기가 원자 가속기에서 튀어나온 것처럼 래빗의 얼굴을 강타한다. 하지만 로니 해리슨이 그의 귀 뒤에서 또렷하게 외치는 소리가 이 순간의 분위기를 망친다. "아이고, 이런. 입으로 해주는 것보다 더 좋은걸." 신세계와의 첫 만남이라는 이 귀한 순간에 얼룩을 잔뜩 묻혀버린 로니의 목소리보다 더 나쁜 것은 여자들의 웃음소리다. 로니가 일부러 여자들이 들으라고 그런 소리를 했기 때문이다. 재니스가 웃는다. 멍청한 얼간이 같으니. 그리고 스튜어디스는 따뜻한 공기 때문에 에나멜 같던 얼굴에 이슬이 맺힌 채 문 옆에 자세를 잡고 서서 안녕히 가세요, 안녕히 가세요 인사를 하며 음란하게 웃는다.

신디의 웃음소리가 소녀처럼 다른 사람들의 웃음소리 위를 깡충깡충 뛰어오더니 곧바로 느릿한 신디의 목소리가 들려온다. "로니." 래빗은 기분이 나쁜 와중에도 흥분을 느낀다. 서랍 속에 숨겨져 있던 폴라로이드 사진들을 떠올리면서.

하루하루 날이 지날수록 신디는 여름에 플라잉이글의 풀장 옆에 있었을 때와 마찬가지로 마호가니 같은 갈색으로 변한다. 에메랄드색 카리브해에서 물을 뚝뚝 떨어뜨리며 올라오는 신디가 입고 있는 것도 역시 그때와 똑같이 검은 끈으로 된 비키니다. 살갗에서 소금이 번들거리는 것만 다를 뿐이다. 셸마 해리슨은 첫날 심하게 살갗을 태워서 그녀 특유의 환자 같은 모습에 약간의 고통이 가미되었다. 셸마는 둘째날 하루종일 방갈로 안에만 틀어박혀 있지만, 로니는 물속을 통통 들락거리며 모래 위에 순전히 지푸라기만으로 지은 바에서 술을 가져오는 것을 감독한다. 나이 많은 흑인 여자들이 해변을 오르락내리락하며 구슬과 조개껍데기와 여름옷들을 팔고 있다. 셋째 날 아침에 셸마는 그 할머니들 중 한 명에게서 챙이 넓은 밀짚모자와 소매가 길고 치마가 발목까지 내려오는 분홍색 옷을 산다. 그렇게 온몸을 감싸고, 얼굴에는 선크림을 바르고, 발에는 수건을 덮은 채 모자반나무의 그늘에 앉아 책을 읽는다. 모자 그림자가 드리운 셸마의 얼굴이 창백하고, 얄팍하고, 심술궂게 보인다. 햇볕 속에 누워 있는 해리를 흘깃 바라보는 셸마의 모습이 그렇다. 그녀 옆에 있으면 몸이 좀처럼 햇볕에 타지 않겠지만, 그는 사람들과 장단을 맞추기로 굳게 마음먹고 있다. 일광화상의 통증 때문에 그는 힘들게 운동을 한 뒤 근육이 아파오던 기억을 떠올리며 향수를 느낀다. 바다에 나갈 때면 남몰래 상어를 두려워하며 개헤엄을 친다.

남자들은 아침마다 리조트 바로 옆의 골프장에서 시간을 보내며 차양이 있는 카트를 타고 가시덤불 정글 사이로 난 말라빠진 페어웨이를 내려간다. 정글에 공이 빠지면 꺼내올 길이 없다. 사실 사라진 공을 찾겠다고 그 안으로 들어가면 깊은 구멍에 빠질 위험이 있다. 이 섬은 산호로 돼 있어서, 동굴들이 구멍처럼 숭숭 뚫려 있다. 밤이면 이런저런 행사가 열린다. 엄격한 주간 스케줄에 따라서. 해리 일행이 도착한 목요일 저녁에는 게 경주가 열렸고, 다음날 밤에는 림보댄스를 구경했다. 그리고 그다음날인 토요일에는 해리 일행이 직접 스틸밴드*의 음악에 맞춰 춤을 추었다. 매일 밤 춤을 출 수 있게 음악이 울려퍼진다. 여기서는 왠지 땅과 더 가까워 보이는 별들 아래의 올림픽 규격 수영장 옆에서. 하늘에 매달려 있는 별들이 확실히 위협적으로 보인다. 얼어붙은 폭발의 파편들 같다. 일부 별자리도 조금 이상하다. 해군에 복무한 적이 있어서 별을 잘 아는 웹 머킷(그는 열여덟 살 때인 1945년에 징병돼서 전쟁이 끝나던 무렵에 항공모함을 타고 태평양을 건넜다)이 남십자성을 가리킨다. 그리고 하늘에서 유령처럼 흐릿하게 보이는 곳을 가리키며 완전히 별개의 은하라고 말한다. 여기서는 국자 모양의 북두칠성이 손잡이를 아래로 한 채 서 있는 것이 모두의 눈에 뚜렷이 보인다. 펜실베이니아 남동부에서는 결코 볼 수 없는 모습이다.

아, 자그마한 신디. 저녁식사 때마다 점점 더 갈색으로 변하는 그녀는 사랑을 갈망하고 있다. 아주 하얗게 변해가는 치아에도 그것이 드러난다. 매일 밤 방갈로 밖 덤불에서 서양협죽도 꽃을 따서, 수영을 너무 많이 해 온통 부스스해진 머리에 꽂는 것도 그렇다. 발톱이 꽃잎 못지않게 하얗게 보일 만큼 가무잡잡한 발가락도 그렇다. 신디는 검은 피부 위에 하얀 원피스를 입고 있다. 밤이면 수영장은 달을 삼키기라

---

* 드럼통을 잘라 타악기처럼 연주하는 밴드.

도 한 것처럼 밑에서부터 조명이 올라오는데, 대나무 술집 뒤에 있는 화장실에 다녀오는 그녀의 몸에서 원피스가 하얗게 빛나는 것이 수영장 맞은편에서도 보인다. 신디는 점점 살이 찌고 있다고 주장한다. 피냐콜라다와 바나나 다이커리와 럼 펀치의 칼로리가 엄청나다는 것이다. 하지만 신디는 술을 거절하는 법이 없다. 일행 모두 마찬가지다. 아침에 골프를 치러 가는 사람들을 강하게 만들어주는 블러디메리에서부터 한밤중에 마지막으로 마시는 스팅어에 이르기까지 그들은 다 같이 붕붕거리며 바삐 돌아다닌다. 재니스가 말한다. "해리, 마지막날 계산서가 얼마나 나올까? 당신이 계속 다른 사람들 것까지 계산하고 있잖아."

해리가 말한다. "걱정 마. 인플레이션에 먹히느니 이렇게 쓰는 편이 나아. 지금 달러 가치가 십 년 전인 1970년에 비해 정확히 절반이라고 웹이 말하는 거 못 들었어? 그러니까 지금은 1달러가 50센트야. 걱정 마." 해리가 생각하기에 이렇게 돈을 쓸 가치가 있다. 칠 일간의 휴가가 끝나기 전에 신디와 자려면. 그는 그 순간이 다가오고 있음을 느낀다. 두 사람 사이의 벽이 점점 얇아지고 있고, 그는 웹이 정확히 언제 헛기침을 하는지, 담배에 불을 붙이는지 알고 있다. 주고받는 눈짓과 편안한 침묵에 시간이 갈수록 조심스러움이 사라진다. 태양과 별들 아래에서 그들 여섯 명은 접이식 긴 의자 위에 몸을 쭉 펴고 눕는다. 플라스틱 끈으로 된 이 의자들은 어디에나 있다. 술잔과 성냥과 선탠로션을 주고받으며 그들의 손이 스치고, 그들은 서로의 방갈로를 마구 들락거린다. 사실 래빗은 어느 날 오후에 솔라케인*을 돌려주려고 해리슨의 방갈로에 갔다가 우연히 셀마의 벗은 엉덩이를 본 적도 있다.

셀마는 햇볕에 탄 살갗이 숨을 쉬게 해주려고 침대에 누워 있다가 문간에서 해리의 목소리가 나자 서둘러 욕실로 들어갔지만 동작이 충분히 빠르지 못했다. 그래서 해리는 셀마의 양쪽 엉덩이 사이의 골을 보았다. 도망치는 그녀의 창백한 뒷모습 전체를 보았다. 해리는 역시 벌거벗고 있던 로니에게 솔라케인을 건네주면서 뭐라고 한마디 하지도, 사과를 하지도 않았다. 어차피 다들 하루종일 반쯤 벌거벗고 지내는 처지였으니까. 모자반 아래에 웅크리고 있는 셀마만이 예외였다. 재니스가 주름이 자글자글한 웹의 붉은 목에 코퍼톤**을 문질러 발라주고, 로니의 묵직한 물건이 민망할 정도로 작은 유럽식 수영복 앞섶에 불룩하게 솟아 있고, 달콤한 신디는 등을 골고루 태우려고 검은 끈을 풀어버린 탓에 웨이터가 가져온 쟁반에서 플랜터스 펀치를 잡으려고 손을 뻗으면 한쪽 젖통의 실루엣이 젖꼭지까지 다 보인다. 여기 흑인들은 미국 흑인들보다 더 비단결 같고, 더 까맣다. 그들의 몸은 더 부드러운 박자에 맞춰 움직이는 것 같다. 네시가 가까워지면 모자반의 그림자가 모래 위에 울퉁불퉁한 손가락처럼 드리우고, 남자들은 차양이 달린 골프카트를 탔는데도 얼굴이 빨갛게 익는다. 그들은 바닷가(야자수가 바스락거리는 소리가 해리의 신경을 긁는다. 밤이면 그는 매번 비가 오나보다 하고 생각하지만, 실제로 비가 온 적은 없다)에서 올림픽 규격의 수영장 옆에 그늘이 드리운 곳으로 자리를 옮긴다. 그곳에서는 하얀 제복을 입은 젊은 섬 청년들이 사람들 사이를 돌아다니며 술 주문을 받는다. 강렬하고 하얀 구슬 같은 태양은 수평선을 향해 천천히 가

---

* 화상을 입었을 때 바르는 젤.

** 선크림 브랜드.

라앉았다가 여섯시 정각에 형식적으로 자주색과 분홍색 파도를 만들어 내며 수평선과 맞닿는다. 아플 정도로 즐거워서 멍해진 해리는 빤히 바라본다. 신디가 긴 의자 위에서 자세를 바꿀 때 비키니 끈들이 그녀의 달콤한 살 속으로 파고들어가는 모습을. 마치 진흙에 난 타이어 자국 같다. 셸마는 몸을 꽁꽁 싸매고 경계심 어린 표정으로 사람들 사이에 앉아 있고, 웹은 단조로운 목소리로 말을 계속하고, 로니는 대나무 술집에서 새로운 친구들을 사귀고 있다. 판매원 기질 때문에 그는 계속 남을 설득하려고 한다. 그의 목소리가 잔물결 위로 풍선처럼 부풀어오를 때, 예쁜 아이 하나가 물에 흠뻑 젖은 채 지루한 표정으로 물속에 뛰어들어 저녁식사 때까지 물갈퀴질을 하며 시간을 때운다. 해리는 때때로 재니스를 많이 사랑하지만, 여기서는 신디가 보내고 있을지도 모르는 신호들과 해리 사이를 가로막는 잡음일 뿐이다. 다행히 웹이 브루어의 격이 조금 떨어지는 유지 대 유지로서 재니스에게 계속 말을 걸며 상대를 해주고 있다. 그는 지치지도 않고 돈에 대해 이야기한다. "14퍼센트가 엄청난 것 같죠? 이스라엘에서는 111퍼센트예요. 컬러텔레비전 한 대가 1800달러라고요. 아르헨티나에서는 매년 150퍼센트나 되고요. 정말입니다. 농담이 아니에요. 도쿄에서는 스테이크 450그램 값이 20달러고, 사우디아라비아에서는 담배 한 갑이 5달러예요. 한 갑에 5달러. 우리가 지금 힘든 것 같지만, 미국 소비자들은 아직 산업국가 국민들 중에서 최고의 조건을 누리고 있어요." 재니스는 그의 말을 열심히 들으며 그에게 담배를 한 대 달라고 조른다. 여름부터 기른 머리가 자그맣게 하나로 묶을 정도로 자랐다. 재니스는 수영장에 다리를 담그고 물장난을 치며 그의 발치에 앉아 있다. 웹의 길고 앙상한 다리의 털이 이발소 앞에 세워진 기둥의 적색과 백색 줄무늬처럼 나선형을 그리고 있고, 현명한 주름이 진 그의 얼굴은 살짝 니스를 칠한 소나무 색깔로 그을려 있다. 해리는 옛날에 재니스가 장인의 헛소리를 이런 식으로 열심히 들으며 좋아하던 것을 떠올린다.

일요일 밤이 되자 다들 리조트의 일상이 지루해져서 택시를 불러 타고 섬 저편의 카지노로 간다. 어둠 속에서 그들은 마을들을 지나간다. 흑인 아이들의 모습은 길가에서 흰자위가 번득일 때에야 비로소 알아볼 수 있다. 목에 걸린 밧줄을 질질 끌며 가볍게 달리고 있는 염소떼가 택시의 헤드라이트 불빛 속에 갑자기 나타난다. 콘크리트 블록 위에 세워진 오두막들은 덧창이 닫혀 있지만, 한 곳의 문이 열려 있어서 주점이라는 것을 알 수 있다. 선반에는 술병이 빽빽하고, 손님들은 서서 술을 마신다. 낡은 석조 교회의 뾰족한 창문들에서 촛불 빛이 뻗어나온다. 창문에는 유리가 전혀 없다. 신음소리 같은 찬송가 한 구절은 금방 뒤로 밀려난다. 69년식 폰티악으로 대시보드에 부두교 인형이 많이 놓여 있는 택시는 평소와는 달리 반대차선에서 멋대로 달린다. 이 섬이 예전에 영국 식민지였기 때문이다. 꼭대기가 잘린 원뿔 모양의 버려진 설탕공장들이 별이 가득한 하늘을 배경으로 서서 과거를 기억하고 있다. 이제는 이 세상 사람이 아닌 그 모든 노예들을. 재니스와 셀마와 신디는 갑자기 밀려드는 어둠 속에서 브루어에 남겨두고 온 사람들에 대해, 버디 잉글핑거의 새 여자친구의 엄청난 키와 많은 아이들에 대해 수다를 떤다. 버디는 정말이지 피해자 타입이다. 구제불능인 페기 포스나트 이야기도 나온다. 소문에 따르면, 페기는 자신과 올리가 이번 카리브해 여행에 초대받지 못했다는 사실에 크게 상처를 받았다고 한다. 두 사람이 여행 비용을 감당할 능력이 없다는 걸 모두 아는 데도 말이다.

카지노는 또다른 해변 리조트의 일부다. 그들이 묵고 있는 곳보다 더 화려한 곳이다. 조명을 밝힌 산호초 위로 널을 깔아 만든 산책로가 뻗어 있다. 세계 안에 또다른 세계가 있군, 해리는 생각한다. 터진 국수자루 같은 생물들이 황금색을 띤 초록색의 밍밍한 물 안에서 위를 향해 파도친다. 그는 머리를 식히려고 밖으로 나온 참이다. 블랙잭에 완전히 빠져들어서 손실을 메우려고 거는 돈을 두 배, 세 배로 계속 올리다보니 여행자수표로 300달러를 현금으로 바꿨다. 그리고 친구들이 탄성을 질러대며 지켜보는 가운데 그 돈을 모두 잃었다. 뭐, 터셀 한 대를 팔아서 남는 돈의 절반도 안 되는데. 넬슨의 못된 짓으로 들어간 돈의 3퍼센트도 안 돼. 그래도 해리는 머리가 욱신거리고, 몸이 떨리고, 굴욕감이 든다. 흑인 딜러는 그가 가진 돈을 다 털리고 그 화려한 펠트 천이 덮인 탁자에서 일어설 때 시선을 들어 그를 흘깃 바라보지도 않았다. 해리는 바닥 널을 따라 검은 수평선 쪽으로 걷는다. 열대의 공기가 미세하고 둥근 입맞춤으로 그의 뜨거운 얼굴을 위로해준다. 이러다가 남미까지 걸어갈 수도 있을 것 같다는 상상을 해본다. 파라과이가 있는 곳. 해리는 아스팔트가 깔린 주차장 뒤 잡초들이 높게 자라 있는 곳을 생각하며 마음이 따뜻해진다. 자신이 항상 스파이처럼 접근했던 그 농가가 있는 곳. 그는 무너진 사암 담 위로 웃자란 산울타리를 통과해서 그곳으로 접근했었다. 지금은 겨울이라 과수원의 풀은 납작하게 눌려서 하얗게 변해 있을 것이고, 그 아래에 고독하게 서 있는 집에서는 연기가 솟아오르고 있을 것이다. 거기도 또다른 세상이다.

갑자기 신디가 그의 옆에 나타난다. 바다의 철썩이는 리듬에 맞춰 숨을 쉬고 있다. 해리는 기다리던 순간이 왔는가 싶어 두려워진다. 지금은 전혀 준비가 되어 있지 않은데. 하지만 신디가 그를 가엾게 여기는 것 같은 건조한 목소리로 말한다. "웹은 항상 자리에 앉기 전에 상한선을 정해둬야 한다고 말해요. 그래야 분위기에 휩쓸리지 않는다고."

"난 휩쓸린 게 아니에요." 해리가 말한다. "내 나름의 가설이 있었어요." 어쩌면 신디는 그가 돈을 잃은 만큼 보상받을 자격이 생겼고, 자신이 바로 그 보상이라는 생각을 하는 건지도 모른다. 신디의 갈색 팔이 코바늘로 짠 하얀 숄과 대조적이다. 귀 뒤에 꽃을 꽂고 있어서 마치 그에게 추파를 던지는 것처럼 보인다. 어떤 기분일까. 키가 큰 자신이 사과처럼 단단하고 둥근 신디의 얼굴을 자신의 무거운 얼굴로 덮쳐누르는 것은. 뺨과 이마와 코끝, 그리고 기민하고 생명을 주는 작은 입, 긴 입술과 어린애처럼 짓궂게 반짝이는 검은 눈을 덮쳐누른다면? 철썩. 둘의 얼굴이 잘 맞을까? 신디의 눈이 해리의 눈을 슬쩍 올려다보자 해리는 시선을 피한다. 열대의 달이 펜실베이니아에서는 결코 볼 수 없는 각도로 비스듬히 누워 있는 곳으로. 그렇게 바다를 바라보면서 마치 우연인 듯 그는 손가락으로 신디의 팔을 스친다. 전기에 닿은 것처럼 짜릿하고 따뜻한 감각이 그녀가 햇볕을 받고 있던 일요일부터 계속 남아 있었던 것 같다. 해초가 산책로 기둥을 철썩 후려치고, 파도가 해변에서 부서진다. 지금이야말로 달려들어야 하는 순간이다. 신디가 쑥 내밀고 있는 얼굴이 왠지 너무 단호해 보여서 그는 물러난다. 신디가 가볍게 미소를 짓고 있는데도. 신디는 그가 자신의 코 아래로 쉽게 입술을 댈 수 있게 해주려는 듯이 얼굴을 살짝 치켜든다.

하지만 두 사람을 향해 발소리가 쿵쿵 울려오더니 웹과 재니스가 거의 뛰듯이 다가온다. 달빛과 물 위에 점점이 비치는 빛과 저 뒤의 휘황찬란한 카지노 불빛이 혼란스럽게 뒤섞인 속에서 두 사람이 손을 잡고 있는 것처럼 보이다가 이내 떨어진다. 두 사람은 산책로 쪽으로 비스듬히 다가와 로니 해리슨이 안에서 크랩* 테이블을 달구고 있다고 들떠서 말한다. "얼른 와서 봐, 해리." 재니스가 말한다. "로니가 적어도 800달러는 앞서 있어."

"로니 씨는 정말." 신디가 상대를 건조하게 나무라는 소녀 같은 목소리로 말한다. 카지노의 불빛들을 향해 서둘러 걸어가는 신디의 긴 치맛자락에 불빛이 비쳐서 검고 널찍한 엉덩이 밑의 다리 실루엣이 보인다.

그들은 두시가 지나서 자기들이 묵고 있는 리조트로 돌아온다. 로니는 크랩 테이블에 너무 오래 있었기 때문에 결국 본전보다 겨우 몇 달러 더 따는 데 그쳤다. 로니와 재니스는 리조트까지 한참 차를 타고 돌아오는 동안에 잠이 들었고, 셀마는 래빗의 무릎에 잔뜩 긴장한 채 앉아 있다. 웹과 신디는 운전기사와 함께 앞좌석에 앉아 있는데, 웹이 섬에 대해 이것저것 물어보면 기사는 영어라고 하기 어려울 만큼 부글거리는 언어로 마지못해 대답한다. 리조트 출입문에서 제복 차림의 경비원이 그들을 들여보내준다. 여기서는 모든 것에 경비가 붙어 있다. 절도 사건이 판치고, 도둑은 물론 심지어 살인자들까지도 이 섬의 검은 심장에서 쏟아져나와 부유한 방문객들을 먹이로 삼기 때문이다. 손님

---

* 주사위 도박의 일종.

626

들이 쓰는 방갈로로 가는 길은 모래 위에 콘크리트를 깔고 초록색 페인트를 칠한 길이다. 머리 위에서는 야자수들이 웅성거리고, 길 양편에 늘어선 덤불의 종이 같은 꽃들은 아침이면 벌새들을 불러들인다. 남자들이 내일 골프를 몇시로 연기할 것인지 의논하는 동안 세 여자는 조금 떨어진 곳에서 자기들끼리 속삭인다. 콘크리트 길이 각자의 방갈로로 갈라지는 지점이다. 재니스, 신디, 셀마는 키득거리며 남자들 쪽을 힐끔거린다. 달빛에 감싸인 따스한 밤에 그들의 시선이 새처럼 팔랑거린다. 신디의 숄은 불쑥 다가오는 파도 위의 거품처럼 빛난다. 하지만 결국 여자들은 숨죽인 야자수들 사이로 "잘 자요, 잘 자요"라는 외침을 퍼뜨리며 각자 남편과 함께 자기들 방갈로로 걸어간다. 래빗은 전체적으로 짜증스러운 기분에 재니스와 씹을 하고, 내일 아침이 영원히 연기됐으면 좋겠다는 생각을 하며 잠든다.

하지만 아침은 예정대로 찾아온다. 햇빛이 육각형 타일이 깔린 바닥에 창살의 그림자를 드리우는 형태로. 여기 사람들이 부르는 노래에도 나오는 작고 노란 새들이 콘크리트 길을 따라 달그락거리며 다가오는 아침식사 쟁반을 따라온다. 그리 나쁘지는 않다. 일단 자리에서 일어서고 보니. 몸은 역경에 대처할 수 있게 진화했다. 해리는 인적 없는 바닷가에서 습관처럼 조심스레 짧은 수영을 즐긴다. 어젯밤의 플라스틱 잔들이 아직도 모래에 꽂혀 있다. 밤이든 낮이든 해리가 혼자 있는 순간은 지금뿐이다. 바닷가에 나와 있는 노부부들을 제외한다면. 아내들도 이른아침에 수영하는 걸 좋아하지만, 모래사장을 가로질러오려면 누군가가 손을 잡아주어야 한다. 부드럽게 부서지는 파도들 사이로 보이는 바다는 감로멜론과 같은 색인 것 같다. 그만큼 연한 녹색이다. 바다 위에 누운 자세로 둥둥 떠서 보니, 만과 인접해 있는 울퉁불퉁하고 가파른 언덕을 따라 뻗은 길 위에서, 이 섬을 휴가지로 생각할 수 없는, 밝은색 천 조각을 몸에 걸친 흑인들이 한들한들 걸어서 일터로 향하는 것이 보인다. 여자들 중에는 꾸러미를 짊어진 사람도 있고, 심지어 머리에 양동이를 인 사람도 있다. 정말로 그렇다. 그들의 목소리가 신선한 아침 공기에 실려온다. 그의 발치에서 밀려왔다 밀려가는 따뜻한 소금물의 철썩, 쉭 하는 소리와 함께. 하얀 모래는 푹신푹신하고, 게들의 숨구멍이 가득하다. 해리는 이렇게 하얀 모래를 본 적이 없다. 산호가 설탕처럼 곱게 부서져서 만들어진 것이다. 이른 태양이 그의 민감한 어깨 위에 가볍게 걸려 있다. 바로 이것이다. 건강. 그때 아침식사 쟁반을 든 아가씨가 두 사람의 문 앞에 다다른다. 그들의 방갈로 번호는 9다. 재니스가 욕실 가운 차림으로 창살이 있는 문을 열고 멀리 바닷가를 향해 "해리" 하고 부른다. 바닷가에서는 카키색 바지를 입은 늙은 흑인 주정뱅이가 벌써 해초와 플라스틱 잔들을 쓸어담고 있다. 파티와 사냥이 다시 시작된 것이다.

오늘 해리의 골프 성적은 형편없다. 그는 몸이 피곤하면 오버스윙을 하는 경향이 있다. 팔이 자연스레 따라가게 하는 대신 손을 뒤집기도 한다. 손목의 각을 유지하고, 정점에서 그걸 허비하지 마라. 발가락을 향해 휘두르지 말고, 자기 코가 유리창에 눌린 모습을 상상하라. 철도를 생각하라. 끝까지 동작을 이어가라. 골프에 관한 이런 토막 상식들은 오늘 별로 도움이 되지 않는다. 굶주린 날개처럼 펼쳐진 산호 정글 사이에서 퀼트처럼 울퉁불퉁한 그린까지 가는 것이 길고 긴 악전고투 같다. 이렇게 햇볕이 강렬한 곳에 그린이라는 게 있다는 것 자체가 무슨 기적 같다는 생각이 들기는 하지만. 해리는 웹 머킷을 증오한다. 웹은 오늘 6미터 안쪽의 거리에서는 모든 것을 컵에 집어넣고 있다. 이 강단 있고, 나이 많고, 헛소리만 늘어놓는 인간이 환상적인 계집에다가 낫소 공까지 전부 차지하다니. 해리는 버디 잉글평거가 그립다. 그에게는 우월감을 느낄 수 있으니까. 로니가 공을 치려고 몸을 숙이면 성긴 두피와 맨살이 훤히 드러난 이마가 껍질이 벗겨지고 있는 분홍색 달걀처럼 보인다. 원숭이 같은 스윙. 머리카락이 죄다 머리에서 양팔로 떨어진다. 셀마는 저 녀석을 어떻게 참고 견디는 거지? 여자들이란. 아무래도 커다란 거시기를 위해서라면 무엇이든 참고 견디는 모양이다. 해리는 어젯밤에 날려버린 300달러를 머릿속에서 떨쳐버릴 수 없다. 아버지가 육 주 동안 노예처럼 일해야 벌 수 있었던 돈. 가엾은 아버지, 아버지는 돈이 비현실적으로 변하는 걸 보지 못하고 세상을 뜨셨다.

하지만 오후가 되자 조금 나아진다. 피냐콜라다 두어 잔과 게살샐러드 샌드위치를 먹은 뒤다. 다들 선피시 요트를 세 척 빌리기로 하고 둘씩 조를 짠다. 해리와 신디가 한 조가 된다. 해리는 요트를 몰아본 적이 없기 때문에 신디가 젖꼭지까지 차는 물속에 서서 방향타를 부산하게 움직이고, 해리는 물기 없는 높은 곳에 앉아 줄무늬가 있는 삼각돛을 지탱하는 밧줄을 쥐고 있다. 그가 보기에는 이리저리 휙휙 젖혀지는 돛이 단단히 부착되지 않은 것 같다. 알루미늄 파이프들이 서로 몸을 비벼댄다. 모든 것이 위태롭게 느껴진다. 사람들이 허리에 검은 고무 패드 같은 것을 걸치게 했는데, 그걸 입은 신디의 모습이 상당히 귀엽다. 짧은 머리와 어우러져 남자 같은 분위기라 텔레비전에 나오는 여자 경찰관이나 여자 잠수부 같다. 신디의 눈썹이 이렇게 진하고 두 꺼운 줄은 처음 알았다. 두 눈썹이 가운데로 몰려서 거의 닿을 것처럼 된 뒤에야 마침내 방향타가 찰각하고 걸린다. 신디는 끙 하는 소리를 내며 뛰어오른다. 몸이 바닥에 납작하게 닿는 바람에 젖꼭지가 옆으로 삐져나온다. 햇볕에 타지 않은 부분들은 하얀 액상 제산제만큼이나 하얗고, 신디의 다리는 온통 검은색으로 반짝이는 엉덩이를 배 위로 밀어올리려고 물속에서 발길질을 한다. 신디는 이 작은 배가 감당할 수 없을 만큼 너무나 여성적이라서, 배가 미친듯이 기울어진다. 해리가 신디의 팔을 잡아 끌어올려주는데, 돛 아래의 알루미늄 기둥이 휙 돌아서 그의 뒤통수를 친다. 아주 세게. 그는 멍해진다. 신디는 방향타 핸들을 계속 꼭 붙든 채로 그에게서 밧줄을 가져가며 소리친다. "센터보드, 센터보드." 해리는 조금 지난 뒤에야 그녀의 말을 알아듣는다. 그의 발밑에 쪼개진 나뭇조각처럼 놓여 있는 긴 나무 수평타를 구멍에 넣어야 한다. 해리는 그것을 발밑에서 꺼내 구멍에 넣는다. 그런데 신디는 그에게 축하의 말을 해주는 대신 "젠장"이라고 말한다. 파이버글라스로 만든 자그마한 선체가 바닷가와 평행을 이루고 있다. 바닷가에는 수영객들이 둥글게 모여 서서 구경을 하는 중인데, 파도가 한 번 칠 때마다 그들에게 더욱 가까이 파고든다. 이윽고 돛이 바람을 받아 팽팽해지자 알루미늄 돛대가 삐걱거리고, 두 사람은 부서지는 파도 위에서 서서히 주억거리며 만이 끝나는 오른쪽의 육지를 향해 나아간다.

일단 배가 움직이기 시작하면, 배의 속도가 얼마나 빠른지 느끼지 못한다. 물에는 이정표가 없기 때문이다. 해리는 배 앞쪽에서 잔뜩 웅크리고 있다. 혹시나 활대가 또 머리를 후려칠지도 모르니까. 신디는 단단한 고무 띠를 허리에 두른 채 요가 자세로 앉아 있다. 비키니의 가운데 끈은 활짝 벌린 사타구니를 거의 가려주지 못한다. 조종장치를 다루던 신디가 처음으로 미소를 짓는다. "해리 씨, 센터보드 위쪽을 계속 붙잡고 있을 필요 없어요. 해변에 도착하기 전에는 잡아당기지 않아도 돼요." 바닷가, 야자수, 방갈로가 엽서만큼 작게 줄어들었다.

"이렇게 멀리까지 나와도 돼요?"

신디가 다시 미소를 짓는다. "멀지 않아요." 항해 장비가 신디의 손을 잡아당기고, 배가 살짝 기운다. 여기 물은 감로멜론 같은 연한 녹색이 아니라 담즙 같은 녹색이다. 말구유 안에 검게 담긴 물 같은 색.

"멀지 않다고요?" 해리가 신디의 말을 따라한다.

"저쪽을 봐요." 번개처럼 스쳐가는 파도와 별로 다를 것이 없는 듯하나. "저게 웹과 셀마예요. 우리보다 훨씬 멀리까지 나갔어요."

"확실히 그 두 사람이에요?"

신디는 가엾다는 표정을 짓는다. "저기 바위가 가까워지면 선수를 돌릴 거예요. 선수를 돌린다는 말이 무슨 뜻인지 알아요, 해리 씨?"

"정확히는 몰라요."

"방향을 바꿀 거라는 뜻이에요. 활대가 휙 움직일 테니까 머리 조심해요."

"상어는 없을까요?" 그래도 친밀한 분위기는 있다고 해리는 속으로 되뇐다. 단둘이서, 똑같은 물살을 맞고 있다. 바람과 물소리가 다른 소리를 모두 가려버리고, 신디의 둥근 어깨는 강렬하고 하얀 햇빛 속에서 금속처럼 반짝인다. 이곳의 태양을 보면 고향의 태양은 오렌지색으로 부풀어 있는 것 같다.

"〈조스 2〉 봤어요?" 신디가 묻는다.

"요즘은 뭐든지 속편이 나오는 것 같지 않아요?" 해리도 질문으로 응수한다. "사람들한테 더이상 새로운 아이디어가 없는 것 같아요." 너무나 피곤하고 오랫동안 참아온 욕망도 강렬해서 자연의 힘이 거칠게 날뛰는 이곳에서 자기 인생 따위 될 대로 되라는 심정이다. 물위에서 반짝이는 햇빛조차 잔인하게 보인다. 천국에서 곧바로 날아온 적의. 하늘에서 내려오는 비행기의 날개를 후려치는 빛의 입자들 같다.

"선수를 돌리는 중이에요." 신디가 말한다. "바람이 불어가는 쪽으로."

해리가 몸을 웅크리자 활대가 그를 맞히지 못하고 지나간다. 저쪽에 돛이 또하나 보인다. 로니와 재니스가 수평선으로 향하고 있다. 재니스가 뒤쪽에서 방향타를 잡고 있는 것 같다. 저걸 언제 배웠지? 어딘가의 여름캠프에서 배웠을 것이다. 모든 혜택을 누리려면 처음부터 부자여야 한다. 신디가 말한다. "자요, 해리 씨, 이제 직접 해봐요. 간단해요. 돛대 꼭대기의 저 작은 천 조각은 풍향포라는 거예요. 바람이 어디서 불어오는지 알려주는 역할을 해요. 그리고 파도도 봐야 돼요. 돛을 바람에 비스듬하게 유지해요. 돛의 앞쪽 가장자리가 뒤집히면 안 돼요. 그걸 러핑이라고 하는데, 그건 배가 바람 속으로 곧장 나아가고 있다는 뜻이에요. 그럴 때는 반드시 방향을 바꿔야 돼요. 방향타 손잡이를 자기 몸에서 먼 쪽으로, 돛에서 먼 쪽으로 밀어내는 거예요. 해보면 느낌이 올 거예요, 틀림없이. 방향타 손잡이와 줄 사이의 긴장, 마치 가위 같아요. 재미있어요. 어서 해봐요, 일이 잘못될 리는 없을 테니. 나랑 자리를 바꿔요." 두 사람은 어찌어찌 자리를 바꾼다. 그동안 배는 두 사람의 무게 밑에서 해먹처럼 흔들린다. 작은 구름 한 조각이 해를 가리면서 물을 어둡게 물들이더니 이내 번민하며 물을 햇빛 속으로 다시 놓아 보낸다. 해리는 방향타 손잡이를 잡고 바람이 느껴질 때까지 이리저리 더듬어본다. 그러고 나니 신디의 말처럼 재미있다. 돛과 방향타 손잡이가 그를 탁탁 잡아당기고, 눈에 보이지 않는 바닷바람이 배를 밀어댄다. 일단 조종하는 요령을 터득하고 나면, 먼 거리도 그다지 절망적으로 보이지 않는다. "잘하고 있어요." 신디가 말한다. 앞을 바라보며 다리를 꼬고 앉아 있는 신디의 자세 때문에 한쪽 맨발의 발가락 다섯 개 아래쪽이 그의 눈에 들어온다. 얄팍하고 푸르스름한 피부가 쭈글쭈글하고, 작고 귀여운 새끼발가락은 마치 숨으려는 것처럼 옆 발가락을 향해 구부러져 있다. 신디는 그를 믿는다. 신디는 그를 사랑한다. 이제 요령을 터득했으므로, 해리는 중앙 돛의 아딧줄을 점점 더 단단히 잡아당겨 감히 배가 기울게 한다. 파도가 뱃전을 때리고 손바닥이 타는 듯 뜨겁다. 육지가 훌쩍 가까이 다가온다. 이제 안전한 곳까지 거의 다 온 것 같다. 재니스와 로니가 벌써 배를 끌어올려놓은 바닷가 지점을 겨냥하고 해리가 방향을 바꾸려다가 돛을 살짝 놓치는 바람에 뒤에서 불어온 바람이 돛을 한껏 부풀린다. 뱃머리가 갑자기 쑥 가라앉으면서 분노한 물이 덮친다. 배 전체가 무겁게 빙글 돌며 기울어지고, 해리와 신디는 줄과 뒤엉켜서 함께 미끄러지듯 떨어지는 것 외에 방법이 없다. 잎맥처럼 얼기설기 줄이 간 반투명한 물이 그의 머리를 덮는다. 공기, 그는 정신없이 생각하며 갑자기 드리운 그늘 속으로 올라온다. 배가 두 사람 머리 위에서 옆으로 일어선 채 불쑥 모습을 드러낸다. 신디가 물속에서 그의 옆에 있다. 공기를 찾아 헤매면서도 사과하고 싶은 마음에 그는 잠시 그녀에게 매달린다. 마치 상어를 잡은 느낌이다. 미끌미끌하고 꺼끌꺼끌하다. 두 사람이 매고 있는 고무 허리띠가 물속에서 서로 부딪친다. 신디의 눈썹 털 하나하나가 기묘한 빛을 받아 빛난다. 그림자처럼 어두운 파도와 잠잠해진 바람의 침묵 속에서 텅 빈 뱃전에 부드럽게 철썩거리는 물소리뿐이다. 신디가 얼굴을 찡그리며 그를 밀어내고 깊이 숨을 들이쉰 뒤 배 아래로 사라진다. 해리는 그 뒤를 따르려고 하지만 허리띠 때문에 거칠게 수면으로 떠오른다. 신디가 똑바로 선 용골의 반대편에서 끙 하고 힘을 쓰며 물을 철벅거리는 소리가 들린다. 처음에는 배를 끌어당기더니 이내 배가 똑바로 설 때까지 센터보드 위에 서 있다. 커다란 진주알 같은 물방울들이 폭발하듯 떨어져내리는 가운데 줄무늬가 그려진 돛이 태양을 획 지나 일어선다. 해리가 끙 하고 힘을 쓰며 배 위로 올라오자 신디가 능숙하게 배를 몰아 해안으로 간다.

이 사고는 창피한 일이지만, 다들 바닷가에서 웃고 있다. 자신을 쉽사리 용서하는 해리의 머릿속에서, 물속에서 잠시 신디를 끌어안았던 일이 뭔가 다정하고 장래를 기대할 만한 일로 급속히 바뀌었다. 두 사람의 살갗이 미끄러지듯 스치던 느낌, 신디의 다리가 해리의 다리 사이에서 퍼덕거리던 것. 신디의 두 눈썹이 거의 맞닿을 듯 모인 지점의 검은 털 몇 가닥. 신디가 요가 자세로 앉아서 대담하게 드러냈던 사타구니 털. 이 모든 것이 하나로 합쳐진다.

리조트에서 먹는 점심은 수영장 옆으로 날라져오거나 쟁반에 담겨 바닷가로 날라져오지만, 저녁식사는 널찍한 건물 안에서 벌어지는 공식적인 행사다. 서까래에서는 거의 1미터 길이의 깃털 같은 이파리들이 뚝뚝 떨어지고, 뒤편의 주방으로 통하는 문 옆에서는 거대한 바비큐 구덩이에서 불꽃이 포효하며 높이 솟아오른다. 탈이 걸려 있는 지푸라기 벽에서 그림자들이 너울거리고, 땀이 번들거리는 보조 요리사들의 검은 얼굴에서 하이라이트 조명들이 번쩍인다. 수석 요리사는 비쩍 마른 벨기에인인데, 식사시간이 아닐 때는 항상 환자 같은 모습으로 바에 앉아 있거나 아니면 프런트데스크에서 일하는, 배운 것이 많고 숙녀 행세를 하는 원주민 여자들과 불만스러운 목소리로 이야기를 나눈다. 월요일 밤은 바비큐 뷔페다. 식사중에는 칼립소 가수가 노래를 부르고, 식사가 끝난 뒤에는 전자 마림바 연주에 맞춰 춤을 춘다. 하지만 다이아몬드 카운티에서 휴가를 즐기러 온 여섯 명은 모두 카지노에서 하룻밤을 보낸 탓에 기진맥진해서 일찍 잠자리에 들기로 한다. 신디의 품에서 하마터면 익사할 뻔한 뒤에 해리는 바닷가에서 잠이 들었다가 안으로 들어가 낮잠을 잤다. 그가 자는 동안 열대의 폭풍우가 갑자기 몰려와 그의 함석 지붕을 십 분 동안 두드렸다. 그가 깼을 때는 이미 비가 그친 뒤였고, 해는 만 입구에서 오렌지색 띠를 만들며 지고 있었다. 그리고 그의 친구들은 한 시간 전 소나기가 그친 뒤로 줄곧 바에서 수다를 떨고 있었다. 뭔가 일을 꾸미고 있는 것 같았다. 세 여자의 얼굴이 빨간색 망사로 둘러싼 작은 내풍耐風 램프 안에 넣어서 식탁 위에 둔 촛불 덕분에 몹시 부드럽게 보인다. 램프를 둘러싼 종이 같은 꽃들은 식사가 끝나기도 전에 시들어버릴 것이다. 여자들은 계속 서로의 몸을 건드린다. 이곳에 온 뒤로 여자들 사이의 유대감이 더 강해지고 들뜬 것 같다. 신디는 오늘밤 머리에 노란색 히비스커스를 꽂았다. 그리고 그 아랍 옷의 단추를 반쯤 풀어놓았다. 신디가 테이블보 위에 놓인 웹의 술잔과 힘줄이 도드라진 갈색 손을 지나 재니스의 손목을 잡은 것이 한두 번이 아니다. "오늘 바에 있는 저 새로운 흑인 청년 말이에요. 내가 남편이랑 같이 왔다고 했더니 그런 게 무슨 상관이냐는 듯이 어깨를 으쓱하는 거예요!" 웹은 현자 같은 표정으로 이런 이야기들이 자기 주위를 흘러다니게 내버려둔다. 로니는 졸음기가 가득하고 얼굴이 부어 있지만 여전히 원기가 넘친다. 불굴의 플레이메이커답다. 해리와 로니는 마운트저지의 농구팀에서 함께 뛰었다. 래빗은 자신이 팀의 스타인데도 코치인 마티 토세로가 로니를 더 좋아한다는 느낌을 자주 억눌러야 했다. 로니가 결코 포기하지 않고, 백보드 근처에서 더 '육탄공세'를 펼친다는 게 그 이유였다. 세상은 밀어붙이는 사람에게 약하다. 래빗은 저절로 일어나지 않는 일이라면 애써 일어나게 만들 가치가 없다고 생각하는 쪽이다. 그래도 신디는…… 남자가 그런 물건을 얻기 위해서라면 살인도 할 수 있을 것이다. 펌프질을 하듯 들어가서 수컷 거미처럼 죽는 것이다. 칼립소 가수가 해리 일행의 테이블로 와서 큰 대나무에 관한 길고 추잡한 노래를 부른다. 해리는 노래 속의 암시들을 모두 이해하지는 못하지만, 아내들은 한 소절이 끝날 때마다 키득거린다. 가수가 미소를 짓자 노래도 미소를 짓지만 그의 충혈된 눈은 벽에서 얼어붙은 도마뱀의 눈처럼 반짝이고 기타 위로 수그린 그의 두개골은 반백의 털에 뒤덮여 있다. 구식 공연. 죽어가는 예술. 해리는 가수에게 팁을 줘야 하는 건지, 그냥 박수만 치면 되는 건지 알 수가 없다. 일행이 박수를 치자 가수의 손이 도마뱀의 혀처럼 재빨리 튀어나와 웹이 뒤로 등을 기댄 채 내민 지폐를 받는다. 그리고 그 늙은 가수는 옆자리로 옮겨가 등과 등, 배와 배를 맞댄 사람들에 관한 노래를 시작한다. 신디가 쿡쿡 웃으며 재니스의 팔을 잡고 말한다. "브루어 사람들은 우리가 여기서 스와핑을 한 줄 알걸요."

"그럼 그냥 해버리죠, 뭐." 로니가 말한다. 트림으로 터져나오는 피로를 억누를 수 없는 모양이다.

재니스가 성숙한 여자처럼 허스키한 목소리로 옆에 앉은 웹에게 부드럽게 묻는다. 담배와 노화가 재니스에게 가져다준 목소리지만 해리는 그 목소리를 들을 때마다 깜짝 놀란다. "그런 걸 어떻게 생각해요, 웹?"

저 늙은 여우는 자기에게 보물이 있다는 걸 알기 때문에 천천히 시간을 끌며 의자에서 몸을 곧추세워 깔고 앉아 있던 겉옷 자락을 끄집어낸다. 바큇살 모양의 놋쇠 단추가 달린, 어두운 파란색의 선장 제복 같은 옷이다. 웹은 그 옷의 옆주머니에서 말보로 라이츠 한 갑을 꺼낸다. 래빗은 심장이 너무나 두근거려서 식탁만 빤히 내려다본다. 피가 묻은 뼈들, 그러니까 바비큐를 먹고 남은 갈비뼈와 등뼈가 치워지기를 기다리고 있다. 웹이 천천히 말한다. "글쎄요, 그다지 성공적이라고 할 수 없는 결혼을 이미 두 번이나 했고 그동안 이런저런 것들을 보기도 하고 내가 직접 하기도 했기 때문에, 친구들끼리 조금 나누는 건 내가 보기에 그리 나쁘지 않은 것 같다고 할 수밖에 없네요. 애정과 존중하는 마음을 갖고 이루어지는 일이라면 말이죠. 특히 존중하는 마음이 핵심이에요. 참여하는 사람들 모두, 반드시 모든 사람이 기꺼이 참여해야 하고, 도중에 무슨 일이 벌어지더라도 여기 이곳으로만 제한되어야 한다는 점을 분명히 이해해야 합니다. 비밀스러운 불륜, 그게 바로 결혼생활을 망치는 것이니까요. 사람들이 로맨틱한 감정을 품는 것 말이에요."

그에게는 로맨틱한 구석이 전혀 없다. 폴라로이드 남근의 왕. 해리의 얼굴이 뜨겁다. 바비큐 양념이 이제야 효과를 발휘하는 것 같기도 하고, 웹의 일장 연설 때문인 것 같기도 하고, 이 모든 것을 준비해준 머킷 부부에 대한 감사의 마음 때문인 것 같기도 하다. 해리는 신디의 허벅지 사이에 자신이 얼굴을 묻은 모습을 상상하며, 둥글고 아늑한 눈썹 털 같은 검은 음부를 그려본다. 속옷 속에 갇혀 있어서 납작하게 누워 따뜻하게 향기를 풍기고 있는 털들이 예의를 위해 입은 비키니의 하의가 남긴 하얀 자국에 둘러싸인 모습. 그는 신디의 긴 홈을 혀로 핥아 내려갈 것이고, 신디의 다리는 오늘 물속에서 느꼈던 것처럼 가볍고 매끄럽게 벌어질 것이다. 그는 혀로 그곳을 핥아 내려가 안으로 들어갈 것이고, 그의 코 바로 옆에는 그녀가 페마퀴드산의 구불구불한 초록색 그림자 밑에 있는 플라잉이글의 수영장에서 나온 뒤 물기를 닦을 때 가볍게 흔들리던 모습을 이미 수천 번이나 본 풍만하고 예쁜 엉덩이가 통째로 있을 것이다. 그리고 그녀의 젖꼭지, 그녀가 그의 말대로 유순하게 허리를 숙이면 젖꼭지가 앞으로 떨어져내릴 것이다. 그의 바지 속에서 뭔가 변화가 일어나고 있다. 촛불이 흔들릴 때마다 식탁보 위에 너울거리는 그림자를 던지는 이 힘없는 꽃들의 수술처럼.

"길 아래쪽," 가수가 또다른 자리로 가서 노래를 부른다. "밤은 즐겁고, 산꼭대기에서는 매일 해가 빛나요." 검은 손들이 나타나서 검은 뼈들을 슥 치우고 디저트 메뉴판을 나눠준다. 해리가 특히 좋아하는 호두케이크가 여기에 있다. 전혀 카리브 지역의 음식이 아닌데도. 십중팔구 포트로더데일에서 공수해왔을 것이다.

필름처럼 얇아서 코코아 색깔의 브래지어가 훤히 보이는 상의 차림의 셀마는 학생들의 머리 위에서 이야기를 하는 교사처럼 조금 떨어진 곳을 응시하며 말한다. "……여자의 단순한 호기심이죠. 여자의 성에 관한 모든 글에서 거의 볼 수 없는 얘기지만, 내 생각에는 여자들이 청년들과 정말로 잠자리에 들고 싶다는 욕망보다는 남자 스트리퍼에 대해 느끼는 호기심인 것 같아요. 그냥 남근에 대해 호기심을 느끼는 거죠. 그게 어떻게 생겼는지. 아마 사람마다 정말로 모양이 많이 다를 것 같아요."

"당신도 그래?" 해리가 재니스에게 묻는다. "호기심이야?"

재니스는 촛농을 흘리고 있는 내풍 램프를 향해 시선을 내리고 중얼거린다. "당연하지."

"어머, 난 아니에요." 신디가 말한다. "모양이 궁금한 게 아니에요. 아닌 것 같아요. 정말로 아니에요."

"신디는 정말 젊어." 셀마가 말한다.

"저도 서른 살이에요." 신디가 반발한다. "서른 살이면 성적으로 정점 아닌가요?"

해리는 물속의 그녀와 다시 하나가 되려는 것처럼 그녀의 편을 들어주려고 한다. "엄청나게 추해요. 내가 본 남자 물건들은 대부분 그래요."

"그게 발기한 모습을 본 건 아니잖아요." 셀마가 가볍게 지적한다.

"천만다행이죠." 해리는 경악해서 말한다. 가끔 느끼는 거지만, 이렇게 상스러운 사람들과 함께 있다는 것이, 인류가 전체적으로 상스럽다는 것이 경악스럽다.

"하지만 이 사람도 자기 건 사랑해요." 재니스가 가볍고 아무렇지도 않은 분위기를 유지하며 말한다. 말하자면 과학적인 것 같기도 한 그 목소리가 조용해진 식당에서 사람들 사이로 내려앉는다. 가수의 노래가 멈췄다. 다른 자리의 사람들은 일어나서 수영장 옆의 무도장 가장자리에 있는 작은 테이블로 옮겨가고 있다.

"사랑하는 게 아냐." 해리가 속삭이는 소리로 반박한다. "어쩔 수 없으니까 갖고 있는 거지."

"해리 씨답네요." 신디가 조용히 말한다.

"단순히 그 물건만이 아니에요." 셀마가 이야기를 정리한다. "사람 전체가 상대를 흥분시켜야 해요. 그 사람의 태도, 목소리, 웃는 모습. 하지만 그 모든 게 그것의 참고사항이겠죠."

그 물건을 말하는 건가? 그런가? 그들은 이 예민한 주제를 그대로 내버려둔다. 디저트와 커피가 나온다. 음식과 이야기로 다시 기운을 차린 그들은 결국 스팅어를 마시며 앉아서 한동안 춤을 구경하기로 한다. 오늘밤 해리의 눈에는 갑갑해서 죽을 만큼 천천히 움직이는 시계의 보석처럼 보이는 별들 아래에서. 별이 이 올림픽 규격의 수영장에 떨어져 지글거리기라도 하는 것처럼 그가 신디의 몸안에 자신을 묻을 때까지는 시시각각 시간을 헤아리게 될 것이다. 예전에, 어렸을 때 여름에 어딘가 먼 곳의 들판에서 누군가가, 목소리는 들리지 않지만 틀림없이 어머니로 짐작되는 사람이 밤하늘을 올려다보면서 100까지 세면 유성을 볼 수 있다고, 사실 유성은 아주 흔하다고 말해주었다. 하지만 지금 스팅어와 유리 탁자에서 시선을 떼고, 친구들이 위로하듯, 음모를 꾸미듯 중얼거리는 소리에서 멀어져 의자에 등을 기댄 채 목이 아플 정도로 하늘을 올려다보고 있는데도, 하늘의 별들은 모두 제자리에서 꿈쩍도 하지 않는다. 웹 머킷의 거친 자갈 같은 목소리가 우르릉거린다. "자, 젊은이들. 이 자리에서 가장 나이가 많은 사람으로서, 이제 피곤해서 그만 잠자리에 들고 싶다고 선언하는 특권을 행사하겠네." 해리가 하늘에서 얼굴을 돌리는 순간, 시야의 한구석에서 성냥을 긁었을 때처럼 짧고 생생하게 유성이 떨어져 진한 잉크 같은 바다로 떨어지는 것이 보인다. 여자들은 일어나서 치맛자락을 여민다. 마림바는 불규칙하게 팔랑거리며 점점 작은 소리를 내는가 싶더니 〈광대들을 들여보내라〉를 연주하기 시작한다. 이 애처로운 소리는 수영장가를 따라 움직이는 해리 일행의 뒤쪽으로 사라져간다. 수영장 다음에 있는 프런트데스크에는 수척한 얼굴의 술꾼 리조트 지배인이 뉴욕으로 장거리전화를 걸려고 애쓰고 있고, 해리 일행은 새하얀 산호가 도로 턱 대신 둘러싸고 있는 호텔의 원형 진입로를 가로질러 꽃들이 잠들어 있는 덤불 사이에 어둠의 영역처럼 자리잡고 있는 콘크리트 통행로로 들어선다. 음악소리가 점점 희미해지면서 머리 위의 야자수 소리가 시끄러워진다. 처얼썩 하는 파도 소리가 점점 가까워진다. 달빛이 비추는 가운데 통행로가 세 갈래로 갈라지는 지점에서 서로 불편하고 긴장된 모습으로 잘 자라는 인사를 주고받지만 아무도 움직이지 않는다. 그러다가 어떤 여자의 손이 부드럽게 뻗어나와 자기 남편이 아닌 남자의 손목을 잡는다. 다른 사람들도 그 본을 따른다. 아무도 서로를 보지 않은 채 시선을 내리깔고, 아무 말 없이 상대를 잡아당겨 파트너를 고른 뒤 그 상대를 끌고 갈라진 길을 따라 여자의 방갈로로 간다. 해리의 귀에 신디가 멀리서 키득거리는 소리가 들린다. 부드럽고 단호하게 그를 잡아끌고 있는 손은 신디의 손이 아니라 셀마의 손이다.

셀마는 해리가 몸을 빼려고 하는 것을 느끼고 말없이 손에 힘을 준다. 바닷가에 내풍 램프와 술잔을 가지고 나와 있는 사람들이 보인다. 램프와 담배가 어둠 속에서 빨갛게 빛나고, 비스듬히 누운 반달 아래에서 만에 정박한 커다란 돛단배의 검은 실루엣 뒤로는 바다가 우유처럼 창백하게 뻗어 있다. 셀마는 해리의 손을 놓고 방갈로 열쇠를 꺼내려고 반짝이로 장식된 가방에 손을 넣는다. "당신은 내일 밤에 신디를 가질 수 있어요." 셀마가 속삭인다. "우리가 이미 의논했어요."

"좋아요, 훌륭하네요." 해리는 어설프게 말한다. 모욕적으로 들리지 않았으면 좋겠다는 생각이 든다. 그러고 보니 이 말은 신디가 저 돼지 같은 해리슨을 원했다는 뜻이다. 재니스는 웹을 차지했다는 뜻이고. 해리는 재니스가 로니를 택할 수밖에 없을 거라는 생각에 재니스를 동정했었다. 그래도 로니의 꼴을 보니 금방 잠들 것 같아서 다행이다 싶었는데. 셀마는 웹과 짝이 될 줄 알았다. 둘 다 안색이 누르스름하고 살이 없는 타입이니까. 셀마가 방갈로 문을 등뒤로 닫고 짚으로 둥글게 엮은, 침대 위의 등을 켠다. 해리가 묻는다. "오늘밤에 여자들이 선택한 남자들은 제1지망인가요, 아니면 그다지 내키지 않는 사람부터 해치워버리기로 한 건가요?"

"그렇게 너무 경쟁하려고 들지 말아요, 해리. 사랑스럽게 서로를 나누자는 뜻에서 이런 일을 벌인 거잖아요. 웹이 하는 말 들었죠? 우리가 확실히 동의한 것 하나는, 여기서 있었던 일을 절대 브루어까지 가지고 가지 않는다는 거예요. 이건 전부 장난일 뿐이에요. 설사 그 때문에 우리가 죽는 한이 있더라도." 셀마는 짚자리의 한가운데에 다소 도전적인 모습으로 서 있다. 얼굴이 갸름하고 창백한 이 여자가 어떤 사람인지 해리는 잘 모르겠다. 햇볕에 탄 자국 때문에 코가 분홍색일 뿐만 아니라, 눈 밑의 다크서클도 마찬가지다. 나비 같은 것이 셀마의 얼굴에 내려앉은 것 같다. 해리는 셀마에게 키스해야 한다는 생각이 들지만, 셀마가 계속 단호하게 말을 잇는 바람에 움직이지 못한다. "하지만 한 가지는 말해줄게요, 해리 앵스트롬. 당신은 내 제1지망이에요."

"내가요?"

"당연하죠. 난 당신을 열렬히 좋아해요. 열렬히."

"나를요?"

"전혀 눈치 못 챘어요?"

해리는 눈치채지 못했다고 인정하는 게 내키지 않아서 그저 멍청하게 서 있다.

"젠장," 셀마가 말한다. "재니스는 알아차렸는데. 우리가 왜 넬슨의 결혼식에 초대받지 못했을 것 같아요?" 셀마는 돌아서서 거울 앞에서 귀걸이를 풀기 시작한다. 해리와 재니스의 방갈로에 있는 것과 똑같은 거울의 테두리는 가늘게 자른 대나무로 엮은 것이다. 이곳에 걸려 있는 바틱은 해리와 재니스의 방에 있는 것과는 달리 전면에 과일을 파는 흑인 여자 대신 야자나무 한 그루를 배치하고 열대의 석양을 묘사한 것이다. 하지만 바틱의 제작자는 같은 사람이다. 여행가방은 해리슨 부부의 것이고, 옷장 대신인, 색칠한 파이프에는 옷이 걸려 있다.

셀마가 묻는다. "로니의 칫솔을 쓰는 게 거슬려요? 나는 시간이 오래 걸릴 테니까 욕실을 당신이 먼저 쓰는 편이 나을 거예요."

욕실에서 해리는 로니가 질레트 포미 면도크림을 쓴다는 걸 알게 된다. 압축 캔으로 돼 있는 이런 제품은 오존을 먹어버리기 때문에 나중에 우리 자식들이 햇볕에 익어버릴 것이다. 면도기는 텔레비전 광고에서 좁은 단면 칼날이 찰칵거리며 들락날락하던 그 제품이다. 해리는 왜 이런 걸 쓰는지 알 수 없다. 이런 건 그저 더 많은 낭비를 낳을 뿐이다. 해리는 지금도 칠 년쯤 전에 1달러 99센트를 주고 산, 낡아서 녹이 슨 양날 안전면도기를 쓰고 있다. 그리고 면도크림 대신에 가짜 오소리 털로 만든 낡은 솔에 뭐가 됐든 옆에 있는 비누의 거품을 묻혀서 얼굴에 직접 바른다. 그는 낮잠을 잔 뒤 저녁식사를 하러 가기 전에 면도를 했기 때문에 지금은 면도할 필요가 없다. 해리슨 부부는 거대한 튜브에 든 엽록소 크레스트 치약을 쓴다. 해리와 재니스도 푼돈을 아껴보려고 그 치약을 사지만 항상 튜브가 휘어지면서 치약이 새어나온다. 해리는 그 옛날 이파나 치약은 도대체 어떻게 됐는지, 몇 달 전 〈컨슈머 리포트〉가 치약에 대해 뭐라고 했는지 생각해본다. 아무래도 베이킹소다가 낫다고 했던 것 같다. 옛날에 해리와 밈이 쓸 수밖에 없었던 물건. 어머니는 치약에 들어가는 인공 향료 때문에 치석이 생긴다고 주장했다. 소비주의의 문제는, 옆집 남자가 항상 자기보다 훌륭한 소비자처럼 보인다는 점이다. 해리슨 부부의 욕실용품을 보고도 그는 시기심이 생긴다. 셀마는 평범한 여자지만 묵직한 약상자와 미용용품을 들고 다닐 뿐만 아니라, 이클립스라는 선크림과 솔라케인까지 있다. 이유는 잘 모르겠지만 바셀린도 있다. 재니스가 사는 것보다 훨씬 큰 상자에 든 탬팩스*도. 진통제도 아주 많고, 다양한 모양의 아스피린과 다르본,** 그리고 작은 처방약병에 든 알약들도 해리가 예상했던 것보다 많다. 사람들은 항상 남들이 생각하는 것보다 조금 더 아프다. 해리는 셀마에게 야만스러운 물소리가 들리지 않게 변기에 앉아서 오줌을 싸야 하나 망설이다가 그런 생각을 거부한다. 그와 자고 싶어한 건 바로 셀마니까. 변기로 시끄럽게 떨어지는 오줌이 영원히 계속되는 것 같아서 창피하다. 저녁식사 때 술을 많이 마신 탓이다. 그러고 나서 해리는 어쨌든 변기에 앉아 숨을 좀 고른다. 조개를 너무 먹었다. 어제 먹은 게살 냄새가 지금도 나는 것 같다. 해리는 일어서서 악취가 나는지 보려고 손가락 하나로 아래의 그곳을 시험해본다. 냄새가 나는 것 같다. 목욕수건을 쓰는 게 나을 것 같다. 어떤 수건이 로니의 것인지 모르겠다. 파란색일까 갈색일까. 해리는 갈색으로 정하고 그것으로 아래를 전부 닦는다. 중요한 곳은 전부. 일을 치를 준비를 하는 것이다. 수건이 누구 것인지는 모르겠지만 어쨌든 자신의 체취를 지우기 위해 그는 수건을 깨끗이 빤다.

그가 다시 방으로 돌아와보니 셀마는 속옷 차림이다. 코코아색 브래지어와 검은 팬티. 미처 예상치 못한 모습이다. 해리 자신이 그 모습에 동요하는 것도 뜻밖이다. 젖가슴은 이상한 물건이다. 옷을 입었을 때 실제보다 커 보이는 가슴도 있고, 작아 보이는 가슴도 있다. 셀마의 가슴은 두번째 경우다. 브래지어가 멋지게 가득차 있다. 사십대에 접어든 셀마의 몸은 정숙한 얼굴의 간호사들과 교사들에게서 깜짝깜짝 놀

---

* 여성용 생리대 브랜드.
** 진통제 상품명.

라게 되는, 날씬하고 중성적이고 쓸모 있는 모습을 유지하고 있다. 셀마가 웃음을 터뜨리며 양팔을 뻗는다. 부채를 들고 알몸으로 춤을 추는 댄서 같다. "자, 봐요. 놀란 표정이네요. 당신은 정말이지 점잖은 척하는 게 귀여워요. 해리. 그게 바로 내가 열렬히 좋아하는 점 중의 하나죠. 오 분 만에 다 끝내고 나올게요. 잠들지 말아요."

영리한 여자. 여행을 온 뒤로 다들 잠이 모자라고, 끊임없이 돌아다니고 있고, 술도 계속 마셨고, 오늘은 물속에서 힘든 일(머리가 물속에 잠기고 바닥이 어딘지 알 수 없는 기분 나쁜 초록색 물이 그의 두 다리를 빨아들였다)도 겪었기 때문에 그는 피곤했다. 해리는 옷을 벗기 시작한다. 그런데 어디서 멈춰야 할지 모르겠다. 남편과 아내는 오랜 세월 동안 자질구레한 일들을 자동으로 처리하게 되지만, 낯선 여자와 함께라면 그런 문제들이 모두 다시 튀어나온다. 셀마는 자신이 이불 속에 알몸으로 있는 것을 좋아할까? 아니면 이불 위에 있어야 하나? 셀마가 욕실에서 나왔을 때 해리 자신이 셀마보다 옷을 더 입고 있는 건 무례한 짓이 될 것이다. 하지만 지푸라기 그림자가 진 불빛이 침대 위에서 워낙 밝게 흔들리고 있기 때문에, 셀마가 몸을 다 드러내고 누워 있는 자신을 보며 〈플레이걸〉의 남자 화보를 보듯 하는 것도 싫다. 해리는 자신이 14킬로그램쯤 살을 빼더라도 여전히 배가 들어가지 않으리라는 걸 알고 있다. 그는 팬티 차림으로 대나무 테두리가 있는 화장대로 가서 그곳에 달린 램프를 켠다. 나무로 만든 싸구려 램프 받침에는 새끼 조개들의 껍데기가 풀로 잔뜩 붙여져 있다. 해리는 팬티를 벗는다. 허리 고무줄은 이미 탄력을 잃었다. 이런 타입의 팬티 중에서 살 만한 브랜드는 자키뿐이지만, 브루어의 할인점들은 그 제품을 팔려고 하지 않는다. 어디서나 품질은 뒷전으로 밀려나고 있다. 해리는 침대 위의 불을 끄고 어둠 속에서 몸을 쭉 편다. 베드스프레드 위에서 자신의 모든 것, 지금 자신의 모습, 과거의 모습, 나중에 장의사가 마지막으로 그에게 옷을 입히기 전 미래의 모습을 모두 드러낸다. 알몸의 부담을 줄여줄 결혼반지조차 없다. 그와 재니스가 결혼하던 무렵에 남자들은 결혼반지를 끼지 않는 것이 보통이었다. 해리는 눈을 감고 잠시 눈을 쉬게 한다. 눈꺼풀 안은 빨간 허공이다. 해리는 이 일을 해치워야 한다. 어쩌면 셀마가 원하는 건 대화뿐인지도 모른다. 그러고 나서 내일 밤을 위해 정말로 푹 쉬는 것. 그곳에 가면…… 물속에서 미끄러지듯 스치던 그 느낌……

셀마가 해리에게는 마치 지진처럼 들리는 시끄러운 소리와 함께 욕실에서 나왔다. 자신의 속옷을 앞에 들고서 해리에게 등을 돌린 채 해리슨 부부가 화장대 옆에 쌓아둔 더러운 빨랫감더미에 팬티를 집어넣는다. 짚으로 엮은 쓰레기통 뒤쪽에. 브래지어는 아직 깨끗해서 잘 접어 서랍에 넣는다. 셀마의 엉덩이를 보는 것이 이번 여행에서 두번째라고, 해리는 졸음에 겨워 생각한다. 돌아서는 셀마의 몸이 화장대 램프를 가리는 바람에 셀마의 몸 앞쪽에 그림자가 저절로 모여든다. 셀마가 수줍게 다가온다. 마치 물살을 헤치며 걷고 있는 것 같다. 해리가 끈 불을 다시 켜려고 셀마가 몸을 숙이자 셀마의 젖가슴이 앞으로 흔들린다. 셀마가 침대 가장자리에 앉는다.

해리의 물건은 아직도 잠결이다. 셀마가 그것을 손으로 잡는다. "포경수술을 안 했네요."

"그래요, 어째선지 그날은 병원에서 그걸 안 했나봐요. 아니면 우리 어머니한테 따로 생각이 있었든지, 모르겠어요. 물어본 적이 없으니까. 미안해요."

"예뻐요. 작은 보닛 같아요." 침대 가장자리에 앉은 셀마는 그가 기억하는, 옷을 입은 모습보다 알몸일 때가 더 나긋나긋하다. 그녀가 몸을 숙여 그의 물건을 입에 머금는다. 램프 불빛에 드러난 그녀의 몸은 살짝 구릿빛으로 그을린 곳, 분홍색으로 살이 벗겨지는 곳, 원래의 누르스름한 피부색이 연하게 뒤섞여 있다. 셀마의 배가 차곡차곡 쌓아올린 신문처럼 평평하게 주름이 지고, 그의 물건의 아랫부분을 두 손가락으로 잡고 있는 손등에는 파란 핏줄이 희미하게 드러나 있다. 하지만 셀마의 숨결은 따스하고 축축하다. 탁한 갈색 덩어리 속에서 불에 그슬린 것 같은 하얀 머리카락들이 램프 불빛 속에서 뱀처럼 구불거려 해리는 손을 뻗어 셀마의 머리를 쓰다듬거나 턱 안에서 리듬에 맞춰 움직이는 그 공간을 만져보고 싶다는 생각이 든다. 하지만 셀마가 자신에게 주고 있는 감각을 방해하기가 두렵다. 셀마가 재빨리 한 손을 들어 머리카락을 뒤로 넘긴다. 마치 그가 더 잘 볼 수 있게 해주려는 듯이.

해리가 중얼거린다. "아름다워." 그의 것이 점점 굵고 길어지고 있지만 셀마는 여전히 매번 밑동을 감싸고 있는 손가락까지 입술을 강하게 내린다. 셀마가 조금 편안해지려고 다리를 벌린다. 한쪽 다리를 침대 가장자리에 비스듬히 걸친 채 벌어진 양다리 사이의 덤불, 그가 상상했던 것보다 더 섬세하고 붉은 그 덤불 속에서 짧고 하얀 끈이 솟아 있는 것이 보인다. 해리가 상상했던 신디의 그곳이나 재니스의 그곳과 달리 셀마의 그곳은 불투명하지 않다. 멍든 것 같은 색깔의 음순 위로 투명한 솜털이 나 있다. 혀처럼 하얀 끈이 뻗어나와 있는 그것의 모습이 어찌나 부족하고 무방비해 보이는지 해리는 울려면 울 수도 있을 것 같다. 셀마도 눈물이 날 것 같은 표정이다. 아마 목이 막히지 않게 애를 쓰느라 그럴 것이다. 셀마가 뒤로 물러나 눈처럼 허공을 노려보고 있는 그의 귀두를 빤히 바라본다. 귀두가 부풀어 포피에서 자유로이 빠져나와 있다. 셀마가 보닛 같다던 포피를 다시 위로 끌어올리고는, 노래하듯이, 놀리듯이 말한다. "이 작은 얼굴이 어찌나 진지한지." 셀마가 그곳에 가볍게 입을 맞춘다. 한 번 두 번, 혀를 날름거리면서. 그러다가 다시 고개를 주억거린다. 그러다가 결국 숨이 막혔는지 다시 고개를 든다. "세상에," 셀마가 한숨을 내쉰다. "이걸 언제부터 하고 싶었는지 몰라요. 해요. 해버려요. 해리. 내 입안에 해요. 내 입안과 얼굴 전체에 해버려요." 이 말을 하는 셀마의 목소리가 허스키하고 광적이다. 말을 하는 동안 내내 셀마는 이제 구름처럼 흐릿한 눈물 한 방울이 솟아난 그의 자그마한 홈에서 결코 눈을 떼지 않는다. 셀마가 그 눈물을 핥아낸다.

"정말로……" 해리가 수줍게 묻는다. "그동안 나를 좋아했어요?"

"몇 년이나 됐어요." 셀마가 말한다. "몇 년이나. 그런데 당신은 결코 눈치를 못 챘죠. 나쁜 사람. 항상 재니스가 시키는 대로 움직이고, 멍청한 신디한테 넋을 잃고 있었어요. 지금 신디가 어디 있는지는 당신도 알 거예요. 내 남편한테 당하고 있는 중이죠. 남편은 싫다고 했어요. 차라리 나랑 잠자리에 드는 편이 낫겠다고." 셀마는 코웃음을 친다. 왠지 자기혐오의 슬픔이 배어 있는 것 같다. 셀마가 다시 입을 벌리고 달려들자 해리는 셀마의 목구멍에 자신의 것이 세게 닿으면서 마치 꽉 긴 것 같은 감각이 확 몰려오는 것을 느끼며 셀마의 말대로 해야 하는 건지 잘 모르겠다고 생각한다.

"잠깐만요." 해리가 말한다. "내가 먼저 당신을 위해서 뭔가 해줘야 하는 것 아니에요? 내가 사정하고 나면 모든 게 끝날 텐데."

"사정한 뒤에 또 하면 되죠."

"내 나이에는 안 돼요. 안 될 거예요."

"나이라. 항상 나이 얘기만 하네요." 셀마가 그의 배에 얼굴을 얹고 그를 지그시 올려다본다. 처음으로 장난스러운 표정을 짓고 있다. 셀마의 눈이 그의 눈을 직각으로 바라보는 것이 당황스럽다. 해리는 셀마의 눈 색깔이 무엇인지 알아차린 적이 없다. 헤이즐이라고 불리는 애매한 색깔이지만 머리 위의 강한 불빛을 받은데다가 목구멍 깊숙이 그의 것을 삼키느라 밝아져서 연한 황갈색으로 보인다. 생각이 없는 동물의 반투명한 눈. "난 너무 들떠서 절정에 이를 수 없어요." 셀마가 말한다. "어쨌든, 해리, 난 지금 생리중인데, 양이 정말 많아요. 두 달에 한 번씩. 하지만 무서워서 그 이유를 알아볼 수 없어요. 그 중간 달에는 생리통이 엄청 심하고, 피가 거의 비치지도 않아요."

"병원에 가봐요." 해리가 권한다.

"병원에는 항상 가지만, 의사들은 전혀 쓸모가 없어요. 난 곧 죽을 거예요. 당신도 알죠?"

"죽어요?"

"뭐, 너무 극적인 표현일 수도 있지만. 앞으로 시간이 얼마나 걸릴지는 아무도 몰라요. 내가 어떻게 하는가에 많은 것이 달려 있으니까. 내가 절대 하지 말아야 하는 일 한 가지는 햇빛을 받는 거예요. 여기로 여행을 온 건 미친 짓이었어요. 로니도 날 말리려고 했죠."

"그런데 왜 왔어요?"

"알아맞혀보세요. 왜겠어요? 난 미쳤어요, 해리. 당신을 내 머릿속에서 밀어내야 돼요." 셀마가 또 자기혐오로 인한 슬픔 때문에 흐느낄 것처럼 보이지만, 셀마는 고개를 들어 그의 물건을 바라본다. 죽느니 어쩌느니 하는 이야기 때문에 그것은 다시 반쯤 잠들어 있다.

"이거 루푸스예요?" 해리가 묻는다.

"음." 셀마가 말한다. "봐요. 여기 발진이 보여요?" 셀마는 양편 머리카락을 뒤로 넘긴다. "예쁘지 않아요? 금요일에 바보처럼 햇빛 속에 나가 있어서 이렇게 된 거예요. 난 그저 당신들하고 똑같은 사람이 되고 싶었을 뿐이에요. 환자가 되기 싫었어요. 토요일에는 정말 끔찍했어요. 관절이 아프고, 장기들이 제대로 돌아가지 않아요. 로니는 집으로 돌아가서 코르티손 주사를 맞자고 했어요."

"로니가 당신한테 아주 잘해주는 모양이네요."

"로니는 날 사랑해요."

그의 물건이 다시 뻣뻣해지자 셀마가 그것을 향해 몸을 숙인다. "셀마." 해리가 셀마의 이름을 부른 것은 처음이다. 오늘밤. "내가 당신을 위해 뭔가 하게 해줘요. 그러니까, 서로 평등해야 하잖아요."

"그 핏속으로 들어가고 싶지 않을 거예요."

"그럼 이 달콤한 것들을 빨게 해줘요." 셀마의 젖꼭지는 재니스의 것처럼 솟아 있지 않지만 아기의 엄지 끝처럼 완벽하다. 이제는 그가 셀마를 대접하는 차례가 되었으므로 그는 아무 거리낌 없이 손을 뻗어 침대 위의 불을 끈다. 방이 어두워지자 셀마의 발진들도 사라지고 셀마가 봉사를 받기 위해 자세를 잡으며 웃음 짓는 것이 보인다. 셀마는 책상다리로 앉는다. 배에서 신디가 그랬던 것처럼. 여자들은 참으로 몸이 유연하다. 셀마는 그가 머리를 기댈 수 있게 무릎에 베개를 얹는다. 그리고 그의 입속에 손가락 하나를 넣어 자신의 젖꼭지와 그의 혀를 한꺼번에 희롱한다. 제대로 꺼지지 않은 라디오처럼 떨림이 그녀의 몸을 훑고 지나간다. 해리의 손이 셀마의 엉덩이를 찾아낸다. 따스하고 올록볼록한 엉덩이. 재니스의 피부는 곱디고운 사포 같은 느낌이라면, 셀마의 피부는 마치 유리 같다. 셀마가 손톱으로 그의 물건을 가볍게 놀리자 그것이 다시 훌륭하게 일어선다. "해리." 셀마의 목소리가 그의 귓가를 바짝 누른다. "당신이 날 잊지 못하게 내가 당신을 위해 뭔가 해주고 싶어요. 당신이 다른 사람과는 결코 해본 적이 없는 것으로. 다른 여자들이 당신 것을 빨아서 가게 해준 적은 있겠죠?"

해리는 그렇다는 뜻으로 고개를 흔든다. 그 바람에 셀마의 가슴도 함께 잡아당겨진다.

"엉덩이로 한 적은 몇 번이나 돼요?"

해리의 입에서 셀마의 젖꼭지가 스르르 떨어진다. "없어요. 한 번도."

"재니스랑도?"

"세상에, 없어요. 우린 생각도 해본 적 없어요."

"해리. 거짓말 아니죠?"

이 말이 얼마나 사랑스러운지. 초등학교 3학년생들을 상대하며 생긴 말버릇인 것 같다. "아니, 정말이에요. 난 남자를 좋아하는 변태들만 그런…… 당신과 로니는 해요?"

"항상 하죠. 뭐, 아주 많이 하는 건 사실이에요. 로니가 아주 좋아해요."

"그럼 당신은?"

"그것도 나름대로 매력이 있어요."

"아프지는 않아요? 로니는 그게 큰데."

"처음엔 아파요. 바셀린을 쓰면 돼요. 우리 걸 가져올게요."

"셀마, 잠깐만요. 나보고 그걸 하라고요?"

셀마가 짧게 웃는다. "맞아요." 셀마는 미끄러지듯 욕실로 들어간다. 그녀가 없는 동안에도 그의 물건은 여전히 거대하다. 셀마가 돌아와 그의 것에 속속들이 기름을 발라준다. 얼음처럼 차갑고 전문가처럼 노련한 손길이다. 해리는 부르르 떤다. 셀마가 그에게 등을 돌린 채 그의 옆에 누워 마치 대포에 맞을 준비를 하는 사람처럼 몸을 앞으로 말더니 뒤로 손을 뻗어 그를 인도한다. "부드럽게 해요."

되지 않을 것 같더니 갑자기 쑥 들어간다. 안에서 삐져나온 바셀린의 약냄새가 그의 콧구멍까지 닿는다. 물건의 밑동 부분은 단단히 조이지만, 그 너머로는, 여자의 그곳이 온통 벨벳처럼 부드럽게 빨아들이며 어루만지는 느낌을 주는 것과 달리, 아무런 감각이 없다. 텅 빈 허공, 진정한 블랙박스, 완벽한 무無가 들어 있는 상자. 그는 그 허공 속에 있다. 고리처럼 단단하게 그를 조이는 근육을 지나서. 그가 묻는다. "사정해도 돼요?"

"그럼요." 셀마의 목소리가 희미하고 중간중간 끊어져서 들린다. 셀마의 등뼈와 어깨뼈가 단단히 긴장해 있다.

겨우 몇 번 들이미는 것으로 끝난다. 그동안 해리는 한 손으로는 셀마의 머리를 문지르고, 다른 손으로는 셀마의 엉덩이를 꽉 움켜쥔 채

고정시킨다. 그의 정액은 어디로 갈까? 셸마의 똥과 섞이는 것 외에는 갈 데가 없을 것이다. 다정한 셸마의 다정한 똥과. 두 사람은 아무 말 없이 누워서 여전히 하나로 연결돼 있다. 마침내 해리의 물건이 서서히 줄어들면서 빠져나온다. "됐어요." 해리가 말한다. "고마워요. 이건 결코 못 잊을 거예요."

"약속할 수 있어요?"

"난 좀 창피해요. 당신은 어때요?"

"내가 당신으로 가득찬 느낌이에요. 엉덩이로 그것을 한 느낌이고. 사랑스러운 해리 앵스트롬과."

"셸마," 해리가 솔직히 말한다. "당신이 날 그렇게 좋아한다니, 믿기지 않아요. 내가 당신한테 해준 것도 없는 것 같은데."

"그냥 당신이 존재하기만 하면 돼요. 당신의 빛을 내게 주기만 한다면. 정말 눈치 못 챘어요? 파티를 할 때나 클럽에서 내가 항상 당신 옆에 있는 걸?"

"글쎄요, 딱히 그렇지는…… 그런 일이 많지도 않잖아요. 내 말은 당신과 로니가 함께……"

"재니스랑 신디는 알아차렸는데. 내가 당신을 원할 거라는 걸 그 둘은 알고 있었어요."

"어, 꼬치꼬치 캐물으려는 건 아닌데, 그러니까, 나의 어떤 점이 당신을 흥분시키는 거예요?"

"아, 귀여워라. 뭐든지요. 당신의 키, 움직이는 모습, 마치 당신이 아직도 비쩍 마른 스물다섯 살짜리인 것처럼 움직이잖아요. 빠져나갈 길이 있다는 걸 확인하기 전에는 어디에도 절대 앉는 법이 없는 것도. 어설픈 미소도. 덩치들한테 금방이라도 붙들릴지 모르는 파티장에 와 있는 어린 소년 같거든요. 훌륭한 유머 감각도. 당신은 사람을 정말 잘 믿어요. 웹의 말에는 거의 매달리다시피 하죠. 아무도 그다지 주의를 기울이지 않는데. 게다가 재니스를 얼마나 자랑스러워하는지 불쌍할 정도예요. 재니스는 사실 잘하는 게 별로 없어요. 테니스 실력도, 도리스 카우프만 얘기로는 그다지……"

"재니스가 뭔가를 즐겁게 하는 모습이 좋아요. 따분한 생활을 하고 있으니까."

"봐요. 당신은 진짜 말도 못하게 너그럽다니까요. 어딜 가든 그저 그곳에 있을 수 있다는 것만으로 감격해서 그 볼품없는 클럽이나 신디의 끔찍한 집도 천국이라고 생각하죠. 정말 굉장해요. 당신은 살아 있다는 걸 아주 기뻐하고 있어요."

"그거야, 뭐, 그 반대의 경우를 생각해보면……"

"난 아주 미치겠어요. 그런 걸 보면 당신이 좋아 죽겠다고요. 당신 손도요. 난 옛날부터 당신 손이 좋았어요." 몸을 일으켜 침대 가장자리에 앉아 있던 셀마가 하릴없이 놓여 있던 그의 왼손을 가져다가 모든 손톱의 크고 하얀 반달에 차례로 입을 맞춘다. "게다가 이제는 당신의 저것까지. 작고 귀여운 보닛을 쓰고 있는 것 말이에요. 아, 해리, 이번 여행 때문에 내가 죽는다 해도 상관없어요. 오늘밤 일만으로도 그럴 만한 가치가 있어요."

셀마의 몸속에 있는 그 허공. 해리는 방금 자신이 발견한 것, 자신이 그곳의 하나뿐인 눈으로 본 그 무無를 머리에서 떨쳐버릴 수 없다. 어둠 속에서 축축한 파란색 달빛과 야자나무들이 바스락거리는 소리가 침대 옆의 미늘창을 통해 스며들어오는 가운데, 해리는 마치 기도를 하듯이 셀마에게 자신을 맡기고, 다른 사람에게는 전혀 보여준 적이 없는 태도로 자신에 관해 이야기한다. 넬슨에 대해서도, 자신이 넬슨에게 품은 불만과 넬슨이 자신에게 품은 불만에 대해서도. 그리고 자신의 딸에 대해서도. 자신에게 딸이 있는 것 같은데, 자신의 존재를 모른 채 자라났다는 이야기. 해리는 셀마에게 감히 속내를 전부 털어놓는다. 셀마가 그에게 엉덩이를 내주어 사랑을 증명했으므로. 다른 누구도 아닌 자기 자신의 모습으로 있는 것이 기적 같다는 느낌이 들고, 지금은 에너지 위기 때문에 희미해지고 있지만 옛날에 그가 어렴풋이 느끼고 있던 것, 이 세상에는 그가 찾아주기를 바라는 어떤 것이 있으며 자신은 모종의 임무를 띠고 지상에 내려온 존재라는 느낌이 되살아난다.

"정말 사랑스러운 생각이에요." 셀마가 말한다. "그 덕분에……" 셀마는 적당한 단어가 생각나지 않는 모양이다. "당신이 빛나는 거예요. 슬프기도 하고." 셀마가 그에게 몇 가지 조언을 해준다. 셀마는 해리에게 루스를 찾아서 그 아이가 해리의 딸인지 직접 물어보아야 한다고 말한다. 만약 해리의 딸이 맞는다면, 그가 도와줄 것이 없는지도 물어보아야 한다. 넬슨에 관해서는, 그 아이의 문제가 어쩌면 해리가 지닌 문제의 연장선상에 있는 건지도 모른다고 말한다. 만약 해리 자신이 질의 죽음에 대해, 그리고 그전에 있었던 레베카의 죽음에 대해 죄책감이 없다면 넬슨의 존재에 지금만큼 위협을 느끼지 않을 것이고, 넬슨을 더 편안하고 상냥하게 대할 수 있으리라는 것이다. "잊지 말아요." 셀마가 말한다. "그 아이는 예전의 당신처럼 젊을 뿐이에요. 자신의 길을 찾고 있는 젊은이에 불과해요."

"하지만 녀석은 나랑 달라요!" 해리가 반발한다. 이 진실의 끔찍함, 그 엄청난 추락을 모두 이해해줄 수 있는 사람을 마침내 만난 것 같다. "녀석은 우리 장인의 축소판이에요, 아주 속속들이."

셀마는 넬슨이 해리가 생각하는 것보다 더 많이 해리를 닮았다고 말한다. 행글라이딩을 배우고 싶어하는 것, 거기서 당신 자신의 모습을 보지 못했어요? 그리고 두 여자와 한꺼번에 어울리는 것. 혹시 당신은 넬슨을 조금 질투한 것이 아닌가요?

"하지만 난 절대 멜러니랑 그걸 하고 싶다는 충동을 느낀 적이 없어요." 해리가 고백한다. "프루도 그렇고요. 그다지. 둘 다 왠지 이 세상을 벗어나 있는 것 같아요."

물론이죠, 셀마가 말한다. "당신은 그 아이들과 씹을 하고 싶다는 생각을 하면 안 돼요. 그 아이들은 당신 딸이니까요. 신디도 그래요. 당신은 나랑 씹을 하고 싶다는 생각을 해야 돼요. 난 당신과 같은 세대예요, 해리. 난 당신을 이해할 수 있어요. 하지만 그애들한테 당신은 세월과 돈 외에는 아무것도 없는 존재에 불과해요."

이렇게 이야기를 하면서 두 사람은 해리의 삶이 그려온 궤적에서 차츰 멀어져 셀마가 로니와의 결혼생활에 대해 이야기하기 시작한다. 허풍선이 같은 로니의 겉모습 속에 자리잡은 불안과 걱정. 해리가 로니의 겉모습을 싫어한다는 건 셀마도 알고 있다. "로니는 당신처럼 스타였던 적이 없어요. 단 한 순간도 그런 걸 누린 적이 없죠." 셀마는 20대에 접어들고 한참 뒤에 로니를 처음 만났다. 혹시 자신이 노처녀 교사로 생을 마치는 게 아닐까 고민하던 때였다. 나이도 많고 남자 경험도 조금 있고 마음을 풀어버리는 재주도 있었기 때문에 셀마는 로니가 생각해내는 것들을 재미있어했다. 신혼여행에서 아침식사 때 로니는 스크램블드에그를 향해 자위를 했고, 두 사람은 다른 요리들과 함께 그의 정액 부침을 먹었다. 로니의 그런 점을 잘 받아주기만 한다면, 로니는 놀라울 정도로 충성스럽고 유순한 사람이다. 그렇게 볼 수 있다. 로니는 다른 여자에게 전혀 관심이 없다. 셀마가 확실히 알고 있는 사실이다. 남자들의 본성을 생각하면 정말이지 신기한 사실이다. 로니는 또한 완벽한 아버지였다. 스쿨킬 뮤추얼에서 아직 밑바닥에 있을 때, 로니는 걱정 때문에 밤새 잠을 자지 못해서 살이 9킬로그램이나 빠졌다. 그가 다시 몸무게를 회복한 것은 겨우 지난 몇 년 동안의 일이다. 셀마가 처음 루푸스 진단을 받았을 때, 로니는 어떤 의미에서 셀마보다 더 커다란 충격을 받았다. "마흔이 넘은 여자는 말이에요, 해리, 아이를 낳은 경험도 있는 여자라면…… 예를 들어 나치 병사가 내게 다가와서 나와 우리 둘째 조지 중에 하나를 데려가겠다고 한다면, 조지가 가장 도움이 필요한 녀석이라서 그냥 생각이 났어요. 선택하기가 그리 어렵지 않을 거예요. 하지만 로니에게는 어려울지도 몰라요. 나를 잃는 게. 로니는 내가 자기를 위해서 해주는 일들이 아무 여자나 해줄 수 있는 게 아니라고 생각해요. 내 생각에는 그렇지만도 않은 것 같지만, 어쨌든 로니는 그렇게 생각해요." 셀마는 로니의 성기가 마음에 든다고 인정한다. 하지만 해리는 남자로서 인정할 수 없다. 로니의 것처럼 커다란 물건은 단단해져도 크기가 그다지 변하지 않기 때문이다. 그저 각도가 변할 뿐이다. 작은 보닛을 쓰고 잠들어 있는 아기에서 지금처럼 키가 크고 사나운 병사로 변하지는 않는다. 셀마가 이야기를 하면서 한가로이 손을 놀려 그것을 다시 키워놓았다. 미늘창 바깥의 밤은 이제 완전히 적막해졌다. 주정뱅이의 고함소리와 단편적인 음악소리가 마지막으로 들린 것이 한참 전이고, 지금은 끊임없이 한숨을 내쉬는 바다와 소리 높여 울어대는 귀뚜라미 외에는 아무것도 소리를 내지 않는다. 해리는 예의바르게 피를 뚫고 셀마와 썹을 하겠다고 제안하지만, 셀마는 마치 처녀처럼 질겁하며 거절한다. 그래서 해리는 혹시 셀마가 생리를 핑계로 자신의 그 부분을 그에게 허락하지 않으려는 게 아닌가, 자신을 사랑하는 마음과 부끄러움을 모르는 행동과 거리를 두고 자신의 결혼생활을 위해 그 부분을 순수하게 보존하려는 게 아닌가 하는 생각이 든다. 셀마가 이미 설명한 것이 있다. "내가 당신을 사랑하게 됐다는 걸 깨달았을 때, 난 나 자신한테 화가 나서 미칠 것 같았어요. 그 감정은 어디에도 도움이 되지 않으니까요. 하지만 그러다가 나와 로니 사이에 틀림없이 뭔가 빠진 것이 있는 것 같다는 생각이 들었죠. 아니, 어쩌면 모든 사람의 삶 속에 그런 것이 있는지도 몰라요. 그래서 난 그 감정을 받아들이려고 애썼어요. 심지어 속으로 조용히 즐기려고도 했죠. 그냥 당신을 지켜보기만 하면서. 당신은 나의 작은 십자가예요." 해리는 아직 셀마의 입에 키스를 하지 않았지만, 이제 셀마가 단순한 썹을 그에게 허락하지 않는 것에 죄책감을 느끼는 것 같다는 생각이 들자 키스를 한다. 죄책감은 그도 공감할 수 있다. 셀마의 입술은 서늘하고 건조한 느낌이 난다, 비교적. 셀마가 자신의 그곳으로 그를 받아들이려 하지 않기 때문에, 그는 셀마의 얼굴 위에 앉아 손으로 셀마의 그곳을 만져주는 타협책을 택한다. 아까 몸을 닦기를 잘했다는 생각이 든다. 셀마의 혀가 그곳을 탐색하고, 아직도 바셀린에 감싸여 있는 것처럼 서늘하게 그의 손가락에 닿아 있는 셀마의 손가락이 그를 인도해 작은 두건을 쓴 중심 부분, 바로 그녀 자신인 그곳을 함께 찾았다가 놓쳤다가 다시 찾는다. 셀마가 짓눌린 소리로 외치며 절정에 도달해 등을 둥글게 구부리는 바람에, 색깔이 연하고 매끈하고 모양이 낯선 그곳의 중심에서 그의 눈을 향해 어둠이 굶주린 듯 솟아오른다. 입이 달린 구름, 물위로 솟구치는 물고기 같다. 숨을 고르며 셀마는 해리의 상냥함에 보답을 하고, 하얀 액체가 솟아올랐다가 떨어져 그녀의 손에 끈적거리는 줄무늬를 그리는 모습을 그와 함께 지켜본다. 셀마가 그의 정액을 자신의 얼굴에 바르자 정액이 마치 선로션처럼 반짝인다. 적막한 바깥이 점점 밝아지기 시작하고, 이파리 하나하나가 부드러운 공기 속에서 선명해진다. 피로와 자기고백에 취한 해리는 셀마에게 로니가 한 번도 해준 적이 없는 것 중에 뭐든 자기가 해줄 수 있는 것을 말해달라고 조른다. 셀마는 욕조로 들어가 자기 몸에 오줌을 싸라고 한다. "뜨거워요!" 셀마가 외친다. 그녀의 창백한 피부 위에 어른이든 아이든 남자들이 눈 속에서 연습하는 무늬가 툭툭 그려진다. 두 사람은 이제 역할을 서로 바꿔 셀마가 어색하게 양다리를 벌리고 걸터앉는다. 셀마는 제대로 해내지 못하는 자신을 향해 웃음을 터뜨리며 미로처럼 복잡한 여자 특유의 내부구조 속에서 올바로 배출하는 방법을 찾는다. 기다리고 있는 그의 몸 위에서 셀마의 덤불이 남자처럼 불룩 내밀어지지만, 마침내 나온 오줌줄기는 옆으로 힘없이 똑똑 떨어진다. 여자들은 겨냥할 수 없음을 그는 깨닫는다. 게다가 셀마가 뜨겁다고 말했던 것도 과장인 것 같다. 책상에 놔두고 너무 오래 식혀서 몇 모금 만에 다 마셔버려야 하는 커피나 차 같다. 그만큼

미지근하다. 함께 샤워를 하며 피부에서 오줌의 암모니아 냄새를 씻어 낸 뒤, 셸마와 해리는 이제 미늘창을 통해 줄무늬 모양으로 차오르고 있는 새벽빛 속에서 잠이 든다. 그들은 은밀한 몇 시간의 만남이 아니라, 죽음이 찾아올 때까지 친밀한 관계를 당당히 인정받은 부부의 삶이 앞으로 쭉 남아 있는 사람들처럼 잠든다.

난폭하게 문을 흔들어대는 소리. "셸마. 해리. 우리가 왔어." 셸마가 로브를 입고 문을 열러 나가는 동안 래빗은 이불 밑에 숨어 눈만 빠끔 내놓는다. 웹과 로니가 새로운 하루의 작열하는 빛 속에 서 있다. 웹은 포도 색깔의 악어 셔츠에 연한 청색의 격자무늬 골프바지를 눈부시게 차려입었다. 로니는 어젯밤 저녁식사 때의 옷차림 그대로라 안으로 들어올 필요가 있다. 셸마는 문을 닫고 욕실로 숨어버리고, 그동안 해리는 어젯밤의 구겨진 양복을 입는다. 귀찮아서 넥타이는 매지 않는다. 아직도 오줌 냄새가 나는 것 같다. 그는 골프복으로 갈아입으려고 자신의 방갈로로 달려간다. 흑인 여자들이 콧노래를 부르며 시멘트 통행로를 따라 아침식사 쟁반을 들고 온다. 쟁반에서 찰랑찰랑 식기 부딪히는 소리가 나고, 노란 새들이 여자들의 뒤를 따른다. 재니스는 욕실에서 목욕을 하고 있다.

해리가 소리친다. "당신 괜찮아?"

재니스가 마주 소리친다. "괜찮아. 당신만큼." 그러고는 나오지 않는다.

밖으로 나가는 길에 해리는 버터도 바르지 않은 크루아상과 입안이 벗겨질 만큼 뜨거운 커피 몇 모금을 입안에 쑤셔넣는다. 문 옆에 종이처럼 서 있는 오렌지색과 진홍색 꽃들을 보니 머리가 아프다. 웹과 로니는 초록색 시멘트 통행로가 만나는 지점에서 그를 기다리고 있다. 세 남자는 힘들게 골프를 치면서 서로를 놀리기도 하고 농담도 많이 주고받지만 눈은 거의 마주치지 않는다. 한시쯤 골프장에서 돌아와보니, 재니스는 비행기에서 입었던 미색 리넨 정장을 입고 올림픽 규격의 수영장 옆에 앉아 있다. 리넨은 주름이 심하게 지는데. "해리, 어머니한테서 전화가 왔어. 우리 돌아가야 돼."

"무슨 소리야? 왜?" 해리는 녹초가 돼서 긴 낮잠을 꿈꾸고 있었다. 오늘밤을 위해 기운을 차리려고. 게다가 그의 포피 또한 어젯밤의 운동으로 민감해져 있어서 스윙을 할 때마다 살짝 쓰라린 느낌이 있었다. 그는 신디를 생각하며 그녀의 질이 매끈했으면 좋겠다고 생각했다. 머릿속에 생생하게 남아 있는 셀마의 아래쪽 잔상과 자신처럼 자기들이 본 것을 소리 없이 마음에 품고 마치 거래처 파트너처럼 구는 두 남자에 대한 불안감과 찜찜함이 함께 엮인 오늘의 골프는 이해할 수 없을 만큼 좋았다. 그의 스윙에는 군더더기가 전혀 없었다. 15번 홀에서 피로에 발목을 붙들려 공 세 개가 똑같이 생긴 하늘빛 홈을 따라 오른쪽으로 휘는 바람에 선인장과 산호와 덤불이 있는, 공을 찾을 수 없는 지역으로 들어갈 때까지는 그랬다. "무슨 일인데? 아이가 태어난 거야?"

"아니." 재니스가 말한다. 재니스가 쉽사리 울음을 터뜨리는 걸 보니, 오전 내내 여기 햇빛 속에서 계속 울다 말다 하고 있었다는 걸 알 수 있다. "넬슨이야. 도망쳤대."

"도망쳐? 난 좀 앉아야겠어." 술 장식이 달린 파라솔 밑의 유리 탁자로 다가온 흑인 웨이터에게 그가 말한다. "피냐콜라다, 제프. 두 잔이 좋겠어. 재니스?" 재니스는 흐릿한 눈빛으로 고개를 끄덕인다. 앞에 이미 빈 잔이 하나 있는데도. 해리는 친구들의 얼굴을 둘러본다. "제프, 여섯 잔으로 하는 게 좋겠군." 그도 이제는 이곳 분위기를 파악했다. 수영장가에 둘러앉아 있는 다른 사람들은 창백해 보인다. 이제막 비행기에서 끌려나온 사람들 같다.

신디는 막 수영장에서 나온 참이다. 양쪽 어깨는 검푸른색이고, 기저귀 모양의 비키니 하의는 젖은 채 달라붙어 있다. 신디가 그 위와 아래의 창백한 피부를 가리려고 천을 잡아당긴다. 신디는 날이 갈수록 살이 찌고 있다. 서둘러야 돼, 해리는 속으로 생각한다. 하지만 이미너무 늦었다. 삼각형 끈 안에서 한쪽 젖꼭지가 거의 튀어나올 정도로몸을 꼬아 수건으로 등을 닦으며 돌아서는 신디의 얼굴이 엄숙하다.신디와 셀마는 재니스의 이야기를 이미 들은 것이다. 셀마는 발목 길이의 치마를 입고 탁자에 앉아 있다. 셀마의 코와 똑같이 먼지가 묻은것 같은 분홍색인 그 옷은 셀마가 여기서 챙이 넓은 밀짚모자와 함께산 것이다. 셀마가 집에서 가져온 커다란 갈색 선글라스, 윗부분에 더짙게 색이 입혀진 그 선글라스 때문에 셀마가 무표정하게 보인다. 해리는 그녀 옆의 의자에 앉는다. 그의 무릎이 우연히 셀마의 무릎에 닿자, 셀마가 즉시 무릎을 뒤로 빼낸다.

재니스가 눈물을 흘리며 이야기하고 있다. "토요일 밤에 프루랑 싸웠대. 넬슨은 슬림이라는 녀석이랑 같이 브루어에서 열리는 파티에 가고 싶었는데, 프루가 자기는 만삭이고 그 계단에 다시 가고 싶지도 않다고 했더니 넬슨이 혼자 갔다는 거야." 재니스가 침을 꿀꺽 삼킨다. "그러고는 돌아오지 않았대." 소금기 섞인 눈물을 하도 많이 삼켜서 목소리가 아주 거칠다. 웹과 로니가 해리에게 두통을 일으킬 만큼 긁히는 소리를 내며 좁은 원형의 그늘 속에 자리잡은 탁자로 의자를 끌어온다. 제프가 술을 가져오자 재니스는 그 끔찍한 이야기를 멈추고, 로니는 점심 메뉴를 고른다. 그도 아내처럼 선글라스를 쓰고 있다. 웹은 아무것도 쓰지 않은 채 텁수룩한 눈썹과 냉혹한 눈가의 잔주름을 믿고 있다. 그 눈이 아이를 부추기는 늙고 못된 아비처럼 재니스를 응시한다.

재니스의 뺨은 고뇌의 액체에 흠뻑 젖었고, 해리는 재니스의 추한 모습을 사랑할 수밖에 없다. "그러게 내가 그 녀석은 비열한 놈이라고 했잖아." 그가 재니스에게 말한다. 자신의 주장이 입증된 것 같은 기분이다. 게다가 솔직히 안도감도 든다.

"애가 돌아오지 않았대." 재니스는 거의 울 것 같은 얼굴로 해리만 바라본다. 웹이 아니다. 결혼 초기, 그러니까 재니스가 건방져지기 이전에 그가 아주 잘 기억하고 있던, 여기저기 얼룩이 번지고, 넋을 잃고, 좌절한 표정으로. "하지만 어머니는 우리의 휴가를 바, 방해하기가 싫었고, 프, 프루는 넬슨이 그냥 화를 식히러 갔을 거라면서 걱정하지 않는 척했대. 그런데 일요일에 어머니랑 교회에 다녀와서 프루가 슬림한테 전화를 걸어 물어봤더니 넬슨이 파티에 안 왔다고 하더라는 거야!"

"녀석이 차를 가져갔어?" 해리가 묻는다.

"당신의 코로나."

"아이고."

"난 그냥 스크램블드에그면 되겠어." 로니가 다가온 웨이트리스에게 말한다. "묽게. 알겠어? 너무 익히지 말란 뜻이야."

이번에는 래빗이 탁자 밑에서 일부러 무릎으로 셀마의 무릎을 건드리려 하지만, 셀마의 무릎이 없다. 재니스처럼 셀마도 이제 잠음 같은 존재가 되어버렸다. 웨이트리스가 그의 옆에 와 있다. 그는 또 게살샐러드 샌드위치를 먹을 것인지, 아니면 그냥 안전하게 BLT*로 할 것인지 고민한다. 재니스의 얼굴은 머리 위에 떠 있는 태양의 움직임 때문에 점점 그늘에서 벗어나고 있었는데, 금방이라도 비명을 지를 것처럼 눈과 입이 크게 벌어진다. "해리, 점심은 못 먹어. 빨리 옷을 입고 여기서 나가야 한단 말이야! 내가 당신 짐까지 다 쌌어. 회색 양복만 빼고 전부. 프런트데스크의 여자가 나 때문에 벌써 거의 한 시간 동안 전화통을 붙들고 필라델피아행 표를 구하려고 애썼지만, 지금 이 시기에는 불가능한 일이야. 심지어 뉴욕행도 전혀 없어. 그래서 그 여자가 산후안으로 가는 작은 비행기에 좌석 두 개를 예약해줬어. 공항 호텔도. 내일 아침 일찍 육지로 가는 비행기를 탈 수 있게. 애틀랜타로 가서 필라델피아로 가는 거야."

"그냥 예정대로 목요일에 가면 어때? 하루 일찍 간다고 무슨 소용이 있겠어?"

"그 예약은 내가 취소했어. 해리, 당신이 어머니랑 통화를 안 해서 그래. 어머니는 지금 난리가 났어. 어머니 목소리가 그런 건 나도 처음

---

* 베이컨, 양상추, 토마토를 넣은 샌드위치.

들었다고. 어머니가 항상 조리 있게 말하는 거 당신도 알지? 내가 수요일에 비행기로 도착한다고 전화로 말했더니, 어머니는 필라델피아의 교통체증을 뚫고 제시간에 우리를 마중나올 수 없을 것 같다면서 울음을 터뜨리고는 자기가 이제 너무 늙었다고 말했어."

"취소했다고?" 이 말이 가슴에 와닿는다. "넬슨이 벌인 짓 때문에 우리가 오늘밤에 여기 있을 수 없다는 거야?"

"이야기를 마저 해요, 잰." 웹이 재촉한다. 이제 잰이라고 부르는 건가? 해리는 사정을 다 알고 있는 것처럼 보이는 사람들이 갑자기 미워진다. 그들은 사실 알아야 할 것이 하나도 없다는 사실을 우리에게 계속 감추려고 할 것이다. 우리들 각자는 완벽한 암흑으로 가득차 있다.

재니스가 다시 침을 꿀꺽 삼키고, 코가 막힌 소리로 말한다. 웹의 목소리 덕분에 차분해진 모양이다. "마저 하고 말고 할 것도 없어. 넬슨은 일요일에도, 월요일에도 집에 돌아오지 않았고, 브루어에 있는 개친구들은 전부 개를 못 봤대. 결국 어머니도 더이상 참을 수가 없어서 오늘 아침에 전화한 거야. 프루가 우리를 귀찮게 하지 말라고 계속 말했는데도. 넬슨은 자기 남편이니까 자기가 책임을 지겠다면서."

"가엾은 녀석. 당신 말대로, 프루는 자기가 기적을 일으킬 수 있을 줄 알았겠지." 해리가 말한다. "난 오늘밤 이전에 떠날 생각 없어."

"그럼 여기 있어." 재니스가 말한다. "난 갈 거야."

해리는 도와달라는 듯이 웹을 바라보지만, 웹은 현자처럼 이건 자신이 상관할 일이 아니라는 듯 얼굴을 찡그릴 뿐이다. 신디에게도 시선을 돌렸지만, 신디는 자신의 피냐콜라다만 내려다보고 있다. 속눈썹이 뚜렷이 보인다. "왜 이렇게 서두르는지 난 지금도 잘 모르겠어." 해리가 말한다. "누가 죽은 것도 아니잖아."

"아직은 그렇지." 재니스가 말한다. "누가 죽었으면 좋겠어?"

그의 가슴속에서 밧줄 하나가 뒤틀려 꼬이는 것 같다. "망할 놈의 개자식." 해리는 이렇게 말하고는 벌떡 일어서다가 파라솔 가장자리의 술 장식에 머리를 부딪친다. "산후안행 비행기 시간이 언제라고?"

재니스가 코를 훌쩍이며 말한다. 이제 미안한 모양이다. "세시야."

"알았어." 해리는 한숨을 내쉰다. 어떤 의미에서는 안도의 한숨이기도 하다. "가서 옷을 갈아입고 여행가방을 가져올게. 누가 내 몫으로 햄버거 좀 주문해줄래? 신디. 셀. 나중에 봐요." 두 여자는 해리의 입맞춤을 받아들인다. 셀마는 새침을 떨며 입술을 맞댔고, 신디는 사과처럼 탱탱하고 햇볕에 탄 뺨을 내민다.

집까지 이십사 시간 동안 여행을 하는 내내 재니스는 울음을 멈추지 않는다. 먼저 두 사람은 택시를 타고 옛날 설탕공장을 지나고, 염소떼와 볼품없이 흩어져 있는 흑인 동네들과 두 사람에게 키스를 날려보내는 것 같은 공기 속을 통과한다. 그러고는 엔진이 두 개인 프로펠러 비행기를 타고 사십 분 동안 흔들리며 푸에르토리코로 간다. 아래에 펼쳐진 연한 초록색 물은 필름처럼 반짝이고, 그 밑에는 암초들과 상어떼가 숨어 있다. 경유지인 산후안에는 온통 진짜 라틴 놈들 천지다. 오래전 루벨 부인이 묵었던, 422번 도로변의 그 모텔과 아주 흡사한 호텔에서는 멍한 기분으로 자다 깨다를 반복하며 긴 밤을 보낸다. 그리고 아침에 애틀랜타행 제트기의 좌석 두 개를 구한다. 그다음이 필리다. 그동안 내내 재니스는 그의 옆에 붙어 있다. 뺨은 눈물에 젖어 반짝이고, 눈은 멍하니 앞만 바라보고, 속눈썹에는 자그마한 이슬방울이

맺혀 있다. 넬슨의 결혼식 때 해리를 덮쳤던 그 모든 슬픔이 마침내 재니스의 영역에 다다른 것 같다. 해리는 차분하고 공허하며, 부르르 몸을 떨어대는 비행기 아래의 허공처럼 차갑다. 그가 재니스에게 묻는다. "순전히 넬슨 때문이야?"

재니스가 어찌나 세차게 고개를 저어대는지 술처럼 늘어진 앞머리가 흔들린다. "전부 다." 재니스가 불쑥 말한다. 소리가 워낙 커서 해리는 머리만 간신히 보이는 앞자리 사람들이 돌아볼까봐 걱정스럽다.

"스와핑 때문에?" 해리가 부드럽게 묻는다.

재니스는 고개를 끄덕인다. 아까처럼 세찬 몸짓은 아니다. 가끔 장모가 그러듯이 아랫입술을 마치 거북이 입처럼 오므리고 있다.

"웹은 어땠어?"

"잘해줬어. 항상 나한테 잘해주는 사람이야. 우리 아버지를 존경했대." 이 말을 하며 재니스는 다시 눈물을 흘리기 시작한다. 하지만 마음을 가다듬으려고 심호흡을 한다. "당신한테 정말 미안해. 신디를 그렇게 원했는데 셀마랑 짝이 됐잖아." 이 말과 함께 이제는 도저히 눈물을 멈출 수 없는 지경이 된다.

해리는 재니스의 손을 토닥거린다. 재니스의 두 손은 무릎 위에서 축축한 티슈 한 장을 느슨하게 쥐고 있다. "틀림없이 넬슨은 아무 일 없을 거야, 어디에 있든."

"걔는……" 재니스는 숨이 막히는 모양이다. 스튜어디스가 옆을 지나가며 흘깃 재니스를 내려다본다. 창피하다. "자신을 증오해, 해리."

해리는 이 말이 사실인지 곰곰이 생각해보려고 애쓴다. 그러고는 이죽거린다. "뭐, 녀석이 나를 아주 골탕 먹이기는 했지. 어젯밤은 내가 꿈꾸던 데이트 날이었는데 말이야."

재니스는 코를 훌쩍이며 휴지로 양쪽 콧구멍을 차례로 문지른다. "웹 말로는 신디가 겉보기만큼 대단하지 않대. 웹은 전처 두 명에 대해서 많은 이야기를 했어."

저 아래에는, 긁힌 자국이 가득한 달걀형 플렉시글라스 창문을 통해 남부가 보인다. 불규칙하게 흩어져 있는 밭과 바싹 마른 갈색 숲, 생각보다 숲이 많다. 예전에 해리는 남부로 가는 꿈을 꾼 적이 있다. 그 푹신한 목화밭에서 근심 가득한 자신의 마음에 휴식을 주는 꿈. 그 남부가 지금 그의 발아래에 있다. 패치워크처럼 생긴 커다란 산의 능선을 천천히 올라가고 있는 것 같은 느낌이다. 강굽이와 강어귀에는 들판과 숲과 도시가 있고, 도시의 길이 초록색을 먹어들어가고 있다. 불모의 미국이 수치스러운 일을 당해 인질들을 슬퍼하고 있다. 비행기가 워낙 높이 날고 있기 때문에 골프장들을 알아볼 수 없다. 여기 남부에서는 겨울 내내 골프를 친다. 편안한 스윙으로. 해리가 타고 있는 비행기의 거대한 모터들이 휭휭 돌아간다. 해리는 잠이 든다. 그가 마지막으로 본 것은 졸린 기운이라고는 전혀 없는 얼굴로 앞만 빤히 바라보고 있는 재니스의 모습이다. 앞으로 부풀어오른 각막 위에 눈물 막이 또 부풀어 있다. 해리는 프루의 꿈을 꾼다. 해리가 프루의 팔다리를 움직이려고 애쓰는 동안 프루의 양수가 터져서 물이 사방에 넘쳐흐르고 해리는 당황하기 시작한다. 몸무게가 달라진 것 같아서 그는 잠에서 깬다. 비행기가 하강하고 있다. 해리는 셀마와의 하룻밤을 회상한다. 꿈과 전혀 다르지 않은 것 같은 느낌이 든다. 재니스만이 생생한 현실이다. 재니스의 리넨 소매에 재앙처럼 생겨난 주름, 질척거리는 턱선, 목이 부러지기라도 한 것처럼 늘어진 머리. 재니스는 잠이 들었다. 오는 길에 읽던 잡지가 무릎에 펼쳐져 있다. 비행기는 메릴랜드와 델라웨어 위에서 하강하고 있다. 이곳에서는 말들이 뛰어다니고, 듀폰 집안이 왕이다. 가슴은 작은 새 같고, 검은 롱부츠를 신은 부잣집 여자들이 사냥에서 돌아온다. 집사를 지나쳐 긴 홀로 들어선 그들은 대리석 탁자들을 지나며 채찍을 찰싹찰싹 휘두른다. 그가 결코 씹할 수 없는 여자들. 해리는 이제 더이상 올라갈 수 없다. 그런 여자들과 함께할 가능성이 그에게서 사라져가고, 그와 함께 수많은 다른 가능성들도 하강하는 비행기처럼 떨어져내린다. 저 아래의 마른 땅에는 눈이 흩뿌려진 자국이 없다. 지붕과 들판과 도로도 마찬가지다. 차들은 태엽 장난감처럼 눈에 보이지 않는 홈을 따라 조심스레 나아가고 있다. 하지만 차 안의 사람들은 속도를 내며 자유를 느낀다. 강이 강철처럼 반짝이고, 비행기가 무서울 정도로 기울어지고, 머리 위의 공기 노즐에서 나는 쉭쉭 소리가 어쩌면 그가 이승에서 마지막으로 듣는 소리인지도 모른다. 재니스는 잠에서 깨어 꼿꼿이 앉아 있다. 저를 용서해주세요. 포트미플린이 비행기 바퀴 바로 밑에 불쑥 나타난다. 속도가 엄청나다. 제발 부탁입니다, 하느님. 재니스가 그에게 뭐라고 귓속말을 하고 있지만, 바퀴가 쿵 하고 닿는 소리가 그 소리를 삼켜버린다. 이제 비행기는 활주로를 달리고 있다. 해리는 재니스의 축축한 손을 꽉 쥔다. 지금껏 그 손을 잡고 있었다는 사실도 미처 깨닫지 못했는데. "방금 뭐라고 했어?" 해리가 재니스에게 묻는다.

"당신을 사랑한다고."

"아, 그래? 나도 마찬가지야. 이번 여행은 재미있었어. 만족스러워."

670

비행기가 게이트까지 천천히 느리게 굴러가는 동안 재니스가 수줍게 묻는다. "셀마가 나보다 나았어?"

해리는 무사히 착륙한 것이 너무 고마워서 거짓말을 할 수 없다. "어떤 면에서는. 웹은 어땠어?"

재니스는 고개를 끄덕이고 또 끄덕인다. 마치 눈에서 마지막 눈물을 모두 흘려버리려는 듯이.

해리가 재니스 대신 대답한다. "그 자식은 끝내줬지."

재니스가 해리의 어깨에 머리를 기댄다. "내가 왜 울고 있었던 것 같아?"

해리는 깜짝 놀라서 솔직히 말한다. "넬슨 때문인 줄 알았는데."

재니스가 또 코를 훌쩍인다. 그 소리가 워낙 커서, 벌써 일어나 햇볕에 탄 대머리에 러시아식 털모자를 쓰고 있던 남자가 잠깐 바라본다. 재니스가 인정한다. "맞아, 대개는." 그러고 나서 재니스와 해리는 또다시 손을 꼭 잡는다. 공모자들처럼.

길고 긴 공항 복도 끝에 장모가 다른 마중객들과 떨어져서 서 있다. 미래주의적인 이 공항 터미널의 분위기 때문에 장모가 쪼그라들고 구부러진 것처럼 보인다. 장모는 두번째로 좋은 외투를 입고 있다. 밍크가 아니라 검은 천에 은여우 털로 테두리를 두른 옷. 그리고 챙이 없고 버찌처럼 붉은 모자를 망사를 접은 채 쓰고 있다. 브루어에서는 그럭저럭 괜찮을지 몰라도, 여기서는 이상한 구식 모자처럼 보인다. 주위의 카우보이들과 성별을 알 수 없는 날씬한 젊은이들 때문이다. 그들은 짧게 자른 머리를 파스텔색 깃털처럼 펑크스타일로 염색했고, 흑인 여자들은 3차원 미키마우스 귀 같은 구조로 머리카락을 뽀글뽀글하게 부풀렸다. 래빗은 장모를 안으면서 자신이 젊었을 때는 두려움의 대상이던 이 노부인이 정말 작아졌음을 느낀다. 커너 집안의 자존심과 곧 터질 것 같은 분노가 팽팽하게 가득차 있던 과거의 모습은 어디론가 날아가버리고, 이제는 피부가 무너져 아무렇게나 주름이 잡히고 핏기도 없다. 눈 밑에는 심술궂게 보이는 둥근 홈이 깊게 파여 있고, 살이 늘어진 목은 육체의 지독한 폐허처럼 보인다.

장모는 한시라도 빨리 말을 꺼내고 싶어서 자신의 목소리가 제대로 충격을 줄 수 있게 한 걸음 뒤로 물러선다. "애가 어젯밤에 태어났다. 딸이야, 3킬로그램이 조금 넘는다. 난 한숨도 못 잤어, 프루를 병원에 데려다준 뒤에 의사가 부를 때까지 기다리느라고 말이야." 장모의 목소리가 원망으로 떨리고 있다. 공항에서 흘러나오는 배경음악, 여러 대의 바이올린 줄을 뜯어서 연주하는 음악이 어찌나 의기양양한 리듬으로 장모의 발표를 받쳐주고 있는지, 해리와 재니스는 빙긋 웃고 싶은 것을 억지로 참는다. 사람들이 분주히 오가는 곳에서 감히 가까이 다가가지도 못한다. 장모가 워낙 아이 같고, 자신이 할말을 반드시 전하려고 애쓰는 모습이 위태로워 보이기 때문이다. "그런데 톨게이트까지 오는 동안 내내 트럭들이 계속 나한테 경적을 울려대는 거야. 그 커다란 무적霧笛 있잖니. 마치 나더러 어디 다른 데로 가버리라는 듯이. 그래서 제때 출구로 나올 수 없었어." 베시가 말한다. "콘쇼호큰을 지난 다음에 고속도로에서 내가 죽지 않은 건 정말 기적이지. 차가 그렇게 많은 건 처음 봤다. 정오쯤이면 조금 나아질 것 같기는 했지만. 무슨 징조 같더라. 원래 징조라는 게 아무리 눈이 좋아도 명확히 알아볼 수 없는 거잖아. 강을 따라 오는 동안 내내 나는 프레드한테 기도했다.

내가 여기까지 올 수 있었던 건 정말이지 프레드의 도움 덕분이야. 혼자서는 절대 못 왔을 거다."

장모의 태도를 보니, 다시는 이런 짓을 안 하겠다는 뜻이 명백하다. 재니스와 해리는 장모가 이제 생애 최후의 위대한 노력을 끝냈음을 깨닫는다. 이제부터 장모는 두 사람의 책임이다.

V

하지만 장모는 그동안 있었던 일 때문에 완전히 넋이 나간 것은 아니어서 찰리 스태브로스에게 전화를 걸어 대리점으로 돌아오게 했다. 찰리의 어머니도 12월에 상태가 악화되었다. 몸의 왼쪽에서 감각이 전부 사라져서 지팡이를 짚고도 무서워서 걷지 못할 정도였다. 또한 찰리가 예상했던 것처럼, 그의 친척 글로리아는 남편이 있는 노리스타운으로 돌아갔다. 비록 찰리는 그 두 사람이 일 년을 채 못 버틸 것이라고 예상했지만, 어쨌든 그 때문에 찰리도 이곳에 발이 묶인 거나 마찬가지였다. 이번에는 해리가 햇볕에 탄 얼굴로 대리점에 돌아왔다. 그는 찰리의 손을 양손으로 꼭 쥔다. 그를 스프링어 모터스에서 다시 보게 된 것이 너무나 기쁘다. 하지만 이 그리스인 판매원은 그다지 혈기 왕성해 보이지 않는다. 플로리다 여행이 그의 몸에 페인트를 칠해주기라도 한 것처럼, 그는 창백해 보인다. 누가 그의 살갗을 찔러서 피가 전부 쏟아지는 바람에 몸이 회색으로 변한 것 같다. 찰리는 평생 하루 세 갑씩 담배를 피운 사람처럼 몸을 웅크리고 서서 가슴을 보호한다. 하지만 찰리는 대부분의 지중해 사람들이 그렇듯이, 북유럽 사람들이나 흑인들처럼 그 자기파괴적인 습관에 물든 적이 없다. 일주일 전이었다면 해리가 이렇게 진심으로 그의 손을 쥐지 않았겠지만, 셀마의 엉덩이를 맛본 뒤에는 생각이 더 자유로워지고, 세상을 다시 사랑하게 되었다.

"옛 마스토라스. 아주 좋아 보이는데." 해리는 찰리에게 기운차게 거짓말을 한다.

"난 별로 좋지 않아." 찰리가 말한다. "아직 이렇다 할 겨울을 겪지 않은 게 천만다행이지." 판유리 창문을 통해 눈도 없고 이파리도 없는 풍경이 보인다. 일 년 내내 쌓인 먼지가 허공으로 떠올라 소용돌이치며 111번 도로 건너편의 척 왜건에서 날아온 종이 쓰레기들과 뒤섞인다. 새로운 플래카드가 걸려 있다. **코롤라의 시대.** 도요타 = 완전한 경제성. 묻지도 않았는데 찰리가 말한다. "우울해 미치겠어. 마나 무가 곧바로 곤두박질치는 걸 보고 있으려니 말이야. 어머니가 침대에서 일어나는 건 화장실에 갈 때뿐이고, 나더러 계속 결혼하라는 말만 해."

"옳은 말인지도 모르지."

"글쎄, 내가 글로리아한테 그런 쪽으로 조금 다가가기는 했어. 어쩌면 글로리아가 그것 때문에 기겁해서 제 남편한테 가버린 건지도 모르지. 그 거지같은 자식. 글로리아는 돌아올 거야."

"친척이라고 하지 않았어?"

"그러니까 더 좋지. 기운이 넘치는 여자야. 키는 150센티미터쯤 되고, 엉덩이가 좀 무겁지. 챔프한테 어울릴 만큼 고급스럽지는 않아. 그래도 귀여워. 글로리아가 춤추는 걸 챔프도 봐야 하는데. 난 그리스인들의 토요일밤 모임에 안 나간 지 벌써 오래됐는데, 글로리아가 날 설득해서 데리고 갔어. 글로리아가 땀을 흘리는 모습을 보는 게 좋았는데."

"곧 돌아올 거라며."

"그렇긴 하지만 나한테 돌아오는 건 아냐. 글로리아는 나한테 이미 떠나간 배야." 찰리가 말을 덧붙인다. "지금까지 내가 놓친 배가 한둘이 아니니까."

"누군 안 그런가?"

찰리가 아랫입술 한가운데에서 이쑤시개를 굴린다. 해리는 찰리를 자세히 보고 싶지 않다. 찰리도 담뱃가게에 들어가 10달러를 내고 복권을 사거나 잡지 진열대 주위를 어슬렁거리며 대화상대를 기다리는, 브루어의 괴짜 노인들처럼 변해버렸다. "그래도 챔프는 몇 명 잡았잖아." 찰리가 해리에게 대담하게 말한다.

"아냐, 찰리. 나도 지금 상태가 형편없어. 애는 사라졌고, 새 집에는 아직 가구가 하나도 없어." 하지만 바로 이런 사실들, 공허함과 새로운 가능성을 알려주는 사실들이 오히려 그를 들뜨게 하고 기쁘게 한다.

"애는 돌아올 거야." 찰리가 말한다. "어디서 열을 식히고 있겠지."

"프루가 하는 말도 그거야. 이런 상황에서 그렇게 차분한 애는 처음 봤어. 어젯밤에 섬에서 돌아와서 병원에 가봤는데, 세상에, 걔가 아이를 보면서 어찌나 좋아하던지. 누가 보면, 세계 역사상 처음으로 아이를 낳는 위업을 이룩한 여자인 줄 알 거야. 아마 애가 정상으로 태어날지 걱정하고 있었던 모양이야. 얼마 전에 계단에서 굴렀으니까."

"그보다는 자기 자신을 걱정했겠지. 살면서 그렇게 이리저리 휘둘리며 고생을 많이 한 여자에게는 아이를 낳는 게 자기도 인간임을 증명하는 방법 중 하나야. 아이 이름은 뭐라고 지을 거래?"

"제 어머니 이름을 따고 싶지는 않대. 대신 장모님 이름을 쓰고 싶어해. 레베카. 하지만 넬슨한테서 소식이 올 때까지 기다리겠다고 했어. 왜냐하면, 저기, 그건 넬슨의 여동생 이름이었으니까. 그 왜, 저기, 잘못된 아이 있잖아."

"그래." 찰리도 무슨 뜻인지 이해한다. 불운을 부르는 이름. 밀드레드 크루스트가 타자기를 두드리는 소리가 둘 사이의 침묵에 다리를 놓는다. 작업장에서는 매니의 부하직원 하나가 말을 잘 안 듣는 금속조각을 두드리고 있다. 찰리가 묻는다. "집은 어떻게 할 거야?"

"이사가야지. 재니스가 그러자고 하니까. 재니스한테 깜짝 놀랐어. 자기 어머니한테 말하는 걸 보고. 집으로 가는 차 안에서 바로 이야기하더라니까. 장모한테 우리집으로 들어오는 건 환영하지만, 자기도 또래의 다른 여자들처럼 자기만의 집에서 살지 말아야 할 이유가 없다고 했어. 그런데 프루랑 아기가 장모의 집에 계속 살 게 뻔하니까, 자기집에서 비좁게 사는 건 싫대. 그러니까, 장모님이 말이야."

"허. 이제야 잰도 자기 발로 일어섰군. 누구 영향인지 궁금하네."

웹 머킷. 해리의 머리에 이 이름이 떠오른다. 열대에서 보낸 사랑의 밤에 그랬겠지. 하지만 재니스 문제를 너무 깊이 파고들지만 않으면, 해리와 찰리의 사이는 항상 최고로 잘 풀려간다. 해리가 말한다. "문제는 우리만의 가구가 하나도 없다는 거야. 게다가 뭐든지 기가 막히게 비싸. 단순한 매트리스랑 박스 스프링이랑 강철 침대 틀만 해도 600달러야. 거기에 머리판을 덧붙이면, 또 600달러가 들고. 카펫은 또 어떻고! 작은 오리엔탈 카펫 하나가 3,4천 달러씩이나 해. 전부 이란이나 아프가니스탄에서 나오는 거래. 판매원 말로는 금보다 더 나은 투자라던데."

"금값도 상당히 괜찮아." 찰리가 말한다.

"우리보다 낫지, 응? 혹시 장부 좀 살펴봤어?"

"예전이 더 나았던 것 같아." 찰리가 솔직히 인정한다. "하지만 인플레이션이 조금만 더 계속되면 전부 해결할 수 있는 문제들이야. 화요일에 젊은 부부가 왔었어. 내가 베시 아주머니한테서 전화를 받은 첫날인데, 넬슨이 들여놓은 코르벳 컨버터블을 사갔지. 컨버터블을 갖고 싶었는데, 한겨울이 아주 적당한 시기 같다는 거야. 보상판매도 아니고, 대출에도 관심 없고, 수표로 돈을 치렀어. 일반 가계수표로. 그 돈이 어디서 난 걸까? 둘 다 스물다섯 살 이상으로는 안 보이던데. 그다음날, 그러니까 어제는 어떤 젊은 애가 GMC 픽업트럭을 타고 와서 하는 말이, 우리 가게에 스노모빌이 있다는 말을 들었대. 뒤에서 그걸 찾아내는 데 꽤 시간이 걸렸어. 그런데 그 젊은 녀석이 그걸 보더니 눈이 반짝거리기에 내가 1200을 불렀어. 그러다가 975로 합의를 봤지. 내가 눈이 하나도 내리지 않았다고 말했지만 그 녀석은 괜찮다는 거야. 버몬트로 이사가서 핵무기 홀로코스트가 끝날 때까지 기다릴 거라고. 스리마일섬 사고로 진짜 정신이 번쩍 들었나. 혹시 카터가 '핵 nuclear'이라는 말을 못한다는 거 눈치챈 적 있어? 카터는 '누키어*'라고 말해."

"정말로 그 스노모빌을 팔았단 말이야? 믿을 수가 없네."

"이제 사람들은 절약에는 신경 안 써. 거대 석유업계가 자본주의를 강물에 팔아버렸다고. 러시아에서 차르가 했던 일을, 여기서 석유업계가 하고 있어."

해리는 오늘 경제를 이야기할 시간이 없다. 그가 사과한다. "찰리, 엄밀히 말해서 나는 아직 휴가중이야. 이번 주말까지. 그래서 재니스랑 시내에서 만나기로 했어. 재니스의 그 망할 집 때문에 할일이 수천 가지나 돼."

찰리가 고개를 끄덕인다. "얼른 가봐. 나도 좀 정리할 게 있어. 넬슨이 다른 건 몰라도 지나친 깔끔쟁이라고 하기는 확실히 힘들어." 찰리는 모자와 외투를 가지러 복도로 나가는 해리의 뒤에서 소리친다. "할머니한테 인사 좀 전해줘!"

할머니란 바로 재니스를 뜻한다는 걸 해리는 천천히 깨닫는다.

그는 머리를 숙이며 자신의 사무실로 들어간다. 회사에서 후지산 사진을 박아 제작한 1980년 신년 달력이 벽에 걸려 있다. 해리는 바깥의 압축보드 칸막이에 매달려 있는 옛날 신문기사들을 어떻게 좀 해야겠다고 머릿속으로 메모를 한다. 그 생각을 하는 게 처음도 아니다. 신문기사들은 이제 너무 누렇게 변해가고 있다. 옛날에 하프톤으로 인쇄한 자료들을 사진으로 찍어 새것처럼 하얗게 만들어주는 방법이 있다는 이야기를 들은 적이 있다. 게다가 어떤 크기로든 확대도 할 수 있다

---

* nookier. '구석이 많은' '성행위' 등을 뜻하는 nookie에서 온 말로 보인다. 원래 핵무기를 뜻하는 말은 nuke.

고 한다. 그 기사들을 크게 확대해도 좋을 것이다, 회사 돈으로. 그는 장인이 쓰던 묵직한 떡갈나무 외투걸이, 휘어진 작은 다리 네 개가 달려 있는 그것에서 재니스가 크리스마스 선물로 사준 양가죽 외투와 거기에 어울리는 챙이 좁은 스웨이드 모자를 벗겨낸다. 이 나이에는 모자를 써야 하는 법이다. 해리는 지난겨울 내내 감기 한 번 앓지 않았다. 모자를 쓰는 버릇을 들인 덕분이다. 비타민 C도 도움이 된다. 다음 차례는 제리톨*이 될 것이다. 찰리의 말을 중간에 끊지 않았으면 좋았을 거라는 생각이 들지만, 오늘은 찰리와 이야기하다보니 조금 우울해졌다. 찰리는 막다른 길에서 괴팍하게 변해가고 있다. 거대 석유업계도 작은 석유회사와 마찬가지로 이제는 세상 돌아가는 것을 잘 모른다. 하지만 지금 해리가 서 있는 높이에서 보면 누구든 왜소하고 괴팍해 보일지도 모른다. 해리는 땅을 박차고 높이 날아올랐다. 그래서 자기 삶의 섬을 향해 날아가는 중이다. 해리는 책상 왼쪽 맨 윗서랍에서 라이프 세이버스(버터 럼) 한 통을 꺼낸다. 혹시 키스를 당할지도 모르니까 입냄새를 달콤하게 만들기 위해서다. 그러고는 대리점 뒷문을 통해 밖으로 나간다. 문의 가로대를 밀 때는 주의를 기울인다. 양가죽에 기름이 조금이라도 묻으면 지울 길이 없다.

넬슨이 그의 코로나를 훔쳐갔으므로, 해리는 포도처럼 푸른색의 셀

---

* 비타민제의 상표명.

리카 수프라를 스스로 차지했다. '궁극의 도요타'라는 그 차에는 패딩이 들어간 대시보드, 전기 회전속도계, 스피커가 네 개이고 반도체가 들어간 최신식 AM/FM/MPX 스테레오, 고급 시계만큼 정확한 디지털시계, 자동 오버드라이브 트랜스미션, 크루즈 컨트롤, 컴퓨터와 연결된 서스펜션, 바퀴 네 개에 모두 25센티미터 디스크 브레이크, 그리고 석영 할로겐 하이빔 헤드라이트가 갖춰져 있다. 해리는 이 매끈한 기계를 사랑한다. 코로나는 믿음직한 차지만 촌스럽고 작은 벌레 같은 반면, 이 파란색 독수리는 카리스마가 있다. 와이저 스트리트 아래쪽의 흑인들은 어제 오후에 그가 이 차를 몰고 집으로 돌아갈 때 정말로 빤히 쳐다보았다. 재니스와 그는 장모의 크라이슬러(사실 해리도 핸들을 돌리기가 쉽지 않았다. 일주일 동안 차선이 반대인 곳에서 택시를 타고 돌아다닌 탓이다)를 몰고 조지프 스트리트 89번지 집으로 가서 장모를 침대에 눕힌 뒤 머스탱을 몰고 시내로 나왔다. 재니스는 집과 관련해서 당당히 자기 의견을 밝힌 뒤 완전히 들떠서 섀치너 가구점으로 갔다. 거기서 두 사람은 침대와 못생긴 안락의자와 머킷 부부의 집에 있던 것과 같은 파슨스 테이블을 구경했다. 하지만 그 집에 있던 것처럼 훌륭하지 않아서 나뭇결이 격자무늬가 아니었다. 두 사람은 도무지 결정을 내릴 수 없었다. 가게가 문을 닫을 시간이 되자 재니스가 해리를 대리점까지 태워다주었다. 해리가 자기 차를 고를 수 있게. 해리는 값이 다섯 자리 숫자인 이 모델을 골랐다. 흑인들이 **짐보의** 다정한 **라운지**니 **라이브 엔터테인먼트**니 **성인 성인 성인** 같은 네온 간판 밑에서 파란 포도 색깔의 처녀 차를 타고 미끄러지듯 지나가는 그를 빤히 바라보았다. 그는 추위 속에서 빈둥거리고 있는 흑인들이 빨간 신호등

일 때 뛰어나와 드라이버로 엔진덮개를 긁어버리거나 망치로 앞유리창을 후려쳐서 복수를 할까봐 걱정스러웠다. 이 일대의 벽에는 스프레이 페인트로 **스키터는 살아 있다**고 써놓은 곳이 많다. 하지만 스키터가 어디에 살고 있는지는 적혀 있지 않다.

　해리는 찰리에게 거짓말을 했다. 재니스와의 약속시간은 한시 삼십분인데, 수프라의 디지털시계에 따르면 지금은 겨우 열한시 십칠분이다. 그는 갈릴리로 차를 몰고 있다. 라디오를 켜자 옛날 코로나의 라디오보다 훨씬 더 펑키하고, 풍요롭고, 더 많은 결과 층이 있는 소리가 흘러나온다. 해리는 다이얼을 왼쪽에서 오른쪽으로, 다시 반대로 돌려보지만 도나 서머의 노래가 나오지 않는다. 도나 서머는 70년대와 함께 사라져버렸다. 대신 어떤 남자가 찬송가를 부르며, '예수'의 이름을 물이 뚝뚝 떨어질 때까지 쥐어짜듯 발음한다. 이렇게 감미롭고 뒤섞인 목소리는 고등학교 때 레코드에서 들은 기억이 난다. 레코드가 아래로 떨어지는 모습이 보이던 주크박스, 오건디*인지 뭔지 하여튼 빳빳하게 바스락거리는 천으로 된 옷을 입은 여자들은 남자가 준 코르사주를 꽂고 춤을 추러 갔다. 춤을 추다가 서로 가까워지면 코르사주는 납작하게 눌려버리곤 했고, 사람들이 달아올라 파트너를 바꿔가며 몸을 밀착할 때면 분을 바른 젖가슴 사이에서 여자의 향수 냄새가 올라왔다. 어둡게 조명을 낮춘 체육관의 보라색 조명 속에서 꽃줄이 머리 위로 늘어지고, 농구 골대에는 종이꽃이 화관처럼 얹혀 있는 가운데 따스하게 달아오른 사람들은 모두 바깥의 차 안에 쌓여 있는 찬 공기를 기대하며 서로

---

* 얇은 모슬린.

가볍게 몸을 부딪쳤다. 대시보드에서 작게 빛나는 불빛들, 유리창 안쪽을 안개가 낀 것처럼 만들어버리는 몸의 열기, 오건디 천은 엉망으로 잡아당겨지고, 서늘한 손가락들이 외투와 바지와 팬티 속을 더듬거리고, 옷가지는 연달아 늘어선 터널로 변했다. 메리 앤의 몸이 그의 양손을 향해 다가오고, 그녀의 다리 사이 공간은 완전히 색다르고 부드럽고 향기롭고 안전한 다른 세상이었다. 이제 뉴스가 나온다. 매시 삼십분에 나오는 뉴스. 현명한 목소리의 젊은 여자는 이 지역방송국에서 사라진 지 오래다. 해리는 지금 그 여자가 어디에 있는지 궁금하다. 선플라워 맥줏집에서 고고를 추거나 부사장 비서로 일하고 있을까. 새 아나운서의 목소리는 입술이 두툼한 빌리 포스나이트와 닮았다. 카터 대통령이 1980년 모스크바올림픽 보이콧에 찬성한다는 개인적인 의견을 밝혔다고 한다. 운동선수들의 반응은 엇갈린다. 인도의 인디라 간디 총리는 아프가니스탄 문제에 관해 어제 분명히 친소련 입장을 취했지만 지금은 뒤로 물러났다. 사람들이 북적이는 선거 유세현장에서 일리노이주의 필립 크레인 하원의원은 매사추세츠의 에드워드 케네디 상원의원이 내놓은 제안, 즉 뉴햄프셔주의 시브룩이 핵 발전소를 석탄 발전소로 바꾸자는 의견을 내놓았다는 말을 '멍청하다'고 규정해버렸다. 일본에서는 비틀스의 전 멤버인 폴 매카트니가 마리화나 8온스를 소지한 혐의로 감옥에 갇혔다. 스위스에서는 과학자들이 박테리아를 프로그래밍해서 희귀한 인간 단백질인 인터페론을 생산하게 하는 데 성공했다. 항바이러스제인 인터페론을 인공적으로 생산할 수 있게 되면, 페니실린이 발견되었을 때만큼이나 혜택을 누릴 수 있는 새 시대가 열릴지 모른다. 한편 치아 충전재 비용이 올라간 것은 금값이 오늘 뉴욕시에서 온스당 800달러로 치솟았기 때문이다. 젠장. 금을 너무 일찍 팔았다. 800 곱하기 30이면 2만 4천이다. 원금 1만 4600에서 거의 1만 달러가 불어난 것이다. 그걸 그냥 갖고 있기만 했더라면. 망할 놈의 웹 머킷 때문에 괜히 은화를 사가지고. 세븐티식서스는 어젯밤 스펙트럼에서 포틀랜드의 트레일 블레이저스에게 121 대 110으로 이겨 승리행진을 계속했다. 가엾은 이글스는 불행에서 벗어났고, 팀의 쿼터백 자워스키는 쓰러지면서도 공을 던졌다. 이제 우리 프로그램 〈좋은 사람들을 위한 좋은 음악〉이 계속되겠습니다. 전통적인 멜로디의 〈구세주여, 저를 계속 지켜봐주소서〉입니다. 해리는 라디오를 끄고 수프라의 기분좋은 엔진소리에 맞춰 차를 몬다.

이제 아는 길이 나왔다. 자연동굴을 가리키고 있는 거대한 아미시 남자를 지나, 퓨리나 사료가게 간판과 낡은 여관과 새 은행과 말을 매어두는 말뚝과 트랙터 대리점이 있는 좁은 마을을 통과한다. 밭에는 옥수수 그루터기가 창백하게 삐죽삐죽 솟아 있다. 황금색은 모조리 사라져버렸다. 오리 연못의 가장자리는 얼어붙었지만, 중앙에는 검은 물이 널찍하게 드러나 있다. 겨울 날씨가 그만큼 온화했다는 뜻이다. 해리는 블랭큰빌러의 집과 무스의 집 앞 우편함을 천천히 지나서 우편함에 **바이어**라는 이름이 새겨진 집의 진입로로 들어간다. 신경이 잔뜩 곤두서서 그 어느 것도 그의 시야를 벗어나지 못한다. 차들이 많이 지나다닌 흔적이 역력한 낡은 도로의 불그스름한 차바퀴 자국 속에 삐죽삐죽 나와 있는 돌들, 사라져버린 여름의 푸르고 생생하던 모습을 여전히 간직한 채 말라버린 잡초들의 가장자리, 페인트가 벗겨지고 있는 호박색의 스쿨버스 껍데기, 녹슬고 있는 써레, 이미 오래전에 하얗게 탈색된 자그마한 냉장 오두막*, 초라한 농장 건물들, 옥수수 창고, 헛간, 돌로 지은 집 등에 새로운 각도에서 접근한다. 처음으로 앞쪽에서. 해리는 흙이 단단하게 다져진 곳으로 셀리카를 몬다. 예전에 코롤라가 그 자리로 들어서는 것을 본 적이 있다. 시동을 끄고 차에서 내리자 자신이 몰래 숨어 이곳을 염탐했던 능선이 보인다. 검은 체리와 고무 같은 수액을 분비하는 나무들이 저멀리서 펜으로 대충 그린 것 같은 선을 이루고 있지만 과수원의 사과나무들 때문에 거의 보이지 않는다. 그곳이 생각했던 것보다 더 멀어서 아무도 그를 못 보았을 것 같다. 이건 미친 짓이다. 도망쳐.

하지만 죽어갈 때와 마찬가지로, 반드시 밀고 나아가야 하는 순간이 있는 법이다. 판유리보다 더 투명한 시간의 조각. 그것이 그의 앞에 있어서 그는 걸음을 내디딘다. 셀마가 그에게 맡긴 그 사랑스러운 허공에서 진심을 이끌어내며. 양가죽 외투와 웃기게 생긴 자그마한 모자, 그리고 바로 이번 11월에 파인 스트리트에 있는 웹의 단골 양복점에서 구입한, 가느다란 줄무늬가 있고 조끼까지 갖춘 모직 양복 차림으로 해리는 흙길을 가로지른다. 원래 이 길에 깔려 있던 평평한 사암 판석들 위에 진흙이 뒤덮여 있다. 날이 추워서 어쩌면 눈이 올 것 같기도 하다. 공허한 느낌이 드는 날씨. 정오가 가까운데도 해가 전혀 나지 않는다. 하다못해 하늘에서 해의 위치를 알려주는 은빛 자국조차 보이지 않는다. 낮게 떠 있는 회색 구름의 아랫배가 갈비뼈 같은 무늬를 드러낸 채 길게 뻗어 있을 뿐이다. 우중충한 색깔의 키 큰 지푸라기처럼 변

---

* springhouse. 샘이나 시냇가에 세워두고 우유나 고기 등을 차갑게 저장하는 곳.

한 겨울 숲이 그의 오른편에 나타난다. 그 반대편의 지평선 너머에서는 어딘가에 걸려서 움직일 수 없게 된 기계톱 소리가 들려온다. 한쪽 장갑을 벗고 맨손으로 문을 두드리기 전인데도, 문에서는 기분 나쁜 초록색 페인트가 길게 휘어지며 벗겨지고 있는 참인데, 어쨌든 집안에 있던 개가 돌바닥을 긁는 그의 발소리를 알아차리고 마구 짖어대며 소란을 피우기 시작한다.

해리는 집에 개만 있고, 주인은 외출중이었으면 좋겠다고 생각한다. 밖에 자동차나 픽업트럭은 보이지 않지만, 헛간이나 아니면 시멘트 벽돌로 새로 지은 것 같은 차고에 차가 세워져 있는지도 모른다. 차고의 골함석 지붕에는 파이버글라스가 겹쳐져 있다. 집안에 불빛이 보이지는 않지만, 정오가 가까운 시각이니 그럴 만도 하다. 그렇지 않아도 흐린 날씨가 점점 더 침침해지고 있긴 하지만. 해리는 문 안쪽을 들여다본다. 다른 문에 연한색의 모자를 쓴 자신의 모습이 비치는 것이 보인다. 이 문과 거의 비슷한 그 문에는 긴 판유리 두 장이 돌담 두께만한 간격으로 끼워져 있다. 그 낡은 판유리 뒤로 너덜너덜하게 낡은 줄무늬 융단이 깔린 복도가 깊은 어둠 속으로 뻗어 있다. 그가 더 안쪽까지 보려고 눈에 힘을 주는 동안 장갑을 벗은 한쪽 손과 코가 추위에 얼어서 따끔거린다. 해리가 막 돌아서서 따뜻한 차로 돌아가려는데 집안에서 뭔가가 홀연히 나타나 분노로 거칠게 숨을 내쉬며 그를 향해 달려온다. 검은 털의 콜리 종 개가 안쪽 문 뒤에서 자꾸만 뛰어오르며 유리를 씹어버리려고 애쓴다. 개의 못생긴 앞니, 사람 같지 않은 그 이빨과 가운데가 갈라진 검은 입술과 라벤더 색깔의 잇몸. 더럽다. 해리는 홀린 듯이 꼼짝도 못하고 서 있다. 그러다가 누군가의 손이 안쪽 문의 걸쇠를 잡아당겨 덜컥거리는 소리가 난 뒤에야 비로소 뭔가 커다란 형체가 프리치 뒤에 나타난 것을 알아차린다.

그 뚱뚱한 여자는 다른 한 손으로 개의 목걸이를 잡고 있다. 해리는 초록색 바깥 문을 직접 열어 여자를 도와준다. 프리치는 해리의 냄새를 알아차리고 짖는 것을 멈춘다. 래빗은 비록 주름살과 지방 속에 파묻혀 있기는 하지만, 생생하게 타오르는 그 눈을 보고 여자가 루스임을 알아차린다. 그래서 개가 친구를 되찾으려고 필사적으로 낑낑거리며 소란스럽게 꼬리를 흔들어대는 가운데, 옛 연인들이 서로를 마주한다. 이십 년 전 해리는 이 여자와 함께 살았다. 3월부터 6월까지. 그러고 팔 년 뒤 크롤스에서 그녀를 잠깐 보기는 했지만, 그때 루스는 해리에게 몇 마디 독설을 내뱉었을 뿐이다. 이제 십이 년의 세월이 두 사람 모두에게 쏟아져 흔적을 남겼다. 우중충하기는 해도 타는 듯이 붉었던 루스의 머리카락은 이제 강철 같은 회색으로 밋밋해졌고, 루스는 그 머리를 메노파 교도들처럼 뒤로 잡아당겨 틀어올렸다. 몸에는 일하기 편하게 폭이 넓은 데님 바지와 빨간색 벌목꾼 셔츠를 입었고, 그 위에 팔꿈치의 올이 풀리고, 기름때 묻은 실 사이사이에 개털과 나뭇조각이 묻어 있는 검은 스웨터를 입었다. 그래도 이 여자는 루스다. 윗입술은 예전처럼 약간 앞으로 나와 있다. 마치 물집이 잡히기 시작한 것처럼. 그리고 각진 눈매 속의 밋밋한 푸른 눈은 여전히 적의를 담고 그를 응시하며 그를 간질인다. "왜 왔어?" 루스가 묻는다. 어딘가 막힌 것 같은 목소리다. 감기에 걸렸을 때처럼.

"나 해리 앵스트롬이야."

"그건 나도 알아. 여긴 왜 왔어?"

"그냥 이야기를 좀 할 수 있을까 해서. 물어보고 싶은 게 있는데."

"아니, 이야기는 할 수 없어. 가."

하지만 루스는 이제 개의 목걸이를 잡고 있지 않다. 프리치는 해리의 발목과 사타구니에서 코를 킁킁거리더니 뛰어오르고 싶어서, 그 작은 머릿속에, 그 튀어나온 눈 뒤에 갇혀서 참기 힘든 기쁨을 드러내고 싶어서 몸을 비튼다. 병든 눈은 지금도 아파 보인다. "착하지, 프리치." 해리가 말한다. "앉아. 앉아."

루스는 어쩔 수 없이 웃음을 터뜨린다. 짧게 울리는 것 같은 그녀 특유의 웃음. 카운터 위로 동전을 던지는 소리 같다. "래빗, 당신 귀엽네. 애 이름은 어떻게 알았어?"

"당신이 부르는 걸 들은 적이 있어. 여기 두어 번 왔었거든. 저기 저 나무들 뒤에. 하지만 그 이상은 차마 다가올 수 없었어. 바보 같지?"

루스는 다시 웃음을 터뜨린다. 이번에는 조금 전보다 덜 울리는 소리가 난다. 정말로 재미있는 모양이다. 목소리가 거칠어지고 몸은 두 배가 되고 뺨과 입가에 검은 털 몇 가닥이 포함된 솜털이 자라긴 했지만 이 여자는 정말로 루스다. 한때 그의 인생이 지나왔던 구름. 이제 다시 단단해졌다. 루스는 여전히 키가 크다. 재니스에 비하면 그렇다. 해리가 지금까지 만난 그 어떤 여자와 비교해도 그렇다. 밈과 어머니만 빼면. 루스는 언제나 무게가 좀 나갔다. 첫날밤에 그가 그녀를 들어올리자 그녀는 이제 그가 흥이 사라질 거라고 농담을 했다. 그녀의 무게가 그를 밀어내고, 그를 단단히 붙들고 있던 어떤 것, 그러니까 기꺼이 어울려 놀고자 하는 분위기도 밀어내리라는 것이었다. 두 사람이 차지하고 있는 그 작은 공간 속에서. 두 사람에게는 함께한 시간도 짧왔다. "우리가 무서웠던 거로군." 루스가 말한다. 그리고 몸을 살짝 숙여 개에게 말을 건다. "프리치, 이 사람을 잠깐 집에 들일까?" 개가 해리를 좋아하기 때문에, 그 머리에 남아 있는 기억의 희미한 불꽃 덕분에 꼬리를 흔들어대는 것을 보고 루스는 마음을 정한다.

집안의 거실에서는 확실히 과거의 냄새가 난다. 낡은 농가들이 다 그렇듯이. 지하실에는 사과가 있고, 계피를 넣은 요리가 익어가고, 오래된 회반죽과 벽지를 바를 때 쓴 풀이 하나로 뒤섞이는 냄새. 확실히는 모르겠다. 거실 구석에 진흙투성이 장화가 서 있다. 바닥에 펼쳐둔 신문지 위에. 해리는 루스가 양말을 신고 있음을 알아차린다. 남자들이 작업할 때 신는 두꺼운 회색 양말이지만 그래도 섹시하다. 걸을 때 소리가 나지 않는 것이. 몸이 그렇게 큰데도. 루스가 그를 오른쪽으로 이끈다. 천을 땋아서 만든 타원형 깔개가 바닥에 깔려 있고, 나무로 만든 야외용 접의자가 다른 가구들과 섞여 있는 작은 앞쪽 거실이다. 현대적인 가구라고는 텔레비전뿐인데, 그 압도적인 직사각형 눈은 지금 죽어 있다. 사암으로 만든 벽난로에서 작은 장작불이 연기를 피우고 있다. 해리는 깔개 위에 올라서기 전에 먼저 신발을 확인한다. 바닥에 흙 발자국을 남기고 있지는 않은지. 그리고 값비싼 양가죽 모자를 벗는다.

루스는 일이 이렇게 된 것을 벌써 후회하기라도 하는 것처럼 의자 가장자리에 살짝 걸터앉는다. 등나무로 엮은 흔들의자가 앞으로 기울어서 루스의 무릎이 거의 바닥에 닿을 정도이고, 팔을 뻗으면 쉽게 프리치의 목을 긁으며 녀석을 진정시킬 수 있다. 해리는 자신이 반대편에 앉아야 하는가보다고 짐작한다. 우울한 세피아색의 스튜디오 사진 두 장 밑에 놓인, 여기저기가 갈라진 검은색 긴 가죽의자에. 적어도 백

년은 된 것 같은 그 사진들은 똑같이 조각으로 장식된 액자에 들어 있는데, 턱수염을 기른 남자와 단추를 끝까지 채운 그의 아내를 찍은 것이다. 두 사람 모두 관속에서 흙으로 돌아간 지 오래일 것이다. 하지만 의자에 앉기 전에 해리는 방 저편을 바라본다. 깊이 움푹 들어간 창턱에 사람들이 어머니날에 선물로 주는, 이파리가 넓은 식물들과 아프리카 제비꽃 화분들이 놓인 창문에서 흘러들어오는 빛에 좀더 현대적인 사진들이 보인다. 컬러 스냅사진들이 페이퍼백 추리소설과 로맨스소설이 줄줄이 꽂혀 있는 책꽂이 한 칸에 일렬로 놓여 있다. 루스는 예전에도 그런 소설들을 읽더니, 지금도 여전한 모양이다. 전에 같이 살 때는 그녀의 그런 모습에 속이 상했다. 같이 살고 있는 연인인 자신이 바로 옆에 있는데, 영국이나 로스앤젤레스를 배경으로 한 쓰레기 같은 스릴러의 세계로 루스가 들어가버리는 것이 싫었다. 해리는 책꽂이로 다가가서 루스를 본다. 지금보다 젊지만 이미 살이 찐 그녀가 이 집의 한 귀퉁이에서 어떤 남자의 품에 안겨 서 있는 사진이다. 루스보다 나이가 많고, 키도 크고, 살도 더 찐 남자다. 틀림없이 이 남자가 바이어일 것이다. 일요일에만 입는 좋은 옷을 어색하게 차려입고 수줍은 표정을 짓고 있는 덩치 큰 농부. 그는 저쪽에 있는 낡은 사진 속의 사람들과 똑같은 표정으로 햇빛을 향해 눈을 가늘게 뜨고 있다. 그의 입은 카메라를 만족시키려고 뭔가 동경하는 듯한 표정을 짓고 있다. 루스는 재미있어하는 표정이다. 아직 붉은색을 간직한 머리를 볼록하게 올린 그녀는 자신을 감싸고 있는 이 남자에게 자신이 귀한 보물이라는 것을 재미있어한다. 래빗은, 덧창이 찰칵 하고 열릴 때처럼 아주 밝고 짧은 한순간, 다른 사람들이 이렇게 살아가고 있는 것에 질투를 느낀다. 갈색 치장벽토가 갈라진 집 귀퉁이에서 포즈를 취하고 있는, 이 뚱뚱하고 평범한 시골 부부의 모습. 풀의 색깔을 보니 아마도 3월이나 4월쯤 되는 것 같다. 자연은 옛날부터 같은 술수를 부리고 있으니까. 다른 사진들도 있다. 머리를 단정하게 빗고 미소를 지은 사춘기 아이들의 컬러사진. 고등학교 사진들을 끼워주는 마분지 액자에 들어 있다. 해리가 그 사진들을 자세히 살피기 전에 루스가 날카로운 목소리로 말한다. "그걸 봐도 된다고 누가 그랬어? 그만해."

"당신 가족이군."

"당연하지. 내 가족이야, 당신 가족이 아니라."

하지만 해리는 플래시 불빛을 받은 이 아이들의 컬러사진에서 눈을 뗄 수 없다. 그들은 해리가 아니라 그의 오른쪽 귀 뒤편을 바라보고 있다. 매년 5월 학교들을 돌며 사진을 찍어주는 사진사의 요구 때문에 모두 포즈가 똑같다. 같은 또래로 보이는 사내아이와 여자아이. 3학년 때 사진이다. 그다음에는 그보다 어린 사내아이의 작은 사진. 아이는 색깔이 더 어두운 머리카락을 길게 길러서 제 형과는 반대편에 가르마를 탔다. 모두 푸른 눈을 갖고 있다. "아들 둘에 딸 하나라." 해리가 말한다. "누가 첫째야?"

"당신이 알아서 뭐하게? 세상에, 당신이 얼마나 불쾌하고 제멋대로인지 까맣게 잊어버렸네. 요람에서 무덤까지 변할 줄을 모르지."

"내 짐작에는, 여자애가 첫째일 것 같은데. 언제 낳았어? 이 노인하고는 언제 결혼한 거야? 그건 그렇고, 어떻게 견뎠어? 이런 벽촌에서?"

"잘 견디고 있으니까 걱정 마. 어느 누구도 나한테 이만큼 잘해주지는 못했으니까."

"옛날에 나는 누구한테든 잘해줄 수 있는 여건이 아니었어."

"하지만 그뒤로 잘살고 있잖아. 계집애처럼 잘 차려입었네."

"그러는 당신은 도랑 파는 인부처럼 차려입었고."

"나무를 자르고 있었어."

"당신이 기계톱을 다루는 거야? 세상에, 손가락이라도 잘릴까봐 안 무서워?"

"안 무서워. 당신이 제이미한테 판 차는 잘 돌아가. 그걸 물어보러 온 거라면 걱정 마."

"내가 스프링어 모터스에 있다는 걸 언제부터 알았어?"

"그거야 항상 알고 있었지. 스프링어 노인이 죽었을 때 신문에도 났고."

"넬슨이 결혼하던 날 낡은 스테이션왜건을 몰고 지나간 게 당신이야?"

"그럴지도 모르지." 루스가 흔들의자에 등을 기대며 말한다. 그 바람에 의자가 뒤로 기울어진다. 프리치는 몸을 쭉 펴고 누워서 자고 있다. 장작불이 불똥을 뱉어낸다. "우린 마운트저지를 가끔 지나가. 여긴 아직 자유로운 나라잖아, 안 그래?"

"왜 그런 미친 짓을 해?" 루스는 아직 그를 사랑한다.

"내가 뭘 어쨌다는 얘기가 아니잖아. 넬슨이 그때 결혼을 하는지 내가 어떻게 알았겠어?"

"신문에서 봤겠지." 해리는 루스가 자신을 괴롭힐 작정임을 알아차린다. "루스, 딸아이 말이야. 그애는 내 애야. 당신이 차마 낙태할 수 없다고 했던 그애라고. 당신은 그애를 낳은 다음에 이 늙은 얼간이 농부를 찾아낸 거야. 이자는 젊은 엉덩이를 갖게 됐다고 좋아했겠지. 그리고 당신은 이자가 뻗어버리기 전에 애들 둘을 더 낳은 거고."

"무례한 소리 하지 마. 당신이 그래 봤자 당신을 받아들인 내가 얼마나 한심한 인간이었는지 증명해주는 꼴밖에 안 돼. 당신은 내 인생의 불운이야, 아주 솔직히 말해서. 당신은 자기밖에 모르지. 뭐든 달라는 소리밖에 없어. 나한테 그래도 뭔가 줄 게 있을 때 나는 다시는 돌려받지 못할 줄 알면서도 그냥 줬어. 지금은 줄 게 하나도 없으니 천만다행이야." 루스는 초라한 가구들로 채워진 작은 방을 힘없이 가리킨다. 지난 세월 동안 루스의 말씨는 시골사람답게 느릿느릿하게 변했다. 도시사람들이 원하는 것을 내주지 않는, 고집 세고 차분한 시골사람들의 말씨다.

"나한테 진실을 말해줘." 해리가 애원한다.

"방금 말했잖아."

"딸아이 말이야."

"그애는 큰아들보다 어려. 스콧, 애너벨, 그리고 그다음 66년에 모리스야. 모리스는 어쩌다보니 생긴 애지. 1966년 6월 6일생. 6만 네 개야."

"자꾸 말 돌리지 마, 루스. 난 브루어로 돌아가야 돼. 거짓말도 하지 마. 당신은 거짓말을 할 때 눈이 아주 촉촉해져."

"내 눈이 촉촉한 건 당신을 참고 봐줄 수 없기 때문이야. 브루어의 흔한 멋쟁이가 되셨군. 딜러. 옛날에 당신은 그런 사람을 싫어했잖아, 기억나? 게다가 살도 쪘어. 그래도 옛날에는 몸이라도 있었는데."

해리는 웃음을 터뜨린다. 이렇게 밀어붙이는 말투가 즐겁다. 셀마와 보낸 하룻밤 덕분에 그의 몸은 쉽게 모욕감을 느끼지 않게 되었다. "당신이 나더러 뚱뚱하다고?" 그가 말한다.

"그래. 게다가 얼굴은 왜 그렇게 빨개졌어?"

"이건 햇볕에 태운 거야. 섬 여행에서 방금 돌아왔거든."

"아이고, 세상에, 섬 여행? 난 금방 심장발작이라도 일으키려나 했지."

"당신의 늙은 남편은 언제 끝장난 거야? 잠깐, 설마 그걸 하다가 죽은 거야?"

루스가 잠시 그를 노려본다. "이제 가."

"금방 갈게." 해리가 약속한다.

"프랭크는 76년 8월에 세상을 떠났어. 암으로. 대장암. 심지어 퇴직 연령도 안 된 나이였다고. 나랑 처음 만났을 때 프랭크는 지금 우리보다 젊었어."

"알았어, 미안해. 이봐, 자꾸 날 나쁜 놈으로 만들지 마. 우리 딸에 대해 이야기해줘."

"걔는 우리 딸이 아냐, 해리. 난 낙태를 했어. 우리 부모님이 포츠빌에 있는 의사를 찾아줬다고. 그 의사가 바로 자기 진찰실에서 수술을 해줬고, 일 년쯤 뒤에 어떤 여자가 거기서 수술한 다음 합병증으로 죽는 바람에 그 의사는 감옥에 갔어. 요즘 여자애들은 그냥 병원에 가서 해달라고 말만 하면 되는데 말이야."

"그러고는 다른 납세자들의 세금으로 처리해주는 걸 당연하게 생각하지." 해리가 말한다.

"그다음에 나는 여기서 동쪽에 있는 스토지스 채석장 쪽 식당에 요리사로 취직했어. 그때 프랭크의 사촌이 거기 여주인이었는데, 어쩌다 보니 일이 아주 빠르게 진행됐지. 우린 1960년 말에 스콧을 낳았어. 바로 지난달에 애가 열아홉 살이 됐으니까, 항상 크리스마스 선물을 제대로 못 받는 크리스마스 아기들 중 한 명이지."

"그럼 여자애는 언제 낳았어? 애너벨 말이야."

"다음해에. 프랭크는 빨리 가정을 이루고 싶어서 안달이 나 있었어. 그 사람 어머니가 살아생전에 절대 아들 결혼을 허락하지 않았거든. 정말인지는 몰라도 어쨌든 프랭크는 자기 어머니를 원망했어."

"거짓말이야. 나도 애너벨을 봤어. 걔는 당신이 말하는 것보다 나이가 많아."

"열여덟 살이야. 출생증명서라도 보여줘?"

이건 틀림없이 허세일 것이다. 하지만 해리는 말한다. "아니."

루스의 목소리가 부드러워진다. "그나저나 그애한테 왜 그렇게 관심이 많아? 왜 아들 녀석이 당신 애인 척 안 하는 거야?"

"아들은 하나 있어. 걔 하나로 충분해." 그러고는 자연스레 말이 이어진다. "내 인생의 불운이야." 해리는 무뚝뚝하게 묻는다. "그런데 걔들은 어딨어? 당신 아들들 말이야."

"그건 왜?"

"그냥. 왜 애들이 여기서 당신을 돕지 않는지 궁금했거든."

"모리스는 학교에 갔어. 버스를 타고 세시쯤이면 집에 올 거야. 스콧은 메릴랜드에서 직장에 다녀. 종묘원이야. 내가 개랑 애니한테 집에서 나가라고 했어. 여긴 내가 와서 숨기 좋은 데지만, 젊은 애들한테는 좋을 게 하나도 없어. 애니랑 제이미 넌매처가 브루어로 가서 함께 살겠다고 했을 때 난 안 된다고 할 수 없었어. 제이미네 식구들은 결사반대였지만. 그래서 우리가 전부 모여서 회의를 열었지. 내가 그쪽 식구들한테 말했어. 요즘 젊은이들은 다 그렇게 한다고, 같이 사는 게 똑똑한 짓 아니냐고. 그 사람들은 나더러 어차피 늙은 매춘부인 줄 알고 있었다고 했지. 그 사람들이 날 어떻게 생각하든 난 아무 상관 안 해. 이웃사람들은 항상 우리 일에 간섭 안 하니까, 우리도 그 사람들을 안 건드렸어. 프랭크랑 블랭큰빌러는 십오 년 동안 말도 안 했어. 프랭크가 나랑 데이트하기 시작한 다음부터." 루스는 자기 얘기가 옆길로 샜음을 알아차리고 말을 잇는다. "애너벨이 그 남자애랑 영원히 같이 살지는 않을 거야. 제이미는 좋은 녀석이지만······"

"나도 같은 생각이야." 래빗이 말한다. 마치 루스가 의견을 묻기라도 한 것처럼. 루스가 외롭다는 건 그도 알 수 있다. 그래서 루스가 기꺼이 이야기를 늘어놓고 있는 것이다. 이것이 그를 불안하게 만든다. 래빗은 낡은 검은색 소파에서 몸을 뒤척인다. 스프링에서 삐걱거리는 소리가 난다. 바깥에서 바람의 방향이 바뀌더니 굴뚝에서 바람이 아래로 내려와 축축한 장작에서 나는 연기가 방안으로 구불구불 들어온다.

루스는 조각으로 장식된 액자에 넣어져서 해리의 머리 위에 걸려 있는, 이제 이 세상 사람이 아닌 부부의 사진을 흘깃 보고는 속내를 털어놓는다. "프랭크가 건강할 때도 생계를 위해서 버스 사업을 해야 했어. 지금 나는 넓은 밭을 빌려주고, 덤불이 침범하지 못하게 막고 있을 뿐이야. 기름값도 좀 줄이려고 애쓰고 있고." 사실이다. 방안이 워낙 추워서 해리는 무거운 외투를 벗을 생각도 하지 못했다.

"그래, 뭐." 해리가 한숨을 내쉰다. "힘들겠네." 꿈을 꾸는지 발끝을 움찔거리던 프리치가 갑자기 꿈의 내용이 바뀌었는지 잠에서 깨어나 일어서더니 한바탕 짖어댈 것처럼 해리를 향해 살금살금 다가온다. 하지만 짖지는 않고 다시 깔개 위에 주저앉아 해리를 믿는다는 듯이 그의 발치에서 몸을 둥글게 만다. 해리는 긴 팔을 책꽂이로 뻗어서 딸의 사진을 집어든다. 루스는 반발하지 않는다. 해리는 밤색 마분지 액자 속에서 조명을 받고 있는 창백한 얼굴을 유심히 살핀다. 하늘을 흉내낸 것처럼 줄무늬가 있는 이상한 파란색 배경 앞에서 아이는 해리의 뒤쪽을 응시하고 있다. 비단처럼 매끄러운 사진 표면 때문에 잘 닦은 과일처럼 둥글게 반짝거리는 머리는 비밀을 드러내기보다는 오히려 수수께끼를 더한다. 카지노 산책로 밑에서 조명을 받고 있던 그 바다 생물들처럼 이상한 모양이다. 입은 루스를 닮았다. 윗입술 모양은 해리가 대리점에서도 이미 알아봤었다. 그리고 눈가, 그 당당한 시선, 하지만 눈썹은 루스의 것보다 더 둥글고, 사진을 잘 받게 반짝반짝 빗질한 머리카락은 덜 고집스럽다. 해리는 귀를 본다. 가장자리에 넬슨처럼 홈이 있는지 찾아보려고. 그러려면 머리카락을 들춰야 할 것이다. 코는 아주 섬세하고 작다. 그리고 코끝이 살짝 들려 있어서 콧구멍이 보인다. 작은 코 때문에 얼굴 아래쪽은 조금 무겁고, 아직도 아기처럼 보인다. 피부에는 숨기는 것이 없는 정직함이 배어 있고, 쌀쌀한 눈빛은 눈의 세상에서 살아가는 스웨덴 사람들에게로까지 거슬러올라가는 것 같다. 해리가 머킷의 집 욕실 거울에서 언뜻 보았던 눈빛이다. 그의 핏줄이다. 해리는 애너벨이 학교에서 다른 학생들과 함께 제멋대로 줄을 서 있다가 체육관 귀퉁이에 커튼을 쳐놓은 곳으로 들어가 후세를 위해, 졸업 앨범을 위해, 남자친구와 어머니를 위해, 누가 뭐래도 계속 돌아가고 있는 시간 그 자체를 위해 포즈를 취하며 플래시 불빛에 순간적으로 눈앞이 안 보이던 순간을 애너벨과 함께 다시 겪고 있는 듯하다. 허공을 향해 얼굴을 들고, 생각만 제대로 한다면 스타가 될 수도 있는 순간이다. "날 닮았네."

루스가 웃음을 터뜨린다. "헛것이 보이나보지."

"농담하는 거 아냐. 얘가 처음 대리점에 왔을 때, 뭔가 느낌이 왔어. 다리 때문이었나, 나도 잘 몰라. 다리가 당신을 닮지는 않았으니까." 루스의 다리는 굵었다. 그리고 루스가 방안에서 알몸으로 돌아다닐 때는 하얀 불꽃처럼 뒤틀리곤 했다.

"뭐, 프랭크한테도 다리는 있었어. 자기 몸을 방치하기 전에는 호리호리한 편이었고. 키도 180센티미터가 넘었지, 허리를 쭉 펴면. 난 아마 몸집이 큰 사람들한테 잘 넘어가나봐. 그런데 아들들은 아버지의 키를 닮지 않았어."

"그래, 넬슨도 날 안 닮았어. 제 엄마처럼 난쟁이야."

"아직도 재니스랑 사나보네. 옛날에 재니스를 얼간이라고 불렀잖아." 루스가 기억을 일깨워준다. 이제 루스는 지금의 상황에 편안히 적응해서 흔들의자에 등을 기댄 채 의자를 흔들고 있다. 양말을 신은 발이 까치발처럼 들렸다가, 발꿈치가 바닥에 닿았다가, 다시 까치발이 된다. "당신은 자기 얘기를 하나도 안 하는데, 나는 왜 살아온 이야기를 하고 있는 걸까?"

"나야 지극히 평범하지." 해리가 말한다. "내가 재니스 곁을 떠나지 않았다고 해서 나한테 화내지는 마."

"세상에, 그럴 리가 있어? 그저 재니스가 안됐을 뿐이야."

"자매잖아." 해리가 빙긋 웃으며 말한다. 여자들은 모두 자매들이다. 요즘 여자들이 하는 말이다.

루스의 얼굴에 붙은 살은 매끄럽지 않고, 울퉁불퉁 덩어리가 져 있어서 루스가 얼굴을 들면 눈 주위의 뼈가 채찍자국처럼 보인다. 용서하는 마음에서 우러나온 짓궂음에 루스의 시선에서 갑옷을 두른 것 같은 느낌이 사라졌다. "애니는 당신한테 아주 관심이 많아." 루스가 묻지도 않은 이야기를 털어놓는다. "나더러 농구팀 스타였던 당신에 대해 들어본 적이 있느냐고 몇 번이나 물었어. 그래서 우리가 서로 다른 고등학교를 다녔다고 말해줬지. 애니는 제이미랑 같이 마침내 차를 사러 갔을 때 당신이 없었다고 아쉬워했어. 제이미는 피에스타 쪽으로 마음이 기울어져 있었는데."

"그럼 당신은 제이미가 애니의 짝이 아니라고 생각하는 거야?"

"지금은 괜찮겠지만, 당신도 제이미를 봤잖아. 평범해."

"난 애니가……"

"나처럼 되지 않았으면 좋겠다고? 걱정 마, 괜찮을 거야. 요즘은 아무도 여자들을 매춘부라고 부르지 않아. 그저 건강하고 젊은 여자들일 뿐이야. 난 애니를 아주 순수하게 키웠어. 사실 나도 내가 아주 순수하다고 항상 생각했거든."

"누구나 다 순수해, 루스."

루스는 해리가 자기 이름을 불러주는 것을 좋아한다. 해리가 조심해야 한다. 해리는 사진을 다시 제자리에 놓고, 유심히 살핀다. 오빠와 남동생 사진 사이에 놓인 애너벨. "돈을 좀 주면 어때?" 해리가 가능한 한 가벼운 말투로 말한다. "그러면 이애한테 도움이 될까? 돈이 난데

없이 떨어진 것처럼 보이지 않게 내가 당신한테 주면 될 것 같은데. 예를 들어, 아이가 학교에 다니고 싶어한다거나 그렇다면 말이야." 해리는 얼굴을 붉히고 있다. 루스가 말이 없는 것이 곤혹스러움을 부채질한다. 흔들의자는 이제 흔들리지 않는다.

마침내 루스가 말한다. "이게 바로 사람들이 말하는 거치 양육비라는 거겠군."

"당신한테 주는 게 아냐. 아이를 위한 거야. 많이 줄 수는 없어. 그게, 나도 그 정도로 부자는 아니니까. 하지만 2천쯤이면 조금 달라질 수도……"

해리는 루스가 말을 끊고 들어올 거라는 생각에 말끝을 흐린다. 루스를 바라볼 수가 없다. 이상하게 늘어나버린 얼굴. 마침내 들려온 루스의 목소리는 오래전 침대에서 들었던, 경멸과 자신감이 섞인 허스키한 목소리다. "긴장 풀어. 걱정할 필요 없어, 당신 말을 곧이곧대로 받아들이지는 않을 테니까. 생활이 정말로 힘들어지면, 길가의 땅을 조금 팔아도 돼. 이 동네 가격으로 1에이커에 5천이야. 어쨌든, 래빗, 내 말 믿어. 애니는 당신 딸이 아냐."

"알았어, 루스. 당신이 그렇게 말한다면야." 안도감이 솟는 것을 느끼며 해리는 일어선다.

루스도 일어선다. 함께 일어선 두 사람의 영혼은 부풀어오른 살이 떨어져나가는 것을 느낀다. 석회석으로 지은 커다란 교회 맞은편, 서머 스트리트에 있던 건물 이층에서 사회적 규범에 어긋난 동거를 했던 젊은 남자와 여자가 다시 가까이 서 있다. 세상과 동떨어져서. 예전과 마찬가지로 방은 여자의 것이다. "잘 들어." 루스가 이를 악물고 그에게 말한다. 그의 눈에는 그녀가 빛나는 것처럼 보인다. 루스의 일그러진 얼굴이 빛나고 있다. "100만 달러가 걸려 있다 해도, 난 당신이 그 애가 당신 애라며 만족스러워하는 꼴은 못 봐. 내가 키웠어. 그애랑 내가 여기서 수많은 시간을 함께 보낼 때 당신은 대체 어디 있었어? 전에 크롤스에서 날 만난 뒤에도 당신은 아무것도 안 했지. 그동안 내내 나는 당신이 어디 사는지 알고 있었는데, 당신은 내가 어떻게 됐는지, 내 아이가 어떻게 됐는지 눈곱만큼도 신경을 안 썼어."

"당신은 그때 유부녀였잖아." 해리가 부드럽게 말한다. 내 아이. 뭔가가 이상하다.

"당연하지." 루스가 서둘러 말을 잇는다. "당신은 절대 따라갈 수 없는 좋은 남자랑 결혼했으니까. 비웃고 싶으면 얼마든지 비웃어. 아이들도 제 아버지가 얼마나 훌륭한 아버지였는지 잘 알고 있어. 남편이 죽은 뒤에도 우리는 남편이 여전히 살아 있는 것처럼 꿋꿋이 살았어. 그 사람은 그만큼 강한 사람이었다고. 당신이 마운트저지에서 그 한심한 삶을 어떻게 살아가고 있는지는 잘 모르지만……"

"우리 이사갈 거야." 해리가 말한다. "펜파크로."

"멋지네. 당신한테 딱 맞는 동네야. 가짜들이 잔뜩 있으니까. 당신은 그 얼간이 여자랑 이십 년 전에 헤어졌어야 해. 당신 자신뿐만 아니라 그 여자를 위해서도. 하지만 안 떠난 건 당신이니까 조바심을 치든지 말든지 맘대로 해. 하지만 애니한테는 손대지 마. 소름 끼쳐, 해리. 당신이 애니를 자기 딸로 생각한다는 생각을 하면, 애 몸에 똥을 잔뜩 바르는 것 같은 기분이야."

해리는 코로 한숨을 내쉰다. "아직도 말투가 다정하네." 해리가 말한다.

루스는 당황하고 있다. 강철 같은 회색 머리가 멋대로 헝클어져버려서 루스는 손바닥 끝으로 머리를 납작하게 누르고 있다. 마치 두개골 안에 있는 어떤 것을 짜부라뜨리려는 것처럼. "그런 말을 하면 안 되는 건 알지만, 겁이 나서 그래. 당신이 값비싼 옷을 입고 나타나서 내 딸을 자기 애라고 주장하니까. 만약 내가 그때 낙태를 하지 않았다면, 내가 부모님 뜻에 따르지 않았다면, 일이 다르게 풀렸을지도 모르지. 지금쯤 우리 딸이 있었을지도 몰라. 하지만 당신은……"

"알아. 당신이 옳은 일을 한 거야." 해리는 루스가 자신을 만지고 싶은 충동, 자신에게 매달리고 싶은 충동, 그의 서투른 포옹에 예전처럼 으스러지게 안기고 싶은 충동과 싸우고 있음을 느낀다. 해리는 마지막 화젯거리를 찾는다. 그래서 어색하게 묻는다. "앞으로 어떻게 할 거야? 모리스가 커서 집을 떠나고 나면." 해리는 자신의 모자를 기억해내고 그것을 들어 손가락 세 개로 부드러운 꼭대기 부분을 꼬집듯이 잡는다.

"나도 몰라. 여기서 좀더 버티겠지. 무슨 일이 있어도 땅값이 내려가지는 않을 테니까. 내가 여기서 한 해 한 해 버틸 때마다 은행에 돈을 넣어두는 것과 같아."

해리는 다시 코로 한숨을 내쉰다. "알았어, 그런 생각이라면야. 그럼 이만 가볼게. 애니한테 정말 돈 안 필요해?"

"당연하지. 잘 생각해봐. 애니가 정말 당신 딸이라 해도, 지금 와서 그런 짓을 하면 애만 혼란스러워져."

해리는 놀라서 눈을 깜박인다. 이건 애니가 그의 딸이라고 인정하는 건가? 해리가 말한다. "난 원래 잘 생각하는 걸 잘 못해."

루스가 바닥을 내려다보며 빙긋 웃는다. 광대뼈 위에 사각형으로 살짝 팬 것처럼 보이는 눈, 지금 그가 이렇게 위에서 내려다보고 있는 그 눈이, 그가 처음 루스를 만났을 때 눈에 들어온 부분이었다. 살집이 있고 강인하지만 왠지 상냥해 보이는 눈. 그녀가 인간적인 애정을 담아 그에게 당신은 커다란 토끼라고, 네온 불빛을 받은 주차 미터기 옆에서 말해주는 것 같았다. 처음 만났던 그날. 그때만 해도 브루어 중심가에 아직 전차가 다녔다. "남자는 열심히 생각할 필요가 없지." 루스가 말한다. "남자는 임신하지 않으니까."

두 사람이 모두 일어선 뒤 루스가 화를 내며 언성을 높이자 동요하던 프리치가 이제는 앞장서서 방을 나가 두 사람을 기다리며 무슨 일이냐는 듯 꼬리를 흔들고 있다. 밖으로 통하는 문틈에 코를 댄 채로. 루스가 그 문과 방풍문을 개가 지나갈 수 있을 만큼 열어준다. 하지만 해리가 지나갈 수 있을 정도는 아니다. "커피 한 잔 할래?" 루스가 묻는다.

해리는 재니스에게 새치너에서 한시에 보자고 했었다. "아, 이런, 고맙지만 이제 일하러 가야 돼."

"순전히 애너벨 때문에 온 거야? 내 소식은 안 궁금해?"

"당신 얘기는 벌써 들었잖아, 안 그래?"

"나한테 애인이 있는지 없는지, 당신 생각을 한 적이 있는지는?"

"그래, 확실히 흥미가 동하긴 해. 말하는 모습을 보니 그동안 끝내주게 잘살아온 모양이야. 프랭크랑 모리스. 그리고 또하나는 이름이 뭐지?"

"스콧."

"맞아. 게다가 땅도 이렇게 많고. 미안해, 옛날에 당신을 그렇게 버리고 가서."

"뭐," 루스가 말한다. 생각에 잠긴 듯 느린 말투 속에서 해리는 세상을 떠난 루스의 남편 목소리가 들리는 것 같다고 상상한다. "누구나 각자 이런저런 문제를 일으키며 사는 거겠지."

루스는 살이 찌고 머리가 셌을 뿐만 아니라, 고단한 처지인 것 같기도 하다. 스웨터에는 지푸라기가 묻었고, 뺨에는 머리카락이 묻었다. 추레한 괴물. 외로운 처지. 해리는 빨리 이 이중문을 지나 겨울바람 속으로 나가고 싶다. 아무것도 자라지 않고 있는 바깥으로. 예전에 그는 루스에게 금방 돌아올게, 라고 말하고는 도망쳐버렸지만, 지금은 그런 말조차 할 수 없다. 두 사람 모두 알고 있다. 사람들이 절대 알면 안 되는 것, 자신들이 다시는 만나지 못하리라는 것. 해리는 문고리를 움켜쥐고 있는 루스의 손에서 손가락 살 속에 거의 파묻히다시피 한 가느다란 금반지를 발견한다. 그의 심장이 마구 날뛴다. 가슴속에 갇힌 채로.

루스가 그에게 자비를 베푼다. "조심해서 가, 래빗." 루스가 말한다. "아까 비싼 옷 어쩌고 한 건 그냥 농담이었어, 아주 좋아 보여." 해리는 루스의 뺨에 입을 맞출 것처럼 고개를 숙이지만 루스가 말한다. "하지 마." 그가 콘크리트 포치에서 한 발을 내디뎠을 때, 루스의 그림자는 이미 이중문의 검은 유리에서 사라진 다음이다. 날씨가 아까보다더 우중충해져서 마른 눈송이 몇 개가 날린다. 재처럼 횡으로 떠가는 그 눈송이들이 쌓이는 일은 없을 것이다. 프리치가 포도처럼 푸른 색깔의 반짝이는 셀리카까지 그의 옆에서 종종걸음을 친다. 해리는 녀석이 뒷좌석에 뛰어오르려는 것을 막는다.

일단 진입로를 벗어나 **블랭큰빌러**와 **무스**의 이름이 적힌 우편함들을 지난 뒤 해리는 입에 라이프 세이버스 한 알을 던져넣고는 루스가 출생증명서를 보겠느냐고 허세를 부렸을 때 그러라고 할 걸 그랬나, 하고 생각한다. 아니, 만약 프랭크가 전에 결혼한 적이 있다면 스콧은 그의 전처 소생이 아닐까? 애니의 나이가 루스 말대로 어리다면, 아직 고등학생이어야 하는 것 아닌가? 아냐, 그만두자. 잊어버리자. 하느님은 그에게 딸을 허락할 생각이 없다.

난방이 지나치게 가동된 섀치너에서 화려한 새 가구들에 둘러싸여 기다리고 있는 재니스는 자그맣고 부유해 보인다. 그리고 카리브해에서 살을 태운 덕분에 마흔세 살보다 젊어 보인다. 해리가 입술에 입을 맞추자 재니스가 말한다. "음. 버터 럼이네. 뭘 숨기고 있는 거야?"

"점심 때 양파를 먹었거든."

재니스는 그의 옷깃에 코를 살짝 박는다. "연기 냄새가 나."

"어, 매니가 시가를 하나 줬어."

재니스는 그의 거짓말에 거의 귀를 기울이지 않는다. 자기가 빨리 말하고 싶은 게 있어서 잔뜩 들떠 있기 때문이다. "해리, 멜러니가 오하이오에서 어머니한테 전화를 걸었어. 넬슨이랑 같이 있대. 모든 문제가 해결됐어."

재니스가 말을 계속하는 동안 해리는 그녀의 입이 움직이는 것을 본다. 앞머리가 가볍게 흔들리고, 눈이 커졌다가 작아지고, 손가락들은 흥분해서 외투깃 사이로 드러난 진주 목걸이를 잡아당긴다. 하지만 래빗은 지금 재니스가 하고 있는 말의 정확한 의미에 정신을 집중하지 못하고, 자기가 문간에서 늙은 루스의 얼굴을 향해 자신의 얼굴을 가까이 기울였을 때, 눈 밑의 지친 피부에 뭔가 반짝이던 것을 기억해낸다. 그러면서 우리의 눈물은 항상 젊다는 바보 같은 생각을 한다. 이 생각을 병에 담아 팔아야 할 것 같다. 소금물은, 루스의 말처럼, 요람에서 무덤까지 전혀 변하지 않는다.

해리와 재니스가 7만 8천 달러에 사서 1만 5600달러의 선금을 낸 작은 석조 주택은 덤불이 자라는 4분의 1에이커 넓이의 땅에 서 있다. 이 일대에서 펜파크 프리텐셔스라고 불리는 단지 중에서도 좀더 큰 집 두 채 뒤의, 머캐덤 공법으로 포장된 막다른 길 옆에 있는 곳이다. 튜더양식을 흉내낸 이 집은 높이가 높고, 첨탑처럼 뾰족한 박공이 있으며, 지붕은 빨간 타일로 덮여 있고, 클링커 벽돌들이 말도 안 되게 이상한 각도로 튀어나와 있다. 레모네이드처럼 연한 노란색을 띤, 차분하고 얇은 벽돌들로 지은 신新 농장 양식의 저택 같다. 한편에는 유리로 둘러싸인 일광욕실이 있고, 반대편에는 팔라디오양식의 창문들이 줄지어 나 있는데, 해리의 짐작으로는 식당이 그쪽에 있을 것 같다. 해리는 지금 이곳에 나와 자신이 산 집을 살피며 돌아오는 봄에 땅을 파서 텃밭을 꾸밀 수 있을 만큼 햇볕이 잘 드는 곳을 찾고 있다. 조지프 스트리트에 있는 장모의 집 뒤편은 너무 그늘이 졌다. 해리는 한쪽 귀퉁이에서 괜찮아 보이는 장소를 찾아낸다. 이웃집에서 뻗어나온 떡갈나무 가지를 조금 자르면 될 것 같다. 이미 무르익어서 지나치게 커져버린 이런 교외의 땅은 대개 그늘이 잘 드리워져 있다. 해리의 집 잔디밭도 절반은 이끼가 자라고 있다. 올겨울 날씨가 온화해서 이끼가 말라버리기는 했지만, 그래도 여전히 생기를 잃지 않은 채 모습을 드러내고 있다. 그러고 보니 바닥에 파란 페인트를 칠한, 작은 시멘트 연못도 있다. 지금은 말라서 솔잎들이 흩어져 있다. 비스듬히 기울어진 연못 가장자리의 시멘트가 아직 마르기 전에 누군가가 조개껍데기를 박아놓은 모양이다. 사람들이 집을 사면 딸려오는 물건들이 있는 법이다. 문고리, 창턱, 라디에이터. 모두 그의 것이다. 만약 해리가 물고기라면 이 연못에서 헤엄칠 수 있을 것이다, 돌아오는 봄에. 남자인지, 여자인지, 아이인지, 아니면 셋 모두인지 하여튼 누군가가 지금 그의 머리 위로 솟아 있는 나무들이 지금보다 작았을 때, 그 나무의 그늘 아래에서 여름에 이곳에 조개껍데기를 박던 모습을 상상해본다. 약한 겨울 햇빛이 그의 마당 사방에 닿고, 이파리가 모두 떨어져버린 잔가지들의 그림자가 거기에 거미줄 같은 무늬를 그린다. 해리는 이곳에 서서 지금까지 이 집을 산 사람들이 차례로 이 집에 기울였던 애정이 퇴적물처럼 쌓여 있는 것을 느낀다. 이 집은 해리가 태어난 무렵, 그러니까 우울하지만 견실했던 시대에 지어졌다. 사람들은 연한 회색 석회석을 다이아몬드 카운티 북쪽으로 멀리 떨어진 채석장에서 끌고 와 다듬은 뒤 시간을 들여 제대로 집을 세웠다. 나중에, 그러니까 전쟁이 끝난 뒤에, 당시 이 집의 주인이던 누군가가 도로와 면하지 않은 뒤쪽 벽을 뚫어 미늘벽판자와 하얀 얼룩이 있는 벽돌로 증축했다. 이제 재니스의 부엌이 된 곳의 앤더슨 창호* 밑의 미늘벽판자에서는 페인트가 벗겨지고 있다. 해리는 집에 닿아 있는 가지들을 다듬어서 습기가 차지 않게 해야겠다고 속으로 메모해둔다. 사실 이곳에는 완전히 잘라서 장작으로 써도 될 것 같은 나무가 여러 그루 있다. 하지만 봄에 이파리가 다시 나기 전에는 어떤 나무를 자를지 확실히 결정할 수 없을 것이다. 집에는 벽난로가 두 개 있는데, 하나는 크고 긴 거실에 있고 같은 연통에서 뻗어나온 다른 하나는 그 뒤의 작은 방에 있다. 해리는 그곳을 서재로 생각하고 있다. 자신의 서재.

그와 재니스는 어제, 토요일에 이곳으로 이사했다. 프루가 곧 아기를 데리고 퇴원할 예정이라, 두 사람이 미리 집을 비워주면 프루가 조지프 스트리트 집에서 두 사람이 쓰던 침실을 차지할 수 있을 것이다. 길에서 떨어져 있는 그 침실에는 욕실도 따로 갖춰져 있다. 두 사람은 또한 프루와 아기 덕분에 혼란스러운 와중에 재니스의 어머니가 두 사람이 빠져나간 고통을 덜 느낄지도 모른다는 생각도 했다. 웹 머킷을 비롯한 일행들은 예정대로 목요일 밤에 카리브해에서 돌아왔고, 토요일 아침에 웹은 이사를 도우려고 자신의 지붕회사에 소속된 트럭을 한 대 가져왔다. 양편에 고가 사다리가 밧줄로 고정돼 있는 차였다. 로니 해리슨, 그 더러운 놈은 사무실에 나가서 휴가 동안 쌓인 서류와 씨름해야 한다고 말했다. 금요일에도 자정까지 일했다는 것이다. 하지만 버디 잉글핑거는 웹과 함께 왔다. 세 남자가 앵스트롬 부부의 짐을 모두 나르는 데는 두 시간으로 충분했다. 두 사람만의 가구가 별로 없어서 옷가지가 대부분이었고, 재니스의 마호가니 화장대와 부엌용품이 든 마분지 상자 몇 개가 전부였다. 부엌용품은 1969년에 두 사람의 집

---

* 앤더슨사가 제작하는 창문의 상품명.

이 불에 타 무너졌을 때 거기서 건져온 것들이었다. 넬슨의 물건은 모두 두고 왔다. 이웃의 부치 여자들 중 한 명이 포치로 나와서 손을 흔들며 작별인사를 했다. 이렇게 동네에 소식이 알려지는 법이다. 이웃끼리 별로 친하게 지내지 않는다 해도. 해리는 항상 그 여자들에게 그런 생활이 어떤지, 왜 그렇게 사는지 물어보고 싶었다. 남자를 좋아하지 않는 건, 해리 자신도 남자를 별로 좋아하지 않으니까 이해가 가지만, 여자면서 여자를 더 좋아하는 이유는 궁금했다. 특히 남자처럼 항상 망치질을 해대는 여자들이니 더욱더.

해리와 재니스가 목요일 오후에 새처너에서 구입해서 금요일에 배달해달라고 한 물건들은, 새 컬러 소니 텔레비전(래빗은 일본인들의 주머니에 한푼이라도 넣어주는 게 싫지만 이 제품에 관한 한 품질은 비할 데가 없다는 것을 〈컨슈머 리포트〉에서 읽어서 알고 있다)과 은빛이 도는 분홍색의 크고 푹신한 윙체어* 두 개(해리는 옛날부터 줄곧 윙체어를 갖고 싶었다. 목에 외풍이 닿는 게 싫기 때문이다. 목에 닿는 외풍 때문에 죽은 사람들도 있다), 퀸사이즈 매트리스와 박스스프링과 금속 침대틀이었다. 머리판은 없다. 해리와 웹과 버디는 이 침대를 이층 뒤편의 방으로 들고 간다. 방의 천장이 일부 기울어져 있지만 벽장 문 옆의 빈 벽에 거울을 놓고 싶다면 그럴 만한 공간이 있다. 의자와 텔레비전은 거실이 아니라 바로 그 옆의 훨씬 더 아늑한 방, 그러니까 서재로 간다. 거실은 너무 커서 어떤 가구를 채워야 할지 엄두가 나지 않는다. 해리는 옛날부터 항상 서재를 갖고 싶었다. 사람들이 함부

---

* 등받이 위쪽 좌우에 기댈 수 있는 부분이 달려 있는 안락의자.

로 자신을 방해할 수 없는 방. 이 작은 방에서 특히 마음에 드는 것은, 그러니까 장모가 죽은 뒤 장모의 잡동사니와 도자기나 책 등을 놓아둘 수 있는 붙박이 선반들과 벽난로, 그리고 술을 넣어둘 수 있는 그 아래의 캐비닛, 심지어 원한다면 작은 냉장고를 놓을 수 있는 공간까지 있는 이 방에서 이것들 외에 특히 마음에 드는 것은 바닥을 전부 뒤덮은 카펫이다. 초록색과 오렌지색이 뒤섞인 그 카펫을 보면 치어리더들이 들고 흔드는 술이 생각난다. 동화책에 나오는 창문처럼 납으로 된 틀에 마름모꼴 유리가 끼워져 있고 L자형 손잡이로 열고 닫을 수 있는 작고 높은 창문도 마음에 든다. 이 방이라면 자신도 책을 읽게 될지 모른다는 생각이 든다. 그저 잡지나 신문 같은 것들 말고 이를테면 역사 같은 것을 공부하게 될지도 모른다. 서재로 들어오려면 한 계단을 내려서야 한다. 단단한 나무를 깐 거실 바닥에서 한 계단. 이 작은 높이의 차이에서 해리는 이제 자신에게 가능해진 많은 개혁과 정리의 힌트를 얻는다. 마치 가지 끝을 잘라준 나무에서 새싹이 돋는 것 같다.

프랭클린 드라이브는 막다른 골목 하나가 갈라져나간 우아한 거리다. 두 사람의 주소는 프랭클린 드라이브 14½이고, 막다른 골목에는 이름이 없다. 아무래도 앵스트롬 길이라고 불러야 할 것 같다. 웹은 앵스트롬 골목이 어떠냐고 제안했지만, 해리는 마운트저지 시절에 골목이라면 이미 충분히 겪었으므로 웹이 그런 의견을 내놓은 것에 화가 난다. 처음에 웹은 너무 일찍 금을 팔라는 조언을 하더니, 그다음에는 그의 아내와 씹을 하고, 이제는 그의 집을 깎아내리고 있다. 해리는 지금까지 14½처럼 번지수가 작은 집에서 살아본 적이 없다. 하지만 빨간색, 흰색, 파란색이 섞인 지프를 타고 다니는 집배원은 주소를 알고 있

710

다. 벌써 여기서 우편물을 받아보았다. 카리브해에 가 있는 동안 **주민**들에게 보내는 광고물이 온 것이다. 토요일 오후 한시 삼십분쯤, 웹과 버디가 이미 떠난 뒤에 재니스와 해리가 부엌에서 자기들이 갖고 있다는 사실조차 잊어버렸던 숟가락과 냄비를 정리하고 있을 때 우편물 구멍에서 찰칵 하는 소리가 나더니 엽서 한 장과 하얀 봉투 하나가 현관의 맨바닥에 떨어져 있었다. 우체국에서 살 수 있는 길고 평범한 봉투에는 반송주소가 없고, 브루어 소인이 찍혀 있었다. 받는 사람의 이름과 주소를 적는 곳에는 지난 4월에 스키터에 관한 신문기사가 들어 있던 봉투와 똑같이 비스듬히 기울어진 글자로 '**해리 앵스트롬 씨**'라고 찍혀 있을 뿐이다. 이 봉투 안에 들어 있는 기사는 아주 작았다. 겉봉에 주소를 적은 사람은 기사 맨 위에도 학교 교사 같은 필체로 〈골프 매거진〉의 연간 '총정리'에서라고 볼펜으로 적어놓았다. 기사 내용은 다음과 같았다.

값비싼 버디

셔먼 토머스 박사는 콩그레셔널 CC에서 캐나다산 거위를 죽인 뒤 악명을 얻었다. 법원은 그에게 500달러의 벌금을 부과했다.

재니스는 그의 옆에서 이 기사를 읽으며 억지웃음을 터뜨렸다. 가구가 하나도 없는 복도에 그 소리가 메아리쳤다. 복도는 하얀 아치를 통해 긴 거실까지 이어져 있다.

해리는 죄지은 사람처럼 재니스를 바라보며 재니스가 말하지 않은 생각에 동의했다. "셀마군."

재니스의 얼굴이 상기되어 있었다. 조금 전까지만 해도 두 사람은 장모의 집 다락방에 십 년 동안 처박혀 있던 낡은 믹스마스터*의 플러그를 꽂아 그것이 붕 하고 돌아가는 것을 보고 감상적인 황홀경에 빠져 있었다. 하지만 지금은 재니스가 불쑥 말했다. "이 여자는 절대 우리를 가만히 내버려두지 않을 거야. 절대."

"셀마가? 그럴 리가 있나. 안 그러기로 약속했잖아. 셀마는 그 점을 아주 분명히 했어. 당신은 아니었어? 웹이랑?"

"아, 물론 그랬지. 하지만 사랑에 빠진 여자한테 말은 아무 의미가 없어."

"누구를 말하는 거야? 당신이랑 웹?"

"아냐, 바보. 셀마 말이야. 당신이랑."

"셀마가 나한테 그랬어. 로니를 사랑한다고. 어떻게 그럴 수 있는지 나는 잘 모르겠지만."

"로니가 돈을 벌어다주잖아. 당신은 셀마가 꿈꾸는 남자고. 셀마는 당신을 보면 진짜로 달아올라."

"그게 놀랍다는 목소리네." 해리가 비난하듯이 말했다.

"아, 내가 당신 때문에 달아오르지 않는다는 얘기는 아니야. 셀마가 왜 그러는지 나도 이해해. 그저……" 재니스는 눈물을 감추려고 고개를 돌렸다. 해리 주위에는 온통 우는 여자들뿐이었다. "……우리가 침범당한 것 같아서 그래. 지난번에 그걸 보낸 것도 이 여자라는 걸 알고,

---

* 믹서기 상품명.

712

이 여자가 항상 우리를 지켜보면서 덤벼들 기회를 노리고 있다고 생각하니까…… 그 사람들은 사악해, 해리. 난 그 사람들 중 누구도 더이상 만나고 싶지 않아."

"그럴 필요 없어." 해리는 재니스를 안아줄 수밖에 없었다. 그 아무것도 없는 홀에서. 이제는 재니스가 완전히 당황해서 인상을 찌푸리는 것이 좋다. 그럴 때 재니스의 숨결은 뜨겁고, 왠지 슬픔 때문에 옹색한 것 같다. 그럴 때의 그녀야말로 가장 그의 것처럼 보인다. 그가 지닌 부의 핵심. 예전에는 재니스가 이렇게 되었을 때 그는 재니스의 두려움에 전염되어 도망쳤다. 하지만 중년에 이르자 자신이 다시는 도망치지 않으리라는 것이 너무나 분명해서 자신의 고집스러운 전리품인 그녀를 보며 웃을 수 있게 되었다. "그 사람들은 그냥 우리랑 같은 사람들이야. 그건 휴가중의 일이었잖아. 현실 속에서는 아주 보수적인 사람들이야."

재니스는 열심히 주장했다. "난 그 여자한테 화가 나서 미치겠어. 이렇게 추파를 던지다니. 그 직후에. 그 사람들은 절대 우리를 가만히 내버려두지 않을 거야, 절대. 이제 우리한테 집이 생겼으니까. 어머니 집에 있을 때는 보호를 받을 수 있었는데."

이건 사실이었다. 해리슨 부부와 머킷 부부, 그리고 버디 잉글펑거와 키가 크고 뽀글뽀글한 머리를 가늘게 땋고 영화 〈10〉에 나온 여자처럼 주주* 목걸이를 한 새 여자친구가 그 전날 밤에 놀러왔었다. 앵스트롬 부부가 새집에서 보내는 첫날밤에 샴페인과 브랜디를 들고 와서

---

* 서아프리카의 주술에 쓰이는 물건.

두시까지 있다가 간 것이다. 그래서 일요일이 시큰하고 죄스럽게 느껴진다. 해리는 또한 아직 이 집에서 이렇다 할 습관을 만들지 못했다. 습관도 없고, 쿠션이 되어줄 장모의 낡은 가구도 없기 때문에 그의 삶이 사방으로 공허하게 뻗어 있다. 그래서 어느 방향으로 가든 반드시 넘어질 것만 같다.

토요일에 온 또다른 우편물, 그러니까 엽서는 넬슨에게서 온 것이었다.

안녕하세요 엄마, 아빠

28일에 봄학기가 시작해서 난 잘 지내고 있어요. $1087 보증수표가 필요해요(397은 수강료, 90은 제반 수수료, 600은 오하이오 주민이 아닌 학생들의 추가등록금). 생활비도요. $2000~2500이면 충분할 듯. 그쪽에 전화를 놓으면 전화할게요. 멜러니가 안부 전하래요. 사랑해요, 넬슨.

엽서 뒷면에는 뜨거운 공기를 내보내는 환풍구처럼 가느다란 나뭇조각들을 붙여서 만든 커다란 물건들을 인 현대적인 벽돌 건물이 있고, 켄트주립대학 경영대학이라고 이름이 밝혀져 있었다. 해리가 물었다. "프루는 어쩌고? 이 녀석은 아이 아버지인데, 그걸 까맣게 잊어버린 것 같네."

"잊기는 왜 잊어. 그냥 모든 걸 한꺼번에 할 수 없으니까 이러는 거지. 학교에 등록하는 대로 차를 몰고 돌아와서 아이를 본 다음에, 제가 가져간 차를 돌려주겠다고 프루한테 전화로 말했대. 하지만 어쩌면 말이야, 해리, 애한테 그 차를 당분간 쓰라고 해야 할까봐."

"그건 내 코로나야!"

"얘는 지금 당신이 원하던 대로 대학에 돌아갔잖아. 프루도 이해하고 있어."

"자기가 구제불능의 낙오자와 엮였다는 걸 이해하고 있겠지." 해리가 말했다. 하지만 진심은 아니었다. 이제 당분간 넬슨은 그에게 위협이 되지 못했다. 해리가 성주였다.

그리고 오늘은 슈퍼 일요일이다. 재니스는 그를 교회에 데려가려고 애쓰고 있다. 차로 어머니를 모시고 교회에 갈 예정이기 때문이다. 하지만 해리는 숙취가 너무 심하고, 그냥 지금까지 꾸던 따스한 꿈으로 되돌아가고 싶은 생각뿐이다. 어떤 여자, 젊은 여자, 그가 한 번도 만난 적이 없는 여자가 나오는 꿈이다. 머리카락 색깔이 조금 짙은 편인 그 여자와 해리는 어딘가의 파티에서 만난 것 같은데, 지금은 작은 욕실에 함께 있다. 서로 말은 안 하지만 마음이 통한다. 마치 방금 섹스를 했거나 아니면 이제 막 섹스를 하려는 사람들처럼. 두 사람 사이에서 섹스는 아주 확실하고 아무렇지 않은 일이지만 딱히 지금 그 일이 일어나고 있지는 않다. 작은 사각형 타일이 두 사람 발밑에 비스듬히 깔려 있는 바닥, 시내의 오래된 담뱃가게에서 영원히 타오르는 시가 라이터의 불꽃을 둘러싼 크롬 그릇처럼 두 사람을 둘러싸고 있는 작은 욕실, 새로운 관계에서 느끼는 행복, 해리는 이것이 계속되기를 바라지만 한번 깨어나니 돌아갈 수가 없다. 이 침실, 밝고 기울어진 천장이 있는 침실이 낯설다. 곧 커튼을 달아야겠다. 재니스가 할 수 있을까? 한심한 얼간이. 재니스는 이렇다 할 일을 한 적이 없다. 해리는 거의 텅 비다시피 한 냉장고에 하나 남아 있던 오렌지로 나름대로 아침식사를 준비하고, 어젯밤 파티에서 남은 조미 견과류를 곁들이고, 수도꼭지에서 받은 뜨거운 물로 녹인 인스턴트커피도 한 잔 곁들인다. 이 집에도 웹의 집처럼, 끝부분을 벌에게 쏘인 날씬한 거시기처럼 생긴, 레버가 하나인 수도꼭지가 달려 있다. 냉장고도 원래 집에 딸려 있었고, 초승달 모양의 얼음을 대량으로 쏟아내는 자동 제빙기도 있다. 그의 마음을 끈 물건 중 하나가 바로 이것이다. 비록 낡은 믹스마스터가 제대로 작동하기는 하지만, 해리는 재니스에게 퀴진아트를 사주겠다고 했던 약속을 잊지 않았다. 재니스가 식사를 제대로 차리지 못하는 것은 이곳 부엌이 장모의 집처럼 구식이기 때문인지도 모른다. 해리는 조심스레 집안을 어슬렁거리며 주물 라디에이터, 창문의 황동 걸쇠, 욕실의 작고 고급스러운 팔각형 타일, 열쇠로 잠그게 되어 있는 문고리에 감탄한다. 가구가 없기 때문에 그가 산 집의 이런 사소한 특징들이 더욱 반짝이지만, 시간이 흐르면서 집안이 어지러워지면 곧 시야에서 사라져버릴 것이다. 지금은 순수한 알몸을 드러내고 있다.

이층에서, 예전에 틀림없이 사내아이가 썼던 것처럼 보이는 방(벽에는 압핀 자국이 수십 개나 나 있고, 포스터를 붙이는 데 썼던 스카치테이프 자국들도 남아 있다) 옆의 비스듬히 기울어진 벽장에서 해리는 70년대 초에 나온 〈플레이보이〉와 〈펜트하우스〉 더미를 발견한다. 그는 천천히 돌아가는 전기 계량기 밑, 부엌 계단 옆에서 어제 재니스와 함께 셔밸류에서 산 커다란 초록색 플라스틱 쓰레기통을 하나 가져온다. 하지만 잡지를 버리기 전에 래빗은 그것들을 뒤적이며 한 해도 빠짐없이 매달 한가운데에 실리는 화보를 찾아본다. 먼저 중요 부위가 드러나지 않게 수정한 흔적들이 희미해지고 음모가 고개를 내밀더니 거품이 대담하게 전면으로 나서고 자동차 차체처럼 완벽한 젊은 여자들이 네글리제 앞섶이 벌어지게 내버려둔 뒤 표범가죽 소파 위에서 몸을 굴린다. 그래서 마침내 독자들의 눈이 그들의 부끄러운 모습과 보물 같은 모습을 모두 보며 만끽할 수 있게 된다. 매년 달이 갈수록 눈에 보이지 않는 힘이 그들의 흠 없는 허벅지를 부드럽게 조금씩 더 넓게 벌려 이백 주년 기념판이 나올 즈음에는 표현의 자유가 여자의 그곳이 활짝 벌어지게 하는 쾌거를 이룩한다. 텍사스, 하와이, 사우스다코타에서 와서 대담하게 독자들을 응시하고 있는 이 풍만한 여자들은 조명과 카메라 렌즈 앞에 굴복해 수직으로 난 장밋빛 구멍을 보여주고, 그 구멍 또한 독자를 마주 바라보는 듯하다. 피처럼 빨갛게 상기된 하계에서 온 그 구멍은 예쁘다고 하기는 힘들고, 노출의 궁극이지만 아직 저 너머의 어떤 비밀을 막아주는 장벽으로 기능하고 있다. 그 장벽 안에는 조용한 창문에서 겨울 햇빛이 약해지고 있는 지금도 아직 노출되지 않은 것이 있다. 밖에서는 다람쥐 한 마리가 지켜보고 있다. 녀석의 회색 등은 아치처럼 휘어졌고, 검은 눈은 긴장하고 있다. 해리는 자연이 어디에나 있음을 깨닫는다. 집까지 아주 가까이 다가와 있는 나무는 벚나무인 듯하다. 껍질에 둥근 고리 같은 무늬가 있다. 다람쥐는 제가 염탐당하는 것을 알고 쪼르르 가버린다. 잡지를 모두 집어넣으니 쓰레기통이 너무 무거워서 거의 들어올릴 수 없는 상태가 된다. 무겁게 쌓인 계집들. 해리는 그것을 아래층으로 질질 끌고 간다. 재니스는 어머니, 프루, 아기와 함께 점심을 먹고 두시가 지나서 돌아온다.

"다들 기분이 좋아 보였어." 재니스가 보고한다. "아기도."

"아직 이름을 안 지었어?"

"프루가 넬슨한테 레베카가 어떠냐고 물었더니 절대 안 된다고 했대. 그래서 지금 주디스가 어떤가 생각중이야. 프루의 어머니 이름이래. 난 재니스는 생각도 말라고 했어. 나도 이 이름을 별로 좋아한 적이 없으니까."

"난 걔가 제 엄마를 싫어하는 줄 알았는데."

"싫어하는 게 아니라 그다지 존경하지 않는 거야. 프루가 싫어하는 건 아버지지. 하지만 그 아버지가 프루한테 두어 번 전화를 했는데, 아주, 뭐랄까, 회유적이었대."

"그거 끝내주네. 그럼 이리로 와서 대리점 운영을 좀 도와달라고 할수도 있겠네. 난방공사를 해줄 수 있잖아. 프루는 아기를 낳기 직전에 넬슨이 도망친 걸 어떻게 생각하고 있어?"

재니스가 모자를 벗는다. 겨울에 쓰고 다니는, 솜털이 난 보라색 실로 헐렁하게 짠 베레모로, 양가죽 외투와 함께 입으면 전쟁터로 떠나는 갈색 피부의 어린 병사처럼 보인다. 재니스의 머리카락이 정전기 때문에 일어선다. 텅 빈 거실 안에는 모자를 놓을 데가 없어서, 재니스는 하얀 창턱으로 모자를 던진다. "글쎄," 재니스가 말한다. "걔 반응이 좀 재미있어. 지금은 넬슨이 없는 게 차라리 좋대. 뒤치다꺼리할 사람이 하나 줄었다면서. 전체적으로는 이게 넬슨이 반드시 해내야 하는 일이라고 생각하고 있어. 싸가지가 좀 생기려면 말이야. 프루의 표현이야. 내 생각에는 프루 자신이 넬슨을 밀어붙였다는 걸 알고 있는 것 같아. 넬슨이 일단 학위를 따고 나면, 자기 자신을 훨씬 더 편안히 받아들이게 될 거래. 영원히 넬슨을 잃어버리거나 할까봐 걱정하는 기색은 전혀 없던데."

"허. 요즘은 욕을 먹으려면 도대체 얼마나 엄청난 짓을 저질러야 되는 거야?"

"걔들은 서로한테 아주 너그러워." 재니스가 말한다. "내가 보기엔 좋은 일 같아." 재니스가 이층으로 향하자 해리가 그 뒤를 바짝 따라간다. 이 새롭고 광대한 집안에서 재니스를 잃어버리기라도 할까봐서.

해리가 묻는다. "프루는 그 집에서 나와서 아파트 같은 데서 넬슨이랑 같이 살 거래, 어쩔 거래?"

"프루는 지금 자기가 아기랑 같이 넬슨을 찾아가면 넬슨이 당황해서 어쩔 줄 모를 거래. 물론 어머니를 위해서도 프루가 여기 남아 있는 편이 훨씬 더 좋겠지."

"프루가 멜러니 때문에 불끈불끈 화를 내지는 않아?"

"아니, 멜러니가 자기 대신 넬슨을 돌봐줄 거라던데. 걔들은 우리처럼 서로 질투하지 않아, 믿기는 힘들지만."

"내 말이."

"그러고 보니……" 재니스가 침대에 외투를 떨어뜨리고 엉덩이를 높이 쳐든 채 허리를 숙여 부츠의 지퍼를 연다. "셀마가 어머니한테 메시지를 남겨뒀어. 당신이랑 나더러 자기 집에 와서 가벼운 저녁식사를 먹으며 슈퍼볼 경기를 함께 보겠느냐고. 머킷 부부도 올 건가봐."

"그래서 뭐라고 했어?"

"안 간다고 했어. 걱정 마. 아주 사근사근하게 말했으니까. 어머니랑 프루를 우리집으로 불러서 새로 산 소니 텔레비전으로 경기를 볼 거라고 했어. 그게 사실이니까. 내가 두 사람을 초대했거든." 재니스는 스타킹을 신은 발로 서서 검은색 교회용 정장의 엉덩이를 양손으로 짚는다. 마치 해리에게 가족들과 집에 있는 것보다 밖에 나가서 그 음탕한 인간들하고 있는 편이 더 좋으면 어디 한번 해보라고 을러대기라도 하는 것처럼.

"알았어." 해리가 말한다. "난 요즘 별로……"

"아, 꽤 슬픈 일이 하나 있어. 어머니가 그레이스 스털한테서 들었다는데, 그 아주머니는 페기 포스나트의 이모와 아주 친한 모양이야. 우리가 남쪽에서 휴가를 즐기는 동안 페기가 병원에 검진을 받으러 갔는데, 그날 밤에 바로 입원해서 한쪽 가슴을 떼어냈대."

"세상에." 그가 입으로 빨았던 가슴이다. 가엾은 페기. 하느님의 손톱에 튕긴 신세가 되다니. 인생은 우리가 감당하기에는 너무 크다, 결국은.

"물론 병원에서는 다 치료했다고 했지만, 그거야 항상 하는 말이잖아."

"어째 요즘 페기한테 뭔가 안 좋은 일이 일어날 것 같더라니."

"요새 기괴하게 굴었지. 전화라도 한번 해봐야겠어, 오늘은 말고."

재니스는 청소를 하려고 가슴판이 있는 멜빵바지로 갈아입고 있다. 재니스는 여기 살던 사람들이 집을 더럽게 썼다고 말하지만, 해리의 눈에는 보이지 않는다. 〈플레이보이〉 잡지들만 빼면. 재니스는 어디서 살든 전에는 그다지 깔끔을 떠는 편이 아니었다. 커튼이 없는 창문으로 들어온 겨울 햇빛이 맨바닥과 텅 빈 벽에 부딪혀 반사되면서 재니스의 속옷을 은색으로 바꿔놓는다. 재니스의 어깨와 팔이 햇빛 속에서 잽싸고 팔팔하게 움직이는 생선처럼 휙 움직이더니 해리의 낡은 셔츠와 좀이 슨 스웨터 안으로 사라진다. 재니스의 뒤에는 새로 산 침대가 정리되지 않은 채 놓여 있다. 두 사람은 그 위에서 아직 씹을 한 적이 없다. 어젯밤에는 술도 너무 많이 마셨고, 몸도 녹초가 돼 있었다. 사실 두 사람은 섬에서 보낸 그날 밤 이후로 씹을 하지 않았다. 해리는 재니스에게 자기 점심은 어떻게 할 거냐고 짜증스레 묻는다.

재니스가 묻는다. "아, 냉장고에 뭐 좀 없었어?"

"오렌지 한 개가 있어서 아침으로 먹었어."

"달걀이랑 슬라이스 햄을 사다놨는데, 버디랑 그 이름 모를……"

"밸러리."

"그 여자 머리 굉장하지 않았어? 혹시 마약을 하는 걸까? 하여튼 그 두 사람이 어제 한밤중에 오믈렛을 만들어서 다 먹어치웠어. 그거 마약하는 사람들의 증상 아냐? 비정상적인 식욕 말이야. 치즈가 좀 남아 있을 거야, 해리. 내가 이따가 어머니한테 드릴 음식을 좀 사러 나갈 건데, 그때까지 치즈랑 크래커로 좀 때우면 안 될까? 이 동네에서는 일요일에 어떤 가게들이 문을 여는지 아직 몰라. 계속 기름을 써가며 마운트저지 슈퍼마켓까지 왔다갔다할 수는 없잖아."

"그렇지." 해리가 맞장구를 치고는 치즈와 크래커, 그리고 로니와 셀마가 사온 여섯 개들이 맥주 세 통 중에서 남은 슐리츠 한 병으로 대충 끼니를 때운다. 웹과 신디는 브랜디와 샴페인을 가져왔다. 오후 내내 해리는 재니스를 도와 청소를 한다. 그가 유리창을 유리세정제로 닦고 나무세공을 걸레로 닦는 동안 재니스는 바닥에 대걸레질을 하고 심지어 부엌과 욕실 세면대까지 박박 닦는다. 이 집에는 아래층에도 화장실이 있지만, 해리는 만화가 인쇄된 화장지를 어디서 사야 할지 잘 모르겠다. 재니스는 어머니의 집에서 올 때 바닥에 왁스를 바르는 기계와 부처스 왁스를 머스탱에 싣고 왔다. 해리는 긴 금색의 거실 바닥을 왁스로 닦는다. 나선형의 나뭇결마다. 그리고 살짝 튀어나온 못과 고무가 낡아서 닳은 부분에도. 여긴 그의 집이다. 래빗은 왁스를 둥글게 둥글게 바르면서 머리로는 계속 같은 생각을 한다. 몸을 움직여 일할 때 뇌는 멍청이가 된다. 어젯밤 해리는 나머지 두 부부가 다시 스와핑을 했는지 계속 궁금했다. 자신과 재니스가 떠난 뒤 로니와 신디가 두번째로 그것을 했는지. 그들이 서로 은근하게 굴었던 건 사실이다. 마치 그 네 사람이 파티에서 자기들끼리 은밀한 그룹을 만들고, 앵스트롬 부부와 가엾은 버디와 그 굶주린 밸러리는 무슨 이류나 삼류 시민이 된 것 같았다. 셀마는 그녀답지 않게 상당히 취했는데, 그 창백한 피부가 반짝이는 것을 보며 해리는 바셀린을 떠올렸다. 하지만 그가 셀마에게 거위에 관한 기사를 보내줘서 고맙다고 인사하자 셀마는 그를 빤히 바라보다가 옆에 있는 로니에게 시선을 돌리더니 다시 그를 바라보았다. 마치 돌머리를 바라보는 것 같은 표정이었다. 해리는 모든 게 밝혀질 거라고 짐작하고 있다. 남쪽의 휴가지에서 있었던 일이 나중에 밝혀질 거라고. 사람들은 비밀을 잘 지키지 못한다. 하지만 셀마가 자신과 했던 모든 일을 웹에게도 허락할 거라는 생각이나 신디가 정말로 로니와 다시 자고 싶어하면서 어머니 같은 손으로 그 묵직한 가슴을 들어올려 입만 산 로니 녀석이 그걸 빨게 하고는 머리가 그렇게 벗어져서 정말로 아기 같아요, 해리슨, 하고 말할 거라는 생각을 하면 가슴이 아프다. 비밀을 지켜봤자 의미가 없다. 우리 모두 곧 죽을 테니까. 우리는 이미 많이 살았다. 젊은 애들이 사방에서 음악도 만들고, 뉴스도 보도하고 있다. 루스와의 만남 이후 해리는 팔다리가 잘린 것 같은 기분이다. 시야의 가장자리에서 절반쯤 보이던 세상이 휙 사라져버린 것 같은 느낌. 재니스와 왁스 바르는 기계가 그의 뒤에서 윙윙, 쿵쿵 돌아간다. 해리는 머릿속에 계속 같은 생각들만 빙빙 도는 것을 느끼고는 작년에 어떤 신문인지 〈타임〉인지에서 읽은 기사를 떠올린다. 프린스턴의 어떤 교수가 고대에는 신들이 뇌의 왼쪽인지 오른쪽인지를 통해서 사람들에게 직접 말을 걸었기 때문에, 고대인들은 항상 지시를 내리는 무전기를 머리에 지닌 로봇 같았지만, 고대 그리스인지 아시리아인지에 이르러 그 시스템이 무너졌다는 이론을 내놓았다는 내용이었다. 배터리가 너무 약해져서 명령을 들을 수 없게 되었다는 것이다. 하지만 아직 어렴풋한 흔적이 남아 있어서 사람들이 교회에 다니는 것이다. 게다가 트랜지스터화한 귀마개를 머리에 쓰고 롤러스케이트를 탄 채 돌아다니는 저 깜둥이 놈들과 동성애 변태들을 보면 우리는 옛날 그때로 돌아가고 있는 것 같다. 밤에 스르르 잠들기 직전에 해리는 방구석에서 어머니의 목소리가 속삭이는 것을 분명히 듣는다. 해시라고. 이 이름을 지녔던 사내아이와 마찬가지로 이미 죽어버린 이름. 어쩌면 죽은 사람들은 신인지도 모른다. 그들에게는 확실히 상냥한 면이 있다. 사람들에게 지나치게 간섭하려 들지 않는 것을 보면. 나이를 먹으면서 사람은 증인들을 잃어버린다. 아주 옛날부터 자신을 지켜보며 마음을 써주었던 사람들. 사람마다 갖고 있는 자기만의 관람석에 앉아 있던 사람들. 어머니, 아버지, 장인, 아기 베키, 착한 질(어쩌면 그 꿈은 해리가 질을 갑자기 받아들였던 그 시절과 관련된 것인지도 모른다. 하지만 질의 머리카락은 검은색이 아니었고, 꿈은 아주 강렬했다. 세상에 새로운 관계만한 건 없다), 스키터, 애븐드로스 씨, 프랭크 바이어, 아주 최근의 메이미 아이젠하워, 존 웨인, LBJ*, JFK, 스카이랩, 거위. 찰리의 어머니와 페기 포스나이트가 요리를 하고 있었다. 그리고 해리의 딸 애너벨 바이어는 그가 곁눈질로 지켜보고 있던 그 세상처럼 휙 사라져버렸다. 〈스타워즈〉에서 행성들이 통째로 사라지던 장면처럼. 아는 사람 중에 죽은 사람들이 많아질수록 산 사람 중에 내가 모르는 사람이 점점 늘어나는 것 같다. 루스의 눈물. 해리가 떠날 때의 그 눈물. 어쩌면 하느님은 바닷물 속에 소금이 존재하는 것처럼 이 우주에 존재하며 우주에 맛을 만들어주고 있는지도 모른다. 사람들이 소금물을 마시지 못하는 이유를 그는 결코 이해할 수 없을 것이다. 콜라와 감자칩을 섞어 먹는 것보다 더 심하지는 않을 텐데.

뒤에서 재니스가 왁스 기계를 한 바퀴씩 돌릴 때마다 서투른 솜씨 때문에 굽도리널에 기계가 쿵쿵 부딪히는 소리가 들린다. 해리는 자기들이 왜 이렇게 분주히 움직이고 있는지 깨닫는다. 두 사람은 이 집에서 당황하지 않으려고 애쓰는 중이다. 원래 여기 있으면 안 되는 건데. 조지프 스트리트에서 너무 멀다. 우주의 미아 같다. 천국에서 멀리 떨어진 아기의 몸속에서 깨어난 영혼들이 바로 이런 기분을 느낄 것이다. 무서워서 울음이 나올 뿐만 아니라, 죄스럽고 죄스러운 기분. 거대한 구멍을 메워야 한다. 이 집의 방들을 가구로 채우려면 돈이 얼마나 들지. 전에는 모두 공짜로 갖고 있었는데. 해리가 스스로를 망친 것이다. 게다가 갚아야 할 대출금은 또 어떻고. 이자율 13½퍼센트로 6만

---

* 린든 존슨 대통령.

724

2400달러면 이자만 거의 8500달러가 된다. 예순여섯 살이 될 때까지 이십 년 넘게 매달 700달러씩 원금을 조금씩 갚아야 한다. 루스가 막내아들 이야기를 하면서 뭐라고 했더라? 66년 6월 6일생이라고? 숫자라는 게 우습다. 거짓말은 하지 않지만 장난은 친다. 인생 칠십 년. 이제 그가 결코 할 수 없게 된 일들. 신디가 표범가죽 옷을 입고 〈펜트하우스〉의 그 헤픈 여자들 같은 포즈를 취하게 하고 그녀 앞에 네 발로 엎드려 그저 먹고 먹고 또 먹는 것.

어젯밤 버디가 은테 안경에 김이 서릴 만큼 완전히 취해서 해리를 바라보더니 미친 소리라는 것도 알고, 저렇게 키가 큰데다가 애가 셋이나 딸린 여자를 보고 사람들이 뭐라고 할지도 알지만 밸러리가 정말로 자기와 잘 맞는다고 말했다. 밸러리야말로 내 짝이야, 해리. 눈에 눈물이 글썽해져서 이렇게 말했다. 플라잉이글에서 들려온 놀라운 소식은 도리스 카우프만이 다시 결혼할 계획을 세우고 있다는 것이었다. 래빗이 예전에 조금 알고 지내던 남자 돈 에버하트와. 그는 시내의 부동산을 아무도 원치 않을 때 그곳에 투자해서 부자가 되었다. 석유 위기 전의 일이다. 인생은 달콤하다고 사람들은 말한다.

햇빛이 아직 창에서 머뭇거린다. 하얀 창틀을 따라서. 두 사람이 일을 마친 것은 다섯시. 일 년 중 이맘때의 하루는 짜증이 날 정도로 조금씩 길어진다. 행성들은 사람들이 무슨 짓을 하든 계속 제 갈 길을 간다. 방금 왁스를 칠한 계단 발치의 복도에서 그는 재니스의 턱을 잡는다. 살이 부드럽지만, 그다지 혐오스럽지는 않은 곳. 해리는 이층에서 낮잠을 자자고 제안하지만 재니스는 따스하고 능숙하게 키스한다. 그 능숙함이 따스함을 지워버린다. 재니스가 말한다. "아, 해리, 좋은 생각이긴 한데, 식구들이 언제 올지 몰라서. 어머니가 얼마나 누워 있을 지에 따라서 달라지거든. 정말로 기력이 좀 약해지신 것처럼 보였어. 아기도 수시로 젖을 먹어야 하고, 난 아직 장도 봐오지 않았어. 슈퍼볼 경기가 시작하지 않았어?"

"여섯시나 돼야지. 서해안 시간으로. 네시 삼십분에 식전 게임이 있 지만, 그건 그냥 요란한 쇼야. 게임을 너무 봐도 질린다고. 난 두시 삼 십분에 피닉스 오픈을 보고 싶었는데, 당신이 청소를 해야 한다고 난 리를 피웠잖아. 순전히 당신 어머니가 오신다는 이유로."

"그럼 그렇다고 말을 하지. 청소는 내가 혼자 해도 됐는데."

재니스가 머스탱을 몰고 나간 사이 해리는 이층으로 올라간다. 아 래층에는 누울 수 있는 곳이 없기 때문이다. 그는 다시 다람쥐를 볼 수 있으면 좋겠다고 생각하지만, 다람쥐는 사라져버렸다. 다람쥐도 동면 을 하는 줄 알았는데, 올겨울이 너무 따뜻한 모양이다. 해리는 라디에 이터 위의 허공에 손을 들고 가만히 있다. 그의 것이다. 라디에이터가 숨을 쉬듯이 열기를 토해내는 것이 느껴지자 자부심과 만족감이 든다. 해리는 마운트저지에서 가져온 아미시 퀼트가 덮인 새 침대에 누워 곧 바로 잠이 든다. 꿈에서 해리와 찰리는 대리점 일로 곤란에 빠져 있다. 숫자가 적힌 중요한 서류가 사라진 탓이다. 게다가 새 차들이 있어야 할 전시장에는 성조기 무늬가 꼼꼼하게 그려진 낡은 바구니들만 콘크 리트 바닥에 놓여 있을 뿐이다. 해리는 자신이 겁에 질려 도망치고 있 음을 깨달으며 잠에서 깨어난다. 또 한번 폭발이 있었다. 희미하게 들 려온 소리다. 재니스가 아래층 문을 닫고 있다. 여섯시가 넘었다. "거 의 야구장까지 차를 몰고 간 뒤에야 문을 연 미닛마트가 있었어. 물론 신선한 물건이라고는 전혀 없어서 냉동 중국음식만 네 개 사왔어. 상자에 그려진 그림이 좋아 보였거든."

"그런 건 화학약품이 잔뜩 들어간 쓰레기 아냐? 프루의 젖을 오염시키면 어떻게 해?"

"당신 먹을 걸로는 볼로냐소시지랑 달걀이랑 치즈랑 크래커를 잔뜩 사왔으니까 불평은 그만해."

낮잠을 자다 처음 깨어났을 때는 누군가가 젖은 천을 공처럼 뭉쳐서 그의 얼굴을 후려친 것 같은 기분이더니, 잠의 효과가 점점 뼛속으로 스며들면서 기분이 좋아진다. 어둠이 그를 빤히 노려보던 낮의 심연을 지워버렸다. 창문들은 마치 검은 사진 감광판을 액자에 끼워놓은 것처럼 보인다. 셸마와 넬슨이 저 밖을 빙글빙글 돌면서 이 안으로 들어올 기회를 기다리고 있다. 재니스는 미닛마트에서 30달러어치의 물건을 사왔는데, 밝은 냉장고에 그 물건을 채울 때 보니 어젯밤 게걸스러운 자들의 손을 피한 맥주 두 개가 더 구석에 남아 있다. 재니스는 심지어 함께 경기를 보면서 해리가 먹을 수 있게 1달러 29센트나 하는 조미 땅콩도 한 통 사왔다. 경기의 처음 절반은 앞서거니 뒤서거니 하며 흘러간다. 해리는 스틸러스가 지기를 바라며 환호를 질러댄다. 그들이 이글스에게 한 짓이 마음에 들지 않고, 게다가 어차피 강한 녀석들을 싫어하기도 한다. 해리는 소련의 전쟁 기계에 맞선 아프가니스탄 반군을 돕는 것처럼 램스를 응원한다.

하프타임에 색색의 옷을 입은 많은 여자들과 줄무늬 운동복 차림의 동성애자처럼 보이는 남자들이 나와서 춤을 추고, 천 명쯤 되어 보이는 캘리포니아 관악대가 음정이 안 맞는 소리로 빵빵거리며 옛날 빅밴드 흉내를 낸다. 젊은 애들이 지르박을 추려고 하지만 몸을 놀릴 줄 모른다. 발꿈치에 체중을 싣고 한 박자 기다렸다가 몸을 돌려야 하는데. 대신 그들은 디스코처럼 몸을 흔들어대기만 한다. 그러다가 앤드루 시스터스처럼 머리를 안으로 둥글게 말아놓은 자그마한 흑인이 〈센티멘털 저니〉를 부르지만, 40년대의 전쟁중에 도리스 데이가 불렀을 때처럼 영혼이 깃들어 있지 않다. 어떻게 그럴 수 있겠는가? 전쟁이 없는데. 이 젊은이들은 모두 1960년 이후에 태어났다. 믿을 수가 없다. 게다가 성적으로는 다 자란 성인이기도 하다. 누군가가 "모, 모두 올라가"라고 외치자 그들은 서로 뱀처럼 몸을 꼬며 〈채터누가 추추〉로 짐작되는 노래를 부르더니 구름 한 점 없는 캘리포니아의 하늘 밑에서 태양전지판을 표현한 것으로 짐작되는 호일 같은 은박지들을 꺼내든다. "에너지는 사람." 그들이 노래한다. "사람은 에-너-지!" 호메이니와 그의 석유가 필요한 사람은 누구? 아프가니스탄이 필요한 사람은 누구? 망할 러시아 놈들. 사실 일본 놈들도 젠장할 놈들. 우리는 혼자 갈 것이다. 바다에서 빛나는 바다로.

서재에 혼자 앉아서 일억 명이나 되는 얼간이들과 함께 경기를 지켜보다가 지친 해리는 두번째 맥주를 가져오려고 부엌으로 들어간다. 재니스는 장모가 마지못해 빌려준 카드탁자에 앉아 있다. 장모는 포코노스가 아니면 절대 카드게임을 하지 않는데도 그랬다. "손님들은 어디 갔어?" 해리가 묻는다.

재니스는 중국음식을 오븐에 데우는 동안 탁자에 앉아 〈아름다운 집〉을 보고 있다. 미닛마트에서 한 권 사온 모양이다. "잠들었나봐. 밤에 자주 일어나야 하니까. 다행한 일이야, 해리. 우리가 이제 거기서 안 사는 게."

해리는 맥주의 쓴맛 속에 입술을 집어넣는다. 맛이 상했다. 남자들은 독을 사랑한다. "당신하고 단둘이 이 집에 살면 나는 확실히 살이 빠질 것 같은데. 도무지 음식을 얻어먹지 못하니까 말이야."

"곧 먹을 수 있을 거야." 재니스가 매끄러운 책장을 넘기며 말한다.

잡지에 질투를 느끼고, 재니스의 안에서 점점 자라나고 있는 이 집에 대한 사랑에 질투를 느끼며 해리가 툴툴거린다. "그게 언제가 될지 모르니까 문제지."

재니스가 어둡지만 그다지 적대적이지는 않은 시선으로 그를 재빨리 올려다본다. "요즘 생긴 일만으로도 십 년은 버틸 수 있지 않아?"

말투를 보니 뭔가 셸마에 관한 이야기인 것 같지만, 해리는 셸마 생각을 전혀 하지 않고 있었다. 지금은.

손님들은 4쿼터가 시작한 직후에야 비로소 도착한다. 브래드쇼가 필사적인 마음으로 스톨워스를 향해 폭탄을 던진 직후다. 공을 받을 선수와 수비수가 함께 뛰어오르고, 실력은 형편없지만 운좋은 스톨워스가 서커스처럼 공을 잡아낸다. 래빗은 지금도 램스가 이길 것 같은 기분이 든다. 재니스가 장모와 프루가 도착했음을 알린다. 장모는 현관에서 밍크코트를 벗으며 잔뜩 수다를 떨고 있다. 차를 몰고 브루어 시내를 통과해 온 것에 대해. 차가 거의 없는 걸 보니 경기 때문인 것 같다고 말한다. 장모는 프루에게 크라이슬러를 운전하는 법을 가르치고 있는데, 프루는 좌석을 뒤로 움직이는 법을 터득한 뒤에는 아주 잘하고 있다. 장모는 프루의 다리가 그렇게 긴 줄 몰랐다고 말한다. 프루는 분홍색으로 감싼 꾸러미를 추위 때문에 가슴에 꼭 끌어안고 있다.

여위고 지친 얼굴이지만 전보다 정돈되어 보인다. 매끄럽게 정리한 침대 같다. "더 일찍 오려고 했는데, 넬슨한테 보낼 편지를 타자기로 마저 치고 오느라고요." 프루가 사과한다.

"걱정이다." 장모가 말을 잇는다. "옛말에 아기가 세례를 받기 전에 밖에 데리고 나오면 불운이 찾아온다고 했는데."

"세상에, 어머니." 재니스가 말한다. 재니스는 깨끗이 청소한 집을 빨리 어머니에게 보여주고 싶어서 어머니를 데리고 이층으로 올라간다. 그곳에 있는 불빛이라고는 촛대처럼 벽에 꽂혀 있는 신식민지 양식 벽등 속의 40와트짜리 전구 몇 개뿐인데, 예전 주인은 많은 전구가 죽어버렸는데도 그냥 내버려두었다.

해리는 경기를 보려고 은빛이 도는 분홍색 윙체어에 다시 자리를 잡으면서, 장모가 바로 머리 위에서 아픈 다리로 쿵쿵 걸어다니며 집안을 살피고, 언젠가 자신이 와서 머무르게 될지도 모르는 방을 찾아보는 소리를 듣는다. 프루도 거기에 있을 거라고 짐작했지만, 천장에서 뒤섞여 들려오는 발소리가 그리 많지 않다. 테레사가 부드럽게 한 계단을 내려서서 그의 서재로 들어와 그의 무릎에 그가 줄곧 기다리고 있던 것을 놓는다. 길쭉한 고치 모양의 작은 방문객. 아기는 소니 텔레비전에서 번쩍번쩍 바뀌는 색깔들의 떨리는 빛 속에서 아무것도 모른 채 옆모습을 내보이고 있다. 바느질 자국이 없는 작은 솔기 같은 감긴 눈꺼풀은 살짝 기울어져 있고, 입술은 섬세한 경멸의 표정이라도 짓는 것처럼 소용돌이치는 코 밑에서 거품처럼 앞으로 부풀어 있다. 이 녀석은 자기가 훌륭하다는 걸 알고 있다. 두개골의 둥근 윤곽을 통해 녀석이 여자임을 느낄 수 있다. 그런 건 태어난 첫날부터 드러난다. 아기는 이 모든 것들을 밀어내고 지금 이 자리에, 그의 무릎에, 그의 손안에 있다. 거의 무게가 나가지 않지만 분명히 살아 있는 존재. 운명의 인질. 진심으로 열망하는 존재. 손녀. 그의 손녀. 그의 관에 못이 하나 더 박혔다. 그의 관에.

래빗의 눈으로 본 세상의 동요와 불안

존 업다이크는 20세기 미국문학을 대표하는 소설가를 이야기할 때, 몇 명을 꼽더라도 빠지지 않는 작가다. 공황기인 1932년에 태어난 업다이크는 1954년 하버드를 졸업하던 해에 『뉴요커』에 첫 단편을 발표한 이후 2009년 일흔여섯 살로 사망할 때까지 거의 매년 책을 냈으며 그 분야도 장편, 단편집, 평론집, 시집을 망라한다. 그가 평생 낸 책은 장편만 따져도 스무 권이 넘고 단편집은 열 권이 넘는다. 이것은 서른 살이 되기 전에 전업작가 생활을 시작하여 이 무렵부터 일주일에 6일, 아침에 몇 시간씩 글을 쓰는 습관을 평생 유지한 결과다. 이렇게 업다이크는 다작으로 유명하기도 하지만, 그가 다작의 능력으로 20세기 미국 대표소설가 반열에 오른 것은 물론 아니다.

그는 1959년 첫 장편 『구빈원 축제』로 미국예술원 로젠탈상을 받았고, 20대 말인 1960년에 『달려라, 토끼』를 출간하여 동시대 대표작가의 자리에 올라섰다. 그리고 30대 초반인 1963년에는 『켄타우로스』로 전미도서상을 받고, 1964년에는 최연소 미국예술원 회원으로 선출되었다. 이렇게 업다이크는 화려하게 조명을 받으며 작가 생활을 시작했다. 그렇다고 업다이크가 젊은 시절에 반짝 빛을 발하고, 그 빛을 평생 우려먹는 작가였다는 뜻은 아니다(업다이크 자신은 「불가리아 여성 시인」에서 '베크'의 입을 빌려 그런 자화상을 슬쩍 그려내기도 하지만). 상이 작가의 모든 것을 말해준다고 할 수는 없지만 50대에 들어선 1981년에는 『토끼는 부자다』로 퓰리처상, 60대에 들어선 1991년에는 『토끼 잠들다』로 다시 퓰리처상을 받았다. 미국에서 소설 부문에서 퓰리처상을 두 번 이상 수상한 작가는 업다이크를 포함하여 네 명뿐이다. 『토끼는 부자다』를 발표한 직후인 1982년에 『타임』지는 업다이크를 두번째로 커버스토리로 다루었는데, 이때 표제가 '50세에 위대해지다'였다.

그가 받은 이런저런 상은 헤아릴 수 없을 정도로 많지만, 그 가운데 특이하게 눈에 띄는 것은 1997년에 예수회 잡지 『아메리카』에서 '탁월한 기독교도 문인'에게 수여하는 캠피언상을 받은 사실이다. 업다이크와 종교를 연결시키는 것이 많은 사람에게 쉬운 일이 아닐지 모르지만 실제로 그는 평생 교회에 다녔고, 기독교 신학을 연구했다. 할아버지는 장로교 목사였고, 첫 부인의 아버지도 목사였다. 젊은 시절에 신앙의 위기를 겪으면서 키르케고르나 카를 바르트를 열심히 읽기도 했으며, 이 점은 그의 작품세계에 깊은 영향을 주었다.

업다이크는 상복도 많았지만 상업적인 면에서도 꽤 성공을 거두었다. 1968년에 발표한 『커플스』는 센세이션을 일으키면서 1년 동안 베스트셀러 자리에 올랐다. 또 젊은 시절 잠깐 시민권 운동 시위에 참여하기는 했지만, 국가기구와 대체로 사이가 나쁘지 않아 젊은 시절에는 국무부에서 파견한 미소 문화교류 문화사절로 동구를 순회하기도 했고, 말년에는 부시 대통령 부자에게 각각 훈장을 받았다. 이렇듯 업다이크는 작가로서 순조롭게 출발하여 큰 위기 없이 꾸준한 작품활동으로 많은 것을 누렸다. 그를 사랑하는 독자들에게는 노벨문학상을 받지 못했다는 것 정도가 혹시 아쉬움으로 남을지 모르겠다.

작가의 이런 삶은 그의 작품들과도 관련이 있어, 업다이크의 작품이 사회 전체와 대결하는 상황을 그렸다는 평은 들어보기 힘들다. 실제로 그는 어디까지나 미국 사회의 주류라고 할 수 있는 사람들이 그 내부에서 느끼는 문제를 다루었지 외부와의 관계를 진지하게 묻지는 않았다. 여기에서 그의 주제의 한계나 깊이의 문제를 이야기할 수도 있지만, 뒤집어 생각하면 바로 이 점이 업다이크가 젊은 시절부터 말년에 이르기까지 '미국인'들로부터 폭이나 깊이에서 어떤 작가에게도 뒤지지 않는 사랑을 받은 이유다. 무엇보다도 그의 작품들은 철저하게 주류를 자처하는 미국인의 삶에 밀착해 있다. 업다이크는 스스로 자신의 주제가 '미국의 소도시, 신교도 중간계급'이라고 말한 적이 있다. 실제로 그의 작품에는 그런 소도시에 사는 중간계급 출신의 평범한 주인공이 겪는, 누구나 공감할 만한 사건과 고민들이 담겨 있다. 그의 대표작인 '토끼 4부작'은 바로 그런 주인공의 20대부터 죽음에 이르는 과정을 그려내고 있으며, 이것은 작가 자신이 나이를 먹어가는 과정과 대체로 일치한다. 자신이 가장 잘 아는 공간, 자신이 가장 잘 아는 종교와 계급을 체현한 인물을 통해 자신이 살고 있는 미국의 축도를 그려 낸 셈이며 이것이 독서 대중과 평단으로부터 강렬한 공감을 끌어낼 수 있었던 이유라고 할 수 있다.

이렇게 미국 중간계급의 삶에 밀착한 업다이크의 소설은 그 줄거리나 사건만 본다면 어떤 면에서는 지극히 통속적이라고 말할 수도 있다(물론 후기로 가면 다양한 방식의 실험을 전개하기는 하지만). 게다가 그의 소설이 성적 묘사에 거리낌이 없다는 것도 널리 알려진 사실이다. 실제로 업다이크는 인간 경험 가운데 섹스, 예술, 종교가 '위대한 세 가지 비밀'이라고 말한 적이 있고, 이것이 곧 그가 평생 파고든 세 가지 주제이기도 했다. 이 가운데서도 섹스는 가장 눈에 띄는 특징이 될 수밖에 없다. 초기 소설들이 성공을 거둔 뒤 업다이크는 교외에 사는 미국인들의 불륜 등 결혼생활의 불안정성을 다루는 작가로 유명해졌으며, 사회적 관습의 붕괴에 내재한 혼란과 자유의 묘사는 많은 논란을 불러일으켰다. 『커플스』 같은 작품이 센세이션을 일으키고 오랫동안 베스트셀러 자리에 오른 데는 이런 요인이 중요한 역할을 했음을 부인할 수 없을 것이다.

그러나 지극히 통속적인 줄거리가 아름다운 음악과 노래에 실리면 빛나는 오페라가 되듯이 평범한 사람들의 속된 삶이 업다이크의 시 같은 산문에 실리는 순간 그의 소설은 시로 쓴 통속극으로 바뀐다. 독자들은 자신의 무미건조하고 때로는 지긋지긋한 삶에서 어떤 아름다움을 발견할 뿐 아니라, 통속과 등을 맞대고 있는 어떤 거룩한 세계로 진입하는 문이 잠깐 열린 듯한 느낌 또는 환각에 사로잡히게 된다. 업다이크 자신도 얄밉도록 정확하게, 자신의 문체가 '속된 것에 그것이 마땅히 누려야 할 아름다움을 부여하는 것'이라고 말한 적이 있다. 이 아름다운 '예술'을 통해 '섹스' 같은 가장 속된 것이 가장 넓은 의미에서 '종교'적인 저변과 이어지는 길이 열리고, 그 결과 서로 전혀 어울릴 것 같지 않은 통속성과 거룩한 느낌이 한 작품 안에 공존하는 느낌을 받게 되는 것이다. 이것이 독자들이 업다이크의 시적 통속극에서 매력과 깊이를 느끼는 이유인지도 모른다. 결국 업다이크에게 속된 세계란 그 자체로 완결된 것이 아니라, 종교적 믿음이 떠난 자리, 뭔가 중요하고 핵심적인 것이 부재하는 자리인 것이며, 그 핵심적인 것은 예술을 통해 언뜻언뜻 드러날 뿐이다. 이렇게 보면 업다이크의 통속극은 동시에 종교극이 될 수도 있다.

업다이크의 문학적 역량은 장편소설에만 한정된 것이 아니다. 그는 평생 꾸준히 시와 단편을 썼고, 비평가이자 에세이스트로서도 최고 수준에 이르렀다. 토니 모리슨과 더불어 생전에 가장 많은 평론이 나온 작가인 업다이크의 문학적 영향력은 20세기 미국의 대표작가를 거론할 때 늘 그와 함께 등장하는 필립 로스의 다음과 같은 찬사로 가늠해볼 수 있을 듯하다.

"존 업다이크는 우리 시대의 가장 위대한 문인이며 소설가이자 단편작가일 뿐 아니라 뛰어난 문학비평가이자 수필가다. 그는 19세기에 그와 비슷한 역할을 했던 너새니얼 호손에 비겨도 손색이 없는 미국의 국보이며, 앞으로도 영원히 그러할 것이다."

2002년 『북』이 선정한 1900년 이후 최고의 소설 속 인물 100명 가운데 5위권 안에 들어갔을 뿐 아니라, 업다이크 자신이 "나의 형제이자 나의 친한 친구"라고 부른 '래빗(토끼)'은 업다이크와 평생을 함께하는 중요한 인물—래빗 외에 또 한 명의 페르소나, 사실은 업다이크와 반대되는 면이 더 많은 페르소나는 소설가 '베크'—이다. 업다이크는 '토끼 4부작'을 대략 10년 간격을 두고 발표했다. 1960년에는 래빗의 청년기를 다룬 『달려라, 토끼』, 1971년에는 업다이크가 1960년대를 바라보는 시선을 드러내는 『돌아온 토끼』, 1981년에는 도요타 자동차 대리점 사장이 된 뚱뚱한 래빗을 그린 『토끼는 부자다』, 1990년에는 래빗이 작품 속에서 죽는 『토끼 잠들다』가 나온 것이다. 이 연작의 마지막은 단편집 『사랑의 수고』에 실린 중편 「기억 속의 토끼Rabbit Remembered」다. 1995년에는 『래빗 앵스트롬』이라는 제목으로 장편 네 편을 묶어냈는데, 여기에 붙인 머리말에서 업다이크는 "래빗의 눈으로 본 것이 내 눈으로 본 것보다 이야기할 가치가 더 크지만, 사실 둘 사이의 차이는 미미하다"고 말했다.

그러나 이런 대단한 인물을 마주할 기대감에 책을 펼친 독자는 이 래빗이라는 별명을 가진 해리 앵스트롬의 행적에, 또 독자에 따라서는 도무지 호감을 느끼기 힘든 면모에 당혹감을 느낄지도 모르겠다. 실제로 일반 독자만이 아니라 평론가들 사이에서도 래빗이라는 인물과 그의 행동을 어떻게 보느냐 하는 것이 업다이크에 대한 평가의 갈림길이 되기도 한다. 예를 들어 페미니즘 쪽에서는 이 소설에 드러나는 여성이나 성관계에 대한 묘사를 근거로 업다이크를 여성혐오자로 비난하기도 하며, 그의 아름다운 문장에 찬사를 보내는 비평가들조차도 래빗의 얄팍한 모험에는 그런 문장이 과분하다는 혹평을 서슴지 않는다.

반대로 래빗을 빼어난 인물로 인정하는 사람들은 그가 전후 미국의 불안이나 좌절이나 번영을 대표한다고 보기도 하고, 종교적 믿음이 빠져버린 세상의 동요와 불안—앵스트롬이라는 이름 자체에 불안을 뜻하는 세계어가 된 독일어 '앵스트angst'가 고스란히 들어 있다—을 체현한다고 보기도 한다.

그러나 아무래도 래빗은 그가 계속 달아나려는 현실과 함께 보아야만 래빗의 전모, 나아가서 작품의 전모가 어느 정도 드러날 듯하다. 하지만 전모가 드러난다는 말일 뿐이지, 전모가 한눈에 파악된다는 말은 아니다. 그만큼 래빗도, 래빗이 속한 세계도, 작품 자체도 간단히 정리가 되지 않을 만큼 넓고 복잡하고 정교하게 엮여 있기 때문이다. 그런 면에서 작가 존 치버가 한 이야기가 상당히 그럴듯하게 느껴진다.

"내가 이 책(『토끼는 부자다』)을 읽은 느낌은 다양하고 복잡하다…… 존 업다이크는 아마도 내가 아는 현대 작가 가운데 지금 우리가 살아가는 삶의 환경이, 우리 눈에는 잘 보이지 않지만, 사실은 웅장하고 숭고하다는 사실을 느끼게 해주는 유일한 사람일 것이다. 래빗은 사라진 낙원, 어쩌면 에로틱한 사랑……을 통해서만 스치듯 알게 되는 낙원에 깊이 빠져 있다…… 나는 바로 업다이크의 그 방대한 세계를 묘사하고 싶었다."

'토끼 4부작'은 앞서 말한 업다이크의 작품세계의 모든 면을 긴 세월에 걸쳐 집대성하고 개화시킨 연작이다. 그렇기 때문에 이 작품이 업다이크의 대표작이 될 수 있는 것이다. 또 단지 대표작만이 아니라 고전이 될 가능성도 높다고 보는데, 지금 읽어보아도 전혀 낡은 느낌이 들지 않기 때문이다. 그것은 우선 래빗의 독특한 모험이 오늘날에도 여전히 유효하고, 나아가 업다이크의 문장이 말 그대로 썩지 않는 생명력을 갖고 있기에 가능한 것이다.

앞서 말했듯이 1995년에 업다이크는 '토끼 4부작'을 한데 묶어 『래빗 앵스트롬』을 냈는데 이때 텍스트를 꽤 수정한 것으로 알려져 있다. 이 한국어 번역판은 밸런타인 북스의 판본(현재 시중에서 가장 쉽게 구할 수 있다)을 번역한 것이다.

정영목

1932년	3월 18일 미국 펜실베이니아주 레딩에서 태어남.
1950년	하버드대학 입학. 영문학 전공. 1학년 때부터 『하버드 램푼』에 시, 산문, 그림, 만화를 기고.
1953년	『하버드 램푼』의 편집인이 됨. 메리 페닝턴과 결혼.
1954년	하버드대학을 수석으로 졸업. 『뉴요커』에 첫 단편 「필라델피아 친구들Friends from Philadelphia」 게재.
1954~ 1955년	영국 옥스퍼드대학의 러스킨 미술학교에서 수학. 이때만 해도 화가를 꿈꾸고 있었음. 귀국 후 맨해튼에 정착하여 『뉴요커』의 전속작가로 일함.
1957년	매사추세츠주로 이주하여 평생 거주. 전업작가 생활 시작.
1958년	첫 시집 『손으로 만든 암탉과 다른 가축들The Carpentered Hen and Other Tame Creatures』 출간.
1959년	첫 장편 『구빈원 축제The Poorhouse Fair』(미국예술원 로젠탈상 수상), 첫 단편집 『같은 문The Same Door』 출간.
1960년	『달려라, 토끼Rabbit, Run』 출간으로 그의 세대의 대표작가 지위 확립.
1963년	펜실베이니아에서 보낸 어린 시절에서 영감을 받아 쓴 『켄타우로스The Centaur』로 전미도서상을 받음. 시민권 운동 시위에 참가.
1964년	시집 『전봇대와 기타 시편Telephone Poles and Other Poems』 출간. 최연소 미국예술원 회원으로 선출. 미국과 소련의 문화교류 프로그램의 일환으로 동유럽 방문.

1965년	『농장에 관하여 Of the Farm』 출간.
1966년	단편집 『음악학교 The Music School』 출간. 이 단편집 가운데 「불가리아 여성 시인 The Bulgarian Poetess」이 오헨리상을 수상.
1967년	소련 작가들에게 소련 정부의 공격을 받는 유대인 문화 제도를 방어할 것을 촉구하는 서신에 서명.
1968년	젊은 부부들의 복잡한 관계를 그린 『커플스 Couples』로 센세이션을 일으킴. 『타임』이 업다이크를 커버스토리로 다룸.
1969년	시집 『중간점과 기타 시편 Midpoint and Other Poems』 출간.
1970년	『베크: 한 권의 책 Bech: A Book』 출간. 서울 펜 대회 참석.
1971년	『달려라, 토끼』의 주인공 래빗 앵스트롬이 다시 등장하는 『돌아온 토끼 Rabbit Redux』 출간.
1972년	시집 『70편의 시 Seventy Poems』, 단편집 『박물관과 여자 Museums and Women and Other Stories』 출간.
1974년	희곡 『죽어가는 뷰캐넌 Buchanan Dying』 출간. 소련을 방문하여 솔제니친 박해를 중단할 것을 촉구.
1975년	『한 달간의 일요일 A Month of Sundays』 출간.
1976년	『결혼해줘요: 한 편의 로맨스 Marry Me: A Romance』 출간. 이혼.
1977년	시집 『전전반측 Toss and Turn』 출간. 마사 러글스 번하드와 재혼.
1978년	『일격 The Coup』 출간.
1979년	단편집 『문제들 The Problems and Other Stories』 『너무 멀어 갈 수 없는: 메이플스 이야기들 Too far to go: Maples Stories』 출간.
1981년	『토끼는 부자다 Rabbit is Rich』를 출간하여 전미도서비평가협회상, 퓰리처상, 전미도서상을 받음.

1982년	『베크 돌아오다*Bech is Back*』출간. 『타임』이 커버스토리로 다룸.
1983년	산문집『해안을 따라*Hugging the Shore*』를 출간하고 전미 도서비평가협회 평론상 수상.
1984년	『이스트윅의 마녀들*The Witches of Eastwick*』출간.
1985년	시집『자연을 마주하고*Facing Nature*』출간.
1986년	『로저의 판본*Roger's Version*』출간.
1987년	단편집『나를 믿어요*Trust Me*』출간.
1988년	『S.』출간. 앞서 나온『한 달간의 일요일』『로저의 판본』과 더불어『주홍글씨』의 내용을 다른 시점에서 바라본 3부작을 완성함.
1989년	회고록『자의식*Self-Consciousness*』출간. 조지 H. W. 부시 대통령으로부터 미국예술훈장을 받음.
1990년	『토끼 잠들다*Rabbit at Rest*』를 출간하고 다시 퓰리처상과 전미도서비평가협회상 수상.
1993년	『시 전집, 1953~1993 *Collected Poems, 1953~1993*』출간.
1994년	『브라질*Brazil*』과 단편집『내세*The Afterlife and Other Stories*』출간.
1996년	『백합의 아름다움 속에서*In the Beauty of Lilies*』출간.
1997년	『시간의 끝 무렵*Toward the End of Time*』출간. 예수회 잡지『아메리카』가 '탁월한 기독교도 문인'에게 수여하는 캠피 언상 수상.
1998년	『곤경에 처한 베크*Bech at Bay*』출간.
2000년	『햄릿』의 앞 이야기인『거트루드와 클로디어스*Gertrude and Claudius*』와 단편집『사랑의 수고*Licks of Love*』출간.
2001년	시집『아메리카나*Americana*』출간.
2002년	『내 얼굴을 찾아라*Seek My Face*』출간.

2003년	조지 W. 부시 대통령으로부터 미국인문훈장을 받음.
2004년	『마을들 *Villages*』 출간.
2006년	『테러리스트 *Terrorist*』 출간.
2008년	『이스트윅의 마녀들』의 속편인 『이스트윅의 과부들 *The Widows of Eastwick*』 출간.
2009년	단편집 『아버지의 눈물 *Father's Tears*』과 시집 『끝점 *Endpoint*』 출간. 1월 27일 폐암으로 사망.

문학동네 세계문학전집 발간에 부쳐

세계문학은 국민문학 혹은 지역문학을 떠나 존재하는 문학이 아니지만 그것들의 총합도 아니다. 세계문학이라는 용어에는 그 나름의 언어와 전통을 갖고 있는 국민문학이나 지역문학의 존재를 인정하면서 그것을 넘어서는 문학의 보편적 질서에 대한 관념이 새겨져 있다. 그 용어를 처음 고안한 19세기 유럽인들은 유럽 문학을 중심으로 그 질서를 구축했지만 풍부한 국민문학의 전통을 가지고 있는 현대의 문학 강국들은 나름의 방식으로 세계문학을 이해하면서 정전(正典)의 목록을 작성하고 또 수정한다.

한국에서도 세계문학 관념은 우리 사회와 문화의 변화 속에서 거듭 수정돼왔다. 어느 시기에는 제국 일본의 교양주의를 반영한 세계문학 관념이, 어느 시기에는 제3세계 민족주의에 동조한 세계문학 관념이 출현했고, 그러한 관념을 실천한 전집물이 출판됐다. 21세기 한국에 새로운 세계문학전집이 필요하다는 것은 명백하다. 우리의 지성과 감성의 기준에 부합하는 세계문학을 다시 구상할 때가 되었다.

문학동네 세계문학전집은 범세계적으로 통용되는 고전에 대한 상식을 존중하면서도 지난 반세기 동안 해외 주요 언어권에서 창작과 연구의 진전에 따라 일어난 정전의 변동을 고려하여 편성되었다. 그래서 불멸의 명작은 물론 동시대 세계의 중요한 정치·문화적 실천에 영감을 준 새로운 작품들을 두루 포함시켰다.

창립 이후 지금까지 한국문학 및 번역문학 출판에서 가장 전문적이고 생산적인 그룹을 대표해온 문학동네가 그간 축적한 문학 출판 경험을 바탕으로 새로운 세계문학전집을 펴낸다. 인류가 무지와 몽매의 어둠 속을 방황하면서도 끝내 길을 잃지 않은 것은 세계문학사의 하늘에 떠 있는 빛나는 별들이 길잡이가 되어주었기 때문이다. 우리가 자부심과 사명감 속에서 그리게 될 이 새로운 별자리가 독자들의 관심과 애정에 힘입어 우리 모두의 뿌듯한 자산이 되기를 소망한다.

문학동네 세계문학전집 편집위원
민은경, 박유하, 변현태, 송병선, 이재룡, 홍길표, 남진우, 황종연

세계문학전집 266

토끼는 부자다

초판 인쇄 2025년 7월 16일
초판 발행 2025년 7월 23일

지은이 존 업다이크 | 옮긴이 김승욱

책임편집 손예린 | 편집 홍유진 오동규
디자인 김유진 이원경 | 저작권 박지영 형소진 오서영 조경은
마케팅 정민호 서지화 한민아 이민경 왕지경 정유진 정경주 김수인 김혜원 김하연 김예진
　　　　나현후 이서진
브랜딩 함유지 박민재 이송이 박다솔 조다현 김하연 이준희
제작 강신은 김동욱 이순호 | 제작처 영신사

펴낸곳 (주)문학동네 | 펴낸이 김소영
출판등록 1993년 10월 22일 제2003-000045호
주소 10881 경기도 파주시 회동길 210
전자우편 editor@munhak.com | 대표전화 031) 955-8888 | 팩스 031) 955-8855
문학동네카페 http://cafe.naver.com/mhdn
인스타그램 @munhakdongne | 트위터 @munhakdongne
북클럽문학동네 http://bookclubmunhak.com

ISBN 979-11-416-1091-3 04840
　　　 978-89-546-0901-2 (세트)

www.munhak.com

문학동네 세계문학전집

● 문학동네 세계문학전집은 계속 출간됩니다